Nick Martell
Der Hof der Rache

Nick Martell

Der
HOF
der
RACHE

Roman

*Deutsch von
Urban Hofstetter*

blanvalet

Die Originalausgabe erschien 2021 unter dem Titel
»The Legacy of the Mercenary King – The Two-Faced Queen«
bei Saga Press, an imprint of Simon & Schuster, New York.

Sollte diese Publikation Links auf Webseiten Dritter enthalten, so übernehmen wir für deren Inhalte keine Haftung, da wir uns diese nicht zu eigen machen, sondern lediglich auf deren Stand zum Zeitpunkt der Erstveröffentlichung verweisen.

Penguin Random House Verlagsgruppe FSC® N001967

1. Auflage 2023
Copyright der Originalausgabe © 2021 by Nicholas McDonald-Martell
Copyright der deutschsprachigen Ausgabe © 2023 by Blanvalet in der
Penguin Random House Verlagsgruppe GmbH,
Neumarkter Straße 28, 81673 München
Redaktion: Peter Thannisch
Umschlaggestaltung und -illustration: © Max Meinzold, www.meinzold.de
Karte/Illustrationen: © Markus Weber
JA · Herstellung: sam
Satz: Buch-Werkstatt GmbH, Bad Aibling
Druck und Bindung: CPI books GmbH, Leck
Printed in the EU
ISBN 978-3-7341-6220-6
www.blanvalet.de

Für meine Großeltern Douglas und Mary Martell

Akteure

Königmanns und Mitglieder der Königsfamilie

Mikael Königmann	Mittleres Kind der Familie Königmann. In ganz Kessel als Königsmörder und Drachentöter bekannt. An die Prinzessin von Kessel gebunden.
Jenn Königmann	Jüngstes Mitglied der Familie Königmann. An Adrian Kessel gebunden.
Leonardo Königmann	Ältestes Kind der Familie Königmann. An den verstorbenen Davi Kessel gebunden. Mit Karolin Reitter verlobt.
Julia Königmann	Oberhaupt der Familie Königmann. Witwe von David Königmann.
David Königmann	Bekannt als »der Königmann, der den jungen Prinzen ermordet hat«. Verstorben.
Davi Kessel	Der ermordete junge Prinz. Ehemaliger Erbe des Throns von Kessel. An Leonardo Königmann gebunden. Verstorben.
~~Serena~~ Kessel	Die Prinzessin von Kessel.
Adrian Kessel	Der Zweite in der Thronfolge. In ganz Kessel als »der Verdorbene Prinz« bekannt. An Jenn Königmann gebunden.
Isaak Kessel	Ehemaliger König von Kessel. An David Königmann gebunden. Verstorben.

Kessels Hochadel

Carl Domet	Hochgeschätzter Förderer der Kessel-Bibliothek.
Alexander Reitter	Oberhaupt der Familie Reitter. Enger Freund von David Königmann.
Karolin Reitter	Erstgeborene der Familie Reitter. Mit Leonardo Königmann verlobt.
Kairos Reitter	Drittgeborener der Familie Reitter. Bekannt als »Kai«. Blind.
Jon Reitter	Jüngstes Kind der Familie Reitter. Stumm.
Danila Marget	Eine Hochadlige aus Mikaels Kindheit, die er vergessen hatte. Die Älteste aus der Familie Marget. Auch bekannt als »Dana« und »das Mädchen mit dem roten Kleid«.
Maflem Braven	Oberhaupt der Familie Braven.
Eduard Naverre	Oberhaupt der Familie Naverre.
Edgar Naverre	Ältestes Kind der Familie Naverre.
Patrick Naverre	Zweitältestes Kind der Familie Naverre.
Katharina Naverre	Mittleres Kind der Familie Naverre.
Edmund Naverre	Zweitjüngstes Kind der Familie Naverre.
Evelyn Naverre	Jüngstes Kind der Familie Naverre.

Raben und Mitglieder der Waage

Efyra Maurer	Hauptmännin der Raben. Mutter von Chloe Maurer.
Chloe Maurer	Ein-Feder-Rabe. Tochter von Efyra Maurer.

Karin Reitter	Zwei-Feder-Rabe. Zweites Kind der Familie Reitter.
Ronja Kerr	Drei-Feder-Rabe.
Michelle Stetter	Vier-Feder-Rabe.
Hannah Hirmann	Fünf-Feder-Rabe.
Jasmin Andel	Sechs-Feder-Rabe.
Bertram Deuter	Kommandeur der Waage-Beschwörer. Nana Deuters Vater.
Nana Deuter	Ehemaliges Mitglied der Waage-Scharfrichter.
Angelo Ombra	Mikaels, Jenns und Leons Pflegevater. Kommandeur der Waage-Wächter.

Orbis-Söldnerkompanie

Schwartz	Anwerber der Orbis-Kompanie. Bekannt als »der Schwarze Tod«.
Tai	Kommandeur.
Imani	Stellvertretende Kommandeurin.
Alexis	Pistolenmeisterin.
Beorn	Giftmeister.
Haru	Waffenmeister.
Cassia	Segelmeisterin.
Gerit	Sprengmeister.
Otto	Magiemeister.
Jade	Erinnerungsmeisterin.
Nonna	Geschichtsmeisterin.

Weitere

Simon Anders	Als »der König der Geschichten« und weltweit für seinen Charme bekannt.
Treyvon Wickert	Mikael Königmanns bester Freund.

Jamal Wickert	Trey Wickerts jüngerer Bruder. Verstorben.
Sirash	Mikaels Komplize und ehemaliger Knochenmann. Heißt in Wirklichkeit Omari Torda.
Arjay	Sirashs jüngerer Bruder.
Gianna	Sirashs Freundin.
Lorenzo	Student am Musikkolleg.
Oliver Komar	Anführer der Flüchtlinge.
Rian Schmork	Drachenhistoriker in der Kirche des Ewigen Feuers.
Der Erzmagier	Autor und Meisterchirurg. Unsterblich.
Drisig Tiro	Die neue Aufbereiterin in der Kirche des Wanderers.
Zain Antoun	Botschafter des Goldader-Casinos in Goldono.
Prasai Alareata	Kämpfer der Alten des Thebischen Imperiums.
Emilia Preiss	Anführerin der Rebellen. Bekannt als »der Kaiser«. Eine ehemalige Geopferte.

Was bisher geschah

Mikael Königmann ist ein unausstehlicher und größenwahnsinniger Bengel. Er hätte eigentlich sterben und mir die Deutungshoheit über das Vermächtnis und die Geschichte seiner Familie überlassen sollen. Doch dieser Mistkerl ist immer noch da. Und so muss ich leider weiterhin sein jämmerliches Leben aufzeichnen.

Falls du den ersten Band seiner Geschichte noch nicht kennst, erspare ich dir hiermit die Mühe, seine vor Selbstmitleid triefende Erklärung zu lesen, wieso er sich für den Mord an König Isaak vor Gericht verantworten musste. Mikael Königmann ist das mittlere Kind von David Königmann, dem berüchtigten Verräter, der vor zehn Jahren den jungen Prinzen ermordet hat. Seit der Hinrichtung seines Vaters verbrachte Mikael seine Zeit damit, adlige Besucher der Stadt Kessel zu betrügen – da sie als Einzige dumm genug waren, auf seine jämmerlichen Tricks hereinzufallen. Nachdem die Rebellenarmee das Miliz-Viertel im Ostteil der Stadt angegriffen und einen von Mikaels Freunden ermordet hatte, gelang es seiner Schwester Jenn, ihm endlich eine ordentliche Anstellung zu verschaffen – und zwar beim Hochadligen Carl Domet. Während Mikael für Domet arbeitete, versuchte er, von ihm das Fabrizieren zu lernen – ohne zu merken, dass er bereits seit Jahren selbst fabrizierte. Außerdem nahm er am Endlosen Walzer teil. Was für ein Skandal! Dieses große Ereignis ist dazu gedacht, dass sich die jungen Adligen von Kessel gegenseitig den Hof machen und dauerhafte Bündnisse schmieden – und nicht als Bühne für geltungssüchtige Rabauken, die sich weigern, einen Drachen zu töten. Dank seiner Teilnahme am Endlosen Walzer gelang es Mikael, eine Einladung zur Geburtstagsfeier des Königs zu ergattern, wo er herausfinden wollte, ob sein Vater tatsächlich den jungen Prinzen ermordet hatte. Sein unsinniger Versuch, die Erinnerungen des Königs zu stehlen, endete katastrophal – und führte zu einem Pistolenduell mit seinem besten Freund.

Ein Söldner entführte einen von Mikaels Freunden, um ihn zur Herausgabe eines Gegenstands zu zwingen, den Mikael ihm dummerweise gestohlen hatte. Beim Versuch, seinen Freund zu retten, fand Mikael immerhin heraus, dass der Söldner einen Revolver besaß, bei dem es sich um ein exaktes Duplikat jener Waffe handelte, mit der der junge Prinz ermordet worden war. Damit konnte er endgültig beweisen, dass der Fall nicht ganz so klar auf der Hand lag, wie bis dahin gedacht. Bei seiner verzweifelten Suche nach der Wahrheit drang Mikael heimlich in Burg Kessel ein, um den König über den Prozess gegen seinen Vater auszufragen. Laut Mikael wollte der König die Unschuld seines Vaters nicht anerkennen. Stattdessen ~~wurde er von der Trauer über den Verlust seines Sohnes und um sein Königreich überwältigt. Und so ...~~

Ich schloss einen heldenhaften Handel mit Mikael: Im Tausch für seine Geschichte half ich ihm dabei, seine Mutter vom Vergessen zu befreien. Ich muss zugeben, dass ich noch immer nicht sicher bin, wie wir es geschafft haben. Vielleicht dank der Kombination unserer magischer Fähigkeiten? Wie auch immer: Als seine Mutter in Sicherheit war, stellte Mikael sich der Strafverfolgung und war bereit, zum Schutz seiner Familie zu sterben ... bis er im letzten Moment doch noch vor seiner Hinrichtung floh und sich in einer Kirche verbarg, wo die Orbis-Söldnerkompanie ihn rettete.

Nun geht Mikael Königmann beim Söldner Schwartz in die Lehre – und wird so lange von jeder Organisation in Kessel verfolgt werden, bis er den eindeutigen Beweis vorlegen kann, dass er nicht den König ermordet hat. Während ich dies hier schreibe, bezweifle ich, dass er noch lange leben wird, da selbst das an ihn gebundene Mitglied der Königsfamilie Rache an ihm nehmen will ...

Simon Anders strich alles, was er bislang geschrieben hatte, durch, zögerte kurz und versuchte dann, das Ende von Mikael Königsmanns Geschichte noch einmal neu zu formulieren. Er kam vier Worte weit, ehe die Spitze seines Kiels zu lange über der Seite schwebte und an einer Stelle, wo eigentlich ein Punkt hingehört hätte, einen dicken schwarzen Tintenklecks hinterließ. Fluchend wischte er das Blatt beiseite und verschränkte die Hände hinter dem Kopf. Irgendetwas stimmte mit der Geschichte nicht. Aber was? Hatte Mikael ihn angelogen? Wenn ja, inwiefern? Was wollte er vor ihm verbergen? Und wieso war er während seiner Hinrichtung in die Kirche des Wanderers geflohen?

Die Ein-Feder-Rabe betrat mit scheppernder Rüstung den Raum des Erzmagiers und stellte sich mit ihrem Metallhelm unter dem Arm Simon gegenüber auf die andere Seite des Tischs. »Aufzeichner«, sagte sie, »ich habe ein paar Fragen, die du mir hoffentlich beantworten kannst.«

»Um was geht es?«, fragte der König der Geschichten und blickte auf.

»Um Kommandeur Angelo Ombra.«

Er sackte in sich zusammen. »Oh. Ich habe ein paar Informationen über ihn. Aber würdest du nicht lieber etwas über den Königsmörder erfahren?«

»Nein.«

Simon hätte am liebsten alle Blätter um ihn herum zusammengeknüllt und an die Wände geworfen. Was für einen Sinn hatte es, Zugang zur Geschichte des Königs der Schwachköpfe zu bekommen, wenn niemand sie hören wollte? Im Moment war sie in etwa genauso beliebt wie die gesammelten Kriegsgedichte der Kämpferin des Thebischen Imperiums.

»Wieso interessierst du dich so sehr für den Kommandeur der Wächter?«

»Ich vermute, dass er die Geschichtsschreibung manipuliert hat.«

»Ich habe die Aufsicht über die Archive«, erwiderte Simon kichernd. »Glaubst du wirklich, irgendein dahergelaufener Muskelprotz ...?«

»Kennst du die Söldnerkompanie, deren Symbol eine zerbrochene Krone ist?«

»Eine zerbrochene Krone? Was hat das ...?« Ein Kloß bildete sich in Simons Hals. Plötzlich ergaben bislang bedeutungslos scheinende Worte einen gewissen Sinn. Er starrte die Rabe an, als hätte sie ihn geohrfeigt. »Wie bist du dahintergekommen?«

»Ich habe in der Kirche des Wanderers etwas gehört, das nicht für meine Ohren bestimmt war.«

»Vielleicht ist es ja doch ein Segen, dass Mikael noch lebt.« Der König der Geschichten bedeutete der Rabe, sich zu ihm zu setzen. »Wollen wir gemeinsam die Wahrheit aufdecken?«

Kapitel 1
Durch das Schicksal gebunden

Es war unser Geburtstag, und zum ersten Mal seit zehn Jahren lud die Prinzessin von Kessel mich dazu ein, ihn gemeinsam mit ihr zu feiern.

Meine Mutter riet mir, nicht hinzugehen. Dass es eine Falle sein würde. Dass die Prinzessin jede erdenkliche Möglichkeit nutzen würde, um den angeblichen Mord an ihrem Vater zu rächen. Meine Geschwister wussten sofort, dass ich die Einladung trotzdem annehmen würde.

Die Prinzessin von Kessel und ich waren am selben Tag zur Welt gekommen, sie zu früh, ich zu spät. Obwohl es kurz vor Frühling gewesen war, hatte es noch einmal kräftig geschneit, und die gesamte Stadt war unter einer dicken weißen Decke begraben gewesen. Aus diesem Grund schafften es die Hebammen nicht mehr rechtzeitig zu unseren Müttern, sodass unsere Väter an ihrer Stelle Geburtshilfe leisten mussten.

Aus irgendeinem Grund hatte das Schicksal beschlossen, das damalige Wetter noch einmal nachzubilden, und so stapfte ich nun durch den Schnee und wünschte mir, der Weg zum Palast wäre nicht so weit. Die Händler versuchten zwar, die Straßen in der Stadt instand zu halten, doch im Hohen Viertel war die Königsfamilie fürs Schneeräumen zuständig. Seit König Isaaks

Tod und meiner vereitelten Hinrichtung hätte der Palast genauso gut ein Mausoleum sein können, so wenig wie von dort nach draußen drang. Die Prinzessin war zweifellos damit beschäftigt herauszufinden, wem sie vertrauen konnte und wen sie loswerden musste.

Nach allem, was man mir während meiner Jugend erzählt hatte, war unsere gleichzeitige Geburt allgemein als gutes Omen betrachtet worden. In der gemeinsamen Geschichte der Kessels und Königmanns hatte es zuvor erst eine einzige andere Verbindung gegeben, die unter vergleichbaren Vorzeichen zustande gekommen war, nämlich die zwischen Berg dem Unvergesslichen und Juri dem Unnötigen. Gemeinsam hatten die beiden Kessel in ein goldenes Zeitalter geführt. Und so hatte man auch von uns Großes erwartet – obwohl wir nicht einmal die zukünftigen Oberhäupter unser beider Familien waren. Was möglicherweise der Grund dafür war, weshalb sich die Prinzessin und ich so obsessiv mit unseren jeweiligen Vermächtnissen und Vorfahren beschäftigten.

Wegen dieses uns zugedachten Schicksals hatte es unsere Eltern auch nicht weiter gewundert, dass wir uns selbst für ein aneinander gebundenes Paar sehr nahestanden. Es hatte Zeiten gegeben, in denen wir uns ganz ohne Worte, allein mit Blicken und mit einem Lächeln miteinander verständigen konnten. Wir waren perfekt füreinander gewesen und hatten, ohne es darauf anzulegen, unsere jeweiligen Schwächen ausgeglichen und Stärken unterstrichen. Die Prinzessin war intelligent und kunstsinnig, doch in größeren Gruppen wurde sie leise und nervös, während ich selbstbewusst und gesprächig auftrat und die Leute mit meiner giftigen Zunge einwickelte, wie die Prinzessin es einmal höchst liebevoll beschrieben hatte. Sie war außerdem die Einzige gewesen, die meine Lügen durchschaute – die großen und die kleinen ... Sie erkannte stets die Wahrheit. Und nun würde sie, weil ich für den Tod des Königs verantwortlich gemacht wurde, meine größte Feindin sein.

Wenn ich sie nicht bald von meiner Unschuld überzeugte, war es nur eine Frage der Zeit, bis sie sich an mir rächen würde. Ich hoffte, diese Einladung würde meine Gelegenheit sein, ihr zu erklären, was wirklich geschehen war. Wenn sie meine Lügen immer noch durchschauen konnte, würde sie mir vielleicht glauben, wenn ich ihr erzählte, was wirklich mit ihrem Vater geschehen war. Doch wenn dies eine Falle war ...

Ich blieb vor dem Tor zum Königsgarten stehen. Hier lag der Schnee höher als in der restlichen Stadt. Eine Fußspur führte in das Gelände hinein. Die Abdrücke waren kleiner als meine, und ich wusste, von wem sie stammten. Die Prinzessin war in den Garten gegangen, und da nur ihre Spuren im Schnee zu sehen waren ... würden wir beide dort allein sehen.

Ich folgte ihren Schritten bis zu einem Kreis aus alten Birken. Als die im Herbst ihre Blätter abgeworfen hatten, war ich noch ein unreifes Bürschchen gewesen, das sich nicht an sein Leben erinnern konnte und sich in seiner zornigen Ichbezogenheit suhlte. Aber nun war ich nicht mehr der, der ich noch vor einem Monat gewesen war. Ich fühlte mich wie neugeboren und als wäre endlich eine schwere Last von mir abgefallen.

Doch Konsequenzen hatten es nun mal an sich, dass sie einen letzten Endes immer einholten. Die Prinzessin, die niemals ohne Grund feierte, hatte mir ein Geburtstagsgeschenk hinterlassen. Ein Grab mitsamt Grabstein, um genau zu sein.

Die Grube war mehr als groß genug für meinen Körper, und in den grob bearbeiteten Marmor waren die Worte *Hier liegt Mikael Königmann* eingraviert. An den mit blutigen Fingerabdrücken übersäten Kanten hingen gefrorene Hautfetzen.

Mitten im Winter war der Boden so hart wie Granit, und die Prinzessin hatte meine letzte Ruhestätte mit bloßen Händen ausgehoben. Den Grabstein hatte sie ebenfalls selbst angefertigt. Um ihn herum lagen kleine Marmorbrocken und feiner Steinstaub verstreut. In der Grube lag ein Strauß Mondtränen. Die mit einer dünnen Schneeschicht bedeckten Blumen waren makellos weiß und leuchteten noch immer schwach. Sie waren erst vor Kurzem, höchstens vor ein paar Stunden gepflückt worden.

Ich ging zum Grabstein, wischte den Schnee von der Oberseite und nahm darauf Platz. Dann holte ich tief Luft und beruhigte meinen Herzschlag, bis ich sicher war, klar und deutlich sprechen zu können. Es gab keinen Grund, die Stimme zu heben. Die Prinzessin würde sich auf keinen Fall meine Reaktion auf ihre Kriegserklärung entgehen lassen und hielt sich zweifellos irgendwo in der Nähe auf. Doch solange sie nicht aus der Deckung kam, würde ich die Gelegenheit nutzen und ihr ungestört mitteilen, was mir auf dem Herzen lag.

»Danke für das hier alles«, begann ich und strich mit den Fingern über die Bruchkanten des Grabsteins. »Dafür musst du ziemlich lange gebraucht haben. Das macht definitiv die fehlenden Geschenke der letzten zehn Jahre wett.« Ich stieß den Atem aus und sah zu, wie er als dünnes weißes Wölkchen meinem Mund entströmte. »Es tut mir leid, dass ich dir heute nichts mitgebracht habe. Schenken war noch nie meine Stärke – bis auf Glückspilz. Auf dieses Geschenk bin ich noch immer stolz.«

Ich erhielt keine Antwort. Stattdessen blies mir der Wind ins Gesicht, als ich wieder aufstand. Ich stapfte, die Hände wegen der Kälte noch immer in den Hosentaschen vergraben, zu einem Baum, der ein klein bisschen größer war als die übrigen. »In den alltäglichen Dingen war ich gut, aber mit den großen

Momenten hatte ich immer Schwierigkeiten. Das war mir zu viel Druck. Zu viele Blicke, die auf mir ruhten. Es fühlte sich an, als würde alles, was ich tat, beobachtet und seziert werden.« Ich zögerte. »Ich weiß noch, dass ich dir zu deinem siebten Geburtstag ein in schwarzes Leder gebundenes Tagebuch besorgt habe, das nach Geheimnissen und Knochenmehl roch. Alle, die ich fragte, sagten mir, es wäre ein angemessenes Geschenk von einem Königmann für seine Königliche. Es sei praktisch und zeige, dass ich das Wesen unserer Verbindung verstünde. Dass ich allmählich reifen und mir meiner Pflichten bewusst würde.« Ich trat gegen den Fuß des Baums und beobachtete, wie Schnee von einem Ast fiel und mit einem dumpfen Geräusch auf dem Boden landete. »Es war ein lausiges Geschenk. Zu unpersönlich für uns beide. Doch du hast lieb gelächelt und dich mit zusammengebissenen Zähnen bedankt, aber ich wusste, dass du es hasst. Wir waren beste Freunde, und unsere Verbundenheit war nur ein Aspekt unserer Beziehung – nicht ihr Fundament.« Ich holte tief Luft. »Ich hätte meinem Gefühl folgen und dir stattdessen die Glaskette mit dem herzförmigen Anhänger geben sollen. Das wäre damals das Richtige gewesen. Dein Geschenk zum neunten Geburtstag konnte ich dir nie offiziell überreichen ... aber besser spät als nie, nicht wahr?« In den Baumstamm waren mit kindlichem Gekrakel die Worte *Mikael und die Prinzessin – durch das Schicksal verbunden, aber sie hätten sich auch so ausgesucht* geschnitzt. »Entschuldige bitte, es ist ziemlich kindisch. Ich war acht, als ich das gemacht habe.« Ich kehrte zur Grube zurück und streckte die Zehen über den Rand, als wollte ich hineinspringen. »Nichts, was ich jetzt sage, wird dich dazu bringen, mir zu verzeihen oder zu glauben, dass ich nichts mit dem Tod deines Vaters zu tun habe. Also beobachte mich ruhig weiter. Das Ungeheuer, nach dem du suchst, wirst du dabei nicht entdecken – nur den dummen Jungen, den du von früher kennst.«

»Ich werde dich töten, Mikael Königmann«, erklang aus dem Nichts eine Stimme.

Im Gegensatz zu den Erinnerungen an Dana, die wie eine Sturzflut über mich hereingebrochen waren und mir dabei fast den Schädel gesprengt hatten, kehrten meine Erinnerungen an die Prinzessin nur tröpfchenweise zurück. Ich fragte mich, ob sie manipuliert worden waren oder ob ich sie vergessen hatte. Vielleicht hatte ich sie als Kind tief in mir vergraben, um nach meinem Vater nicht noch jemand bewusst verlieren zu müssen, den ich liebte.

Ich reagierte auf ihre Drohung mit einem Lächeln, weil sich in meinem Verstand etwas öffnete und ihren lange verschollenen Namen freigab. »Greif mich mit allem an, was du hast, Serena Kessel.« Das Gekritzel auf dem Baumstamm veränderte sich. *Die Prinzessin* wurde zu *Serena*. »Ich verspreche dir, dass ich nie mehr weggehe.«

Es kam keine Antwort, was mich allerdings nicht überraschte. Serena war unter Druck noch nie sehr schlagfertig gewesen. Worte waren meine Stärke, sie ließ lieber Taten für sich sprechen. Wenn wir Feinde sein würden, war dies der letzte Moment, in dem ich mich einigermaßen gegen sie behaupten konnte und sicher vor ihr war. Serena machte keine halben Sachen. Ich würde mich also sehr anstrengen müssen, wenn ich unseren Krieg überleben wollte.

Im Licht des zerbrochenen Mondes und der vereinzelten Sterne kehrte ich zur Burg Königmann zurück.

Auf dem Weg durch die Stadt, über die Serena eines Tages herrschen würde, ging sie mir nicht aus dem Kopf. Als ich an einem Süßwarenladen vorbeikam, erinnerte ich mich daran, wie sie mit Erdbeermarmelade gefülltes Gebäck in ihrem Zimmer gehortet hatte, um sich immer an den Sommer erinnern zu können. Als ich an meinen Fahndungsbildern vorüberging, hörte ich sie in Gedanken lachen. Sie hätte sich bestimmt darüber lustig gemacht, dass meine Nase auf der Zeichnung wie eine üble Warze aussah. Während sich auf der Gerichtshöhe Niederadelige aus den Fenstern ihrer Häuser lehnten und mich anpöbelten, roch ich ihr Lieblingsparfüm – eine Mischung aus Orangen und Zitronengras. Und manchmal sah ich sie aus dem Augenwinkel, so nahe, dass ich ihren Atem auf meinem Nacken spüren konnte. Doch sobald ich mich umdrehte, war sie verschwunden.

Ich war so tief in Gedanken versunken, dass mir fast etwas entgangen wäre, das seit mehr als zwanzig Jahren nicht mehr geschehen war.

Vor dem Tor von Kessel standen Flüchtlinge und baten um Aufnahme.

Gemeinsam mit den Leuten um mich herum beobachtete ich überrascht, wie eine Horde Menschen in die Stadt taumelte. Die meisten von ihnen fielen stöhnend auf die Knie und umklammerten die Beine der Advokatoren. Anfangs schienen es nur ein oder zwei Dutzend zu sein, doch schon bald waren es ein paar hundert, und es kamen noch immer weitere nach. Ein paar waren bandagiert, manche bluteten, andere hatten frische rote Brandwunden, von denen die Haut abblätterte. Wieder anderen fehlten Gliedmaße. Einige wenige mit roten Strichen auf den Körpern fingen Feuer, sobald ihre Füße das Kopfsteinpflaster berührten. Sie flehten kreischend um Celonas Gnade, während sie starben. Die restlichen Neuankömmlinge schrien, dass die Verderbnis nach Kessel gekommen sei, eine von einem goldanischen Fluch verursachte magische Krankheit, die die Flüchtlinge von innen heraus mit Flammen verzehrte.

Es gab keinen Hinweis darauf, woher sie gekommen waren – aus einer anderen Stadt oder einem ganz anderen Land. Bürger aus Kessel, die ursprünglich Platz gemacht hatten, um die Flüchtlinge passieren zu lassen, schoben sich nun an den gesünderen von ihnen vorbei, um zu den schwer erkrankten zu gelangen. Innerhalb eines einzigen Augenblicks war Chaos ausgebrochen.

Wo auch immer der Prinz und die Prinzessin sich gerade aufhalten mochten, sie waren vermutlich noch schockierter über diese Ereignisse als ich.

Was würde Serena tun? Würde sie die Flüchtlinge bleiben lassen oder sie hinauswerfen?

So oder so würde ich wohl nicht mehr ihr größtes Problem sein.

KAPITEL 2
ERINNERUNGEN AUS TINTE

Am nächsten Morgen stach mir das Sonnenlicht in die Augen, und dumpfe Schmerzen erfüllten meinen Körper, der zudem noch eiskalt war von den vielen Stunden, die ich unter der viel zu dünnen, kalten Decke wach gelegen hatte. Ich konnte mich nicht mehr erinnern, wann ich zum letzten Mal eine ganze Nacht durchgeschlafen hatte. Meistens plagten mich Albträume über den Selbstmord des Königs. Sie waren sogar noch schlimmer als die Träume von den Unruhen in Burg Königmann und sorgten dafür, dass ich mich abzulenken versuchte, während der Rest der Stadt schlief. Der einzig gute Nebeneffekt meiner Ruhelosigkeit war, dass ich die Zeit dazu genutzt hatte, meine Schießkünste zu verbessern. Dabei hatte ich mich zum Gespött zahlreicher aufgemalter Zielscheiben gemacht.

Normalerweise konnte ich mir mit dem Aufstehen Zeit lassen, aber heute wollte Mutter, dass wir alle gemeinsam frühstückten. Den Grund dafür erkannte ich sofort, als ich aus dem Zimmer trat, das ich mir mit meiner Schwester teilte. In der Mitte des sonnendurchfluteten Burgsaals stand ein wuchtiger Ahorntisch, der so groß war, dass ohne Weiteres dreißig Personen an ihm Platz finden konnten. Er unterschied sich nicht nur sehr von dem verrotteten und staubbedeckten Holzmobiliar um ihn herum, sondern auch von dem Tisch, der in meiner Kindheit an dieser Stelle gestanden hatte. Dennoch musste ich an meinen Vater denken, als ich mit den Fingern über seine glatte Oberfläche strich, und an die ausgefeilten Trinksprüche, die er vor jeder Mahlzeit ausgebracht hatte. Wäre ich nicht so müde gewesen, hätte ich geweint.

»Die Reitters haben ihn gestern Nacht gebracht, als du schon schliefst«, erklärte meine schwarzhaarige und braun gebrannte Schwester. Sie hatte die Statur eines Schmieds. Ihre aufgekrempelten Ärmel enthüllten nicht nur ihre Unterarme, die muskulöser waren als die der meisten Soldaten, sondern auch die Krone, die auf ihrem linken Handrücken eingebrannt war. Um den Hals trug sie das rote Tuch unserer Mutter. »Sie sagten, wenn wir schon hier wohnen, sollten wir wenigstens einen Essplatz haben. Leon und ich haben Rotz und Wasser geheult.«

»Ich habe ganz vergessen, wie wichtig Mama und Papa unsere Familienmahlzeiten waren.«

»Wie konnte dir das nur entfallen?«, fragte Mutter, die hinter Jenn eintrat. Leon ging neben ihr her und trug einen dampfenden Topf. Im Gegensatz zu Jenn hatte er sein Brandmal über der Augenbraue unter dem Rand einer Wollmütze verborgen.

»Ohne diese gemeinsamen Mahlzeiten hätte keiner von euch etwas über unsere Familiengeschichte erfahren. Ich muss euch ja sicher nicht erklären, wie wichtig das war und auch in Zukunft sein wird.«

Leon stellte den Topf ab, reichte jedem von uns einen Löffel und setzte sich zu meiner Schwester und mir. Mutter blieb hinter dem Stuhl am Kopfende des Tischs stehen. Das war der Platz meines Vaters gewesen und nun ihrer. Sie fasste sich ein Herz und sah ihren Kindern in die bernsteinfarbenen Augen.

»In den kommenden Tagen werden wir ein paar schwere Ent-

scheidungen treffen müssen. Einige von ihnen werden keinem von euch gefallen, andere werdet ihr mögen.«
»Hat eine dieser Entscheidungen etwas mit Betten zu tun?«, fragte ich. »Es ist nämlich wirklich grässlich, auf dem Boden zu schlafen.«
»Mikael.«
»Tut mir leid, Mama.«
Jenn grinste von einem Ohr zum anderen. »Es tut gut, wieder zu Hause zu sein.«
»Ich bin nur froh, dass ausnahmsweise mal nicht ich Mikael maßregeln muss«, sagte Leon.
»So schlimm war es auch wieder nicht, Leon.«
»Ihr beide habt euch fast jeden Tag gestritten«, sagte Jenn, die mit ihrem Löffel spielte.
»Wir konnten uns nicht zusammen in einem Raum aufhalten«, fügte Leon hinzu.
»Das ist aber jetzt ein bisschen übertrieben, findet ihr nicht?«, fragte ich.
»Nein«, erwiderten sie wie aus einem Mund.
»Ihr beide seid ...«
»Das reicht jetzt«, sagte meine Mutter und setzte sich auf ihren Platz. »Wir wissen alle, dass Mikael nur das hört, was er hören will. So war er schon als Kind.«
»Mama!«
Die anderen lachten, während ich errötete.
»Langt alle kräftig zu. Ich verspreche euch, dass wir nach den Betten Teller und Schüsseln besorgen.«
Als keiner von uns dreien den Löffel in den mysteriösen roten Inhalt des Topfes tauchte, sah Mutter uns fragend an. »Was ist los?«
»Wer hat das zubereitet?«, fragte ich. »Und was ist das?«

»Ich, es ist ein Brei aus roter Bete«, erwiderte Mutter. »Eure Großmutter hat ihn oft für mich gekocht, als ich ein Kind war. Ich war eine sehr gute Köchin, bevor ich euren Vater geheiratet habe und mich auf ... Probiert es einfach.«

Mutig steckte ich meinen Löffel in den Topf und kostete von dem Brei. »Ich wünschte, wir hätten etwas Brot dazu, aber ich glaube, es schmeckt mir.«

»Wirklich? Aber es ist doch bestimmt nicht so gut wie Angelos ...« Jenn brach ab und ballte die Fäuste.

»Werden wir irgendwann darüber sprechen, was er uns angetan hat?«, fragte Leon leise. »Oder zögern wir das Unvermeidliche immer weiter hinaus?«

»Das hat nichts mit zögern zu tun«, stellte Mutter fest. »Wir können bloß noch nicht offen gegen Angelo vorgehen. Da die Königlichen und Efyra glauben, dass Mikael König Isaak getötet hat, werden sie auf alles, was wir gegen sie unternehmen, mit Gewalt reagieren. Und solange Angelo für die Waage arbeitet, schließt das auch ihn mit ein. Mikael ist für sie tabu, aber wir anderen leider nicht.«

»Was werden wir dann tun?«, fragte Jenn.

»Wir bereiten uns vor«, erwiderte Mutter. »Sobald Mikaels Unschuld bewiesen ist, können wir uns um Angelo Ombra kümmern. Aber dazu müssen wir erst herausfinden, wer er ist und was er vorhat.«

»Ich weiß, was er vorhat«, entgegnete ich. »Er will alle Hochadligen vernichten, weil sie seiner Frau und seinem ungeborenen Kind irgendetwas angetan haben.«

»Aber was genau bedeutet *vernichten*? Will er die Adelshäuser zerschlagen und sich anschließend selbst zum König krönen? Oder möchte er nur auf ihren Ruinen tanzen?«

Leon zupfte mit rotem Gesicht an einer Blutkruste an seinem

Unterarm, bis die Wunde erneut aufbrach. »Das ist einfach lächerlich. Wir haben zehn Jahre mit diesem Mann zusammengelebt. Wieso wissen wir überhaupt nichts über ihn? Warum hat keiner von uns bemerkt, dass er uns manipuliert hat?«

»Wir waren alle zu sehr auf uns selbst konzentriert«, sagte ich. »Das müssen wir in Zukunft besser machen.«

Gelöscht, weil Geschwafel: Wenn es etwas gab, das meine Geschwister beschämen konnte, dann das Eingeständnis ihres egozentrischen Bruders, dass er zu selbstsüchtig gewesen sei.

Während meine Geschwister und ich zu essen begannen, ging meine Mutter um den Tisch herum, um ihre Muskeln zu kräftigen. Zwischendrin hielt sie immer wieder an und nahm sich ebenfalls etwas aus dem Topf. Sie hatte im Laufe des vergangenen Jahrzehnts zu viel Gewicht verloren, um eine Mahlzeit auszulassen.

»Ich muss euch etwas sagen«, beendete Leon schließlich das Schweigen. »Karolin und ich werden in ein paar Tagen auf Burg Reitter einen Empfang geben, um offiziell unsere Hochzeit und die Geburt unseres Kindes anzukündigen. Ich möchte, dass ihr alle kommt. Es wird ein gesellschaftliches Ereignis, aber kein allzu großes. Hoffe ich zumindest.«

Da mir das Gespräch über Angelo die Laune verhagelt hatte, fiel mir dazu auf die Schnelle keine launige Bemerkung ein, und so antwortete ich nur: »Ich werde auf jeden Fall da sein. In einer Familie hält man zusammen.«

Jenn und meine Mutter nahmen die Einladung ebenfalls an. Leon seufzte tief. Mir wurde bewusst, wie schwer diese simple Frage auf ihm gelastet haben musste. Es würde sicher nicht einfach für ihn werden, mich bei diesem Ereignis dabeizuhaben.

Die Prinzessin würde vermutlich ebenfalls kommen. Als Kinder waren Serena und die Töchter der Reitters, soweit die

Pflichten der Prinzessin es zugelassen hatten, unzertrennlich gewesen. Offensichtlich war das Band zwischen ihnen immer noch so stark, dass Karin Reitter sich dazu verpflichtet gefühlt hatte, eine Rabe zu werden und ihre alte Freundin zu beschützen. Als ich klein gewesen war, hatten die drei, wenn sie gemeinsam aufgetreten waren, mich immer eingeschüchtert, ganz egal wie selbstbewusst ich mich in ihrer Gegenwart gegeben hatte. Aus irgendeinem Grund wirkte eine Mädchenclique, die fest zusammenhielt, unzugänglicher als eine Schatzkammer.

Leon wandte sich zu mir um. »Ich gehe mir eine neue Tätowierung stechen lassen. Würdest du mich bitte begleiten, Mikael?«

Jenn sah mich forschend an. Offenbar fragte sie sich, was ich diesmal angestellt hatte. Doch ich konnte nur die Achseln zucken. Mir war es so vorgekommen, als würde sich die Beziehung zwischen Leon und mir endlich zum Besseren wenden. Wir gingen noch immer ein bisschen steif miteinander um, da es nach einem Jahrzehnt voller Streitigkeiten natürlich eine Weile dauerte, bis wir einander voll vertrauten, aber ich hatte nicht die geringste Ahnung, worüber er mit mir sprechen wollte.

Während Mutter und Jenn die Reste des Frühstücks abtrugen, verließen Leon und ich Burg Königmann. Keiner von uns beiden sagte etwas, bis wir die westliche Brücke überquert hatten und auf das Studentenviertel zuhielten.

»Was glaubst du, wie viele Flüchtlinge es sind?«, fragte Leon schließlich und trat gegen einen Schneehaufen, der sich im Rinnstein der Straße gebildet hatte. Er war so festgebacken, dass er sich kaum bewegte.

»Hunderte, wenn Kessel Glück hat. Vielleicht aber auch Tausende.«

»Karin sagt, dass ihre Eltern einen Rückgang bei den Vorratslieferungen bemerken. Immer weniger Söldnerkompanien sind dazu bereit, die notwendigen Transporte zu schützen. Wenn die Hochadligen sich einmischen und die Prinzessin dazu zwingen, die Rebellion niederzuschlagen, können wir vielleicht verhindern, dass wir alle verhungern.«

»Wenn die Prinzessin die Sache ein für alle Mal beenden könnte, hätte König Isaak es doch bereits getan, meinst du nicht?«

Leon legte den Kopf schief, bis seine Nackenwirbel knackten. »Ein Krieg kanalisiert die Wut des Volkes. Und er kann dazu führen, dass ein Tyrann wie ein Held dasteht, wenn er es richtig anstellt. Die Prinzessin ist nicht beliebt. Dafür hält sie sich viel zu sehr aus der Öffentlichkeit fern. Die Leute hassen sie bloß weniger als ihren Bruder und sind … na ja, vor allem auf dich wütend.«

»Daran wird sich auch so schnell nichts ändern.«

»Nicht solange Efyra lebt.«

»Na wunderbar.« Ich schüttelte den Kopf und lachte leise. Als wäre die Prinzessin nicht schon schlimm genug, musste ich mich nun auch noch mit der Anführerin ihrer wahnsinnigen Leibgarde herumschlagen. Nur weil ich Chloe in der Kirche des Wanderers besiegt hatte, bildete ich mir nicht ein, gegen irgendeine der anderen Raben bestehen zu können. »Wie ist es?«, fragte ich, um das Schweigen zu durchbrechen. »Habt du und Karolin schon einen Hochzeitstermin festgelegt?«

»Im Frühjahr, vielleicht auch erst im Sommer. Genauer können wir das noch nicht sagen. Obwohl oder vielleicht auch gerade weil ich ein … alles andere als idealer Bräutigam für Karolin bin und unser Kind als Skandal betrachtet werden könnte, ist unsere Heirat eine politische Angelegenheit. Aber immerhin nicht unsere Liebe.«

»Stört es dich?«

»Meinst du all die Politik?«, entgegnete er. Als ich nickte, zuckte er die Achseln. »Nein. Ich wusste ja, worauf ich mich einlasse. Das Einzige, was ich mir nicht klargemacht habe, war, dass ...«
Ich erkannte, dass Leon nicht verstummte, weil er den Faden verloren hatte, sondern weil er einfach nicht fortfahren wollte. Also beendete ich den Satz für ihn: »Dass ich alles durcheinanderbringe? Du bist wieder das nächste Oberhaupt der Familie Königmann.«

»Ich war immer der Erbe«, erwiderte Leon. »Zwar nur eines verlorenen Vermächtnisses und einer Burg voller Spinnweben, aber die Hochadligen haben dafür gesorgt, dass ich das niemals vergesse.«

»Willst du es denn vergessen?«

»Spielt das eine Rolle?«, fragte er. »Ich bin Leonardo Königmann, das künftige Oberhaupt der berüchtigtsten Familie in der Geschichte von Kessel. Und wenn ich eines Tages sterbe, wird diese Bürde auf meinem Kind lasten.«

»Du könntest auf dein Erbe verzichten, wenn du möchtest. Dann wäre es meine Verantwortung.«

»Wenn es doch nur so leicht wäre. Du gehörst jetzt zur Orbis-Kompanie. Darum könnten sie, wenn sie wollten, alle Besitztümer unserer Familie für sich einfordern.«

Wir bogen in eine Gasse ein. »Das ist lächerlich«, entgegnete ich.

Ein Stück vor uns lehnte ein Mann mit einem Kapuzenumhang an einer Mauer. Als er uns bemerkte, lief er davon.

»So lautet das Gesetz. Wir wissen, dass Schwartz dich gerettet hat, aber wir haben keine Ahnung, wieso. Bis wir das herausfinden, will Mama ihnen bestimmt nicht den Mund wässrig machen.«

»Wenn du den Namen Reitter annehmen würdest«, sagte ich,

»müsste ich also gleichzeitig jedes Recht an unserem Familiennamen aufgeben, um unser Vermögen zu beschützen. Rechtlich gesehen wäre ich dann kein Königmann mehr … und Jenn wäre das zukünftige Oberhaupt der Familie.«
Es dauerte einen Moment, bis ich die gesamte Tragweite meiner eigenen Worte erfasste. Wenn das geschah, würde ich vielleicht meinen Familiennamen behalten dürfen, aber alles andere aufgeben müssen, darunter auch unseren Landbesitz und meine Erbrechte. Wenn ich das tat, überlegte ich weiter, konnte jede Spur von mir aus unserer Familiengeschichte getilgt werden. Es war mir schwergefallen, mein Vermächtnis dem Aufzeichner Simon anzuvertrauen, aber immerhin hatte ich gewusst, dass ich weiterhin ein Königmann sein würde. Nun könnte ich auch das verlieren.

»Wirst du wieder …?« Ich konnte den Satz nicht zu Ende bringen, da ich mich vor der Antwort fürchtete. Ich wollte herausfinden, wer mein Bruder seiner Meinung nach sein musste – im Gegensatz zu dem, der er war. Ich wollte wissen, wieso mein Bruder den Namen jeder Person, die er hingerichtet hatte, als Tätowierung auf dem Körper trug. Niemand hatte es ihm aufgetragen. Er tat es aus eigenem Antrieb, und ich hatte nie verstanden, wieso. Wer wollte schon ständig an all die Schmerzen erinnert werden, die er anderen zugefügt hatte? Aber ich brachte es nicht über mich, ihn danach zu fragen.

Leon blieb vor einer Tür stehen. Auf dem schäbig wirkenden Schild darüber stand: *Freiwillige Schmerzen.* Dass die Schriftfarbe an Blut erinnerte, war bestimmt kein Zufall. Ein wirklich nobler Laden.

»Warte hier. Namen dauern nicht lange.«

»Wieso soll ich draußen bleiben? Du wolltest doch, dass ich dich begleite.«

»Weil ich nicht möchte, dass du siehst, wie viele Namen auf meinem Körper stehen.« Mit diesen Worten betrat Leon das Gebäude.

Als die Tür hinter ihm zufiel, setzte ich mich mit dem Rücken an die Wand gelehnt auf den Boden und beobachtete die Passanten. Es war immer noch früh, und die meisten befanden sich auf dem Weg zur Arbeit.

Eine Frau mit Kapuze, die ähnliche Trinkgewohnheiten wie Domet zu haben schien und nach Kanalisation stank, torkelte ein wenig herum und rutschte dann neben mir an der Wand herunter. Sie beugte sich zu mir und bot mir ihre Flasche an. Ich lehnte ab. Sie gönnte sich selbst einen Schluck, schlang einen Arm um mich und legte den Kopf auf meine Schulter. Als ich sie gerade wegstoßen wollte, fragte sie: »Hat es sich gut angefühlt?«

»Hat sich was gut angefühlt?«

Sie strich mir mit ihren spitzen Fingernägeln über den Hals. Schaudernd bemerkte ich, dass sie gleichzeitig eine Steinschlosspistole an mich drückte, die sie unter ihren weiten Gewändern verborgen hielt. »König Isaak zu ermorden natürlich. Was sollte ich sonst meinen?«

Bei der Frau, die neben mir saß, handelte es sich um Emilia Preiss, die Rebellenkaiserin. Sie hatte sich die Haare kurz geschnitten und an den Seiten abrasiert. Außerdem trug sie Schminke, um die auffällige Narbe zu bedecken, die von ihrem rechten Auge bis zum Unterkiefer verlief und im Kragen verschwand. Sie war nach wie vor erschreckend schön und außerdem offenbar total durchgedreht, wenn sie es für eine gute Idee hielt, einfach so in Kessel herumzuspazieren.

»Emilia«, sagte ich.

»Du erinnerst dich an mich«, erwiderte sie und fuhr sanft

mit den Nägeln an meinem Hals auf und ab. »Nach unserer Begegnung auf dem Friedhof habe mich mir Sorgen gemacht. Du wirktest so kalt, abweisend und … verloren.«
»Du hast Jamal umgebracht.«
»Wen?«
»Jamal Wickert, den Jungen, der mit mir zusammen auf dem Friedhof war. Du hast einem deiner Rebellen befohlen, ihn zu erschießen.«
»Hmm, daran kann ich mich gar nicht erinnern.«
»Du kannst dich *nicht daran erinnern*, dass du …?«
»Na, na, na«, sagte Emilia und drückte mir die Pistole fester in die Seite. »Nicht unhöflich werden, Mikael. Wenn ich den Abzug betätige, bist du tot – oder schlimmer noch: von der Hüfte abwärts gelähmt.«
»Mach schon«, spornte ich sie an. »Erschieß mich und mach mich zu dem Märtyrer, der du unbedingt sein willst.«
Emilia verzog das Gesicht, sagte aber nichts, während sie mir weiter die Pistolenmündung an die Hüfte gepresst hielt.
»Wenn du mich töten wolltest, hättest du es bereits auf dem Friedhof erledigt. Glaubst du etwa, ich hätte vergessen, was du da zu mir gesagt hast? Aus irgendeinem Grund bin ich zu wertvoll für dich, um mich umzubringen. Wenn du also gekommen bist, um dich mit mir zu unterhalten, dann fang jetzt damit an.«
»Du erinnerst dich an meine Worte! Das macht mich sehr glücklich.« Emilia pfiff. Ganz in der Nähe gingen Fensterläden auf und gaben den Blick auf zwei Männer frei, die an den Rahmen gelehnt zu uns heruntersahen. Sie hatten beide die geschlossene rote Rebellenfaust über die Augenbrauen tätowiert.
Als Nächstes drückte Emilia mir lächelnd die Pistole in die Hand. Der Abzug fehlte, die Holzverschalung war gesplittert und die Mechanik verrostet. In diesem Zustand würde sie

keinen Schuss abgeben und ließ sich nicht einmal als Knüppel verwenden. »Meine Wachen werden uns beobachten und sichergehen, dass du nichts anderes machst, als mit mir zu reden. Ist das für dich in Ordnung?«

»Ja.«

Ihre Nägel strichen noch immer an meinem Nacken auf und ab. Ich verkniff mir all die Schimpfworte, mit denen ich sie belegen wollte, und fragte stattdessen: »Was willst du, Emilia?«

»Herausfinden, wie es meinem zweitliebsten Königmann ergeht. Ich habe gehört, du hast versucht, meinen Vater vor dem Zorn des Verdorbenen Prinzen zu beschützen. Ich bin froh, dass du trotz eurer gegenseitigen Abneigung vor seinem Tod nett zu ihm gewesen bist.«

»Ich habe nicht versucht, ihn zu beschützen, sondern nur gezögert, ihn selbst umzubringen. Der Verdorbene Prinz war ganz einfach schneller als ich.«

»Dieses Zögern war ein Ausdruck von Liebe, Mikael.« Sie legte wieder den Kopf an meine Schulter. »Daher frage ich mich, ob du vielleicht bereit bist, dich der Rebellion anzuschließen. Ob du es glaubst oder nicht, normalerweise komme ich nicht nach Kessel. Aber heute musste ich jemand treffen, und unsere zufällige Begegnung hier ist vielleicht ein Wink des Schicksals, dass wir beide zusammengehören.«

»Du hast meinen Freund ermordet. Glaubst du wirklich, dass ich mich euch anschließen würde?«

»Wieso nicht?«, erwiderte sie leichthin. »Du hast König Isaak umgebracht. Meine Rebellen ehren dich dafür mehr als deinen Vater. Du bist eine Ikone. Ein Symbol. Eine Legende des Widerstands.« Sie biss sich auf die Unterlippe. »Ein perfektes Beispiel für die nachwachsende Generation.«

Mir lag eine provokante Antwort auf der Zunge, doch noch mehr drängte sich mir eine Frage auf: »Weshalb hast du König Isaak nicht selbst umgebracht, als du nach deiner Gerichtsverhandlung die Gelegenheit dazu hattest? Was danach geschah, hast du unmöglich vorhersehen können.«

Sie lachte leise. »Wieso gehst du davon aus, dass wir Rebellen es auf den König abgesehen hatten?«

»Auf dem Friedhof hast du gesagt ...«

»... dass die Rebellion das Ziel hat, einen Tyrannen zu töten, dessen Regime niemals enden wird. Der König ist zwar nicht perfekt gewesen, aber er war kein Tyrann. Er hat nicht den Lauf der Geschichte verändert. Er war ein nicht weiter wichtiger Mann, der nie aus dem Schatten seiner Schwester heraustreten konnte.«

»Von wem sprichst du dann ...?« *Ihn* konnte sie doch nicht kennen, oder? Nein, das war unmöglich.

Als wüsste sie, was ich dachte, flüsterte Emilia: »Du warst nicht der Einzige, der in jener Nacht etwas gehört hat, das nicht für seine Ohren bestimmt war. Wir wollen beide das Vermächtnis deines Vaters weiterführen, aber ich frage mich, wer von uns beiden als Held und wer als Schurke in Erinnerung bleiben wird.«

»Du redest Unsinn«, sagte ich mit zitternder Stimme.

»Carl Domet ist unsterblich«, erwiderte sie so leise, dass ich sie gerade noch verstehen konnte.

Domet hatte sich also getäuscht. Es gab auch noch andere, die sein Geheimnis kannten. Aber woher wusste ausgerechnet Emilia davon?

»Willst du wissen, wie ich darauf gekommen bin?«, neckte sie mich. »Ich sage es dir, wenn du mich nett darum bittest.«

»Ich habe keine Ahnung, wovon du sprichst.«

»Lügner. Willst du seinen richtigen Namen hören? Er ist ziemlich interessant.«

Natürlich wollte ich das, aber ihr gegenüber würde ich das auf keinen Fall zugeben. »Glaubst du wirklich, dass du ihn aufhalten kannst, obwohl niemand sonst es geschafft hat?«

»Ich bin die Einzige, die das vermag.« Emilia kniete sich vor mich hin und beugte sich so weit vor, dass ihre Lippen mein Ohr berührten. »Wenn du es je satthast, immer auf der Verliererseite zu stehen, dann komm in mein Lager. Meine Leute werden dich direkt in mein Zelt eskortieren. Wir wären das perfekte Paar, um die neue Generation zu beherrschen, findest du nicht? Denk darüber nach.«

Da sie diese Situation viel zu sehr zu genießen schien, beschloss ich, ihr die Laune zu vermiesen. »Stört es dich eigentlich?«

Emilia zögerte einen Moment. »Was meinst du?«

»Dass du mich nicht auf deine Seite ziehen kannst. Ich hasse Domet, aber ich würde lieber ihm die Füße küssen, als dir zu helfen. Egal wie deine Pläne aussehen, ich will damit nichts zu tun haben.«

Sie lächelte. »Du weißt ja, wo ich wohne. Aber versuch nicht, mir jetzt zu folgen, Mikael. Was ich in Kessel vorhabe, ist vertraulich.«

Ich deutete auf die beiden Wächter über uns. »Wirst du meinem Bruder etwas antun, wenn ich mich nicht daran halte?«

»Nein.« Ihr Blick wurde weicher. »Seine Zeit in diesem Krieg ist bald vorbei. Und ich habe keine Lust, jemanden zu verletzen, der mal in mich verliebt gewesen ist.« Sie stand auf, breitete die Arme aus und entfernte sich rückwärts von mir. »Halt mich auf, wenn du es schaffst, Mikael.« Damit verschwand sie um die Ecke.

Ich rannte ihr nach und gelangte in eine Straße voller Leute, die alle genauso angezogen waren wie sie. Sie umkreisten mich, als wäre ich das Zentrum eines Strudels, und stießen mich in alle Richtungen, bis ich Emilia irgendwo in der Nähe der Hängegärten aus den Augen verlor. Dann schwirrten sie wie Fliegen davon und ließen mich allein zurück.

Gegen meinen Willen musste ich darüber lachen, wie Emilia mich an der Nase herumgeführt hatte. Ich hatte geglaubt, sie wäre verunsichert, weil ich ihren Bluff durchschaut hatte, doch damit hatte sie mich nur in falsche Sicherheit gewiegt, ehe sie eine ganze Armee auffuhr, die ihr beim Verschwinden half. Bei unserer nächsten Begegnung würde ich sie nicht mehr davonkommen lassen. Doch dafür benötigte ich Verbündete. Hoffentlich würde sie mit der Person, mit der sie sich in Kessel traf, wer auch immer das war, keinen weiteren Anschlag planen.

Ich schleuderte die nutzlose Pistole in den Rinnstein und kehrte wieder in die Gasse zurück, bevor Leon mit seiner neuen Erinnerungstätowierung aus der Tür trat. Er rieb lächelnd über die Haut, die die Stelle an seinem linken Handgelenk umgab. Der mit kursiven Buchstaben geschriebene Name lautete: *Karolin*.

»Ich habe den Tätowierer ihre Handschrift nachahmen lassen«, sagte er. »Karolin war dagegen. Sie sagte, das wäre zu peinlich, aber ich konnte sie überzeugen.«

Nach meiner Begegnung mit Emilia war ich immer noch wütend und malte mir tausend Szenarien aus, die alle mit ihrem Tod oder ihrer Kerkerhaft endeten. Doch ich bemühte mich, mir meine Verbitterung nicht anmerken zu lassen. »Es sieht toll aus.«

»Ja, nicht wahr? Nun werde ich immer ein Stück von ihr mit mir herumtragen.«

»Ich freue mich, dass du so glücklich bist.«

»Ich auch.« Leon verstummte und sah mich zum ersten Mal, seit er das Gebäude verlassen hatte, richtig an. »Bist du es auch?«

»Bin ich was auch?«

»Glücklich?«

Wie sollte ich ihm denn darauf antworten?

»Du hast immer noch Zeit, dich zu verlieben und dir ein eigenes Leben aufzubauen ... bevor ...« Leon blickte zur Burg Königmann..»... bevor wir das werden, wozu wir erzogen wurden. Ich habe mich immer gefragt, ob Liebe diese Bürde erträglicher macht.«

Ich verlagerte das Gewicht und damit auch die unsichtbare Last auf meinen Schultern. »Glaubst du, dass es so ist?«

Leon strich sanft mit den Fingern über sein linkes Handgelenk. »Ich hoffe es.«

Wir verabschiedeten uns voneinander, ehe wir noch rührseliger werden konnten. Leon ging zu seiner Verlobten, um ihr seine neue Tätowierung zu zeigen, und ich kehrte zur Burg Königmann zurück.

Als ich dort eintraf, war nur meine Mutter da und saß mit einem halb aufgegessenen Brotlaib vor sich am Tisch.

»Mama?«, sprach ich sie an.

Als sie meine Stimme hörte, hob sie den Kopf und drehte sich zu mir um. »Mikael! Ich habe gehofft, dass du bald zurück sein würdest. Ich habe ein paar Fragen an dich.« Sie zögerte. »Das Brot hier gehört dir, wenn du es haben möchtest. Jenn und ich haben bereits gegessen.«

Ich nahm Platz und riss ein Stück vom Laib ab. »Geht es um die Nachfolge?«

»Nein«, sagte sie nachdrücklich. »Darüber diskutieren Leon und ich noch. Ich hatte gehofft, du könntest mir ein paar andere Dinge erklären. Zum Beispiel, weshalb unsere Schatzkammer leer ist.«

»Alles geklaut. Hauptsächlich von der Königsfamilie, aber die Aufständischen haben sich auch bedient.«
»Was ist mit den Familien Schneider, Diener und Hafenmeister? Sie müssen doch zumindest etwas von unserem Vermögen beschützt haben, damit euch dreien ein Erbe bleibt.«
»Nach Papas Hinrichtung haben sie die Verbindung zu uns abgebrochen«, erwiderte ich mit vollem Mund.

Mutter klopfte mit den Fingern auf den Tisch. »Dann hat Leon also nicht übertrieben, als er sagte, die Reitters könnten unsere einzigen Verbündeten in der Stadt sein.«

»Im Moment haben wir keine anderen.«

»Oh?« Sie lachte. »Hast du vor, daran etwas zu ändern?«

»Ja.«

»Ich bin froh, dass deine Söldnerkompanie dir das Leben gerettet hat, aber ich vertraue ihnen nicht.«

»Ich auch nicht. Aber ich habe einen Plan, wie ich alles wieder in Ordnung bringen kann.«

»Mikael ...«

»Ich meine es ernst«, erwiderte ich mit fester Stimme. »Leon und Jenn haben dir sicher erzählt, wie leichtfertig ich gewesen bin, aber ich habe mich verändert. Ich habe vieles wiedergutzumachen, und daran arbeite ich gerade.«

Mutter spreizte die Finger auf der Tischplatte. »Und was willst du damit letztlich erreichen?«

Bislang hatte ich nur vor, Söldnerkönig zu werden. Was natürlich ziemlich naiv war. Ansonsten hatte ich mir noch nichts Genaues überlegt – zumindest bis zu diesem Vormittag. Um Serena von meiner Unschuld zu überzeugen, musste ich ihr beweisen, dass ich ein loyaler Königmann war. Und ich wusste auch schon, wie ich das anstellen konnte.

Ich würde den Kaiser töten.

Da meine Familie der Grund für die Rebellion war, würde ich am besten dazu in der Lage sein, sie wieder zu beenden.

»Fürs Erste geht es mir nur um Wiedergutmachung«, sagte ich. »Danach werde ich Serena beweisen, dass ich kein Königsmörder bin.«

Mutter lächelte. »Das wird nicht leicht. Sie war ein unfassbar stures Kind.«

»Ich weiß«, erwiderte ich und stand auf. »Danke für das Brot, Mama.«

»Es war mir eine Freude. Ach ja, was ich dir noch sagen wollte: Ich würde gern Sirash und Trey kennenlernen. Lade sie doch mal zum Abendessen ein.«

Als ich Sirash das letzte Mal gesehen hatte, war er gerade dabei gewesen, jemand zu ermorden. Und Trey und ich hatten erkannt, dass wir immer weiter auseinanderdrifteten. Ich bezweifelte, dass es eine gute Idee wäre, einen von den beiden aufzuspüren und zum Essen mitzubringen. Doch damit wollte ich Mutter nicht beunruhigen, also erwiderte ich nur: »Ich tue mein Bestes.«

Als ich mich vorbeugte, um mich mit einem Kuss von ihr zu verabschieden, wurden wir von Chloe, der Ein-Feder-Rabe, unterbrochen. Sie trug ihre übliche Rüstung und ging mit erhobenen Händen auf uns zu.

Mutter, die nicht mal nach der Ermordung unseres Vaters viele Gefühle gezeigt hatte, schlug die Hand vor den Mund und schnappte hörbar nach Luft. »Chloe Maurer? Bist du das?«

Chloe blieb stehen. »Ja, Julia.«

Mutter rannte zu ihr und zog sie in eine feste Umarmung, die Chloe vorsichtig erwiderte. Ich stand daneben und starrte die beiden verwirrt an. Wie war es denn zu dieser Beziehung gekommen?

Mutter schob Chloe von sich weg und schaute sie an. »Du bist so groß geworden!« Als ihr Blick an der Pfauenfeder in Chloes Haaren hängen blieb, runzelte sie die Stirn. »Wie ich sehe, hast du dich wie deine Mutter den Raben angeschlossen.«

»Dazu bin ich geboren worden.«

»Man muss sein Schicksal nicht widerspruchslos hinnehmen. Habe ich dir das nicht immer wieder vorgebetet?«

Chloe wandte den Blick ab. »Na ja, wie auch immer. Du sollst in den Palast kommen. Ich wurde geschickt, damit du siehst, wie ernst diese Einladung ist.«

Mutter versteifte sich. »Stammt sie vom Prinzen oder von der Prinzessin?«

»Von keinem der beiden.«

»Erika steckt sicher auch nicht dahinter, sondern ...«

»Efyra.«

»Ah«, sagte Mutter und stieß laut den Atem aus. »Damit hätte ich rechnen müssen. Tatsächlich bin ich überrascht, dass sie so lange gebraucht hat. Will die Hauptmännin der Raben mich jetzt sofort sehen?«

»Ja, ich bin hier, um dich zu eskortieren.«

»Ich bin neugierig, was das letzte Jahrzehnt mit ihr gemacht hat«, antwortete Mutter mit erhobener Braue. »Bist du aufbruchbereit, Mikael?«

»Was?«, fragte ich.

Wenn Chloe ebenfalls überrascht war, verbarg sie es gut. »Die Einladung gilt nur für dich. Kommandeurin Efyra wüsste es aus offensichtlichen Gründen nicht zu schätzen, wenn du Mikael in die Burg mitbrächtest.«

Meine Mutter klopfte Chloe auf die Schulter. »Wegen mir muss es nicht so weit kommen, Chloe, aber wenn deine Mutter mich nach allem, was zwischen uns gewesen ist, herbeizitiert, als wäre sie die Königin, werde ich dafür sorgen, dass sie es bereut. Ich könnte jetzt die Gesetze und Regeln zitieren, die es mir gestatten, Mikael mitzunehmen. Aber da du sie genauso gut kennst wie ich, würde ich uns beiden diese Mühe gern ersparen. Die Entscheidung liegt bei dir.«

Da Chloe stets äußerst diszipliniert auftrat, überraschte es mich, als sich ihre Lippen zu einem Lächeln verzogen. »Ich habe dich vermisst, Julia.«

Kapitel 3
Der Steinthron

Während all meiner Abenteuer beim Endlosen Walzer hatte ich nie den Thronsaal betreten. Für die meisten war er das Einzige, was sie im Königspalast zu Gesicht bekamen, ich dagegen konnte an den Fingern einer Hand abzählen, wie oft ich hier gewesen war. Beim ersten Mal hatte Vater mich hergebracht und mir erklärt, dass der Thron nicht für mich bestimmt war, aber dass es meine Pflicht sein würde, jeden zu beschützen, der darauf saß.

Das zweite Mal war ich kurz nach seiner Hinrichtung hier gewesen, als mein Brandzeichen und die meiner Geschwister noch so frisch gewesen waren, dass sie Blasen warfen. Der König hatte uns in einer Reihe aufgestellt und uns erklärt, dass unsere Situation noch einmal neu beurteilt werden würde, wenn wir auch nur in eine falsche Gasse im Ostteil von Kessel schissen oder einem Adligen den Hut vom Kopf stießen. Was er damit gemeint hatte, war klar: Wir würden unsere Köpfe verlieren.

Dies war mein dritter Besuch, und da meine Mutter aussah, als wäre sie auf Rache aus, glaubte ich, dass er der mit Abstand unterhaltsamste werden würde.

Der goldene Thronsaal war opulent eingerichtet. Er hatte nur einen kleinen Makel – den schlichten Steinthron, um den herum die gesamte Burg errichtet worden war. Mein Vater hatte mir erklärt, dass das Absicht sei, da ein König oder eine Königin ihre Macht nie allzu sehr genießen durften. Zu viel Prunk würde aus ihnen nur Verrückte und Tyrannen machen. Lachend hatte er hinzugefügt, dass es dabei auch nicht schadete, dass der Thron ein unglaublich unbequemes Sitzmöbel sei. Doch Efyra schien das nichts auszumachen.

Eingerahmt von der Fünf-Feder-Rabe, Hannah Hirmann, und der Sechs-Feder-Rabe, Jasmin Andel, saß sie sich den Hintern auf dem Thron platt. Abgesehen von den dreien befanden sich nur noch Mutter, Chloe und ich im Raum. Wäre meine Mutter nicht so wütend gewesen, hätte ich bestimmt einen Witz über diese absurde Situation gemacht. Mutters Gesicht war so rot wie ein Rubin, durch den die Sonne schien, da es keinem, der nicht den Namen Kessel trug, erlaubt war, auf diesem Platz zu sitzen.

Wäre mein Vater noch am Leben gewesen, hätte er Efyra des Verrats bezichtigt und sie auf der Stelle getötet. Ich hatte Jenn immer unterstellt, dass sie Efyra bloß nicht mochte, weil die Kommandeurin der Raben die Position unseres Vaters neben dem König eingenommen hatte. Doch vielleicht waren die Gründe für ihre Abneigung ja gar nicht so kindisch, wie ich gedacht hatte. Konnte es sein, dass Efyra die ganze Zeit mit Angelo Ombra gemeinsame Sache gemacht hatte, um in Reichweite des Throns zu gelangen?

»Efyra«, sagte meine Mutter mit fester Stimme.

»Julia«, erwiderte Efyra. Sie machte keine Anstalten, sich zu erheben. Efyra trug eine schwere Rüstung und hatte ein Krummschwert auf den Knien liegen. Ihr schmaler Kopf war von gekräuselten schwarzen Haaren eingerahmt. Von meiner Anwesenheit schien sie gar keine Notiz zu nehmen. Ich wusste nicht, ob sie es tat, um ihr Gesicht zu wahren, oder weil sie nicht wütend werden wollte.

»Wie ich sehe, bist du noch immer genauso geschmacklos wie früher. Schneidest du dein Essen nach wie vor mit demselben Schwert, mit dem du andere niedermetzelst?«

»Immerhin bin ich nicht mit einem Kindermörder ins Bett gestiegen und habe einen Königsmörder zur Welt gebracht.«

»Erwischt«, sagte Mutter und tat übertrieben verlegen. »Ich bin ja *so* froh, dass du offenbar endlich dein Stottern überwinden konntest. Wahrscheinlich war das auch nötig, da du dich nicht mehr länger hinter Erika und mir verstecken konntest.«

»Ich habe mich noch nie hinter irgendwem versteckt.«

»Lügnerin. Du warst immer nur an der Seite des Königs selbstbewusst.« Mutter deutete auf die Raben neben ihr. »Das ist auch der Grund für diese Farce hier. Wir hätten genauso gut unter vier Augen sprechen können, aber du wolltest ja ein Spektakel, und das kannst du gerne haben.« Mutter grinste böse. »Tut mir leid. Aber hast du dir etwa eingebildet, die Jahre in der Anstalt hätten mich schwach und willenlos gemacht?«

»Da hast du also gesteckt.« Efyra trommelte mit den Fingern auf den Thron. »Ich hätte die ganze Stadt nach deiner Leiche absuchen müssen und nicht einfach davon ausgehen dürfen, dass du tot bist.« Sie machte eine Pause. »Den Fehler begehe ich nicht noch einmal.«

»Dazu bekommst du auch keine Gelegenheit mehr. Ich werde dich nämlich überleben.«

Die Raben neben Efyra zogen die Waffen. »Wenn du mich noch einmal bedrohst, werde ich dich aufschlitzen.«

»Versuch's nur«, erwiderte Mutter. »Ich habe dir so oft den Hintern versohlt, dass ich mir wünschte, ich wäre eine Fabrikatorin. Dann müsste ich mich nicht mit all diesen nutzlosen Erinnerungen herumschlagen.«

»Das ist Schnee von gestern. Und du bist auch nicht mehr die, die du einmal warst.«

»Sei dir da nicht so sicher, ich bin noch immer ein ziemlich fieses Miststück.«

»Offenbar wird mit der Zeit doch nicht alles besser, wie viele behaupten.«

Wären meine Augen geschlossen gewesen, hätte ich nicht sagen können, ob meine Mutter oder meine Schwester neben mir stand. Ich fragte mich, ob Jenn wusste, wie sehr sie einander ähnelten – so wie ich meinem Vater. Wir hatten beide nicht nur ihr Aussehen, sondern auch ihre Persönlichkeiten geerbt.

»Was willst du, Efyra?«, fragte Mutter. »Möchtest du dich noch immer an mir rächen, weil ich fast für deinen Rauswurf bei den Raben gesorgt habe? Oder hast du irgendwas, über das es sich zu sprechen lohnt?«

Efyra ließ deutlich hörbar ihre Fingerknöchel knacken.

»Ganz recht, es gibt andere Themen, über die wir uns unterhalten müssen. Zunächst einmal darüber, dass ihr gegen das Gesetz verstoßt, indem ihr in dem Anwesen wohnt, das früher als Burg Königmann ...«

»Wir sind Königmanns. Wir haben das Recht, dort zu wohnen.«

»Ja, vor zehn Jahren war das noch so, bevor König Isaak der Familie Königmann die Hochadelstitel entzogen hat. Die Burgen in Kessel werden den hochadligen Familien nur bis auf Widerruf von der Krone zur Verfügung gestellt ...«

»Abgesehen von Burg Königmann. Für die gilt eine Ausnahmeregelung, um sicherzugehen, dass unsere Familie niemals von einem überambitionierten Königlichen kontrolliert werden kann. Damit, dass die Hauptmännin der Raben in eine Position aufsteigen könnte, in der sie abgesehen vom Titel so etwas wie eine Königliche ist, hat natürlich niemand gerechnet.«

Efyras Gesicht blieb ruhig und ausdruckslos, während die Raben links und rechts von ihr sich gegenseitig anstarrten. Dass sie wissentlich eine Hochstaplerin auf dem Thron flankierten, schien ihnen mehr zuzusetzen, als es zunächst den Anschein gehabt hatte.

»Also schön«, sagte die Hauptmännin der Raben und schaute Mutter geradewegs in die Augen, während sie sich erhob. »Wenn du dich unbedingt auf die Regeln berufen willst, dann machen wir es so. Du behauptest, die Familie Königmann wäre wieder zurück. Also beweise es. Ihr habt bis zur Krönung der Prinzessin Zeit, eure Familienehre wiederherzustellen.«

»Drück dich klarer aus, Efyra. Ich werde nicht zulassen, dass du behauptest, wir hätten versagt, nur weil du deine Anforderungen zu vage formuliert hast.«

»Ihr werdet herausfinden, wer für König Isaaks Tod verantwortlich war. Und zwar mit unwiderlegbaren Beweisen.«

»Dann willst du also, dass wir deine Arbeit für dich erledigen.«

»Ja«, sagte Efyra. »Und ich will, dass ihr den Schuldigen tötet. Und zwar persönlich. Egal, um wen es sich handelt.«

»Was ist, wenn die Nachforschungen länger dauern?«

»Dann wirst du mit deiner Familie Kessel für immer verlassen, und Mikael wird eine Vereinbarung unterzeichnen, dass er ungestraft von der Orbis-Kompanie getötet werden darf, wenn er noch mal in der Stadt auftaucht.«

Mein Mund fühlte sich trocken an. Auf keinen Fall würde Mutter sich auf diese Bedingungen einlassen. Wenn Efyra derart verzweifelt war, hatte sie vermutlich nichts Greifbares gegen mich in der Hand ... Und das bedeutete, dass sie wahrscheinlich kurz davor stand, das Gesetz zu ignorieren. Ich fragte mich, wen sie mir auf den Hals hetzen würden. Hoffentlich nichts Schlimmeres als Aufseher, Beschwörer und Süchtige. So oder so würde ich ums nackte Überleben kämpfen müssen. Doch ohne Verbündete, Geld und irgendeine Möglichkeit zu beweisen, dass König Isaak sich selbst umgebracht hatte, wäre es Wahnsinn, sich auf diesen Handel ...

»Einverstanden.«

Oh nein.

»Ich will einen Blutschwur«, sagte Efyra.

Die Hauptmännin der Raben war offenkundig geschichtlich nicht so bewandert wie ich. Blutschwüre waren bereits so oft gebrochen worden, dass sie seit der Gründung von Kessel keiner mehr ernst nahm ... Bei diesem Gedanken wurde mir plötzlich klar, weshalb Domet mir zu Beginn unserer Zusammenarbeit so einen Schwur vorgeschlagen hatte. Hoffentlich war Efyra nicht auch eine Unsterbliche. Einer war schon lästig genug.

Mutter schien sich über diese Forderung zu ärgern. »Ernsthaft?«

Efyra zog einen Dolch aus ihrem Gürtel. »Ernsthaft.«

Die beiden Frauen schnitten sich mit dem Dolch die linken Unterarme auf, wischten das Blut mit der rechten Hand ab und schlugen dann zum Schwur ein. Es war eine schlichte, unhygienische Geste, die bereits nach wenigen Momenten wieder vorbei war.

Anschließend drehten wir uns um und gingen, eskortiert von Chloe, davon. Keiner von uns sprach ein Wort, bis wir aus der Burg heraus waren und den Eroberer-Brunnen in der Nähe von Domets Haus erreicht hatten. Mutter und ich setzten uns auf den Brunnenrand und beobachteten die Niederadligen und Kaufleute, die im fahlen Licht der Wintersonne ins Hohe

Viertel hinaufgingen. Ein paar von ihnen waren ganz fein gekleidet, als wären sie von Hochadligen zu einem Fest eingeladen worden. Ich überlegte kurz, ob ich die Finger in den beinahe zugefrorenen Brunnen stecken sollte, um meine Nerven zu beruhigen.

Chloe sah mich an. Ihre Hand ruhte auf dem Schwertknauf. »Ich mache dir einen Vorschlag, Mikael«, sagte sie. »Er wird dir das Leben retten und der Prinzessin Zeit zum Trauern geben. Wenn sie den Kopf frei hat, wird sie vielleicht auch andere Möglichkeiten in Betracht ziehen können.«

»Oh? Dann glaubst du also an meine Unschuld?«

»Ich glaube, dass König Isaaks Tod nicht so einfach zu erklären ist, wie alle glauben.« Sie schwieg einen Moment. »Aber die Wahrheit ist nicht wichtig. Ich will, dass du Kessel verlässt. Und wenn du noch heute Nacht gehst ... gebe ich dir das hier.« Sie griff in ihre Rüstung und zog ein kleines Kästchen heraus. Als sie es aufmachte, kam ein mattblau schimmerndes Mondstück zum Vorschein. »Dieser Brocken wirkt ziemlich unscheinbar, aber laut dem Institut für Amalgamation könnte er einer der Splitter sein, die die Antwort auf die Frage enthalten, wer oder was Celona zertrümmert hat. Wenn du die restlichen findest, kannst du vielleicht eines der größten Rätsel der Welt aufklären.«

»Chloe«, flüsterte meine Mutter, »hast du den etwa aus der königlichen Schatzkammer gestohlen? Bring ihn wieder zurück, bevor es irgendwem auffällt! Kessel hat wegen einem von diesen Brocken fast einen Krieg gegen die Knochenküste begonnen!«

»Ich will einen Krieg vermeiden.« Chloe wedelte mit dem Mondstück vor mir herum. »Wirst du es tun? Es fällt dir möglicherweise schwer, Kessel zu verlassen, aber es wird das Beste ...«

»Ich kann nicht.«

Ihre Gesichtszüge erstarrten. »Willst du wirklich auf ein

Vermächtnis verzichten, das dem deiner Vorfahren bei Weitem überlegen ist?«

»Es geht nicht um mein Vermächtnis.« Die Worte schmeckten bitter. »Ich kann Kessel im Moment ganz einfach nicht verlassen. Ich bin der Lehrling eines Söldners. Ich folge Schwartz überallhin, und solange er nicht sagt, dass wir aufbrechen, bleibe ich wohl oder übel hier.«

»Würdest du gehen, wenn du könntest?«

Ich schüttelte den Kopf. »Ich will nicht mehr vor meinen Problemen davonlaufen.«

Chloe klappte die Kiste wieder zu. »Dann ist dein Schicksal besiegelt. Serena wird dir die Kehle aufschlitzen und deine Leiche in das Grab werfen, das sie ausgehoben hat.«

»Ich bin froh, dass sie nicht ihren Sinn für Pathos verloren hat.«

»Mikael, wenn du so tust, als hätte Serena sich in den letzten zehn Jahren nicht verändert ... wirst du nicht überleben.«

Mutter legte mir eine Hand auf die Schulter. »Dann ist es ja gut, dass er nicht mehr allein ist. Wir werden sie gemeinsam von der Wahrheit überzeugen.«

»Ich hoffe es um euretwillen.«

Chloe machte sich auf den Rückweg zum Palast.

»Würdest du mich eventuell hören lassen, was das Mondstück zu sagen hat?«, rief ich ihr hinterher. »Gestern war mein Geburtstag.«

Chloe lachte. »Mach's gut, Mikael. Auf Wiedersehen, Julia.«

Als Chloe nicht mehr zu sehen war, vergewisserte ich mich, dass keine Advokatoren in Hörweite waren, ehe ich mich zu Mutter umwandte. »Würdest du mir bitte erklären, worum es da vorhin ging? Ich habe den Eindruck, dass ich einiges nicht verstanden habe.«

»Efyra, du und ich konnten uns noch nie ausstehen«, sagte Mutter. »Doch Chloe stand mir immer sehr nahe. Da Efyra ihr verbot, mit euch und den Königlichen zu spielen, hatte sie in ihrer Kindheit nie viele Freunde. Die anderen Hochadligen rümpften die Nase über sie, und den Niederadligen machte sie Angst. Deswegen war sie die meiste Zeit allein.« Mutter seufzte tief. »Ich habe versucht, jemand für sie zu sein, der sie sich anvertrauen konnte. Eher so etwas wie eine ältere Schwester als eine Mutter.«

»Chloe durfte nicht mit uns spielen? Im Ernst?«

Mutter zögerte und verschränkte die Hände. »Efyra hielt es für besser, wenn sie sich nicht mit euch einließ.«

»Das ist dumm. Alle Kinder verdienen ein bisschen Spaß. Davi konnte stundenlang von der Bildfläche verschwinden, ohne dass irgendein Hahn danach krähte. Und er war immerhin der Thronfolger!«

»Raben sollen eigentlich keine Kinder haben«, sagte meine Mutter langsam. »Darum hatte Efyra keine Vorbilder, an denen sie sich nach Chloes Geburt orientieren konnte. Und so tat sie alles und oft auch zu viel, um sie zu beschützen.«

»Wieso lebte Chloe nicht bei ihrem Vater, wenn es bei Efyra so kompliziert für sie war?«

»Die Identität von Chloes Vater ist eines der großen Rätsel von Kessel. Dein Vater ...« Sie schloss einen Moment lang die Augen. »Dein Vater wusste es, aber ich nicht, und ...«

»Du musst es mir nicht sagen, wenn dir unwohl dabei ist.«

Mutter lächelte und umarmte mich. »So wenig ich Efyra leiden kann, dieses Geheimnis betrifft nicht nur sie. Wenn Chloe es noch nicht weiß, will ich nicht, dass sie von dir oder irgendwem sonst damit überrumpelt wird. Das wäre grausam.«

»Ich verstehe.«

»Danke, Mikael. Wenn es je nötig sein sollte, verrate ich dir, wer es ist.« Mutter betrachtete den Palast. »Aber ich hoffe, dass es nie so weit kommt ... Manche Dinge sollten besser geheim bleiben, da sie nur Schmerzen verursachen ...«

Ich trommelte mit den Fingern auf den Stein und fragte mich, ob je eine Zeit kommen würde, in der ich zum Schutz der Menschen, die ich liebte, die Wahrheit verbergen musste. Denn wenn die Wahrheit nicht frei macht, wozu war sie dann gut?

Kapitel 4

Das Mädchen hinter dem Vorhang

Ich gab Mutter einen Abschiedskuss und sagte ihr, dass ich jemand sprechen musste. Dann ließ ich sie im Hohen Viertel allein und machte mich auf dem Weg zu Burg Marget.

Bei meinem letzten Besuch war ich gekommen, um einem Freund die schlimmste Nachricht seines Lebens zu überbringen. Doch nun kehrte ich mit einem wiederentdeckten Schatz an bislang verschütteten Erinnerungen zurück. Es war wirklich erstaunlich, wie wenig sich in den letzten zehn Jahren verändert hatte.

Als Kind hatte ich mir oft einen Spaß daraus gemacht, unbemerkt in Danas Zimmer einzudringen, und war sogar so weit gegangen, auf Bäume und Mauern zu klettern, um die Wachen zu umgehen. Danas Vater, der Hochadlige Antonius Reitter, hatte es immer amüsant gefunden, mich die Sicherheitsvorkehrungen in ihrer Burg auf die Probe stellen zu lassen. Er hatte nie Angst vor einem Kind gehabt. Danas Stiefmutter dagegen war von meinen Einbrüchen weniger begeistert gewesen und würde die Aufseher oder Raben rufen, wenn ich nun von den Wachen erwischt wurde. Doch dieses Risiko würde ich eingehen, da ich mich unbedingt bei Dana entschuldigen wollte.

Die Mauern waren relativ hoch, doch es war vor allem der

Grundriss der Burg, der sie so gut wie uneinnehmbar machte. In der Mitte des Geländes stand ein mehrstöckiges dreieckiges Gebäude. Es war von einem Heckenlabyrinth und einem Ring aus Bäumen umgeben, die die untersten Etagen der Burg gegen neugierige Blicke abschirmten. Alle Besucher, die zum Haupteingang gelangen wollten, mussten erst das Labyrinth durchqueren. Wobei ihnen eine Abkürzung durch die Hecken verwehrt blieb, da diese mit einem Mauerkern verstärkt waren. Zum Glück gab es noch andere Ein- und Ausgänge für all diejenigen, die dort lebten und arbeiteten, doch die würde ich nicht benutzen. Stattdessen wollte ich mich an den Weg halten, den ich schon als Kind genommen hatte.

Der Nordeingang zum Heckenlabyrinth, der zum Hohen Viertel wies, wurde immer von den unerfahrensten Wächtern bewacht. Nachdem ich eine Zeit lang auf den richtigen Moment gewartet hatte, kletterte ich über die Außenmauer und dann in das Labyrinth hinunter. Von hier ging es nach rechts, links, rechts, rechts, links, rechts, links, geradeaus und dann direkt zum Haupteingang. Diesem Pfad folgte ich fast bis zum Ende. Erst kurz vor dem Ziel zwängte ich mich durch eine Lücke in der Hecke, die nur Dana, Sebastian Marget, Davi, Serena und ich kannten. Nach zehn Jahren war sie noch immer da, genau wie die große Eiche mit den dicken verdrehten Ästen vor Danas Schlafzimmer.

Sie war leicht zu erklimmen.

Ich klopfte an Danas Fenster und wartete ab. Als nichts geschah, schob ich es hob und schlüpfte in ihr Zimmer.

Abgesehen von einem größeren Bett, neuen Bildern an den Wänden und Dutzenden von Vasen voller Schnittblumen wirkte der Raum im Großen und Ganzen unverändert. Er sah immer noch eher wie eine Gemäldegalerie als wie ein Schlafzimmer aus. Eine Spur von achtlos fallen gelassenen Kleidungsstücken führte zu einem Rollstuhl, der in einer Ecke stand und zum Teil unter einer Decke verborgen war. Dana muss ziemlich eilig aufgebrochen sein. Irgendetwas an dem Raum war ... eigenartig. Als wäre die Luft dauerhaft abgestanden und die Wände schon seit Jahren von keiner frischen Brise mehr berührt worden.

Das Interessanteste hier drinnen war das Gemälde gegenüber dem Bett. Es zeigte fünf Kinder, drei Jungen und zwei Mädchen, die im Garten spielten. Die Jungen rannten herum und schwangen Stöcke, als wären es Schwerter, während die Mädchen auf einer Decke saßen, Grimassen schnitten und über ihre Spielkameraden lachten. Ich war eines dieser Kinder. Die anderen waren Davi, Kai, Serena und Dana.

Kein Wunder, dass Dana mich nicht vergessen hatte. Immerhin sah sie mich jeden Tag.

Ehe ich mich entscheiden konnte, ob ich besser gehen oder auf ihre Rückkehr warten sollte, begann jemand am Türknopf zu rütteln. Ich versteckte mich schnell unter dem Bett, hielt mir eine Hand vor den Mund und wartete ab, wer hereinkommen würde.

Als die Tür schließlich aufging, sah ich nur ein Paar magisch definierte Beine und die dazugehörigen flachen silbernen Schuhe. Sie hielten vor meinem Versteck an, und eine Stimme ertönte: »Du kannst herauskommen, Mikael. Außer mir ist niemand hier drinnen.«

Das musste Dana mir nicht zweimal sagen. Meine Kindheitsfreundin empfing mich mit einem warmen Lächeln und zog mich in eine feste Umarmung. Sie war zwar nicht rot, aber genauso elegant angezogen wie während des Endlosen Walzers, und ich gab mir große Mühe, ihre Kleidung nicht zu verknittern, während ich die Umarmung erwiderte.

»Du erinnerst dich«, flüsterte sie.

»Du wärst erstaunt, wie oft ich diesen Satz in letzter Zeit höre.«

Sie trug einen Kranz aus weißen Rosen auf dem Kopf. Dana zupfte an den Stielen herum, als wären beim Flechten nicht alle Dornen entfernt worden.

»Du siehst schön aus.«

Dana ließ mich los und küsste mich auf die Wange, ehe sie zum Rollstuhl hinüberging. »Danke, dass du mich nicht verspottest.«

»Man sagt mir immer wieder, dass ich gut mit Worten umgehen kann. Wieso bist du so herausgeputzt?«

»Ich habe mich mit möglichen Ehemännern getroffen.« Sie zog die Decke vom Rollstuhl und nahm darauf Platz. Sobald sie saß, schienen die Muskeln an ihren Beinen zu verkümmern. »Leider scheint keiner von ihnen daran interessiert, jemand wie mich, die laut ist, mit offenem Mund kaut und ständig kichert, noch mal wiedersehen zu wollen.«

»Du tust also nicht mal mehr so als ob, oder?«

»Nein. Mein Vater wird immer verzweifelter und ich immer trotziger. Entweder lässt er mir früher oder später meinen Willen, oder er wird mich verstoßen.«

»Dich verstoßen?«, fragte ich und ging näher zu ihr. »Was soll das denn bedeuten?«

Sie wurde rot. »Das spielt keine Rolle. Also, wie kommt's, dass du dich wieder erinnerst?«

»Es war eine Dunkel-Fabrikation. Sie sollte verhindern, dass ich mich an ein Gespräch erinnere, das ich vor der Hinrichtung meines Vaters belauscht habe. Da dein Name dabei fiel ... konnte ich mich auch an dich nicht erinnern.«

»Zehn Jahre«, flüsterte sie. »Du hast dein halbes Leben mit

einer Dunkel-Fabrikation verbringen müssen, die deine Erinnerungen verändert hat? Oh, Mikael.«

»Das erklärt auch, weshalb ich so unreif bin. Ich hing immer in der Vergangenheit fest und hatte keine Gelegenheit, erwachsen zu werden.« Ich lachte. »Ich habe immer noch ein paar blinde Flecken, und manchmal tue ich mich schwer, weil ich an einzelne Ereignisse zwei verschiedene Erinnerungen habe. Aber es wird immer besser.«

Dana strich sich das Kleid glatt.

»Du willst wissen, was mit dem König war, stimmt's?«

»Das wollen alle.«

Ich holte tief Luft. Es fiel mir immer leichter, diese Geschichte in allen Einzelheiten zu erzählen. Wie oft hatte ich schon erklärt, was passiert war? Ein Dutzend Mal vielleicht. Und so dauerte es nicht lange, bis sie über alles Bescheid wusste.

»Der König hat ... sich selbst umgebracht?«, fragte sie schließlich zögerlich.

»Glaubst du mir etwa nicht?«

»Es fällt mir ehrlich gesagt nicht leicht. Es hat noch nie einen ...«

»Ich weiß genau, was du meinst«, unterbrach ich sie. »Wäre ich nicht dabei gewesen, würde ich es mir wahrscheinlich selbst nicht glauben. Meine Familie tut es auch nur, weil es eben meine Familie ist.«

Dana überraschte mich mit einem Lachen. Ehe ich sie nach dem Grund dafür fragen konnte, sagte sie: »Mir ist gerade bewusst geworden, dass zwar die einzelnen Aspekte deiner Geschichte überhaupt keinen Sinn ergeben, aber zusammengenommen ist das alles viel zu verrückt, um irgendetwas anderes als die Wahrheit zu sein. Die rechte Hand des Königs tötet den Prinzen. Der König tötet sich selbst. Und du behauptest, das wäre alles der verrückte Plan einer einzelnen Person, die Kessel vernichten möchte, aber du willst nicht verraten, um wen es sich dabei handelt.«

»Es ist besser, wenn du es nicht weißt.«

»Wieso? Hast du Angst, dass ich dich an diese Person verraten könnte?«

»Um ehrlich zu sein, irgendwie schon.«

Nach allem, was Angelo Ombra mir angetan hatte, fiel es mir schwer, noch irgendwem zu vertrauen. Dana schien immer nur mein Bestes im Sinn zu haben, aber das hätte ich bis zum Beweis des Gegenteils auch über Angelo gesagt. Da Dana schon einmal an mich geglaubt hatte, obwohl ich mich nicht mehr an sie hatte erinnern können, hoffte ich, dass sie mir auch jetzt wieder vertrauen würde.

Zum Glück tat sie es. »Du hast dafür sicher gute Gründe«, sagte sie. »Aber ich erwarte, dass du es mir irgendwann verrätst. Wenn ich von deinen Freunden die Letzte sein sollte, die es erfährt, kastriere ich dich.«

Ich lächelte. »Das werde ich mir merken. Meine Mutter hat mich gebeten, Freunde zum Abendessen einzuladen. Würdest du gern ...?« Zu spät fielen mir ihre Beine wieder ein und dass sie zum Gehen Fabrikationen benötigte. Sie zu etwas einzuladen, fühlte sich an, als wollte ich ihr vorsätzlich ihre Erinnerungen wegnehmen.

»Behandle mich nicht anders als andere, nur wegen meiner Beine«, verlangte sie und kniff die Augen zusammen. Da hatte ich wohl unbeabsichtigt einen Nerv getroffen. »Ich treffe meine eigenen Entscheidungen.«

»Aber du verlierst doch jedes Mal, wenn du läufst, Erinnerungen. Macht dir das denn gar nichts aus?«

»Doch, aber das ist es mir wert, wenn die Leute dafür mehr

in mir sehen als bloß jemand, der nicht gehen kann. Bevor ich fabrizieren gelernt habe, war ich in diesem Raum gefangen wie eine von diesen jämmerlichen Prinzessinnen, die bloß darauf warten, gerettet zu werden. Ich wollte die Welt sehen und nachts mit attraktiven Partnern tanzen und lachen und vergessen, dass am nächsten Morgen meine Beine brechen, wenn ich sie belaste. Ich wollte, dass sich jemand in mich verliebt, ohne etwas von meinem Zustand zu wissen. Du kannst dir gar nicht vorstellen, wie wildfremde Leute mich angeschaut haben, als ich noch jünger war.«

»Und was ist, wenn du eine Vergessene wirst?«, fragte ich.

Dana blickte mir in die Augen. »Wenn ich meine Erinnerungen aufgeben muss, damit die anderen mich nicht nur als Krüppel betrachten, dann ist es eben so.«

»Das ist sehr kurzsichtig von dir.«

»Vielleicht, aber ich habe Vorsichtsmaßnahmen getroffen.« Dana fuhr zu einer alten Truhe, machte sie auf und bedeutete mir, einen Blick hineinzuwerfen. Sie enthielt Dutzende mit Datumsangaben beschriftete und ordentlich aufeinandergestapelte Tagebücher. Der Anblick erinnerte mich an den Raum des Erzmagiers in der Kessel-Bibliothek.

»Ich halte sämtliche Ereignisse fest«, erklärte sie. »Seit ich selbst schreiben kann, habe ich keinen einzigen Tag ausgelassen. Vielleicht werde ich eine Vergessene, aber wenigstens werde ich auf ein erfülltes Leben zurückblicken können. Hoffentlich wird mein zukünftiger Ehemann dafür Verständnis haben.«

»Wenn ich bedenke, was ich mir alles von dir anhören musste, weil ich dich vergessen hatte ... Und jetzt scheint es, als würdest *du* eines Tages *mich* vergessen.«

Dana fuhr mit dem Rollstuhl zurück. »Wenn es uns in den Kram passt, sind wir doch alle Heuchler.«

»Und wenn du dir selbst nicht vergeben kannst, wenn du eines Tages eine Vergessene bist?«

»Entspann dich, Mikael. Ich habe nicht vor, es so weit kommen zu lassen. Es besteht wirklich kein Grund zur Sorge.«

»Es kommt oft ganz anders, als wir es planen.«

Sie zuckte die Achseln. »Ich habe mir immer ein anderes Schicksal ausgemalt.«

Ich sah ein, dass es keinen Sinn hatte, weiter mit ihr darüber zu diskutieren, und nahm mir vor, es später noch mal zu versuchen. »Willst du mich in zwei Tagen zu einem Familienfest für Leon und Karolin begleiten?«, wechselte ich das Thema.

»Ich bin schon dazu eingeladen worden«, sagte sie und verdrehte die Augen. »So wie die meisten Hochadligen. So ein Ereignis würde sich niemand entgehen lassen. Die Familie Königmann und Karolins Schwangerschaft sind in Adelskreisen gerade *das* Gesprächsthema.«

Ich fragte mich, ob Leon sich bewusst war, wie viel Aufsehen dieses kleine gesellschaftliche Ereignis erregte – oder wie gefährlich es für unsere Familie werden konnte. »Du könntest trotzdem mit mir hingehen. Wenn du bereits eingeladen bist, macht das die Sache nur umso leichter.«

»Das stimmt, aber dann müsste ich der schönen Hochadligen Renée Solarin absagen, und das will ich nicht. Sie hat mich so lieb gefragt, und ich will ihr nicht das Herz brechen. Versteh mich bitte nicht falsch, Mikael, aber sie ist viel attraktiver als du.«

In meiner Kindheit waren alle in die Hochadlige Renée Solarin verschossen gewesen. Kai hatte sie mit sieben mit einem selbstverfassten Sonett zum Sommerfest seiner Familie eingeladen, nur um dann herausfinden zu müssen, dass sie bereits jemand anderem zugesagt hatte. Das waren zwar bloß unschuldige Kinderspiele gewesen, aber sie hatten uns damals alles bedeutet.

Jemand klopfte. Dana bedeutete mir, zum Fenster zu gehen. So viel zu unserem Vieraugengespräch.

»Hochadlige Danila!«, drang eine Stimme durch die Tür. »Eure Gäste fragen sich, wohin Ihr gegangen seid. Benötigt Ihr Hilfe ...«

»Ich schaffe es schon allein wieder hinunter«, unterbrach Dana. »Ich musste mir nur mal kurz den Schleim von all diesen Mitgiftjägern abwaschen.«

Nach kurzem Zögern antwortete die Stimme: »Ich werde Euren Vater entsprechend informieren, Hochadlige Danila.«

Dana hob eine Hand und zählte langsam bis fünf, bevor sie einen Seufzer ausstieß. »Es tut mir leid, dass wir nicht ...« Sie verstummte, und ihr trauriger Blick wich einem verschmitzten Lächeln. »Sag mal, musst du noch irgendwo hin?«

»Eigentlich nicht. Wieso?«

»Hast du Lust, mich zu dieser Party zu begleiten? Außer mir sind da nur ein Haufen Freier, und ich könnte einen Freund an meiner Seite gebrauchen.«

»Ist Kai denn nicht da?«

Sie schüttelte den Kopf. »Meine Eltern sind nicht dumm. Sie wissen, dass ich mich mit niemand anderem unterhalten würde, wenn er dabei wäre. Unser Verhältnis ist so platonisch, dass sie sich nicht mal die Mühe machen, uns von einer Anstandsdame bewachen zu lassen, wenn wir allein sind.« Sie faltete die Hände. »Bitte, Mikael!«

Ihr Tonfall ließ ihr Anliegen dringender erscheinen, als die Worte es vermuten ließen. »Wird mich denn niemand bemerken?« Ich tippte auf mein Brandzeichen. »Ich bin ja nicht gerade unauffällig.«

Dana tastete einen Moment lang unter dem Bett herum, dann warf sie mir eine Gesichtsmaske zu. Sie war pechschwarz und hatte goldene Zierstriche um die Augen und die Mundöffnung.

»Sind alle verkleidet?«, fragte ich.

Dana nickte lächelnd. »Ja, bis auf mich.«

Ich drehte die Maske in der Hand. Wenn ich den Kragen aufstellte, wäre nicht nur mein Gesicht, sondern auch das Brandzeichen verborgen. »Du willst mich wirklich dabeihaben?«

»Bleib ein bisschen«, antwortete sie. »Achte auf meine Signale und lenke allzu aufdringliche Bewerber von mir ab. Das ist alles, worum ich dich bitte.«

»Weil du's bist.« Ich streckte die Hand aus, um ihr aufzuhelfen. »Und damit wir ein bisschen von der verlorenen Zeit aufholen können.«

Dana nahm meine Hand und zog sich hoch, wobei ihre Beine erneut unnatürlich gut definiert wirkten. »Wie charmant von dir.« Sie griff in eine der Taschen an ihrem Kleid, holte eine Anstecknadel mit einem Vergissmeinnicht heraus und befestigte sie mir am Kragen. »Damit wird dich niemand behelligen. Das ist ein Zeichen meiner Zuneigung.«

»Wie großzügig von dir.« Wir verließen mit untergehakten Armen den Raum und gingen durch einen verschwenderisch eingerichteten Korridor auf lautes Stimmengewirr zu. »Ich gehe davon aus, dass du sie alle hasst, aber ist einer deiner potenziellen Ehemänner zumindest ansatzweise interessant?«

»Eigentlich nicht, aber fairerweise muss ich zugeben, dass an den meisten von ihnen nichts verkehrt ist. Im Moment könntest du meinen absoluten Traumpartner vor mich hinstellen, und ich fände ihn trotzdem langweilig. Das Schöne an der Liebe ist die Wahlfreiheit, und bei arrangierten Ehen gibt es die nicht.« Sie fuhr sich mit der Zunge über die Zähne. »Ein Teil von mir hofft, dass sich irgendwer in die Veranstaltung einschleicht und mich zu einer dieser Liebschaften entführt, über die man in Büchern liest.«

»Ich dachte, du möchtest nicht gerettet werden.«

Wir hielten vor der großen Tür zum Ballsaal an, in dem die Brautwerbung stattfand. »Es geht nicht darum, gerettet zu werden, sondern um ein Abenteuer ... und wer wünscht sich das nicht?«

Ich setzte die Maske auf und beobachtete, wie sie die Tür öffnete. Als wir den Saal betraten, wurden wir beinahe sofort voneinander getrennt, da mehrere Freier sie erspähten und sich ihr mit unbändigem Eifer näherten.

Alle, die ich erblickte, waren noch extravaganter gekleidet als die Teilnehmer am Endlosen Walzer. Obwohl sie Masken trugen, war einigen aufgrund ihres Schmucks und Kleidungsstils deutlich anzusehen, woher sie stammten. Die Goldani waren mit auffälligen Juwelen behängt, die im Licht funkelten und leicht abgenommen werden konnten, wenn ihre Besitzer sie bei einer Wette einsetzen wollten. Die Freier von der Goldküste trugen weite Kleidung, die viel Haut zeigte. Ein paar der Gäste stammten, ihren eng geschnittenen Westen, gestreiften Hosen und dem äußerst auffälligen Kopfschmuck nach zu urteilen, aus Neu-Drakon. Es waren sogar ein paar Söldner anwesend.

Überhaupt waren auffällig viele Fremde da. Die meisten Hochadligen heirateten lieber Standesgenossen aus Kessel, um ihre hiesige Macht zu verfestigen, als sich mit ausländischen Mächten zu verbünden. Solche Verbindungen blieben in der Regel den Königlichen vorbehalten. Dana musste bereits mehr Adlige vertrieben haben, als ich gedacht hatte. Das freute mich für sie.

Da ich nichts tun musste, außer auf ein Zeichen von ihr zu

warten, trank ich allein Wein und sah zu, wie sie sich mit jedem unterhielt, der es wagte, sie anzusprechen. Sie tanzte mit allen und nahm es sogar auf sich, zu denjenigen hinüberzugehen, die sie schüchtern von der anderen Seite des Saals aus beobachteten. Sie war eine Frau des Volkes und wirkte beinahe wie ein Mitglied der Königsfamilie. Dass ich wusste, was es sie kostete, in dieser Weise mit den Füßen über den glattpolierten Boden zu gleiten, machte mich traurig.

»Sie ist hinreißend, nicht wahr?«, fragte ein gut aussehender Mann neben mir. Er hatte kurze schwarze Haare und ungewöhnlich große Ohren. Sein Weinglas hielt er wie ein waschechter Hochadliger zwischen Mittel- und Ringfinger. Die eine Hälfte seines Gesichts war mit einer schneeweißen Maske bedeckt, die andere mit filigranen Knochenmustern tätowiert. Ein Knochenmann also. Am Vergissmeinnicht an seinem Kragen erkannte ich, dass er Dana gefiel.

»Ja, das ist sie«, sagte ich und trank einen weiteren Schluck.

»Schade, dass ihr Bruder Sebastian nicht so ist wie sie«, sagte der Mann. »Jeder, der sich mit dem Verdorbenen Prinzen einlässt, ist in meinen Augen nichts als Abschaum.«

Ich verschluckte mich fast an meinem Wein. Wenn er es wagte, in einem einzigen Satz einen Hochadligen und den Verdorbenen Prinzen zu beleidigen, stammte er definitiv nicht aus Kessel. »Ich halte es für unklug, schlecht vom Bruder der Frau zu reden, die man heiraten möchte.«

Der Knochenmann zuckte die Achseln. »Ich nehme an, sie sieht es genauso wie du, aber es könnte sein, dass sie sich nur etwas vormacht. Man erkennt die Fehler seiner Verwandtschaft meistens erst, wenn es zu spät ist.« Er betrachtete das Büfett, an dem wir lehnten. »Entschuldige meine Neugier, aber womit hast du ihre Gunst erworben?«

»Wir sind Kindheitsfreunde. Und du?«

»Ich bin reich und mächtig. Das Übliche eben und nicht weiter interessant. Aber ich bin ein bisschen verblüfft. Ich dachte, sie hätte nicht viele Kindheitsfreunde. Nun, abgesehen von den offensichtlichen natürlich.«

»Den offensichtlichen?«

»Diese verräterischen Königmanns.« Der Knochenmann nahm eine Zitronenscheibe und saugte an ihr. »Hast du je einen von ihnen kennengelernt? Ich selbst würde gern, hatte aber noch nie die Gelegenheit dazu.«

»Nein«, sagte ich ruhig.

»Wie schade. Ich habe gehofft, du könntest mir vielleicht dabei helfen.«

»Warum willst du denn unbedingt einen Königmann kennenlernen?«, fragte ich neugierig.

Der Knochenmann verengte die Augen zu Schlitzen. »Ist das nicht offensichtlich? Ich möchte ...«

Ein kleiner Mann tippte mir auf die Schulter und unterbrach unsere Unterhaltung. Er sah aus wie jemand, der seit seinem zehnten Lebensjahr die gleiche Frisur trug und extrem wütend wurde, wenn man ihm vorschlüge, sich eine andere zuzulegen. Er starrte mich mit auf dem Rücken verschränkten Armen an.

»Ja?«, fragte ich vorsichtig.

»Dürfte ich deinen Namen, Beruf und Geburtsort erfahren?«

»Ren Arsenius«, antwortete ich, froh, dass mir dieser Fantasiename aus meiner Kindheit so schnell wieder eingefallen war. »Ich bin ein Söldner aus der Machina-Kompanie. Spielt es wirklich eine Rolle, woher ich stamme?«

»Noch ein Söldner? Lächerlich. Was haben sie sich dabei bloß gedacht?« Der kleine Mann verdrehte die Augen. »Komm mit, Söldner.«

Der Knochenmann winkte mir zum Abschied, als ich das Weinglas abstellte. Ich wollte um Danas willen keine Szene machen und folgte dem Mann, allerdings mit dem festen Vorsatz, mich bei der nächstbesten Gelegenheit davonzustehlen. Doch dazu bekam ich keine Chance, denn er führte mich direkt in ein luxuriöses Separee voller Kissen, Wein und Essen. In der Mitte des Raums hing ein halbdurchsichtiger schwarzer Vorhang. Auf der anderen Seite bewegte sich jemand, doch ich konnte keine Einzelheiten ausmachen. Hinter mir wurde die Tür mit einem hörbaren Klicken verriegelt.

»Es tut mir leid, dass du in diese Sache hineingezogen wurdest«, sagte die Frau hinter dem Vorhang. Ich hörte, wie Flüssigkeit in einen Becher plätscherte. »Nimm dir etwas von dem Wein, wenn du möchtest.« Flüsternd fügte sie hinzu: »Ich brauche *definitiv* einen Schluck.«

»Was ist das hier?«, fragte ich und setzte mich auf eine Kissen, das so groß war, dass ich darin versank.

»Eine Brautschau«, sagte die Frau und nahm ebenfalls auf irgendeiner Sitzgelegenheit Platz. »Die Familie der Hochadligen Danila Marget war so freundlich, diesen Anlass für uns beide auszurichten. Auch wenn ich ehrlich gesagt lieber irgendwo anders wäre.«

»Bei all dieser Geheimniskrämerei müsst Ihr ziemlich wichtig sein«, sagte ich. »Seid Ihr Prinzessin Serena Kessel?«

»Ach du meine Güte, nein«, antwortete sie schnell. »Ich will die Prinzessin ja nicht beleidigen, aber sie ist ein echtes Miststück. Ich weiß nicht, was die Adligen hier von ihr halten, aber außerhalb von Kessel hasst jeder sie und ihre manipulative Art. Ich hoffe doch, dass ich über ein bisschen mehr Takt und Anstand verfüge.«

Trotz allem, was diese Frau gesagt hatte, hielt ich es für

durchaus möglich, dass sie Serena war. Ich hätte mich an ihrer Stelle ebenfalls selbst beleidigt, um meine wahre Identität zu verbergen. Doch da sie bereit zu sein schien, ganz offen zu sprechen, beschloss ich, diese Gelegenheit zu nutzen. Zumal sie sicher keinen Verdacht hegte, dass ausgerechnet ich unbemerkt hier hereingekommen sein könnte.

»Ich verstehe«, sagte ich. »Darf ich dich dann, abgesehen von deinem Namen, nach allem fragen, was mir einfällt?«

»Mehr oder weniger.«

»Wenn ein Bewerber dir ein Geschenk mitbringen wollte, hättest du dann am liebsten Blumen, Süßigkeiten oder Schmuck?«

»Was für Süßigkeiten?«, fragte sie, ohne zu zögern.

»Nachtkerzen-Törtchen.« Davon hatte Serena früher gar nicht genug bekommen können.

»Auf jeden Fall Nachtkerzen-Törtchen.«

Ein weiteres Indiz, dass ich mit meiner Vermutung richtiglag. »Was hast du als Kind am liebsten gespielt?«

»Verstecken«, erwiderte sie fröhlich. »Ich war die absolut weltbeste Versteckerin.«

So wie Serena. Einmal hatte ich sie den ganzen Tag lang im Palast gesucht, nur um irgendwann zu merken, dass sie mir die ganze Zeit gefolgt war. Da ich mich so sehr auf meine Suche konzentriert hatte, war mir nicht ein einziges Mal in den Sinn gekommen, hinter mich zu blicken. Sie war wirklich unglaublich gut darin gewesen, sich vor aller Augen zu verbergen.

»Was für Geschichten magst du?«

»Tragödien«, erwiderte sie. »Geschichten, die mich zum Weinen bringen, gefallen mir am besten.«

»Wie die von Goro Lafette?«, hakte ich nach.

»Nein, gar nicht. Das ist eine Liebestragödie, keine heroische.« Sie schnaubte. »Diese Geschichte regt mich nur auf.

Welche Frau will an ihrem Hochzeitstag schon eine Nachricht von ihrem Geliebten erhalten, in der steht, dass er sie nicht heiraten könne? Vor allem wenn das Gerücht geht, dass Goro Lafette sie aus Liebe zu einer anderen Frau verlassen hat.«

Noch eine Gemeinsamkeit mit Serena. Ich hatte sie einmal dabei ertappt, wie sie eine Geschichte über Goro Lafette las, und ihr genau diese Frage über den Unterschied zwischen einer heroischen und einer romantischen Tragödie gestellt. Damals hatte ich eine ähnliche – wenn auch deutlich längere – Tirade zu hören bekommen, wieso man diese beiden literarischen Genres überhaupt nicht miteinander vergleichen könne und weshalb die Unterscheidung so wichtig sei. Eine heroische Tragödie sei auf gute Weise traurig, eine romantische dagegen nicht.

Wenn es sich bei dieser Frau tatsächlich um Serena handelte – und ich war fast sicher, dass es so war –, hatte sie sich seit ihrer Kindheit nicht sehr verändert. Um sicherzugehen, musste ich ihr jedoch noch eine Frage stellen. »Hattest du je jemand, den du als besten Freund bezeichnet hättest?«

Die Frau hinter dem Vorhang schnalzte mit der Zunge. »Leute wie ich haben keine besten Freunde. Das ist ein Berufsrisiko.«

»Nicht einmal in deiner Kindheit? Kinder lassen sich normalerweise von Kronen nicht abschrecken.«

»Nein, das stimmt, aber ... Moment mal ... Ich habe nichts von einer Krone gesagt.«

Ich spürte, wie mir das Blut in die Wangen schoss, und antwortete betont gleichmütig: »Kronen, Throne, Vermächtnisse und Familiennamen ... das ist doch alles ein und dasselbe. Ich weiß zwar nicht, wer du ...«

»Du lügst.«

Ein Lächeln stahl sich auf mein Gesicht. Auch ohne mein

Gesicht zu sehen, merkte Serena immer, ob ich log oder nicht. Und so blieb mir gar nichts anderes übrig, als zu gestehen: »Du hast recht.« Ich stieß den Atem aus. »Hallo, Serena.«

Schweigen.

»Muss ich dir extra meinen Namen nennen, oder weißt du bereits, wer ich bin?«

Sie erhob sich von ihrem Platz und umfasste ihr linkes Handgelenk mit der rechten Hand, um ihr Zittern in den Griff zu bekommen. »Wie kann das sein?«

»Wir haben gemeinsame Freunde.«

»Verdammt, Dana«, murmelte sie. »Du solltest jetzt gehen, bevor mir der Geduldsfaden reißt.«

»Willst du nicht hören, was ich zu sagen habe?«

»Verschwinde«, knurrte sie.

Ausnahmsweise hörte ich mal auf einen königlichen Befehl und ging, wobei ich mich bei dem armen Kerl mit der Spatzenmaske entschuldigte, der nach mir Serenas Raum betrat. Als Dana mich erspähte, hüpfte sie mit kindlicher Freude zu mir.

»Du hast mich reingelegt«, sagte ich.

»Habe ich das?«, entgegnete sie. »Was für einen Grund hätte ich denn, so etwas zu tun?«

»Ich weiß es nicht, aber du hast es getan. Diese Anstecknadeln sind gar kein Zeichen deiner Gunst, nicht wahr? Du hast Kandidaten für Serena ausgesucht.« Ich massierte mir die Schläfen und fragte mich, ob die Schreie, die ich hinter mir vernahm, von Serena stammten. »Seid ihr beide miteinander befreundet?«

Danas Lächeln verblasste. »Nein, nicht mehr. Seit unserer Kindheit haben wir kaum noch miteinander gesprochen. Ehrlich gesagt weiß ich gar nicht, ob sie abgesehen von ihren Raben überhaupt noch irgendwelche Freunde hat. Ich wurde darum gebeten, diese Anstecknadeln zu verteilen. Für mich ist diese

Brautschau ein Albtraum ... Wie sie sich dabei fühlt, mag ich mir gar nicht ausmalen.«

»Aber wieso hast du mir dann eine gegeben? Du weißt doch, dass sie mich hasst.«

»Sie hasst, was du ihrer Ansicht nach getan hast«, korrigierte Dana mich. »Wenn du sie vom Gegenteil überzeugen willst, musst du sie in einem schwachen Moment erwischen. Sie muss dich sehen, wie du wirklich bist – den Trottel, nicht den bösen Königsmörder, für den sie dich hält.«

Ich bekam Kopfschmerzen, doch daran war nicht Dana schuld. Wie immer, wenn es um Serena ging, pochte mir das Herz bis zum Hals. Und wie immer gelang es mir nicht, mich zu beruhigen. »Ich weiß nicht, wie das geht.«

»Sei einfach du selbst.« Dana trat von einem Fuß auf den anderen. »Bist du mir böse?«

»Nein, du hast das Richtige getan. Mein Verhältnis zu Serena kann nur wieder in Ordnung kommen, wenn wir weiterhin in Kontakt bleiben.« Ich kratzte mein Brandzeichen. »Bist du schon zum Abendessen verabredet? Es wäre wahrscheinlich besser, wenn wir uns woanders weiterunterhalten. Wenn ich noch länger hierbleibe, fordert Serena womöglich meinen Kopf.«

»Ich hatte eigentlich vor, mich vor Jons morgiger Operation mit Kai zu treffen und mit ihnen in Burg Reitter zu speisen ... aber vielleicht sollte ich sie lieber sich selbst überlassen.« Sie dachte kurz nach. »Wirst du zu der Operation kommen? Kai sagte, er habe dir davon erzählt.«

»Die würde ich mir um nichts in der Welt entgehen lassen.«

»Dann ist das geklärt. Ich treffe mich kurz mit Kai und komme anschließend zum Essen in die Burg Königmann. Das wird mich ablenken. Braucht ihr irgendetwas?«

»Schüsseln. Wir haben keine.«

»Schüsseln?«, fragte sie.

Ich hielt meine gekrümmten Hände aneinander, als hielte ich einen Ball. »Sie sehen so aus.«

»Ah! Suppenbehältnisse!« Sie grinste breit und rieb sich den Hinterkopf. »Tut mir leid, dieses Wort ist mir wohl bei einer meiner Fabrikationen abhandengekommen.« Sie zögerte erneut. »Habt ihr denn überhaupt irgendetwas in Burg Königmann?«

»Ja, einen Tisch.«

»Ich werde sehen, was ich tun kann.«

Ich verließ Burg Marget auf demselben Weg, auf dem ich sie betreten hatte, und war froh, einen Moment lang ungestört über meine Begegnung mit Serena nachdenken zu können. Als ich das Heckenlabyrinth verließ, sah ich jedoch Schwartz an der Außenmauer lehnen.

Mein Söldner-Mentor trug seine an den Seiten rasierten Haare wie immer straff zurückgebunden. Seine kühlen grauen Augen verrieten nicht, was ihm durch den Kopf ging. Ich sah, dass er ein Handbeil und einen der beiden baugleichen Revolver trug. Er war groß und sehr muskulös und schien eher für den Sommer als die derzeit herrschenden winterlichen Temperaturen gekleidet zu sein. Außerdem warf er im trüben Mondlicht keinen Schatten.

Nachdem meine Erinnerungen mehr als ein Jahrzehnt lang mit Dunkel-Fabrikationen manipuliert worden waren, hatte ich es mir zur Gewohnheit gemacht, auf die Schatten der Menschen um mich herum zu achten. Und sei es nur, um sicherzugehen, dass die Leute, die mir am Herzen lagen, nicht das gleiche traumatische Schicksal erlitten wie ich. Die Schatten meiner Mutter und meiner Geschwister waren intakt und wirkten gesund. Da Schwartz gar keinen Schatten hatte, konnte ich mir in seinem Fall jedoch nicht sicher sein, ob mit seinen Erinnerungen alles in Ordnung war. Aber konnten die Erinnerungen von Dunkel-Fabrikatoren überhaupt manipuliert werden? Ich wusste es nicht, nahm aber an, dass ich es noch früh genug erfahren würde.

»Wie hast du mich gefunden?«, fragte ich, während ich auf ihn zuging.

Er stieß sich von der Mauer ab. »Du bist sehr berechenbar.« Daran würde ich arbeiten müssen. »Was willst du?«

»Hast du dir die Kompanie-Tätowierung stechen lassen?«

Ich nickte. Die Haut war zwar nicht mehr gereizt, aber das Symbol der Orbis-Kompanie brannte nach wie vor wie Feuer auf der Innenseite meines Oberarms. Nun hatte ich zusätzlich zu dem Verrätermal an meinem Hals noch ein weiteres Zeichen, das mich aus bestimmten Kreisen ausschloss. Ich war ein Söldner, und daran würde sich bis zum Ende meines Lebens auch nichts mehr ändern – ob es mir gefiel oder nicht.

»Willst du es sehen?«

Schwartz schüttelte den Kopf. »Deswegen zu lügen wäre dein sicherer Tod.«

»Freundlich wie immer. Erzählst du mir, wo du während des letzten Monats gesteckt hast? Oder wieso du mich dazu gezwungen hast, einen Brief über mich selbst zu schreiben und an eine Adresse irgendwo in der Nähe von Neu-Drakon zu schicken?«

»Wo ich war, geht nur mich etwas an«, erwiderte er. »Aber der Brief war für Nonna bestimmt. Am besten hinterfragt man ihre Anweisungen nicht. Sie wollte wahrscheinlich nur Informationen erhalten, die ihr dabei helfen, die natürliche Ordnung der Ereignisse zu katalogisieren. Das ist das Einzige, was sie interessiert.«

»Die natürliche Ordnung der Ereignisse?«
Schwartz blickte über die Schulter. »Was? Du hast doch nicht etwa geglaubt, die Archivare würden als Einzige die Wahrheit hinter Kessels Lügen und Fabrikationen ergründen, oder? Wie ignorant von dir.«

Ich hasste es, dass er einen Monat lang von der Bildfläche verschwinden und mir dann mit wenigen Sätzen das Gefühl geben konnte, ein absoluter Volltrottel zu sein. War denn nichts, was ich tat, gut genug für ihn?

»Du bist jetzt ein Söldner, Mikael. Es trübt dein Urteilsvermögen, wenn du dich zu sehr auf die Probleme von Kessel konzentrierst. Weißt du denn, was hinter Eham im Ostmeer liegt? Oder welchen Titel der Anführer des Thebischen Imperiums trägt?«

Nichts davon wusste ich, aber das war ihm wahrscheinlich bereits klar.

»Darüber solltest du dich informieren«, sagte Schwartz, als wir am Platz der Flüchtlinge ankamen. »Wir erwarten, dass du an dir arbeitest, Mikael. Der Endlose Walzer war dein Initiationsritual für die Orbis-Kompanie. Damit hast du dein Potenzial demonstriert, aber jetzt musst du beweisen, dass du wirklich zu uns gehörst, und die Mitglieder der Orbis-Kompanie davon überzeugen, dass du es wert bist, als vollwertiges Mitglied aufgenommen zu werden.«

»Und wie schaffe ich das?«

»Indem du mir hilfst, den Auftrag zu erfüllen, den ein Hochadliger uns erteilen will.«

»Welcher Hochadlige?«

Schwartz blickte mich an, als wäre ich ein Kind. »Spielt das eine Rolle? Komm, es wird Zeit, dass du dich wie ein Söldner benimmst.«

Kapitel 5
Im Spielwahn

In Kessel heißt es, jeder könne aufsteigen, wenn er sich nur genügend anstrenge. Das ist natürlich Quatsch, eine Lüge, mit der die Massen ruhiggestellt werden sollen. Ein goldanisches Sprichwort kommt da der Wahrheit schon erheblich näher: Jeder kann reich und berühmt werden, wenn das Glück ihm lacht und er bereit ist, seine Seele zu verkaufen.

Die Goldani bezeichnen sich gern als ehrlich, doch in Wahrheit sind sie professionelle Spieler und immer auf der Suche nach dem nächsten Kick. Kein Einsatz ist ihnen zu hoch und keine Moral zu fragwürdig. Und so wimmelt es in ihrem Bezirk nur so von liebenswürdigen Geldverleihern, geschickten Knocheneinrichtern und Narren, die den Geschmack des Goldes kennen.

So wie unser angehender Klient, der Hochadlige Maflem Braven.

Nach allem, was Schwartz mir erzählt hatte, verbrachte der Hochadlige Maflem seine Tage am liebsten im Goldader-Casino und wettete auf alles, wonach ihm der Sinn stand. Sofern ihn seine offiziellen Verpflichtungen nicht davon abhielten. Was so gut wie nie vorkam.

Das Goldader-Casino in Kessel war ein äußerst bemerkenswertes Gebäude. Als ich es betrat, nahm ich darin nicht den geringsten Geruch wahr. So etwas hatte ich noch nie erlebt. Kessel lag an einem Fluss, dessen Ausdünstungen durch die gesamte Stadt waberten. Außer hier drinnen. Noch viel verstörender war jedoch, dass das Casino mit einer Effizienz betrieben wurde, von der die Königsfamilie nur träumen konnte.

Stämmige Männer mit Augenbrauenschmuck trugen klimpernde Münzsäcke, während Kellner dafür sorgten, dass alle stets ein Getränk in der Hand hielten. An den voll besetzten Tischen wurde jedes erdenkliche Spiel angeboten, von Roulette über das Fünf-Finger-Messerspiel und Peitschenhieb bis hin zu Drei Brüder.

Ich blieb kurz stehen und sah zu, wie zwei Niederadlige sich in einem Kriegsspiel miteinander maßen. Einer der beiden war darin eindeutig besser als der andere, doch das war bislang nur den goldanischen Kellnern aufgefallen. Sie erklärten den Umstehenden, das Muttermal auf dem Handrücken des schwächeren Spielers brächte ihm Glück, und überredeten sie so dazu, auf ihn zu setzen. So wie das Spiel sich entwickelte, würden ihre Lügen dem Casino schon bald ein Vermögen einbringen. Ich mochte vielleicht nicht der beste Trickbetrüger von Kessel sein, aber selbst ich erkannte leicht zu beeinflussende Opfer, wenn ich welche sah.

Schließlich wandte ich mich zu Schwartz um. »Wo steckt der Hochadlige Maflem?«

»Der sollte nicht schwer zu finden sein, aber wir müssen erst nach der stellvertretenden Kommandeurin der Orbis-Kompanie Ausschau halten. Ohne sie können wir den Vertrag nicht aushandeln.«

»Und wo ist die?«

Dark deutete auf eine große Menge in einer Ecke des Casinos. »Dort.«

»Woher weißt du das?«

»Weil sie immer für Aufruhr sorgt.«

Ich drängte mich durch die Leute, die einen Kreis um zwei Personen gebildet hatten. Die eine war ein mir bekannter goldanischer Botschafter, der Zahlen zwischen eins und sechs ausrief, die andere eine schwarze Frau, die nach jedem Ruf mit geschlossenen Augen ein Messer in die entsprechende Lücke zwischen ihren Fingern stach. Sie bewegte sich schneller, als der Mann die einzelnen Zahlen nennen konnte. Auf dem Tisch unter ihrer Hand war nicht der kleinste Blutfleck zu sehen. Ich sah ihr in stummer Ehrfurcht zu.

Gerade rammte die Söldnerin das Messer zwischen ihrem Mittel- und dem Ringfinger in den Tisch. Alle um sie herum begannen zu klatschen, am lautesten von allen Zain Antoun, der Botschafter des Goldader-Casinos in Goldono. Ich hatte ehrlich gesagt nicht erwartet, ihn noch mal wiederzusehen.

»Imani«, übertönte Schwartz den Jubel. »Ist das nicht ein bisschen übertrieben?«

Sie öffnete eine Auge und sah lächelnd zu Schwartz hoch.

»Das nennt man Leben, Schwartz. Jeder braucht ab und zu mal ein bisschen Spaß. Wir sind Söldner, keine Soldaten.«

»Den Satz merke ich mir für das nächste Mal, wenn du mich anschreist.«

Während alle Umstehenden Imani weiter zu ihrer beeindruckenden Vorführung gratulierten, entdeckte Zain mich in der Menge und rannte zu mir, um mich fest zu umarmen. Er roch nach einem intensiven Parfüm, und seine blonden Haare waren mit irgendetwas Feuchtem und Glänzendem zurückgekämmt. »Mikael Königmann, das Schicksal hat uns wieder zusammengeführt!«, rief er und küsste mich auf beide Wangen. »Was macht Ihr hier? Ich habe nach Euch gesucht.«

Ich bezweifelte, dass das etwas Gutes verhieß. »Ich bin mit den Söldnern hier. Geschäftlich.«

Sein Lächeln wich einem Stirnrunzeln, und er führte uns von den Gästen des Casinos weg, die wieder zu ihren Spielen zurückkehrten. Während Schwartz und Imani leise miteinander sprachen, konzentrierte er sich auf mich. »Dann kann ich Euch wohl nicht für ein Spiel oder ein Getränk begeistern, oder?«

»Heute leider nicht, Botschafter. Ein andermal vielleicht.«

Zain strich sich mit den Fingern durch den Bart. »Ich wünschte, das ginge, aber ich kehre leider schon morgen zur Schicksalswahl nach Goldono zurück. Die herrschende Klasse wird neu bestimmt, neue Botschafter müssen ausgesucht werden, und niemand kann voraussagen, wo ich dabei enden werde. Das ist eine Tragödie.«

»Ich bin mir sicher, dass wir einander irgendwann wieder über den Weg laufen werden.«

»Oh ja, das werden wir, Mikael Königmann«, erwiderte Zain. »Die Frage ist nur, wann und wo. Was haltet Ihr vom Nachtmarkt in Neu-Drakon?«

»Ich glaube, da werde ich länger nicht hinkommen.«

Er klopfte mir auf die Schulter. »Dann in Goldono. Besucht mich im Goldader-Casino.«

»Wenn ich dort bin, werde ich es sicher tun«, versprach ich und fand die Idee tatsächlich gar nicht mal so schlecht. Goldono war ein Ort, wo man sich nicht ohne einen Verbündeten aufhalten sollten, und sei es nur Zain Antoun, der Mann, der sich einen Knochenmann hielt, dem er die Zunge herausgeschnitten hatte.

»Fein! Ich wünsche Euch alles Gute, Mikael Königmann. Möge Euch die Glücksgöttin bis zu unserem nächsten Wiedersehen gewogen sein.« Damit umarmte Zain mich noch einmal ungelenk und lief dann zu jemand anderem.

Ich versuchte, mich an Imani und Schwartz anzuschleichen und sie zu belauschen, doch Imani ertappte mich dabei und packte mich lächelnd an der Schulter.

»Wie ich sehe, bist du in besserer Verfassung als bei unserer letzten Begegnung. Eine Schande, wie das damals alles gelaufen ist. Ist die Wunde an deiner Brust gut verheilt?«

»Ja, es ist alles wieder gut«, antwortete ich. Die Verletzung tat zwar noch immer weh, wenn ich bestimmte Bewegungen machte, doch der Schnitt selbst war schon lange nicht mehr zu sehen. Mein Körper neigte nicht zur Narbenbildung. »Verzeihung, aber wer bist du noch mal?«

Imani drehte sich zu Schwartz um und knuffte ihn scherzhaft. »Hast du ihm denn gar nichts beigebracht? Was hast du während des letzten Monats denn getan? Du wolltest doch ...«

»Ich war beschäftigt«, presste Schwartz hervor.

»Ah ja, deine berüchtigten Ausflüge in unbekannte Lande. Wie konnte ich die nur vergessen?« Sie verdrehte die Augen und drehte sich zu mir um. »Ich heiße Imani Orbis und gehöre zu den wenigen Personen, die Schwartz etwas vorschreiben können. Manchmal macht er es sogar. Hast du irgendwelche Fragen zur Orbis ...?«

Schwartz verschränkte die Arme. »Können wir die Vorstellungsrunde auf später verschieben, Imani? Ich möchte so schnell wie möglich wieder hier raus.«

Seit wann sagte Schwartz so offen, was er fühlte?

Imani dachte wohl dasselbe. »Du bist wohl kein Freund der Goldani, was, Schwartz?«

»Die sind schon in Ordnung. Mir geht es eher um Maflem Braven ...«

»Ich verstehe.« Imani schob Schwartz auf einen Raum zu, der von Soldaten mit dem Familienwappen der Braven bewacht wurde – drei zu einem Dreieck angeordneten Bechern. Sie ließen uns ohne Fragen und Erklärungen durch, und wir gingen durch einen geschmacklos dekorierten Korridor, der mit Porträts von ehemaligen hochadligen Patronen des Casinos gesäumt war.

»Denkt daran, nicht sein Auge anzusehen«, sagte Imani. »Beorn hat es beim letzten Mal vergessen, und das hat uns beinahe den Auftrag gekostet.«

»Was stimmt denn nicht mit seinem Auge?«, fragte ich.

»Er behauptet, er hätte es verloren, während er seine Gefolgsleute vor fleischfressenden Zecken im azilianischen Regenwald rettete«, sagte Schwartz.

»Und wie war es wirklich?«

Schwartz lächelte, doch es war Imani, die antwortete: »Seine Geliebte hat ihm einen rostigen Löffel ins Auge gestochen. Er kann von Glück sagen, dass er noch lebt.«

»Glaubt ihm irgendwer die Zeckengeschichte?«

Imani legte eine Hand auf die Türklinke. »Manche Leute glauben alles, wenn man es ihnen nur überzeugend genug einredet.«

Wir klopften an und betraten den Raum. Ein auffallend dünner Mann in absurd weiten Gewändern legte gerade Holzscheite in einen Kamin. Auf dem Spieltisch neben ihm ragten mehrere Münzstapel auf. Ich sah, dass anstelle des rechten Auges ein verfärbtes Loch in seinem Gesicht klaffte, und sein Lächeln schien vor allem aus Silberzähnen zu bestehen.

Imani trat vor und bedeutete Schwartz und mir hinter dem Rücken, uns nicht vom Fleck zu rühren. »Es ist mir eine Freude, Euch wiederzusehen, Hochadliger Maflem Braven.«

Der Hochadlige hielt Imani ein Holzscheit hin. Sie nahm es und legte es aufs Feuer. Als es knisternd Feuer fing und zu rauchen begann, setzten sich die beiden in Plüschsessel. Schwartz und ich blieben indessen an der Tür stehen.

»Imani, es ist überhaupt nicht gut, dass du den Königsmörder unaufgefordert zu mir bringst«, sagte der Hochadlige Braven und nahm eine volle Teekanne. Er schenkte erst sich und dann Imani ein. Der Tee verbreitete einen intensiven Blumenduft. Schwartz verzog das Gesicht, als er zu uns wehte. Er war davon so angewidert, dass er trotz des Risikos, damit unseren Klienten zu beleidigen, verstohlen versuchte, sich die Nase zuzuhalten.

»Entschuldigt, Hochadliger Braven. Doch bei diesem Auftrag hielten wir es für klug, den Söldner einzubeziehen, der sich mit den Gebräuchen in Kessel am besten auskennt.«

Er nippte an seiner Porzellantasse. »Wie auch immer. Du hast mich damit in eine unangenehme Lage gebracht. Kommandeurin Efyra, der Verdorbene Prinz oder Prinzessin Serena könnte mich des Verrats beschuldigen, wenn man mich in seiner Gesellschaft erwischt.«

»Niemand wird Euch derart absurde Vorwürfe machen«, sagte sie. »Und Schwartz wird Mikael zu jedem Treffen mit Euch begleiten.«

»Wie tröstlich«, erwiderte Maflem. Er hielt Imani einen Teller voll kleiner Törtchen und anderer Köstlichkeiten hin. Sie nahm einen mit Seeigel belegten Toast und knabberte daran herum, während Maflem fortfuhr: »Aber ich muss um eine Garantie bitten. Das ist eine delikate Angelegenheit, und ich benötige einen Beweis, dass der Königsmörder nicht herumlaufen und Lügen über mich verbreiten wird.«

»Schwartz«, sagte Imani.

Der verdrehte mir den Arm auf den Rücken und drückte mich an die Rückenlehne von Imanis Sessel. Ich fluchte laut. Diesen Angriff hatte ich nicht mal kommen sehen. Anscheinend war mir Schwartz trotz meiner Annullierungs-Fabrikationen haushoch überlegen.

Imani aß ihren Toast auf. »Wie du siehst, kann Schwartz Mikael mühelos im Zaum halten. Oder brauchst du noch einen weiteren Beweis?«

Schwartz nahm lässig das Beil vom Gürtel und hielt mir die Schneide an die Wange. Bei dem Gefühl stellten sich mir die Nackenhaare auf.

Der Hochadlige Braven winkte ab, und Schwartz ließ mich los. Ich rieb mir wortlos den Arm und kehrte zur Tür zurück. Schwartz blieb neben Imani stehen.

»Ihr wolltet gerade erklären, um was es bei diesem Auftrag genau geht, Hochadliger Braven.«

»Ja, stimmt«, sagte er. »Da der König tot ist und sich vor den Mauern immer mehr Rebellen zusammenrotten, wird die Lage in Kessel allmählich brenzlig. Die Vorräte werden knapp, es gibt kaum noch Arbeit. Wir Hochadligen tun alles, was in unserer Macht steht, um in dieser schwierigen Zeit den Frieden zu wahren.«

Weder Schwartz noch Imani sagten etwas.

»Daher fällt leider mir die Aufgabe zu, unsere Stadt zu beschützen. Ihr müsst für mich herausfinden, wo die Flüchtlinge, die nach Kessel strömen, herkommen. Ob sie von den Rebellen geschickt wurden, um die Ordnung in unserer Stadt zu untergraben, oder ob es sich bei ihnen wirklich um aufrechte Bürger unseres Landes handelt.«

Imani nahm die Milch und schenkte ein paar Tropfen davon in ihren Tee. Sie kostete ihn und nickte. Dann sagte sie:

»Um es noch mal klarzustellen: Ihr wollt, dass wir herausfinden, woher diese Flüchtlinge stammen und wem ihre Treue gilt, korrekt?«

»Korrekt.«

»Sollen wir sonst noch etwas tun? Diese Nachforschungen scheinen in keinem Verhältnis zu der Summe zu stehen, die Ihr uns zahlt. In diesem Fall käme Euch ein Beschwörer billiger.«

»Beschwörer«, sagte er gedehnt, »sind nicht unabhängig. Sie fühlen sich dem Land, der Königin und diesem ganzen Quatsch verpflichtet. Ihr aber nicht. Die Orbis-Kompanie wird tun, was ich will. Auch wenn es unmoralisch ist.«

»Dann wollt Ihr also, dass wir sie töten, wenn es keine Bürger von Kessel sind«, sagte Schwartz.

»Was?«, fragte ich, ohne nachzudenken. »Ihr wollt, dass wir die Flüchtlinge ermorden? Das ist ...«

Schwartz verpasste mir eine schallende Ohrfeige.

»Das würde Euch allerdings wesentlich mehr kosten als die vereinbarte Summe«, sagte Imani, ohne zu zögern. »Aber ich schlage vor, dass wir tatsächlich erst einmal herausfinden, woher sie kommen, und alles Weitere besprechen, sobald wir diese Information haben.«

»Ganz genau. Im Grunde ist das eine Arbeitskampfmaßnahme. Da es ohnehin kaum Arbeit gibt, wollen meine Zünfte keine Neuankömmlinge einstellen. Wir möchten einfach sichergehen, dass sie wirklich Einheimische sind, wie sie behaupten.«

»Das ist absolut verständlich. Könnt Ihr uns sagen, wo sie sich befinden und wer ihre Anführer sind?«

»Soweit ich weiß, haben sich die meisten von ihnen in den Überresten des Miliz-Viertels niedergelassen.«

Natürlich hatten sie sich diesen Stadtteil ausgesucht. Seit Jamals Tod war ich kaum noch dort gewesen. Wenn ich mich nur daran erinnert hätte, wer Emilia war, dann hätte ich ihn vielleicht retten können. Das war mein größter Fehler gewesen, und ich war mir nicht sicher, ob man ihn mir je verzeihen würde.

»Und ihre Anführer?«, fragte Imani.

»Bislang hat sich noch keiner zu erkennen gegeben. Was ein weiterer Grund ist, weshalb wir Hochadligen so misstrauisch sind. Wer hat schon keine Anführer?«

»Barbaren«, erwiderte Schwartz grinsend.

»Dann sind wir uns ja einig.«

»Das würde ich auch sagen, Hochadliger Braven«, erwiderte Imani und erhob sich von ihrem Sessel. »Wir kommen wieder, wenn wir mehr über die Flüchtlinge wissen oder falls wir genauere Anweisungen von Euch benötigen.«

Der Hochadlige blieb sitzen. »Einer meiner Hauswächter wird die Hälfte der vereinbarten Summe aus dem Casino holen. Sie werden dich und Schwartz jederzeit zu mir vorlassen, aber nicht den Königsmörder.«

Hochadlige hielten sich immer für unglaublich clever und vorsichtig.

Da es ansonsten nichts mehr zu sagen gab, brachen wir auf. Auf dem Weg nach draußen wechselten wir kein Wort. Schwartz und Imani verständigten sich allerdings mit ein paar Gesten. Imani deutete auf mich und machte eine Gebärde, als wollte sie mir den Hals umdrehen. Es war nicht schwer zu verstehen, was sie damit ausdrücken wollte. Zum Glück ging sie davon, anstatt ihrer stumme Ankündigung Taten folgen zu lassen.

Sobald wir draußen waren, reckte Schwartz die Arme hinter den Rücken und legte den Kopf schief. »Muss ich dir einen

Vortrag halten, oder können wir einfach so tun, als hätte ich es getan?«

»Einfach so tun ist mir recht.«

»Das ist auch besser so. Ich habe nicht die Kraft, mich tagein, tagaus mit deiner Blödheit herumzuschlagen. Sei froh, dass Imani nach dem kleinen Ausbruch da drin nicht deinen Lohn einbehält.«

»Moment mal«, sagte ich. »Werden wir etwa bezahlt?«

Schwartz drehte sich langsam zu mir um. »Hast du etwa geglaubt, Söldner arbeiten umsonst? Kannst du mir bitte noch mal erklären, warum ich dir hohlen Nuss das Leben gerettet habe?«

»Keine Ahnung, du hast es mir nie verraten. Ich glaube, dass du dich damit gegen deinen Vater auflehnen wolltest. Von mir aus können wir gern darüber sprechen.«

Er schüttelte schnaubend den Kopf. »Das will ich nicht. Außerdem haben wir für so etwas ohnehin keine Zeit. Ich will diesen Auftrag so schnell wie möglich hinter mich bringen, damit ich mich wieder auf die wirklich wichtigen Dinge konzentrieren kann.«

»Aber irgendwann müssen wir darüber reden.«

»Nicht, wenn ich nicht will.«

»Aber ich habe das Recht zu erfahren ...«

Er bewegte sich so schnell, dass ich gar nicht mitbekam, wie er seine Stirn an meine drückte, bis ich direkt in seine grauen Augen blickte. »Du hast es nur meiner Großzügigkeit zu verdanken, dass du noch lebst. Ich hätte dich in dieser Kirche sterben lassen können. Vergiss das nicht.«

Ich schluckte fürs Erste meinen Stolz und meine Wut herunter. Nichts, was ich sagte, würde ihn dazu bringen, mit mir zu sprechen, wenn er nicht dazu bereit war. Erst wenn ich etwas hatte, was er wollte oder was ich gegen ihn verwenden konnte, würde er seine Geheimnisse preisgeben. Bis dahin musste ich mich in Geduld üben. Ich tat, als wäre ich nervös, wandte den Blick zur Seite und rückte ein Stück von Schwartz ab. »Dann gehen wir mal ins Miliz-Viertel, oder?«

Kapitel 6
Wegelagerer

Ich weiß nicht, weshalb ich erwartet hatte, das Miliz-Viertel in einem besseren Zustand vorzufinden als bei meinem letzten Besuch.

Wie naiv von mir.

Auf jeden Fall hatte es sich verändert. Das frühere historische Viertel war eingeebnet worden und einer provisorischen Stadt aus Zelten und strohgedeckten Hütten gewichen, die kaum dazu geeignet waren, den Regen und die Kälte abzuhalten. Ein Glück, dass der Winter fast vorbei war und der Frühling vor der Tür stand.

Ich ging davon aus, dass die Zelte, die um große schwarze Bottiche und ordentliche Feuerstellen herumstanden, von Bürgern von Kessel bewohnt wurden, während in den Zelten an den frisch ausgehobenen, mit Asche gefüllten Gruben vermutlich die Flüchtlinge hausten. In diesem Verdacht sah ich mich noch bestärkt, als ich erkannte, dass in der Nähe des zerstörten Kolosseums nur wenige Zeltansammlungen standen. Schließlich würde niemand aus Kessel in dessen Nähe wohnen wollen. Zu viele hatten dort Freunde oder Familienangehörige verloren ...

Schwartz schien es viel weniger auszumachen als mir, zwischen all den Leuten hindurchzugehen, die auch schon früher im Miliz-Viertel gewohnt hatten. Er achtete nicht auf die Kinder, die argwöhnisch auseinanderliefen, wenn wir uns näherten, oder auf das verdorbene Essen, das die Leute zu sich nahmen. Und auch nicht auf die Fliegen. Sie waren überall.

»Wie wollen wir herausbekommen, woher die Flüchtlinge stammen?«, fragte ich und wich einem Loch in der Straße aus.

Schwartz hielt den Blick geradeaus gerichtet. »Wir fragen sie.«

»Sie könnten uns anlügen.«

»Alle lügen.«

»Wie sollen wir ihnen dann vertrauen?«

»Für jemand, der herausgefunden hat, wer mein Vater in Wirklichkeit ist, stellst du ganz schön dämliche Fragen.«

»Entschuldige, dass ich ein bisschen mehr von dir hören möchte als immer nur: ›Komm hierher‹, ›geh dahin‹ und ›folge mir‹.«

Wir befanden uns in der Nähe der Kolosseumsmauern. »Wenn du mehr zu erfahren verdienst, sage ich es dir.«

Ich hielt den Mund, während wir den Bereich betraten, der während des Rebellenangriffs auf Kessel am stärksten zerstört worden war. Die Trümmerteile und Leichen waren weggeschafft worden, und die meisten gefährlichen Stellen waren entweder abgesperrt oder notdürftig repariert, sodass sie noch ein paar weitere Monate halten würden. Um den ersten Explosionskrater herum ragten Zelte auf. Das Loch selbst war mit Brackwasser gefüllt.

Wie schlimm musste es erst dort sein, woher sie stammten, wenn sie das hier für die bessere Alternative hielten?

Wenn es mir möglich gewesen wäre, hätte ich ... Nein, ich hätte Kessel *nicht* verlassen. Bevor ich mich nach König Isaaks Tod gestellt hatte, wäre es mir möglich gewesen, aus der Stadt zu verschwinden. Es hatte keinen Zweck, mir einzureden, ich wollte nicht in Kessel sein.

Wir gingen zu einem Kreis aus Flüchtlingen, die im Staub um einen alten Mann in verblichener Kleidung herumsaßen. Sie sahen alle unterschiedlich aus: Die einen waren blass, andere braun gebrannt, wieder andere waren ganz dunkel oder hatten einen olivfarbenen Teint. Aber sie waren ausnahmslos verwundet. Den Glücklicheren fehlten nur Gliedmaßen, andere, wie das Mädchen links neben dem Alten, waren so dick einbandagiert, dass man nur ihre Augen sah. Ihre waren haselnussbraun.

Schwartz trat in den Kreis und stellte sich vor den alten Mann hin. Alle schauten ihn an. »Ich heiße Schwartz und gehöre zur Orbis-Söldnerkompanie. Bist du der Anführer der Flüchtlinge?«

Der Mann blickte zu Schwartz auf. Seine Hände zitterten, doch er sagte nichts.

Schwartz wiederholte die Frage und zeigte die Pistole, die er unter seinem Mantel trug, doch er erhielt noch immer keine Antwort.

»Er kann dich nicht verstehen«, sagte das bandagierte Mädchen.

»Was für eine Sprache spricht er denn?«

»Familisch«, sagte sie mit einem leichten Akzent. »Aber das spielt keine Rolle.«

»Warum nicht?«

Das bandagierte Mädchen tippte dem alten Mann auf die Schulter und machte ein Handzeichen. Seine Augen strahlten, und er öffnete den leeren Mund. Alles, was eigentlich darin hätte sein müssen, fehlte: die Zunge, die Zähne, sogar die Mandeln. In seinem Rachen war nur verrottetes Fleisch auszumachen.

Schwartz verzog das Gesicht und sah das bandagierte Mädchen an. »Dann ist er also nicht euer Anführer.«
»Nein.«
»Wer dann?«, fragte ich. »Du?«
Das bandagierte Mädchen schlang die Arme um sich. »Nein.« Schwartz sah die im Kreis sitzenden Flüchtlinge nacheinander an. »Wir brauchen nur diese Information und werden euch nichts tun.«
Bis auf das Summen der Fliegen blieb alles still.
»Das sagen immer alle«, erwiderte eine Frau schließlich. »Das hat es auch geheißen, bevor wir aus unserer Heimat fliehen mussten.«
»Woher kommt ihr?«, fragte ich.
Stille. Schwartz schnalzte mit der Zunge und sah erneut die Flüchtlinge an. Wahrscheinlich überlegte er, wem er die Information am leichtesten entlocken konnte. Sein Blick blieb an einer schwangeren Frau mit schwarzen Haaren hängen. Er kniete sich vor sie hin. »Wenn du mir sagst, was ich wissen will, kann ich dir und deinem Kind helfen. Ich mache keine leeren Versprechungen wie die anderen.«
»Ich weiß«, sagte sie leise. »Du bist schlimmer. Du willst nur ...«
Ein Schuss fiel, und ihr Kopf explodierte zu einem roten Sprühregen. Schwartz riss die Augen auf, während Schädelfetzen der Frau in seinen Haaren hängen blieben und gegen sein Gesicht prasselten. Die Flüchtlinge um uns herum warfen sich kreischend zu Boden. Schwartz rief etwas. Ich konnte ihn nicht verstehen, sah aber, wie er mit einem Fuß aufstampfte, woraufhin sich eine Eisbarriere auftürmte und uns einhüllte.
Bevor sie komplett über unseren Köpfen geschlossen war, fiel ein weiterer Schuss. Das Projektil prallte von der Wand ab und

traf den alten Mann ohne Zunge in den Rücken. Er saugte zischend Luft ein und wurde steif. Im Inneren der Eiskuppel begann es nach Eisen zu riechen.

»Wer schießt da auf uns?«, fragte ich und hörte das Blut in meinen Ohren rauschen.

Schwartz legte eine Hand an die Eiskuppel. Eine weitere Kugel bohrte sich in die Wand. Das Eis splitterte, zerbrach aber nicht. »Ich weiß es nicht.«

»Müssten wir den Schützen nicht sehen können?«

»Theoretisch ja«, erwiderte Schwartz und drehte sich zu mir um. »Ich habe von Distanzgewehren gehört, aber bisher noch keines gesehen.« Er verstummte und dachte kurz nach. »Wahrscheinlich befindet er sich oben auf dem Kolosseum. Von dort hat man die beste Übersicht. Er muss ziemlich gut sein.«

Die Flüchtlinge drängten sich hinter uns zusammen. Ein Teil von mir hätte sich am liebsten zu ihnen gesellt. »Wie kann er so präzise treffen?«, fragte ich mit zitternder Stimme. Die Fähigkeit zu töten, indem man einen Abzug betätigte, war an sich schon erschreckend genug. Wenn es darüber hinaus auch noch möglich war, einen Menschen aus großer Entfernung zu erschießen, was sollte Angelo dann davon abhalten, mich genau auf diese Weise zu erledigen, während ich arglos durch die Stadt spazierte?

»Das weiß ich nicht«, erwiderte Schwartz.

Eine dritte Kugel schlug direkt vor ihm ein. Das Eis splitterte weiter, hielt aber besser stand, als ich es für möglich gehalten hätte.

»Was sollen wir nun tun?«

Schwartz fuhr mit den Fingern übers Eis. »Vor allem darfst du keine Annullierungs-Fabrikation wirken. Wenn du das tust, trifft mich eine Kugel ins Herz. Ich muss dir sicher nicht erklären, wie ärgerlich das für uns beide wäre.«

Schwartz schaffte es also selbst unter Dauerbeschuss immer noch, unleidig zu sein. Wirklich bemerkenswert.

Um mich zu beruhigen, drehte ich am Ring meines Vaters. Das vertraute Gefühl half mir dabei, meine Atmung zu beruhigen. Ich gesellte mich zu Schwartz und blickte in Richtung des Schützen. Als ich neben ihm stand, schlugen zwei weitere Kugeln in das Eis ein.

»Wenn du recht hast und er wirklich da oben ist, müssen wir irgendwie zu ihm gelangen und ihn am Schießen hindern.«

»Das stimmt«, antwortete Schwartz. »Mit unseren Fabrikationen können wir nicht viel ausrichten. Deine Annullierungs-Fabrikationen wirken nur auf kurze Distanz, und meine Dunkel-Fabrikationen nützen unter der Mittagssonne auch nicht viel mehr.«

Ich machte den Mund auf, um ihm zu diesem Thema eine Frage zu stellen, doch dann merkte ich, dass es dafür bessere Momente gab. Zum Beispiel, wenn wir nicht angegriffen wurden. »Dann müssen wir uns also auf die Eis-Fabrikationen verlassen?«

Schwartz nickte und verschränkte die Arme. Die Kugeln trafen das Eis mittlerweile an mehreren Stellen. Der Schütze versuchte offenbar nicht mehr, es mit der Zielgenauigkeit zu zerbrechen, mit der er die Frau und den alten Mann getötet hatte, sondern mit purer Gewalt. Und tatsächlich breiteten sich die Risse rasch aus. Wenn Schwartz es nicht weiter befestigen konnte, blieb uns nicht mehr viel Zeit.

»Könntest du einen Eispfad nach da oben schaffen?«

»Ja, aber dann hätten wir keine Deckung mehr«, sagte Schwartz. »Der Schütze könnte uns in der Zwischenzeit ein oder zwei Kugeln in die Brust schießen.«

Ich blickte zu den Überresten der Kolosseumsmauern. Sie

waren zersplittert und würden nicht unser Gewicht tragen, wenn wir an ihnen hochzuklettern versuchten. Wenn Nana hier wäre, könnte sie wie bei unserer ersten Begegnung mit einem einzigen Satz hinaufspringen. Doch sie war nun mal nicht hier, und so mussten wir uns etwas anderes …

Plötzlich hatte ich eine Idee.

»Lass es uns einreißen.«

»Was meinst du?«, verlange Schwartz zu wissen.

»Die Mauern des Kolosseums sind instabil. Es gehört nicht viel dazu, sie einstürzen zu lassen und den Schützen so zu uns herunterzuholen. Wenn er seinen Höhenvorteil verliert, können wir näher an ihn heran und ihn ausschalten.«

»Das klappt nur, wenn wir nicht sofort erschossen werden, sobald wir die Kuppel verlassen.«

»Hast du eine bessere Idee?«

Schwartz schnaubte. »Auf drei. Nicht blinzeln. Eins, zwei, drei.«

Was Schwartz dann tat, ließ den Rebellenangriff auf das Miliz-Viertel wie eine Lappalie erscheinen. Die Eiskuppel schmolz von einem Moment auf den anderen. Das Wasser fiel spritzend zu Boden. Eine Kugel zischte an meinem Kopf vorbei und spritzte hinter uns Erde auf. Schwartz klatschte in die Hände und schlug sie gleich darauf auf den Boden. Eine vorgewölbte Eiswand stieg aus der Erde auf. Schwartz schleuderte sie gegen die kümmerlichen Überreste des Kolosseums. Der Aufprall erzeugte einen gewaltigen Knall. Das Eis und die Steine drückten gegeneinander wie zwei Titanen in einer unauflöslichen Pattsituation. Doch das Eis wurde von Schwartz kontrolliert, und der gab nicht leicht auf.

Er ballte die Fäuste, stellte die beschädigten Teile der Eiswand wieder her und ließ dann eine Hand nach links schnellen, um die Ruinen zu zerstören. Anschließend hielt er die Eiswand so lange intakt, bis auch der letzte Rest des Kolosseums verschwunden war. Trümmerteile fielen herab wie Bruchstücke von Celona. Als das letzte auf dem Boden aufschlug, vernahmen wir einen ohrenbetäubenden Schrei, der immer leiser wurde, als stürzte jemand in ein bodenloses Loch.

»Glaubst du, dass der Schütze noch lebt?«, fragte ich.

Schwartz atmete flach. Seine grauen Augen wurden einen Moment lang rot wie bei einem Süchtigen, wenn die Wirkung der Schwarzbeere einsetzte. »Wenn ja, tut ihm bestimmt gerade alles weh. So etwas kann nur ein ... jemand ganz Besonderes überleben.«

Das Wort, nach dem Schwartz suchte, lautete »Unsterblicher«. Hätte ich nicht Domet mit eigenen Augen sich selbst aufschlitzen und überleben gesehen, hätte ich es niemals geglaubt. Unwillkürlich fragte ich mich, ob Schwartz noch anderen wie Domet begegnet war. Wie viele Unsterbliche gab es eigentlich?

»Sollen wir in den Trümmern nachsehen?«, fragte ich.

»Das übernehme ich. Schau du nach den Flüchtlingen. Nutze diesen Angriff dazu, ein paar Informationen aus ihnen herauszuholen. Wir brauchen sie.«

Schwartz ging mit gezogenem Revolver zu dem Trümmerhaufen, in dem sich der Schütze unserer Schätzung nach befinden musste. Falls ich einen Schuss hörte, würde ich ihm zu Hilfe eilen. Vorerst ging ich jedoch zu dem bandagierten Mädchen, das gerade den Puls des alten Mannes zu tasten versuchte. Er war tot. Die anderen kümmerten sich um die Leiche der Frau. Einer von ihnen sammelte bereits Holz für einen Scheiterhaufen.

»Seid ihr euch nahegestanden?«, fragte ich das Mädchen.

»Eigentlich nicht«, erwiderte sie. »Wir haben uns auf dem

Herweg kennengelernt. Aber er war nett. Er hat mir geholfen, die Verbände zu wechseln, als die Verbrennungen noch frisch waren.«

»Woher kommt ihr?«

Sie verlagerte das Gewicht und zuckte zusammen. Sich zu bewegen bereitete ihre stärkere Schmerzen, als ich ursprünglich angenommen hatte. Wie lange und wie weit war sie gelaufen, um hierherzukommen? Nur um in einer belagerten Stadt zu leben, dreckiges Wasser zu trinken und einen Freund sterben zu sehen. Schließlich blickte sie mich an. »Was spielte es für eine Rolle, woher wir stammen? Jetzt sind wir hier.«

»Jemand hat uns angeheuert, um es herauszufinden.«

»Wird uns derjenige etwas antun, wenn ihm die Antwort nicht gefällt?«

»Keine Ahnung, aber wenn er die Antwort nicht bekommt, wird er seinen Ärger definitiv an euch auslassen.«

»Celona sei uns gnädig«, flüsterte sie. »Was unterscheidet dich dann von denjenigen, die uns bedrohen?«

Ich holte tief Luft. Es war Zeit herauszufinden, wie weit der Ruf meiner Familie reichte. »Ich heiße Mikael Königmann. Genau wie Schwartz bin ich ein Mitglied der Orbis-Kompanie. Aber im Gegensatz zu ihm verspreche ich dir, dass ich euch helfen werde. Ich habe ein paar Fehler gemacht, aber ich werde nicht zulassen, dass Kessel euch ignoriert oder schlecht behandelt, nur weil ihr Hilfe braucht. Darauf gebe ich dir mein Wort.«

Das bandagierte Mädchen machte große Augen. »Der Mann, der uns herführte, sprach über deine Familie. Er sagte, die Königmanns wären Giganten unter den Menschen. Dass ihr Blitze fangen und den Mondfall mit einer einfachen Bewegung der Hand ablenken könnt.« Sie verstummte kurz. »Deine Familie ist der Grund, weshalb wir hier sind. Aber alle sagen, ihr seid verschwunden, gebrochen, tot, sterblich und erschreckend gewöhnlich. Das ist nicht wahr, oder?«

»Nein, ist es nicht.«

Das Mädchen ließ die Schultern sacken, doch bevor es etwas sagen konnte, fuhr ich fort: »Mein Vater wurde für Verrat hingerichtet und meine Mutter in eine Anstalt gesperrt, aber inzwischen sind wir wieder zurück und werden alles in Ordnung bringen. Sag mir jetzt bitte, woher ihr seid und wer euch hergeführt hat.«

»Wir kommen aus den Streitenden Reichen«, sagte sie mit fester Stimme. »Wir wurden von den Anhängern des Schläferkults vertrieben und konnten nur in Kessel Unterschlupf finden. Oliver Komar hat uns hergebracht. Er will euch treffen und sehen, ob es immer noch Königmanns gibt.«

Mein Magen krampfte sich zusammen. Die Streitenden Reiche waren eine albtraumhafte Landschaft, die der Fantasie von Dämonen entsprungen zu sein schien – ein ehemaliges Imperium, das von Loyalisten, Sektenanhängern und Todesboten verwüstet und in vier Provinzen aufgesplittert worden war. Seit der Vernichtung der Hauptstadt rangen sie miteinander um die Kontrolle über die gesamte Region. Die meisten ehemaligen Herrscher waren verschwunden, gestorben oder in Obsidian eingeschlossen. Den Gerüchten zufolge gedieh in diesem Land nichts außer Verzweiflung.

Die Flüchtlinge stammten also nicht aus Kessel, und so konnte es durchaus sein, dass der Hochadlige Maflem die Orbis-Kompanie dazu zwingen würde, sie auf jede erdenkliche Weise loszuwerden. Aber vielleicht würde er es auch nicht tun, versuchte ich mir einzureden, als ich mich bei dem bandagierten Mädchen bedankte.

Schwartz kehrte mit einer zerbrochenen Laterne, einem Beutel voller Eisenkugeln und einem Fläschchen Schießpulver zurück.

»Keine Leiche?«

»Keine Leiche«, gab er mit finsterer Miene zurück. »Ich glaube, es war ein Wegelagerer.«

Ich musste ein Schnauben unterdrücken. Die meisten, darunter auch ich, hielten die Wegelagerer für so real wie Drachen oder Titanen. Aber wenn es tatsächlich Unsterbliche gab, warum dann nicht auch einen internationalen Bund von Meuchelmördern? Meine Begegnung mit einem Zahnlosen Lindwurm hatte mir allerdings bewiesen, dass Drachen tatsächlich nur in der Einbildung von Dummköpfen existierten.

»Wie kommst du darauf?«

Schwartz hielt die zerbrochene Laterne in die Höhe und drehte sie um. Auf der Unterseite war in kleinen, weit auseinanderstehenden Buchstaben das Wort *Hunger* eingeritzt. »Das ist ein Deckname, den einer der Wegelagerer verwendet. Sie mögen die Plagen, die die Menschheit heimsuchen. Aber wieso sollte einer von ihnen hier sein? Ein Angriff auf die Flüchtlinge oder mich ergibt keinen Sinn. Was bedeutet, dass er ...«

»... hinter mir her war«, unterbrach ich ihn. »Ich frage mich, wie viel Efyra diesem Hunger zahlt.«

Dark warf lachend die Laterne weg. »Mehr, als es kosten würde, wenn ich dir eine Kugel verpasse.« Er dachte kurz nach. »Imani muss so schnell wie möglich erfahren, dass in Kessel ein Wegelagerer unterwegs ist. Komm mit, Mikael.«

Ich winkte dem bandagierten Mädchen zum Abschied und trottete hinter Schwartz her. Sobald wir die zerstörten Mauern hinter uns gelassen hatten, fragte er: »Woher stammt sie?«

»Wieso glaubst du, dass sie es mir verraten hat?«

»Du bist ein Trottel, aber nicht unfähig.«

»Also gut«, sagte ich, während wir an einer Gruppe von Gaffern vorbeigingen, die auf das eingestürzte Kolosseum und die riesige Staubwolke darüber deuteten. »Ich verrate es dir im Tausch gegen eine andere Information.«

Schwartz blieb stehen. »Wenn du so etwas sagst, zweifle ich ernsthaft an deiner geistigen Gesundheit.«

»Du hast Informationen, die ich will, und gibst sie mir nicht freiwillig. Was für eine andere Wahl habe ich denn? Du kannst mich so viel beleidigen, wie du willst, aber das ändert gar nichts. Wenn du dich nicht auf diesen Handel einlässt, musst du Imani sagen, dass du nichts aus den Flüchtlingen herausbekommen hast.«

»Geschickt eingefädelt, Mikael. Also gut, stell mir deine Frage.«

Das kam unerwartet. Eigentlich hatte ich damit gerechnet, dass er mich wie bisher schlagen oder bedrohen würde. Dass er mir stattdessen ein Kompliment machte und sich noch dazu auf meine Bedingungen einließ, bedeutete möglicherweise, dass ich ihn allmählich durchschaute.

Ich musste mir meine Frage sorgfältig überlegen. Sollte ich mich nach seinem Vater erkundigen? Was er wollte, woher er stammte und wieso die beiden sich entzweit hatten? Oder sollte ich besser etwas über Schwartz' Fabrikationen herauszufinden versuchen und ihn fragen, wieso er über mehrere Spezialisierungen verfügte? Es gab so viele Möglichkeiten, aber nur eine Sache, über die Angelo mich ganz sicher nicht angelogen hatte. Und das war seine Frau.

»Wie ist deine Mutter ums Leben gekommen?«

Ich konnte nicht erkennen, ob ich Schwartz damit überrascht hatte. Er war schwerer zu durchschauen als eine Statue.

Ohne mich eines Blickes zu würdigen, erwiderte er: »Mein Großvater hat sie aus Versehen getötet. Er wollte eigentlich meinen Vater umbringen.«

»Warte mal, welcher Großvater?«

»Der Vater meiner Mutter. Eduard Naverre. Du hast vielleicht schon von ihm gehört. Betrachte diese Zusatzinformation als kostenlose Dreingabe.«

Ich starrte ihn mit offenem Mund an. »Was, du bist ein Naverre? Ein Hochadliger? Aber die wurden bei der Annexion von Naverre alle in ihrer Burg verbrannt. Das ist un… Wer bist du?«

»Ein Söldner«, flüsterte er. »Also, woher kommen die Flüchtlinge? Ich will es Imani vor der Verdunklung sagen, damit wir unseren nächsten Schritt planen können.«

»Aus den Streitenden Reichen. Ihr Anführer heißt Oliver Komar.«

»Gut. Ich komme morgen wieder zu dir, Mikael. Versuche bitte, heute in keine Schwierigkeiten mehr zu geraten. Ich möchte meinen Tag nicht gleich mit deiner Rettung beginnen müssen.«

Schwartz ging nach Klein-Eham im Ostteil von Kessel. Keine Ahnung, warum. Dort konnte man seltene und exotische Waren finden, die allerdings unheimlich teuer waren. Allein und immer noch schockiert über seine Enthüllung machte ich mich auf den langen Weg zur Burg Königmann. Da ich immer noch genügend Zeit hatte, um rechtzeitig zum Abendessen zurück zu sein, nahm ich einen Umweg, um zu sehen, wie es um das Miliz-Viertel stand.

Die meisten Geschäfte waren geschlossen. Ein großes X auf den Eingangstüren informierte darüber, dass ihre Eigentümer verstorben waren. Vor einigen Läden lagen außerdem Blumen. Offenbar gab es nicht mehr so viele Süchtige wie früher. Am

Straßenrand saßen nur wenige Dimmer mit Schwarzbeeren zwischen Lippen und Zähnen und rot flackernden Augen. Ich war froh, dass wenigstens eine Sache in diesem Viertel besser geworden zu sein schien. Und sei es auch nur, dass die Süchtigen sich andere Rückzugsorte gesucht hatten.

Die Narben, die der Angriff der Rebellen auf diesen Ort hinterlassen hatte, würden vermutlich nie mehr ganz verschwinden. Ich konnte beim besten Willen nicht begreifen, *warum* sie anstelle von Adligen und Mitgliedern der Waage Zivilisten und Milizionäre getötet hatten. Dieser Anschlag hatte ihrer Sache nicht die geringsten Sympathien eingebracht. Wenn überhaupt hatte er die zuvor Unentschlossenen in diesem Konflikt eher näher an die Adligen heranrücken lassen. Was hatten die Rebellen also mit der Attacke beabsichtigt? Inwiefern hatte sie Emilia geholfen, Domet zu Fall zu bringen?

Nachdem ich die östliche Brücke zur Insel überquert hatte, passierte ich die verlassenen Gebäude um Burg Königmann. Die meisten waren verfallen. Ich sah zahlreiche eingestürzte Dächer und Wände. Sie waren unbewohnbar. Wenn meine Mutter wollte, dass wieder Leute hierher zogen, würden sie vermutlich abgerissen oder zumindest von Grund auf saniert werden müssen.

Trotz des Durcheinanders, das in meinem eigenen Leben herrschte, dachte ich über das nach, was ich über Schwartz erfahren hatte. Seine Familie schien das Gegenteil von meiner zu sein, von Mord und Verrat anstatt von Liebe und Loyalität geprägt. Selbst als Leon und ich uns gegenseitig an die Gurgel gegangen waren, hätten wir ... hätte ich ihm niemals ernsthaft wehtun wollen. Diesen Wunsch würde ich niemals nachvollziehen können, aber ich hatte vor, noch mehr über Schwartz und Angelo herauszufinden. Wenn möglich würde ich Nachforschungen über die Familie Naverre anstellen müssen. Schließlich konnten sich selbst die kleinsten Informationen über Angelo als nützlich erweisen.

Ich war immer noch tief in Gedanken versunken, als ich die Burg betrat, und so nahm ich das Gelächter im großen Saal erst wahr, als ich bereits direkt davor stand. Da Dana offensichtlich vor mir eingetroffen war, machte ich mich auf eine Standpauke von Jenn gefasst, weil ich jemand eingeladen hatte und dann zu spät kam.

»Entschuldigt bitte, dass ich erst jetzt …« Ich brach ab, als ich den zusätzlichen Gast am Tisch erblickte. Meine Mutter saß neben einem älteren Herrn, der sich in einem ähnlichen Zustand wie die Flüchtlinge zu befinden schien. Er hatte dünne grau melierte Haare und eine Nase, die genau wie Leons ein wenig zu groß für sein Gesicht wirkte. In der hinteren Ecke des Saals saßen zwei Wächter auf dem Boden und aßen aus Schüsseln. Vermutlich gehörten sie zu Danas Hausgarde.

Als Mutter mich wie erstarrt in der Tür stehen sah, stand sie auf und kam zu mir. Der alte Mann begleitete sie. Leon, Jenn und Dana verstummten.

»Mikael«, sagte Mutter, »ich möchte dir Oliver Komar vorstellen. Deinen Großvater.«

Kapitel 7
Krank vor Glut

»Großvater?«, wiederholte ich und dann gleich noch mal: »Großvater? Ich verstehe nicht.«

»Ich glaube, es ist ziemlich selbsterklärend«, sagte Oliver mit einem Lächeln. »Ich bin der Vater deiner Mutter.«

Da er Leons Nase und Jenns schiefes Lächeln hatte, musste ich ihm das abnehmen. Außerdem hatte er die Haut und die Haare meiner Mutter. Dieser faltige Mann, dem die Fingerspitzen der linken Hand fehlten, gehörte zu meiner Familie. Was man nicht zuletzt auch daran erkannte, wie er meine Mutter ansah. Es war der gleiche Blick, mit dem auch sie uns bedachte, wenn sie glaubte, wir würden nicht auf sie achten.

»Wenn du zur Familie gehörst«, begann ich, »wo hast du dann gesteckt? Wo warst du, als wir Hilfe brauchten?«

»Ich lag im Sterben«, erwiderte er. Ich hätte nicht sagen können, ob er es ernst meinte oder nicht. »Überraschenderweise dreht sich nicht die ganze Welt ausschließlich um die Familie Königmann. Jetzt komm und setz dich zu uns an den Tisch. Deine Mutter hat Abendessen gemacht, und ich möchte nicht, dass es kalt wird.«

Oliver kehrte zu seinem Stuhl zurück. Mutter strich mir sanft über den Rücken, bevor sie es ihm gleichtat, und schließlich nahm auch ich zögerlich neben Dana und meiner Schwester gegenüber Platz. Dana hatte ihr Versprechen gehalten und Schüsseln mitgebracht, in die Oliver uns allen lächelnd einen scharfen Eintopf schöpfte. Anstelle von Besteck mussten wir mit Brot vorliebnehmen. Es war zwar nicht gerade ein angemessenes Abendessen für eine Hochadlige, doch daran schien sich keiner am Tisch zu stören.

Als wir alle eine Portion vor uns stehen hatten, fragte ich: »Wieso bist du hier?«

»Ich bin mit den Flüchtlingen gekommen«, erwiderte Oliver schlicht. »Wir haben zehn Jahre lange einen aussichtslosen Kampf gekämpft. Schließlich habe ich gemerkt, dass es keinen Sinn hat, und so viele wie möglich in Sicherheit gebracht.«

»Nur Feig...«

»Mikael«, zischte Mutter, »sei höflich. Wo ist Quinn, Vater? Wollte sie dich nicht begleiten? Ist sie noch immer mit Bernard zusammen? Mit ihren Söhnen müssen sie mittlerweile ganz graue Haare haben.«

»Deine Schwester ist tot«, sagte Oliver. »Bernard auch. Seit zwei Jahren. Sie haben gegen die Anhänger des Schläferkults gekämpft und sind ehrenhaft gestorben.«

»Ich hoffe, mein Ehemann hat sie im Jenseits willkommen geheißen«, flüsterte Mutter. »Und was ist mit ihren Kindern?«

»Sie sind alle vor Jahren verschwunden. Ich habe keine Ahnung, wo sie sind oder ob sie überhaupt noch leben.«

Mutter nickt düster.

»Dann bist du also derjenige, der die Flüchtlinge nach Kessel geführt hat, richtig?«, fragte ich mit vollem Mund.

Er stippte sein Brot in den Eintopf. »Stimmt.«

»Wieso hast du sie hergebracht? In den Streitenden Reichen kann es doch auch nicht viel schlimmer zugehen als in Kessel.«

Dana stieß mir den Ellbogen in den Rippen. Ich wusste

nicht, warum, merkte aber, dass meine Mutter mit dem Essen aufhörte und auf Olivers Antwort wartete. Ich musste mit meiner Frage einen wunden Punkt getroffen haben.

Oliver hörte ebenfalls auf zu kauen. »Vor den Mauern von Kessel lauern Rebellen. Das Essen und das Wasser werden knapp. Die Menschen sterben. Dieses Land befindet sich eindeutig am Rand eines Abgrunds, aber die Streitenden Reiche sind in ihren längst hineingestürzt. In der Sommerprovinz entführt der Herzog Mädchen und schickt sie an eine Militärschule, wo sie gezielt gegen Gifte immun gemacht werden. Und für jedes dieser Mädchen wird ein Junge in der Wildnis ausgesetzt, um das Geschlechtergleichgewicht in der Provinz aufrechtzuerhalten.«

»Das ist barbarisch«, sagte Leon.

»Die Sommerprovinz ist noch das friedlichste der Streitenden Reiche«, erwiderte Oliver. »In der Herbstprovinz, wo das Land mit dichtem Dschungel bewachsen ist, wird jeder, der an seinem zwanzigsten Geburtstag noch kein Kind hat, dazu gezwungen, den Regenwald zu roden. Die meisten überleben diese Arbeit kein Jahr. Sie sterben an einer von Insekten übertragenen Krankheit, die ihr Blut in Stein verwandelt. Und wenn jemand das Glück hat, fünf Jahre zu überstehen, wird er in die Herbstarmee eingezogen. Ihr könnt euch ja denken, was das bedeutet.«

»Und ich habe geglaubt, es gäbe keinen brutaleren Ort als Kessel«, murmelte Jenn.

»Die Streitenden Reiche tragen ihren Namen nicht ohne Grund«, erklärte Oliver. »Ob ihr es glaubt oder nicht, diejenigen, die es nach Kessel geschafft haben, sind die Glücklichen. Hier gibt es Hoffnung.«

»Nicht für die Menschen, die seit Jahren hier sind«, erwiderte Leon leise. »Vor allem nicht mehr seit dem Tod des Königs.«

»Wieso wussten wir bis heute nicht, dass wir aus den Streitenden Reichen stammen?«, fragte Jenn plötzlich. »Ich bin stolz darauf, eine Königmann zu sein, aber ... es wäre schön gewesen zu wissen, dass das nicht alles ist, was mich ausmacht.«

Mutter, die während des bisherigen Gesprächs nichts gesagt und nur aufmerksam zugehört hatte, rieb sich den Nacken. »Euer Vater und ich haben vor unserer Rückkehr nach Kessel beschlossen, meine Herkunft geheim zu halten. Wir wollten verhindern, dass ein paar Hochadlige meine Vergangenheit dazu benutzen, die Position eures Vaters zu untergraben. Vor allem nachdem in meiner Heimat die Anhänger des Kults die Macht übernommen und das Imperium ins Chaos gestürzt hatten.«

»Das erklärt aber nicht, warum wir nie davon erfahren haben«, entgegnete Jenn.

»Das Vermächtnis der Königmanns sticht alles«, erwiderte meine Mutter sanft. »Wenn die Leute mich fragten, woher ich komme, habe ich immer geantwortet, dass ich Königmann-Kinder zur Welt gebracht habe und mit der Königsfamilie wie mit Gleichgestellten speise. Also war ich eine Königmann und sonst nichts. Ich habe es so oft wiederholt, bis ich schließlich selbst der Ansicht war, dass sich die Welt ausschließlich um die Königmanns drehe und es keine Rolle spiele, wer ich früher gewesen bin.«

»Aber so ist es nicht«, erklärte Leon.

»Nein, so ist es nicht«, bestätigte sie. »Im Moment allerdings schon. Wir können nicht einfach aus Kessel weggehen. Euer Vater hat sich geopfert, um uns das Leben zu retten. Wir sind es ihm schuldig, die Stadt zu beschützen. Sobald Angelo im Grab liegt, können wir gemeinsam entscheiden, was wir mit dem Familienvermächtnis anstellen wollen, doch bis dahin sind wir die Königmanns und werden Rache nehmen.«

»Gesprochen wie eine wahre Tochter des Familischen Imperiums«, sagte Oliver.

Mutter funkelte ihn an. »Wenn ihr irgendwelche Fragen über die Streitenden Reiche habt, dann stellt sie am besten eurem Großvater. Er ist der Experte. Egal was er sagt, ich könnte genauso gut in Kessel zur Welt gekommen sein.«

Weder Leon noch Jenn schienen sich mit Mutters Erklärung zufriedengeben zu wollen, weshalb wir nichts über ihren Zweig der Familie hatten erfahren dürfen. Doch damit wollte ich mich im Moment nicht länger aufhalten. Ich hatte nur noch eine Frage, und die würde die schmerzhafteste sein. »Was hast du damit gemeint, du lägest im Sterben, Oliver?«

»Dass es so ist«, sagte er, ohne zu zögern. Er legte den rechten Arm auf den Tisch und krempelte den schmutzigen Ärmel hoch. Aus der Entfernung hätte man die Male auf seiner Haut für Tätowierungen halten können. Doch die roten Striche bewegten sich und zuckten, als hätten sich Insekten in ihn hineingebohrt und in seinem Körper vermehrt und versuchten nun, wieder aus ihm zu entkommen. Ich konnte nicht genau erkennen, wo genau die Striche endeten, aber wie es aussah, reichten sie über den Ellbogen hinaus.

»Was ist das?«, fragte Jenn.

»Meine Ärzte in den Streitenden Reichen nannten es die Verderbnis. Sie ist unheilbar. Sobald diese roten Male mein Gesicht bedecken, werde ich sterben.«

»Die Ärzte hier sind besser als in den Streitenden Reichen«, sagte meine Mutter sofort. »Wir werden nichts unversucht lassen und dich nicht einfach aufgeben, nur weil sie es so sagen.«

»Danke, Julia. Aber ich habe bereits alles probiert. Allein die Kirche der Ewigen Flamme scheint eine Idee zu haben, wie man sie kurieren könnte, aber sie wollen sich nicht klar dazu äußern ...«

»Wir werden tun, was nötig ist, Papa.«

Ich hob mir die Schüssel vors Gesicht, um mein Lächeln zu verbergen. Selbst Oliver war machtlos gegen die Sorgen und den Befehlston meiner Mutter. Es war schön zu sehen, dass sie nicht nur meine Geschwister und mich so behandelte.

»Ich habe dich ja vorgewarnt, dass Mikael immer alles ganz genau wissen will. Da die ganze Familie hier versammelt ist, müssen wir uns aber auch noch mit anderen Problemen befassen. Hochadlige Marget, wenn du das nicht hören willst, solltest du jetzt gehen. Ansonsten gehe ich davon aus, dass du auf unserer Seite stehst.« Mutter erhob sich von ihrem Stuhl am Kopfende der Tafel. Als sie sah, dass Dana sich nicht bewegte, hatte sie ihre Antwort. Anschließend berichtete Mutter so knapp wie möglich von unserem Treffen mit Efyra. Leon war der Einzige, dem diese Neuigkeiten sichtliches Unbehagen bereiteten. Vielleicht war sein Gespräch mit Mutter über die Nachfolgeregelung nicht gut gelaufen.

»Wie sollen wir denn stichfeste Beweise finden, dass Mikael König Isaak nicht ermordet hat?«, fragte Jenn in die Runde.

Großvater starrte mich an. Anscheinend war ihm dieses Detail seit seiner Ankunft in Kessel noch nicht zu Ohren gekommen. Wie oft würde der Schatten des toten Königs denn noch auf mich fallen? »Ich habe es nicht getan, der König hat sich selbst umgebracht«, sagte ich rundheraus.

Er schien es zu akzeptieren.

Mutter legte die Hände auf den Tisch. »Unsere erste Aufgabe besteht darin, Burg Königmann wieder zu alter Pracht zu verhelfen. Im Moment suche ich nach Leuten, die bereit sind, für uns zu arbeiten. Sobald wir genügend Helfer gefunden haben, müssen wir die Häuser vor der Burg instand setzen. Moment mal, Vater« – sie wandte sich ihm zu – »was hast du eigentlich in Kessel vor? Ich bin einfach davon …«

Großvater verschränkte bloß die Arme und bedeutete ihr mit einem Nicken fortzufahren. Anscheinend teilte auch er die Werte, nach denen ich mein ganzes Leben ausrichtete: In einer Familie hilft einer dem anderen.

Mutter lächelte. »Um nicht die Fehler der Vergangenheit zu wiederholen, sollten wir meiner Ansicht nach …« Sie verstummte und beobachtete, wie sich die beiden Wächter, die bis jetzt in der Ecke gesessen hatten, Dana näherten.

Einer von ihnen flüsterte ihr etwas ins Ohr, das sie mit einem übertriebenen Seufzer quittierte. »Entschuldigt mich bitte«, sagte sie. »Ich muss mich zurückziehen. Mein Vater hat meine Wächter angewiesen, mich vor der Verdunkelung nach Hause zu bringen. Anscheinend hat er Angst vor weiteren Rebellenangriffen.«

»Ich bringe dich raus«, sagte ich. Ehe irgendwer Einwände erheben konnte, nahm ich Dana sanft an der Hand und rannte mit ihr aus der Burg. Erst als wir in der kalten Nachtluft standen und sicher sein konnten, dass wir ihre Wächter vorübergehend abgehängt hatten, ließ ich sie los. Wir würden uns nur einen Moment lang ungestört unterhalten können.

»Raffinesse ist nicht gerade deine Stärke, oder, Mikael?«, fragte Dana, während sie sich das Hemd glattstrich.

»Eher nicht.«

»Was ist los?«

»Es ist kompli…« Ich verstummte und erinnerte mich daran, dass alles, was mir in letzter Zeit zugestoßen war, wesentlich einfacher gewesen wäre, wenn ich meinen Freunden die Wahrheit gesagt hätte. »Die Orbis-Söldnerkompanie ist von einem

Hochadligen mit der Untersuchung der Flüchtlinge beauftragt worden. Und jetzt habe ich erfahren, dass mein Großvater ihr Anführer ist. Ich mache mir Sorgen, dass wir im Rahmen unseres Auftrags Gewalt gegen sie anwenden müssen, wenn wir es dem Hochadligen nicht ausreden können. Aber wenn ich die Befehle meiner Kompanie missachte, werden sie mich verstoßen, und dann wird mich anschließend die Prinzessin hinrichten.«

»Oh«, sagte sie.

»Ganz genau.«

Dana dachte einen Moment lang nach. »Kannst du die Regeln verändern?«

»Was?«

»Schreib den Vertrag um. Wenn du sicher bist, dass die Angelegenheit in einem Desaster endet, dann überzeuge deine Kompanie davon, mit den Flüchtlingen und nicht mit dem Hochadligen gemeinsame Sache zu machen.« Sie sah mich nachdenklich an. »Der Adlige, von dem du sprichst, ist aber nicht mein Vater oder meine Stiefmutter, richtig?«

»Nein, jemand anders.«

»Gut, dann sieh zu, dass Orbis die Seiten wechselt.«

»Aber wie?«, fragte ich. »Der Hochadlige hat sicher viel mehr Geld als die Flüchtlinge.« Danas Wächter schlossen zu uns auf. Keiner der beiden schien darüber erfreut, dass sie durch Burg Königmann hatten sprinten müssen.

»Es dreht sich nicht immer alles nur um Geld, Mikael.«

»Für die Söldner schon.«

»Wirklich, auch für Schwartz?«, fragte sie, während sie sich mit ihren Wächtern auf den Weg machte. »Du bist doch clever. Überleg dir eine andere Lösung.«

So ein nettes Kompliment hatte mir schon lange niemand

mehr gemacht. Es war erstaunlich: Sobald ich nachdachte, bevor ich etwas tat, behandelten mich die Leute, als wäre ich zu beeindruckenden Dingen imstande, anstatt mich als dämlich zu bezeichnen, wie sie es während des Endlosen Walzers immer getan hatten. Ich hatte es zwar verdient, aber dennoch war es kränkend gewesen.

Als ich in den großen Saal zurückkehrte, war nur noch Oliver da. Er trug die Schüsseln und den Topf ab. Als er mich bemerkte, blickte er auf und sagte: »Die anderen haben sich schlafen gelegt. Deine Mama wollte, dass sich alle ausruhen, bevor wir morgen mit dem Wiederaufbau beginnen. Es wird viel zu tun geben.«

Es gab immer viel zu tun. Ich wünschte ihm eine gute Nacht und ging in das Zimmer, das ich mir mit Jenn teilte. Sie hatte bereits das Feuer angezündet und sich davor hingelegt. Ich zog eine Decke zu ihr und rechnete damit, dass sie noch etwas über das Abendessen sagen würde, doch sie war bereits eingeschlafen und schnarchte leise.

Ich selbst machte mir zu große Sorgen, wie ich Großvater vor dem Hochadligen Maflem Braven retten sollte, um einzuschlafen.

Mitten in der Nacht, als das Feuer bereits erloschen war und Jenn mit abgespreizten Armen und Beinen neben mir lag, kreischten Stuhlbeine über den Steinfußboden.

Da ich ohnehin noch wach war, ging ich nachsehen.

Großvater saß mit einer brennenden Laterne und einem Wasserkrug vor sich am Tisch im großen Saal. Ich nahm ihm gegenüber Platz.

»Konntest du nicht schlafen?«, fragte ich.

»Ich habe es gar nicht erst versucht«, erwiderte er. »Wasser?

Wir haben keine Becher. Du müsstest direkt aus dem Krug trinken.«

Keine Becher. Keine Gemälde. Keine Betten. Und dennoch fühlte ich mich hier mehr zu Hause, als ich es bei Angelo je getan hatte. Ich nahm einen Schluck und merkte, dass das kühle Wasser mir guttat. »Was hast du stattdessen getan?«

»Die Leute getroffen, die ich hierhergeführt habe. Ein paar von ihnen waren am Kolosseum, als es eingestürzt ist. Zwei von ihnen sind dabei umgekommen.«

»Mein Beileid.«

»Ich danke dir«, antwortete. »Es ist wirklich eine Schande. Vor allem weil sie nicht von herabfallenden Trümmerstücken erschlagen, sondern erschossen wurden. Anscheinend kamen zwei Söldner, um sie zu befragen, und brachten einen Attentäter mit. Einer von den beiden Söldnern sah wohl wie du aus. Gibt es irgendetwas, das du mir sagen möchtest, Mikael?«

Ich rutschte auf meinem Stuhl herum und verschränkte die Hände auf dem Tisch. »Wir haben den Attentäter nicht mitgebracht. Wir waren nur dort, um zu fragen, woher ihr gekommen seid, und um mit eurem Anführer Kontakt aufzunehmen. Ich glaube, der Schütze war da, um mich zu töten. Er hat die günstige Gelegenheit erkannt und zugeschlagen.« Ich rieb mir über die Stirn und spürte, wie sich ein vertrautes Gewicht auf meine Schultern herabsenkte. »Wegen mir sind zwei Leute gestorben.«

»Der Attentäter hat sie getötet, nicht du. Aber die Gerüchte, die ich gehört habe, waren anscheinend nicht übertrieben. Es sind wirklich alle hinter deinem Kopf her.«

»Zweihundert Sonnen sind auf ihn ausgesetzt«, sagte ich. »Ich kann es wirklich niemand verdenken, wenn er sich die verdienen will.«

»Weshalb interessiert sich die Orbis-Kompanie für Flüchtlinge? Söldner befassen sich nur mit anderen Menschen, wenn sie sie rekrutieren wollen oder auf sie angesetzt worden sind.«

»In diesem Fall war es Letzteres.« Großvater lehnte sich mit geschlossenen Augen zurück und verschränkte die Hände hinter dem Kopf. »Von wem?«

»Ist das wichtig? Ich werde dich beschützen. In einer Familie kümmert man ...«

»Und was ist mit den übrigen Flüchtlingen?«

Ich antwortete nicht gleich. Nur der Ruf einer Eule vor den Fenstern durchbrach die Stille. »Wieso sind sie dir so wichtig?«, fragte ich schließlich.

»Weil sie mir vertrauen«, antwortete Großvater leise. »Ich werde sie nicht im Stich lassen, nur weil ich jetzt in Sicherheit bin. Sie erwarten, dass ich sie beschütze, und ich lasse sie unter keinen Umständen hängen. So etwas tun Anführer nicht. Das hätte dein Vater dir eigentlich beibringen müssen. Aber vielleicht war er ja immer noch so ein schlechter Lehrer wie damals, als ich ihn kennengelernt habe.«

Während meiner Kindheit und Jugend hatten sich mir immer wieder Männer als Vaterfiguren angedient und versucht, mich so umzumodeln, dass ich ihren Vorstellungen entsprach. Vor allem wegen der jüngsten Ereignisse traute ich mittlerweile keinem Mann mehr, der mir einen freundlichen Rat erteilen wollte. Manche Kindheitstraumata sind wie Sonnenbrände, andere wie Knochenbrüche. Die schlimmsten waren Narben, die zwar verblassten, aber niemals in Vergessenheit gerieten.

»Mein Vater hat sein Leben geopfert, um unsere Familie zu beschützen.« Ich ballte die Fäuste und spürte, wie mein Gesicht heiß wurde. »Auch wenn du zur Familie gehörst, wage es ja nicht, sein Andenken zu besudeln, denn sonst knalle ich deinen Kopf auf die Tischplatte.«

»Dann besudele du nicht sein Andenken, indem du dich wie ein Kind aufführst«, gab mein Großvater zurück. »Familie mag wichtig sein, aber das bedeutet nicht, dass man zu ihrem Schutz alles andere vernachlässigen darf. Deine Vorfahren haben sich immer allen verpflichtet gefühlt. Sie taten, was sie tun mussten, ganz gleich, wie viel sie dabei verloren.«

»Du sprichst, als wärst du ein Historiker und nicht Teil der Geschichte, alter Mann.«

Großvater hustete Asche und spuckte glühende Kohlenstücke aus. Es schien, als würde ein heißes Feuer in seinem Bauch brennen. Sein Husten klang schrecklich, als wäre seine Lunge vollkommen verstopft. Es war so laut, dass ich glaubte, die anderen müssten jeden Moment von dem Lärm aufwachen. In diesem Moment wurde mir bewusst, weshalb seine Adern so rot und erhaben waren. Was auch immer in seinem Körper vorging, hatte sie entzündet. Es waren keine Fabrikationen, sondern etwas völlig außer Kontrolle Geratenes und ein eindeutiges Todesurteil. Vielleicht konnte ihn wirklich keine Medizin heilen. Stimmte es, dass nur die Kirche der Ewigen Flamme möglicherweise wusste, was man gegen diese Krankheit tun konnte?

»Alter Mann«, wiederholte er. »Das gefällt mir. So hat mich noch nie jemand genannt. Meine eigenen Kinder hatten dafür zu viel Respekt vor mir, mein Enkel aber anscheinend nicht.«

»Wenn ich etwas bin, dann unterhaltsam.«

»Und wenn ich etwas bin, dann ehrlich. Da du mir nicht glaubst, bist du offenbar sehr oft belogen worden.«

Ich stand auf, stützte die Hände auf den Tisch und beugte mich zu ihm vor. »Dir ist wahrscheinlich gar nicht klar, wie recht du damit hast.«

Großvater ahmte meine Haltung nach. »Willst du noch mehr Wahrheiten hören? Was hat dir dein Vater sonst noch nicht beigebracht? Weißt du, dass er …?«

»Vater.«

Wir drehten uns beide zu Mutter um, die mit zerzausten Haaren am anderen Ende des Tischs stand und uns vorwurfsvoll ansah. Großvater und ich sackten ein wenig zusammen.

»Vater«, wiederholte sie. »Geh ins Bett. Und du auch, Mikael. Weckt mich nicht noch einmal auf.«

Sie ging, im sicheren Wissen, dass wir beide ihren Anweisungen gehorchen würden. Doch Großvater konnte sich einen letzten Rat nicht verkneifen: »Wenn du nur diejenigen beschützt, die du zu deiner Familie zählst, dann hast du kein Recht, dich als Königmann zu bezeichnen. Das war nicht ihr Vermächtnis. Du musst an dir arbeiten, Mikael.«

Als er gegangen war, blieb ich noch eine Weile aufgewühlt am Tisch stehen. Für meine Familie zu sterben war eine leichte Entscheidung gewesen. Doch es würde sehr viel schwerer sein, dem Vermächtnis meiner Vorfahren gerecht zu werden.

Was sollte ich tun?

Letztlich gab es auf diese Frage immer nur eine Antwort: weitermachen. Ich hatte keine Ahnung, was ich mit den Flüchtlingen anstellen würde, falls der Hochadlige Braven uns befahl … sie zu vertreiben. Aber ich wusste, dass ich so schnell wie möglich alles über die Familie Naverre in Erfahrung bringen und herausfinden musste, ob Schwartz mich angelogen hatte. Wenn ich etwas gegen ihn in der Hand hatte, würde ich ihn vielleicht dazu überreden können, Oliver und die anderen Flüchtlinge zu retten. Das war zugegebenermaßen ein verzweifelter Plan, aber der einzige, der mir einfiel.

Da ich schon mal wach war, hielt ich es für das Beste, die

einzige Person zu besuchen, die mir bei dieser Angelegenheit helfen konnte: Simon Anders, der selbst ernannte König der Geschichten – und außerdem derjenige, der mich mit meinem Vermächtnis erpresste.

Das würde ein richtig erfreuliches Gespräch werden.

Kapitel 8
Ein Austausch von Wahrheiten

Die Kessel-Bibliothek hatte sich nicht sehr verändert seit meinem letzten Besuch als Königsmörder auf der Flucht. Damals hatte ich meine Geschichte einem Mann überlassen, der ganz wild darauf war, mein Vermächtnis zu zerstören, und mir im Gegenzug dabei half, meine Mutter zu retten. Letzten Endes war es das wert gewesen. Dass ich überlebt hatte, war jedoch eine Überraschung gewesen, und ich wusste nicht, wie Simon es aufgenommen hatte.

Ich schlich genau wie damals durch die Bibliothek und nahm exakt dieselbe Route. Zu meiner großen Erleichterung waren die Sicherheitsvorkehrungen immer noch die alten, und so stand ich schon bald an der Tür zum Raum des Erzmagiers.

Kaum hatte ich sie einen Spaltbreit aufgestoßen, rief Simon auch schon: »Schluss mit dem Theater, Mikael, Komm rein.«

»Für den selbst ernannten König der Geschichten machst du dir erstaunlich wenig aus guten Auftritten«, sagte ich, während ich die Tür hinter mir schloss. Simon saß am Tisch in der Mitte des Raums, um ihn herum Dutzende von einem Unsterblichen verfasste Tagebücher. Er trug die für ihn typische rote Robe. Die Kapuze hatte er abgesetzt, sodass sein zurückweichender Haaransatz zu sehen war. Seine Fingerspitzen waren voll schwarzer

Tintenkleckse, und er bewegte die Feder in seiner Hand mit einer Geschwindigkeit über die Seite, um die ihn viele Schwertkämpfer beneidet hätten.

»Nimm Platz, Mikael. Wir haben wie immer viel zu besprechen.«

Ich setzte mich hin und sah ihn fragend an. »Ich habe eigentlich geglaubt, du würdest dich darüber ärgern, dass ich noch lebe.«

»Oh.« Er lachte. »Das tue ich auch. Genau genommen bin ich fuchsteufelswild. Du kannst von Glück reden, dass du nicht früher hergekommen bist. Ich habe ernsthaft in Erwägung gezogen, dir ein Messer ins Auge zu rammen, damit ich mich nicht mehr länger mit deinem Quatsch abgeben muss.«

»Die Prinzessin erhebt dich vielleicht in den Adelsstand, wenn du das tust.«

»Das ist mir bewusst. Schade, dass mir derlei Dinge nichts bedeuten. Mir geht es nur um die Geschichte.« Er legte die Feder weg und wedelte vorsichtig mit dem Blatt Papier, um die Tinte darauf zu trocknen. Dann legte er es auf den Stapel neben sich. »Das ist die letzte Seite deiner Geschichte. Ich habe sie in die Erzählung eingefügt, die ich über dich und deine Familie erzählen will.« »Möchtest du sie lesen?«

»Eher nicht«, sagte ich. »Sie ist wahrscheinlich nicht sehr schmeichelhaft.«

»Kein bisschen«, erwiderte er und lachte erneut. Dass er mit meiner Geschichte fertig war, erklärte, wieso er so fröhlich wirkte. Die Situation war verstörend. »Ich hatte vor, sie nach deiner Hinrichtung zu veröffentlichen. Wegen dir musste ich das verschieben, was ärgerlich war, aber inzwischen habe ich größere Pläne.«

»Die zweifellos mit mir zu tun haben.«

»Natürlich, aber ich will nicht die Überraschung verderben.« Simon bleckte die Zähne zu einem weiteren irren Grinsen. »Weshalb bist du hier, Mikael? Ich dachte eigentlich, ich müsste dir nachjagen.«

»Ich brauche Informationen.«

»Natürlich brauchst du die«, sagte er und fuhr mit der Zunge über die Lücke zwischen seinen Schneidezähnen. »Worüber?«

»Die Familie Naverre.«

Simon kniff die Augen zusammen. »Das ist ein interessantes Thema. Was kannst du mir dafür anbieten? Und vergiss nicht, dass ich noch eine Frage bei dir guthabe.«

»Was willst du?«, fragte ich.

»Ist das nicht offensichtlich?«

Ich war mir sicher, dass es mir nicht gefallen würde, was er zu sagen hatte. Dennoch fragte ich: »Könntest du es mir bitte erklären? Nur um sicherzugehen, dass es keine Missverständnisse gibt.«

»Ich will deine Geschichte erfahren, Mikael. Und zwar haargenau. Einen Teil davon kontrolliere ich ohnehin schon, aber ich ahne, dass das nur der Anfang war. Du bist ein Königmann-Söldner in einer Phase unvorhersehbarer politischer Turbulenzen. Du wirst im Zentrum des Geschehens stehen, bis du entweder stirbst oder ...« Er verstummte.

»Oder was?«

»... meine Vorhersagen bestätigst und den Thron an dich reißt.«

Die Vorstellung, ein Königmann könnte auf dem Thron sitzen, war unerhört. Die meiste Zeit meines Lebens, sogar noch nachdem mein Vater hingerichtet worden war und wir die Verrätermale eingebrannt bekommen hatten, war das auch meine Ansicht gewesen. Doch dann war mir eingefallen, dass ich Trey versprochen hatte, ich würde der Prinzessin nur dabei helfen, den Thron zu behalten, wenn sie es verdiente ... Falls nicht, wollte ich dafür sorgen, dass ein Söldnerkönig gekrönt wurde. Doch das musste Simon nicht wissen, und so zitierte ich einen berühmten Satz:»Königmanns stehen neben dem Thron.«»Das stimmte so lange, wie Königmanns noch keine Königsmörder waren. Oder Söldner. Bis du aufgetaucht bist.«

Ich lehnte mich auf dem Stuhl zurück und verschränkte die Arme.»Für jemand, der meine Familie so sehr hasst, scheinst du ganz schön viel Respekt vor mir zu haben. Das ist neu. Alle hassen mich.«

Simon strich mit den Fingern über den Papierstapel wie ein Kerkerwächter, der überprüfte, dass die Ketten seines Gefangenen immer noch fest saßen. Es waren seine Worte, aber meine Geschichte. Ein Fluch für uns beide.»Ich schätze das Potenzial deiner Geschichte. Mit meiner Hilfe könnte es die größte Geschichte aller Zeiten werden anstatt nur eine vergessene Fußnote in den Annalen von Kessel, weil dein Name nicht mehr in aller Munde ist.«

»Ich habe dir damals nur so viel gegeben, weil ich verzweifelt war. Heute bin ich nicht verzweifelt. Denk dir was anderes aus.«

»Du hast in dieser Angelegenheit kein Mitspracherecht, Mikael. Entweder gibst du mir deine Geschichte freiwillig, oder ich nehme sie und verdrehe sie so lange, bis niemand mehr Fakten von Fiktion unterscheiden kann.« Simon stand auf und ging zum Regal. Nach kurzem Zögern zog er ein Tagebuch heraus und blätterte darin herum, bis er etwas gefunden hatte. Dann legte er das Buch vor mich hin.»Lies den vorletzten Absatz.«

Was auch immer Mikael Königmann war oder sein wird, seine Entwicklung zum Königsmörder hatte bereits früh begonnen und war unvermeidlich. Er mag behaupten, dass er nur getan hat, was nötig war, um in einer Stadt zu überleben, die ihn tot sehen wollte. Aber stimmt das? Mikael präsentiert sich gern als ritterlichen Einzelgänger. Doch ist das nur eine Fassade, hinter der er etwas weit Unheilvolleres verbirgt? Wenn wir sein Verhalten als Kind in Betracht ziehen, liegt die Antwort klar auf der Hand.

»Soll das eine Drohung sein?«

»Eindeutig.«

»Woher weiß ich, dass du nicht nur bluffst?«

»Das grün-weiß gestreifte Haus.«

Ich schlug wortlos das Buch zu und zog an meinem Kragen, der sich mit einem Mal viel zu eng anfühlte. Simon, dieser unausstehliche Dreckskerl, hatte genau das gefunden, was ich ihn auf keinen Fall hatte sehen lassen wollen.

»Hör dir meinen Vorschlag an, Mikael«, sagte der König der Geschichten. »Solange die Antworten uns beiden nützen, tauschen wir Fragen aus. Wir lügen nicht und lassen nichts aus. Wir sagen nur die absolute Wahrheit. Wenn du etwas zu verbergen versuchst oder beschönigst, werde ich deine Geschichte schreiben, wie es mir gefällt.«

»Und was ist mit der Frage, die du noch bei mir guthast?«

»Du wirst es merken, wenn ich mich dazu entscheide, sie einzusetzen«, sagte Simon. »Frage mich so viel, wie du willst. Wenn du damit fertig bist, werde ich dir die gleiche Anzahl an Fragen stellen. Ein Hin und Her ist nicht nötig, wenn wir beide akzeptieren, wie sehr wir einander brauchen.«

Ich hatte nicht damit gerechnet, diese Begegnung mit Simon hinter mich bringen zu können, ohne dabei etwas zu verlieren, das mir lieb und teuer war. Er hatte noch immer meine Geschichte – mein Vermächtnis – in seiner Gewalt, aber ich würde, vielleicht sogar ohne sein Wissen, Einfluss darauf nehmen können, wie er sie schrieb. Möglicherweise würde es mir gelingen, mich und meine Familie in ein besseres Licht zu rücken, als ihm eigentlich lieb war. Würde ich das mit der Wahrheit bewerkstelligen können? Nun, ich würde es schon bald herausfinden.

»Wer waren Eduard Naverres Kinder?«

»Enthält Domets Buch keine Informationen über sie?«

»Nein«, sagte ich. Was mich rückblickend betrachtet eigentlich misstrauisch hätte machen müssen. Aber ich war viel zu sehr mit mir selbst beschäftigt, um zu merken, dass es viel wichtiger ist, was jemand nicht sagt, als was er sagt.

Simon nahm einen Federkiel und schrieb etwas auf ein leeres Blatt. Als er damit fertig war, schob er es mir über den Tisch zu. Ich las es rasch durch:

Edgar Naverre – Der Älteste. Sohn von Grazia Boleyn – Selbstmord durch Selbstverstümmelung

Patrick Naverre – Der Zweitälteste. Sohn von Grazia Boleyn – Selbstmord durch Erhängen

Katharina Naverre – Das mittlere Kind. Tochter von Jana Stetter – Vergiftet

Edmund Naverre – Der Zweitjüngste. Sohn von Elisabeth Kleve – Von Rebellen verbrannt

Evelyn Naverre – Die Jüngste. Tochter von Elisabeth Kleve – Von einem Pferd zu Tode getrampelt

Ich wusste nicht, wie Angelo Ombras tote Frau geheißen hatte. Er hatte uns ihren Namen nie von sich aus genannt, und weder meine Geschwister noch ich hatten ihn dazu gedrängt, ihn uns zu verraten. Aus Respekt vor seiner Trauer. Das war ein großer

Fehler gewesen. Daher musste ich nun herausfinden, ob es Katharina oder Evelyn gewesen war.

»Waren Katharina oder Evelyn verheiratet?«, fragte ich.

»Darüber existieren keine Aufzeichnungen.«

Das überraschte mich nicht. Andernfalls wäre es auch zu leicht gewesen, Schwartz' Mutter zu bestimmen. Doch für jede Frage, die ich stellte, würde sich Simon ebenfalls eine einfallen lassen können. Und seine würden viel gefährlicher sein als meine.

»War eine der beiden Mutter oder schwanger, als sie starb?«

»Das trifft auf beide zu«, sagte Simon. »Die Schwangerschaft der Hochadligen Katharina war fast vollendet, als sie starb. In den Aufzeichnungen steht, die Ärzte hätten versucht, das Kind zu retten. Der Erzmagier persönlich wurde aus Kessel herbeigeholt, um zu helfen. Doch am Ende überlebten weder die Mutter noch das Kind.«

»Und Evelyn?«

»Die Hochadlige Evelyn wurde von einem Pfeil in den Rücken getroffen, während sie mit einem Freier, dem Hochadligen Eugen Berger, ritt. Den Pfeil hätte sie womöglich überlebt, aber das Pferd zerquetschte ihr nach dem Sturz aus dem Sattel den Kopf. Dass sie schwanger gewesen war, wurde erst nach ihrem Tod festgestellt.«

Beide entsprachen den wenigen Informationen, die ich über Angelos Frau und Schwartz' Mutter hatte, und beide waren schwanger gewesen. Da ich im Moment keine Möglichkeit sah, die Wahl zwischen ihnen einzuengen, würde ich weitere Informationen sammeln und diese Frage zu einem späteren Zeitpunkt neu aufgreifen müssen. »Damit bin ich fertig.«

»Dann bin ich jetzt dran«, sagte Simon und lächelte. »Erste Frage: Der Junge, den du angeblich ertrinken gesehen hast, könnte deiner Beschreibung nach Davi Kessel gewesen sein. War er es?«

Ich verschränkte die Arme. »Ja, er war es.«

»Interessant. Zweite Frage: Wie lautet dein Spitzname in Adelskreisen?«

»Mein Spitzname in Adelskreisen?«, wiederholte ich.

»Tu nicht so unwissend. All ihr Hochadligen habt Spitznamen. Aus Kairos wird Kai, aus Jennina Jenn, aus Leonardo Leon und aus Karius Kar. In der neuen Generation gibt es nur zwei Personen, deren Spitznamen ich nicht kenne. Du bist eine davon.«

»Weil ich keinen habe.«

»Das glaube ich dir nicht.«

»Meinst du nicht, jemand würde ihn kennen, wenn ich einen hätte? Alle haben mich immer nur Mikael genannt, egal wie ...«

»Der andere, der mir fehlt, ist der von Prinzessin Serena. Merkwürdig, nicht wahr, dass ein Königmann und die Königliche, an die er gebunden war, scheinbar die beiden Einzigen sind, die diese alte Tradition nicht fortführen.«

Ich beugte mich lächelnd über den Tisch. »Wir waren immer die Ausnahmen von der Regel. Wir glaubten, das würde uns zu etwas Besonderem machen. Einzigartig. Das bedeutet einem Königmann und einer Kessel mehr, als du dir vorstellen kannst.« Ich ließ mich wieder zurücksinken. »Frag Serena, wenn du mir nicht glaubst. Ich bin sicher, sie würde liebend gern mit dir ihre Kindheitserinnerungen wälzen.«

Simon murmelte irgendetwas Unhöfliches, ehe er fortfuhr: »Letzte Frage: Wie würdest du deine derzeitige Beziehung zu deinem ehemaligen Pflegevater beschreiben, Angelo Ombra?«

Als einen Riesenhaufen Scheiße, dachte ich. Laut sagte ich:

»Angespannt. Er kommt nicht gut damit zurecht, dass wir nicht mehr bei ihm wohnen. Ich glaube, wir waren wie eigene Kinder für ihn.«

»Das ist eine Lüge«, fuhr Simon mich an. »Ich weiß fast alles, was in dieser Kirche passiert ist. Du hast ihn verfolgt. Warum?«

Da Simon bereits alles wusste, was zu den Ereignissen in der Kirche geführt hatte, gab ich ihm die Informationen, die ihm noch fehlten. Als echter Archivar kommentierte er sie nicht. Er nickte nur und bat ein- oder zweimal um weitere Erläuterungen. Da ihn nichts, was ich sagte, zu überraschen schien, fragte ich mich, wie viel er tatsächlich wusste. Oder vermutete.

»Das wäre dann auch bei mir alles«, sagte Simon, als er mit Schreiben fertig war. »Fürs Erste.«

Möglicherweise hatte ich Simon wegen unserer gegenseitigen Abneigung unterschätzt. Er führte keine Kriege mit Schwertern und Pistolen wie der Verdorbene Prinz oder die Rebellenkaiserin. Selbst Domet konnte ihn trotz all seines Geldes und Ansehens nicht das Wasser reichen. Simons Macht erstreckte sich auf die Vergangenheit, die Gegenwart und die Zukunft. Er kontrollierte die Geschichte, und das war beängstigender, als den meisten bewusst war. Alle sagen, die Geschichte würde von den Siegern geschrieben, doch in Kessel fixierte sie dieser Mann. Dieser selbst ernannte König der Geschichten, der Familien und Ereignisse ganz einfach aus den Aufzeichnungen streichen konnte, wenn es ihm gefiel. Wissen war Macht, und er hatte Zugang zu einem unerschöpflichen Wissensschatz. Ich würde ihn in Zukunft ernster nehmen müssen.

»So angenehm dieses Treffen auch war, jetzt sollte ich gehen«, sagte ich. »Du kennst mich ja: Es gibt immer irgendwelche Könige, die ich töten, und Kinder, die ich terrorisieren muss.«

Überraschenderweise quittierte Simon diese Bemerkung mit

einem leisen Lachen. Und da gab es doch tatsächlich Leute, die mich nicht für lustig hielten. »Das ist schon in Ordnung, Mikael. Ich muss noch einiges tun, bevor die Bibliothek für Besucher öffnet. Lass bitte jemand ein Zimmer für mich in Burg Königmann herrichten.«

»Was?«

»Ich habe es dir doch gesagt. Solange du lebst, werde ich dich im Auge behalten. Wenn ich in Burg Königmann wohne, fällt es mir leichter, dich zu beobachten, und dir schwerer, etwas vor mir zu verbergen. Ich benötige ein Zimmer in der Nähe von deinem.«

»Ist dir bewusst, in was für einem maroden Zustand unsere Burg sich derzeit befindet?«

Er zuckte die Achseln. »Manchmal muss man leiden, wenn man etwas Großes erreichen will. Du kennst das ja und hast bestimmt Mitgefühl mit mir.«

»Weniger, als du wahrscheinlich vermutest.«

»Wir sehen uns heute Abend, Mikael.«

Ich verließ den Raum das Erzmagiers und schlich zum Ausgang der Bibliothek. Die Sonne ging auf und tauchte die Stadt in ein weiches orangefarbenes Licht. Da ich meinen Söldner-Mentor ausnahmsweise mal nicht enttäuschen wollte, nahm ich den direkten Weg zur Burg Königmann, der durch die Hängegärten führte. Seit der Nacht, in der die jüngste Ereignisse ihren Anfang genommen hatten, war ich nicht mehr hier gewesen. Als ich unter den schattigen Baumwipfeln hindurchging, stieg mir der Geruch von verwesendem Fleisch in die Nase, und ich konnte es mir nicht verkneifen, zu den Leichen hinaufzuschauen, die an Stricken von den Ästen baumelten – die meisten von ihnen violett wie Ackerwinden. Einige waren unschuldig, andere nicht. Wie immer brannte sich mir ihr Anblick ein und wurde zu einer Erinnerung, die ich niemals vergessen würde.

Dies war nicht mehr meine Stadt, und das schon seit fast einem Jahrzehnt. Von der prachtvollen Schönheit, von der ich in den Geschichten meiner Kindheit gehört hatte, war nichts übrig geblieben. Ich schuldete Kessel nicht das Geringste. Aber wenn ich nichts unternahm, würden schon bald Flüchtlinge neben diesen Rebellen hängen, und das nur, weil manche Leute erklärten, sie gehörten nicht hierher.

Dass ich ein Söldner war, bedeutete nicht, dass ich mich unmenschlich verhalten musste. Es war Zeit, die Stadt zu verändern und die Regeln nach meinen Vorstellungen umzuschreiben.

Sollte Simon doch die Geschichtsschreibung kontrollieren, wenn er das wollte. Ich würde jedoch bestimmen, worüber er schrieb.

Wie es der Tradition entsprach.

KAPITEL 9
EIN SÖLDNERSCHWUR

»Sag das noch mal, aber lass diesmal den Blödsinn weg.«
»Ich finde, wir sollten die Flüchtlinge beschützen, ganz egal, was der Hochadlige heute sagt«, erwiderte ich und hoffte, dass Schwartz nicht merkte, wie meine Stimme brach, während ich mein Anliegen vorbrachte. Ich war mehr als nur ein bisschen nervös.

Schwartz hatte sich mit verschränkten Armen vor mir aufgebaut. »Ich sagte: ohne den Blödsinn. Versuch's noch mal. Ich weiß ja, dass du ein bisschen langsam bist.«

»Wir sollten die Flüchtlinge beschützen.«

»Bist du bescheuert?« Schwartz packte mich am Kragen und rammte mich gegen die Mauer. Als ich einatmete, durchzuckte mich ein Schmerz. Schwartz funkelte mich an. »Wir sind *Söldner*. Wir arbeiten für Geld und haben bei dem, was wir tun, kein Mitspracherecht. Das wusstest du, als du bei uns unterschrieben hast. Lass mich nicht bereuen, dass ich dir das Leben gerettet habe. Worauf auch immer du hinauswillst, versuch es noch einmal.«

»Was ist, wenn die Flüchtlinge etwas haben, das kostbarer ist als alles, was der Hochadlige Braven uns anbieten kann?«

»Das ist unwahrscheinlich.«

»Aber was, wenn es so ist? Würdest du dann zuhören?«

»Ja«, sagte er, und ich wusste, dass er es auch so meinte.

In diesem Moment trat wie abgesprochen Großvater ein. Ich hoffte, dass unser Plan funktionieren würde. Schwartz hatte sich bereit erklärt, einen besseren Handel in Erwägung zu ziehen. Nun musste Großvater ihm nur noch etwas anbieten, das Bravens Gold ausstach.

»Wer bist du?«, fragte Schwartz.

»Oliver Komar, der Anführer der Flüchtlinge.« Er verstummte und sah mich an. »Und der Großvater dieses Jungen da.«

»Mein Beileid.«

»Vielen Dank. Können wir diese Angelegenheit wie Ehrenmänner besprechen?«

Schwartz schnalzte abfällig mit der Zunge. »Wenn's sein muss.«

Oliver kam direkt auf den Punkt: »Wenn euer hochadliger Klient erfährt, dass wir nicht aus Kessel stammen, wird er euch laut meinem Enkel möglicherweise befehlen, uns zu beseitigen. Stimmt das?«

Schwartz nickte. Ich sah von ihm zu Oliver. Ich würde mich nicht zwischen meiner Familie und meinen Söldnerpflichten entscheiden, sondern, was auch immer passierte, versuchen, beiden Seiten gerecht zu werden. Ich war mir zwar sicher, das Richtige getan zu haben, hatte aber keine Ahnung, was Oliver Schwartz anbieten würde, und konnte nur hoffen, dass es reichen würde.

»Könntet ihr eventuell lügen und sagen, wir kämen aus Kessel? Keiner der Hochadligen kennt die ländlichen Regionen dieses Landes. Wenn ihr es behauptet, werden sie es auch glauben.«

»Die Orbis-Kompanie ist für ihre Ehrlichkeit bekannt. Daran werde ich nicht rütteln.«

»Ich verstehe«, sagte Großvater. »Dann lass mich dir ein Angebot unterbreiten. Ich habe Grund zu der Annahme, dass ich die Identität des Wegelagerers kenne, der euch angegriffen und zwei meiner Leute ermordet hat. Zwischen den Streitenden Reichen und Kessel haben wir ein paar versprengte Personen aufgelesen. Hunger war vermutlich eine von ihnen.«

»Was für einen Beweis hast du für dieses Behauptung?«, fragte Schwartz.

»Die Person, von der ich spreche, nennt sich Spottdrossel. Ich kann sie für euch identifizieren.«

»Ein Name beweist gar nichts«, erwiderte Schwartz.

»Ganz richtig«, sagte Großvater. »Aber was diese Person erzählte, hat uns alle erstaunt. Sie sprach davon, dass sie einen Mann in Kessel treffen wolle, der vorhabe, Gottes Schöpfung zu entweihen und den Tod selbst zu überwinden.«

»Damit meinte sie meinen Vater«, murmelte Schwartz und stand auf. »Ich habe genug gehört. Komm mit, Mikael. Wir werden uns heute Morgen mit dem Hochadligen Braven treffen und, da wir jetzt wissen, woher die Flüchtlinge stammen, die weiteren Schritte mit ihm besprechen.«

Anscheinend fand Schwartz wieder mal Gefallen daran, mich wie einen Hund zu behandeln. Manche Dinge änderten sich eben nie. Wir brachen so schnell auf, dass ich keine Gelegenheit mehr hatte, mich von Oliver zu verabschieden oder Mutter Bescheid zu sagen, wohin ich ging.

Zum Glück hatte ich Oliver bereits erzählt, dass wir einen weiteren Gast in Burg Königmann aufnehmen würden. Er fand die Vorstellung amüsant und erklärte sich bereit, Simon ein Zimmer in der Nähe von meinem zu geben, sobald die Renovierungen abgeschlossen waren. Perfekt.

Schwartz und ich sprachen nicht miteinander, während wir

zum Goldader-Casino gingen, und hielten nur kurz an, damit er in einer Gasse pinkeln konnte. Sein Schweigen war fast unheimlich, und ich fragte mich, ob Oliver bei meinem Söldner-Mentor einen wunden Punkt berührt hatte. Wenn dem so war, würde ich bei ihm Nachhilfe nehmen müssen.

Als wir das Casino sahen, wandte Schwartz sich zu mir um. »Sag nichts, während ich mit ihm spreche, solange ich dich nicht ausdrücklich dazu auffordere.«

Er fragte mich zum ersten Mal nicht, ob ich seine Anweisung verstanden hätte. Offenbar ging er einfach davon aus. Er benahm sich wirklich eigenartig. Während wir das Casino durchquerten, hatte ich nicht den leisesten Schimmer, was mich erwartete. Was vielleicht ganz gut war. Schwartz klopfte an die Tür zu Bravens Separee, wartete die Antwort ab und trat dann ein. Mir bedeutete er, am Eingang stehen zu bleiben.

Der Hochadlige frühstückte gerade. Vor ihm stand ein großes Tablett voll dick mit Butter bestrichenem Toast, Haferflocken, die in einer Mischung aus Milch und Honig eingeweicht waren, einem gegrillten Pfirsich und Speck, der so stark angebräunt war, dass er fast verkohlt wirkte. Genug Essen, um mehrere Menschen damit zu ernähren, doch ich bezweifelte, dass er den Hungernden in Kessel etwas davon abgeben würde. »Söldner Schwartz, es freut mich, dich so bald schon wiederzusehen. Hast du die Informationen, die ich haben möchte?«

»Ja, mein Herr«, begann Schwartz. »Der Anführer der Flüchtlinge heißt Oliver Komar. Er ist ein Frühlingsmann aus den Streitenden Reichen. Die Leute, die bei ihm sind, stammen aus allen vier Provinzen und sind vor dem Krieg geflohen, der dort überall wütet.«

Der Hochadlige Maflem legte das Besteck beiseite und nahm eine Scheibe Toast. Ich beobachtete, wie ihm die geschmolzene Butter an den Fingern herabrann. »Wie schrecklich für sie. Wenn Kessel doch bloß in der Lage wäre, sie zu unterstützen.«

»Ich weiß nicht, ob es Eure Entscheidung beeinflusst, aber ich bezweifle, dass sie gewalttätig sind. Sie brauchen nur einen Unterschlupf.«

»Aber das Leben in der Stadt ist teuer, Söldner.«, sagte Maflem und stopfte sich den Toast in den Mund. Er spuckte Krümel, während er sprach. »Wo sollen wir sie unterbringen? Wer wird sie beschäftigen? Wir haben auch so schon genug Schwierigkeiten, unsere eigenen Leute zu versorgen. Die Flüchtlinge werden diese Probleme nur verschlimmern. Ich muss eine schwere Entscheidung treffen.«

»Was soll die Orbis-Kompanie für Euch tun, Herr?«

Der Hochadlige trank Wasser und spülte damit herunter, was sich noch in seinem Mund befand. »Wir müssen sie loswerden.«

»Herr«, erwiderte Schwartz, »es muss garantiert sein, dass die Orbis-Kompanie nicht den Zorn der Königsfamilie oder der anderen Hochadligen auf sich zieht, wenn sie Eure Wünsche hinsichtlich der Flüchtlinge erfüllt. Wir sind zwar ein souveräner Staat und machen, was wir wollen, aber mit der Aufnahme des Königmanns haben wir uns in letzter Zeit schon genügend Feinde gemacht.«

»Die Orbis-Kompanie wird nicht behelligt werden«, erklärte Maflem mit einem Lächeln. »Erfahrungsgemäß ist es besser, die Königsfamilie anschließend um Verzeihung als vorher um Erlaubnis zu bitten, und genau das werde ich tun, um sicherzustellen, dass Kessels Wirtschaft keinen Schaden nimmt. Die Archivare werden verstehen, dass ich nicht anders konnte.«

Nicht, solange ich dabei ein Wörtchen mitzureden hatte. Ich würde dafür sorgen, dass dieser Mann genauso jämmerlich in

Erinnerung bleiben würde, wie er war, wenn er uns tatsächlich den unsäglichen Befehl erteilte, den er hier andeutete.

»Ich verstehe, Herr«, sagte Schwartz. »Was sollen wir also mit den Flüchtlingen machen?«

»Befiehl ihnen, Kessel innerhalb einer Woche zu verlassen«, erwiderte der Hochadlige Maflem. »Um ihnen zu zeigen, dass wir es ernst meinen, tötest du jeden, der sich unseren Befehlen offen widersetzt. Ihre Anführer müssen wahrscheinlich aufgeknüpft werden, aber ein paar Mitglieder der Waage schulden mir ohnehin noch einen Gefallen. Sie können diese Leute binnen eines Tages in die Hängegärten verfrachten. Sollte es irgendwelche Gerüchte geben, dass die Flüchtlinge sich dafür rächen und den Rebellen anschließen wollen, müssen wir eventuell zu härteren Maßnahmen greifen.« Der Hochadlige Maflem nahm seine Serviette vom Schoß und legte sie neben das Tablett auf den Tisch. »Wenn ich's mir recht überlege, dürfen alle Männer und Frauen, die hinreichend ansehnlich sind, bleiben. Ich werde ein oder zwei von meinen Dienern vorbeischicken, die die Herde inspizieren und die Besten von ihnen herauspicken. Für schöne Dinge gibt es immer eine Verwendung.«

»Und die Kinder, Herr?«

»Die Kinder ...«, sagte er wie zu sich selbst. »Wie viele sind es denn?«

Schwartz schüttelte leicht den Kopf. »Es war nicht einfach, die Bürger des Ostteils der Stadt und die Flüchtlinge auseinanderzuhalten, aber wahrscheinlich sind es einige.«

Der Hochadlige verzog abschätzig das Gesicht. »Die Leute aus dem Ostteil werden uns noch mal überrennen, wenn wir nicht aufpassen, aber um dieses Problem kümmern wir uns ein andermal. Wenn die Kinder davonlaufen, dann lasst sie. Diejenigen, die bleiben, werden zusammen mit ihren Familien gehen. Das scheint mir eine vernünftige Lösung zu sein. Hast du sonst noch irgendwelche Fragen, oder sollen wir jetzt mit den Vertragsverhandlungen beginnen?«

»Ich habe alle Informationen, die ich brauche«, stellte Schwartz fest. »Bedauerlicherweise muss ich Euch mitteilen, dass die Orbis-Kompanie den Auftrag in dieser überarbeiteten Form ablehnt. So etwas passt nicht zu uns. Wir werden Euch die bisher geleistete Arbeit in Rechnung stellen.«

Der Hochadlige Maflem schien davon alles andere als begeistert. »Was?«

»Ich glaube, ich habe mich klar ausgedrückt, mein Herr.«

»Ihr arbeitet für mich, ihr könnt nicht …«

»Den ursprünglichen Auftrag haben wir erledigt«, unterbrach Schwartz ihn und richtete sich kerzengerade auf. »Meine Kommandeurin hat zugesagt, dass wir danach alles Weitere besprechen. Hiermit haben wir beschlossen, Euren Anschlussauftrag abzulehnen.«

Der Hochadlige Maflem schlug mit den flachen Händen so fest auf den Tisch, dass der Toast vom Tablett auf den Boden fiel. »Ich werde Imani darüber unterrichten …«

»Imani wird meiner Entscheidung zustimmen. Ihr könnt uns nichts anbieten, was uns dazu brächte, die Flüchtlinge zu vertreiben. Wir sind nicht die Majestät-Kompanie, und dies hier ist nicht Vurano.«

»Na schön«, sagte Maflem und ließ sich auf seinen Stuhl zurücksinken. »Ich werde andere finden, die meinen Wünschen Folge leisten. Geht jetzt. Auf der Stelle.«

»Sehr gern«, erwiderte Schwartz. »Jemand aus der Orbis-Kompanie wird vorbeikommen und unsere Ausstände eintreiben.«

Der Hochadlige Maflem ignorierte ihn und stopfte sich die

Reste seines Frühstücks in den Mund. Sein Gesicht war puterrot. Als wir die Tür hinter uns schlossen, schrie er wütend auf und warf etwas an die Wand. Zwei im Korridor postierte Wächter eilten ihm zu Hilfe.

Sobald wir aus dem Casino heraus waren, konnte ich meine Freude nicht mehr länger zügeln. »Danke, Schwartz.«

»Danke mir nicht«, erwiderte er, während wir die Straße entlanggingen.

Am Straßenrand standen Bettler und baten um etwas zu essen und Geld. Ich gab ihnen, was ich hatte. Die Folgen der offenen Rebellion vor der Stadtmauer zeigten sich allmählich auch in den wohlhabenderen Vierteln der Stadt.

»Wir waren von Anfang an gegen diesen Auftrag. Imani hat die Entscheidung mir überlassen. Dein Großvater hat sie mir nur erleichtert.«

»Glaubst du wirklich, die Spottdrossel hat von einem Treffen mit deinem Vater gesprochen?«

»Seit dem Tod meiner Mutter ist er fest entschlossen, sie wieder zum Leben erwecken«, erklärte Schwartz. »Wenn nötig, würde er dafür die Welt zerstören und mit ihr an der Seite breit grinsend auf den Ruinen sitzen. Seine Liebe zu meiner Mutter ist völlig außer Kontrolle geraten.«

Wusste ich irgendetwas über Schwartz oder Angelo, das mir verriet, wer diese Frau war, Katharina oder Evelyn? Irgendein Detail …? Auf einmal fiel es mir wie Schuppen von den Augen. Wie hatte ich die ganze Zeit nur so blind sein können, es zu übersehen? Das Einzige, was ich mit absoluter Gewissheit über Angelo wusste, war, wie sehr er den Geruch von Tee verabscheute. Und Schwartz ging es ebenso.

»Deine Mutter war Katharina Naverre, stimmt's?«, fragte ich. Katharina musste nach dem Genuss einer vergifteten Tasse Tee gestorben sein. Deswegen hassten die beiden dieses Getränk so sehr.

Schwartz vergrub die Hände in den Hosentaschen und blickte nicht in meine Richtung. »Ein Glückstreffer.«

»Ich habe meine Hausaufgaben gemacht. Erzähl mir einfach, was passiert ist. Je mehr ich über deinen Vater weiß, umso besser.«

Schwartz seufzte genervt. »Als wir noch in Naverre lebten, fingen Angelo und ich uns eine üble Magenkrankheit ein. Meine Mutter ließ es sich trotz ihrer Schwangerschaft nicht nehmen, uns zu pflegen. Als mein Großvater uns einen Tee machte, der unsere Bauchschmerzen lindern sollte, probierte sie ihn. Da er ihr nicht schmeckte, machte sie uns einen neuen, während wir schliefen. Als wir aufwachten, sagte man uns, dass sie mit einer so schrecklichen Krankheit darniederliege, dass sie aus den Augen und der Nase blute. Eine Woche später war sie tot. Meine zu früh zur Welt gekommene Schwester starb sechs Tage darauf. Mein Vater wurde misstrauisch. Als er die Wahrheit herausfand, schwor er der gesamten Familie Naverre Rache.«

»Aber inzwischen sind sie tot. Wieso setzt er seine Blutfehde gegen die Hochadligen immer noch fort? Nur wegen dem, was eine Familie getan hat?«

»Wenn dich diejenigen verraten, die dich eigentlich bedingungslos lieben sollten … dann macht das etwas mit deiner Menschlichkeit. Plötzlich siehst du überall nur noch Feinde.«

Schwartz redete nicht, als bezöge er sich auf die Taten seines Vaters. Stattdessen klang er wie ich vor meiner Hinrichtung. Wie ein innerlich bereits toter Mensch, der sich in sein Schicksal gefügt hat und nur noch eine letzte Sache erledigen will, bevor er aus dem Leben scheidet. Was wusste ich nicht über ihn?

»Aber das erklärt nicht ...«

»Genug von meiner Familie«, sagte er. »Ich muss mit Imani sprechen, und du hast einiges zu erledigen.« Er reichte mir eine Aufgabenliste, auf der alles Mögliche stand. Unter anderem sollte ich herausfinden, wessen Fahndungsplakate im Hohen Viertel aushingen, und drei Flaschen thebischen Wein besorgen. Dass nichts davon wirklich wichtig war, bedeutete, dass Schwartz mich entweder beschäftigt oder aus allen Schwierigkeiten heraushalten wollte. Wahrscheinlich traf beides zu. Ich nahm die Liste, ohne zu murren, entgegen und merkte, dass Schwartz aus meinem Schweigen nicht recht schlau wurde. Wie hätte er auch wissen sollen, dass ich bereits einen Plan hatte, wie ich seine Aufträge schneller abarbeiten konnte, als ihm lieb sein würde?

»Erledige das alles, bis wir uns wieder in Burg Königmann treffen. Ich muss mit deinem Großvater sprechen – heute oder morgen, je nachdem, wann ich Zeit dazu habe. Erinnere ihn daran, was er mir versprochen hat. Und du solltest dir bewusst machen, dass wir im Lauf des Monats aus Kessel verschwinden, wenn wir hier keinen weiteren Auftrag an Land ziehen.«

»Aus Kessel verschwinden?«

Schwartz nickte. »Wie oft denn noch, Mikael? Wir sind Söldner. Wir gehen dorthin, wo es Arbeit für uns gibt.« Er bemerkte meinen Gesichtsausdruck. »Was? Hast du etwa geglaubt, du würdest dein gesamtes Leben in Kessel verbringen? Obwohl du dich der Orbis-Kompanie angeschlossen hast?«

»Ich habe nur ...«

»Das ist mir egal. Sieh zu, dass du deine Angelegenheiten in Ordnung bringst. Und glaub mir: Nichts geht über einen Tapetenwechsel.«

Kapitel 10
YLWE HVBJ YLWE LJ VLKFS

Letztlich brauchte ich weniger als eine halbe Stunde, um Schwartz' Aufträge abzuarbeiten, nicht einen halben Tag, wie er vermutlich angenommen hatte. Anstatt in den Ostteil zu gehen und persönlich nach den Flüchtlingen zu sehen, begab ich mich in eine nahe gelegene Bäckerei und erfuhr dort genauso viel – wenn nicht sogar noch mehr –, indem ich mich mit der Bäckerstochter unterhielt. Außerdem bekam ich von ihr im Austausch für ein bisschen Hochadelsklatsch auch noch umsonst einen halben Laib Schwarzbrot dazu. Die drei Flaschen thebischen Wein zu beschaffen war zwar etwas schwerer, doch da Kuriere derzeit nicht viel Post abzuliefern hatten, konnte ich einen von ihnen überreden, sie mir aus der Botschaft zu holen. Dafür berechnete er mir nicht mal sonderlich viel.

Anschließend sah ich noch nach, wessen Fahndungsplakate im Hohen Viertel hingen. Es waren meine, Emilias (aus der Zeit, bevor klar geworden war, dass es sich beim Rebellenkaiser um eine Frau handelte) und die eines ziemlich exzentrisch aussehenden Zeitgenossen, der nicht damit aufhören wollte, Adligen etwas über einen Mann im Mond zu erzählen. Danach blieb mir sogar noch ein bisschen Zeit, bevor ich ins Krankenhaus musste, um nachzusehen, wie Jons Operation verlief.

Und so begab ich mich zur Kirche der Ewigen Flamme, die

fast genau auf meinem Weg lag, um herauszufinden, was genau Oliver umbrachte.

Dort angekommen erfuhr ich, dass Rian Schmork, Domets Freund oder Feind oder was auch immer, in seinem Büro war, während seine Kirchenkollegen ein Mittagsschläfchen hielten und vermutlich von Flammen träumten, die an den Fersen der Heiden leckten. Gelehrten schienen mögliche Erkenntnisse immer wichtiger zu sein als Schlaf, und ich war froh, dass Rian da keine Ausnahme bildete.

Als ich die Tür öffnete, saß er gerade an seinem Schreibtisch und schrieb etwas in ein Buch. Dutzende Diagramme von Celona und Tenere bedeckten die Wände.

»Mikael!«, begrüßte der dickbäuchige Mann mit den unterschiedlich gefärbten Augen mich fröhlich. Er stand schwerfällig auf und stieß dabei zwei Bücherstapel neben seinem Stuhl um. Fluchend bemühte er sich, sie wieder aufzurichten, gab den Versuch aber schnell auf. »Was für eine unerwartete Freude!«

»Ich glaube nicht, dass sich viele über mein Auftauchen freuen würden.«

»Nun, ich war noch nie wie die anderen«, erwiderte er mit einem vergnügten Grinsen. »Ich versuche generell, mich nicht in Angelegenheiten einzumischen, die nichts mit Drachen zu tun haben. Das macht mein Leben wesentlich unkomplizierter. Und die Leute lassen mich lesen, was mir das Wichtigste ist. Man lernt schließlich nie aus.«

»Ich verstehe«, sagte ich, während ich die Tür hinter mir zuzog und mich beeindruckt umsah. Das Büro wirkte sogar noch chaotischer als bei meinem letzten Besuch. »Aber wie es aussieht, betreibt Ihr momentan keine Drachenforschung. Interessiert Ihr Euch neuerdings für die Monde?«

Rian ließ die Schultern sinken. »Ach, nein. Ich tue nur dem

Flüsterer einen Gefallen. Er ist vom Nachthimmel besessen. Und man kann seine Vorgesetzten nicht ewig abwimmeln. Aber sagt mir doch, was ich für Euch tun kann, Mikael. Ihr habt Euch doch sicher nicht ohne Grund hier hereingeschlichen.«

Mehrere Fragen und Gedanken wirbelten mir durch den Kopf. Ich atmete tief durch und rief mir ins Gedächtnis, dass ich aus gutem Grund immer das Reden übernommen hatte, während Sirash fürs Schießen zuständig gewesen war. »Habt Ihr vom zweiten Ereignis beim Endlosen Walzer, der Jagd, gehört?«, fragte ich. »Prinz Adrian hält einen Zahnlosen Lindwurm gefangen.«

Rians Lippen verzogen sich kurz, doch er fasste sich sofort wieder. »Davon habe ich gehört.«

»Werdet Ihr Anspruch auf ihn erheben? Als ich ihn das letzte Mal sah, lebte er noch.«

Rian saugte an seinen Zähnen, das Geräusch war ekelerregend. Eher tierisch als menschlich. »Er ist bereits fortgeschickt worden. An die Goldküste. Nach Vargo. Die Stadt der Königin ist einer der wenigen Orte, an denen die Kirche und ich keinen Einfluss haben.«

»Wie tragisch«, sagte ich und ging vorsichtig weiter in den Raum hinein. Ich war zwar aus einem bestimmten Grund gekommen, doch ich war auch neugierig, an was er gerade forschte. Leider war seine Handschrift so krakelig, dass ich nichts entziffern konnte. »Wenn Ihr doch nur jemand kennen würdet, der überallhin gehen kann.«

»Was wollt Ihr, Mikael?«

Ich ging zum Schreibtisch und stützte mich darauf, während Rian mich mit hinter dem Rücken verschränkten Händen betrachtete. »Informationen.«

»Ginge es Euch um etwas anderes, würde ich mir auch Sorgen machen«, erwiderte er. »Wollt Ihr mehr über Domet erfahren? Ich dachte eigentlich, ich hätte Euch bereits mehr als genug über ihn erzählt. Eine Schande, was mit dem Schrein von Patronin Viktoria passiert ist. Und auch ein merkwürdiger Zufall, findet Ihr nicht?«

»Das kann man wohl sagen. Aber nein, ich will nicht mehr über Domet erfahren. Unsere Beziehung … liegt derzeit auf Eis.«

»Weiß Domet das auch?«

»Ich glaube, es ist ihm durchaus bewusst.« Ich sah ihn kurz forschend an. »Welche Informationen würdet Ihr mir anbieten, wenn ich Euch dabei helfe, an den Zahnlosen Lindwurm heranzukommen?«

»So unspezifisch, Mikael? Ich hätte Besseres von Euch erwartet.« Er nahm seine unangezündete Pfeife vom Schreibtisch, saugte daran und blies mir eine Rauchwolke ins Gesicht. Meine Augen begannen zu tränen, aber ich tat ihm nicht den Gefallen zu husten. »Wenn Ihr mir nach Eurer Söldnerlehre dabei helft, den Zahnlosen Lindwurm zurückzuholen, kann ich Euch dafür etwas Wertvolles geben.«

»Und zwar?«

Er legte mir eine Hand auf die Schulter. »Kommt zurück, wenn Ihr kein Lehrling mehr seid. Im Moment seid Ihr nutzlos für mich.«

Ich ballte die Fäuste und schluckte meinen Stolz hinunter. »Ich benötige Informationen über eine Krankheit namens Verderbnis.«

Rian kniff die Augen zusammen. »Die Verderbnis? Wieso wollt Ihr … Wer leidet daran?«

Ich schaute ihn an und hoffte, dass meine Hände nicht zitterten.

»Wie weit ist der Körper mit den Malen bedeckt? Und hustet die Person, um die es geht, bereits glühende Kohlen?«

»Die Male reichen bis zum Hals, und, ja, die besagte Person hustet Glutstücke.«

Rian ließ sich langsam auf seinen Stuhl sinken. »Dann ist es bereits zu spät. Ich genieße unsere Machtspielchen um Informationen zwar sehr, aber Ihr verdient es, die Wahrheit zu erfahren, da der- oder demjenigen nicht mehr viel Zeit bleibt.« Rian zog erneut an seiner Pfeife. »Höchstens noch eine Woche.«

Seine Worte hallten durch meinen Kopf. »Eine Woche? Das ist …«

»Es tut mir leid, Mikael. Aber das ist die Wahrheit. Ich lüge nicht, wenn es um den Tod geht.«

»Wieso sollte ich Euch trauen? Ihr seid mit Domet befreundet, und der lügt wie gedruckt.«

Rians Augen sahen im trüben Laternenlicht rot aus. »Domet lügt nicht, er hält Informationen zurück. Aber Ihr habt jedes Recht, misstrauisch zu sein.« Er beugte sich zu einem Bücherstapel vor. Als er ein kleines rotes Notizbuch herauszog, fiel er in sich zusammen. »Hier, lest das. Es enthält Augenzeugenberichte über diese Art der Infektion.«

Ich tat es und fand schnell heraus, dass Rian tatsächlich die Wahrheit sagte. Es war nicht klar, woher die Verderbnis stammte. Manche behaupteten zwar, sie käme aus Goldono, doch die Goldani selbst stritten das vehement ab und erklärten, diese Behauptung sei nichts als niederträchtige thebische Propaganda. Sobald die Krankheit einen Wirtskörper befiel, verwandelte sie seine Organe in Asche und ließ den Infizierten zuletzt in Flammen aufgehen. An den Malen auf der Haut ließ sich erkennen, wie lange ein Erkrankter noch zu leben hatte.

Sobald sie das Gesicht bedeckten, dauerte es nur noch wenige Tage bis zum Tod.

»Gibt es ein Heilmittel?«

»Wir kennen keins«, erwiderte Rian sanft. »Die Kirche hat sämtliche magischen und wissenschaftlichen Methoden ausprobiert, doch nichts hilft. Da unsere Anhänger Feuer für etwas Reinigendes und Heilendes halten, schadet eine Krankheit, die ihre Opfer von innen heraus verbrennt, unserem guten Ruf.« Er blies weiteren Rauch aus. »Wie Ihr Euch sicher vorstellen könnt.«

»Dann sind seine Tage also gezählt«, murmelte ich.

»Leider ja.«

»Ich danke Euch, Rian.« Ich ging zur Tür. »Verzeiht bitte die Störung.«

Draußen angekommen bog ich in eine Gasse und trat schreiend gegen die Wände. Mein Großvater starb, ohne dass ich ihn retten konnte. Und meine Mutter hatte keine Ahnung, wie kurz er nur noch zu leben hatte. Wie sollte ich ihr das bloß beibringen? *Konnte* ich es ihr überhaupt sagen? Verdammt! Oliver hatte es uns zwar gesagt, aber wieso hatte er sich nicht klarer ausgedrückt? Wollte er etwa, dass wir eines Tages völlig unvorbereitet seine Leiche entdeckten? Oder wusste er es selbst nicht?

In der Nähe läutete eine Glocke. Wenn ich mich jetzt nicht sputete, würde ich Jons Operation versäumen. Also rannte ich los. Warum hatte ich bloß immer das Gefühl, den Menschen, die ich liebte, nicht helfen zu können?

Kapitel 11
Tausendschön

Was ich an Krankenhäusern am meisten hasste, war der durchdringende und überwältigend süßliche Geruch. Beim Eintreten hatte ich das Gefühl, ersticken zu müssen. Doch ich befand mich in der Hawthorn-Medizin-Akademie, um einem Freund beizustehen, und würde mich zusammenreißen müssen.

Ein Rezeptionist wies mir den Weg zu einem von den übrigen Patientenzimmern getrennten Bereich. Jon Reitters Operation fand auf einer kleinen Bühne in der Mitte des Krankenhauses hinter deckenhohen Glaswänden statt. Es gab sogar eine Empore, auf der man das Geschehen aus der Vogelperspektive betrachten konnte. Dort oben hatten sich Dana, Kai, dessen Eltern, Karolin, Leon und Karin versammelt. Sie hielten sich an den Händen.

Ich tippte Dana, die durch die Glasscheibe hinabblickte, auf die Schulter. »Wie sieht's aus?«

Sie wandte den Blick nicht von der Bühne ab. »Die Operation ist fast fertig. Bislang ist alles gut gegangen.«

»Was wird eigentlich operiert?«

»Er hat ein schwaches Herz. Das tauschen sie gegen ein anderes aus.«

»Sie machen *was*?«, fragte ich verblüfft. »Geht das denn?«

»Wie sie das schaffen, geht über meinen Horizont. Diese OP wurde erst ein einziges Mal erfolgreich durchgeführt, und es gibt auch nur einen Chirurgen, der sie hinbekommt. Alexander Reitter musste unglaublich viele Gefallen einfordern, um ihn hierherzubekommen. Aber es ist die einzige Möglichkeit. Wenn es nicht klappt, hat Jon nur noch ein paar Monate zu leben.«

Ich ließ mich mit dem Rücken an die Glaswand sinken. »Ich wusste gar nicht, dass es so schlecht um ihn steht.«

»Die Reitters haben es auch nicht an die große Glocke gehängt.«

Ich schloss die Augen. »Wie konnte ich nur so unaufmerksam sein?«

»Sei einfach anschließend für Kai da«, sagte Dana und schaute mich zum ersten Mal seit meiner Ankunft an.

»Das werde ich. Und wer ist dieser extrem fähige Chirurg?«

»Der Erzmagier.«

Ich wirbelte herum und stützte mich mit beiden Händen vom Glas ab. »Welcher ist es?«

Dana deutete auf einen Mann in einem schwarzen Kittel. Abgesehen von den Augen war er von Kopf bis Fuß verhüllt und kaum von den Leuten um ihn herum zu unterscheiden. Dennoch bekam ich Herzrasen, als ich ihn von oben betrachtete. Noch ein Unsterblicher. Allerdings war dieser Mann dünner als Domet, und seine Körperhaltung wirkte viel entspannter.

»Ein Teil von mir hat ihn immer für einen Mythos gehalten«, flüsterte ich.

»Ich kenne ihn von früher, als ich noch oft im Krankenhaus war«, erwiderte sie. »Er hat versucht, die Kraft in meinen Beinen wiederherzustellen. Aber nichts hat funktioniert. Er ist derjenige gewesen, der mir gesagt hat, dass meine Metall-Fabrikationen stark genug sind, um mich zu tragen, wenn ich auf diese Weise gehen möchte.«

»Hat er dich davor gewarnt, dass du eine Vergessene werden könntest?«

»Nur einmal. Er ermahnte mich, nicht mein Leben zu verschwenden, falls ich mich für diese Option entscheide.«

»Du könntest immer noch damit aufhören, bevor es zu spät ist. Zum Beispiel gleich jetzt. Wieso stehst du? Setz dich doch einfach auf einen Stuhl oder auf den Boden.«

Dana sah mich nicht an. »Du verstehst es nicht.«

»Was verstehe ich nicht?«

»Die Blicke, die mir die Leute zuwerfen, sobald sie von meinem Zustand erfahren. Für die bin ich bloß ein Krüppel.« Sie schwieg einen Moment. »So wie Leute, die immer nur an die Taten deines Vaters denken können, wenn sie dich ansehen. Es hört nie auf.«

»Kai hat mal versucht, es mir zu erklären. Ich glaube, ich verstehe es durchaus.«

»Ich will nur frei sein, mich entscheiden können, wer ich bin, wer ich sein werde und wie die Welt mich betrachtet.« Sie seufzte und erinnerte mich dabei an meine Schwester.

Ich hätte sie am liebsten in den Arm genommen und ihr gesagt, dass alles in Ordnung kommen würde. »Ich mache mir Sorgen um dich.«

»Ich weiß«, sagte sie. »Und das weiß ich auch zu schätzen. Aber über mein Schicksal entscheide ich ganz allein.«

Ich ließ mich zurücksinken und lehnte den Kopf ans Glas. »Ich verspreche, dass ich dich nicht haue, wenn du mich vergisst.«

Dana lächelte. Dann richtete sie sich auf. »Der Erzmagier geht. Die Operation ist wohl fast vorbei.«

»Bleibt er nicht bis zum Schluss?«

»Nein«, erwiderte sie. »Nur so lange, wie er seine Anwesenheit für nötig hält.«

Ich zögerte.

Dana schaute mich an. »Möchtest du ihn kennenlernen?«

»Kannst du mich ihm denn vorstellen?«

»Es ist nicht ... Ich meine, ja, das kann ich. Komm mit, wir müssen uns beeilen.«

Ich stieg mit Dana eine Treppe hinunter, die in ein kleines Zimmer neben dem Operationssaal führte. Dort saß ein dunkelhäutiger Mann vor einer kleinen Schüssel voll dampfendem Wasser und wusch sich ganz langsam die Hände, um sicherzugehen, dass kein Blut unter seinen Nägeln hängen blieb. Sein Gesicht war immer noch mit einer Stoffmaske bedeckt. Seine Augen waren graublau.

Er bemerkte uns ernst, als Dana ihn ansprach. »Erzmagier, ich bin Patientin Sieben-Weiß-Flieder. Darf ich Euch kurz stören?«

Der Erzmagier hielt inne. Er krempelte seinen rechten Ärmel hoch und betrachtete die Tätowierung auf seinem Unterarm. Aus der Ferne schien es sich um eine Tabelle zu handeln. Die darin aufgelisteten Wörter konnte ich jedoch nicht ausmachen. »Sieben-Weiß-Flieder ... Knochen. OP. Kind. Davon habe ich nicht viele. Stirbst du?«

»Nein, ich stabilisiere meine Knochen mit meinen Fabrikationen, damit ich gehen kann.«

»Ah«, erwiderte er. Das war alles.

»Ich möchte Euch einen engen Freund von mir vorstellen, Mikael Königmann«, sagte Dana und schob mich vor.

Der Erzmagier zog seine Maske herunter und enthüllte dabei dünne Lippen und einen Bartschatten. Obwohl er seit

über einem Jahrhundert lebte, wirkte er kaum älter als ich.
»Stirbst *du*?«
»Nein, ich wollte nur mit Euch reden. Ich habe viele von Euren Tagebüchern gelesen.«
»Möchtest du unsterblich werden?«
Ich zögerte mit meiner Antwort und überlegte, wie viel ich vor Dana preisgeben sollte. Ich vertraute ihr, wusste aber nicht, ob ich sie damit belasten durfte. Schließlich kam ich jedoch zu dem Schluss, dass sie nicht hier wäre, wenn sie sich nicht vorbehaltlos auf mein Leben einlassen wollte. Nicht nach allem, was in Burg Königmann oder mit dem König geschehen war.
»Nein, ich will wissen, wie ich einen Unsterblichen töten kann.«
Dana sagte nichts, aber ich konnte spüren, dass sie mich anstarrte.
Der Erzmagier massierte ungerührt seinen Nacken, als hätte ich etwas ganz Alltägliches gesagt. »Willst du mich umbringen?«
»Nein, jemand anderen.«
»Es gibt zwei Arten von Unsterblichkeit. Die wahre und die ungeheuerliche. Die ungeheuerlich Unsterblichen sterben nicht am Alter oder an Krankheiten, aber sie können wie alle anderen auch getötet werden. Am besten mit Gewehren. Vorzugsweise mit Kopfschüssen.«
»Und die wahren Unsterblichen?«
Er zuckte die Achseln. »Daran erinnere ich mich nicht mehr.«
»Das ist eine Lüge.«
Er kniff die Augen zusammen und ließ die Fingerknöchel knacken. »Ich bin ein Vergessener. Es gibt vieles, an das ich mich nicht mehr ...«
Ich hielt ihm seine eigenen Worte vor: »»Vielleicht lebe ich bereits so lange, dass ich vergessen habe, wie sich die Angst

vor dem Tod anfühlt. Vielleicht sollte ich büßen, indem ich herausfinde, wie man Unsterbliche töten kann. Wenn ich diesen Zustand erreicht habe, dann bestimmt auch andere. Menschen sollten nicht ewig existieren, sondern ihr Leben voll ausschöpfen und dann sterben – in der Hoffnung, während ihres kurzen Lebens irgendetwas Erinnerungswürdiges geleistet zu haben.‹«

»Du hast deine Hausaufgaben gemacht«, entgegnete er. »Das ist gut. Damit bist du besser vorbereitet als die meisten meiner Lehrlinge. Komm vor der Krönung noch mal zu mir, dann werden wir uns unterhalten. Im Moment bin ich zu erschöpft und muss mich unbedingt ausruhen.«

»Woher weiß ich, dass Ihr mich nicht vergessen werdet?«

Der Erzmagier stand gähnend auf und kam mit den Händen in den Taschen seines Kittels zu mir. »Wie heißt du noch mal?«

»Mikael Königmann.«

»Mi-ka-el Kö-nig-mann«, wiederholte er. »Wenn wir uns das nächste Mal wiedersehen, dann frage mich ...« Er verstummte und betrachtete erneut die Tabelle auf seinem rechten Arm. »... nach Tausendschön.«

»Wo werde ich Euch finden?«

»Ich werde dort sein, wo die Vergangenheit sichtbar ist«, antwortete er und ging winkend davon.

Als er weg war, sah Dana mich fragend an. »Würdest du mir das bitte erklären?«

»Das ist ein Notfallplan.«

»Weißt du etwas über Unsterbliche, wovon ich keine Ahnung habe? Ist die Person, die deinen Vater reingelegt hat, unsterblich?«

»Nein.«

»Wer dann?«, drängte sie.

»Vertrau mir, wenn ich dir sage, dass das ein Geheimnis ist, das du nicht kennen möchtest.«

Dana antwortete nicht. Offenkundig dachte sie darüber nach, wer noch schlimmer sein könnte als der Mann, der meinen Vater hereingelegt hatte. Als sie darauf kam, machte sie große Augen. »Stellt diese Person eine akute Bedrohung dar?«

Ich schüttelte den Kopf. »Nein, nicht, solange es mich gibt.«

»Wirst du zu mir kommen, wenn du Hilfe brauchst?«

»Natürlich, aber jetzt sollten wir zurückgehen und nach Kai sehen.«

Sie nickte und stieg mit mir wieder zur Empore hinauf, wo Kai allein mit geschlossenen Augen an der Glaswand lehnte. Er war zwar in den Farben seiner Familie, aber wesentlich weniger förmlich gekleidet, als ich ihn je erlebt hatte. Als wir uns ihm näherten, sagte er: »Die Operation war erfolgreich. Die Ärzte glauben, dass er sich gut erholen wird. Er ist auch schon wach. Müde und angeschlagen, aber wach.«

»Jetzt schon?«, fragte Dana.

»Zumindest war er es. Vielleicht ist er mittlerweile wieder eingeschlafen.«

»Das ist aber eine ... ziemlich schnelle Genesung, nicht wahr?«, fragte ich.

»Davon sind wir alle überrascht. Bis auf meinen Vater. Er behauptet, er hätte immer schon gewusst, dass Jon von uns allen der Stärkste ist. Aber wir warten noch ab, was der Erzmagier sagt und welche weiteren Behandlungsschritte er vorschlägt. Schließlich ist er der Experte.«

Ich konnte mir nicht erklären, wie Jon derart schnell wieder zu Kräften kommen konnte. Ich hatte unter einigen Infektionen länger gelitten als er unter den Folgen seiner Operation. Aber ich freute mich natürlich, dass es so war.

»Danke, dass ihr gekommen seid«, sagte Kai und umarmte uns. »Aber jetzt muss ich zu meiner Familie. Geht ihr beide morgen zu Leons und Karolins Fest?«

Wir nickten.

»Gut, gut. Dann sehen wir uns da. Und noch mal vielen Dank. Ich weiß es wirklich sehr zu schätzen.«

»Und«, fragte ich, während wir Kai nachschauten, »hast du heute noch was vor?«

Dana stemmte eine Hand in die Hüfte. »Ich werde malen. Wahrscheinlich im Königsgarten. Am See blühen ein paar Winterjasmine, die ich gern verewigen möchte. Dass der Diener, den mein Vater auf mich angesetzt hat, in ihrer Nähe unkontrolliert niesen muss, ist dabei nur ein Zusatznutzen.«

»Klingt nach Spaß.«

Sie nickte. Auf einmal rannen ihr Tränen über die Wangen. Ich streckte die Hand nach ihr aus. »Dana, was ist los …?«

»Mir geht's gut«, gab sie zurück und wischte sich über die Augen. »Entschuldige. Jons OP ist mir wahrscheinlich nähergegangen, als ich gedacht hatte. Achte gar nicht auf mich.«

Ich zögerte und fragte mich, ob ich weiter nachhaken sollte, entschied mich dann aber dagegen. Kai und Dana standen sich so nahe, dass es kein Wunder war, wenn sie kurz die Fassung verlor, nachdem sie den ganzen Nachmittag für ihn Haltung bewahrt hatte.

Sie zwang sich zu einem Lächeln. »Und was machst du?«

»Ich weiß es noch nicht.«

»Geh und triff dich mit Freunden. Du musst außer Kai und mir ja auch noch andere haben.«

»Das ist kompliziert.«

»Wenn du inzwischen irgendetwas gelernt haben solltest, Mikael«, sagte sie und klopfte mir auf den Rücken, »dann, dass es zwischen Freunden keine Probleme gibt, die nicht mit einer aufrichtigen Entschuldigung aus der Welt geschaffen werden können.«

»Und was ist, wenn es nicht klappt?«

Dana ging rückwärts von mir weg. »Dann waren sie vielleicht von Anfang an keine echten Freunde.«

Sie hatte recht. Wie immer. Das hasste ich an ihr. Aber es gab so viele Leute, bei denen ich mich entschuldigen musste, dass ich ewig damit beschäftigt sein würde, wenn ich nicht bald loslegte. Und am besten fing ich mit Omari an, den ich belogen und im Stich gelassen hatte, als er mich brauchte.

Würde er mir verzeihen können? Ich hoffte es.

Kapitel 12
Ein Requiem für die Toten

Noch bevor ich das Kolleg sah, hörte ich schon die Musik. Ein langsames, scheinbar schwebendes Meisterwerk, das schon Tausende Male gespielt worden war. Die Sängerin verlieh dem Lied eine ganz eigene, wunderschöne Note. Aus irgendeinem Grund erinnerte sie mich an die Sängerin Rot.

Das Musikkolleg befand sich in einer Ecke des Studentenviertels, die kaum jemand besuchte. Die meisten Einheimischen, darunter auch ich, hielten sich wenn möglich von den Musikschülern fern. Es war schwer, ein echtes Gespräch mit ihnen zu führen, wenn sie sich nur darüber unterhalten wollten, wie brillant es doch von dem großen Dirigenten Blablabla gewesen sei, das Stück in dieser oder jener Tonart spielen zu lassen. Sie konnten sich stundenlang über nichts und wieder nichts unterhalten.

Angesichts der Rebellen vor der Stadtmauer, Königen, die sich selbst töteten, und Meuchelmördern, die es auf mich abgesehen hatten, interessierte ich mich kaum für Musik. Die Kollegiaten dagegen interessierten sich für kaum etwas anderes. Gianna war die Einzige von ihnen gewesen, mit der ich gut ausgekommen war. Wahrscheinlich weil sie im Unterschied zu den meisten ihrer Kommilitonen ihre Aufnahme am Kolleg nicht der großzügigen Spende eines Familienangehörigen verdankte, sondern hart für ihren Studienplatz hatte arbeiten müssen. Es wurde nicht offen darüber gesprochen, aber das Musikkolleg galt im Allgemeinen als der Ort, an den die Adligen ihre ungewollten Kinder abschoben. Und so war es das Zuhause zahlreicher Bastarde.

Obwohl ich das Musikkolleg bereits viele Male aus der Ferne gesehen und gehört hatte, war ich nur ein einziges Mal innerhalb seiner Mauern gewesen. Vor langer Zeit, als ich noch dümmer und leichtsinniger gewesen war, hatte ich versucht, die einzigartige Komposition eines berühmten Musikers zu stehlen. Die ganze Sache war ein völliger Reinfall gewesen. Nur mit viel Glück war ich in jener Nacht lebend aus dem Kolleg entkommen – doch ein Gutes hatte dieses Desaster gehabt: Es war der Beginn meiner Freundschaft mit Omari gewesen, die mir nach wie vor lieb und teuer war.

Nach allem, was geschehen war, wollte ich ihn, Arjay und Gianna unbedingt wieder in meinem Leben haben. In einer Familie kümmerte man sich umeinander, und sie standen mir näher als mein Großvater. Ich hoffte wirklich, Omari würde mir verzeihen.

Vor dem langen rechteckigen Gebäude hielten sich viele Studenten auf und spielten in kleinen Gruppen ihre Instrumente. Gianna war vermutlich bei den anderen Flötisten. Unsere letzte Unterhaltung war nicht gut verlaufen, aber sie war meine einzige Möglichkeit, an Omari heranzukommen. Sie waren aus ihrer alten Wohnung ausgezogen und lebten jetzt vermutlich zusammen am Musikkolleg. Gianna ließ die Menschen, die sie liebte, nicht hängen – schon gar nicht nach allem, was sie gemeinsam mit dem letzten Ritter und Omaris Gefangenschaft durchgemacht hatten.

Ich ging sämtlichen Musikern aus dem Weg, die wahllos Passanten in ihr Fest der Lebensfreude hineinzuziehen versuchten.

Sie belästigten nicht nur mich, sondern auch die Arbeiter, die ein weiteres Konzert der Sängerin Rot vorbereiteten, das zwei Tage vor Serenas Krönung stattfinden sollte. Nachdem ich fast einem Musiker ins Gesicht geschlagen hatte, der behauptete, mein Leben würde sich von Grund auf verändern, wenn ich mir Fette Sonnes Waschbrettversion von »Die Engel von Naverre« anhörte, betrat ich das Kolleg und ging zum Rezeptionisten.

Der Mann, ein älterer Musiker mit kurz geschorenen Haaren, bemerkte mich erst, als ich mich räusperte und laut mit einer Hand auf den Schalter schlug.

»Vorsichtig, mein Freund«, sagte er. »Ich stecke gerade mitten in einer kniffligen Operation.«

Ich sah genauer hin: Nein, das war keine Operation, er fummelte lediglich an den Saiten eines Instruments herum. Was war bloß mit diesen Musikern los? Es war, als lebten sie in einer anderen Welt, wo Drachen am Himmel flogen und boshafte Ungeheuer im Bad lauerten.

»Ich bin auf der Suche nach Gianna Lorenzo«, sagte ich so ruhig wie möglich. »Könntest du mir bitte sagen, wo sie gerade ist?«

Der Mann gab ein Geräusch von sich, das ihm überall sonst in der Stadt Prügel eingebracht hätte, und legte unendlich langsam sein Instrument zwischen uns auf den Tisch. Dann schwang er auf seinem Stuhl herum und schlug die große Kladde vor ihm auf. Sie enthielt ein Verzeichnis mit Namen und dazugehörigen Informationen.

»Wie hieß deine Freundin noch mal, mein Freund?«
»Gianna Lorenzo.«

Er zeigte mit dem Finger auf mich und grinste dämlich. »Ich kenne sie! Sie ist eine Schönheit. Die Art, wie sie ihre Flöte hält, lässt jeden Mann wünschen … Du weißt, was ich meine.«

»Das interessiert mich nicht.«

»Ich will damit nur andeuten, dass ich sie meinen ...«

»Sag mir einfach, wo sie wohnt.«

Der Mann schüttelte den Kopf. »Ich will doch nur ein bisschen höfliche Konversation treiben, mein Freund.« Er verstummte und blätterte durch das Buch. »Gianna lebt im dritten Stock des Holzbläsertrakts«, sagte er schließlich. »Zimmer dreiundfünfzig. Würdest du sie bitte von mir fragen, ob sie mit ...?«

Ich ging, ehe er den Satz beenden konnte. Zum Glück hingen überall im Gebäude Schilder, die den Weg zum Bläsertrakt, dem Foltertrakt, dem Holzbläsertrakt und zu allen anderen Trakten wies, die dieses irrsinnige Kolleg für seine Insassen bereithielt.

Wenn ich Gianna sah, würde ich all diese Gedanken für mich behalten müssen. Es wäre ein Fehler, den Ort runterzumachen, wo sie lebte und Karriere zu machen hoffte. Das wäre genauso, als würde sich jemand vor mich hinstellen und die Familie Königmann beleidigen.

Obwohl ich in den Korridoren weiteren Musikern ausweichen musste, fand ich den Weg ohne Probleme. An die Tür war ein Schild genagelt, auf dem *Gianna Lorenzo, sechste Flöte* stand. Ich zögerte anzuklopfen und drehte stattdessen den Ring meines Vaters am Finger.

Auf der anderen Seite war Gemurmel zu hören, dann wurde lautstark die Tür geöffnet, und ich stand Gianna, Omaris schlanker dunkelhaariger Freundin, gegenüber. Sie schwieg und schien auch nichts sagen zu wollen.

»Hallo, Gianna.«

»Was willst du, Mikael?«, erwiderte sie und stützte sich mit einem Arm an den Türrahmen, um mich am Eintreten zu hindern.

»Ich will Sirash sprechen.«

»Oh, was für eine Überraschung. Und ich hatte nach den letzten beiden Monaten doch schon glatt geglaubt, du hättest uns vergessen. Warst du so sehr damit beschäftigt, Kinder deine Feinde für dich töten zu lassen?«

Im ersten Moment wollte ich zurückblaffen und ihr sagen, dass ich nie vorgehabt habe, Arjay jemand töten und mir damit das Leben retten zu lassen. Doch stattdessen machte ich etwas, das meine Freunde und Verwandte nur selten bei mir erlebten: Ich entschuldigte mich. Wortreich.

Ich war beeindruckt, wie gut Gianna ihre Gefühle verbarg, während sie mir dabei zuhörte. Als ich fertig war, fragte sie: »Wenn es dir so leidtut, wieso hast du Sirash dann nicht sofort davon erzählt, als du ihn gesehen hast? Er hat es nämlich herausgefunden. So wie wir alle.«

»Weil ich selbstsüchtig war und beim Einbruch in Burg Kessel seine Hilfe brauchte.«

»Und du glaubst trotzdem immer noch, dass du das Recht hast, ihn und uns alle deine Freunde zu nennen?«, zischte Gianna.

»Wir lieben andere trotz ihrer Fehler, nicht weil sie keine haben.«

Als Gianna den Mund aufmachte, um mich anzuschreien, drang Omaris Stimme aus dem Raum: »Lass ihn rein, Gianna.«

Obwohl sie es eindeutig nicht wollte, trat Gianna zur Seite. Der Raum war klein und vollgestopft. In einer Ecke stand ein schmales Einzelbett. In der anderen lag Arjay in einer Hängematte. Er schaute mich nicht an. Zwischen einem Schreibtisch mit Stuhl und einem Schrank lehnten Kleiderstapel an der Wand. Der früher mal vermutlich weiße Teppich, der den Boden bedeckte, war schmutzig braun.

Omari saß auf der Bettkante. Er sah besser aus als bei unserer letzten Begegnung. Seine Brandwunden und Schnitte waren zu Narben verheilt. Eine Hälfte seines Gesichts war immer noch sichtlich faltig und verfärbt, und vermutlich würde sich daran auch nichts mehr ändern. Doch dadurch kamen seine goldgesprenkelten grünen Augen sogar noch mehr zur Geltung. Ich sah, dass er ein Halsband mit einem silbernen Anhänger trug, der wie eine Laterne geformt war. Er kam mir sehr bekannt vor, aber ich wusste nicht, woher. Gianna setzte sich neben ihn. Die drei warteten darauf, dass ich das Wort ergriff.

»Entschuldige bitte, Omari«, sagte ich schließlich. »Dass ich dich in Burg Königmann allein gelassen habe. Dass ich mich nicht um Gianna und Arjay gekümmert habe, bevor es zu spät war. Dass ich zugelassen habe, dass Arjay jemand tötet. Dass ich dir nicht früher erzählt habe, was passiert ist. Für all das will ich mich entschuldigen. Ich war ein beschissener Freund. Es tut mir sehr leid.«

»War es das wert?«, fragte Omari. »Wenn du die Zeit zurückdrehen könntest, würdest du mich dann erneut anlügen, damit ich mit dir in Burg Königmann einbreche?«

Ohne den Einbruch in Burg Kessel hätte König Isaak sich vielleicht nicht das Leben genommen, doch andererseits wäre dann auch nicht Angelo Ombra aus der Deckung gekommen. Und weil er das getan hatte, würden wir ihn vielleicht aufhalten können. War es das wert gewesen? Schwer zu sagen, da ich nicht wusste, was Angelo ansonsten bereits alles angerichtet hätte. Also gab es nur eine Antwort: »Ich weiß es nicht.« Und das war die schwer zu ertragende Wahrheit.

Omari starrte mich an. »Wegen Arjay mache ich dir keinen Vorwurf. Du hast ihn gerettet. Womit ich ein Problem habe, sind deine Lügen, Mikael. Du warst wie ein Bruder für mich, und du hast mich übers Ohr gehauen, als wäre ich bloß irgendein Fremder.«

»Omari, ich ...«

»Genug«, sagte er und stand auf.

Mein Herzschlag pochte mir in den Ohren. Diese Situation war mir nur allzu vertraut. Ein Moment lang schmolz das Fleisch auf seiner tätowierten Hand weg und enthüllte den gelblichen Knochen darunter. Als ich zwinkerte, war es jedoch wieder da, und ich fragte mich, ob ich mir das Ganze in meiner Panik, Omari zu verlieren, bloß eingebildet hatte. Ich konnte nur hoffen, dass die Geschichte sich nicht wiederholen würde. Nicht mit Omari. Bitte nicht mit Omari. Dafür wollte ich alles geben.

»Komm nie wieder her und sprich auch nicht mehr meinen wahren Namen aus«, sagte Omari schließlich. Die Worte trafen mich wie ein Blitzschlag. »Von jetzt an sind wir geschiedene Leute, egal wie sehr du dir etwas anderes wünschen magst. Und das gilt so lange, bis selbst der Sensenmann seinen letzten Atem aushaucht. Verstanden?«

Sirash schob mich hinaus und schlug die Tür hinter mir zu. Ich wischte mir die Tränen aus den Augen.

Als Trey mich nach Jamals Tod zurückgewiesen hatte, wäre ich daran fast zugrunde gegangen. Und nun machte Sirash das Gleiche. Ich war ein Ungeheuer. Schlimmer als Schwartz. Ich hätte es verdient, vor der Kirche zu sterben ... Ich hätte König Isaak in den Tod folgen sollen ... Aber nein, nein, mit solchen Gedanken durfte ich mich nicht aufhalten. Schließlich hatte ich immer noch so viel zu tun. Wegen meiner Selbstsucht hatte ich Sirash, Arjay und Gianna verloren.

Doch es gab Leute, die mich immer noch brauchten, und die würde ich nicht auch noch enttäuschen.

Von jetzt an musste ich es besser machen.

Kapitel 13
Verbrannter Glaube

Die Familie Königmann ist für die einfachen Bürger von Kessel schon immer ein Rätsel gewesen. Sie nehmen in der Gesellschaft eine eigenartige Stellung ein. Obwohl sie so einflussreich wie die Königlichen sind, benehmen sie sich, als stammten sie aus dem Ostteil ... während sie in Wirklichkeit eine der auffälligsten Burgen von Kessel bewohnen, die aus gutem Grund als einzige auf der Insel steht. Kessel ist eine Stadt voll ewiger Wahrheiten und nie verblassender Erinnerungen. Doch nach allem, was Mikael Königmann – der Königsmörder, Drachentöter und wer weiß, was sonst noch alles – getan hat, können wir noch einmal einen genaueren Blick auf diese Familie werfen und uns fragen, ob wir sie wiederhaben möchten oder ob wir ohne ihre aufgezwungene Fürsorge nicht besser dran sind.

Während sich viele Archivare am liebsten mit den berühmteren Königmanns befassen – dem Eroberer, dem Edlen und der Mutter –, möchte ich mir zwei weniger bekannte Mitglieder der Familie vornehmen. Den Häuslichen und die Königmann, die fortging.

Der Häusliche erwarb seinen Beinamen und seine Position innerhalb dieser illustren Sippe, indem er nichts tat. Er war eines von vier Kindern des Namenlosen. Während seine Geschwister zur Spielerin, zum Entdecker und zum Seefahrer wurden, blieb er in Kessel, heiratete und hatte zwei Kinder. Die Linien der anderen *drei starben allesamt vorzeitig aus. Und das ist das Bemerkenswerte: Wir preisen zwar die Heldentaten der Königmanns, doch hätte der Häusliche beschlossen, nicht zu Hause zu bleiben und ebenfalls mehr aus seinem Leben zu machen, gäbe es diese Familie heute nicht mehr.*

Bei der Königmann, die fortging, liegt der Fall noch mal anders. Im Unterschied zu ihren Geschwistern weigerte sie sich, im Krieg der Blutlinien die Partei eines der Königlichen zu ergreifen. Stattdessen ... verschwand sie einfach. Eine beispiellose Entscheidung in der Geschichte der Königmanns, die sich nie zuvor den Konflikten in Kessel entzogen hatten. Das ging sogar so weit, dass der Friedliche Königmann ...

Mutter zog meinen Kopf nach hinten, um mich am Weiterlesen zu hindern, und blickte mir von oben in die Augen. »Ich habe eine Aufgabe für dich, Mikael.«

»Du sagst mir doch immer, dass ich mehr lesen soll, und wenn ich es tatsächlich mal tue, willst du, dass ich damit aufhöre?«

Sie nahm mir das Tagebuch weg. »Das ist eines der Themen, mit denen du dich bereits zur Genüge auskennst. Wo hast du das überhaupt her? Es sieht neu aus.«

»Ich habe es gestohlen«, antwortete ich lächelnd. »Es steht was über mich drin, und ich finde, ich habe ein Recht zu erfahren, was die Archivare über mich veröffentlichen.«

Sie legte das Tagebuch zwischen uns. Es war niemand sonst im großen Saal, alle hatten zu tun. Nach meinem Treffen mit Sirash hatte ich mich entspannen und auf andere Gedanken kommen wollen. »So wie du mich anschaust, wird mir diese Aufgabe wahrscheinlich nicht gefallen.«

»Du musst für mich zum Schrein der Patronin Viktoria gehen.«

Ich sah sie verblüfft an.

»Dein Großvater ...«

»Was hat er damit zu tun?«

»Mikael«, sagte sie ernst. »Wenn du mir nicht vorwirfst, dass ich die letzten zehn Jahre nicht da war, dann kannst du auch deinem Großvater vergeben. Wir sind eine Familie, und du wirst deinen kleinlichen Groll gegen ihn begraben. Hast du mich verstanden?«

»Ja.«

»Gut.« Sie setzte sich neben mich. »Du musst wie gesagt zum Schrein der Patronin Viktoria für mich gehen. Ich brauche dort jemand, auf den ich mich verlassen kann.«

»Wozu?«

»Als symbolische Geste gegenüber dem Hochadligen Domet. Adrian baut den Schrein wieder auf. Die Arbeiten beginnen heute, und der Prinz ist vor Ort. Dein Großvater will ihn bitten, dass er den Flüchtlingen eine Aufenthaltserlaubnis gewährt und sie mit dem Nötigsten versorgt.«

»Was? Ist er denn total bescheuert?«

»Mikael! Achte auf deine Ausdrucksweise.«

»Entschuldigung, Mama.«

»Dein Großvater ist nicht dumm, er ist nur ... durch und durch ehrenhaft. Im Familischen ... in den Streitenden Reichen geht es anders zu. Da es dort nie Fabrikatoren gab, neigten die Adligen nicht dazu, zu tricksen und zu lügen, um ihre Interessen durchzusetzen. Konflikte wurden immer auf möglichst anständige Weise gelöst. Dein Großvater tut nur das, was man ihm seit seiner Geburt beigebracht hat.«

»Komisch, dass nicht mal der Bürgerkrieg seine Sichtweise verändert hat.«

Mutter klopfte auf den Tisch. »Wenn man weiß, dass man

nicht mehr lange zu leben habt, möchte man selbst bestimmen, wie man stirbt.«

Großvater war also nicht nur naiv, sondern auch noch lebensmüde. Na wunderbar. »Willst du, dass ich ihn von da wegschleife, bevor er etwas Dummes anstellt?«

»Ja. Eigentlich hätte ich Leon darum gebeten, aber er muss etwas für die Familie Reitter erledigen. Und Jenn ist meines Wissens im Moment die Letzte, die mit Adrian sprechen sollte.«

»Sie ist wahrscheinlich die Einzige, die der Verdorbene Prinz noch mehr hasst als mich.«

»Der Verdorbene Prinz? Was sollen eigentlich all diese nutzlosen Beinamen? Damit gibt man unwichtigen Menschen nur das Gefühl, sie wären bedeutend. Wenn du ihn beleidigen willst, dann nenne ihn Adrian.«

»Wenn du das sagst, Mama. Bislang komme ich eigentlich ganz gut mit ihm zurecht.« Ich reckte die Arme und schüttelte die Beine aus. »Ich werde Großvater bis zum Abendessen wieder zurückbringen. Weißt du, ob Domet auch da ist?«

»Soweit ich weiß, nicht. Aber halte dich zurück, Mikael. Denk daran, dass wir Verbündete in der Stadt brauchen. Wir dürfen die Leute nicht noch mehr gegen uns aufbringen.«

Ich ging zur Tür. »Freundschaften schließen ist meine große Stärke.«

Mutter lachte. Offenbar sah sie das anders.

Es fiel mir nicht leicht, zum Schrein der Patronin Viktoria zurückzukehren, da ich ihn bei meinem letzten Besuch … Nun, ich hatte ihn zur Rache bis auf die Grundmauern abgefackelt. Früher war er eine üppige grüne Oase in einer grauen Wüste gewesen. Nun war er nicht mehr zu erkennen. Alle Pflanzen waren verschwunden, das Holz zu Asche verbrannt und der einst weiße Marmorweg schwärzer als eine sternenlose Nacht. Auf dem Teich trieb ein dicker Algenteppich, der wie schleimige Fischgedärme aussah. Der Schrein selbst war eingestürzt, und nur ein paar schneebedeckte Balken zeigten an, wo er gestanden hatte.

Die Statue der Patronin war nirgends zu sehen, und dafür war ich möglicherweise ein klitzekleines bisschen dankbar. Ihr Anblick hätte mich zu sehr geschmerzt. Was ich getan hatte, war unverzeihlich ... aber es ließ sich nicht mehr ändern. Ich beschloss, nicht weiter über die Vergangenheit nachzugrübeln und mit den Konsequenzen zu leben. Wie auch immer die aussehen würden.

Mehrere Arbeiter liefen auf dem Gelände herum und untersuchten die Schäden, die das Feuer angerichtet hatte. Am Eingang hielten Soldaten Wache. Sie sollten nicht nur verirrte Spaziergänger, sondern auch Adlige abschrecken, die sich eine Audienz bei einem Mitglied der Königsfamilie erhofften.

Großvater befand sich nicht in Sichtweite, was mich noch mehr besorgte als der Gedanke an eine Konfrontation mit dem Verdorbenen Prinzen. In der Hoffnung, nicht bereits zu spät dran zu sein, tat ich das meiner Meinung nach einzig Sinnvolle. »Adrian!«, rief ich, während ich auf den Eingang zuging. Die Wächter sahen mich merklich verwirrt an, als ich ihnen auf die Schultern klopfte. »Hast du mich vermisst?«

Der Verdorbene Prinz sah mich scheel an. Er stand auf der Mitte der Brücke, des einzig intakten Bauwerks des Ensembles. Zwei Raben flankierten ihn – Michelle Stetter mit ihren vier Federn und Karin Reitter, die zwei Federn in den Haaren stecken hatte. Sie trugen den für Raben typischen Panzerharnisch und auf dem Rücken ihre jeweiligen Lieblingswaffen: Karin einen Speer, Michelle einen Langschild und ein Kurzschwert.

Adrian wirkte wie immer monströs, ein Mann, der jeden um

sich herum weit überragte. Seine ansonsten makellose Erscheinung wurde nur durch die erhabene halbmondförmige Narbe auf seiner rechten Wange gestört – ein Abschiedsgeschenk, das ich ihm gemacht hatte, als ich geglaubt hatte, sterben zu müssen. Ich war froh, sie zu sehen.

»Mikael«, sagte er, viel ruhiger und gefasster, als ich es bei meinem Anblick von ihm erwartet hätte. »Muss ich freundlich tun, oder können wir uns gleich unverhohlen sagen, wie sehr wir einander hassen?«

Ich blieb, knapp außerhalb seiner Reichweite, vor der Brücke stehen. »Nach allem, was wir durchgemacht haben, bin ich dafür, dass wir ehrlich zueinander sind. Wie geht es deiner Wange?«

»Sie tut weh«, erwiderte er. »Aber das finde ich gut, weil es mir dabei hilft, die Konzentration zu wahren.«

Während ich ihm zuhörte, merkte ich, dass mein Verrätermal pochte. Wann hatte ich es zum letzten Mal gespürt? »Ich weiß, was du meinst.«

»Das kann ich mir vorstellen«, sagte er. »Wieso bist du hier, Mikael? Willst du mir einen Grund geben, deinen Madenkopf zu zerquetschen?«

»Ganz schön kühn von dir, einen Söldner zu bedrohen. Willst du einen weiteren Krieg heraufbeschwören? Einen, den du nicht gewinnen kannst? Reicht dir die Rebellion noch nicht?«

»Wie kannst du es wagen …?«, knurrte Michelle und griff nach ihrem Schwert.

Der Verdorbene Prinz hielt ihr Handgelenk fest und trat vor sie hin. »Wenn die Umstände stimmen, kann jeder umgebracht werden, Mikael. Du. Ich. Meine Schwester. Meine Raben. Der Tod macht keine Unterschiede. Du hast mich zwar einmal besiegt, aber du bist sterblich und wirst früher oder später deinen letzten Atem aushauchen. Und wenn du das tust, werde ich dabei sein und lachen.«

»Das werden wir ja sehen«, murmelte ich.

»Ja, das werden wir.« Er lehnte sich ans Brückengeländer. »Sag, weshalb du gekommen bist. Ich bin beschäftigt und froh, wenn ich deine Visage nicht mehr sehen muss.«

»Ich suche nach einem alten Mann. Er ist einer der Flüchtlinge, die vor Kurzem in Kessel eingetroffen sind. Mir wurde gesagt, er sei hierhergegangen.«

»Was kümmert dich ein alter Mann?«

»Er ist der Anführer der Flüchtlinge. Der Hochadlige Maflem Braven hat die Orbis-Kompanie damit beauftragt, sie zu überprüfen. Ich erledige bloß meine Arbeit.« Das war die Wahrheit, wenn auch nicht die ganze.

»Er ist unverrichteter Dinge wieder abgezogen. Ich hatte nicht vor, einen Niemand anzuhören, der mich um einen Gefallen anbettelt. Als wäre ich bloß irgendwer, zu dem er einfach so hingehen dürfte.« Der Verdorbene Prinz schnaubte. »Es war widerwärtig.«

»Das sieht dir gar nicht ähnlich. Wann hast du damit aufgehört, die Leute, die dich stören, einfach zu töten?«

»Als ich merkte, wie kindisch das war«, antwortete er und jagte mir damit einen Schauder über den Rücken. »Wieso sollte ich Leute töten, die völlig unwichtig sind und mir nichts anhaben können? Irgendwann werden sie alle meine Untertanen sein, und ich brauche sie, damit sie mir dienen. Mein Brot backen, meine Kleidung färben, und was auch immer sie sonst noch tun, um ihrem wertlosen Leben einen Sinn zu verleihen.«

»Das ... das ist ...«

»Hast du geglaubt, du wärest der Einzige, der sich ändern kann, Mikael? Wie naiv von dir.«

Das stimmte. Mir war nie in den Sinn gekommen, dass Adrian erwachsen werden könnte. Er war von klein auf ein abstoßender Grobian mit ehrgeizigen Zielen gewesen. Das Letzte, was Kessel brauchte, war, dass er lernte, sich zu beherrschen und vorausschauend zu handeln. Wenn ihm das gelang, war es ihm vielleicht sogar möglich, Serena den Thron zu entreißen.

»Wenn du mich jetzt entschuldigst, ich muss los und ein paar Bündnisse schließen«, sagte der Verdorbene Prinz und ging, dicht gefolgt von seinen Raben, an mir vorbei. »Ich würde ja sagen, dass wir unseren Konflikt ein andermal austragen, aber da Serena dich ins Visier genommen hast, ist dein Schicksal ohnehin bereits besiegelt.«

»Das bekomme ich andauernd zu hören, aber noch atme ich.«

Der Verdorbene Prinz blickte über die Schulter zu mir zurück. »Nicht einmal ich will sie offen herausfordern. Sie macht mir Angst, und du hast keine Ahnung, wozu sie fähig ist. Sie wird dich töten, ohne dass du es kommen siehst.«

»Wenn du das sagst.«

Er lachte und winkte zum Abschied. »Sag Jenn, dass ich es gar nicht erwarten kann, sie wiederzusehen, und dass ich von unserem nächsten Treffen träume.«

Ich ließ ihn und seine Raben ziehen. So gern ich das letzte Wort gehabt hätte, um ihm zu zeigen, dass er mich nicht erschüttern konnte, hätte ich damit nur das Gegenteil erreicht. Man musste kein Genie sein, um zu erkennen, dass Serena ... Serena war ... sie war etwas ganz Besonderes für mich. Und das nicht nur, weil wir als Königmann und Königliche aneinander gebunden waren. Sie war meine beste Freundin gewesen und hatte mich in unserer Kindheit vermutlich besser gekannt als jeder andere.

Wenn ich sie davon überzeugen wollte, dass König Isaak sich selbst getötet hatte, dann musste ich ... Ach, verdammt! Ich hatte keine Ahnung, wie ich es anstellen sollte. Hoffentlich würde es mir noch einfallen.

Auf dem Rückweg zur Burg Königmann entdeckte ich Großvater auf dem Platz der Flüchtlinge. Er stand da und starrte die Statue an, die in der Mitte des Platzes aufragte. Mich bemerkte er erst, als ich direkt neben ihm stand. Ich betrachtete den Sonnenuntergang, lauschte dem Wind, der durch die Gebäudelücken pfiff, und wartete darauf, dass er zu sprechen begann.

»Hat Julia dich hinter mir hergeschickt?«, fragte er schließlich.

»Leider ja. Ich war nach dir beim Schrein und habe eigentlich erwartet, dort Blut, Eingeweide und Knochen vorzufinden. Stell dir nur vor, wie überrascht ich war, als ich nichts dergleichen sah.«

»Dafür, dass er Verdorbener Prinz genannt wird«, Oliver hustete feuchte Ascheklumpen aus, »wirkte er ziemlich gefasst.«

»Seit die Prinzessin in der Stadt ist, hält er sich bedeckt. Er sammelt Verbündete um sich und wartet auf eine Gelegenheit loszuschlagen. Wahrscheinlich das Klügste, was er je getan hat.«

»Das ist eine gefährlichere Taktik, als du dir vorstellen kannst«, erwiderte Großvater. »Während einer Machtübergabe ist ein Land ganz besonders verletzlich. Das Familische Imperium ist einen Monat nach dem Tod der letzten Kaiserin untergegangen.«

»Das Familische Imperium?«

Ehe er antworten konnte, läutete eine Glocke. Die Ankündigung eines Mondfalls. Ich suchte das Firmament nach dem herabfallenden Bruchstück von Celona ab, um zu sehen, welche Farbe sein Schweif hatte. Da die untergehende Sonne den Himmel orangerot färbte, konnte ich nicht viel erkennen. Wie immer würde ich erst losrennen, wenn ich den dritten oder vierten Glockenschlag vernahm.

»Wache über uns, Celona«, sagte Oliver und machte eine Handbewegung.

Dieses Stoßgebet war mir neu. Folgte Großvater etwa einem der weniger bekannten Propheten und nicht den Glaubenslehren des Wanderers oder der Ewigen Flamme? Ich fragte ihn danach.

»Das Gebet stammt von mir. Im Gegensatz zu Gott kann ich den Mond sehen und respektieren.« Er hielt inne, um den Himmel abzusuchen, erblickte dort oben aber genauso wenig wie ich. »Als die Streitenden Reiche noch vereint waren, hießen sie Familisches Imperium.« Er wandte sich mir zu. »Hat deine Mutter dir je gesagt, wie sie mit deinem Vater zusammengekommen ist?«

»Nein ... Kannst du es mir erzählen?«

»Sicher«, erwiderte Oliver schlicht. »Dein Vater war heimlich eingeschleust worden, um einen Mord zu untersuchen, der sich während des kaiserlichen Begräbnisses ereignet hatte. Wir waren besorgt, dass es sich bei dem Mörder um ein Mitglied der Herrscherfamilie handeln könnte. Dein Vater und Julia haben gemeinsam versucht, ihn zu schnappen, aber sie sind gescheitert, und ein Gott ist zurückgekehrt. Er hat die Hauptstadt zerstört und das Chaos angerichtet, gegen das wir seither ankämpfen.«

»Was?«, fragte ich ungläubig.

Die Glocke hörte auf zu läuten. Das Bruchstück von Celona blitzte kurz über Kessel auf und tauchte die Stadt in ein rotes Licht, bevor es im Westen verschwand. Wenn es keinen zweiten Mondfall gab, was so gut wie nie vorkam, würde mir Celona in dieser Woche keine weiteren Probleme bescheren.

Großvater nahm unseren Gesprächsfaden wieder auf: »Danach haben sich deine Eltern mit einem Zweig der Herrscherfamilie zusammengetan, um den unvermeidlichen Bürgerkrieg zu verhindern. Auch das hat nicht geklappt, obwohl sie – Moment, lass mich nachdenken – knapp fünf Jahre lang versucht haben, das Familische Imperium zu retten.«

Das erklärte, weshalb Vater nach dem Tag der Krönung verschwunden war und wie er Mutter kennengelernt hatte. Ich hätte allerdings nicht gedacht, dass sie sich mitten in einem Krieg über den Weg gelaufen waren. Waren wir Königmanns alle dazu verdammt, unser gesamtes Leben auf Schlachtfeldern zu verbringen?

»Als Neu-Drakon deine Familie ermorden ließ, ist etwas in ihm zerbrochen«, fuhr Oliver fort. »Bis zu diesem Zeitpunkt war er ein Pazifist, danach wollte er sich nur noch rächen und das Vermächtnis annehmen, vor dem er davongelaufen war. Damals waren wir noch in einer besseren Situation und ließen die beiden gehen. Sie tauschten einen Krieg gegen den anderen ein und wurden zu den angehenden Oberhäuptern der Familie Königmann.«

Ich verschränkte die Arme. »Wieso habe ich bloß das Gefühl, dass du mir mit dieser Geschichte eine Moralpredigt halten willst?«

»Weil es so ist. Ich will, dass du den richtigen Weg einschlägst. Deswegen bin ich hergekommen – auch wenn mir die Zeit davonläuft.« Oliver blickte mir in die Augen. »Du, Jenn, Leon und wen auch immer du noch zu deiner Familie und deinen Freunden zählst, werdet bald die Geschicke der Welt bestimmen. Und ich will, dass ihr sie nicht in noch mehr Kriege treibt.«

»Solange die Probleme, die wir von den vorangegangenen

Generationen geerbt haben, nicht gelöst sind, kann sich nichts ändern.«

»Ich vertraue darauf, dass meine Enkel das schaffen.«

In meiner Brust machte sich ein eigenartiges Gefühl breit, und auf einmal wollte ich nur noch weg. »Du findest allein zur Burg Königmann zurück, oder?«

»Ich bin zwar alt, aber nicht blöd.«

»Gut«, sagte ich und ging davon. »Richte Mama bitte aus, dass ich ein bisschen später zum Abendessen komme.«

»Was ist wichtiger als die gemeinsamen Familienmahlzeiten?«, rief er mir nach, während ich bereits zum südlichen Ende der Westseite lief.

Auf den Straßen war kaum etwas los. Bald würde der Frühling beginnen, doch solange es noch winterlich kalt war, würden die Leute lieber zu Hause bleiben, sobald es dunkel wurde. Ich fand den Weg ohne Probleme, wobei ich mich vor allem seitwärts durch enge Gassen zwängte, anstatt mich auf den Hauptstraßen sehen zu lassen. Da ich mein halbes Leben in Angelos Haus verbracht hatte, kannte ich jede erdenkliche Route durch die Enge dorthin. Außerdem wusste ich, von wo ich durch die Fenster hineinblicken konnte, ohne dass er etwas davon mitbekam.

Ich lehnte mich in einer Gasse an die Wand und beobachtete die Schatten, die sich im Haus bewegten. Er saß allein am Tisch und las ein Buch. Der Raum wurde von einer einzigen Laterne erhellt. Als er mit der Lektüre fertig war, ging er zu Bett. Anschließend wartete ich noch, bis meine Finger vor Kälte taub wurden und ich einigermaßen sicher war, dass er sich nicht mehr herausschleichen würde.

Dabei fragte ich mich, ob ich es je schaffen würde, weniger wütend auf ihn zu sein. Und falls ja, ob ich das überhaupt wollte.

Kapitel 14
Ein Turm aus Blut

Während der restlichen Nacht und am folgenden Vormittag reparierte ich mit meiner Familie die Schäden, die während der Unruhen in Burg Königmann entstanden waren. Während Leon mit seiner zukünftigen Gemahlin unterwegs war, hatte Oliver die undankbare Aufgabe, alle Löcher und Risse im Dach und in den Wänden zu kitten. Jenn und ich entrümpelten derweil die Räume, die an den großen Saal grenzten, und Mutter überlegte, wie wir die Türme und Häuser um die Burg herum wieder instand setzen konnten. Jenn und ich hatten es eindeutig am besten getroffen. Vor allem da meine Schwester als Schmiedin wahrscheinlich noch stärker war als ich, sodass wir mit vereinten Kräften alles anheben konnten.

Als wir einen zerbrochenen Tisch über die Balkonbrüstung hievten und dabei zusahen, wie er auf den Holzhaufen im Saal fiel, fragte Jenn: »Wie viele Räume haben wir noch?«

Der Tisch zerbarst mit einem lauten Knall. Ich wischte mir den Schweiß von der Stirn. »Zwei oder drei. Halb so wild.«

»Sagt der Mann, der nicht nachher zur Nachtschicht in die Anstalt muss.«

»Wieso arbeitest du eigentlich noch dort?«, fragte ich, als wir den nächsten Raum betraten. Er war eher staubig als zugemüllt. Auf dem Boden lagen Glasscherben und Bruchstücke von ein paar zerbrochenen Stühlen herum. »Schließlich ist Mama dort keine Patientin mehr.«

Jenn schob mit dem Stiefelabsatz die Scherben zu einem Haufen zusammen. »Eigentlich hatte ich vor, nur so lange dort zu bleiben, bis ich mehr für Dunkelberg machen kann, aber ... ich weiß nicht. Egal, was ich tue, die Anstalt wirft mir ständig Knüppel zwischen die Beine.«

»Wer ist Dunkelberg?«, fragte ich.

Jenn hielt inne und sah mich an, als wäre mir plötzlich ein zweiter Kopf gewachsen. Sie murmelte irgendetwas Unverständliches und blinzelte ein paarmal. Schließlich sagte sie leise: »Nur ein Freund. Er hat mir geholfen, und ich will mich dafür revanchieren.«

»Weswegen ist er dort?« Ich strich mir Spinnweben aus dem Gesicht. »Hat er das Gedächtnis verloren?«

»Sozusagen. Genau genommen, wurde es eher manipuliert, aber, äh, das ist nicht so wichtig.« Jenn schluckte. »Sobald mir nichts mehr einfällt, wie ich ihm helfen kann, werde ich gehen. Ich habe es dort noch nie gemocht. Und bei allem, was gerade passiert, wird es Zeit, dass ich meinen eigenen Weg finde. Vor allem nachdem der Schmied mir erklärt hat, dass ich nicht mehr zur Arbeit kommen soll. Er hatte kein Problem damit, dass ich mich als Junge verkleidet hatte, aber dass ich eine Königmann bin, war offensichtlich zu viel für ihn. König Isaaks Tod hat wahrscheinlich all die alten Vorurteile wieder aufleben lassen.«

»Tut mir leid.«

»Du musst dich nicht entschuldigen«, erwiderte sie. »Keins von beidem war mein Traumberuf.«

Ich verarbeitete einen kaputten Stuhl zu Kleinholz. »Was willst du stattdessen machen?«

Jenn zögerte. Mit einem Mal sah sie ganz jung und verletzlich aus, wie meine heulende kleine Schwester, an die ich mich von den Aufständen in Burg Königmann erinnerte. Doch einen Moment später fasste sie sich wieder und sagte: »Es spielt keine Rolle, was ich tun will. Ich muss mich darauf vorbereiten, dass Leon möglicherweise als zukünftiges Familienoberhaupt abdankt und ich in diese Position nachrücke. Du kannst es schließlich nicht tun.«

»Nein«, sagte ich lachend. »Definitiv nicht. Aber wenn du dir darüber keine Gedanken machen müsstest, was würdest du dann tun?«

»Ich würde in einer dieser Nacktbadeanstalten an der Goldküste wohnen und mich für den Rest meines Lebens von wunderschönen Männern und Frauen mit Weintrauben füttern lassen.«

Ich warf ein Holzstück nach ihr. Sie wich ihm aus, bückte sich danach und warf es wesentlich zielsicherer zurück.

»Und wie lautet die ehrliche Antwort?«, fragte ich.

Jenns Blick ruhte auf einem alten verblassten Gemälde, das noch immer in diesem Zimmer hing. Der Rahmen war zerbrochen, und Teile der Leinwand waren zerfetzt, aber es stellte eindeutig die beiden Frauen dar, die mal dazu bestimmt gewesen waren, über Kessel zu herrschen: unsere verstorbene Tante, Jennina Königmann – nach der Jenn benannt worden war –, und die ältere Schwester des Königs, Charlotte Kessel. Sie lächelten und hatten die Arme umeinander gelegt. Ein Bild aus einer besseren Zeit.

»Du musst mir einen Gefallen tun«, sagte sie unsicher. Ohne meine Antwort abzuwarten, ging sie zu einem Haufen zertrümmerter Möbel und holte eine Holzkiste daraus hervor, die mir merkwürdig bekannt vorkam. »Du musst mein Blut testen.«

»Was hast du ...« Ich verstummte. »Ist es das, wofür ich es halte? Wie bist du da drangekommen?«

»Ich habe es gefunden«, erwiderte sie und setzte sich auf den Boden. »Spielt es wirklich eine Rolle, woher es stammt? Wichtig ist doch nur, dass ich es habe, oder?«

Ich nahm ihr gegenüber Platz. Sie hatte bereits die Phiolen und die Kupferschale aus der Kiste genommen. »Ich dachte, du wüsstest schon, ob du eine Fabrikatorin bist oder nicht.«

»Jahrelang habe ich geglaubt, ich wäre keine ... aber in letzter Zeit habe ich mich gefragt, ob ich wie du bin und bloß nicht weiß, was meine Spezialität ist.« Sie schüttete verschiedene Flüssigkeiten in die Schale. Es war, als sähe ich erneut Domet bei diesen Verrichtungen zu, nur dass sie noch geschickter dabei vorging. »Ich muss sicher sein.«

»Sieht nicht so aus, als bräuchtest du dabei meine Hilfe.«

Jenn sah mich an, während sie sich eine Aderpresse um den Bizeps wickelte und mit einer Spritze Blut abnahm. Als der Glaskolben voll war, reichte sie ihn mir. »Ich weiß nicht, wonach ich Ausschau halten muss. Du dagegen schon.«

»Lügnerin. Ich habe dir doch erzählt, was passiert ist.«

Sie wandte den Blick ab und wurde rot. »Lass mich nicht betteln und tu's einfach.«

»Hast du Angst vor dem möglichen Ergebnis? Denn wenn ...«

»Jetzt mach schon, Mikael«, unterbrach sie mich. »Bitte.«

Ich wollte, dass sie über ihre Gefühle sprach, aber vielleicht würde es ihr leichterfallen, sobald uns das Ergebnis vorlag. Also spritzte ich das Blut in die Schale und wartete darauf, dass ein Turm daraus entstand. Ich wusste nicht mehr genau, wie lange es bei mir gedauert hatte, aber es schien, als würde eine Ewigkeit vergehen, bis endlich alle Blutstropfen wie Steine auf den Boden der Schale gesunken waren.

Es gab keinen Turm. Nicht für Jenn.

»Vielleicht hast du dich beim Mischverhältnis getäuscht. Domet sagte, man müsse es ganz präzise machen, weil sonst ...«

Ich hob den Blick und sah, dass meine Schwester weinte. Ihre Tränen fielen wie Regentropfen, während sie ausdruckslos in die Schale starrte. Doch sie wirkte weder traurig noch wütend. Stattdessen schien sie zu akzeptieren, was sie war und was sie niemals sein konnte. Ich glaube nicht, dass ich es an ihrer Stelle ebenso gefasst aufgenommen hätte. Wahrscheinlich hätte ich irgendetwas zerdeppert.

»Das ist schon mein dritter Versuch«, sagte sie, während ihr die Tränen weiter übers Gesicht rannen. »Das Ergebnis ist immer dasselbe. Es hat keinen Sinn, mir weiter etwas vorzumachen: Ich bin keine Fabrikatorin.« Wie ein Kind wischte sie sich mit dem Ärmel das Gesicht ab. »Ich hätte nicht gedacht, dass es so wehtut.«

»Wolltest du denn eine sein?«

»Ich wollte die Wahl haben«, murmelte sie. »Und meine Kräfte gebrauchen, wenn ich es für richtig halte. Es gibt kaum etwas, das ich selbst entscheiden kann. Ich habe mich nicht dazu entschieden, unser Vermächtnis zu erben. Ich habe mich auch nicht dazu entschieden, als Königmann geboren zu werden und an der Verdorbenen Prinzen gebunden zu sein. Aber ich habe geglaubt ... das hier könnte die eine Sache sein, die ich mir selbst aussuche.«

Ich rührte mich nicht, da ich wusste, dass sie mich vielleicht wegstoßen und behaupten würde, alles wäre in Ordnung, wenn ich sie zu trösten versuchte. »Was willst du wirklich, Jenn?«

»Das ist ja das Problem, ich weiß es nicht«, gab sie zurück. »Hattest du noch nie das Gefühl, dass wir einzig und allein dazu erzogen worden sind, Königmanns zu sein?«

»Doch, so ist es ja auch.«

»Aber hast du noch nie etwas anderes gewollt?«

Nein, dachte ich, ich hatte immer nur ein Königmann sein wollen. Selbst als ich geglaubt hatte, Vater hätte Davi Kessel ermordet. Ich hatte immer davon geträumt, Armeen gegen unüberwindliche Feinde ins Feld zu führen und als idealer Held in Erinnerung zu bleiben, wenn ich dereinst beim Versuch, die Welt zu retten, starb. Als Kind hatte ich mir nie gewünscht, alt zu werden. Ich wollte kein nutzloser feiger Greis sein. Königmanns lebten selten lange genug, um zu ergrauen. Aus irgendeinem Grund bezweifelte ich, dass es bei mir anders sein würde, doch Jenn wünschte ich es.

»Hast du denn etwas anderes gewollt?«, hielt ich dagegen.

»Wenn es dazu kommen sollte, wäre es mir eine Ehre, das Oberhaupt unserer Familie zu sein, aber ...« Sie verstummte.

»Aber?«

»Aber ich weiß nicht, ob ich dazu in der Lage bin«, erwiderte sie. »Und vielleicht ist das ja mein Problem. Ich wollte beweisen, dass Papa unschuldig ist. Und ich wollte Angelo Ombra dafür bestrafen, dass er uns ausgenutzt und Davi umgebracht hat. Aber manchmal überlege ich, was ich tun würde, wenn ich es mir frei aussuchen könnte.«

»Würdest du Kessel verlassen?«, fragte ich und rückte dichter an sie heran.

»Hmm, ich wollte immer Neu-Drakon besuchen«, sagte Gwen. »Ich habe die Berichte darüber gelesen, wie die Leute von da unsere Familie und Isaaks ältere Schwester abgeschlachtet haben. Ich will durch die Straßen der Stadt laufen und die Tausend Stufen sehen, wo es passiert ist, und den Nachtmarkt, der nur stattfindet, wenn sich sämtliche Händlerprinzen und -prinzessinnen in der Stadt aufhalten.« Sie schwieg einen

Moment lang. »Ich will nicht, dass andere über mein Leben bestimmen.«

»Jenn«, sagte ich ernst und nahm ihre Hände in meine. »Wenn du auf Reisen gehen willst, dann solltest du das tun. Überlass die Familie Leon. Wenn überhaupt, wird er bestimmt nicht in nächster Zeit abdanken. Nimm dir die Zeit, die du brauchst, um glücklich zu werden. Finde zu dir selbst. Wie Mama und Papa es getan haben.«

»Aber ich habe Verpflichtungen.«

»Dieser Dunkelberg ist nicht wichtiger als dein Glück.«

»Nein, ist er nicht. Ich habe etwas getan, das …«

»Komm raus, Mikael!«, ertönte Schwartz' Stimme. Was machte er denn hier?

Jenn und ich gingen zur Balkonbrüstung und blickten in den großen Saal hinunter. Dort stand Schwartz mit dem bandagierten Mädchen aus dem Kolosseum neben sich. Sie sah weniger zerbrechlich aus als beim letzten Mal, hielt jedoch den Kopf gesenkt. Mit einer Hand rieb sie sich über den Arm. Etwas war geschehen.

»Wo ist Oliver?«, rief Schwartz.

Ich stützte mich mit beiden Händen aufs Geländer. »Er ist draußen und bessert das Dach aus. Was ist denn los?«

»Es hat einen Mord gegeben.«

Kapitel 15
Das grünäugige Monster

Als Erstes fiel mir der Gestank nach feuchtem Holz und faulen Eiern auf.

Als Zweites das Blut. Die schiere Menge ließ mich würgen, sodass ich beinahe meinen Mageninhalt erbrochen und der ganzen Kulisse noch ein bisschen Farbe hinzugefügt hätte. Das Einzige, was in diesem mit Brettern vernagelten Haus im Milizviertel nicht mit Blut besudelt war, waren die Holzbretter, die jemand als provisorischen Steg ausgelegt hatte. Überall sonst standen knöcheltiefe, klebrige Lachen. Unter der Decke hing ein Leichnam an einem Fleischerhaken, der Körper flach wie eine abgelegte Schlangenhaut. Die dazugehörigen Organe waren fein säuberlich in die darunter stehenden Glaskrüge gelegt worden. Nur das Herz fehlte. Auf der Wand hinter der Leiche standen in blutigen Lettern die Worte *Lauft weg und versteckt euch*.

Der Tod war nichts Neues für mich. Ich hatte schon Leichen in den Armen gehalten und das Blut von Freunden auf meinem Gesicht trocknen fühlen. Doch dies hier war etwas anderes. Es hatte dem Mörder Vergnügen bereitet, dieses Tableau zu schaffen. Dazu gehörte eine Grausamkeit, die ich nicht im Mindesten nachvollziehen konnte. Und ich hatte geglaubt, bereits alles gesehen zu haben. Wie dumm von mir.

»Da soll mich doch der Schläfer holen«, sagte Oliver und schlug die Hand vor den Mund. »Was für ein Monster muss man sein, um so etwas zu tun?«

»Dahinter steckt ein Serienmörder«, murmelte Schwartz neben mir. Hinter ihm stand das bandagierte Mädchen, die hellgrünen Augen fest auf den Schrecken vor uns gerichtet.

»Dahinter steckt sicher der Hochadlige Maflem«, sagte ich. »Er hat gesagt, dass er die Flüchtlinge auch ohne unsere Hilfe loswird. Offensichtlich hat er nicht gelogen.«

»Aber es ist noch nicht einmal einen Tag her, dass wir sein Angebot abgelehnt haben.«

»Dann erklär mir mal, wie das hier sonst passiert sein soll!«, rief ich. »Das war kein Zufall. Es ist nicht nur ein Mord, sondern auch eine *Botschaft*. Und ich wüsste gern, was für einen Grund es noch dafür geben könnte, außer die Flüchtlinge, denen wir geholfen haben, zu vertreiben.«

Oliver legte einen Arm um die Schultern des bandagierten Mädchens und versuchte, es zu trösten. Ich konnte nicht erkennen, ob es funktionierte, da sie nichts und niemand im Raum anschaute. Hoffentlich kannte sie die ermordete Person nicht, aber sie war so oder so diejenige gewesen, die den Leichnam entdeckt hatte. Ich konnte mir kaum vorstellen, wie es ihr im Moment ging. Sie hatte ihre Familie und ihr Zuhause verloren, und nun machte auch noch ein Mörder Jagd auf sie.

Während ich mich noch zu fassen versuchte, begann Schwartz bereits den Tatort zu inspizieren. Er hob die Deckel von den Glaskrügen und atmete den ekelerregenden Geruch der darin enthaltenen Organe ein, ehe er sie wieder verschloss. Anschließend fuhr er über das Blut an der Wand und zerrieb es zwischen Daumen und Zeigefinger. Zuletzt betrachtete er die Stelle im Körper, an der sich das Herz befunden hatte. Die Organe waren mit chirurgischer Präzision entfernt worden. Wonach suchte Schwartz? Gab es irgendetwas, das ich …?

»Was, wenn …?«, begann ich. »Was, wenn wir nur der Ausweichplan gewesen sind?«

Schwartz drehte sich zu mir um und wartete darauf, dass ich weitersprach.

»Wir haben geglaubt, der Wegelager hätte es im Kolosseum auf uns abgesehen. Aber was ist, wenn das gar nicht stimmt? Du hast selbst gesagt, dass der Schütze extrem gut war. Und trotzdem hat er danebengeschossen, bevor wir ihn bemerkt haben. Was, wenn der Hochadlige Maflem den Wegelagerer da bereits dazu angeheuert hatte, sie zu vertreiben? Nach allem, was wir wissen, wollte er vielleicht sogar, dass wir seinen Auftrag ablehnen. Seither kann er sagen: ›Seht her, ich wollte ja eine friedliche Lösung, aber mir blieb gar nichts anderes übrig, als zu gewaltsamen Maßnahmen zu greifen.‹«

»Das sind ganz schön viele ›was wenn‹, Mikael«, sagte Oliver hinter mir.

»Wenn dir eine andere Erklärung einfällt, höre ich sie mir gern an.«

Weder Oliver noch das bandagierte Mädchen sagten etwas.

»Ich gebe es zwar nicht gern zu«, sagte Schwartz, »aber Mikael könnte recht haben. Auf verdrehte Art ergäbe das Ganze so einen Sinn.«

»Kann ich das schriftlich bekommen?«

Schwartz ignorierte meine Bemerkung. »Aber solange wir keine Beweise haben, können wir nichts unternehmen«, fuhr er fort. »Ich werde Imani darüber informieren, und sie wird jemand von der Waage Bescheid geben. Nur für den Fall, dass die Hochadligen uns an den Karren fahren wollen, weil Mikael nicht wie geplant hingerichtet worden ist.«

»Und was soll ich meinen Leuten sagen?«, fragte Oliver.

»Dass sie nicht sterben sollen.«

Das bandagierte Mädchen fiel auf die Knie und begann, laut zu schluchzen. Ich bedeutete Schwartz und Oliver, dass ich mich um sie kümmern wollte. Wenn sich noch etwas Wichtiges ergab, würde Oliver mir später davon berichten.

Während sie gingen, kauerte ich mich neben das bandagierte Mädchen. »Ich würde dir gern sagen, dass alles wieder gut wird, aber das glaube ich nicht. Kennst du irgendwen in Kessel, bei dem du bleiben kannst, bis wir den Mörder gefunden haben?«

»Nein«, schniefte sie. »Mein Vater ist ermordet worden. Er wurde von einem Feigling erschossen.«

Ich erinnerte mich an den Mann ohne Zunge. Ich hatte gar nicht gewusst, dass sie miteinander verwandt gewesen waren. Dieses arme Mädchen, das nicht älter war als ich, tat mir sehr leid. Wie stark wäre ich ohne meine Familie?

»Ich kann dir nicht viel anbieten, aber wenn du möchtest, kannst du mitkommen und mit meiner Familie in Burg Königmann wohnen. An dem Gebäude muss noch viel gemacht werden, aber du wärst dort sicher.«

»Ich kann selbst auf mich aufpassen«, sagte sie und hörte auf zu schluchzen. »Außerdem muss ich noch etwas erledigen.« Ihre grünen Augen suchten meinen Blick. Moment mal, bei unserer ersten Begegnung waren sie doch noch haselnussbraun gewesen ...

Oh Mist.

Sie lächelte wie eine Füchsin, die ihre Beute gestellt hatte. Auf einmal fühlte sich mein Körper sehr schwer an, und ich fand mich bäuchlings auf dem Boden wieder. Ich konnte weder Arme noch Beine bewegen. Meine Stiefel und Fingerspitzen waren in Blutlachen getaucht, mein Gesicht zur Seite gedreht, sodass ich dabei zusehen musste, wie das bandagierte Mädchen sich langsam auswickelte.

»Ich denke seit einem Monat darüber nach, wie ich es anstellen soll, Mikael«, sagte sie. »Ursprünglich hatte ich überlegt, vor der Burg Königmann zu betteln und darauf zu warten, dass du in meine Reichweite kommst. Aber so viel Zeit habe ich nicht. Und außerdem kann ich mir nicht vorstellen, dass du Fremden vertraust.«

Kastanienrote Haarsträhnen lösten sich aus ihrem Zopf. Sie bildeten einen auffallenden Kontrast zu ihrer braunen Haut und den Sommersprossen, die ihren Nasenrücken sprenkelten.

»Darum war ich so begeistert, als dieses bandagierte Mädchen zum Palast kam und um Hilfe bat. Sie behauptete, ein Junge namens Mikael habe ihr dazu geraten. Danach war alles ganz einfach. Sie wird bis ans Ende ihrer Tage im Palast arbeiten, wo die besten Ärzte ihre Wunden versorgen, und ich ... Nun, ich bekomme das hier.«

Die Prinzessin und zukünftige Königin von Kessel hockte sich vor mich hin und begann, sich einen Zopf zu flechten. Sie war mit einer schlichten schwarzen Hose und einem braunen Hemd bekleidet, die ihren Körper völlig verhüllten. Dennoch erkannte ich, was sich unter ihrem Hosenbund abzeichnete. Als sie mit dem Zopf fertig war, bemerkte sie meinem Blick und holte den Gegenstand mit einem höhnischen Grinsen hervor.

Es war einer der beiden baugleichen Revolver. Serena drückte ihn mir seitlich an den Kopf.

Merkwürdigerweise kam mir in diesem Moment der Gedanke, dass ich sie zum ersten Mal seit zehn Jahren so sah, wie sie wirklich war. Nicht mehr das Kind, mit dem ich Abenteuer erlebt und das ich heimlich angeschaut hatte, wenn ich glaubte, dass sie es nicht bemerkte, sondern eine erwachsene Frau, deren brennender Hass sich ausschließlich gegen mich richtete. Jenen Mann, den sie für den Mörder ihres Vaters hielt. Den Sohn des Mannes, von dem sie glaubte, er hätte ihren Bruder ermordet.

Es war dumm von mir gewesen zu glauben, wir könnten wieder zu der Freundschaft zurückfinden, die uns vor der Hinrichtung meines Vaters verbunden hatte. Dass sie mir zuhören würde. Dass sie auch nur einen Bruchteil dessen für mich empfand, was sie früher gefühlt hatte. Und dennoch hatte ich, während ich auf dem blutigen Holzboden lag, das Bedürfnis, ihren Schmerz zu lindern. Früher waren wir aneinander gebunden gewesen ... und manche Verpflichtungen ließen sich nur schwer ablegen.

»Nachdem ich mit ansehen musste, wie du dank einer Gesetzeslücke deiner Hinrichtung entkommen bist, wurde mir bewusst, dass es für dich nur ein einziges angemessenes Ende gibt. Ich muss dich mit diesem Revolver hier töten. Der Waffe, die mir meinen Bruder und meinen Vater geraubt hat.«

»Serena«, keuchte ich, als mich das unsichtbare Gewicht noch fester auf den Boden drückte. »Bitte nicht.«

»*Bitte?*«, höhnte sie. »Hat mein Vater auch um sein Leben gebettelt, bevor du ihn erschossen hast? Hat mein Bruder deinen Vater angefleht? Wahrscheinlich ja. Schließlich will niemand sterben.«

Ich konnte kaum noch atmen. Alles tat mir weh. Selbst wenn sie mich nicht erschießen würde, war ich so gut wie tot. »Wir ...« Ein angestrengter Atemzug. »... haben ...« Ein weiterer. »... sie ...« Und noch einer. »... nicht getötet.«

»Nicht einmal im Angesicht des Todes hast du den Anstand, mir die Wahrheit zu sagen? Oh Gott, ich werde nicht mehr länger meine Zeit mit dir verschwenden. Ich hoffe, sterben tut weh, damit du wenigstens einen Bruchteil des Leids empfindest, das deine Familie mir angetan hat.«

»Warte ... bitte ... Es.«

»Nenn mich nicht so! Dazu hast du kein Recht!«

Die Ränder meines Blickfelds wurden allmählich schwarz. Ich konnte schon eine ganze Weile nicht mehr atmen. Vielleicht wäre ein Kopfschuss weniger schmerzhaft. Doch so leicht würde sie es mir nicht machen. Ich tat das Einzige, was mir einfiel, und sagte: »Es tut mir leid.«

»*Es tut dir leid?*« Sie sprang auf und fuchtelte wild mit dem Revolver herum. »Das ist alles? Es tut dir leid? Begreifst du überhaupt, was du mir angetan hast? Ich werde es jetzt beenden. Mach es gut, Mikael.« Serena richtete den Revolver auf mich.

Diesmal wussten meine Familienangehörigen wenigstens, wie lieb ich sie hatte.

Ein Schuss wurde abgefeuert, und der Druck, der auf mir lastete, ließ nach. Ich wartete auf den Schmerz, doch er blieb aus. Stattdessen hörte ich die Stimme meines Söldnermentors. Die Prinzessin von Kessel drehte sich zu ihm um. »Entschuldigt, Prinzessin«, sagte Schwartz. Der Revolver in seiner Hand rauchte noch. »Aber Ihr könnt ihn nicht töten.«

Serena zielte auf ihn. »Willst du wirklich versuchen, mich davon abzuhalten?«

»Gebrauche deine Annullierungs-Fabrikation, Mikael.«

Ich antwortete ihm mit einem pfeifenden Atemzug.

»Jetzt«, knurrte Schwartz, »ehe ich neben dir auf dem Boden liege.«

Tief in meinem Inneren fand ich Wärme und umhüllte meinen Körper damit, als wäre sie ein Mantel. Das Atmen bereitete mir noch immer Schmerzen, doch allmählich gelang es mir, mich auf die Seite zu rollen und aufzusetzen. Was hatte die Prinzessin mir angetan? Was für eine Art Fabrikatorin war sie? Von so etwas hatte ich noch nie gehört.

»Ich glaube, jetzt haben wir die Oberhand, Prinzessin«, sagte Schwartz. »Eure Fabrikationen werden bei ihm nicht mehr wirken. Und wenn Ihr vorhaben solltet, einen von uns beiden zu erschießen, dann solltet Ihr Euch klarmachen, dass ich nie danebenziele. Habt Ihr mich verstanden?«

Serena ließ den Revolver sinken, und Schwartz tat es ihr nach. »Wenn du ein bisschen später gekommen wärst, hättest du hier eine zweite Leiche vorgefunden«, sagte Serena. »Schade, dass ich es nicht zu Ende bringen konnte.«

»Leider brauche ich ihn noch«, erwiderte Schwartz.

»Wozu?«, fragte sie. »Wieso rettest du ihm immer wieder das Leben? Welches Interesse hat die Orbis-Kompanie an ihm? Er ist kein besonders guter Fabrikator. Er ist weder klug noch stark oder in irgendeiner anderen Hinsicht bemerkenswert. Wieso überlasst ihr ihn uns nicht?«

»Er ist eine Investition für uns.«

»Eine Investition? Was habt ihr mit ihm vor?«

»Nichts, was Ihr nachmachen könntet.«

»Niemand liegt so viel an seinem Tod wie mir. Ich könnte euch alles geben, was ihr euch wünscht. Ihr müsst es mir nur sagen.«

»Es ist nie eine gute Idee, einen Söldner den Preis bestimmen zu lassen. Fragt Mikael, wenn Ihr mir nicht glaubt.«

Serena zögerte kurz. »Ich würde es dir nicht anbieten, wenn ich es nicht ernst meinte.«

»Na schön«, sagte Schwartz und steckte seinen Revolver ins Holster zurück. »Euer Thron. Gebt ihn auf und dankt ab.«

»Was? Das ist unmöglich. Ich weig...«

»Jetzt kennt Ihr den Preis. Wenn Ihr das tut, gehört Mikael Euch. Billiger wird es nicht.«

»Also gut«, sagte Serena zu Schwartz. Dann wandte sie sich wieder mir zu. »Versteck dich gut, Mikael, und genieße die restliche Zeit mit deiner Familie.«

Serena steckte ihren Revolver ebenfalls weg und ging eilig davon. Noch ehe ich wieder auf den Beinen war, fiel die Tür krachend hinter ihr ins Schloss. Als Schwartz mich stehen sah, stieß er überraschend einen tiefen Seufzer aus.

»Danke«, sagte ich.

»Du Trottel«, gab er giftig zurück. »Du warst ihr gegenüber im Vorteil und hast es versaut. Jetzt weiß sie, dass du sie nicht einmal fürchtest, wenn sie dir einen Revolver an den Kopf hält.«

»Ich verstehe nicht.«

»*Das ist grundsätzlich dein Problem, Mikael!*«

Ich war verblüfft. Hatte Schwartz mich schon mal so angeschrien? Nein, bisher hatte er immer nur enttäuscht geklungen und den Kopf geschüttelt. Was auch immer gerade geschehen war, hatte ihn noch wütender auf mich gemacht als sonst. Aber wieso?

»Dann erkläre es mir.«

»Die Prinzessin von Kessel ist eine ... außergewöhnliche Fabrikatorin, vielleicht die einzige ihrer Art«, entgegnete er mit verschränkten Armen. »Sie erzeugt ein Kraft, die ihren Gegner zu Boden drückt. Deswegen wird sie als Kraft-Fabrikatorin bezeichnet. Du bist als Annullierungs-Fabrikator der Einzige, der ihr überlegen ist. Selbst ich wäre hilflos gegen sie.«

»Dann werde ich mir das für die Zukunft merken.«

»Du begreifst es immer noch nicht«, zischte Schwartz. »Du bist ein Annullierungs-Fabrikator. Wenn du dich in einer gefährlichen Situation befindest, wird dein Körper manchmal ohne Zutun eine Fabrikation erzeugen. Sie hat gerade herausgefunden, dass du sie nicht als Bedrohung betrachtest. Nicht einmal, wenn sie eine Waffe auf dich richtet und dich so fest auf den Boden presst, dass du erstickst.« Er ballte die Fäuste. »Wieso hast du ihre Fabrikation nicht annulliert?«

»Ich habe es vergessen.«

»Du hast es vergessen? *Bist du denn wirklich so ...?*« Schwartz begann wie ein wildes Tier zu brüllen. »Ist dir überhaupt klar, in was für eine Gefahr du uns gebracht hast? Ich schwöre dir, wenn du mir jetzt erzählst, dass du keine Bedrohung in ihr siehst, weil du sie für hübsch hältst, dann reiße ich dir das Herz raus und zertrete es mit dem Stiefelabsatz.«

»Das ist aber ein bisschen übertrieben, findest du nicht ...?«

Schwartz zog den Revolver heraus, und ich verstummte. Nachdem er ihn einen langen Moment auf meine Brust gerichtet hatte, stieß er den angehaltenen Atem aus und steckte ihn ins Holster zurück. Sein Finger war die ganze Zeit am Abzug gewesen, aber ich würde so tun, als hätte ich es nicht gesehen.

»Reiß dich zusammen, Mikael«, sagte er. »Deine Feinde sind meine Feinde, genau wie meine deine sind. Unser beider Schicksale sind miteinander verflochten, und ich will nicht sterben, nur weil eine Frau dich um den Finger gewickelt hat.«

»Diese Frau, von der du da sprichst, ist die zukünftige Königin von Kessel und meine beste Freundin, und ...« Ich verstummte, da ich nicht zugeben konnte, dass Serena mehr für mich war als bloß die an mich gebundene Königliche. Der Einzige, der das wusste, war Leon. Als ich es ihm erzählt hatte, war er weder laut geworden, noch hatte er mir irgendwelche Vorwürfe gemacht. Stattdessen hatte er mich umarmt und gesagt, wie leid es ihm tue, dass ich mich ausgerechnet in die einzige Person verliebt habe, mit der ich nie zusammen sein könne.

Den Königmanns und Kessels war es nicht gestattet, Liebesbeziehungen miteinander einzugehen und Kinder zu bekommen. Das war eines der vielen Gesetze, die wir befolgen mussten, wenn wir unsere gesellschaftliche Stellung behalten wollten. Hätten wir es doch getan, wären meine Vorfahren vermutlich von den Toten auferstanden, um mir den Kopf abzureißen. Gegen manche Gesetze durfte man nicht verstoßen.

»Mach dir klar, wer unser Verbündeter ist und wer nicht«, sagte Schwartz. »Wenn du das nicht tust, kann es uns das Leben kosten.«

Genau das hatte ich vor, dachte ich. Laut fragte ich: »Und was ist mit dieser Sache hier? Wollen wir bloß rumsitzen und darauf warten, dass noch mehr Leute sterben?«

»Wäre es dir lieber, wenn ich mich auf den Großen Steinplatz stellen und auf jeden schießen würde, der uns verdächtig vorkommt?«, fragte er. »Nein? Das habe ich mir auch nicht gedacht. Das Einzige, was wir tun können, ist, Imani und die Waage über diese Situation zu informieren.«

Allmählich begannen wir, uns im Kreis zu drehen. »Ist Oliver noch draußen?«

Schwartz schüttelte den Kopf. »Er wollte nach seinen Leuten sehen. Das hier hat ihm Angst gemacht.« Er senkte die Stimme. »Und zwar zu Recht.«

Dann würde ich später in Burg Königmann mit ihm sprechen müssen. Da es an diesem Ort nichts mehr für uns zu tun gab und wir nicht am Schauplatz eines so grässlichen Mordes entdeckt werden wollten, brachen wir auf – Schwartz zum Hauptquartier der Orbis-Kompanie in Kessel und ich zum Regenbogen-Bezirk.

Es war an der Zeit, Trey einen Besuch abzustatten.

KAPITEL 16
STEINE WERFEN

Der Regenbogen-Bezirk hatte sich verändert. Doch im Gegensatz zu anderen Bezirken im Ostteil der Stadt, in denen es zu schweren Zerstörungen gekommen war, wirkte es hier ... sauberer und ordentlicher denn je. Die Bäume waren nicht mehr schlammbraun, sondern saftig grün, und ich bemerkte Katzen, die auf Dächern und Türschwellen faulenzten. Vor ein paar Monaten war von alldem noch nichts zu sehen gewesen. Auf den Straßen lungerten keine Süchtigen und Dimmer mehr herum. Früher waren auf jeden Nicht-Süchtigen fünf von ihrer Sorte gekommen, und man hatte kaum ein paar Schritte gehen können, ohne seiner Wertsachen beraubt zu werden.

Das war jetzt nicht mehr der Fall, und ich sah auch einige spielende Kinder. Es schienen doppelt so viele zu sein wie die Erwachsenen. Etwas Erstaunliches war hier geschehen, und ich wollte herausfinden, was es war.

Doch niemand sprach mit mir. Die Kinder waren zunächst freundlich, aber sobald sie das Brandmal an meinem Hals bemerkten, stoben sie schneller auseinander als Pusteblumensamen im Wind. Die Frauen reagierten gar nicht erst auf meine Fragen, und auch die Männer gaben sich einsilbig.

Ich fand lediglich heraus, dass jemand namens Großer Bruder

den Bezirk übernommen hatte. Und das auch nur zufällig, als ich eine lange Wutrede belauschte, in der sich jemand darüber ausließ, dass alles besser gewesen wäre, bevor besagter Großer Bruder aufgetaucht sei und alles anders gemacht habe. Eigenartig, wie sehr Stolz doch das Urteilsvermögen trüben kann.

Nach einer Weile fragte ich mich, ob ich Beulen im Gesicht hatte und aus den Ohren blutete, da mir alle auswichen, als litte ich an der Pest. Trotz meines unglückseligen Beinamens Königsmörder verstand ich nicht, wieso ich ausgerechnet hier so behandelt wurde. Die Bewohner des Ostteils interessierten sich kaum für die Angelegenheiten der Menschen auf der anderen Seite des Flusses. Für sie war ich doch sicher nur irgendein abgehobener Adliger.

Ich hätte es ja noch verstanden, wenn mir nur die Einwohner des Regenbogen-Bezirks aus dem Weg gegangen wären. Schließlich war es zutiefst menschlich, sich vor Fremden zu fürchten. Doch als sich auch noch die Händler weigerten, mir etwas zu verkaufen, und die Schankwirte höflich, aber bestimmt meine Bestellungen ablehnten, wusste ich, dass ich vorsätzlich aus diesem Bezirk ausgeschlossen wurde. Sei es wegen des Verrätermals, wegen meines einst blauen Bluts oder einfach nur, weil ich nicht hierher gehörte. Vielleicht waren es auch alle drei Gründe zusammen oder irgendein anderer, für den meine Fantasie nicht reichte.

Als die Sonne unterging und die Leute Laternen vor ihre Türen hängten, war ich Trey immer noch keinen Schritt näher gekommen. Anstatt mir meine Niederlage einzugestehen, ging ich an den Rand der östlichen Flussgabelung und ließ Steine darüberhüpfen. Ich würde schon bald nach Hause gehen und mich für Leons Feier fertig machen müssen, doch davor wollte ich mich noch ein wenig beruhigen. Vor ein paar Monaten hatte ich noch gedacht, die Zerstörung des Miliz-Viertels durch Rebellen wäre das Schlimmste gewesen, was ich mir vorstellen konnte. Nun glaubte ich das nicht mehr.

Serena würde wahrscheinlich ebenfalls zu dem Fest kommen. Am liebsten hätte ich es geschwänzt, um ihr nicht erneut über den Weg laufen zu müssen, aber ich war es Leon schuldig hinzugehen. Nicht nur weil er bald Vater werden würde, sondern auch weil es so aussah, als könnten wir unser Verhältnis, das viele Jahre lange schlecht gewesen war, allmählich wieder kitten. Und das wollte ich auf keinen Fall riskieren, nur weil ich Angst hatte, dass Serena mich umbringen würde.

»Allheilmittel! Hier bekommt ihr eure Allheilmittel! Genauso wirksam gegen einen Kater wie bei einem verdorbenen Magen! Kein Rückgaberecht! Schließlich bin ich nicht von der Wohlfahrt!«

Ich drehte mich zu der Stimme um. Ein dunkelhäutiger Junge mit geflochtenen Haaren zog einen kleinen Wagen hinter sich her. Er war mit Flaschen beladen, die verschiedenfarbige Flüssigkeiten enthielten und mit dem Schriftzug *Suupa Wunda Cur* bekritzelt waren. Aus irgendeinem Grund kam mir der Junge bekannt vor. Da ich außer Jamal und Arjay keine Kinder aus dem Ostteil kannte, konnte ich mir allerdings nicht vorstellen, woher.

»Du da!«, rief der Junge und kam auf mich zu. »Du siehst wie ein Mann aus, der ein bisschen zusätzliches Selbstvertrauen vertragen kann. Kann ich dich für ein Getränk interessieren, das dein Gemächt ... Oh nein, nicht du.«

Der plötzlich veränderte Tonfall des Jungen verwirrte mich noch mehr. Er fing an, Unsinn zu plappern, und versuchte so schnell, seinen Wagen zu wenden, dass er ihn umzukippen drohte.

»Lass mich dir helfen«, sagte ich und ging zu ihm.

»Bitte nicht! Ich weiß noch sehr gut, wie deine Hilfe aussieht.«

Ich hatte eine Hand bereits auf den Wagen gelegt, doch nun zögerte ich. »Wovon sprichst du?«

Der schmächtige Junge öffnete den Mund, um zu antworten, überlegte es sich dann aber offensichtlich anders und sagte stattdessen: »Von nichts. Gar nichts. Offenbar habe ich heute einen Schlag auf den Kopf bekommen. Zum Dank für deine Mühe gebe ich dir eine Gratisprobe eines meiner Produkte.« Der Junge griff in seinen Wagen und holte ein winziges Fläschchen heraus, das mit *Gefahr* beschrieben war. Sie enthielt eine klare Flüssigkeit. »Eine meiner besten Arzneien. Sie vertreibt garantiert jeden Schmerz, den ...«

»Das ist Gift, nicht wahr?«

»Was? Weshalb sagst du das? Jetzt bin ich aber ernsthaft beleidigt.«

»Weil auf dem Etikett ›Gefahr‹ steht.«

Der Junge blinzelte und schaute mich an, als hätte ich gesagt, beide Monde wären intakt. »Aus irgendeinem Grund dachte ich, du könntest nicht lesen. Das war ein Fehler. Ein *mächtiger* Fehler.«

»Wieso versuchst du, jemand, den du gerade erst kennengelernt hast, Gift aufzuschwatzen?«

»Weil ich nicht noch mal mit dir in eine Burg einbrechen will.«

»In was für eine Burg ...? Moment mal ... Bist du das, Stein?«

Der Junge ließ sich seufzend neben dem Wagen auf den Boden sinken. »Wieso bin ich nicht einfach nach Hause gegangen? Ich hatte heute doch schon genug eingenommen. Aber nein, ich musste wieder mal gierig werden und mir sagen, ein bisschen was geht noch, und dann stoße ich ausgerechnet auf dich. Was für ein schrecklicher Tag! Ich hätte gar nicht erst aufstehen dürfen.«

»Es freut mich zu sehen, dass du dich kein bisschen verändert hast«, sagte ich und steckte das Fläschchen ein. »Statt Steinen verkaufst du nun also ... Was ist in den anderen Flaschen? Ich nehme doch an, dass sie nicht alle Gift enthalten.«

»Da liegst du richtig«, erwiderte er. »Es wäre nicht klug von einem Händler, seine Kundschaft zu töten. Nachdem sich ein paar meiner alten Klienten zur ewigen Ruhe gebettet hatten, musste ich dazu übergehen, staubiges Wasser zu verkaufen. Offenbar ist es keine gute Idee gewesen, Süchtigen Steine zu verkaufen. Mehrere von ihnen sind daran erstickt. Damit hätte ich wahrscheinlich rechnen müssen.«

»Wahrscheinlich.«

»Tja, wir können nun mal nicht alle wie der perfekte Mikael Königjunge sein, nicht wahr?«

»Königmann«, entgegnete ich. »Mein Familienname lautet Königmann.«

»Und wieso benimmst du dich dann wie ein Kind? Königjunge passt besser.«

Ich ließ ihm die Bemerkung durchgehen. »Wie auch immer. Könntest du dir vorstellen, mir zu helfen ...?«

»Nein«, sagte Stein und rappelte sich auf.

»Du kennst mein Angebot doch noch gar nicht.«

»Als ich dir das letzte Mal geholfen habe, ist jemand ermordet worden. Ein paar von den Süchtigen, die für diesen Ritter gearbeitet haben, starren mich immer noch an, wenn sie mich sehen. Du kannst mich mit nichts locken.«

»Ich verstehe«, erwiderte ich. »Aber bist du sicher, dass du dir mein Angebot nicht erst einmal anhören willst? Ich suche bloß nach jemand.«

»Genau das hast du letztes Mal auch gesagt. Und weißt du noch, wie es ausgegangen ist?«

»Vielleicht hilft es ja, dass ich diesmal keine Pistole dabeihabe.«

Stein kniff die Augen zusammen. »Ich hasse dich.«

»Hör dir wenigstens an, was ich zu sagen habe.«

Stein dachte über meine Worte nach und schob dabei ziellos die Flaschen und Phiolen auf seinem Wagen hin und her. Ich fragte mich, ob er all das von dem Geld gekauft hatte, das ich ihm beim letzten Mal gegeben hatte. Vermutlich. »Was hast du anzubieten?«, fragte er schließlich leise.

»Etwas, das dir niemand sonst bieten kann … ein sicheres Zuhause und eine aussichtsreiche Zukunft.«

Stein lachte. Er schien sich gar nicht mehr einzukriegen. Wieso lachten mich eigentlich ständig alle aus? Zuerst Schwartz, dann Dana und jetzt auch noch Stein. Schließlich hörte er doch auf und sagte: »Lüg mich nicht an.«

»Das tue ich nicht«, erwiderte ich. »Ich will, dass du für mich arbeitest und dich meiner Familie anschließt.«

»Warum?«

Weil Stein mich an Jamal erinnerte, dachte ich. Natürlich gab es erhebliche Unterschiede zwischen den beiden: Jamal war ruhiger gewesen als Stein, und äußerlich ähnelten sie sich auch kaum. Stein war breiter und größer, als Jamal gewesen war. Dennoch glichen sie einander mehr, als ich mir bei unserer ersten Begegnung eingestanden hatte. Und die Augen … Irgendetwas an Steins Augen erinnerte mich an den Freund, den ich nicht hatte beschützen können. Vielleicht war es die Entschlossenheit, etwas aus seinem Leben zu machen, die sich darin widerspiegelte. Ich hatte es nicht geschafft, Jamal dabei zu unterstützen, doch Stein konnte ich noch immer helfen.

Da Stein meine Gründe nicht verstanden hätte, speiste ich ihn mit einer gut klingenden Lüge ab: »Nach allem, was in der Burg der Drogensüchtigen geschehen ist, hast du es dir verdient. Betrachte es als Entschuldigung und Wiedergutmachung.«

»Geld ist besser als eine Entschuldigung.«

»Was ich dir anbiete, wird länger halten.«

»Nicht wenn ich sterbe oder gebrandmarkt werde«, erklärte Stein. »Was in deiner Familie häufig vorzukommen scheint, Königjunge. Ich habe von den Aufständen gehört.«

»Die Aufstände waren ein einmaliger Ausrutscher. Dazu konnte es nur kommen, weil meine Familie nicht vorbereitet gewesen war. Das wird nicht wieder passieren.«

Stein legte eine Hand ans Kinn und ging nachdenklich auf und ab. »Was müsste ich für dich tun?«

Ich hatte ihn am Haken. Er würde sich mir anschließen. Was jetzt kam, war nur noch eine Formalität.

»Du wärst meine rechte Hand«, sagte ich. »Du würdest dich um meine Angelegenheiten kümmern, wenn ich nicht da bin, dafür sorgen, dass ich rechtzeitig zu meinem Verabredungen komme, und mich über alles informieren, was in der Stadt geschieht. Außerdem müsstest du zwei bestimmte Leute für mich ausspionieren.«

»Das klingt nach einer Aufgabe für einen Knochenmann«, erwiderte er. »Ich will nicht gehorchen ...«

»Ich werde dich nicht dazu auffordern, mich anzukleiden oder mir den Rücken zu schrubben. Das hier ist etwas Größeres. Wenn es dir hilft, dann wird niemand sonst aus meiner Familie dir Befehle erteilen können. Nicht mal meine Mutter. Sie ist das Oberhaupt der Familie Königmann. Du würdest ausschließlich für mich arbeiten. Wenn es so weiterläuft wie derzeit ... bist du früher oder später wahrscheinlich der zweitwichtigste Mann von ganz Kessel. Mit meiner Familie geht es wieder aufwärts, und du könntest mit uns aufsteigen. Willst du das?«

Stein wandte den Blick von mir ab und schaute sich um. Dies hier war sein Zuhause. Wahrscheinlich war er hier geboren worden und hatte geglaubt, den Rest seines Lebens in diesem Bezirk im Ostteil von Kessel verbringen zu müssen. Aus Gesprächen mit Trey und Sirash wusste ich, dass ihnen die Westseite in ihrer Jugend manchmal wie Feindgebiet vorgekommen war. Obwohl sich die Umstände im Regenbogen-Bezirk langsam verbesserten, konnte Stein es sich jedoch nicht leisten, ein Angebot wie dieses auszuschlagen. Es war eine einmalige Gelegenheit, und das wusste er.

»Ich muss dir nicht den Hintern küssen oder dich mit irgendeinem überkandidelten Titel ansprechen?«

»Nein«, sagte ich. »Mikael reicht. Höflicher ist niemand zu mir.«

Stein zögerte erneut. »Ich will ein Federbett, das so groß ist wie der Raum, in dem ich im Moment lebe.«

»Das wird ein bisschen dauern, aber es lässt sich einrichten.«

»Dann sind wir uns einig.«

Als wir uns die Hände schüttelten, machte Stein einen Witz über meine verschwitzten Finger. Ich bedeutete ihm, sich auf seinen Wagen zu setzen, und zog ihn durch die Straßen zur Burg Königmann. In der Ferne läuteten Glocken, und ich wusste, dass ich mich beeilen musste, wenn ich nicht zu spät kommen wollte.

»Was soll ich als Erstes tun?«, fragte Stein. »Du willst über irgendwen Informationen haben, richtig?«

»Du musst für mich einen Mann namens Trey von Wickert ausfindig machen. Er hat früher im Regenbogen-Bezirk gelebt.

Ich habe mich den ganzen Tag umgehört, aber niemand wollte mit mir reden, geschweige denn meine Fragen über ihn beantworten.«

»Der Name kommt mir bekannt vor«, sagte Stein. »Ich sehe zu, was ich machen kann.«

Als ich über die östliche Brücke stapfte, kam endlich der Lichtschein in Sicht, den Burg Königmann um sich verbreitete. Ich sah, wie Stein bei diesem Anblick große Augen bekam. Die Burg würde nun genauso sehr sein Zuhause sein wie meines.

»Würdest du mir vielleicht verraten, wie du in Wirklichkeit heißt, Stein?«

Atemlos stieß er hervor: »Adrian Julius Westerbach der Dritte.«

Ich hielt den Wagen an. »Ernsthaft? Westerbach ist der Name einer niederadeligen Familie. Bist du …«

»Ich mache nur Spaß. Ich bin eine Waise. Bevor ich angefangen habe, Steine zu verkaufen, hieß ich überall nur ›Junge‹. Danach kannte mich jeder im Regenbogen-Bezirk eine Zeit lang als ›Steinjunge‹. Das habe ich dann zu ›Stein‹ verkürzt. Dieser Name war das Erste, was ich mir selbst verdient habe. Deswegen gehört er mir auch, bis ich sterbe.«

Lächelnd sagte ich: »Du bist ein Blödmann, Stein.«

»Du auch, Königjunge, du auch.«

Kapitel 17
Der Königmann-Erbe

Leon und Karolins kleines Fest erwies sich als nicht ganz so beschaulich wie gedacht. Die Veranstaltung glich eher einer Geburtstagsfeier des verstorbenen Königs als der intimen Familienzusammenkunft, die Leon uns angekündigt hatte. Für den Adel mussten die Festivitäten ganz eindeutig immer weitergehen, auch wenn der König erst vor Kurzem verstorben war und wir uns permanent der Gefahr von Rebellenangriffen ausgesetzt sahen.

Da weder meine Schwester noch ich einen entsprechenden Hinweis erhalten hatten, erschienen wir in Kleidung, die bloß ein klein wenig eleganter war als das, was wir jeden Tag trugen. Und das auch nur, weil unsere Mutter darauf bestanden hatte, dass wir uns umzogen. Als wir herausfanden, dass auch Simon eingeladen war, hätte ich eigentlich damit rechnen müssen, dass Leon sich hinsichtlich der Größe der Veranstaltung getäuscht hatte. Wie sich herausstellte, eignete sich die rote Robe des Aufzeichners für jeden Anlass. Außerdem merkte ich, dass Simons zahnlückiges Lächeln mich wütend machte. Meine Schwester war ähnlich genervt wie ich, auch wenn sie immerhin ein rotes Kleid anhatte. Ich trug dagegen keine der Familienfarben, und keiner von uns beiden hatte in letzter Zeit ein Bad genommen. Vermutlich rochen wir eher nach Körperausdünstungen als nach Rosenwasser.

»Du hättest uns vorwarnen können«, sagte ich zu Simon, während ich die zahlreichen Gäste betrachtete, die sich auf manierliche Weise in Burg Reitter zu drängeln versuchte. Es waren mehrere hundert. Ich fragte mich, wie viele sich bereits im Ballsaal befanden.

»Ich bin ein Beobachter, Mikael. Meine Aufgabe besteht nicht darin, Ereignisse zu beeinflussen.«

»Du bist ein Mistkerl, Simon«, sagte Jenn, die ihre Haare zu richten versuchte. »Die Badeanstalt im Studentenviertel müsste eigentlich noch geöffnet sein. Ich könnte schnell dorthin gehen und wäre wahrscheinlich wieder hier, ehe Mutter und Oliver eintreffen.«

»Du willst mich allein da reingehen lassen?«, fragte ich. »Das wäre aber ziemlich gewagt.«

Jenn hörte auf, an ihren Haaren zu zupfen, und steckte die Hände in die Tasche ihres Kleides. »Ich will für diese Adligen gut aussehen. Nur für den Fall, dass ich das Familienoberhaupt werde. Nachdem ich fast den Verdorbenen Prinzen getötet habe, würde es keinen guten Eindruck machen, wenn ich auch noch wie eine Landstreicherin auf einem Fest auftauche.«

»Könnte es nicht sein, dass du bloß nervös bist, weil du den Verdorbenen Prinzen wiedersehen wirst?«, fragte Simon.

»Simon«, erwiderte meine Schwester zuckersüß. »Wenn du nicht aufhörst, dich wie ein Mistkerl zu benehmen, schwöre ich dir bei meinem Vorfahren, dass ich dich im Schlaf ermorden und mit Gewichten an den Füßen im Fluss versenken werde. Hast du mich verstanden?«

Simon lächelte sie unerschütterlich weiter an. Wir wussten alle, dass er recht hatte, auch wenn meine Schwester es nicht zugeben wollte.

Da ich sie schon mein ganzes Leben lang kannte, war ich jedoch nicht so dumm, dem König der Geschichten beizupflichten. Schließlich wollte ich nicht an seiner Stelle im Fluss landen. Stattdessen machte ich einen Lösungsvorschlag: »Wir sollten schnell Kai suchen, sobald wir drinnen sind. Vielleicht kann einer seiner Diener uns dabei helfen, uns frisch zu machen. Oder uns wenigstens ein Parfüm geben, um unseren Mief zu überdecken.«

Jenn war von der Idee nicht begeistert, aber ihr fiel auch nichts Besseres ein. Keiner von uns wollte zu spät kommen. Wir hatten geplant, früh aufzutauchen, Leon und seiner zukünftigen Gemahlin ein paar Komplimente zu machen und rasch wieder zu verschwinden, bevor die Königlichen und Domet auftauchten.

Ich wusste nicht, wie Domet und ich nach dem Prozess und meiner Beinahehinrichtung zueinander standen, und ich hatte auch keine große Lust, es herauszufinden. Bisher hatte Domet noch nicht versucht, sich für den zerstörten Schrein seiner Patronin an mir zu rächen, aber das musste nichts bedeuten. Schließlich hatte ein Unsterblicher alle Zeit der Welt, um einen perfekten Vergeltungsschlag vorzubereiten. Vielleicht hatte er es aber auch ernst gemeint, als er sagte, dass er nicht mehr länger nur ein Beobachter sein und den Lauf der Geschichte verändern wolle. Aber wie würde das aussehen? Wie stellte sich ein Unsterblicher, der den Sturz der Wolfskönige und die Machtergreifung meiner Vorfahren miterlebt hatte, eine ideale Welt vor?

Vielleicht hatte er meinen Ahnen ja sogar bei ihrem Aufstieg geholfen.

»Nicht dass ich es nicht genieße, draußen in der Kälte zu stehen«, sagte Simon und schritt, die Hände auf dem Rücken verschränkt, auf einen Seiteneingang zu, »aber ich möchte jetzt gern hineingehen. Ich habe ein paar Fragen an den Hochadligen

Kairos und kann mir vorstellen, dass ihr ihn um Hilfe bitten wollt, bevor er von den anderen Gästen mich Beschlag belegt wird.«

»Simon«, sagte Jenn, während sie sich ihm anschloss. »Denk dran, was ich gerade gesagt habe.«

Ich folgte den beiden. Anstatt uns vor dem Haupteingang anzustellen, betraten wir Burg Reitter durch dieselbe Tür, die ich auch bei meinem letzten Besuch genommen hatte. Von dort führte ein direkter Weg zum oberen Stock des Ballsaals. Die Wächter winkten uns durch, ohne unsere Einladungen zu überprüfen. Sie wollten nicht einmal Simons sehen. Eigentlich hatte ich gehofft, dass sie ihn zur Schlange vor dem Haupteingang zurückschicken würden, sodass ich mich wenigstens kurz von seiner Gesellschaft erholen konnte, aber so viel Glück war mir nicht vergönnt.

Da uns nichts anderes übrig blieb, begaben wir uns ohne Umschweife zum Fest. Als ich das letzte Mal diese Korridore durchquert hatte, war ich ein ehemaliger Adliger aus einer in Ungnade gefallenen Familie gewesen, der in die gehobenen Kreise zurückzukehren versuchte. Nun würde ich als mutmaßlicher Königsmörder empfangen werden. Dennoch war ich mit Jenn und Simon an meiner Seite nicht so nervös wie damals. Schließlich war ich mittlerweile am absoluten Tiefpunkt angelangt und konnte niemand mehr enttäuschen.

Im Ballsaal ging es lauter zu als während des Auftakts zum Endlosen Walzer. Von den Wänden des Korridors hallten Orchestermusik und Gelächter wider. Als wir die Balkontür aufstießen, erwartete ich halb, bei meiner Ankunft ausgerufen zu werden. Ich hielt deswegen sogar kurz an, aber nichts passierte. Das Fest ging ungestört weiter.

»Sehr klug«, bemerkte Simon, als er in den Ballsaal hinunterblickte. »Sie haben fast ein halbes Dutzend Wachen auf der Treppe postiert, um die Familie von allen anderen zu trennen. Man müsste sie bestechen, um hier heraufzugelangen.«

»Seit wann gehörst du zu unserer Familie, Simon?«, fragte meine Schwester.

Erneut ließ er sein zahnlückiges Lächeln aufblitzen. »Seit Mikael sein Vermächtnis gegen die Rettung eurer Mutter eingetauscht hat. Dadurch sind wir bis zum Tod aneinander gebunden.«

Sehr dick aufgetragen ... aber leider wahr. Meine Schwester, die bereits wusste, was ich getan hatte, ersparte sich eine Antwort. Schließlich war es durchaus möglich, dass die Erinnerungen meiner Mutter nur dank Simons Hilfe wiederhergestellt worden waren. Schwer zu sagen, ob meine Annullierungs-Fabrikationen auch allein ausgereicht hätten oder ob tatsächlich unsere kombinierten Kräfte dazu nötig gewesen waren. Eigentlich hatte ich den Preis für seine Hilfe noch an jenem Tag gezahlt, doch es gibt Schulden, die man niemals begleichen kann.

Jenn und Simon setzten sich auf eine Sofagruppe. Auf dem Tisch vor ihnen standen bereits ein Krug mit Eiswasser, Weißwein von der Goldküste und purpurroter Wein aus dem Thebischen Imperium. Anstatt mich zu ihnen zu gesellen, lehnte ich mich an das Balkongeländer und sah mich um. Von hier oben konnten wir das gesamte Fest überblicken, ohne daran teilnehmen zu müssen, wenn wir nicht wollten. Ungewaschen und falsch gekleidet, wie wir waren, würden wir nur im äußersten Notfall hinuntergehen.

Die Feierlichkeiten waren bereits im vollen Gange. Die meisten Hochadligen waren an ihren Familienfarben und den Wappen auf ihrer Kleidung zu erkennen. Die Hochadlige Karolin hatte ein glattes schwarzes Kleid an, unter dem sich ihr kleines

Schwangerschaftsbäuchlein abzeichnete. Anders als bei unserer letzten Begegnung trug sie ihre langen dunkelblonden Haare diesmal offen und dazu goldene Kreolen. Mein Bruder nahm sich daneben wie ein Gammler aus. Die beiden waren von einer Horde Leute umgeben, die allesamt der Hochadligen Karolin Komplimente machten und sich gleichzeitig bemühten, Leon so wenig wie möglich zu beachten.

Die Hochadligen Emma und Alexander Reitter befanden sich in der Nähe des glücklichen Paars, sie waren jedoch in ein Gespräch mit verschiedenen Ärzten aus den umgebenden Krankenhäusern verwickelt. Die Rebellion führte zu Lieferengpässen in der Stadt und auf dem Land, sodass der Anschein von Normalität nur gewahrt werden konnte, wenn immer mehr Söldner die Nachschubwege sicherten. Wenn ich bei Karolin und ihren Eltern ein gutes Wort einlegte, würden sie vielleicht die Orbis-Kompanie als Händlereskorte anheuern. Dann könnte ich bis zum Ende des Kriegs in Kessel bleiben.

»Ganz schön viele Menschen, nicht wahr?«, fragte eine vertraute Stimme hinter mir.

Kai Reitter und sein Bruder Jon kamen zu uns. Kai, der sich wie immer zu benehmen wusste, verneigte sich vor Simon und Jenn. Jenn reichte ihm die Hand, und er küsste sie. Jon setzte sich neben sie. Obwohl er wie immer dünn und blass wirkte, sah er für jemand, der gerade erst eine Herzoperation hinter sich hatte, unglaublich gesund aus. Die beiden begannen, mit ein paar Holzfiguren zu spielen, die Jon mitgebracht hatte. Er selbst nahm die beiden Soldaten und überließ meiner Schwester großzügig den Drachen.

Kai stellte sich zu mir ans Geländer. Simon folgte ihm.

Da die beiden keine Anstalten machten, sich miteinander bekannt zu machen, übernahm ich die Vorstellung. »Kai, das ist Simon Anders. Er ist der Aufzeichner der Kessel-Bibliothek. Der selbst ernannte König der Geschichten.«

»Es freut mich, Euch kennenzulernen«, sagte Simon. »Ich habe schon viel vom blinden Reitter gehört. Unter anderem, dass Ihr beim Speerkampf den Zerbrochenen-Schaft-Stil der Dreizack-Technik vorzieht, für die Eure Familie berühmt ist. Manche behaupten, das läge an der zunehmenden Entfremdung zwischen Euch und Eurem Vater. Ich würde sehr gern Eure ...«

»Vielen Dank, Aufzeichner«, schnitt Kai ihm das Wort ab, »aber wenn es dir nichts ausmacht, würde ich die Fragerunde gern auf später verschieben. Das hier soll ein Fest und kein Verhör sein.«

»Fragen zu stellen ist mein liebster Zeitvertreib, Hochadliger Reitter, aber ich respektiere natürlich Euren Wunsch.«

»Ich habe geglaubt, ich wäre der Einzige, für den du dich interessierst, Simon«, sagte ich in übertrieben gekränktem Tonfall. »Wie soll ich diese Enttäuschung bloß überwinden?«

Kai lachte.

»Spott und Hohn stehen dir nicht, Mikael«, sagte Simon finster. »Außer wenn du das Ziel bist.«

Ich lächelte und richtete meine Aufmerksamkeit wieder auf Kai und den Ballsaal. Kai konnte zwar nicht sehen, aber er drehte den Kopf in die verschiedenen Richtungen, aus denen er etwas hörte. Ich war ein bisschen neidisch auf ihn, da ihm offenkundig jemand gesagt hatte, wie elegant dieses Fest sein würde. Er trug eine schwarz-gelbe Armeejacke mit goldenen Knöpfen, dazu eine schwarze Hose sowie schwarze Stiefel. Seine Haare waren ordentlich geschnitten, und auf seinem Gesicht lag ein leichter Bartschatten.

»Ich bin froh, dass es dich immer noch gibt, Mikael, obwohl

der Verdorbene Prinz überall rumposaunt, dass du eigentlich tot sein solltest«, sagte er.

»Hunde, die bellen, beißen nicht«, erwiderte ich. Nach meiner Begegnung mit der Prinzessin fiel es mir schwer, mich von einem aggressiven Großmaul, das ich kommen hören konnte, einschüchtern zu lassen. Sollte sein Verstand irgendwann mit seinen Muskeln mithalten können, würde ich vielleicht wieder Angst vor ihm haben. »Hast du von der Narbe auf seiner Wange gehört, die er sich bei der Hinrichtung zugezogen hat?«

»Ja. Es heißt, die königlichen Zofen mussten lernen, sie mit Cremes abzudecken. Seine arme Hoheit.«

»Tragisch. Dabei hatte er vermutlich geglaubt, dass Jenn ihn umgehauen hat, wäre das Schlimmste, was ihm ein Königmann antun konnte.« Ich zögerte kurz. »Weißt du, ob die Prinz...?«

»Wir sollen Serena nicht mehr so nennen«, erklärte Kai. »Bis zu ihrer Krönung ist sie die Königin im Wartestand. Aber um deine Frage zu beantworten: Die Wachen wissen, dass ihr beide unter allen Umständen voneinander getrennt werden müsst. Karolin hat sogar unsere Rabenschwester Karin gebeten, wenn möglich dafür zu sorgen. Wenn du nicht direkt zu ihr gehst, sollten wir eigentlich alle unangenehmen Zwischenfälle vermeiden können.«

Ich musste Kai erzählen, was wenige Stunden zuvor passiert war, auch wenn ich eigentlich nicht wollte, dass Simon es mitbekam. Wenigstens hatte er nichts zum Schreiben dabei. »Die Prinzessin hat mir heute aufgelauert. Sie hatte einen Revolver dabei. Sie ist blind vor Zorn. Vielleicht genügt es nicht mehr, dass ich ihr aus dem Weg gehe.«

Simon holte aus den Taschen seiner Robe ein Tintenfläschchen und eine Schreibfeder. Er tauchte die Feder in die Tinte und krempelte den Ärmel hoch, um alles, was ich sagte, auf seinem Unterarm zu notieren. Ich hätte wissen müssen, dass er auf Notfälle wie diesen vorbereitet war.

Kai war von dieser Neuigkeit verblüfft und ahnte nicht, was Simon tat. »Was?«, fragte er laut und fuhr dann mit gesenkter Stimme fort: »Wie? Wann? Ich kenne ihren Terminplan. Mein Vater hatte ein Besprechung mit ihr, die fast den ganzen Tag gedauert hat. Sie hatte gar keine Zeit, sich davonzustehlen und dich aufzusuchen.«

»Das konnte Serena schon als Kind gut. Wenn sie nicht gefunden werden will, dann weiß sie es zu verhindern. Erinnerst du dich nicht, wie die königlichen Zofen Glöckchen an ihre Kleidung genäht haben, damit sie nicht einfach sang- und klanglos verschwinden kann? Sie hat sie stattdessen an Davis Klamotten befestigt. Serena ist die durchtriebenste Person, die ich kenne.«

»Sie will dich wegen der Sache mit König Isaak wirklich töten, oder?«, fragte Kai.

»Ich glaube, ja.«

»Hast du einen Plan?«

»So kann man es nicht nennen. Ich habe eigentlich gehofft, mit ihr reden zu können, bevor sie mich persönlich hinrichtet. Wenn ich Glück habe ...«

Wie üblich hatte ich keins.

Die Musik brach ab, und Trompeten erschallten. Während sich alle zum Haupteingang des Ballsaals umdrehten, rief eine Frauenstimme: »Die Königin im Wartestand und der Prinz von Kessel, Serena und Adrian Kessel!«

Noch ehe die steif wirkende Heroldin den Satz beendet hatte, sanken sämtliche Gäste auf die Knie – darunter auch Kai und Simon. Die Einzigen, die stehen blieben, waren Karolin, Leon, Jenn und ich. Drei von uns hatten dafür geschichtliche Gründe,

Karolin einen gesetzlichen: Schwangere Frauen mussten nicht vor der Königsfamilie knien. Das war eines der wenigen guten Dinge, die der König mit dem Beinamen der Bedauerliche während seiner sehr kurzen und umstrittenen Herrschaft hinterlassen hatte.

Dies war das erste Mal seit Jahren, dass die Prinzessin persönlich am Hof von Kessel erschien. Plötzlich verstand ich, weshalb Leon die Gästezahl falsch eingeschätzt hatte. Wenn die Prinzessin kam, wollten natürlich alle dabei sein. Der König war tot, und die Prinzessin hatte die Führung übernommen. Damit konnte sie nach Belieben Gesetze erlassen beziehungsweise abschaffen.

Die Zeiten änderten sich, und alle wollten zu den Gewinnern gehören.

Und da war sie, gleich neben dem Verdorbenen Prinzen. Serena Kessel sah ganz anders aus als bei unserer letzten Begegnung. Auf ihrem Kopf saß eine schlichte Goldkrone, und sie trug ein makelloses blaues Kleid, dessen Schleppe so lang war, dass zwei Zofen sie hinter ihr hertragen mussten. Ihr Schatten war genauso perfekt wie sie. Serena hatte sich nahtlos von einer einfachen Bürgerin in ein Mitglied der Königsfamilie zurückverwandelt. Da sie sich so gut verkleiden konnte, fragte ich mich unwillkürlich, ob ich ihr vielleicht schon vor dem heutigen Tag begegnet war und es nur nicht bemerkt hatte.

Die Menge bildete eine Gasse, durch die das königliche Geschwisterpaar und seine Raben zu Karolin und Leon schritten. Serena nahm Karolins Hände und lächelte sie freundlich an. Ihre Stimme füllte wie die einer Sängerin den gesamten Ballsaal. »Ich freue mich so für dich, Karolin. Hoffentlich erbt dein Kind deinen Charme und deine Schönheit.«

»Ich fühle mich sehr geehrt, Eure Hoheit«, erwiderte Karolin und legte die Hände auf den Bauch.

»Ich persönlich hoffe, dass du einen Jungen zur Welt bringst. Da alles auf einen Krieg mit den Rebellen hindeutet, können wir gar nicht genug Soldaten haben. Die Reitters sind eine legendäre Familie mit geschichtsträchtiger Vergangenheit, und wir brauchen in diesen schweren Zeiten jeden loyalen Adligen an unserer Seite.«

Von oben sah ich, wie mein Bruder die Fäuste ballte und wieder öffnete. Er war nicht gut darin, seinen Zorn zu verbergen. Die Raben hatten es auch bemerkt, betrachteten ihn aber offenbar nicht als Bedrohung. Noch besorgniserregender war jedoch, wie glücklich der Verdorbene Prinz wirkte. Obwohl er mich noch nicht entdeckt hatte, musste ihm klar sein, dass ich hier war. Ich hatte ihn in Verlegenheit gebracht. Meine Schwester ebenfalls. Sein Vater war tot. Wusste er etwas, wovon ich nichts ahnte?

Karolin blieb gewohnt gefasst und antwortete: »Vielen Dank, mein Prinz.«

»Es ist mir eine Freude.«

Prinzessin Serena klopfte sanft mit den Daumen auf Karolins Handrücken. »Du weißt, dass ich dich immer als Schwester betrachtet habe, nicht wahr?«

»Ja, Eure Hoheit. Ich bin Euch unendlich dankbar für ...«

»Ich habe ein Geschenk für dich«, unterbrach Serena sie. »Normalerweise überreicht man die Geschenke zwar erst kurz vor der Geburt, und ihr seid ja noch nicht einmal verheiratet, aber als Königin im Wartestand möchte ich mich bei dir für deine jahrelange aufrichtige und loyale Freundschaft erkenntlich zeigen.«

Ich hatte den Verdacht, dass mir das Geschenk, von dem

Serena sprach, nicht gefallen würde. Meine Schwester hatte sich, mit Jon auf dem Arm, zu mir ans Geländer gesellt. Sie war genauso nervös wie ich.

»Ein Geschenk wie dieses hat es in Kessel noch nie gegeben«, fuhr die Prinzessin fort. »Ich werde deinem Kind eine Zukunft ermöglichen, die ihm andernfalls vielleicht verwehrt bleiben würde.« Zum ersten Mal seit ihrer Ankunft drehte sie sich zu meinem Bruder um. »Leonardo Königmann. Dein Vater hat meinen Bruder umgebracht, und dein Bruder, Mikael, steht im Verdacht, meinen Vater ermordet zu haben. Daher ist deine Position am Hof von Kessel sehr heikel. Die Hauptmännin meiner Raben hat mich darüber informiert, dass deine Mutter den ehrbaren Ruf deiner Familie wiederherstellen will. Du bist der Erstgeborene. Genau wie Karolin. Einer von euch beiden wird auf seine Position verzichten müssen, wenn ihr heiratet.«

»In der Tat, Eure Hoheit«, erwiderte Leon ausdruckslos.

Mein Herz raste. Das war schlecht. Wo steckte meine Mutter? Konnte sie irgendwie verhindern, was als Nächstes passieren würde?

»Dies ist mein Geschenk an euch beide: Leonardo, ich werde dich von allen Verbrechen und mutmaßlichen Verbrechen deiner Familie freisprechen. Auf meinen königlichen Befehl wird niemand in Kessel euer Kind mit der Familie Königmann in Verbindung bringen. Knie jetzt vor mir nieder, und wenn du dich wieder erhebst, wirst du einen neuen Nachnamen tragen. Pflege weiterhin mit deiner Verwandtschaft Umgang, wenn du das wünschst. Ich würde niemals eine Familie auseinanderreißen wollen. Aber nimm diesen Neuanfang als gut gemeinte Gabe von mir an.«

»Wanderer, stehe mir bei«, flüsterte Kai neben mir. »Wer hätte geahnt, dass sie so weit gehen würde?«

Simon hatte zu schreiben aufgehört und stand mit offenem Mund da.

Meine Schwester wirkte wie erstarrt. Jon, der verstehen wollte, was unten im Ballsaal vorging, stupste sie an, doch sie reagierte nicht darauf. Alle Augen waren auf meinen Bruder gerichtet. Den Hund des Adels. Jenen Königmann, der zum Scharfrichter geworden war. Nun hatte er die Gelegenheit, sich von seiner Familie und ihrem Vermächtnis abzuwenden, um sein ungeborenes Kind vor dem zu beschützen, was ich angeblich verursacht hatte.

»Eure Hoheit«, entgegnete Karolin nervös. »Leon und ich haben noch nicht entschieden, wie wir es mit der Nachfolgeregelung halten wollen. Gebt uns bitte ein wenig Bedenkzeit, bevor wir Euch eine Antwort geben.«

»Nein«, erklärte die Prinzessin und rieb sich das linke Handgelenk. »Meine Liebe ist nicht unerschöpflich. Nehmt dieses Geschenk jetzt an, während der gesamte Hof von Kessel es bezeugt. Etwas anderes erlaube ich nicht.«

Die erste Amtshandlung der Prinzessin als Königin im Wartestand war also ein Machtspiel. Ein eindeutiges Signal an ihre Gegner, was ihnen blühen würde, wenn sie sich ihr nicht fügten. Und eine persönlich Warnung an mich. Sie wusste, dass ich zusah.

»Eure Hoheit«, wiederholte Karolin in deutlich schneidenderem Ton, »Ihr behauptet, ich wäre wie eine Schwester für Euch, und dennoch kommt Ihr in mein Haus und bedroht vor dem versammelten Hof meinen Verlobten. Wie könnt Ihr es wagen? Die Krone auf Eurem Haupt gibt Euch nicht das Recht, Euch derart danebenzubenehmen.«

Die Menge hielt den Atem an. Kai stürzte fast über die Brüstung, und Simon hatte Mühe, nicht sein Tintenfläschchen fallen zu lassen. Nur der Verdorbene Prinz lachte. Fünf der sechs Raben hielten ihre Waffen umklammert. So sprach niemand mit einem Mitglied der Herrscherfamilie, vor allem nicht so kurz nach dem Begräbnis des Königs. Und schon gar nicht, wenn dessen mutmaßlicher Mörder zugegen war.

»Ich verzeihe dir diese Bemerkung«, sagte Serena. »Eine Schwangerschaft ist eine sehr emotionale Angelegenheit, und ich weiß, dass dein Verlobter für sich selbst sprechen kann. Entscheide dich, Leonardo, und trage die Konsequenzen deiner Worte. Und deiner Taten.«

Leon hielt den Kopf gesenkt. Er konnte der Prinzessin nicht in die Augen sehen. Vielleicht versuchte er auch einfach nur den Blicken seiner Geschwister auf dem Balkon auszuweichen. So oder so war er allein.

Leon glaubte, was ich ihm über König Isaak und unseren Vater erzählt hatte. Wir wollten beide Angelo Ombra zu Fall bringen und all die Menschen rächen, die seinetwegen gelitten hatten. Doch es war nicht leicht, andere von unserer Geschichte zu überzeugen. Am wichtigsten war, dass die Prinzessin uns glaubte. Denn wenn sie es nicht tat, würde Leons Kind in permanenter Gefahr schweben. Unabhängig davon, ob es unseren Familiennamen trug oder nicht, würde unser Blut durch seine Adern fließen.

Seine Entscheidung hing also davon ab, ob er daran glaubte, dass ich die Prinzessin vom Selbstmord König Isaaks überzeugen konnte und davon, dass Angelo Ombra für den Mord an Davi verantwortlich war. Nach unserer letzten Begegnung hatte ich keine Ahnung, ob ich es noch schaffen würde, sie umzustimmen. Doch das wusste er nicht. Wie er sich entschied, hing einzig und allein davon ab, wie sehr er mir vertraute.

Leon atmete tief durch und stellte sich dem Blick der

Prinzessin. »Ich fühle mich geehrt von Eurem Geschenk, Eure Hoheit.«

»Das klingt nicht nach einer Antwort.«

»Dazu komme ich gleich, Eure Hoheit. Euer Geschenk ehrt mich, und ich wäre ein Narr, wenn ich es nicht annehmen würde.«

»Bist du ein Narr, Leonardo Königmann?«

Leon ging nicht auf ihre Frage ein. »Ich wollte nie der Erstgeborene und Erbe des Königmann-Vermächtnisses sein. Nicht einmal in meiner Kindheit, als ich umgeben von Legenden in Burg Königmann aufwuchs. Aber ich war bereit, es anzunehmen, wie mein Vater es getan hatte. Wusstet Ihr, dass mein Vater ebenfalls nie das Oberhaupt der Königmanns sein wollte, Eure Hoheit? Dieses Amt hat er erst übernommen, nachdem seine Schwester, seine Eltern, Eure Tante und Eure Großeltern auf Geheiß von Neu-Drakon ermordet worden waren.«

»Ich gebe zu, dass ich das nicht wusste«, antwortete Serena gedehnt. »Aber wie ist nun deine Antwort, Leonardo?«

»Meine Antwort lautet, dass ich für diese Position nicht geeignet bin. Doch meine Geschwister können das Königmann-Vermächtnis beide sehr gut fortführen. Sie werden den guten Ruf der Familie Königmann in dieser Stadt wiederherstellen, die Rebellion beenden und Euch beweisen, dass kein Königmann je ein Mitglied der Königsfamilie ermordet hat.«

Serena mahlte sichtlich mit den Zähnen. »Gib mir endlich deine Antwort, bevor ich mein Angebot wieder zurückziehe.«

»Tu's nicht, Leon!«, flehte Karolin. »Lass uns erst darüber sprechen. Wir müssen das nicht ...«

Leon strich Karolin eine Strähne aus dem Gesicht. »Ich habe mich bereits in dem Moment entschieden, als ich von deiner Schwangerschaft erfuhr. Die Rückkehr meiner Mutter ändert nichts daran. Meine Familie wird es mir verzeihen. Denn es ist die Aufgabe eines Vaters, Opfer für sein Kind zu erbringen.« Dann ging mein Bruder, ein Königmann, vor der Prinzessin von Kessel auf die Knie und sagte: »Ich nehme Euer Geschenk dankend an, Eure Hoheit.«

»So sei es«, sagte Serena und ließ die Hand über Leon hinweggleiten. »Erhebe dich, Leonardo Stetter.«

Als mein Bruder ihrer Aufforderung folgte, brach die gesamte Versammlung in Beifall aus und jubelte dem wiedergeborenen Adligen zu.

»Mikael«, sagte Jenn neben mir. »Heißt das ...?«

»Ja«, antwortete ich. »Damit bin ich der Erbe der Familie Königmann.«

Kapitel 18
Die königliche Verschwörung

Während der Applaus alle anderen Geräusche im Ballsaal übertönte, hob Serena Kessel den Kopf und sah mir in die Augen. Obwohl sie bis zu diesem Moment nicht zu mir heraufgeblickt hatte, war ihr bewusst gewesen, das ich mich hier oben befand.

Noch nie hatte ich so viel Angst gehabt. Domet, Angelo und der Verdorbene Prinzen waren Gegner, mit denen ich es aufnehmen konnte, doch mit ihr schien ich mir ungewollt eine Feindin eingehandelt zu haben, die schlimmer war als alle drei zusammen. Ich konnte meine Familie nicht vor der Königlichen beschützen, die auf dem Thron saß. Wie sollte ich die kommende Woche überleben?

Und ich musste ihr auch noch als das mögliche nächste Oberhaupt der Familie Königmann die Stirn bieten.

»Hier und heute«, sagte Simon langsam, »wurde Geschichte geschrieben. So etwas gab es noch nie. Unfassbar ... Ich liebe meinen Beruf.«

»Karolin wird darüber nicht glücklich sein«, sagte Kai. »Ich kann nicht glauben, dass er zugestimmt hat, ohne sich vorher mit ihr zu beraten.«

»Leon hat getan, was er tun musste«, sagte ich. »Mein Vater

hat sein Leben geopfert, um uns zu beschützen. Wieso sollte Leon da nicht seine Stellung aufgeben? Im Vergleich ist das nichts.«

»Ich wusste, dass er Zweifel hatte, aber ich habe nicht geglaubt, dass …« Gwen schwieg einen Moment, dann fuhr sie zu mir herum. »Wir müssen gehen, Mikael. Mutter muss erfahren, was hier geschehen ist.«

»Einverstanden. Kai, es war schön, mal wieder mit dir zu sprechen. Du bist immer zum Abendessen eingeladen. Simon, kommst du mit?«

Simon schüttelte den Kopf. »Ich bezweifle, dass ihr heute Abend noch irgendetwas tun könnt, das die Geschehnisse von gerade eben in den Schatten stellt. Das war ein geschichtliches Ereignis. Irgendwer muss es aufzeichnen. Am besten ich in meinen Worten.«

Der König der Geschichten rannte, ohne sich von uns zu verabschieden, die Treppe hinunter, um mit seinen Befragungen zu beginnen. Leon, Karolin, die drei Raben, die noch da waren, und der Verdorbene Prinzen würden wahrscheinlich seine ersten Opfer sein. Auch alle anderen Anwesenden stürzten sich auf sie. Ich hatte nicht mitbekommen, wohin Serena gegangen war, aber wo auch immer sie sich befand, sie war verschwunden.

Wir brachen rasch auf und verließen die Burg auf dem gleichen Weg, den wir hinein genommen hatten. Jon war enttäuscht gewesen, weil wir so früh schon wieder gingen, aber ich hatte ihm versprochen, dass ich ein andermal zurückkehren und mit ihm spielen würde.

Die Prinzessin saß vor dem Seiteneingang, flankiert von drei Raben, auf einem Stuhl. Chloe stand links von ihr, Karin und Ronja zu ihrer Rechten. Alle drei trugen ihre Waffen offen zur

Schau. Die Wächter, die wir bei unserer Ankunft an dieser Stelle gesehen hatten, waren verschwunden. Serena aß Nüsse. Sie knackte die Schalen mit den Fingern auf und saugte das Innere heraus, bevor sie sie wegwarf. Bislang hatte sie noch nicht zu mir aufgeblickt. Ich dachte an Schwartz' Warnung und annullierte in Vorbereitung auf einen Kampf meinen Körper.

»Und, habt ihr beide die Aufführung genossen?«, erkundigte sich die Prinzessin.

»Auf jeden Fall waren wie überrascht.«

»Das dachte ich mir«, sagte Serena. »Er hat schneller nachgegeben, als ich erwartet hatte. Ein bisschen Gegenwehr wäre nett gewesen. Aber Feigheit ist wahrscheinlich ein Markenzeichen eurer Familie.«

»Und das hier ist nicht feige?«, hielt Jenn dagegen. »Sich hinauszuschleichen und uns mit deinen Raben einzuschüchtern, während wir das Fest verlassen? Wenn du reden willst ...«

Serena starrte Jenn an. »Ich will den Kopf deines Bruders auf einem Pfahl aufgespießt sehen. Die Zeit für Worte ist längst vorbei.«

»So willst du es also tun?«, fragte ich. »Mich in der Dunkelheit erstechen, meinen Kopf abschneiden, und das war's dann?«

Die Prinzessin aß eine weitere Nuss.

Zum Glück war meine Schwester klüger als ich. »Mach keine Dummheiten, Mikael. Sie versucht, dich zu einem Kampf zu provozieren. Dann kann sie behaupten, du hättest sie angegriffen, wenn jemand aus der Orbis-Kompanie nachfragt. Das ist ein Trick. Geh einfach weiter. Sie wird dir nichts tun.«

»Wie sicher bist du dir, dass das stimmt?«, flüsterte ich ihr zu.

»Genug, um es zu riskieren.«

»Bitte riskiere es«, sagte Serena mit einem höhnischen Grinsen. »Stell mich auf die Probe.«

Weder Jenn noch ich machten eine Bewegung. Da wir mit der Prinzessin aufgewachsen waren, wussten wir, wozu sie imstande war. Und davor hatten wir noch mehr Angst als vor ihren Kraft-Fabrikationen. Während unserer Kindheit im Schatten des Schwarzpulverkriegs hatten wir einige harte Lektionen gelernt. Unter anderem, dass Stolz blind machen und zu desaströsen Entscheidungen verleiten kann. Doch das alles hatte Serena nach dem Tod ihres Vaters vergessen. Nun hatte sie nur noch ihre Rachegelüste im Sinn.

Ich schloss die Augen und atmete tief durch. »Wie soll es deiner Meinung nach laufen, Serena? Du willst mich tot sehen, und ich will mit dir reden. Einer von uns beiden muss Kompromissbereitschaft zeigen.«

»Erinnerst du dich noch an die Spiele unserer Kindheit, Mikael?«, fragte die Prinzessin. »Wir hatten ein paar. Verstecken … Fangen … oder dieses Spiel, das du erfunden hast: Sternenjäger. Hast du Lust auf ein Spiel?«

Der Verdorbene Prinz wettete gern, und die Prinzessin mochte Spiele. Wenn ich nicht noch in dieser Nacht sterben wollte, würde ich dabei mitmachen müssen. Solange ich noch atmete, konnte ich sie davon überzeugen, dass König Isaak sich selbst getötet hatte. Und bis dahin würde ich das tun müssen, was ich am besten konnte: überleben.

»Was für ein Spiel?«

»Fangen«, erwiderte Serena. »Du läufst davon, und meine Raben versuchen, dich zu erwischen. Wenn du es durch die halbe Stadt bis Burg Königmann schaffst, ohne dass sie dich schnappen, gewinnst du. Wenn nicht, verlierst du deinen Kopf.«

»Das ist ungerecht, Serena«, stellte meine Schwester fest. »Du musst Mikael auch etwas geben, wenn er gewinnt.«

»Was, ist sein Leben denn nicht genug?«, fragte Serena.

»Nein«, erwiderte ich. »Ich will etwas anderes. Wenn ich schon mein Leben aufs Spiel setze, muss dabei mehr für mich herausspringen.«

»Was willst du?«

»Ein gemeinsames Essen. Eine Gelegenheit, über Alles, zu sprechen. Ich komme unbewaffnet, und du darfst so viele Raben mitbringen, wie du möchtest. Das, und Jenn darf nichts zustoßen, während wir spielen. Abgemacht?«

»Abgemacht«, sagte Serena. »Deine Schwester kann diese Vereinbarung bezeugen, damit die Orbis-Kompanie weiß, dass du diesen Bedingungen zugestimmt hast. Sie sollen schließlich nicht glauben, ich hätte dich einfach so ermordet.« Sie wandte sich zu den Raben um. »Wer auch immer von euch ihn heute Nacht fängt, bekommt von mir eine Belohnung. Enttäuscht mich nicht.«

Um uns herum wurde es finster, als hätten diejenigen in der Stadt, die für die Verdunklung verantwortlich waren, unser Gespräch belauscht. Außer uns würde niemand unterwegs sein, während ich um mein Leben rannte. Ich sah zum zerbrochenen Mond und der orange-blauen Murmel daneben hinauf. Als nichts geschah, zuckte ich die Achsel und sagte: »Ich habe gehofft, ein Stück von Celona würde herunterfallen und mich aus dieser Misere retten, aber nach gestern Abend ist das nicht sehr wahrscheinlich.«

»Wann wäre dir das Glück je gewogen gewesen?«, fragte die Prinzessin. »Du hattest als Kind schon immer Pech.«

»Und du hattest nur wegen Glückspilz Glück. Hast du …?«

»Ich will von dir nichts über Glückspilz hören«, schnitt sie mir das Wort ab.

»Warum nicht? Damals habe ich …«

»Du hast so viel Vorsprung, wie ich brauche, um bis dreißig zu zählen. Willst du noch irgendwelche letzten Worte sagen?«

Ich kniete mich hin und pflückte eine Frühblume, die aus einem Riss im Straßenbelag wuchs. Es war ein zartes gelbes Gewächs, das vermutlich bis zum rettenden Frühlingsbeginn der anhaltenden Kälte zum Opfer gefallen wäre. Ich drehte den Stängel zwischen den Fingern und warf sie Serena zu.

Sie ließ sie zu Boden fallen und zertrat sie mit dem Absatz. »Zehn Jahre zu spät.«

Ich schüttelte den Kopf. »Es ist nie zu spät für uns.«

»Verabschiede dich von deiner Schwester. Ich hoffe, dass ich dich nie wiedersehe. Eins ... zwei ... drei ...«

Bevor ich losrannte, sah ich Jenn an und formte mit den Lippen die Worte: »Ich hab dich lieb.« Ich würde mir ganz schön was von ihr anhören müssen, wenn sie zur Burg Königmann zurückkehrte, aber ich hoffte, dass sie gewieft genug sein würde, diese Situation zu unserem Vorteil zu nutzen. Sie würde eine Weile mit Serena allein sein, was wahrscheinlich nie wieder vorkommen würde. Doch darüber konnte ich im Moment nicht nachdenken, da ich mich darauf konzentrieren musste, diesen Raben zu entkommen.

Am ehesten würde mir das im Studentenviertel gelingen. Der schnellste Weg zur Burg Königmann führte zwar über den Platz der Geflüchteten, doch dessen Umgebung war zu übersichtlich, mit ihrer lockeren Bebauung, den offenen Marktplätzen und den Bäumen, neben denen sich sogar Zahnstocher dick ausnahmen. Dort würde ich mich nirgends verstecken können, wenn sie mich einholten. Im Studentenviertel standen die Häuser dagegen dicht an dicht, und es war von einem verschlungenen Straßennetz durchzogen. Außerdem war es in dieser Gegend während der Verdunklung noch finsterer als in anderen Vierteln.

Dort würde ich eine Chance haben. Alles, was ich jetzt noch

tun musste, war, drei unglaublich fähige Frauen abzuhängen, die mich töten wollten, um ihrer Prinzessin einen Gefallen zu tun. Karin würde mich vielleicht verschonen, weil wir fast so etwas wie Verwandte waren. Ich hatte keine Ahnung, was Chloe tun würde, und von Ronja wusste ich nichts außer ihren Namen und wer ihre Familie war. Aber ich war schneller als sie alle und kannte die Stadt besser als sonst irgendjemand. In ihren Rüstungen würden sie mich niemals ...

Vor mir schlug ein Blitz ein und schleuderte mich in den Rinnstein. Einen Moment lang verschwamm mir alles vor den Augen, doch die Wärme, die meinen Körper einhüllte, schärfte mir schnell wieder die Sinne. Ich blickte über die Schulter und sah zwei Raben. Wegen der Dunkelheit konnte ich nicht erkennen, wer die beiden waren, aber da mich fast ein Blitz getroffen hätte, musste eine von ihnen Chloe sein. Zumindest bezweifelte ich, dass es zwei Blitz-Fabrikatorinnen bei den Raben gab. Aber wo war die dritte?

Ich annullierte meinen Körper erneut, wobei ich die leise Stimme in meinem Hinterkopf ignorierte, die sich fragte, welche Erinnerung ich dafür wohl aufgab. Wie lange würde es dauern, bis ich etwas verlor, das sich nicht ersetzen ließ?

Die Raben kamen langsam näher. Die eine trug einen Speer, die andere eine Streitaxt, die vermutlich schwerer war als ich. Ich hatte ... meine Fäuste. Mist. Ich versuchte es mit einer Provokation: »Ich nehme nicht an, dass ich eine der beiden Damen für ein Schmiergeld interessieren kann, oder?«

Sie antworteten nicht. Ich hörte nur den Wind, der durch die Gebäude heulte, Kinder, die eilig davonliefen, und Türen, die zugeschlagen wurden. Wer auch immer sich sonst noch in der Nähe befand, versteckte sich wahrscheinlich, so gut es ging. Drei Raben und ein Königmann, die sich böse anstarrten, war ein genauso deutliches Zeichen für eine bevorstehende Katastrophe wie ein vom Himmel herabstürzendes Bruchstück von Celona.

»Ich habe nachgedacht. Was wäre, wenn ich ...?«

Ich konnte den Satz nicht beenden, da eine der beiden Raben mich *ansprang*. Sie flog unnatürlich schnell an mir vorbei, wobei ihr Speer sich in meinem Hemd verfing und es zerriss, bevor sie ein Stück von mir entfernt schlitternd zum Stehen kam. Damit hatten die beiden mich in der Zange und blockierten sämtliche Fluchtwege. Großartig! Die einzige Person, die ich bisher etwas Ähnliches hatte tun sehen, war Nana gewesen. Die Rabe mit dem Speer war also eine Wind-Fabrikatorin, die ich nicht abhängen konnte.

Als Nächstes griff mich die Rabe mit der großen Streitaxt an. Sie schrie laut, ihre Beinarbeit war schlampig, und sie fuchtelte wild mit ihrer Waffe herum. Ich hatte schon bessere Gegner besiegt. Einmal hatte ich beobachtet, wie Chloe gegen jemand mit einem ganz ähnlichen Stil angetreten war. Schade, dass sie daraus nichts für sich selbst gelernt hatte. Dieser Kampf würde leichter zu gewinnen sein, als ich befürchtet hatte.

Ich wich ihrer ersten kraftvollen Attacke aus, und die Axt schlug krachend auf den Boden. Anschließend verdrehte ich den Körper, um ihr besser ins Gesicht boxen zu können. Doch der Hieb ging ins Leere, da die Rabe sich in Rauch auflöste und nur ihre in der Luft schwebende Axt zurückließ. Von meinem eigenen Schwung aus dem Gleichgewicht gebracht, stürzte ich und konnte mich gerade noch rechtzeitig abrollen, bevor ich mit dem Gesicht auf dem Boden aufschlug.

Es war also nicht Chloe. Damit hatte ich es mit Ronja und Karin zu tun. Aber wo steckte dann Chloe?

Einen Wimpernschlag später manifestierte die Rabe sich

wieder. Eine Rauch-Fabrikatorin. Wenn es stimmte, was ich gelesen hatte, war sie mit dieser Spezialisierung das Gegenteil einer Metall-Fabrikatorin. Die eine machte ihren Körper hart, die andere weich. Rauch-Fabrikatoren waren seltener. Ich hatte noch nie zuvor einen gesehen. Das erklärte, weshalb Ronja bei den Raben aufgenommen worden war. Ein weitere Information, die mir wegen meiner zehnjährigen Abwesenheit vom Hof von Kessel bislang gefehlt hatte.

Serena schaffte es immer wieder, mich in Erstaunen zu versetzen. Sie hatte zwei Fabrikatorinnen ausgewählt, die mir gegenüber im Vorteil waren, die eine zu schnell und die andere zu schwer zu treffen. Und irgendwo musste auch noch Chloe sein und auf eine Gelegenheit zum Angriff warten. Wahrscheinlich würde er von oben erfolgen. Ich hatte bereits bewiesen, dass ich einen Blitz fangen konnte. Und nun hatte die Prinzessin herausgefunden, wie sie verhindern konnte, dass es mir noch einmal gelingen würde.

Ich steckte ganz schön in der Klemme.

Karin und Ronja kamen immer näher, zwei Jägerinnen, die ihre Beute in die Ecke trieben.

Was waren meine Option? Stehen bleiben und kämpfen? Ich hatte keine Rüstung und war unbewaffnet. Davonrennen? Sie würden mich einholen und schneller abschlachten, als ich schauen konnte. Ich musste klüger sein als sie und eine Lücke finden ...

Die Raben griffen gleichzeitig an, mit einem Speerstoß von der linken und einem horizontal geführten Axthieb von der rechten Seite. Einer der beiden würde mich unweigerlich treffen, also tat ich das Einzige, was mir in diesem Moment übrig blieb: Ich trat in den Speerstoß und fing ihn mit meiner Flanke auf. Die Spitze bohrte sich durch meine Haut tief ins Fleisch.

Blut spritzte. Ah, verdammt, es tat höllisch weh. Doch anstatt mich schreiend hinfallen zu lassen, wie ich es am liebsten getan hätte, packte ich den Speerschaft und zog ihn mit einem Ruck näher an mich heran. Während meine Wunde noch größer wurde, rammte ich der Rabe den Ellbogen ins Gesicht. Egal wie viel man trainiert, wenn man hart im Gesicht getroffen wird, reagiert man rein instinktiv. Die Rabe lockerte nur einen Herzschlag lang ihren Griff um den Speer, doch das genügte mir, um ihn ihr zu entwinden.

Ich zog ihn aus der Wunde, wechselte ihn hinter dem Rücken von der linken in die rechte Hand und nutzte, ehe die andere Rabe begriff, was ihrer Schwester zugestoßen war, den Schwung, um ihr die Spitze in die Brust zu treiben.

Sie explodierte zu Rauch.

Ich warf den Speer fort und rannte, die Hand auf meine Wunde gepresst, die Straße entlang. Die Wind-Fabrikatorin würde einen Moment brauchen, um sich zu erholen, und die Rauch-Fabrikatorin musste sich erst wieder manifestieren. Wie weit würde ich bis dahin kommen? Würden sie meiner Blutspur folgen können? Ich hatte keine Zeit, über all das nachzudenken. Ich musste rennen. Und rennen. Und rennen.

Mir wurde schwarz vor Augen. Ich verlor zu schnell zu viel Blut und wurde nur noch von Wut und Angst angetrieben. Ich musste ein Versteck finden. Ich bog in eine Gasse, stieß mit der Schulter eine Tür auf und schlug sie mit dem Fuß hinter mir wieder zu. Dann sackte ich an eine Wand.

Ich neige nicht zum Beten. Meine Familie hat seit der Gründung von Kessel mit Gott auf Kriegsfuß gestanden. Doch in diesem Moment hoffte ich auf eine glückliche Fügung. Ich konnte nicht sterben. Noch nicht. Noch …

Neben mir ging eine Tür auf. Ich hatte nur noch genügend

Kraft, um mich stöhnend umzudrehen, und sah eine Rabe, die ein Schwert in der rechten Hand hielt. Sie atmete ganz ruhig. Ihre krausen schwarzen Haare waren zu einem Pferdeschwanz zurückgebunden, der wie ein Blitz knisterte.

Chloe.

Sie starrte mich an.

Hinter ihr ertönte eine Stimme: »Ist er da drinnen?«

Sie antwortete nicht.

»Chloe!«, rief die Stimme. »Lagebericht!«

Chloe steckte ihr Schwert in die Scheide. »Wenn du überlebst, werde ich tun, was ich kann, um dir zu helfen«, flüsterte sie. »Stirb nicht, Mikael.« Dann drehte sie sich zur Tür um und rief: »Hier drinnen ist er nicht! Er muss zurückgelaufen sein!« Sie trat wieder hinaus und schloss die Tür hinter sich.

Alles tat mir weh. Mein Körper schien nicht mehr richtig zu funktionieren. Aber ich konnte nicht hier sterben. Ich musste mich aufrappeln und verschwinden. Ich musste …

Kapitel 19
Eine neue Rebellion

Erneut hüllte mich Dunkelheit ein. Eine ungeliebte alte Freundin, mit der ich nichts mehr zu tun haben wollte, die mich jedoch nicht losließ und mit sich in den Abgrund zog. Ich konnte nicht feststellen, ob ich tot war. Da mein Verstand immer noch flackerte, lebte ich vermutlich noch. Es war nicht der Ort, an dem ich gewesen war, nachdem ich den Selbstmord des Königs beobachtet hatte. Nein, das hier ähnelte eher dem, was mir nach der Explosion im Miliz-Viertel widerfahren war.

Also war ich noch am Leben. Allerdings trennte mich nicht mehr viel vom Tod.

Ich fand die Wärme, auf die ich mich schon so oft hatte verlassen können. Ein Signalfeuer in der Dunkelheit. Manchmal wunderte ich mich, wieso ich so viel einstecken und anschließend trotzdem wieder aufstehen konnte. Konnte ich besser als andere den Schmerz aus meinem Bewusstsein verdrängen? Oder hatten meine Annullierungs-Fabrikationen irgendetwas damit zu tun? Ich hatte keine Ahnung. Zwar glaubte ich, in groben Zügen verstanden zu haben, was ich mit ihnen anstellen konnte, aber es gab noch so viel, das ich nicht über sie wusste. Daran würde ich schnell etwas ändern müssen. Vielleicht würde Schwartz mir dabei helfen können.

Doch wie immer hatte ich davor erst mal dringendere Probleme. Wie zum Beispiel die Frage, wo ich war. Und weswegen ich noch lebte. Ich hatte viel Blut verloren, bevor ich ohnmächtig …

Moment! Ich wusste, was zu tun war.

Ich holte tief Luft und schlug die Augen auf.

Als Erstes kehrten die Schmerzen zurück.

Schreckliche markerschütternde Schmerzen, die mir den Atem raubten, als ich mich von dem Holzbrett hochstemmte, auf dem ich lag. Da ich kein Hemd anhatte, sah ich sofort die klebrigen grünen Blätter auf meiner Wunde. Sie rochen, als würden sie verwesen, und waren mit den Überresten meines Hemdes an mir festgebunden. Der Raum, in dem ich mich befand, war fensterlos, eng und wesentlich feuchter, als mir lieb war. Dies war nicht Burg Königmann, sondern eine provisorische Kerkerzelle.

Wer hielt mich hier gefangen?

Ich rutschte nach hinten und lehnte mich an die Wand. Dies war das zweite Mal innerhalb eines Jahres, dass ich ohne Hemd in einem Bett aufwachte und mich nicht daran erinnern konnte, was geschehen war. Offensichtlich war daraus so etwas wie eine Angewohnheit geworden. Ich fluchte. Wenigstens war ich nicht wieder beinahe im Fluss ertrunken. Man musste sich auch über die kleinen Dinge freuen können.

Die Zellentür ging auf, und ein kleines Mädchen mit sehr langen schwarzen Haaren erschien im Eingang. »Kannst du dich bewegen?«, fragte sie.

Stöhnend schwang ich die Beine über die Seite des Brettes, das mir als Bett gedient hatte. »Wo bin ich? Für wen arbeitest du?«

»Großer Bruder hat gesagt, dass ich keine deiner Fragen beantworten soll.«

Damit waren beide geklärt: Großer Bruder hatte die Leitung über den Regenbogen-Bezirk übernommen und ihn zu einem besseren Ort gemacht. Und jetzt hatte er auch mich gerettet.

»Hättest du ein Hemd für mich? Meins scheint zweckentfremdet worden zu sein.«

Das Mädchen schaute zur Decke hinauf. »Großer Bruder sagt, dass wir kein Wohlfahrtsverband für kleine Königjungs sind und ... ähm, den Rest habe ich vergessen. Tut mir leid.«

Zumindest war sie höflich. Hoffentlich würde der Spitzname »Königjunge« nicht an mir hängen bleiben. Das wäre mir sehr peinlich. Da ich merkte, dass ich ansonsten nichts mehr von ihr erfahren würde, ließ ich sie in den Korridor vorausgehen und folgte ihr. Ich ging so langsam, als hätte ich ein gebrochenes Bein, und drückte dabei vorsichtig die Blätter auf die Wunde. Der Flur war mit kleinen und älteren Kindern gesäumt, die sich mit bunt gemischten Kartenstapeln und zerbrochenen Spielzeugen vergnügten. Als ich an ihnen vorbeiging, schauten sie nur kurz auf. Keiner von ihnen hatte Angst vor mir. Da ich allgemein als Monster galt, erschien mir das sehr ungewöhnlich.

Das Mädchen führte mich in eine hell erleuchtete Küche, in der ein Tisch und zwei Stühle standen. Das Licht stammte von einer gleißenden Kugel, die mitten auf dem Tisch lag. Ich hatte nicht geahnt, dass so etwas ging, doch Großer Bruder hatte es eindeutig drauf. Es überraschte mich nicht. Trey hatte schon immer gern erkundet, was mit seinen Fabrikationen möglich war.

Selbst wenn ich ihn ermahnt hatte, es nicht zu tun.

Trey hatte sich seit unserer letzten Begegnung nicht sehr verändert. Seine schwarzen Haare waren ein bisschen länger, und er trug eine Waage-Uniform. Unter der aufgeknöpften Jacke waren die Griffe der vier vor seine Brust geschnürten Steinschlosspistolen zu sehen. Um seinen Hals hing eine Schutzbrille mit dicken Linsen, die in der Regel eher von Fabrikatoren verwendet wurden, die in der Stadt Brände löschten, als von jugendlichen Aufwieglern. Doch an der Art, wie er am Tisch saß – die Beine überkreuzt, mit den Fingern auf die Tischplatte trommelnd –, war zu erkennen, dass er selbstbewusster geworden war. Ein Mann, der etwas verändern wollte und in dessen Augen ein Feuer brannte, das nie mehr verlöschen würde.

»Du bist wach«, sagte Trey und bedeutete dem Mädchen zu gehen. »Das ist gut. Ich habe mir Sorgen gemacht.«

Ich nahm neben ihm Platz. »Wie hast du mich gefunden?«

»Meine Geschwister kamen angerannt und erzählten mir, dass im Studentenviertel ein Königmann gegen drei Raben kämpfte. Ich bin sofort los, um es mir anzusehen. Und stell dir nur meine Überraschung vor, als ich dich bewusstlos in deinem eigenen Blut liegen sah.«

»Und du hast mich gerettet.«

»Und ich habe dich gerettet«, bestätigte Trey. »Du willst wahrscheinlich erfahren, wieso.«

»Ein bisschen neugierig bin ich schon. Du hast mir deutlich erklärt, dass wir getrennte Wege gehen müssen. Ich habe nie geglaubt, dass wir Gegner sein würden, aber du ... du hast mich wegen meines Kampfes gegen die Raben gerettet, stimmt's? Der Feind meines Feindes ist mein Freund und der ganze Quatsch.«

»Die einzigen Leute, die ich noch mehr hasse, sind die Rebellen.« Trey langte unter den Tisch und förderte eine Flasche Rum und zwei Becher zutage. Er entkorkte die Flasche und schenkte uns beiden ordentlich ein. »Prost.«

»Prost«, erwiderte ich, und wir tranken. Wie immer brannte der erste Schluck. Ein paar Dinge änderten sich nie. »›Großer Bruder‹, wie?«

Trey fluchte und schenkte sich nach. »Ich hasse diesen Namen. Nach dem Friedhof wusste ich nicht, was ich mit mir anstellen sollte. Ich war allein, wütend und einsam. Ich vermisste Jamal … Ich vermisste sogar dich. Also dachte ich, dass ich versuchen könnte, etwas Gutes zu tun. Ich habe die Waisenkinder im Ostteil eingesammelt und ihnen ein Zuhause gegeben, wo sie sich keine Sorgen um Süchtige, Dimmer und andere Missbrauchstäter machen mussten. Jeder, der sich trotzdem an sie heranzumachen versuchte, hat spätnachts von mir Besuch bekommen.«

»Wieso sagen die Bewohner des Regenbogen-Bezirks, dass du den Laden übernommen hast? Wo sind die Süchtigen und Dimmer hin?«

Trey lächelte. »Seit wann treibst du dich denn im Regenbogen-Bezirk rum, Mikael?«

»Ich habe dort nach einem Freund gesucht.«

»Was für einen Freund hast du …? Oh.«

Wir tranken einen Schluck, um die Stille zu überbrücken. Wasser tropfte von der Decke auf den Steinfußboden.

»Und was ist nun aus all den Süchtigen geworden?«, fragte ich.

»Sie sind in ihren Unterschlüpfen, wo sie niemand sehen muss – im Beerenfeld, der Burg der Drogensüchtigen und der Sternlosen Warte. Sie haben sie immer nur verlassen, wenn ihnen die Drogen ausgingen. Ich habe ganz einfach dafür gesorgt, dass sie dieses Problem nicht mehr haben.«

»Ehrlich?«, fragte ich. »Du versorgst sie mit Schwarzbeeren? Du bräuchtest eine unglaubliche Menge, um sie ruhigzustellen. Und du müsstest den Erzeuger kennen. Woher …?« Ich verstummte, da Trey meinem Blick auswich. »Du kennst ihn, richtig?«

Trey trank seinen Rum aus. »Ich weiß schon seit Jahren, wer

die Schwarzbeeren herstellt. Ich weiß sogar, wie der Prozess funktioniert. Wer verzweifelt genug ist, kann Angebote machen, die die Gegenseite nur sehr schwer ausschlagen kann. In diesem Gewerbe will niemand an die Öffentlichkeit gezerrt werden.«

»Dann lässt du also zu, dass sie den Bezirk weiter mit Drogen überschwemmen? Nach allem, was sie deiner Mutter angetan haben ...«

»Um diese Leute werde ich mich später kümmern. Im Moment sind die Süchtigen mein größtes Problem. Und sprich mich nie wieder auf *sie* an.«

Offensichtlich war seine Mutter immer noch ein wunder Punkt für ihn. »Verrate mir deinen Plan, wenn du so überzeugt davon bist.«

»Nein«, erwiderte Trey. »Du magst gegen die Raben kämpfen, aber wenn du es schaffst, die Prinzessin vom Selbstmord des Königs zu überzeugen – und das wirst du –, dann kehrst du an ihre Seite zurück und wirst sehr viel gefährlicher sein, als du es im Moment bist. Dann wirst du zum Problem für mich, und ich muss dich vernichten. Darum verrate ich dir gar nichts. Tut mir leid.«

»Du tust, als wäre ich ein Adliger«, fuhr ich ihn an. »Als wollte ich wieder zu dieser Welt gehören. Aber das will ich nicht.«

»Sagt der Mann, der gerade zum Erben der Familie Königmann aufgestiegen ist. Dessen Mutter alles tut, um ihrer Familie wieder zu alter Größe zu verhelfen.«

Ich sah ihn verblüfft an. »Wieso weißt du bereits, was in Burg Reitter passiert ist?«

»Die Sonne geht bald auf. Jeder weiß Bescheid. Du bist in der ganzen Stadt *das* Gesprächsthema.«

Was bedeutete, dass mir eine unangenehme Unterhaltung mit Mutter und meiner Schwester blühte, wenn ich nach Hause zurückkehrte. Dass ich, nachdem ich mit der Prinzessin um mein Leben gespielt hatte, die ganze Nacht weggeblieben war, würde sie nur noch mehr besorgen. Bis sie mich wiedersahen. Dann würden sie sich nur noch über meine Dummheit ärgern.

»Und in welcher Rolle siehst du dich dann? Mit den Adligen willst du ja nicht zusammenarbeiten und mit den Rebellen schon gar nicht. Willst du eine dritte Fraktion gründen?«

»Ja«, sagte Trey. »Sollen sich die Adligen und die Rebellen ruhig um den Thron streiten und den Ostteil der Stadt ignorieren, wie sie es immer tun. Wer auch immer ihn letztlich innehat, wird merken, dass ich alle Bürger hinter mir habe. Kessel wird sich verändern. Ob es denen da oben passt oder nicht.«

»Mit was für einer Armee willst du das durchsetzen? Wer unterstützt dich?«

»Überlass das mir«, sagte er in einem Tonfall, der verriet, dass er nicht mehr dazu sagen wollte. »Sosehr ich unser Gespräch auch genieße, wir sind hier fertig. Es gibt nichts mehr zu besprechen.«

»Ich bin für dich da, wenn du mit mir reden willst. Und meine Mutter sagt, dass du immer herzlich zum Abendessen eingeladen bist.«

»Deine Mutter ist sehr freundlich«, erwiderte er langsam. »Ich bezweifle, dass sie sich an mich erinnern kann, aber als du sie mir vorgestellt und gerade nicht hingesehen hast ... da hat sie mir gesagt, wie froh sie sei, den besten Freund ihres Sohnes kennenzulernen, weil das bedeute, dass er doch nicht auf sich allein gestellt sei, wie sie befürchtet habe. Damals habe ich bloß genickt. Ich konnte nicht in Worte fassen, was es für mich bedeutete, als jemandes bester Freund zu gelten. Da wurde mir erst bewusst, dass ich nicht nur Jamal in meinem Leben hatte.« Trey hielt den Blick auf die Wand hinter mir gerichtet. »Ich habe nicht geglaubt, dass sie sich erholen würde. Als ich gehört habe, dass sie es doch geschafft hat …« Er verstummte, vermutlich weil er an seine eigene Mutter und deren Schicksal dachte.

»Keiner von uns hat wirklich daran geglaubt.«

»Trotzdem hast du immer weiter versucht, sie zu retten.«

Ich sagte nichts, da ihm alles, was mir dazu einfiel, bloß Schuldgefühle bereitet hätte.

»Sind wir gute Menschen, Mikael?«, fragte er leise.

»Ich weiß nicht.« Ich seufzte. »Ich hoffe es.«

»Eines Tages werden wir es herausfinden.« Trey nahm die Lichtkugel vom Tisch und hielt sie behutsam in den Händen, als wäre sie ein Kind, dem er nicht wehtun wollte. »Diese Frau … die vom Verdorbenen Prinzen angeschossen wurde … Hast du die in letzter Zeit gesehen?«

Was für eine eigenartige Frage. »Nein, ich konnte sie nicht finden. Wieso?«

»Ich bin bloß neugierig.«

»Und du? Hattest du Erfolg mit der Suche nach deinem Vater?«, fragte ich, während ich in meinen leeren Becher starrte und überlegte, ob ich vor meinem Aufbruch noch einen trinken sollte.

»Nein. Ich weiß nicht einmal, wo ich damit anfangen soll. Er hat keine Spuren hinterlassen, und Shadom scheint der Einzige zu sein, der weiß, wo er ist.«

Ich bedeutete Trey, mir noch einmal einzuschenken. »Ich würde dir nicht raten, ihn zu fragen. Die Antwort würde dich sicher einiges kosten.«

Trey füllte den Becher. »Das werde ich nicht. Ich werde allein herausfinden, wer mein Vater ist. Irgendwie.«

»Kluge Entscheidung.« Ich leerte meinen Becher mit einem einzigen Schluck. Für das bevorstehende Gespräch würde ich Mut brauchen. »Wo geht's zum Ausgang?«

»Die Kinder werden dich hinausbegleiten und so nahe an Burg Königmann absetzen, dass du sicher dorthin zurückkehren kannst. Es besteht aber ohnehin kein Gefahr, da die Raben die Jagd aufgegeben und sich in den Palast zurückgezogen haben.«

»Du willst nicht, dass ich weiß, wo dein Unterschlupf ist, oder?«

Trey zerbrach die Lichtkugel in seinen Händen, und es wurde schlagartig so finster, dass ich nicht mal mehr die Hand vor Augen sehen konnte. »Auf gar keinen Fall«, drang seine Stimme aus der Dunkelheit. »Sag deiner Familie, dass ich ihr Glück wünsche. Sie werden es brauchen.«

Kapitel 20
IGSEW HVBJ IGSEW LJLTE

Die Kinder führten mich durch eine Reihe von engen, feuchten Korridoren. Die herabfallenden Wassertropfen übertönten alle anderen Geräusche, bis auf das Platschen, mit dem hin und wieder einer von uns in eine Pfütze stieg. Diese Umgebung verwirrte meine Sinne so sehr, dass ich nicht sagen konnte, wie lange wir unterwegs waren. Als wir uns dem Ausgang näherten, verbanden sie mir die Augen. Erst als ich die Sonne auf der Haut spürte, wurde mir die Binde wieder abgerissen. Anschließend wurde hinter mir eine Tür verriegelt, und das war's. Mit der Hand immer noch auf meiner Wunde, betrachtete ich das Gebäude, aus dem ich herausgetreten war. Es war klein, aus Ziegeln erbaut und hatte keine Fenster. Es befand sich am Rand des Ostteils in der Unterseite. Ein vollkommen unauffälliges Haus und somit ein perfektes Versteck.

Wenigstens hatte ich nun eine ungefähre Vorstellung, wo Trey war, wenn ich ihn brauchte. Unsere Unterhaltung hatte zwar meine Sorge bestätigt, dass wir tatsächlich auseinanderdrifteten, doch ich lag ihm noch immer am Herzen. Andernfalls hätte Trey mich nicht gerettet, egal welche Gründe er dafür angeführt hatte. Soweit ich seinen Plan verstanden hatte, konnte er nur gelingen, wenn niemand von Trey wusste, bis es zu spät war. Als er mich vor den Raben rettete, hätte er auffliegen können. Und wieso hätte er das riskieren sollen, wenn er mich nicht nach wie vor mochte?

Ich nahm mir vor, dafür zu sorgen, dass wir niemals gegeneinander kämpfen mussten. Wenn mir das gelang, würden Trey und ich vielleicht wieder zueinanderfinden. Letzten Endes war das alles, was ich wollte. Na ja, nicht ganz. Außerdem wollte ich mich auch noch an diesem rückgratlosen Feigling Angelo Ombra rächen. Das war genauso wichtig.

Ich ging langsam zur Burg Königmann zurück und bemühte mich, meine Wunde nicht weiter zu strapazieren. Was auch immer Trey oder die Kinder damit gemacht hatten, sie tat nicht mehr so weh und war merklich abgeschwollen. Ich hätte danach fragen sollen, als ich die Gelegenheit dazu hatte. So oder so würde ich sie wahrscheinlich noch mal von Jenn anschauen lassen müssen. So wie mein Leben lief, wäre es sicher keine gute Idee, mit einer offenen Wunde durch die ...

Burg Königmann ragte vor mir auf. Spätestens in diesem Moment hätte ich mich eigentlich über den Sieg über Serena freuen und mit den Planungen für unser gemeinsames Abendessen beginnen müssen. Doch stattdessen wappnete ich mich gegen die unmittelbar bevorstehende Standpauke. Ich nahm den Dienstboteneingang und ging zum großen Saal, wo Mutter Jenn und Simon am Tisch saßen und frühstückten. Als ich eintrat, drehten sie sich zu mir um.

»Was gibt es zum ...?«

Weiter kam ich nicht, weil Jenn mich so fest umarmte, dass ich nicht mal mehr genug Luft zum Fluchen hatte. Als sie den Verband mit dem getrockneten Blutfleck bemerkte, löste sie sich von mir. »Wo warst du die ganze Zeit? Ich habe dich um Mitternacht zurückerwartet, nicht erst nach Sonnenaufgang. Was ist passiert?«

Ich setzte mich an den Tisch. Oliver kam, legte einen Löffel an meinen Platz und stellte eine Schüssel mit einer Art Grütze vor mich hin. Simon hatte bereits sein Schreibzeug hervorgeholt. Wie lange würde es dauern, bis ich es satthatte, dass er alles festhielt, was ich sagte? Sicher schon bald.

»Serena hatte die Sache klug geplant und Raben ausgesucht, gegen die ich mit meinen Fabrikationen nichts ausrichten konnte. Ich hätte ...«

»Welche Raben, und was waren ihren Fabrikations-Spezialisierungen?«

»Simon«, knurrte Jenn. »Jetzt ist nicht der richtige ...«

»Jenn«, unterbrach Mutter sie, »dem Aufzeichner mag es um etwas anderes gehen als uns, aber es ist gut, wenn wir alle es erfahren. Oder bin ich etwa die Einzige hier am Tisch, die nicht sämtliche Spezialisierungen der Raben kennt?«

Meine Schwester setzte zu einer Erwiderung an, doch dann überlegte sie es sich anders und begann stattdessen, sich den Inhalt ihrer Schüssel in den Mund zu schaufeln.

Ich fuhr derweil fort: »Bei den Raben handelte es sich um Chloe Maurer, eine Blitz-Fabrikatorin, Karin Reitter, Wind, und Ronja Kerr, Rauch. Ich konnte sie nicht abschütteln, und sie schafften es, mich in die Enge zu treiben. Ich habe mit ihnen gekämpft und mir dabei das hier eingehandelt.« Ich deutete auf die Wunde. »Ich konnte entkommen, habe aber so viel Blut verloren, dass ich irgendwo im Studentenviertel ohnmächtig wurde. Eine der Raben hat mich verschont. Ich ... habe vergessen, welche. Aber wenn sie nicht Gnade mit mir hätten walten lassen, wäre ich jetzt nicht hier. Dann hat mich ein Freund gefunden und gerettet. Ich bin erst vor Kurzem wieder aufgewacht und sofort hierhergekommen.«

»Vater«, sagte Mutter scheinbar zusammenhanglos.

Oliver kniete sich neben mich und wickelte mit schwarzen Handschuhen an den Händen den Verband ab. Er inspizierte die Wunde und betastete sie. »Sie ist bereits versorgt. Sehr gut sogar. Willst du sie dir auch mal ansehen, Jenn?«

Jenn kniete sich ebenfalls hin und strich viel sanfter als Oliver über meine Haut. »Großvater hat recht. Das ist eine sehr professionelle Arbeit. Ich glaube nicht, dass ich die Stiche genauso gleichmäßig hinbekommen hätte. Aber was ist das …?« Sie schnupperte an der grünen Mixtur. »Es riecht nach Ringelblumen und Chili, aber ich glaube … was auch immer es ist, es hilft bei der Wundheilung. Sie ist bereits verkrustet, und ich kann kaum noch den ursprünglichen Schnitt ausmachen. Das ist unglaublich.«

»Nehmt eine Probe von dem Gemisch und legt Mikael einen frischen Verband an«, sagte Mutter. »Und holt ihm ein sauberes Hemd.«

Oliver schabte etwas von dem grünen Zeug mit dem Messer ab und verschwand.

»Also«, begann Mutter, »wer war dieser Freund mit den profunden medizinischen Kenntnissen, der dich gerettet hat? War es Domet …?«

»Nein«, sagte ich ein wenig zu laut. »Es war *nicht* Domet. Ich habe schon lange nichts mehr mit ihm zu tun. Trey hat mich gerettet. Ich habe allerdings keine Ahnung, wie.«

Keiner sagte etwas, nicht einmal Jenn … Sie glaubten, dass ich sie anlog und dass ich bei Domet gewesen war, obwohl ich Leon versprochen hatte, mich von ihm fernzuhalten. Meine ganze Familie wusste, was während des Endlosen Walzers geschehen war. Ich hatte es ihnen allen erzählt. Unfassbar, dass sie es mir noch immer vorhielten …

»Ich habe schon seit Monaten nicht mehr mit Domet gesprochen«, stellte ich klar. »Und ihn auch nicht gesehen. Glaubt mir: Ich will nichts mit ihm zu tun haben und er auch nicht mit mir.«

»Du bist genau in der Nacht verschwunden, als du zum Erben der Familie Königmann wurdest, Mikael«, sagte Jenn. »Domet ist seit dem Prozess nicht mehr bei Hof gesehen worden. Wir wissen, dass er sich für dich interessiert und dass er irgendetwas plant.«

»Deswegen seid ihr davon ausgegangen, dass wir zusammen waren.«

»Ja«, sagte Mutter, die mit verschränkten Fingern am Kopfende der Tafel saß. »Wir müssen reden, Mikael. Seit gestern Nacht bist du der Erbe der Familie Königmann, und außerdem bist du ein Söldner.«

Das Herz schlug mir bis zum Hals. »Du willst, dass ich auch abdanke, nicht wahr?«

Mutters Blick genügte mir als Antwort.

»Dann würde ich kein Königmann mehr sein«, gab ich zu bedenken.

»Das könnte passieren.«

Ich hörte nicht, was sie als Nächstes sagte. Ich sah, wie ihr Mund sich bewegte, doch die Worte drangen nicht zu mir durch. Jenn streichelte mich am Arm. Das war mein persönlicher Albtraum. Ich würde alles verlieren, und es gab nichts, was ich dagegen unternehmen konnte.

»Mikael!«

Es war nicht Gott, der intervenierte, um mich zu retten, sondern Schwartz. Ein Ungeheuer in Menschengestalt. Die letzte Person, die man auf sich zugehen sehen möchte. Doch als er in pechschwarzer Kleidung, mit einem Beil in der linken und einem Revolver in der rechten Hand, den Saal betrat, war er meine einzige Hoffnung. »Mikael«, wiederholte er und schnalzte mit der Zunge. »Komm mit. Gestern Nacht hat es einen weiteren Mord gegeben. Noch ein Flüchtling ohne Herz. Jetzt werden wir herausfinden, wie glaubhaft deine Theorie ist.«

»Was?«, sagte Oliver, der gerade aus der Küche zurückkehrte. »Wo?«

»In Klein-Eham. Die Waage ist bereits vor Ort. Du kannst es dir selbst ansehen, wenn du möchtest. Komm, Mikael, wir haben zu tun.«

Noch ehe er den Satz beendet hatte, war ich bereits aufgestanden. Oliver hatte mir ein neues Hemd und einen Apfel mitgebracht. Ich nahm ihm beides ab und folgte Schwartz aus Burg Königmann hinaus.

»Mikael!«, rief Mutter mir nach. »Du kannst dich vor diesem Gespräch nicht drücken! Es ist zum Besten der Familie!«

Ja, darüber würden wir noch reden müssen. Später. Was ich gerade tat, würde das Unvermeidliche nur hinauszögern, aber ich wollte wenigstens noch ein bisschen länger ein Königmann bleiben.

Kapitel 21
Das Licht seines Lebens

Während wir zum Hochadligen Maflem Braven auf den Wehrgang hinaufstiegen, berichtete Schwartz mir in groben Zügen, was nachts zuvor geschehen war. Einer seiner Informanten bei der Waage hatte ihn und Imani auf einen Mordschauplatz hingewiesen, der dem vom Vortag ähneln sollte. Schwartz hatte ihn sich angesehen und festgestellt, dass sie sich tatsächlich fast exakt glichen. Nur der über der Leiche an die Wand gemalte Schriftzug hatte anders gelautet: *Der Wald ist üppig.*

Schwartz wollte nicht, dass sich die Lage noch weiter zuspitzte, und so hatte er beschlossen, meinem Verdacht nachzugehen. Wenn der Hochadlige Maflem tatsächlich einen Wegelagerer auf die Flüchtlinge angesetzt hatte, würden wir ihm das Handwerk legen. Die Orbis-Kompanie wollte nicht, dass ein Wegelagerer in Kessel tätig war, und ich wollte nicht, dass noch mehr Flüchtlinge ums Leben kamen. So würden wir alle etwas davon haben, wenn wir den Hochadligen aufhielten ... falls er wirklich hinter dieser Sache steckte.

Maflem besuchte jeden Morgen die tapferen Soldaten auf den Zinnen der Stadtmauer, die die vorderste Verteidigungslinie gegen die Rebellen bildeten. Mit dieser größtenteils sinnlosen Geste wollte sich der Hochadlige den einfachen Leuten als freundlicher und bodenständiger Mann andienen. Auch wenn er jede Nacht mehr Geld verspielte, als sie im Lauf ihres ganzen Lebens verdienten, und dabei unvorstellbar delikates Essen in sich hineinstopfte. Während seiner morgendlichen Runde war er nicht wie den Rest des Tages von einer ganzen Armee von Hauswächtern umgeben, sondern hatte nur eine kleine Ehrengarde dabei. Das war die beste Gelegenheit, Antworten aus ihm herauszubekommen.

»Kannst du mit dieser Verletzung kämpfen?«, fragte Schwartz, während wir die Leiter zum Wehrgang erklommen.

»Nicht gut. Das hier tut schon genug weh.«

Schwartz fluchte. »Wieso habe ich dich dann überhaupt mitgenommen?«

»Keine Ahnung. Sag du es mir.«

»Weil du diesem miesen Fanatiker Angst einjagen wirst. Soweit er weiß, hast du bereits einen König umgebracht. Wie kann er da sicher sein, dass du nicht auch hinter ihm her bist?«

»Wir *sind* hinter ihm her«, sagte ich, als Schwartz gerade dabei war, sich auf den Wehrgang hinaufzuziehen. »Oder verschweigst du mir etwas? Du scheinst nicht ganz bei der Sache zu sein.«

»Halt die Klappe«, fuhr er mich an und schwang die Beine über die Kante. »Bleib hinter mir und komm mir nicht in die Quere.«

»Ja, Meister. Was auch immer du sagst, Meister.«

Schwartz ignorierte mich.

Die Sonne schien mir kurz in die Augen, als ich ihm auf den Wehrgang folgte. Schwartz marschierte bereits auf das Glockenläuten zu. Da Schwartz nicht gerade in Gesprächslaune zu sein schien, blickte ich während unseres rund fünfminütigen Fußmarschs zum Horizont, auf die Welt hinter den Mauern von

Kessel. Doch alles, was es dort zu sehen geben mochte – sei es Neu-Drakon oder das Meer der Statuen –, wurde von der Rebellenarmee verdeckt. Seit ich sie das letzte Mal gesehen hatte, waren es mindestens doppelt so viele Soldaten, Dutzende Fahnen wehten über dem Lager. Angesichts der Größe dieses Heeres und weil der Rebellenkaiser dem Justizsystem von Kessel entkommen war, lautete die Frage nicht mehr, *ob* eine hochadlige Familie die Seite wechseln würde, sondern nur noch, *wann* die erste sich den Rebellen anschloss.

»Ihr beiden da!«, rief eine Soldatin und stellte sich uns in den Weg. »Was habt ihr ...«

Schwartz zog seinen Revolver und richtete ihn auf sie. Die Mündung berührte ihre Stirn. So viel zum Thema verdecktes Vorgehen. »Wer ist dein Kommandeur? Und ist das da vorn der Hochadlige Maflem?«

Die Soldatin war zwei oder drei Jahre jünger als ich und wirkte noch sehr unerfahren. Sie hatte nicht mal Rangabzeichen auf ihrer aufgetragenen Wächteruniform. Dies war vielleicht sogar ihr erster Patrouillengang. »W-was? Seid ihr beiden Rebellen?«

»Beantworte meine Fragen.«

Ihr Hand lag auf dem Griff des Schwerts an ihrer Hüfte. »Diese Informationen darf ich nicht herausgeben.«

»Damit es da keine Missverständnisse gibt«, sagte Schwartz, »ich bin ein Söldner, kein Rebell, und ich folge nicht denselben Regeln wie ihr Zivilisten. Solltest du dich dazu verpflichtet fühlen, die Geheimnisse deines Kommandeurs zu wahren, dann rate ich dir: Tu es nicht. Denn wenn ich dir die Hand abhacke und du mir verrätst, was ich wissen will, wird es nicht Angelo Ombra sein, der dich auf der Krankenstation besucht.«

»Woher kennst du den Namen des Kommandeurs?«,

antwortete sie, ohne nachzudenken, und erkannte ihren Fehler erst, als Schwartz zu lächeln begann.

»Und ich gehe auch davon aus, dass das da der Hochadlige Maflem ist.«

»Sie werden mich wegen Verrats hängen«, sagte die Soldatin resigniert.

»Nein, das werden sie nicht«, stellte Schwartz fest und schlug ihr fest gegen das Brustbein. Ich war sicher, ein Knacken zu hören, bevor sie auf die Knie fiel. Schwartz schnallte ihr den Schwertgürtel ab und reichte ihn mir. »Sag deinem Kommandeur, dass ein dunkelhaariger Söldner mit einem Revolver und einem Beil dir das angetan hat. Man wird dich dafür ehren.«

Schwartz trat über sie hinweg, und ich folgte ihm. Dabei gürtete ich mir das Schwert um. Ich hatte seit Jahren keins mehr in der Hand gehabt ... außer während der paar Momente bei meiner Hinrichtung, als ich Chloe als Geisel genommen hatte. Aber das zählte nicht. Trotz meiner Verletzung würde ich es schwingen können, aber ich hoffte, dass es nicht dazu kam – und falls doch, dass ich nicht zu eingerostet war.

»War das wirklich nötig?«, fragte ich, während wir auf das Stimmengewirr ein Stück vor uns zuhielten.

»Ich habe ihr das Leben gerettet«, entgegnete Schwartz, »und dabei erfahren, dass mein Vater befördert worden ist. Da wir uns nicht in der Nähe der Enge befinden, führt er wahrscheinlich das Kommando über alle Wehrgänge auf der Westseite, ausgenommen den Abschnitt im Hohen Viertel. Das ist eine wichtige Information.«

Sosehr ich ihm auch widersprechen wollte, er hatte recht. Je mehr ich über Angelo wusste, desto besser. Und es stimmte auch, dass er der Soldatin das Leben gerettet hatte. Vielleicht würde Angelo sie sogar befördern, wenn er erfuhr, dass sie eine

Begegnung mit dem Söldner überlebt hatte. Was waren dagegen schon ein oder zwei gebrochene Rippen?

»Hast du einen Plan?«

»Wir werden diesem üblen Fanatiker alle nötigen Informationen abpressen. Mit welchen Mitteln auch immer.«

Wir erreichten einen Bereich des Wehrgangs, an dem nicht wie sonst überall nur zwei, sondern drei oder vier Personen aneinander vorbeigehen konnten. Ein paar Soldaten knieten vor den Zinnen und warteten darauf, dass der Hochadlige Maflem sie segnete. Der fromme Adlige, der eine schwarze, mit Flammen bestickte Robe trug, schritt ihre Reihe ab und besprenkelte dabei einen nach dem anderen mit Asche aus einer Schale. In seiner Nähe befanden sich drei Wächter, die unter normalen Umständen beängstigend gewirkt hätten, doch im Vergleich zu Schwartz nahmen sie sich wie Mäuse neben einem Löwen aus.

»Morgen, Jungs!«, rief Schwartz, als wir in Rufweite waren.

Alle drehten sich zu uns um und zogen ihre Waffen. Der Hochadlige Maflem sah aus, als würde er sich gleich bepinkeln. Dem plötzlichen scharfen Geruch nach zu urteilen, war er vielleicht sogar bereits dabei.

»Lasst uns gleich zur Sache kommen«, sagte Schwartz. »Ich will mit Euch reden, Hochadliger Maflem. Und zwar allein. Jeder, der immer noch hier ist, nachdem ich bis fünf gezählt habe, wird meinen geballten Zorn zu spüren bekommen. Wenn ihr Glück habt, werde ich euch nur erschießen und nicht über die Zinnen werfen. Noch Fragen?« Er schaute sich um und fügte hinzu: »Ich bin übrigens Schwartz, ein Söldner der Orbis-Kompanie. Der Schwarze Tod. Ihr wisst, wer ich bin und dass ihr auf keinen Fall hier sein wollt.«

Die Verteidiger der Mauer stoben wie Fliegen auseinander, nur der Hochadlige Maflem und seine drei Leibwächter blieben zurück. Schwartz genoss diese Situation viel zu sehr. Wie eine Katze, die mit ihrer Beute spielt.

»Muss ich wirklich zählen?«, fragte er. »Oder zwingt euch euer Ehrgefühl dazu, euer Leben für diesen Trottel wegzuwerfen?«

»Tötet ihn!«, kreischte der Hochadlige Maflem, während er vor uns zurückwich. »Wer auch immer ihn erledigt, wird befördert! Geld! Frauen! Männer! Was auch immer ihr begehrt!«

Schwartz steckte den Revolver ein. »Bei drei gegen einen brauche ich meine Waffe nicht. Seid nicht blöd.«

Doch das waren die Männer. Alle drei griffen ihn gleichzeitig an. In jeder anderen Situation wäre das eine gute Taktik gewesen, aber nicht, wenn Schwartz der Gegner war. Er hob eine Hand und beschoss sie mit langen Eiszapfen. Einer von ihnen durchbohrte dem vordersten Mann das Herz, worauf der mit einem dumpfen Knall auf den Boden schlug. Der nächste folgte ihm mit einem Eiszapfen durch das Knie. Dem dritten gelang es zwar, der Salve auszuweichen, doch er stolperte über einen seiner beiden Kameraden und fiel über die Zinnen. Wir hörten ihn schreien, jedoch keinen Aufprall.

»Ich habe immer Mitleid mit allen, die nicht auf meine Warnungen hören«, sagte Schwartz. Auf dem Weg zum Hochadligen Maflem trat er dem überlebenden Leibwächter aufs Handgelenk, um ihm einzuschärfen, dass er besser liegen blieb.

Während Schwartz die Wächter mit chirurgischer Präzision ausgeschaltet hatte, war der Hochadlige Maflem hingefallen und hatte versucht, von uns wegzurobben. Es hatte nicht funktioniert. Schwartz packte ihn am Kragen, knallte ihn gegen die niedrigen Zinnen und hielt ihn so, dass er halb über die Kante hing. Ich gesellte mich zu ihnen.

»Lass mich los!«, kreischte Maflem. »Ich bin ein Hochadliger und Anzünder in der Kirche der Ewigen Flamme! Du weißt wohl nicht, mit wem du dich anlegst.«

»Mikael«, sagte Schwartz, »ich habe vergessen, ob die Familie des Hochadligen Braven eine der Provinzarmeen kontrolliert.«

Ich bezweifelte, dass er je etwas vergaß. »Nein. Wegen ihrer engen Verbindungen zur Kirche der Ewigen Flamme ist es ihnen gesetzlich verboten, eine von ihnen zu führen. Die vier Provinzarmeen sind den Familien Solarin, Morales, Hirmann und Berger unterstellt.«

»Ah, dann muss ich mich also nur mit der Kirche der Ewigen Flamme herumschlagen, wenn meine Finger ...« Schwartz verstummte und ließ den Hochadligen Maflem noch ein bisschen weiter über die Mauerkrone gleiten.

Maflem wurde bleich. »Was willst du? Wenn du mich in Ruhe lässt, gebe ich es dir!«

»Zwei Flüchtlinge sind ermordet worden«, erwiderte Schwartz. »Seid Ihr dafür verantwortlich?«

»Was? Nein!«

»Seid Ihr sicher?«, fragte Schwartz und schob den Hochadligen ganz über die Kante. Er hielt ihn nur noch an den Beinen fest. Maflems Robe fiel ihm über den Kopf und entblößte seinen nackten Hintern.

»Ich bin sicher! Absolut! Ich wollte euch beide damit beauftragen! Ich hab niemand anders angeheuert! Das schwöre ich bei Gott! Bei meinem Glauben! Meiner Kirche!«

»Ich glaube Euch nicht«, sagte Schwartz. »Der Mörder folgt einem bestimmten Muster, nach dem schon vor ein paar Jahren Leute umgebracht worden sind. Unter anderem zufällig auch ein Gegner von Euch. Ihr habt echt Glück, dass Eure Probleme einfach so verschwinden.«

»Ich war das nicht! Ich konnte noch keine Morde organisieren!

Ihr habt doch erst vor knapp zwei Tagen unsere Vereinbarung gebrochen, und ich habe seither noch niemand finden können, der tut, was ich sage. Es ist gar nicht so leicht, in Kessel diskrete Mörder aufzutreiben!«

Schwartz schüttelte Maflem, und der jämmerliche Adlige begann laut zu schluchzen. »Und was war mit den ursprünglichen Morden? An Eurem Vater, der Ewigen Schwester Laura, dem Kaufmann Reo und Evelyn Deuter?«

Diese Morde hatte Schwartz mir gegenüber bislang noch gar nicht erwähnt. Und was war das für ein Muster? Wieso erfuhr ich erst jetzt davon? Dafür, dass wir beide zusammenarbeiten sollten, gefiel er sich viel zu sehr darin, Geheimnisse vor mir zu haben, während er gleichzeitig darauf bestand, dass ich ihm alles erzählte.

»Ich hatte mit ihrem Tod nichts zu tun! Glaubst du wirklich, ich würde die Ermordung meines eigenen Vaters befehlen? Für was für ein herzloses Ungeheuer …?«

»Ich weiß, dass ihm Eure Gespielinnen nicht gefallen haben und er darüber nachdachte, Euch zu enterben. Mit einem Mord zur rechten Zeit hättet Ihr Euren Status in Kessel gesichert. Und die anderen? Nun, wenn man seine Menschlichkeit erst mal abgelegt hat, spielen ein paar weitere Tote auf dem Kerbholz auch keine Rolle mehr.«

»Bitte, tu das nicht«, stieß Maflem hervor. »Verschone mich!«

»Schwartz«, sagte ich sanft, »ich glaube, er sagt die Wahrheit.«

»Wie kommst du darauf?«

»Was brächte es ihm, uns anzulügen? Damit würde er nur dafür sorgen, dass du ihn fallen lässt.«

Der Hochadlige Maflem schrie um Gnade.

Ich ignorierte ihn und fuhr fort: »Wenn er hinter diesen Morden stecken würde, wäre er klug genug, um zu erkennen, dass er uns den Namen des Mörders verraten und damit sein Leben retten könnte. Er hat nichts damit zu tun. Wenn du ihn noch weiter unter Druck setzt, sieht sich die Familie Braven vielleicht dazu veranlasst, mit den Rebellen dort draußen gemeinsame Sache zu machen. Sie befehligen zwar nicht die östliche Provinzarmee, aber sie könnten uns trotzdem Ärger machen.«

»Der Königmann hat recht! Ich würde es euch verraten, wenn ich es wüsste. Es ist nicht ehrenhaft, so zu sterben. Wenn ich in einer vollgepissten Robe in den Tod stürze, könnte nicht mal das Fegefeuer meinen Seelenfrieden wiederherstellen.«

Schwartz blickte mich durchdringend an. »Und wenn du dich täuschst? Wenn noch mehr Leute sterben und dieser Blödmann doch den Mörder angeheuert hat – dann weißt du, dass ihr Tod auf deine Kappe geht.«

Ich lachte und schüttelte den Kopf. »Ich bin ein Königmann und jetzt der Erbe meiner Familie. Mein ganzes Leben lang habe ich mich bemüht, dem Vermächtnis meiner Vorfahren gerecht zu werden und nur annähernd an ihre Größe heranzureichen. Was kümmern mich ein paar zusätzliche Leute, die sich auf mich verlassen, wenn bereits eine ganze Stadt darauf wartet, dass ich sie rette?«

»Wie melodramatisch«, sagte Schwartz und verdrehte die Augen. Nach kurzem Zögern zog er den Hochadligen herauf, wobei er ihn absichtlich fest gegen die Wand knallte.

Einen Moment später stand Maflem wieder auf dem Wehrgang und rückte seine Robe zurecht. »Danke, dass du mir das Leben gerettet hast, Königmann. Das sage ich nicht nur so, ich bin dir wirklich dankbar, trotz allem, was du dem Land, das ich so sehr liebe, angetan hast.«

»Danke mir nicht.«

»Gut, dann nicht«, erwiderte er und wandte sich zu Schwartz

um. »Ich hatte nichts mit diesen Morden zu tun, Söldner. Ehrlich gesagt gehören sie zu den wenigen Dingen, die ich gern verhindert hätte. Wie du dir vorstellen kannst, mache ich nur wenige Fehler und ...« Er brach ab und starrte Schwartz mit großen Augen an. Es war, als sähe er ihn zum ersten Mal richtig an. »Du bist das. Damian. Damian der Schwarze Tod. Wieso habe ich dich nicht schon früher erkannt? Oh Gott. Oh nein.«

»Halt den Mund ...«

»Oder was?«, entgegnete Maflem. »Bringst du mich sonst um? Wie oft hast du mir das damals angedroht? Kein Wunder, dass du etwas über diese Morde erfahren willst. Deine Familie hat uns immer die Schuld an ihnen gegeben. Aber wir waren es nicht. Wir hatten nichts damit zu tun. Wenn es jetzt wieder ähnliche Todesfälle gibt, dann ist dieser Serienmörder, der Herzensbrecher, zurückgekehrt. Ich hoffe, dass er dich auch kaltmacht, so wie er es schon vor Jahren hätte tun sollen. Ich hoffe, dass er dir alles nimmt, was du liebst.«

»Das reicht jetzt.«

»Es war *deine* Schuld!«, schrie Maflem. »*Du* bist für ihren Tod verantwortlich! Bruno, Evelyn und sogar deine geliebte Zahra. *Du* hättest an ihrer Stelle sterben sollen. *Du* hast sie alle mit deiner endlosen Macht- und Rachegier umgebracht. Zarah war so dumm, sich einen so selbstsüchtigen Mann wie dich zu ...«

Der Hochadlige Maflem konnte den Satz nicht beenden, da Schwartz ihn, ehe ich begriff, was er tat, an der Robe packte und über die Zinnen warf. Er fiel, ohne zu schreien, landete jedoch mit einem feuchten Knall, der viel lauter war, als er eigentlich hätte sein dürfen.

»Was sollte das? Wieso hast du das getan? Sie könnten mir die Schuld daran geben und mich deswegen hinrichten. Ist dir das klar, Schwartz?« Ich hielt kurz inne. »Oder sollte ich dich besser *Damian* nennen? Der Hochadlige Maflem schien ziemlich sicher zu sein, dass das dein echter Name ist.«

Schwartz richtete seinen Revolver auf mich. »Mein Name ist Schwartz, und ich habe Maflem für seine Lügen bestraft.«

»Du hast einen unschuldigen Mann ermordet. Versuche gar nicht erst, dich dafür zu rechtfertigen.«

»Ich habe schon bessere Männer und Frauen aus nichtigeren Anlässen getötet. Er hat Unsinn geredet, und ich habe ihn von seinem selbst verschuldeten Elend erlöst.«

»Ich weiß nicht, Schwartz«, sagte ich und trat auf ihn zu, bis sein Revolver mich berührte. »Ich bin ziemlich sicher, ihn so verstanden zu haben, dass der Wegelagerer, der die Flüchtlinge tötet, mit dir in Verbindung steht. Dass er eine Frau getötet hat, die du geliebt hast. Wahrscheinlich diejenige, die den Ring getragen hat, den du während des Endlosen Walzers so verzweifelt von mir zurückbekommen wolltest. Sie hieß Zahra, nicht wahr?«

»Mikael«, sagte er mit erstickter Stimme und leicht geröteten Augen. »Wenn du ihren Namen noch mal aussprichst, werde ich alles vernichten, was dir lieb und teuer ist, bis dir nichts mehr bleibt außer Erinnerungen.«

Wir wurden von vier Dutzend Mitgliedern der Waage mit Armbrüsten und Fackeln unterbrochen. Sie wurden von einem Mann befehligt, den keiner von uns beiden sehen wollte: Angelo Ombra. Er sah fast genauso aus, wie ich ihn in Erinnerung hatte: sehr gepflegt, tadellos gekleidet und mit drei Ringen an der Hand. Der einzige Unterschied zu früher bestand in den zusätzlichen Orden an seiner Waage-Uniform. Angelo Ombra war befördert worden. Die Frage war nur, aus welchem Grund.

Er stand hinter seinen Soldaten und bedachte uns mit einem

ekelhaften Grinsen. »Guten Morgen, Jungs. Herzlichen Glückwunsch, ich verhafte euch beide für den Mord am Hochadligen Maflem Braven. Wenn sich einer von euch rührt, werden meine Soldaten schießen. Ich würde zu gern sehen, wie ihr all ihren Bolzen auszuweichen versucht.«

Kapitel 22
Ein Racheschwur

Selbst Schwartz sah ein, dass er nicht so vielen gleichzeitig abgefeuerten Geschossen ausweichen konnte. Ein paar würden bestimmt ihr Ziel finden, und es wäre nur ein einziger Treffer ins Herz nötig, damit wir nicht mehr aufstanden. Also hatten wir keine andere Wahl, als die Waffen fallen zu lassen und uns Angelo zu ergeben.

Da Angelo uns beide gut kannte, ging er auf Nummer sicher: Schwartz wurden die Augen verbunden und ein Knebel in den Mund gestopft. Die Wächter senkten ihre Waffen erst, als er an Händen und Füßen gefesselt war. Mich legten sie dagegen lediglich in Ketten. Hätte ich nicht gewusst, dass Schwartz tatsächlich viel stärker war als ich, wäre ich beleidigt gewesen.

Die Soldaten eskortierten Schwartz durch die Stadt bis ins Hohe Viertel. Meine Kette hielt Angelo Ombra persönlich fest, wobei er jedes Mal lächelte, wenn er mich zum Stolpern brachte. Er führte uns beide durch den Palast und ließ uns vor dem Thronsaal anhalten, wo wir auf eine Audienz mit entweder der Prinzessin oder Efyra warteten. Es war nicht zu erkennen, wer sich hinter der Tür befand. Von draußen konnte ich nur lautes Geschrei hören. Was immer noch besser war als das Gekicher des Mannes an meiner Seite.

»Bislang war das wirklich ein herrlicher Morgen«, sagte

Angelo leise. Die anderen Wächter waren außer Hörweite und zu sehr mit Schwartz beschäftigt, um auf uns zu achten. »Ein Hochadliger ist gestorben, ich habe einen Sohn vor Dutzenden meiner Soldaten erniedrigt und festgenommen, und einem anderen meiner Söhne wird noch vor Sonnenuntergang der Kopf abgehackt. Ich wüsste nicht, wie dieser Tag noch besser werden könnte.«

»Bezeichne mich nicht als deinen Sohn.«

»Oh, wieso nicht? Ich habe dich die letzten zehn Jahre großgezogen. Schade, dass ich dich nie dazu bringen konnte, mich Vater zu nennen. Das wäre wunderbar gewesen.«

»Ich werde es genießen, dich zu vernichten.«

Angelo Ombra lachte. »Du bist immer so ein Spaßvogel, Mikael. Wie willst du denn aus dieser Klemme entkommen?«

»Ich habe den Hochadligen Maflem nicht getötet. Das war Schwartz. Und soweit ich weiß, darf ein Söldner jemand töten, wenn er einen guten Grund dazu hat.«

»Ich kann es gar nicht erwarten, diesen Grund zu hören. Die Prinzessin lässt dich vielleicht ja sogar einen Satz beenden, bevor sie deine Hinrichtung anordnet. Es muss nicht einmal zu einem Prozess kommen. Ein Fehler, und du bist erledigt.«

Ich machte mir keine Sorgen. Aus dieser Situation würde ich mich auf jeden Fall unbeschadet herauswinden können. Ich war zwar gegen Maflems Ermordung gewesen, konnte aber genügend Gründe anführen, die sie rechtfertigen. Viel wichtiger war mir jedoch, dass ich die Gelegenheit hatte, Angelo etwas unter die Nase zu reiben. Und die wollte ich auf keinen Fall verstreichen lassen. »Dann ist es ja gut, dass wir nichts falsch gemacht haben«, sagte ich. »Sag mal, konnte Eduard Naverre den Mord an deiner Frau und eurem ungeborenen Kind ebenfalls rechtfertigen? Ich frage mich, wie er dem Henkersbeil entkommen konnte. Würdest du mir das bitte erklären?«

Angelo wirkte so steif und emotionslos wie eine Statue. »Nur weil du ein Mosaiksteinchen in der Hand hältst, kennst du noch lange nicht das gesamte Bild.«

»Das kommt schon noch. Du wolltest, dass ein Königmann die Stadt zerstört, und jetzt macht einer Jagd auf dich. Lauf weg und versteck dich, Angelo. Ich komme dich holen.«

Mein früherer Pflegevater gluckste. »Je mehr du über mich erfährst, desto klarer wird dir, dass ich in dieser langatmigen Geschichte der Held bin. Mein Sohn ist der Bösewicht. Sobald du herausfindest, was er getan hat ... Ich glaube, dann wirst du ihn eigenhändig töten und seine Schreckensherrschaft ein für alle Mal beenden wollen.«

»Verzweiflung steht dir nicht, Angelo.«

»Du hast recht«, erwiderte er. »Die Wahrheit dagegen schon. Sobald du sie kennst, weißt du ja, wo du mich finden kannst. Ich werde dir sogar dabei helfen, den Welpen zu erledigen. Es ist nur gerecht, dass ich die Welt von ihm befreie. Schließlich bin ich dafür mitverantwortlich, dass er ihr Licht erblickt hat.«

Eine der Palastwachen öffnete die Tür zum Thronsaal und geleitete uns hinein. Die vier Dutzend Soldaten und Schwartz gingen voran, gefolgt von Angelo und mir. Der Saal war immer noch genauso makellos wie bei meinem letzten Besuch, nur dass diesmal anstelle einer Hochstaplerin die Königin im Wartestand auf dem Thron saß. Zwei Raben flankierten sie. Serena trug ein königliches Purpurkleid, die angemessene Garderobe für die Frau, die Kessel in den kommenden Jahrzehnten regieren würde. Doch eigenartigerweise hatte sie nicht die Krone auf dem Kopf. Wieso trug sie sie bei einer Feier, aber nicht auf dem Thron?

»Kommandeur Ombra«, sagte sie. »Weshalb bringst du Mikael Königmann und einen Söldner in meinen Thronsaal?«

»Eure Majestät.« Angelo machte eine förmliche Verbeugung. »Ich habe die traurige Pflicht, Euch über die Ermordung des Hochadligen Maflem Braven zu informieren. Er ist von diesen beiden Männern von den Zinnen geworfen worden. Ich kam zu spät, um ihn zu retten, konnte aber seine Mörder fassen. Da ich weiß, dass Mikael Königmann nur noch ein Vergehen von seiner Hinrichtung entfernt ist, dachte ich ...«

»Nehmt dem Söldner die Augenbinde und den Knebel ab«, befahl die Prinzessin.

»Das wäre unklug, Eure Majestät. Der Söldner ist ein sehr geschickter Fabrikator.«

»Dessen bin ich mir durchaus bewusst, Kommandeur Ombra«, erwiderte Serena. »Wenn dieser Söldner irgendwelche Tricks versucht, werde ich mich um ihn kümmern. Mikael könnte meine Fabrikationen zwar annullieren, aber selbst dann wären die beiden immer noch unbewaffnet und hoffnungslos in der Unterzahl. Uns wird nichts passieren.«

Angelo bedeutete seinen Soldaten, dem Befehl der Prinzessin Folge zu leisten. Sobald Schwartz den Mund wieder frei hatte, spuckte er einem der Soldaten ins Gesicht. Die Prinzessin winkte sie aus dem Raum. Nun waren nur noch sie, vier Raben, zwei Söldner und ein Dreckskerl da, der es verdiente, erschossen zu werden.

»Prinzessin«, sagte Schwartz gefasster, als ich erwartet hatte, »muss ich Euch erklären, weshalb es ein Fehler war, zwei Söldner zu verhaften, oder können wir gleich zu dem Punkt kommen, an dem Ihr Euch entschuldigt und uns gehen lasst?«

»Weshalb habt Ihr einen meiner Hochadligen umgebracht?«

»Wir hatten Grund zu der Annahme, dass der Hochadlige

Maflem Braven einen Wegelagerer damit beauftragt hat, die kürzlich in Kessel eingetroffenen Flüchtlinge zu töten«, sagte ich. »Wir haben ihn dazu befragt.«

»Nachdem ihr beide ihn getötet habt, kann ich wohl davon ausgehen, dass er es tatsächlich getan hat.«

»Wir konnten es vor seinem Tod nicht zweifelsfrei feststellen.«

»Wie schade«, erwiderte Serena in einem merkwürdigen Tonfall. »Habt ihr irgendetwas in Erfahrung gebracht, das ihr mir erzählen könnt?«

»Ich warf Schwartz aus dem Augenwinkel einen Blick zu. »Wir kennen den Namen des Mörders.«

Serena trommelte mit den Fingern auf die Armlehne ihres Throns. »Und wie lautet er?«

»Der Herzensbrecher.«

Mir kam es so vor, als hörte ich Angelo Ombra in der Stille, die darauf folgte, leise fluchen.

Die Prinzessin beugte sich vor und sagte betont langsam: »Mikael, wenn du mich belügst, werde ich dich ungeachtet der Konsequenzen auf der Stelle töten. Stimmt es wirklich, dass der Herzensbrecher in Kessel ist?«

»Ja«, erwiderte Schwartz mit verschränkten Armen. »Ihr müsst nur die Zeichnungen von den damaligen Tatorten mit denen der letzten beiden Tage vergleichen. Sie sind beinahe identisch.«

Die Prinzessin erhob sich vom Thron, schritt die Stufen hinab und blieb eine Armeslänge von mir entfernt stehen. Ihre Raben verharrten, die Hände an ihren Waffen, wo sie waren.

»Ihr sagt, der Hochadlige Maflem Braven habe einen Wegelager angeheuert, um die Flüchtlinge umzubringen«, sagte Serena. »Heißt das, der Herzensbrecher ist ein Wegelagerer?«

»Nein«, sagte Schwartz, während er sich zu uns gesellte. »Der Wegelagerer ist hinter uns her. Der Herzensbrecher hat es auf etwas anderes abgesehen. Wenn wir sein Ziel wären, hätte er uns längst getötet und sich nicht zuerst mit den Flüchtlingen abgegeben.«

»Damit deutest du an, dass sowohl der Herzensbrecher als auch ein Wegelagerer in meiner Stadt ihr Unwesen treiben.«

»Ich deute nichts an, ich sage es Euch, wie es ist.«

Schweigen.

»*Gottverdammt!*«, schrie die Prinzessin schließlich.

Alle im Thronsaal fielen, von einem unsichtbaren Gewicht zu Boden gedrückt, auf die Knie. Die Kronleuchter verbogen sich und begannen, so heftig hin und her zu schwingen, dass sämtliche Kerzen im Raum erloschen. Die Prinzessin schrie weiter ihre Wut heraus. Gerade als ich meinen Körper annullieren wollte, hörte sie damit auf, und der unsichtbare Druck verschwand.

Serena atmete tief durch und strich sich ein paar lose Haarsträhnen hinter die Ohren. Ihr Gesicht war knallrot. »Mein Vater wurde vor einem Monat zu Grabe getragen. Ich bin noch nicht gekrönt worden ... und ihr erzählt mir, dass ich es mit dem berüchtigtsten Mörder in der Geschichte von Kessel und noch dazu mit dem Mitglied einer Meuchelmördergilde zu tun habe, die viele bloß für eine Legende halten?«

»Ja«, antworteten Schwartz und ich wie aus einem Mund und rappelten uns wieder auf.

»Wieso sollte ich euch das glauben?«, fragte sie.

»Könnt Ihr es Euch denn leisten, uns nicht zu glauben?«, hielt ich dagegen.

Die Prinzessin betrachtete mich finster. »Nein, nicht, solange diese Rebellion im Gange ist. Anscheinend muss ich etwas tun, worauf ich eigentlich keine Lust habe.« Sie wandte mir den Rücken zu und kehrte zum Thron zurück. »Söldner Schwartz. Viele behaupten, die Orbis-Kompanie sei die beste Söldnerkompanie der Welt ... Seid ihr tatsächlich besser als die Majestät-Kompanie?«

»Ja«, erwiderte Schwartz, ohne zu zögern. »Einer von uns ist so viel wert wie hundert von denen.«

»Das ist eine kühne Behauptung«, kommentierte Angelo hinter uns.

»Ein sehr kühne Behauptung«, sagte Serena. »Lasst uns hoffen, dass es stimmt. Es geht das Gerücht, die Rebellen hätten versucht, die Majestät-Kompanie für einen Angriff auf Kessel anzuwerben. Ich will die Orbis-Kompanie anheuern, damit sie sie aufhält. Wie du dir vorstellen kannst, ist man in Kessel von dieser Idee nicht begeistert, nachdem während des Schießpulverkriegs eine Söldnerkompanie Vurano zerstört hat.«

»Lasst mich raten«, entgegnete Schwartz. »Ihr wollt, dass wir den Wegelagerer und den Herzensbrecher schnappen, damit Ihr eine Rechtfertigung habt, uns Kessel gegen die Majestät-Kompanie verteidigen zu lassen.«

»Ja«, erwiderte die Prinzessin.

»Eure Hoheit«, rief Angelo aus und trat näher heran. »Ich bitte Euch, das nicht zu tun. Heuert nicht diese Ungeheuer an. Ich will versuchen, diskret mit der Majestät-Kompanie Kontakt aufzunehmen. Ich unterhalte schon seit Langem Geschäftsbeziehungen mit ihnen. Sie werden sicher einen hohen Preis fordern, aber das ist immer noch besser, als sich mit diesen Unmenschen einzulassen.«

»Du darfst gern versuchen, sie zu kontaktieren, solange du Hauptmännin Efyra über deine Fortschritte auf dem Laufenden hältst«, sagte Serena. »Aber das ändert nichts daran, dass die

Hochadligen niemals einfach so die Unterstützung von Söldnern annehmen würden. Mit Schwartz' und Mikaels Hilfe können wir uns ihre Zustimmung sichern.«

»Und wenn wir dabei ums Leben kommen, ist das auch nicht schlimm, richtig?«, fragte ich.

Serena schlug die Beine übereinander. »Richtig.«

»Was lasst Ihr Euch das kosten?«, erkundigte sich Schwartz.

»Ich bin sicher, dass wir uns auf eine Geldsumme einigen werden, die ...«

»Nein«, unterbrach Schwartz sie. »Ich fragte nicht, was Ihr der Orbis-Kompanie zahlen werdet. Ich will wissen, was Ihr mir geben werdet, damit ich das mache. Die Orbis-Kompanie wird diesen Auftrag auf mein Anraten hin entweder annehmen oder ablehnen. Wenn Ihr das erledigt haben möchtet, will ich mehr als bloß Geld.«

»Was verlangst du?«

Schwartz leckte sich wie ein wildes Tier die Oberlippe. »Ich will den Revolver haben, mit dem Euer Vater und Davi Kessel getötet worden sind.«

Sie rutschte auf ihrem Thron herum. »Weshalb?«

»Weil ich gerne Dinge besitze, die den Lauf der Geschichte verändert haben.«

Das war sicher gelogen. Es musste einen anderen Grund geben, weshalb Schwartz den Revolver haben wollte. Aber ich wusste nicht, welchen.

»Könnt ihr die beiden Mörder bis zu meiner Krönung zur Strecke bringen?«

»Mit Leichtigkeit«, knurrte Schwartz.

Angelo klopfte mit einem Fuß auf den Boden.

Die Prinzessin rieb ihr linkes Handgelenk.

Chloe legte ihr eine Hand auf die Schulter. »Eure Hoheit.«

Serena bedeckte Chloes Hand mit ihrer. »Für das Wohl der Allgemeinheit müssen Opfer erbracht werden. Wir haben eine Abmachung, Söldner. Wenn du mir die Köpfe des Herzensbrechers und des Wegelagerers bringst, überlasse ich dir den Revolver. Und schicke jemand vorbei, mit dem wir über die Kosten verhandeln können.«

»Wie Ihr wünscht, Eure Hoheit«, sagte Schwartz und verbeugte sich. »Aber jetzt sollten wir aufbrechen. Diese Mörder lassen sich nicht von allein fassen.«

Wir kehrten dem Thron den Rücken und gingen. Auf dem Weg hinaus bedachte ich Angelo mit einem Lächeln. Die kleinen Siege waren tatsächlich die süßesten.

Bevor wir durch die Tür traten, rief die Prinzessin: »Das ändert aber nichts zwischen uns beiden, Mikael.«

Ohne mich zu ihr umzudrehen, antwortete ich: »Nein, noch nicht. Aber vergiss nicht, dass du mir ein Essen schuldest. Ich mag Hühnchen, und du kannst Glückspilz mitbringen, wenn du möchtest.«

»Verschwinde, Königmann.«

Wir verließen unbehelligt den Palast. Am Haupteingang händigten sie uns sogar unsere Waffen aus. Sobald wir außer Hörweite waren, drehte ich mich zu Schwartz um. »Ich habe ein paar Fragen.«

»Das kann ich mir vorstellen, aber ich werde sie nicht beantworten.«

»Wie sollen wir zusammenarbeiten, wenn du mich ständig im Unklaren lässt?«

Schwartz blickte auf mich hinab. »Solange du alles tust, was ich dir auftrage, haben wir kein Problem miteinander. Du bist mein Lehrling, nicht mein Partner.«

»Als dein Lehrling sollte ich endlich mal den Rest der Orbis-

Kompanie kennenlernen, findest du nicht? Abgesehen von Imani sind sie mir alle fremd.«

Schwartz öffnete den Mund, um mir zu widersprechen. Doch dann überlegte er es sich anders und sagte: »Du wirst es vielleicht bereuen, aber von mir aus. Dann stelle ich dir mal offiziell die Familie vor.«

Kapitel 23
Die neuen Monster

Schwartz war in den Augen vieler ein archetypischer Söldner. Ein Ungeheuer in Menschengestalt, dem es wenig ausmachte, die Leute zu töten, die ihm im Weg standen. Und wenn man bedachte, wie oft er, ohne zu zögern, fabrizierte, war es ihm auch egal, welche Erinnerungen er einbüßte, solange er nur bekam, was er wollte. Er war der Albtraum, vor dem Mütter ihre Kinder warnten. Die anderen Mitglieder der Orbis-Kompanie waren das genaue Gegenteil: durch und durch skurrile Gestalten, die nicht eine Sekunde lang ernst bleiben konnten.

Die Orbis-Kompanie hatte sich zu einem Treffen in einem alten Gasthaus namens Einsamer Wolf im Schwerter-Distrikt verabredet. Innen machte es genauso wenig her wie von außen. Doch der säuerlich riechende Schankwirt machte mir gleich beim Eintreten klar, dass es bei ihm die besten gedünsteten Reiskuchen der Stadt gebe und im Einsamen Wolf seit jeher Söldner-Kompanien ein und aus gehen würden. Es gab sogar eine Gedenktafel mit einem verwitterten Bild, das angeblich zeigte, wie die erste Söldnerkompanie der Geschichte – die Leere-Kompanie – in ebendiesem Gasthaus gegründet worden sei.

An einem Tisch saßen drei Söldner, zwei Männer, die ständig in unangenehmer Weise schnieften und spuckten, sowie ein zierliches Mädchen, das ein paar Jahre jünger war als ich. Sie hatte kurze weiße Haare und hellgrüne Augen. Im Gegensatz zu ihren unbewaffneten Kameraden – deren Ausrüstung an der Wand hing –, hatte sie sich zwei Steinschlosspistolen unter die Achseln und vier weitere vor die Brust geschnallt. Außerdem roch sie nach einer Mischung aus Schießpulver, Schwefel und Zitrusblüten. Mich würdigte sie keines einzigen Blickes. Stattdessen konzentrierte sie sich auf den grellbunten Schal, den sie strickte.

Ihre eigenartige Erscheinung machte mich neugierig, und ich hätte gern etwas über sie erfahren, doch leider verschwendeten die anderen beiden Söldner meine Zeit mit hohlem Geschwätz.

»… und deshalb habe ich mich für dieses Motiv entschieden«, sagte der Schlaksige und präsentierte mir die Innenseite seines rechten Handgelenks, auf dem das Bild eines Mannes zu sehen war, der an einem Fuß von einem Baum hing. Die Tätowierung war mit dicken, geraden Linien gestochen. »Wieso erzähle ich diese Geschichte gleich noch mal?«

»Ich weiß nicht, ich habe mich nur nach deinem Namen erkundigt.«

»Nach meinem Namen?«, fragte er und legte mir einen Arm um die Schultern. »Nun, mit meinem Namen ist es so eine Sache. Ich kann ihn dir nicht einfach verraten. Damit würde ich eine komplette Ballade über verlorene Liebe, heldenhafte Größe und die zahlreichen Abenteuer ruinieren, die ihm seine Bedeutung geben. Nein, ich muss dir die ganze Geschichte erzählen. Also, wo soll ich beginnen? Am Anfang? Oder starte ich besser irgendwo in der Mitte und überlasse die Interpretation ganz und gar dir? Oder vielleicht doch am Ende, und ich erzähle alles in umgekehrter Reihenfolge? Es ist nämlich so, dass der Einstieg in eine Geschichte wichtiger ist als ihr Ende, Mikael.«

Es war ein Fehler gewesen, mit Schwartz herzukommen. Ich

hatte nur ihre Namen erfahren wollen, um zu wissen, mit wem ich bis an mein Lebensende zusammenarbeiten würde.

»Wenn du diese Geschichte noch mal erzählst, werde ich in der Zwischenzeit ein Schönheitsschläfchen halten«, sagte der stämmige Söldner mit einem maßlos übertriebenen Gähnen.

»Verständlich. Das brauchst du auch.« Darauf folgte eine kurze Pause. »Denn du bist hässlich, Beorn. Und fett.«

Damit kannte ich immerhin schon mal seinen Namen.

Beorn, der stämmige Söldner, beugte sich zu seinem Freund vor. »Ach wirklich, Haru? Daran werde ich mich erinnern, wenn du das nächste Mal jemand brauchst, der dir nach einem Lausbefall den kompletten Körper rasiert.«

Und da war der zweite Name.

»Wir haben ausgemacht, dass wir darüber nie wieder sprechen.«

»Das war, bevor du mich fett und hässlich genannt hast!«

Ihre Unterhaltung steigerte sich zu einem unartikulierten Gebrüll. Da ich inzwischen die Namen von zwei der drei Personen am Tisch kannte, wandte ich mich an die dritte, das weißhaarige Mädchen. »Ich heiße Mikael. Freut mich, dich kennenzulernen.«

Sie hörte nicht auf zu stricken. »Alexis.«

»Sag mal, sind die immer so?«

Mittlerweile spritzten sie sich gegenseitig Wein ins Gesicht. Es war, als würde ich Kindern beim Spielen zusehen. Niemand in dem Gasthaus, nicht einmal der Wirt, schien an ihrem Verhalten Anstoß zu nehmen. Wahrscheinlich kam so etwas häufiger vor.

»Nein«, sagte Alexis. »Manchmal sind sie betrunken.«

»Ich habe geglaubt, das wären sie«, sagte ich und lächelte. »Könntest du mir vielleicht ein paar Fragen über die Orbis-

Kompanie beantworten? Schwartz hat mir bisher so gut wie nichts erzählt. Er sagt, dass ich mit der Zeit alles herausfinden würde. Aber ich bin neugierig.«

»Schwartz hat gesagt, dass du Fragen an mich haben würdest und dass ich sie nach eigenem Gutdünken beantworten solle.«

»Wirklich?«

»Leider ja.« Alexis seufzte laut und ließ die Stricknadeln sinken. »Um es kurz zu machen: Wir sind eine der ältesten, aber – und das ist wichtig – nicht *die* älteste Kompanie, und wir haben von allen Kompanien die wenigsten Mitglieder. Alle von uns sind auf ihren jeweiligen Gebieten Experten, und wir erwarten, dass du diese Tradition fortsetzt.«

Ich blickte zu den beiden Söldnern, die noch immer miteinander rangen. »Die beiden auch?«

»Beorn und Haru Orbis. Der Gift- und der Waffenmeister.«

»Ernsthaft?«

Alexis nickte. »Beorn kennt alle Pflanzen, Fische und Landtiere, die Gifte enthalten, und weiß, wie man diese so extrahiert, dass sie am stärksten wirken. Haru hat Nox den Unbesiegten in einem Einzelkampf bezwungen. Natürlich will das Thebische Imperium nicht, dass das rauskommt.« Sie deutete auf die Schusswaffen an ihrem Körper. »Und ich bin die Pistolenmeisterin der Orbis-Kompanie. Ich bin die beste Schützin diesseits des Iliar-Gebirges. Wenn ich etwas nicht treffe, dann schafft es niemand.«

Damit wurde mir klar, warum Schwarz so überrascht gewesen war, als der Wegelagerer uns vom höchsten Punkt des Kolosseums aus beschossen hatte. Er kannte die Beschränkungen von Schusswaffen und wusste, was nötig war, um sie zu überwinden.

»Was sind Schwartz und Imani?«, fragte ich.

»Imani Orbis ist die stellvertretende Kommandeurin der Orbis-Kompanie. Davor war sie als Speermeisterin bekannt. Sie hat den Zerbrochenen-Schaft-Stil entwickelt. Wahrscheinlich hast du schon davon gehört.«

Das hatte ich. Der Zerbrochene-Schaft-Stil hatte den Speerkampf revolutioniert. Wer ihn beherrschte, war dem Vernehmen nach nicht aufzuhalten. Er war vor ein paar Jahrzehnten aufgekommen und prägte seither die Kriegsführung. Daran hatte nicht einmal die zunehmende Verbreitung des Schießpulvers etwas ändern können.

»Was ist mit Schwartz?«

»Schwartz ist Schwartz.«

Man musste kein Genie sein, um zu erkennen, dass sie mir nichts über Schwartz verraten würde. Auch wenn sie mir merkwürdigerweise etwas von Imani erzählt hatte.

»Wie wird diese Abstimmung über meine Beförderung ablaufen? Schwartz hat mir nur gesagt, dass sie stattfindet, sobald alle in Kessel versammelt sind.«

»Es ist eine Abstimmung«, entgegnete sie. »Das sagt doch eigentlich schon alles, oder? Wenn ein Mitglied der Orbis-Kompanie findet, dass du qualifiziert bist, dann stimmt es für deine Beförderung, wenn es dich für ungeeignet hält, dann dagegen.«

»Wie soll ich die anderen von mir überzeugen, wenn wir uns noch nie begegnet sind?«

»Die meisten werden dich nach Dingen fragen, die ihnen an Söldnern wichtig sind. Das kann alles Mögliche sein. Unser Koch erkundigt sich vermutlich nach deinem Lieblingsgericht. Wenn es eines ist, das er respektieren kann, stimmt er für dich. Die Fragen, die unsere Historikerin stellt, sind fast unmöglich zu beantworten. Sie will nur sehen, wie du darauf reagierst.« Sie zögerte einen Moment. »Eine Person wird auf jeden Fall gegen dich stimmen, egal was du tust.«

»Wieso das?«

»Weil du ein Königmann aus Kessel bist.«

Der besagte Söldner stammte wahrscheinlich aus Neu-Drakon. Die Leute von dort hassten uns genauso wie wir sie. »Kann ich mit deiner Stimme rechnen?«

Alexis schaute mich an, als wäre ich die uninteressanteste Person der Welt. »Beherrschst du irgendetwas meisterlich? Hast du mich mit irgendetwas beeindruckt? Oder etwas getan, das ich dir aufgetragen habe?«

»Nein.«

»Wieso sollte ich dann für dich stimmen?«

Ehe ich etwas dazu sagen konnte, krachte Beorn auf den Tisch. Aus der Rangelei der beiden war ein handfester Schlagabtausch geworden. Dennoch rührte noch immer niemand einen Finger, um sie voneinander zu trennen.

Ich schaute über ihn hinweg Alexis fragend an. »Wieso sagst du immer jedermanns Vornamen und dann Orbis, als wäre das euer Nachname?«

Alexis stieß Beorn vom Tisch und gab ihm damit den Schwung, den er brauchte, um sich gemeinsam mit Haru auf den Nachbartisch zu stürzen. Um uns herum regnete es Holzsplitter. »Weil er das ist. Die meisten von uns geben ihre Familiennamen auf, wenn sie sich der Orbis-Kompanie anschließen. Wir wollen vergessen, warum wir Söldner geworden sind. Die Kompanie ist unsere Ersatzfamilie.«

Ich klopfte schweigend mit den Fingern auf den Tisch.

»Du wirst es wahrscheinlich nicht tun«, erwiderte sie.

Da ich ohnehin auf meinen Familiennamen würde verzichten müssen, damit meine Schwester die Position als Erbin der

Königmanns einnehmen konnte, sprach eigentlich nichts dagegen, dass ich mich Mikael Orbis nannte. Aber es klang ... unnatürlich und seltsam. Wie eine unvollendete Geschichte. Konnte ich wirklich jemand anders als Mikael Königmann sein?

»Vielleicht überrascht er dich ja«, sagte Schwartz, der mit Imani zu uns an den Tisch kam.

Alexis stand schnell auf, legte die Hände an die Hosennaht und wurde rot. »Schwartz. Imani. Ich habe Mikael gerade nur die grundlegenden Dinge über die Orbis-Kompanie erklärt.«

»Du musst nicht so förmlich sein, Lex«, sagte Imani. Sie rieb sich den Kopf und setzte sich. Schwartz und Alexis nahmen ebenfalls Platz. Keiner von ihnen machte Anstalten, die Rauferei zu beenden, die noch hitziger geworden war. Haru und Beorn hatten mittlerweile ihre Waffen von der Wand genommen und duellierten sich. Ein unablässiges Klirren von Metall auf Metall erfüllte das Gasthaus. Vielleicht würde ja jemand einschreiten, sobald das erste Blut floss.

»Schwartz hat mir von der Vereinbarung berichtet, die ihr beide mit der Prinzessin von Kessel geschlossen habt«, begann Imani. »Da unser Kommandeur nicht hier ist, werde ich an seiner Stelle den Auftrag annehmen. Natürlich unter der Voraussetzung, dass der Preis stimmt. Vielleicht können wir damit das Ansehen unserer Kompanie wieder ein wenig verbessern, die seit deiner Aufnahme ziemlich gelitten hat.«

»Wo sind eigentlich die anderen alle?«, fragte Schwartz.

»Otto befindet sich allein in den Niedergründen. Die Übrigen sind mit Kommandeur Tai in Goldono, bis auf Nonna, die bei den Archivaren ist. Sie erledigen alle unkomplizierten Aufträge. Wir werden sie dabei unterstützen, damit wir bald über Mikaels Beförderung abstimmen können.«

»Es wäre schön, wenn du mir jemand hierließest«, sagte

Schwartz. »Mikaels Fabrikationen sind in manchen Situationen von Vorteil, aber ich könnte gegen den Wegelagerer und den Herzensbrecher noch etwas Unterstützung gebrauchen.«

Imani lehnte sich auf ihrem Stuhl zurück und verschränkte lächelnd die Arme. »Ich hätte nicht geglaubt, dich je um Hilfe bitten zu hören, Schwartz.«

»Offensichtlich fördert der Herzensbrecher das Beste in mir zutage.«

»Offensichtlich«, wiederholte Imani. »Ich lasse dir Beorn da. Mit seinem Wissen über Gifte findest du vielleicht heraus, wie es dem Mörder gelingt, seine Opfer an die Tatorte zu schaffen, bevor er sie umbringt.«

»Ich glaube nicht, dass dieser Aspekt sehr wichtig ist«, erklärte Schwartz. »Wahrscheinlich verspricht der Herzensbrecher ihnen einen Unterschlupf mit Wasser, Nahrung und so weiter, um sie zum Mitkommen zu überreden. Und sobald er sie völlig unter Kontrolle hat, bringt er sie um.«

»Aber das erklärt nicht, wieso nie jemand etwas von den Morden mitbekommt. Ich habe mir die Aufzeichnungen angesehen. Als der Herzensbrecher das letzte Mal in Kessel war, hat er jemand im Waage-Hauptquartier umgebracht, während nebenan eine Zusammenkunft sämtlicher Bereichsleiter stattgefunden hat. Das ist nicht einfach nur Glück.«

»Dieses Opfer war Evelyn Braun.«

»Und?«

»Und ich glaube nicht, dass ich Beorn brauchen werde. Ich hätte lieber Lex. Sie ist nützlicher, wenn es zu einem Kampf kommt, und sie könnte für mich herausfinden, wie es dem Wegelagerer gelingen konnte, aus so großer Distanz auf uns zu schießen. Denn das dürfte eigentlich nicht möglich sein.«

Alexis drehte sich zu Imani um. »Ich würde gern mithelfen ...«

Ohne den Blick von Schwartz zu wenden, schnitt Imani ihr mit erhobener Hand das Wort ab. »Ich brauche Alexis. Vor Kessel lagert eine ganze Armee. Da will ich nicht nur mit zwei Nahkampfspezialisten unterwegs sein. Wenn Haru und ich einem Weber oder jemand mit einem Gewehr, einem Bogen oder einer Armbrust in die Arme laufen, müssten wir uns vielleicht ausschließlich auf seine Blitz-Fabrikationen verlassen. Das ist mir zu riskant.«

»Seit wann bist du denn so ein Angsthase?«, fragte Schwartz.

Imani stand auf, stützte sich mit den Händen auf den Tisch und antwortete ganz leise: »Seit ich von dir gelernt habe, was für Schrecken in der Dunkelheit lauern.«

Schwartz schnalzte mit der Zunge, sagte aber nichts. Dieser Mann trug mehr Geheimnisse mit sich herum als ein Kind strenger Eltern. Wie lange würde ich wohl brauchen, um sie alle zu erfahren?

»Haru, Beorn!«, rief Imani. Sie hörten schlagartig auf, sich zu prügeln. Haru hielt Beorn zwar noch im Schwitzkasten, doch die beiden sahen unverwandt die stellvertretende Kommandeurin an. »Neue Befehle. Beorn, du wirst Mikael und Schwartz helfen, den Herzensbrecher und den Wegelagerer zur Strecke zu bringen. Haru, du wirst Alexis und mich zum Rest der Orbis-Kompanie begleiten. Wir brechen um Mitternacht auf, um möglichst nicht von der Armee dort draußen entdeckt zu werden. Noch Fragen?«

»Können wir das hier noch beenden, bevor wir aufbrechen?«, fragten Beorn und Haru wie aus einem Mund.

»Packt erst eure Sachen zusammen«, erwiderte Imani.

Schnaubend und mit dem theatralischen Gehabe von schmollenden Kleinkindern stapften Haru und Beorn die Treppe hinauf. Alexis sah mich einen Moment lang an, ehe sie ihnen folgte.

»Wie wollen wir es anstellen?«, fragte ich Schwartz. »Wie können wir einen Serienmörder schnappen, der seiner gerechten Strafe schon so lange entgangen ist, und einen Wegelagerer, der dazu ausgebildet wurde, sich nicht erwischen zu lassen?«

»Wir folgen den Spuren, die wir haben«, sagte Schwartz, ohne Imani anzuschauen. »Wir wissen, dass der Mörder sich mit Chirurgie auskennt. Die Schnitte in den Leichen waren für einen Amateur zu präzise. Darum müssen wir überprüfen, ob in einem der Krankenhäuser ein neuer Chirurg arbeitet. Außerdem haben die Leichen und ihr Blut einen ekelhaft süßlichen Geruch verströmt, den ich nur von Schwarzbeerenkonsumenten kenne. Wir müssen uns also auch die Drogenhöhlen vornehmen. Und wir werden die Aufenthaltsorte der Flüchtlinge abklappern, um herauszufinden, wo der Mörder seine Opfer findet. Am besten fangen wir damit in der Kirche des Wanderers an. Nichts treibt die Leute so zuverlässig in die Arme einer höheren Macht wie Furcht und Hoffnungslosigkeit.«

»Das sind sehr vage Spuren, Schwartz.«

»Ja«, sagte er. »Aber mehr haben wir nicht. Ich kümmere mich um die Krankenhäuser auf der Westseite und du dich um die Schwarzbeerenhäuser. Wir treffen uns dann vor der Pathfinder-Messe und durchsuchen gemeinsam die Kirche des Wanderers.«

»Wieso muss ich die Drogenhöhlen nehmen?«

Imani bedachte Schwartz mit einem durchdringenden Blick. »Das ist eine exzellente Frage.«

»Weil ich es sage«, blaffte Schwartz.

»Was ist mit dem Wegelagerer?«

»Lass uns einfach davon ausgehen, dass er zu uns kommen wird. Es hat keinen Sinn, ihm nachzustellen. Wir müssen nur wachsam bleiben. Hast du sonst noch irgendwelche wichtigen Fragen, Mikael? Oder können wir uns jetzt an die Arbeit machen?«

Ich stand auf. »Nein, ich habe verstanden.«

Im Hinausgehen sah ich, dass im gesamten Lokal geradezu absurd viel zerbrochenes Mobiliar von Beorns und Harus Duell verstreut lag. Als ich wieder auf der Straße war, rief über mir jemand meinen Namen.

Ich sah hoch. Es war Alexis, die auf einem Sims saß und sich weit aus dem Fenster lehnte. »Ja?«

»Wenn Schwartz während meiner Abwesenheit etwas zustößt, bringe ich dich um.« Ehe ich darauf etwas erwidern konnte, ließ sie sich vom Sims gleiten und schloss das Fenster. Eine wirklich merkwürdige kleine Familie, der ich mich da angeschlossen hatte. Obwohl sie auch nicht extremer war als die, zu der ich schon mein ganzes Leben gehörte. Und von der ich mich demnächst würde trennen müssen. Ich schob den Gedanken beiseite und ging weiter.

Es war Zeit, dass ich mich mit Drogen beschäftigte.

Kapitel 24
Narbengewebe

Wie sich herausstellte, war es keine gute Idee, im Regenbogen-Bezirk herumzuspazieren und Passanten zu fragen, wo ich Drogen finden kann. Dabei handelte ich mir einen Vortrag von einer alten Frau ein. Sie erklärte mir, dass die Schwarzbeeren mein Leben ruinieren würden, und ließ mich erst gehen, als ich ihr versprach, niemals welche zu probieren. Damit ich es auch ja nicht vergaß, schenkte sie mir zum Abschied noch einen Apfel.

Während sie zufrieden mit sich und der Welt davonzog, beschrieb ihr Ehemann mir, wie das Gebäude, das ich suchte, aussah und wie ich dorthin gelangte. Bevor er ebenfalls weiterging, ermahnte er mich noch, keine Wertsachen mit hineinzunehmen.

Manchmal werde ich einfach nicht schlau aus der Liebe.

Der Ort hieß Beerenfeld und war als der größte Drogentreff in Kessel bekannt. Anders als gedacht befand es sich nicht im Regenbogen-Bezirk, sondern im Miliz-Viertel. Ein marodes dreistöckiges Gebäude, das zum Schutz gegen die Kälte mit Brettern und Planen vernagelt war. In der Mitte des Dachs befand sich ein Oberlicht. Es sah aus, als hätte jemand ein Fenster installieren wollen, dann aber mittendrin aufgegeben und nur noch eine Glasscheibe über die Öffnung gelegt. Dass ich richtig war, erkannte ich am großen schwarzen Handabdruck. Er war das gängige Symbol, mit dem die Süchtigen einen sicheren Ort markierten. Früher war der gesamte Ostteil damit übersät gewesen, doch dank Trey verschwand es allmählich aus dem Stadtbild.

Ich hatte keine Ahnung, was mich dort drinnen erwarten würde. Wenn mich auch nur ein einziger Süchtiger mit dem Tod des letzten Ritters in Verbindung brachte und deswegen sauer wurde, konnte es für mich extrem ungemütlich werden. Ich hatte zwar noch das Schwert umgeschnallt, das ich auf dem Wehrgang mitgenommen hatte, doch Süchtige waren zäh und möglicherweise sogar noch schwerer zu töten als Schwartz.

Nachdem ich eine Zeit lang mit dem Ring meines Vaters herumgespielt hatte, um mich zu beruhigen, näherte ich mich dem Beerenfeld. Die Metalltür war brandneu und außen mit einem schweren Schloss versehen. Es schien nicht dazu gedacht, die Leute im Gebäude zu beschützen, sondern eher, sie darin festzuhalten. Ich öffnete die Tür und zog sie hinter mir wieder zu. Drinnen war es noch kälter als draußen, wo mir ein beißender Wind entgegengeschlagen war. Dieser Unterschlupf hatte schon mal bessere Tage gesehen. Der Boden bestand aus Dreck und Schlamm, außer an den Stellen, wo ein paar verrottete Holzbretter einen Plankenweg bis zur Treppe bildeten. In den Wänden befanden sich Kratzer und Löcher – Kampfspuren. Und dann war da noch der Geruch. Stechend, verdorben und vertraut. Wie von einem verwesenden Leichnam, der seit einem Monat in der Sonne lag.

Ich hielt mir die Nase zu und spähte im Vorbeigehen in die verschiedenen Räume. Männer und Frauen lagen auf Decken um ausgebrannte Feuer herum. Ihre grellroten Augen waren weit aufgerissen. Neben ihnen lagerten riesige Haufen Schwarzbeeren, mehr, als ein Dutzend Süchtige im Laufe eines Jahres konsumieren konnten. Trey hatte seine Ankündigung wahr gemacht und den drogenabhängigen Teil der Bevölkerung ruhiggestellt, der den Bezirk jahrelang terrorisiert und das Leben seiner Mutter ruiniert hatte.

Im ersten und zweiten Stockwerk sah ich nur zwei Süchtige. Sobald ich sie erblickte, ging ich in den nächsten Raum weiter. Rote Augen wie ihre hatten früher alle in Angst und Schrecken versetzt, die nach Anbruch der Verdunklung noch auf den Straßen unterwegs gewesen waren. Ich stieg in den dritten Stock hinauf, in der Hoffnung, dort oben einen Dimmer zu finden, also einen Süchtigen ohne rote Augen, der noch nicht komplett weggetreten war und mir helfen konnte.

Hier oben gab es lediglich ein einziges Zimmer. Die Eingangstür war in der Mitte durchgebrochen, die untere Hälfte hing noch am Scharnier, die obere lag im Flur. Ich hörte jemand im Inneren herumkramen und trat langsam ein. Eine Frau mit ungepflegten braunen Haaren und einer verdreckten Waage-Uniform tastete leise fluchend unter einem Bett herum. Der Raum sah schrecklich aus, wie eine Brutstätte für Maden. In einer Ecke lag ein Haufen großer saftiger Schwarzbeeren.

»Es sollte doch eigentlich hier sein«, murmelte die Frau. »Ich dachte, ich hätte es hiergelassen. Warum ist es denn nicht da?«

Dass sie nicht nach Schwarzbeeren suchte, fasste ich als gutes Zeichen auf. Da dies der letzte Raum im Haus war, blieb mir ohnehin nichts anderes übrig, als es mit ihr zu versuchen. Falls es schiefging, würde ich einfach abhauen.

»Entschuldigung«, sagte ich, während ich behutsam auf sie zuging. »Könntest du mir vielleicht …?«

Ein Windstoß schleuderte mich zurück. Ich krachte gegen die untere Türhälfte und riss sie aus dem Scharnier. Mein Körper

war warm und tat weh, vor allem der Rücken und der Nacken. Ich hatte mich einen Moment zu spät annulliert. Ich stemmte mich vom Boden hoch, zog das Schwert und blickte zu der ...
Oh Scheiße.
Nana Deuter schenkte mir ein süßes Lächeln. Ihre hellblauen Augen strahlten. In der Linken hielt sie eine Handvoll Schwarzbeeren. »Mikael Königmann«, sagte sie, wobei sie jede einzelne Silbe übertrieben betonte. »Ich würde mich ja für den unhöflichen Empfang entschuldigen, aber es tut mir überhaupt nicht leid. Was machst du hier?«
Vorsichtig kehrte ich, ohne das Schwert wegzustecken, in den Raum zurück. »Ich könnte dich dasselbe fragen. Bist du ...?« Ich wusste nicht, wie ich es formulieren sollte. Es ging ihr eindeutig nicht gut, aber ich wollte ihr nichts unterstellen. Nicht nachdem sie beim Versuch, mich zu beschützen, vom Verdorbenen Prinzen angeschossen worden war.
»Kannst du das Wort nicht aussprechen, Mikael? Lass mich dir helfen. Man buchstabiert es s-ü-c-h-t-i-g.«
»Und, bist du es?«
»Offensichtlich«, erwiderte sie mit hochgezogener Augenbraue. Ich sah zu, wie Nana sich eine Beere zwischen Zähne und Unterlippe schob. Sie saugte daran, schloss die Augen und erschauderte. »So kann ich viel besser damit umgehen, dass ich alles verloren habe und seit dem Bauchschuss unter unfassbaren Schmerzen leide. Willst du die Narbe sehen? Ach, wieso frage ich dich das eigentlich? Natürlich willst du.« Nana hob ihr Hemd. An der linken Seite ihres Bauchs befand sich eine hässliche kreisrunde Vertiefung. Sie war knallrot. Die erhabenen schartigen Linien außen herum sahen aus, als hätten sich Würmer in ihre Haut gebohrt. »Die Schwarzbeeren lindern die Schmerzen und die Wut über mein verpfuschtes Leben.«

»Als ich dich das letzte Mal sah ...«

»Als du mich das letzte Mal sahst«, äffte Nana mich nach und bedeckte sich wieder, »hast du dich mir gestellt, und ich habe dich an die Königsfamilie übergeben. Einen Moment lang war ich wieder wer. Die Leute hörten auf, hinter meinem Rücken zu tuscheln. Die Prinzessin lud mich sogar zum Abendessen ein. Mein Leben war beinahe wieder normal ... bis du deiner Hinrichtung entkommen bist. Sie wussten nicht, wie du es geschafft hast, und beschuldigten jeden, mit dem du Kontakt hattest. Darunter auch mich. Sie haben mich aus der Waage geworfen und gesagt, dass ich Glück hätte, nicht meinen eigenen Ast in den Hängegärten zugewiesen zu bekommen.«

»Was ist mit deinem Vater? Konnte er dich nicht beschützen?«

»Mein Vater«, sagte Nana verbittert und trat näher an mich heran, »wirkt so gut und edel, nicht wahr? Aber das ist er nicht. Er ist ein Vollidiot, der nur an seine Arbeit denkt. Als der Verdorbene Prinz mich angeschossen hatte, war ich für ihn nicht mehr seine Tochter, sondern bloß noch ein Schandfleck auf seiner ach so weißen Weste, den er dringend beseitigen musste, um politischen Schaden von sich abzuwenden.«

»Das tut mir leid, Nana.«

»Tu nicht so, als wärst du etwas Besseres als ich«, knurrte sie. »Die meisten Leute wollen nichts mit mir zu tun haben, aber immerhin habe ich eine neue Anstellung mit Sondervergünstigungen. Wie du siehst, passe ich auf die Süchtigen unten im Haus auf und nehme die Drogenlieferungen von den Kindern entgegen. Das ist ganz leicht. Heute soll eine neue Lieferung reinkommen. Frisch sind die Schwarzbeeren immer am besten.«

»Was ist aus der Frau geworden, die Königin werden wollte?«

»Die ist tot.« Sie begann, ihr Hemd aufzuknöpfen. »Aber

weißt du was? Wenn mich schon alle Königmann-Hure nennen, können wir's eigentlich auch miteinander treiben. Dann ist es wenigstens nicht mehr ein falsches Gerücht. Ich könnte mir vorstellen, dass du gar nicht so schlecht bist.«

In meiner Verblüffung stammelte ich irgendetwas Unzusammenhängendes. Als sie mir die Hand auf die Innenseite des Oberschenkels legte und zudrückte, machte ich fluchend einen Satz nach hinten.

Nana, die mittlerweile halb entkleidet war, lachte. »Was bist du bloß für eine zartes Pflänzchen? Du kannst also nicht mal das wahr machen, weswegen ich alles verloren habe.«

»Du kannst mich mal.«

»Leere Versprechungen«, sagte sie und zwinkerte mir zu, während sie ihr Hemd wieder zuknöpfte und sich aufs Bett setzte. »Du hast mir noch gar nicht gesagt, weshalb du hier bist, Mikael. Möchtest du mal die Beeren kosten? Sie schmecken so süß. Ich würde sogar meine mit dir teilen.« Nana streckte die Zunge raus und zeigte mir die Beere, die sie im Mund hatte. Dann verstaute sie sie wieder hinter der Unterlippe und wartete auf meine Antwort.

»Nein, vielen Dank.«

»Schade«, sagte sie und verdrehte die Augen. »Wenn du nicht gekommen bist, um es mit mir zu treiben oder eine Schwarzbeere mit mir zu teilen, wieso dann? Ich kann es gar nicht erwarten, deinen scheinheiligen noblen Grund zu hören. Bitte erzähl mir nicht, dass du mich retten willst. Ich muss nicht gerettet werden. Ganz besonders nicht von dir.«

»Das ist nicht der Grund«, sagte ich. »Ich brauche Informationen, und du bist als Einzige hier einigermaßen bei Sinnen.«

»Wie schön für mich. Was willst du denn wissen?«

Unten brach Radau aus, aber ich achtete nicht darauf.

Süchtige stritten sich ständig um Schwarzbeeren. Dass sie einen Vorrat zur Verfügung hatten, der ein ganzes Leben lang reichen würde, änderte daran sicher nichts. »Ich brauche Informationen über Flüchtlinge«, sagte ich. »Ob welche hergekommen und dann unter eigenartigen Umständen wieder verschwunden sind. Ihr Mörder hat es auf die Schwachen und Verwundbaren abgesehen, und, na ja ...«

Nana lachte humorlos und schlug die Beine übereinander. »Irgendein adliges Arschloch geht auf die Flüchtlinge los?«

»Es ist kein Adliger. Das haben wir bereits überprüft. Die Befragung ist unserem Verdächtigen nicht gut bekommen.«

»Und wer würde sich sonst mit ein paar dreckigen nutzlosen Flüchtlingen abgeben?«

»Ein Mörder, der hilflosen Opfern auflauert. Er heißt Herzensbrecher. Das hat mir zumindest Schwartz ...« Ich brach ab, als ich Nanas Gesichtsausdruck bemerkte. Sie war blass geworden und schien die Schwarzbeere, an der sie gerade noch gesaugt hatte, ganz vergessen zu haben. Auf einmal hatte ich das Gefühl, als hätte ich etwas Wichtiges über Nana vergessen.

»Lügst du mich auch nicht an, Mikael?«

»Nein.«

Nana umklammerte die Bettkante so fest, dass ihre Knöchel weißer hervortaten als die schneebedeckten Spitzen der Iliar-Berge. »Der Herzensbrecher hat mich als Geisel genommen, meine Mutter ermordet und meinen Vater zu einem seiner Spielgefährten bei seinem großen Finale gemacht. Mein Vater hat ihn besiegt, wenn auch nur ganz knapp, und ich wurde die einzige Person, die je dem Herzensbrecher entkommen konnte. Und jetzt erzählst du mir, dass er wieder da ist? Und dass du gegen ihn ermittelst? Wie viele Opfer gibt es bisher?«

»Ja, Schwartz glaubt, dass dieser Serienmörder wieder da ist.

Ja, wir untersuchen die Morde. Und wir glauben, dass es bislang zwei Opfer sind.«

»*Du Schwachkopf.*«

»Was habe ich denn …?«

Nana griff unter das Bett, holte eine Steinschlosspistole hervor und vergewisserte sich, dass sie geladen war. Dann stopfte sie sich zwei ihrer Jackentaschen mit Schwarzbeeren voll. »Der Herzensbrecher kommt hierher.«

»Woher weißt du das?«, fragte ich.

»Der Herzensbrecher sucht sich Gegner aus, mit denen er spielen kann. Er gibt ihnen die Gelegenheit, seine Geiseln zu retten. Mein Vater hat immer geglaubt, dass es ihm um die Aufregung und den Wettkampf geht. Manchmal sind es die Verwandten der Geiseln, gelegentlich aber auch jemand, der die Morde untersucht, die der Herzensbrecher bis zum großen Finale begeht. So wie mein Vater. Du bist definitiv ausgewählt worden. Du bist ein Königmann. Und du hast ihn zu mir geführt. Zu der einzigen Person, die ihm je entkommen konnte. Wir beide sind die perfekten Kandidaten.«

»Das ist läch…« Ich wurde von Schreien aus den unteren Stockwerken unterbrochen. Lange, gequälte Klagelaute. Aber das war eigentlich unmöglich. Süchtige empfanden keinen Schmerz. Die Schwarzbeeren betäubten ihre Sinne. Was auch immer dort unten geschah, erinnerte sie daran, wie es war, etwas zu fühlen.

Mit einem Mal erloschen sämtliche Laternen und Kerzen in dem Drogentreff, und es wurde stockdunkel. Das Holz hörte auf zu knarzen, und auch die Planen vor den Fenstern knatterten nicht mehr im Wind. Um uns herum herrschte Stille.

Unendliche Stille.

Unter uns begann eine kichernde Stimme zu singen: »Na-na.«

Wir erstarrten, unsicher, was wir tun oder wohin wir gehen sollten.

»Mi-ka-el.«

Nana hatte recht gehabt. Der Herzensbrecher war wegen uns hier.

Die Jäger waren zu Gejagten geworden.

Kapitel 25
Drei Stockwerke bis zur Freiheit

»Das Oberlicht ist unser einziger Ausweg«, zischte Nana. »Wenn du mich hochhebst, schlage ich die Scheibe ein.«

Ich zögerte und hielt den Blick auf die Treppe gerichtet, um zu sehen, wer heraufkommen würde.

Wo war er? Wieso war er noch nicht hier oben?

»Mikael!«, schrie Nana.

Ich kehrte ruckartig in die Gegenwart zurück, steckte das Schwert weg und formte aus den Händen eine Räuberleiter. Wir hatten das schon einmal gemeinsam gemacht und wussten, wie es geht. Nana nahm einen kurzen Anlauf und sprang von meinen Händen ab, während ich sie nach oben schleuderte. Dabei brannte meine Seite, doch ich biss die Zähne zusammen. Im Moment hatte ich keine Zeit für Schmerzen. Während Nana durch die Luft glitt, wechselte sie die Flugrichtung, wie es nur eine Wind-Fabrikatorin vermochte, und klammerte sich mit einer Hand an einer Kante unterhalb des Oberlichts fest. In der anderen Hand hielt sie ihre Pistole, mit deren Griff sie auf das Glas einschlug.

Bumm, bumm, bumm.

Das Glas zerbrach nicht.

»Wieso funktioniert es nicht?«, fragte ich und blickte zwischen der Treppe und Nana hin und her.

»Keine Ahnung!«

»Versuche, die Mitte der Scheibe zu treffen.«

Nana grummelte irgendetwas Unverständliches. Doch sie hangelte sich an der Kante entlang und schlug auf eine andere Stelle ein.

Bumm, bumm, bumm.

Immer noch nichts.

»Wieso geht das denn nicht?«, jammerte sie und drosch immer weiter auf das Glas ein.

»Vielleicht müssen wir kämpfen«, sagte ich und richtete meine ganze Aufmerksamkeit auf die Treppe und die Dunkelheit darunter. Selbst die Schreie waren verstummt.

»Das ist zwecklos«, gab Nana atemlos zurück. »Niemand kann den Herzensbrecher im Kampf besiegen. Höchstens überleben. Wir müssen ...« Nana verstummte.

Über uns stand eine Gestalt in einem weiten schwarzen Kapuzenumhang. Sie drosch mit der Handfläche auf das Glas, das unter dem Hieb sofort zerbrach. Nana fiel in einem Regen aus Glasscherben herab und riss den Mund zu einem lautlosen Schrei auf. Ich annullierte meinen Körper, ließ das Schwert fallen und fing sie ungeschickt auf. Wir prallten mit einem dumpfen Knall auf dem Boden auf und stöhnten. Meine Schnittwunde schmerzte schlimmer denn je, und nun steckten auch noch Dutzende kleine Glasscherben in meinem Rücken.

Die Gestalt blieb auf dem Dach stehen und betrachtete uns.

»Na-na Deu-ter. Ich ... sehe ... dich.«

»Steh auf«, ächzte ich. »Steh auf, Nana. Wir müssen hier weg.«

Mühsam und unter großen Schmerzen halfen wir uns gegenseitig auf die Beine. Nana schlang einen Arm um meine Hüften, und wir humpelten gemeinsam die Stufen hinunter, weg von der schwarzen Gestalt.

»Mi-ka-el Kö-nig-mann«, sang die Gestalt. »Komm … und … spiel … mit … mir.«

Aus dem Raum, in dem wir gerade gewesen waren, drang ein weiterer dumpfer Knall.

»Durch ein Fenster?«, schlug ich vor.

Nana schüttelte den Kopf und lotste uns in eines der Zimmer im zweiten Stock. »Sie sind alle fest vernagelt. Damit die Süchtigen sie nicht zerbrechen.«

Ich fluchte und würgte bei dem Anblick, der sich uns bot. Vier Süchtige waren tot. Zwei von ihnen lehnten zusammengesunken an der Wand. Sie hatten die Augen weit aufgerissen, und aus ihren Ohren tropfte Blut. Ein anderer war mit dem Gesicht voran in eine mittlerweile nur noch schwelende Feuerstelle gedrückt worden, von seinem Kopf stieg Rauch auf. Der vierte lag mit abgespreizten Armen und Beinen direkt hinter der Tür. Ihm fehlten sämtliche Finger. Und auch die Zunge … Er war bis zur Unkenntlichkeit verstümmelt.

Wir hörten etwas. Ein leises Schluchzen, das unablässig unter einem Haufen Decken hervordrang. Nana ließ mich los, ging auf das Geräusch zu und warf die Decken mit einer knappen Bewegung ihres Handgelenks in die Höhe. Dabei enthüllte sie einen Jungen, der höchstens zehn Jahre alt war. Er hatte die Augen geschlossen und richtete heftig zitternd ein kleines Küchenmesser auf uns.

Nana kniete sich hin und strich ihm über die Haare. »Jan, ich bin's, Nana. Ich werde dir nicht wehtun.«

Der Junge ließ das Messer fallen und klammerte sich fest an sie.

Nana streichelte ihm weiter wie eine Mutter über den Kopf und flüsterte beruhigend auf ihn ein.

»Ich will ja nicht drängeln, aber ...«

Der Singsang des Herzensbrechers schnitt mir das Wort ab: »Na-na. Mi-ka-el. Wo ... seid ... ihr?«

Nana winkte mich zu sich. Als ich dicht genug bei ihr war, warf sie die Decken über uns. Ich annullierte meinen Körper, um mich zu beruhigen. Nana drückte derweil den Jungen fest an sich.

»Ich ... kenne ... dich ... Mi-ka-el. Möchtest ... du ... nicht ... mit ... mir ... spielen?«

Schatten zuckten durch den Raum. Ich konnte die Schritte des Mörders nicht hören, aber spüren, da ich die Wange an den Boden gepresst hielt. Der Herzensbrecher ging von der Tür in die Mitte des Zimmers. Der Deckenstapel, unter dem wir uns mit angehaltenem Atem verbargen, lag an einer der Wände.

Ein Tausendfüßer fiel aus einer der Decken und Nana auf die Stirn. Er kroch an ihrem Gesicht herab und auf den Mund zu. Das Insekt schien sich durch ihre Lippen zwängen zu wollen. Nana machte keinen Mucks und hielt dem Jungen weiter reglos den Mund zu, während das Tier mit seinen Dutzenden von Beinen über ihr Gesicht krabbelte.

»Na-na«, fuhr der Mörder fort. »Was ... ist ... mit ... dir?«

Der Tausendfüßer wand sich komplett in Nanas Mund, schlüpfte zwischen ihren Zähnen hindurch und marschierte auf ihre Zunge. Um ein Knirschen zu vermeiden, biss sie ihn nicht und ließ das Tier stattdessen durch ihre deutlich vorgewölbte Kehle in ihren Rachen hinabgleiten. Ihre Augen tränten vor Schmerzen, während er sich in den Magen hinunterschlängelte. Doch sie gab nicht den leisesten Laut von sich.

Der Mörder schnalzte genervt mit der Zunge. »Schade ... schade ... schade. Keiner ... will ... spielen.«

Der Herzensbrecher verließ den Raum. Wir warteten noch

einen Moment ab, um sicherzugehen, dass er auch wirklich verschwunden war, dann stießen Jan und ich erleichtert den angehaltenen Atem aus, während Nana trocken würgte. Obwohl die Stimme ganz nah gewesen war, konnte ich wegen der seltsamen Sprechweise ihren Akzent nicht einordnen und nicht einmal sagen, ob es sich bei der Gestalt um einen Mann oder eine Frau gehandelt hatte.

»Wenn wir nicht versuchen wollen, eine Wand zu durchbrechen, gehen wir am besten zur Vordertür«, flüsterte Nana, als sie sich wieder ein wenig erholt hatte.

Ich nickte und schlich zur Treppe. Nana steckte die Pistole weg und trug den Jungen, wobei sie ihm weiterhin mit einer Hand den Mund zuhielt. Wir hörten den Herzensbrecher in einem der anderen Zimmer im zweiten Stock singen. Es war »Der Krawall der Aufständischen«, einer dieser Ohrwürmer, die ständig in Schänken gespielt wurden und unzählig viele Strophen zu haben schienen.

Wie durch ein Wunder knarzten die Stufen nicht, als wir die Treppe hinunterstiegen. Schließlich waren wir nur noch durch einen geraden Korridor vom Eingang getrennt. Wir gingen schnell darauf zu und versuchten, die Metalltür zu öffnen.

Doch sie rührte sich nicht.

»Abgeschlossen«, murmelte ich, während ich weiter versuchte, sie aufzustoßen.

»Sie kann nur von außen zugesperrt werden«, gab Nana zurück. »Ich verstehe das nicht. Der Mörder müsste erst jeden im Haus getötet haben, dann nach draußen gegangen und an der Fassade zum Oberlicht hochgeklettert sein. Dafür hatte er nicht genug Zeit.«

»So war es aber«, sagte ich und lehnte den Kopf an das kalte Metall. »Was sollen wir jetzt machen?«

Anstelle von Nana beantwortete der Herzensbrecher meine Frage. Seine Stimme jagte mir einen Schauer über den Rücken. »Spielt ... mit ... mir.«

Die ganz in Schwarz gekleidete Gestalt stand am unteren Treppenabsatz. In der Dunkelheit waren nur ihre schmalen Lippen und das glatte Kinn zu erkennen. Falls wir entkamen, würde ich nicht mehr über sie wissen als zuvor. Na toll!

»Gib mir die Pistole, Nana.«

Sie tat es und schob Jan hinter sich.

Für den Fall, dass der Herzensbrecher ein Fabrikator war, annullierte ich weiterhin meinen Körper. Wenn ich mit der Pistole nahe genug an ihn herankam, würde ich diesem Spuk vielleicht ein Ende bereiten können. Es war kein sehr aussichtsreicher Plan, aber ich hatte keine andere Wahl. Schwartz würde mir nicht zu Hilfe eilen. Niemand würde kommen. Keiner wusste, dass ich hier war.

Nana und ich waren allein.

Ich versuchte Zeit zu schinden. »Du bist der Herzensbrecher, nicht wahr?«, fragte ich.

»Ja«, sagte die Gestalt und kam unerträglich langsam auf mich zu.

»Was willst du?«

»Das ... geht ... dich ... nichts ... an.«

Das war doch immerhin schon mal etwas. Hätte er aus einem inneren Zwang oder nur so zum Spaß gemordet, hätte er es mir gesagt. Doch seine Reaktion ließ einen tieferen Beweggrund erahnen, den er mir nicht verraten wollte. Wenn ich doch nur herausfinden könnte, worum es sich dabei handelte, bevor es zu spät war ...

Der Herzensbrecher war nur noch zwei Meter von mir entfernt. Ich hatte bloß einen einzigen Versuch, und den wollte ich nicht in den Sand setzen … Wenn er bis auf Armlänge an mir heran war, würde ich ihm in den Kopf schießen. Sofern er nicht unsterblich war, würde er damit erledigt sein. Zumindest redete ich mir das ein.

Jemand pochte laut an die Metalltür, und alle im Korridor erstarrten. Auch der Herzensbrecher. War Schwartz doch noch gekommen?

Als die Tür aufschwang, warf ich mich über Nana und den Jungen, um sie mit meinem annullierten Körper zu schützen.

Eine in gleißendes Licht gehüllte Gestalt stürmte ins Beerenfeld. Sie zog eine der Pistolen, die an ihrer Brust festgeschnallt waren, feuerte sie ab und warf sie zur Seite. Dann zog sie die nächste, und so ging es weiter, bis der Korridor mit Rauch gefüllt und die Luft mit Schwefelgestank geschwängert war.

Als der Rauch sich auflöste, sah ich Trey von Wickert mit einer geladenen Pistole in jeder Hand triumphierend in der Tür stehen. Das Licht, das von ihm ausging, erhellte den Korridor. Der Mörder war verschwunden. »Los, raus hier!«

Das musste er uns nicht zweimal sagen. In gebückter Haltung rannten wir aus dem Gebäude hinaus. Trey zielte weiter in den Korridor, um uns Deckung zu geben. Sobald wir draußen waren, schlug er die Tür zu und sperrte sie mit einem Schlüssel ab. Nachdem er noch einmal an der Klinke gerüttelt hatte, um sicherzugehen, dass sie auch wirklich verriegelt war, steckte er die Pistolen weg und drehte sich zu uns um.

Die Sonne stand noch immer hoch am Himmel, und die Leute gingen scheinbar völlig unbesorgt an uns vorbei. Wie hätten sie auch ahnen sollen, was gerade in dem Gebäude geschehen war? Dass ein Serienmörder nach Kessel zurückgekehrt war und schon bald erneut zuschlagen würde.

»Großer Bruder!«, rief der Junge aufgeregt und warf sich Trey in die Arme.

Trey sagte etwas zu ihm. Dann nahm er die Schutzbrille ab und wandte sich zu Nana und mir um. »Lasst uns von hier weggehen, bevor wir reden.«

Wir liefen ein Stück bis zu einem kleinen trüben Teich, in dem sich die Bewohner des Viertels wuschen. Dort blieben wir stehen und sammelten uns. Nana zitterte leicht und saugte an einer frischen Schwarzbeere. Trey bemühte sich nicht, seine Abscheu zu verbergen.

»Woher wusstest du, dass wir in Schwierigkeiten waren?«, fragte ich.

Trey setzte Jan ab und wies ihn an, sich sauber zu machen. »Ich überwache die Kinder bei ihren Lieferungen. Als Jan nicht herauskam, begann ich zu vermuten, dass etwas nicht stimmte.«

»Du hast uns gerettet. Vielen Dank, Trey.«

»Keine Ursache. Die Süchtigen sind kein Problem, wenn man weiß, wie man mit ihnen umgehen muss. Ich warte ein paar Tage, bis sie sich wieder beruhigt haben, und gehe dann meine Pistolen holen. Ich hätte geglaubt, dass du besser mit ihnen klarkommst, Mikael.«

Nana schüttelte den Kopf. »Wir sind nicht vor Süchtigen davongelaufen, sondern vor dem Herzensbrecher. Er hat alle Süchtigen getötet und ihre Leichen wie Kunstwerke ausgestellt.«

Trey sah Nana nicht an. »Sagt die Süchtige die Wahrheit, Mikael?«

»Ja, und sie heißt Nana. Sie war diejenige, die vom Verdorbenen Prinzen angeschossen wurde, weil wir beide uns nicht duellieren wollten.«

»Ich erinnere mich«, sagte Trey. »Aber wenn jetzt das hier ihr Leben ist, hätte der Söldner sie besser sterben lassen sollen.«

Nana lachte. »Da will ich dir nicht widersprechen.«

»Was hat der Herzensbrecher vor?«, fragte Trey. »Tötet er bloß Süchtige? Damit könnte er von mir aus weitermachen.«

»Er hat damit begonnen, die Flüchtlinge zu ermorden«, erwiderte ich.

»Aber dabei wird es nicht bleiben«, warf Nana ein. »Die Morde an den Flüchtlingen waren nur der Auftakt zum eigentlichen Hauptereignis. Er wird sich von Tag zu Tag immer prominentere Opfer aussuchen, bis zum großen Finale, bei dem er zwei Personen gegeneinander antreten lässt. Normalerweise diejenigen, die er als seine würdigsten Gegner erachtet. Er nimmt Geiseln, die ihnen am Herzen liegen, und zwingt sie so dazu, sich zu duellieren. Nur einer der beiden wird überleben, und wenn sie scheitern, sterben alle anderen. So war es bis zu meinem Vater … und mir.« Sie verstummte einen Moment lang und sah Trey an. »Und weißt du was, du Arsch? Nachdem du uns gerettet hast, stehst du jetzt vielleicht auf der Auswahlliste des Herzensbrechers. Auf jeden Fall wird er dich erst ganz zum Schluss töten.«

Trey schnaubte. »Als ob ich noch etwas zu verlieren hätte. Meine Mutter und mein Bruder sind tot, und ich weiß nicht, wer mein Vater ist. Außerdem habe ich bereits akzeptiert, dass Mikael demnächst sterben wird. Sei es durch meine Hand oder die eines anderen.«

Das war mir neu.

Nana deutete auf Jan, der sich gerade die Füße wusch und sie dabei in einer Weise verdrehte, wie es nur Kinder schafften. »Und was ist mit ihm? Oder einem der anderen Kinder, die zu dir aufschauen … Großer Bruder?«

Trey stieß einen Seufzer aus. »Wie können wir den Herzensbrecher aufhalten?«

Nana schloss kurz die Augen. »Wir sprechen mit meinem Vater. Er ist der Einzige, der den Herzensbrecher in seinem eigenen Spiel geschlagen hat.« Sie atmete tief durch. »Nicht zu fassen, dass ich noch mal mit diesem Mistkerl rede.«

Kapitel 26
Der Kommandeur der Beschwörer

Ich war zwar mit Schwartz vor der Kirche des Wanderers verabredet, aber ich wollte mehr Zeit mit Trey verbringen und außerdem etwas über den Verrückten herausfinden, der die Bewohner des Drogentreffs abgeschlachtet hatte. Also begleitete ich die beiden und Jan zu Nanas Vater. Die Aussicht, sich mit ihm unterhalten zu müssen, machte sie so nervös, dass sie bereits vor der östlichen Brücke eine komplette Schwarzbeere verbraucht hatte und voraussichtlich noch eine weitere leersaugen würde, ehe wir das Hauptquartier der Waage auf der Gerichtshöhe erreichten.

Dieses Gebäude war der ganze Stolz der Gerichtshöhe. Es war erst vor Kurzem errichtet worden und noch nicht so verwittert wie vergleichbare Bauwerke in der Stadt. Der eigentliche Grund, aus dem alle es liebten, war jedoch, dass die Immobilien in seiner Umgebung dank ihm beträchtlich an Wert gewonnen hatten. Ein paar Familien hatten sich mit dem Geld, das sie für ihre Häuser bekommen hatten, sogar in den Niederadel einkaufen können. Doch selbst diese Gegend war nicht gegen die gewaltigen Schlamm- und Eismassen gefeit, die in der Übergangszeit zwischen Winter und Frühling die Straßen braun verkrusteten und die Rinnsteine verstopften, sodass es überall nach alten Fischeingeweiden stank und jegliches Grün vom Frost erstickt wurde.

Wenigstens schneite es nicht.

Nana flocht sich einen Zopf, als wir uns dem Waage-Hauptquartier näherten. Die Wächter am Eingang, eine Frau und ein Mann, zogen die Waffen, als sie uns kommen sahen. Aus irgendeinem Grund schienen ein mutmaßlicher Königsmörder, eine Dimmerin und ein Junge aus dem Ostteil sie nervös zu machen. Trotz Nanas ungepflegter Erscheinung und ihrer auffällig vorgewölbten Unterlippe ließen Trey und ich sie vorgehen.

»Ich suche nach meinem Vater, Bertram Deuter«, erklärte sie den beiden Wächtern.

Nachdem sie Nana von Kopf bis Fuß gemustert hatte, erklärte die Frau: »Kommandeur Deuter empfängt heute keine Besucher. Er ist beschäftigt.«

»Zu beschäftigt für seine Tochter?«

»*Ganz besonders* für seine Tochter«, erwiderte der andere Wächter.

»Ich habe wirklich den allerbesten Vater«, sagte Nana und schüttelte den Kopf. »Tja, dann meldet ihm mal, dass ich Informationen habe, die er ganz bestimmt hören will. Über den Herzensbrecher. Ihr beiden Trottel wisst sicher, was er mit euch anstellt, wenn ihn diese Botschaft nicht erreicht. Und falls ich lüge, wird er mich und nicht euch dafür bestrafen.«

Nana ließ sie stehen und setzte sich mit Trey, Jan und mir auf eine Bank unter einem kahlen Baum. Wir rafften unsere Kleidung fester um uns zusammen, um uns gegen die Kälte zu schützen, die uns unter die Haut und in die Lunge kroch. Die Wächter berieten sich flüsternd, rührten sich bislang aber noch nicht.

»Wir hätten doch besser bei euch zu Hause auf ihn warten sollen«, sagte ich.

»Nein«, entgegnete Nana. »Mein Vater lebt im Waage-Hauptquartier. Selbst als wir uns noch besser verstanden haben, kam er nur einmal die Woche zum Abendessen heim. Keine Ahnung, ob er überhaupt noch mal dort gewesen ist, seit ich bei den Scharfrichtern rausgeflogen bin.«

»Wer nimmt sich denn keine Zeit für seine Familie?«, flüsterte Trey.

Als einer der Wächter loszog, um Nanas Vater die Nachricht zu überbringen, saugte Nana an ihrer Schwarzbeere. »Ein Mann, dessen Tochter ihn an seine ermordete Frau und sein schlimmstes Versagen erinnert ... dass er den Mörder damals nicht schnappen konnte.« Sie dachte nach. »Manchmal frage ich mich, ob er sich wünscht, ich wäre ebenfalls gestorben. Dann hätte er sich voll und ganz in seine Arbeit stürzen können, anstatt sich mit einem Kind herumschlagen zu müssen.«

Darauf wussten weder Trey noch ich eine Antwort. So gestört unsere eigenen Familienverhältnisse auch gewesen waren, ich bezweifelte, dass selbst Treys Mutter – die er ermordet hatte – ihn lieber tot gesehen hätte. Letzten Endes waren wir alle die Kinder unserer Eltern und trugen die entsprechenden Narben auf der Seele.

Schneller als erwartet kehrte der Wächter mit einem kräftigen Mann mit dichtem Bart und dunklen Ringen unter den Augen zurück. Auf seiner zerknitterten Uniform waren Flecken zu sehen. Nur ein Kommandeur konnte sich so ein schlampiges Aussehen erlauben.

Bertram Deuter war unbewaffnet, seine Hände steckten in den Hosentaschen. Um den Hals trug er eine Kette mit einem Medaillon, das hin und her schwang, während er auf uns zukam. Er sah aus, als hätte er seit Jahrzehnten nicht mehr gelächelt.

»Hör endlich auf, mit deiner Aufmerksamkeitssucht meine

Zeit zu verschwenden, Nana. Hast du es wirklich nötig, mich mit einem Hinweis auf den Herzensbrecher herauszulocken? Erbärmlich!« Sein Blick wanderte zu mir. »Und offenbar legst du es auch weiterhin darauf an, als Königmann-Hure bezeichnet zu werden.«

Nana streichelte mir theatralisch den Oberschenkel. »Ich habe darüber nachgedacht, mit ihm in aller Öffentlichkeit zu ficken, um meinen Ruf noch weiter zu festigen. Wo wäre es deiner Meinung nach besser? Am Eroberer-Brunnen oder mitten auf dem Großen Steinplatz vor einer Pathfinder-Messe?«

»Was willst du, Nana?«

»Informationen«, erwiderte sie. »Ich habe nicht gelogen. Der Herzensbrecher ist wieder da.«

»Unwahrscheinlich. Davon hätte ich etwas mitbekommen.«

»Bislang gab es zwei Morde«, fuhr Nana ihn an. »Beiden Opfern wurde das Herz entnommen. Und es gibt auch noch ein paar andere typische Eigenheiten, von denen man nur wissen kann, wenn man mit den Taten des Herzensbrechers vertraut ist.«

Bertram Deuter ließ die Fingerknöchel knacken. »Wo?«

Ich sagte es ihm und sah zu, wie sich sein Blick verfinsterte.

»Von diesen Morden habe ich gehört. Bisher hatte ich noch keine Gelegenheit, mich mit ihnen zu beschäftigen, aber das werde ich heute nachholen. Wenn der Mörder zurück ist ...«

»Es ist dir sicher peinlich, dass du Hinweise auf die einzige Sache übersehen hast, die dir wirklich wichtig ist«, höhnte Nana.

Trey rückte von ihr ab und schien sich für alles Mögliche zu interessieren – die Amseln in den Bäumen, die vorübergehenden Advokatoren, die bettelnden Flüchtlinge –, nur nicht für das, was sich vor unseren Augen abspielte.

Bertram Deuter stieß laut den Atem aus. »Jedem können

mal Fehler unterlaufen ... Dann bist du also wegen Informationen über den Herzensbrecher hier? Wieso? Bislang hast du dich noch nie für ihn interessiert.«

»Entschuldige, dass ich das Andenken meiner Mutter auf andere Weise ehren wollte«, gab Nana zurück.

»Sagt die Süchtige, die sich gar nicht mehr daran erinnern kann, wie sie ausgesehen hat.«

Nana ballte die Fäuste. »Der Herzensbrecher hat Mikael und mich heute angegriffen. Trey hat uns gerettet. Damit sind sie jetzt Kandidaten für das große Finale. Und ich auch. Erneut.«

»So weit wird es nicht kommen. Wenn der Herzensbrecher tatsächlich wieder da ist, lege ich ihm das Handwerk. Diesmal werde ich nicht scheitern.«

»Wenn du das sagst, Vater.«

»Das tue ich«, erklärte Kommandeur Deuter. Er griff in eine seiner Jackentaschen und zog ein kleines schwarzes Buch heraus. Es sah alt und abgegriffen aus, als hätte er bereits Hunderte, wenn nicht sogar Tausende Male darin gelesen. »Dieses Buch enthält alles, was ich über ihn herausgefunden habe. Er hat zwölf Personen in Kessel ermordet. Nimm es. Ich kenne es in- und auswendig. Nicht einmal Fabrikationen könnten mir die Erinnerung an seinen Inhalt nehmen.« Er reichte es seiner Tochter. »Ach, und Nana ... ich will nicht noch einmal dieses Gift in deinem Mund sehen. Es ist widerwärtig.« Damit nickte er uns allen zu und kehrte ins Gebäude zurück.

Nana ließ ihn wortlos gehen. Nach kurzem Zögern steckte sie sich eine weitere frische Schwarzbeere hinter die Unterlippe. Vier Stück an einem Vormittag. Wenn sie so weitermachte, würde sie schon bald von einer Dimmerin zur völlig Süchtigen werden.

Trey schlug sich mit den Händen auf die Knie und stand

gemeinsam mit Jan auf. »Das war reine Zeitverschwendung. Nicht zu fassen, dass ich mit euch beiden zum Waage-Hauptquartier gegangen bin.«

»Willst du denn nicht wissen, was da drinsteht?«, fragte Nana und wedelte mit dem Buch.

»Ich kann nicht so schnell lesen wie ihr beide«, erwiderte Trey. »In ein paar Tagen kommt einer meiner Schützlinge zur Burg Königmann und lässt sich von Mikael eine Kurzzusammenfassung geben. Immerhin hat er bestätigt, was Nana gesagt hat. Bis zum Finale muss ich mir wohl keine allzu großen Sorgen machen.«

»Die Kinder vielleicht schon.«

»An die kommt er nur über meine Leiche ran«, erwiderte Trey.

»In ein paar Tagen könntest du die Informationen auch selbst abholen«, sagte ich, ohne ihn anzusehen. »Meine Mutter hat dich zum Abendessen eingeladen. Sie möchte dich gern kennenlernen. Sie will wissen, wer mein bester Freund ist.«

»Nein«, sagte Trey und ging mit Jan davon. Die Hände steckte er in die Jackentaschen, um mit den Armen die Ausbeulungen zu verbergen, die seine Pistolen verursachten.

»Er trägt ein bisschen dick auf«, sagte Nana, als die beiden außer Sicht waren. »So wie er sich benimmt, könnte man fast glauben, sein ganzes bisheriges Leben wäre eine einzige riesige Tragödie gewesen.«

Das stimmte ja auch, dachte ich. Trey hatte recht: Die Rebellen und die Schwarzbeeren hatten ihm alle Menschen genommen, die ihm lieb und teuer gewesen waren. Und nun war auch seine neue Familie in Gefahr. Es war erstaunlich, dass er trotzdem immer noch die Willenskraft hatte weiterzumachen.

Doch von alldem sagte ich Nana nichts, stattdessen fragte

ich sie: »Wie lange wirst du brauchen, um die Aufzeichnungen deines Vaters zu lesen? Schwartz wird sie sich bestimmt auch ansehen wollen.«

»Ein oder zwei Tage?«, erwiderte sie. »Hoffentlich wird mich in Burg Königmann nicht allzu viel von der Lektüre ablenken.«

»Was willst du in Burg Königmann?«

»Nun.« Nana lächelte und strich mir mit der Hand über die Schulter. »Mein bisheriges Zuhause ist voller Leichen, und ich schlafe lieber auf der Straße als im Haus meines Vaters. Er wird sich beim Versuch, den Herzensbrecher zu schnappen, umbringen, und das will ich auf keinen Fall miterleben müssen. Ich habe vor, ihn erst bei seinem Begräbnis wiederzusehen. Damit gibt es nur einen Ort, an den ich gehen kann. Vor allem mit diesem Buch.«

Ich umgab mich wirklich mit seltsamen Leuten: Entweder wollten sie etwas von mir, oder sie wollten mich tot sehen. Brillant.

»Na schön«, erwiderte ich schicksalsergeben. »Sag meiner Mutter, dass ich zum Abendessen zurück bin. Davor muss ich noch Schwartz an der Kirche des Wanderers treffen.«

Nana sah mir in die Augen. Ihrem Mund entströmte ein ekelhaft süßlicher Geruch. »Mögen deine Abenteuer Früchte tragen. Aber an deiner Stelle würde ich so schnell wie möglich zurückkehren, Mikael. Sonst erzähle ich noch allen, dass wir verlobt sind. Glaubst du, sie würden es gut aufnehmen, wenn du deine Hure zu deiner Ehefrau machst?«

»Mach's gut, Nana«, sagte ich und ließ sie auf der Bank sitzen.

»Du auch, Herzchen«, erwiderte sie. »In meinem Bett wird es kalt sein ohne dich.«

Dieser Scherz ging auf ihre Kosten. Schließlich hatten wir noch gar keine Betten in Burg Königmann.

Kapitel 27
Ein verrauchter Keller

Wie aus dem Nichts braute sich ein Schneesturm zusammen, ein letztes trotziges Aufbäumen des Winters vor dem Frühlingsbeginn. Das Schneegestöber, das der heulende Wind durch die Straßen fegte, war so dicht, dass man kaum noch die Hand vor Augen sehen konnte. Alle anderen taten, was in so einer Situation das Klügste war, und gingen heim. Ich marschierte dagegen unbeirrt weiter zur Kirche des Wanderers. Da es sehr kalt war, nahm ich den Geheimeingang, den der frühere Aufbereiter mir gezeigt hatte, und sah, als ich den Keller betrat, zu meiner Überraschung Rian Schmork, den Drachenhistoriker der Kirche des Ewigen Feuers.

Er stand vor einem brennenden Kübel und trug wie immer seine schwarze Robe mit dem aufgesticktem Flammenmuster, die seinen ausladenden Bauch mehr schlecht als recht kaschierte. Durch den Rauch, der vom Feuer aufwallte und das gesamte Untergeschoss mit seinem Geruch erfüllte, sah ich, wie seine Augen hin und her zuckten. Er hielt ein Buch in der Hand, das er zu verstecken versuchte, während er mich mit breitem Lächeln begrüßte.

»Mikael! Was für eine Freude, Euch schon so bald wiederzusehen.«

»Rian«, sagte ich und rieb die Hände aneinander. »Was macht

Ihr denn hier unten? Habt Ihr etwa vergessen, welcher Kirche Ihr angehört?«

Er winkte mich zum Feuer. Ich konnte zwar keine Flammen sehen, aber der Rauch war schön warm, und schon bald begannen meine klammen Finger zu kribbeln. Darüber vergaß ich fast das Buch. Aber nur fast.

Ich schaute ihn forschend an. »Werdet Ihr meine Fragen beantworten?«

»Möglicherweise«, erwiderte Rian. »Würdet Ihr mir glauben, wenn ich Euch sagte, dass eine Ewige Schwester mich hergeschickt hat, um die Aufbereiterin auszuspionieren?«

»Ich habe gesehen, wie Ihr dieses Buch verstecken wolltet.«

Rian seufzte theatralisch. »Schade. Meine Geschichte hätte ein unterhaltsameres Gesprächsthema abgegeben.« Er warf mir das Buch zu. »Seht es Euch an, wenn Ihr wollt.«

Es hieß *Die Anatomie der Mythen*. Es war alt und roch modrig. Der Buchdeckel, der früher leuchtend blau gewesen sein musste, war zum Teil abgerissen. Als ich meine Finger wieder einigermaßen spüren konnte, blätterte ich darin herum. Die Seiten fühlten sich brüchig an und waren mit Worten aus einer fremden Sprache beschrieben – möglicherweise Thebisch –, doch dank der zahlreichen Tierskizzen konnte ich zum Teil den Kontext erschließen. Es waren offenbar von Meisterhand angefertigte Kohlezeichnungen, die methodisch und detailliert das Innenleben von allen möglichen Tieren, darunter Elefanten, Wale, zahlreiche Fuchsarten und leuchtende Quallen, veranschaulichten.

Als ich die letzte Seite aufblätterte, sah ich, wieso Rian versucht hatte, dieses Buch vor mir zu verstecken. Mein Blick blieb an der Darstellung eines Zahnlosen Lindwurms hängen, der von allen wirklich existierenden Kreaturen den legendären Drachen am ähnlichsten war.

Ich schlug das Buch zu und reichte es ihm zurück. »Habt Ihr es hier gestohlen?«

Er verstaute es in seiner Robe. »Im Gegensatz zu Euch gebe ich es nicht zu, wenn ich ein Verbrechen begangen habe.« Er blickte einen Moment lang schweigend in den Rauch. »Ich habe es zufällig entdeckt, als ich mich gezwungen sah, eine Zuflucht vor dem Schneesturm zu suchen. Das war ein großes Glück.«

»Ich hoffe, das ist es wert.«

»Ja, das ist es.« Rian blies in den Feuereimer, worauf sich im Keller noch mehr Rauch ausbreitete. Er brannte mir im Hals und brachte mich zum Husten, aber dafür war er sehr warm. »Also, Mikael ... Besteht die Möglichkeit, würdet Ihr mir eventuell mehr über den Söldner mit den zwei Spezialisierungen erzählen?«

Der Rauch machte mich benommen, und ich zwinkerte mehrmals, um den Kopf klar zu bekommen. »Ich habe Euch bereits alles erzählt, was ich weiß.«

Der Rauch schien um mich herumzuwirbeln wie ein berauschender Tornado. Rian sah mich mit seinen verschiedenfarbigen Augen an – eines hellblau und von einem roten Ring umrandet, das andere mehr oder weniger grün. »Seid Ihr sicher? Versucht, Euch zu erinnern. Ich würde wirklich gern etwas über ihn erfahren.«

»Ich wünschte, ich könnte Euch behilflich sein«, sagte ich zaghaft. Der viele Rauch in diesem beengten Kellerraum raubte mir zunehmend die Sinne. Ich versuchte, ihn wegzuwedeln, aber er schien über mir zu schweben. Rian störte er offenbar längst nicht so sehr wie mich. »Gibt es niemand sonst, den Ihr fragen könntet?«

»Nein, nur Euch.« Er strich sich mit einem seiner langen Fingernägel übers Handgelenk. »Er heißt Schwartz, stimmt's? Von der Orbis-Kompanie?«

Ich nickte. Ich hatte das Gefühl, mich jeden Moment auf das Feuer übergeben zu müssen.

»Wisst Ihr, wo er stecken könnte? Befindet er sich irgendwo in der Stadt?«

Wahrscheinlich wartete er oben auf mich, doch ich beschloss, den Historiker anzulügen. »Ich bin mir nicht sicher. Er kommt und geht. Wir treffen uns immer nur, wenn ihm gerade danach ist. Aber ich habe ihn ein- oder zweimal nach Klein-Eham im Ostteil gehen sehen.«

»Klein-Eham?«, wiederholte Rian. »Das werde ich nachprüfen. Vielen Dank für diese Information. Geht es Euch gut, Mikael? Ihr seht ein bisschen blass aus.«

»Ich glaube, ich muss mich übergeben«, erwiderte ich und hielt mir den Bauch. »Das liegt an all dem Rauch.«

Rian streckte den Arm durch den Rauch und fuhr mir mit der Hand über den Rücken. Diese leichte Berührung verschaffte mir etwas Trost, auch wenn alles um mich herum verwaschen und unscharf war. Hatte ich zu viel Rauch eingeatmet? Ich musste so schnell wie möglich an die frische Luft.

Ich merkte, dass ich zu schwanken begann, und stützte mich von der Wand ab.

»Mikael«, sagte Rian. Da er durch den Rauch kaum noch zu erkennen war, schien seine Stimme von überallher zu kommen. Alles, was ich sehen konnte, waren rote Augen, die mich durch die Schwaden anstarrten. »Lasst mich Euch helfen. Mir war gar nicht bewusst, dass Ihr so viel Rauch inhaliert habt.«

»Luft«, keuchte ich. »Ich muss ...« Ruckartig erbrach ich mich in den Feuereimer. Die Flammen verloschen, und der Rauch verschwand fast augenblicklich durch die Risse in den

Wänden und der Decke. Ich war auf den Knien und sah zu Rian hoch. Von hier unten wirkte er größer als sonst und ... animalischer. War seine Zunge immer schon so lang gewesen?

»Besser?«, fragte er.

»Ja.« Ich wischte mir über den Mund. »Viel besser. Was habt Ihr da verbrannt, das so viel Rauch erzeugt? Es war ...« Ich verstummte, nicht sicher, wie sehr ich ihn bedrängen wollte.

»Nur ein paar Kohlen, die ich hier unten entdeckt habe«, sagte Rian und trat gegen den Eimer. Die Schwarzen Ovale auf dem Boden waren mit Erbrochenem und Ruß bedeckt. Er sah nicht heiß aus, und ich hätte ihn gern genauer untersucht, wenn er nicht ... nun, mit meinem Mageninhalt bedeckt gewesen wäre. »Ich glaube, es war einfach zu viel Rauch. Das kann manchmal passieren. Ich selbst rauche viel, während ich arbeite. Deswegen ist es mir nicht aufgefallen. Es tut mir leid, dass ich nicht früher bemerkt habe, wie es Euch geht.«

Ich murmelte höfliche Nichtigkeiten, nicht so sehr, um ihm die Schuldgefühle zu nehmen, sondern um meine Kopfschmerzen zu lindern.

»Wir werden uns schon bald wiedersehen, Mikael.« Rian klopfte mir auf den Rücken. »Das garantiere ich.« Der Historiker ging zu der Tür, durch die ich eingetreten war.

Als ich wieder einen klareren Kopf bekam, wurde mir bewusst, dass ich ihn nach verdächtigen Fremden und dem Mörder der Flüchtlinge hätte fragen können, doch als ich mich umdrehte, war er bereits verschwunden. Aber wohin? Wäre er durch die Geheimtür hinausgegangen, hätte ich einen kalten Windzug auf dem Rücken spüren müssen. Schaudernd stellte ich mir vor, wie er sich einfach in Luft aufgelöst hatte.

Kapitel 28
Die Aufbereiteten

Schwartz befand sich bereits in der Kirche. Er stand in der Nähe der Eingangstür, als ich aus dem Keller heraufkam, und starrte mich durchdringend an, während ich mir einen Weg durch das Chaos zu ihm bahnte.

Auf sämtlichen Bänken und auf dem Boden saßen und lagen Flüchtlinge mit unterschiedlich schweren Verletzungen. Jemand hatte Mohnblumen verstreut, um den allgegenwärtigen Leichengeruch zu überdecken. Von den Armen der gesichtslosen Statue hingen Hunderte hölzerne Talismane, auf ihrem Kopf saß ein Kranz aus Winterblumen, und irgendein Witzbold hatte ihm eine freundlich lächelnde Fratze aufgemalt.

Die Mönche waren zu sehr mit den Hilfsbedürftigen beschäftigt, um sich über diesen Akt von Vandalismus Gedanken zu machen. Einige von ihnen trugen Wasser und Speisen, während andere mit Knochensägen und Verbänden ausgerüstet herumliefen. Es gab auch zahlreiche Freiwillige, die an den weißen Bändern um ihre Köpfe zu erkennen waren. Obwohl seit der Ankunft der Flüchtlinge bereits mehrere Tage vergangen waren, sahen die meisten immer noch so aus, als hätten sie eine Schlacht und nicht einen langen Fußmarsch hinter sich.

»Wie bist du hereingekommen?«, fragte Schwartz streng.

»Durch den Keller«, erwiderte ich und rieb mir mit den

Händen über die Arme. Hier oben war es kälter als im Untergeschoss. Durch das mit Brettern vernagelte Loch in der Wand, wo früher das Buntglasfenster gewesen war, wehte Schnee herein, der sich überall in der Kirche verteilte. »Ich habe versucht, der Kälte zu entfliehen.«

»Hast du in den Drogenhöhlen irgendetwas Nützliches gefunden?«

»Du meinst abgesehen vom Herzensbrecher, der versucht hat, Nana und mich zu töten?«

»Was?« Schwartz senkte die Stimme. »Bist du sicher, dass er es war und nicht der Wegelagerer?«

»Er kannte Nana, und sie ist die einzige Person, die je ein großes Finale des Herzensbrechers überlebt hat. Ihr Vater, Bertram Deuter, ist der Einzige, der ihn je besiegt hat. Die Antwort lautet also: Ja, ich glaube, dass er es war und nicht der Wegelagerer.«

»Das Mädchen, das ich im Palast gerettet habe … Ihr Nachname lautete Deuter?«

»Ja«, erwiderte ich.

»Das heute muss eine Falle gewesen sein«, murmelte Schwartz. »Die Leichen hat er vermutlich extra so präpariert, dass sie diesen widerlich süßlichen Geruch verströmen. Damit wollte er uns zu den Süchtigen locken. Wahrscheinlich um herauszufinden, aus was für einem Holz wir geschnitzt sind. Ich frage mich, ob er wusste, dass auch Nana dort sein würde.«

»Damit wäre er aber von seinem gewohnten Muster abgewichen, oder nicht?«, fragte ich. »Ich habe geglaubt, der Herzensbrecher würde erst im Finale auf seine Kämpfer losgehen. Wieso sollte er riskieren, sich schon so früh zu exponieren?«

Die Schatten um Schwartz schienen sich zu bewegen und seine Gesichtszüge zu verzerren. »Weil man manchen Verlockungen schwerer widerstehen kann als anderen. Das gilt insbesondere für die Aussicht, einen Fehler wiedergutzumachen.«

»Damit unterstellst du, dass Nanas Überleben ein Fehler war«, sagte ich.

»Das war es.« Schwartz' Umgebung hellte sich auf, während er sich in der Kirche umsah. Sein Blick blieb an einer vollständig in Weiß gekleideten Frau hängen, die gerade jemand operierte. In Anbetracht der vielen Leute, die zu ihr kamen, war sie wahrscheinlich der Ersatz für den Aufbereiter, der bei meiner Rettung gestorben war. »Sie hat die Antworten, die wir wollen.«

Wir gingen zu ihr. Sie war eine dünne, blasse Frau mit rasiertem Kopf und einer tätowierten Walfischflosse auf dem rechten Handgelenk. Ihr linker Arm war unterhalb der Schulter amputiert. Sie hielt ein Skalpell, mit dem sie geschickt mehrere Bluteinlagerungen auf dem Körper des Patienten entleerte.

»Hättet Ihr einen Moment für uns?«, fragte Schwartz, als wir uns zu ihr gesellt hatten.

Die Aufbereiterin würdigte uns keines Blickes. »Seid ihr schwanger?«

»Nein.«

»Dann seid ihr kein vordringliches Problem und könnt warten, bis ich hier fertig bin.«

Wir mussten nicht lange warten. Sie führte die Schnitte so schnell aus, dass der Patient immer erst das Gesicht verzog, wenn sie einen beendet hatte. Ein Mönch brachte ihr ein Tablett voller Blutegel, die sie vorsichtig so auf der Haut anbrachte, dass sie das austretende tintenschwarze Blut aufsaugten. An dieser Heilmethode erkannte ich, dass sie von auswärts gekommen war. In den Krankenhäusern von Kessel gab es keine Blutegel mehr, da ihr exzessiver Gebrauch zu einigen Todesfällen geführt hatte.

Als sie fertig war, wischte sie die schmutzige Hand an ihrem Kittel ab. Dabei hinterließ sie auf dem weißen Stoff einen hellroten Fleck. »Wie kann ich euch beiden helfen? Ihr blutet nicht und seht auch nicht aus, als wärt ihr hungrig oder durstig oder läget im Sterben. Trotzdem habe ich das Gefühl, dass ihr mich noch ganz schön nerven werdet.«

»Wir sind hier, um uns nach den Flüchtlingen zu erkundigen«, sagte Schwartz.

Die Frau machte eine Geste, die den ganzen Raum einschloss. »Nun, hier sind sie. Sonst noch ein Frage?«

»Wir sind gekommen, um über die Morde an Flüchtlingen zu sprechen«, stellte ich klar. »In den letzten beiden Tagen sind zwei von ihnen umgebracht worden, und wir würden gern wissen, ob Ihr etwas Verdächtiges bemerkt habt. Vielleicht irgendwen, der erst seit Kurzem herkommt. Jede Kleinigkeit könnte uns weiterhelfen.«

»Diese Kirche wird überrannt von Leuten, die Hilfe benötigen«, sagte die Frau. »Ich habe keine Zeit, jeden einzelnen freiwilligen Helfer zu überprüfen oder nachzuhalten, wer an einem Tag da ist, aber nicht am nächsten. Wenn ich das täte, würde ich gar nichts mehr erledigt kriegen.«

Mit dieser Unterhaltung verschwendeten wir offensichtlich nur unsere Zeit.

»Ich habe Euren Namen gar nicht mitbekommen«, sagte Schwartz.

Eigenartig ... Seit wann interessierte er sich so sehr für andere Leute, dass er sie nach ihrem Namen fragte?

»Wahrscheinlich, weil ich ihn nicht erwähnt habe«, antwortete die Frau. »Ihr könnt mich Aufbereiterin nennen. Ich weiß allerdings, wer ihr beide seid. Schwartz von der Orbis-Kompanie, auch bekannt als der Schwarze Tod. Und Mikael Königmann. Der Königsmörder, Drachentöter und inzwischen das angehende Oberhaupt seiner legendären Familie. Ich will nichts mit euch zu tun haben.«

»Wollt Ihr nicht dabei helfen, einen Serienmörder zur Strecke zu bringen?«, fragte Schwartz.

»Doch«, sagte die Aufbereiterin. »Ich will bloß nicht mit eurem Quatsch meine Zeit verschwenden. Ich bin nicht herzlos. Hätte ich irgendwelche Informationen, würde ich sie euch geben, aber ich habe keine.«

»Woher weiß ich, dass das stimmt?«, fragte Schwartz.

Die Aufbereiterin beugte sich zu ihm vor: »Weil ich ein besserer Mensch bin als du. Wenn du mir nicht glaubst, dann sprich einfach mit den Flüchtlingen. Die wissen eh mehr als ich.«

»Genau das werden wir jetzt tun.«

»Schön«, sagte sie und reichte uns Bandagen und Wasserschläuche. »Nehmt dabei die mit. Versucht, euch ein bisschen nützlich zu machen, während ihr Menschen in Not belästigt.« Damit ging sie zu einer anderen Gruppe weiter.

Ich hatte mich schon lange nicht mehr so übers Ohr gehauen gefühlt wie in diesem Moment. Sie hatte Schwartz und mich dazu genötigt, ihr zu helfen. Schwartz' Gesichtsausdruck nach zu urteilen, war er davon auch nicht gerade begeistert.

»Sie ist ein Arsch«, knurrte er.

»Aber ein schlauer Arsch«, hielt ich dagegen.

»Hole so viele Informationen wie möglich aus diesen Leuten heraus. Vor allem Hinweise auf vermisste Personen. Aber grundsätzlich könnte alles wichtig sein. Der Herzensbrecher ist kein Dummkopf, sondern genauso listig wie mein Vater.«

Das war ein Kompliment, das ich nicht von Schwartz erwartet hätte. Und außerdem eines, auf das ich keine Antwort wusste. Also tat ich wie geheißen und begann, den Flüchtlingen zu helfen und dabei gleichzeitig so viel wie möglich von ihnen in Erfahrung zu bringen. Während ich nicht lebensbedrohliche Wunden verband und den Flüchtlingen Wasser gab, sprachen sie ganz offen mit mir. Die meisten schienen froh, jemand zum Zuhören zu haben.

Ich hörte Geschichten über einen Ort, an dem ich noch nie gewesen war und der mich auch nicht interessiert hatte, bis ich erfuhr, dass meine Mutter und ihre Familie von dort stammten. Sie erzählten mir von dem Krieg, der das Familische Imperium vernichtet und zu den Streitenden Reichen zerschlagen hatte. Von einer Spaltung der Bevölkerung, die sogar Familien entzweite. Von der Arroganz, mit der alle Anführer von sich behauptet hatten, sie wären die einzig wahren Herrscher. Von einem Bürgerkrieg, der bereits seit dreißig Jahren tobte und dessen Ende noch immer nicht absehbar war. Und dass viele von ihnen sich irgendwann eingestanden hatten, dass sich die Lage nicht verbessern würde und sie sich eine neue Heimat suchen mussten.

Als ich sie fragte, ob sie jemand vermissen würden, stellte ich fest, dass kein Einziger von ihnen in Begleitung seiner kompletten Familie angereist war. Selbst als ich klarstellte, dass ich nur Leute meinte, mit denen sie nach Kessel gekommen waren, wurde die Lage nicht übersichtlicher. Sowohl unterwegs als auch bei ihrer Ankunft in Kessel und in den zwei Tagen seither waren immer wieder Leute verschwunden. Für sie war es das reinste Chaos, für alle, die in einer von Rebellen belagerten Stadt lebten, dagegen ganz normal.

Als ich kein Wasser und auch keine Verbände mehr hatte, blieb ich bei einem schmutzigen Jungen mit schulterlangen Haaren sitzen, der mich gebeten hatte, ihm beim Einschlafen die Hand zu halten. Ich war außerstande gewesen, es ihm abzuschlagen, und konnte mich jetzt nicht bewegen, aus Sorge, ihn wieder aufzuwecken. Schwartz war derweil auf der anderen Seite der Kirche in ein Gespräch mit zwei Mönchen verwickelt.

»Dein Mutter sorgt sich um dich«, sagte Oliver hinter mir. Natürlich musste ausgerechnet er mich finden. Na super.

»Ich bin zum Abendessen zu Hause«, erwiderte ich, noch immer fest im Griff des kleinen Jungen.

»Das war mir klar«, sagte Oliver, während er einen Stuhl heranzog und sich neben mich setzte. »Hast du schon eine Antwort parat?«

»Meinst du hinsichtlich meiner Abdankung?«, fragte ich vorsichtig.

»Nein. Ich meine, ob du an dir arbeiten und dich nicht nur um diejenigen kümmern willst, die du zu deiner Familie zählst.«

»Ich hatte Wichtigeres zu tun, als mich mit solchen Fragen herumzuschlagen! Ich versuche, einen Serienmörder und einen Wegelagerer zu fangen und zugleich unsere Familie zu beschützen. Spar dir deinen ach so edlen Schwachsinn für ein andermal auf.«

Oliver verschränkte die Arme. »Warum magst du mich nicht, Mikael?«

Ich antwortete ihm nicht.

»Ich versuche nur, dir, solange es mir noch möglich ist, etwas Weisheit zu vermitteln. Es geht mir nicht darum, deinen Vater zu ersetzen.«

»Es sieht aber ganz danach aus«, fuhr ich ihn an. »All diese Ratschläge, dass ich an mir arbeiten soll, kommen ziemlich väterlich daher, findest du nicht? Mein Vater ist mein Held. Er war schon immer derjenige, dem ich nachgeeifert habe. Und nach meinen jüngsten Erfahrungen bin ich ganz besonders skeptisch, wenn mir jemand anders seine Ansichten aufschwatzen will.«

»Ach ja, Angelo Ombra. Mir hätte klar sein müssen, dass du

wegen ihm eine Abneigung gegen Vaterfiguren hast. Er hat versucht, dich zu manipulieren, seit ...« Er verstummte.

»Mein halbes Leben lang.«

»Ich versuche nicht, dich zu manipulieren, Mikael. Ich will nur deinen Blick weiten. Du gehörst zu meiner Familie, und ich will nicht, dass du scheiterst. Die Welt befindet sich im Wandel, und wenn du möchtest, dass die Familie Königmann überlebt, müssen wir uns alle mit ihr verändern.«

»Es fällt mir schwer, dir zu vertrauen, nachdem du uns von Anfang an angelogen hast. Du hast uns zwar gesagt, du liegest im Sterben, aber dabei hast du uns verschwiegen, dass du in weniger als einer Woche von den Flammen verzehrt wirst.«

Oliver schaute mich mit offenem Mund an. »Wie hast du das herausgefunden? Hast du ...?«

»Ich kenne jemand von der Kirche der Ewigen Flamme.«

»Aha.« Oliver wandte den Blick ab. »Ich hielt es für besser, ohne Vorwarnung zu sterben, als euch mit dem Gefühl zu belasten, ihr müsstet das meiste aus unserer wenigen gemeinsamen Zeit herausholen. Hast du ... hast du es deiner Mama erzählt?«

»Nein«, sagte ich. »Weil ich gehofft habe, dass du es tust, bevor ich dazu komme.«

»Ich werde es ihr bald sagen. Versprochen.«

»Das ist auch besser so«, sagte ich und ließ die Hand des Jungen los. Der regte sich im Schlaf, doch ehe er aufwachen konnte, legte ich seine Hand in Olivers, worauf er friedlich weiterschlummerte.

Oliver schaute mich an. »Ist das dein Ernst?«

»Ich tue nur, was nötig ist, um zu überleben.«

»Du benimmst dich kindisch.«

Ich zuckte die Achseln und ging davon. »Das liegt wohl in der Familie.«

Schwartz wartete auf mich. Er wirkte nicht zufrieden, aber das tat er ja nie. »Hast du etwas herausgefunden«, fragte er.

»Nicht über den Herzensbrecher, nein. Die Leute schaffen es kaum, auf sich selbst achtzugeben, geschweige denn auf sonst irgendwen. Wahrscheinlich hat der Mörder unter ihnen gerade freie Auswahl.«

»Wir haben nur Zeit verschwendet.«

»Da es ein langer Tag war, freue ich mich auf eine kleine Erholungspause.« Ich steckte die Hände zum Aufwärmen in die Hosentaschen. »Vielleicht steht ja etwas Nützliches in Bertram Deuters Notizbuch.«

Schwartz sah mich misstrauisch an. »Du hast Bertram Deuters Aufzeichnungen von den ursprünglichen Ermittlungen gegen den Herzensbrecher? Wieso hast du mir das nicht schon früher gesagt?«

»Ich bin dein Lehrling, nicht dein Partner«, spottete ich. »Woher soll ich wissen, was wichtig ist und was nicht? Wenn ich mehr wüsste, könnte ich in komplizierten Angelegenheiten wie dieser bessere Entscheidungen treffen.«

»Willst du, dass ich dich erschieße? Im Moment hätte ich nämlich große Lust dazu.«

»Ich habe ein Recht darauf zu erfahren, was du weißt, Schwartz«, erklärte ich. »Je mehr du vor mir verbirgst, desto weniger kann ich dir helfen. Außer du willst gar nicht den Herzensbrecher fangen und Zahra rächen.«

»Ich habe dir doch gesagt, dass du nie wieder ihren Namen aussprechen sollst«, presste er hervor.

»Du hast recht. Und da ich bisher immer auf alles gehört habe, was du zu mir sagst, sieht mir dieser Ungehorsam natürlich gar nicht ähnlich.«

Schwartz zögerte, dann holte er tief Luft und sagte: »Lies

Bertram Deuters Bericht durch. Danach beantworte ich dir alle Fragen.«

»Ehrlich?«

»Ehrlich. Ich spreche zwar nicht gern über meine Vergangenheit ... aber mir ist klar, dass du so viel wie möglich wissen musst, wenn wir den Herzensbrecher schnappen wollen. Ich gebe zu, dass es dumm von mir war, das nicht zu erkennen. Aber du musst auch die Grenzen deiner Annullierungs-Fabrikationen besser kennenlernen. Wir haben es nicht mit Kindern zu tun, die man leicht austricksen kann.«

»Heißt das ...?«

»Ja«, antwortete Schwartz, ehe ich meinen Satz beenden konnte. »Ich komme im Morgengrauen zu dir. Zieh dich warm an. Ich werde Eis-Fabrikationen gegen dich einsetzen und möchte nicht, dass du dir einen Finger oder einen ganzen Arm abfrierst, während wir üben. Wenn du Glück hast, kannst du vielleicht das wiederholen, was dir bei der Feier des Königs und in der Kirche des Wanderers gelungen ist.«

Angesichts der Monster, gegen die wir antreten mussten, hatte ich gar keine andere Wahl, als zu lernen, wie ich meine Annullierungs-Fabrikation besser kontrollieren konnte. Schwartz wusste das auch. Andernfalls hätte er nicht angeboten, mich auszubilden. Schließlich war er nicht für seine Großzügigkeit, sondern nur für seine Mordlust bekannt. Obwohl es riskant war, würde ich diese Chance nicht vergeuden. Hoffentlich war Schwartz ein besserer Lehrer als Domet.

Er ließ seine Nackenwirbel knacken. »Jetzt ist es Zeit, dass ich auf die Jagd gehe und zusehe, dass ich noch andere Spuren finde.«

»Mitten in einem Schneesturm?«

»Der Herzensbrecher nutzt ihn vielleicht dazu aus, sein

nächstes Opfer zu stellen. Bei diesen Wetterbedingungen kann man leicht Fußspuren folgen und denjenigen töten, der sie hinterlässt.«

»Und woher weißt, dass du den Spuren des Herzensbrechers und nicht einfach irgendwem folgst?«

»Das tue ich nicht.« Schwartz öffnete mit einer Hand die schwere Holztür und ließ eine Schneewehe herein. »Aber es ist vielleicht die letzte Möglichkeit zurückzuschlagen, bevor das Finale beginnt. Dann heißt es nur noch töten oder getötet werden. Ich weiß, was von beidem ich tun werde. Du auch?«

Einen Augenblick später hatte ihn der Schneesturm verschluckt. Um ehrlich zu sein, war ich zum ersten Mal in meinem Leben froh, dass ich mich in der Kirche aufhielt ... Schwartz war in dieser Nacht auf Blut aus, und ich wollte nicht in seiner Nähe sein, wenn er dieses Verlangen stillte.

Nur Monster konnten Monster aufhalten.

Kapitel 29
Winternacht

Ich lief vor dem Dienstboteneingang der Burg Königmann auf und ab, bis meine Ohren so kalt waren, dass ich das Gefühl hatte, sie könnten jeden Moment abbrechen. Der Schneesturm war zu einem starken Schneefall abgeflaut, doch die Kälte blieb wie eine Messerwunde im Bauch.

Alles in mir sträubte sich dagegen, nach Hause zu gehen. Dort warteten nur Schmerz und Leid auf mich. Zum Wohl der Familie musste ich meinen Nachnamen und meinen Platz in der Erbfolge aufgeben. Als ich geglaubt hatte, ich würde sterben, war es mir nicht schwergefallen, das alles zu opfern, aber ich konnte mir einfach nicht vorstellen, als etwas anderes als ein Königmann weiterleben zu müssen. Doch genau das würde jetzt passieren. Ich würde Mikael Orbis sein, der Königsmörder.

Und das nur, weil Leon nicht …

Nein, ich konnte meinem Bruder deswegen keinen Vorwurf machen. Er hatte getan, was das Beste für sein ungeborenes Kind war. Mein Vater war gestorben, um uns zu beschützen. Leon folgte lediglich seinem Vorbild. Wir zahlten beide den Preis dafür, dass wir überleben und eine Gelegenheit dazu bekommen würden, unseren Vater zu rächen.

Ich hätte noch länger gezögert und mir immer neue Ausreden einfallen lassen, wieso ich nicht nach Hause gehen konnte, aber wenn dies meine letzte Handlung als Königmann sein würde ... wollte ich mich nicht feige davor drücken. Als ich mich dem großen Saal näherte, hörte ich fröhliche Stimmen, die ich problemlos auseinanderhalten konnte. Jenn kicherte wie ein Kind, während Nanas übertriebenes Gelächter in meinen Ohren von Mal zu Mal einstudierter klang.

Da ich meine Familie nicht länger ungeschützt Nanas Launen überlassen wollte, betrat ich den großen Saal, wo neben meiner ganzen Familie – abzüglich Oliver – auch die Streuner versammelt waren, die ich in letzter Zeit aufgelesen hatte. Und Beorn ... Der arme Mann saß mit einer Flasche thebischen Wein in der Hand neben Nana und versuchte, mit ihr anzubandeln. Wenn Blicke töten könnten, hätte ihrer ihn bereits zur Strecke gebracht. Im Gegensatz zu Schwartz schien er sich nicht von meiner Familie fernhalten zu wollen. Vielleicht war er aber auch hergeschickt worden, um mich zu beobachten, solange ich der Erbe der Familie Königmann war. Gut möglich, dass sie ihre Investition im Auge behalten wollten.

Das Lachen verstummte, als sie mich bemerkten. Nur Beorn lachte weiter. Warum auch immer. Mutter kam zu mir. Schwer zu sagen, ob sie wütend war, weil ich vorhin weggerannt war oder weil ständig neue Leute in Burg Königmann einzogen. Ich hätte gern gewusst, was sie in meiner Abwesenheit gesagt hatten.

»Mikael«, sprach Mutter mich so lieb an, als würde sie mir gleich ein Stück Zuckergebäck in den Mund schieben. »Hattest du einen guten Tag? Heute Morgen bist du ziemlich abrupt aufgebrochen, nachdem du verletzt nach Hause gekommen warst. Geht es dir besser?«

Ich berührte die Wunde über meiner Hüfte. Sie tat nicht mehr so weh wie beim Aufwachen, und ich konnte auch wieder alle Bewegungen machen, wenn auch etwas steifer als sonst. Und genau das sagte ich ihr.

»Gut, gut. Dann muss ich ja kein schlechtes Gewissen haben, wenn ich dir als Strafe für heute Morgen eins überbrate. Wie kannst du es nur wagen, einfach so abzuhauen, nachdem wir die ganze Nacht wach gelegen sind und uns Sorgen um dich gemacht haben?«

Oh Mist.

Nana stützte den Ellbogen auf den Tisch und verbarg ihr Lächeln hinter vorgehaltener Hand. Stein aß kandierte Nüsse. Alle anderen starrten uns an.

»Mutter«, sagte ich, »können wir irgendwo reden, wo wir ein bisschen ungestörter sind? Das hier ist ein bisschen ...«

»... peinlich? Das freut mich. Denn wenn du dich wie ein Kind benimmst, werde ich dich auch wie eins behandeln. Im Moment bist du das zukünftige Familienoberhaupt. Wenn mir etwas zustößt, wirst du die Königmanns anführen. Du kannst nicht vor deinen Problemen davonlaufen. Du bist ein Königmann, also verhalte dich auch so.«

»Nicht mehr lange«, murmelte ich. »Ich weiß, was nötig ist.«

Da tat Mutter etwas Unerwartetes. Sie umfasste meinen Hinterkopf, zog mich an sich und küsste mich auf die Stirn. »Du spinnst ja«, flüsterte sie mir ins Ohr. »Hast du wirklich gedacht, wir würden uns nicht eine Lösung überlegen, wie du ein Königmann bleiben kannst?«

Ja, das hatte ich. Es war mir peinlich, dass ich nicht daran gedacht hatte, dass meine Familie auf mich aufpassen würde. In einer Familie kümmerte man sich umeinander. Mutter führte mich zum Tisch und platzierte mich am Kopfende, wo ich Jenn gegenüber und neben Simon saß.

Während Jenn einen Teller mit Kartoffelpuffern und Apfelmus vor mich hinstellte, wandte Mutter sich an Simon. »Würdest du Mikael bitte erklären, was wir über eine mögliche Nachfolgeregelung herausgefunden haben?«

»Es gibt eine Möglichkeit, wie du ein Königmann bleiben und deinen Erbanspruch an Jenn abtreten kannst.«

»Wirklich?«, fragte ich.

»Ja, so etwas ist schon häufiger vorgekommen«, erwiderte Simon. »Sogar bereits einmal in der Familie Königmann. Vor dem Krieg der Blutlinien hat der erstgeborene Sohn, Vinzenz Königmann, zugunsten seines jüngeren Bruders, Markus, abgedankt. Natürlich spielte das letztlich keine Rolle, da am Ende des Krieges drei der vier Geschwister nicht mehr lebten und die Erbfolge damit ganz einfach zu entscheiden war, aber es ist geschehen. Und nur das zählt.«

»Aber wie?«, fragte ich mit vollem Mund.

Simon zögerte.

»Der aktuelle Herrscher von Kessel muss es genehmigen«, sagte Jenn. »In unserem Fall wäre das die Königin.«

Ich verschluckte mich und musste mir hustend auf die Brust klopfen, um wieder zu Atem zu kommen. Jenn kam nachsehen, ob ich Hilfe brauchte, aber es ging schon wieder. »Sie wird mir auf keinen Fall helfen. Bei was auch immer. Während der letzten Tage hat sie bereits zweimal versucht, mich zu töten.«

»Wir haben zugestimmt, dass wir ihr Beweise für den Selbstmord des Königs vorlegen müssen und ...« Jenn musste abbrechen, weil Nana hörbar nach Luft schnappte. Offenbar hatte ihr noch niemand davon erzählt. »Damit haben wir nur noch einen weiteren Grund mehr, ihr Vertrauen zurückzugewinnen.«

»Wir können das alles noch immer schaffen«, fügte Mutter hinzu. »Dank deinem Freund hier ... Wie heißt du noch mal, Söldner?«

»Beorn!«

»Ja, dank Beorn wissen wir, dass die Orbis-Kompanie dein Vermögen erst für sich beanspruchen kann, wenn du zum vollwertigen Söldner befördert wirst. Vor Serenas Krönung wird das wahrscheinlich nicht mehr geschehen. Und damit bleibt uns noch genügend Zeit.«

Serenas Krönung würde augenscheinlich ein wirklich denkwürdiges Ereignis werden, bei dem sich alles entschied. Wir Königmanns würden es entweder schaffen, unseren Status als hochadlige Familie wiederherzustellen, oder aber nicht. Möglicherweise würde ich offiziell in die Orbis-Kompanie aufgenommen werden. Die Frist, innerhalb derer wir den Herzensbrecher und den Wegelagerer stellen mussten, würde ablaufen. Und nun würde es auch noch der Tag sein, an dem sich herausstellte, ob ich ein Königmann bleiben durfte oder meine Familie verlassen musste. Was für ein Spaß!

Während des restlichen Abendessens wälzten wir keine ernsten Themen mehr und führten stattdessen bloß noch Gespräche, die sich nicht um die kommenden Herausforderungen drehten. Als die Mahlzeit bereits halb vorüber war, kehrte Oliver zurück. Er tischte den anderen irgendeine fadenscheinige Ausrede für seine Verspätung auf und bedachte mich dabei mit einem bohrenden Blick. Beorn versuchte indessen weiter, Nana für sich zu interessieren, die mit mehr Selbstbeherrschung, als ich ihr zugetraut hätte, davon absah, ihm eine runterzuhauen. Sie ließ mich nicht aus den Augen, während Mutter und ich Stein dabei zuhörten, wie er die verschiedenen Betrugsmaschen beschrieb, die er im Ostteil von Kessel angewandt hatte. Im Vergleich mit ihm waren Sirash und ich offenbar absolute Leichtgewichte gewesen. Mutter mochte Stein sehr. Sie behandelte ihn wie meine Geschwister und mich, als wir noch jünger gewesen waren.

Als wir alle müde wurden und zu Bett gehen wollten, kam Oliver mit einer Laterne zu mir. Bis auf ihn, Stein und mich hatten sich alle anderen bereits in ihre jeweiligen Zimmer zurückgezogen.

»Mikael«, sagte er, »der Erste Turm ist für dich bereitet. Der Hauptraum ist leer geräumt worden und auch ein Zimmer für Stein. Es gibt sogar Betten, die wir den Reitters zu verdanken haben. Karolin, um genau zu sein. Sie fühlt sich wahrscheinlich mitverantwortlich für das, was auf der Feier geschehen ist, und versucht, es wiedergutzumachen.«

Dann hatten wir also Leon gegen Betten eingetauscht. Ich war mir nicht sicher, ob wir damit ein gutes Geschäft gemacht hatten ...

Der Erste Turm war der Ort, an dem das zukünftige Oberhaupt der Königmanns residierte. Als Kind hatte Leon dort gewohnt. Dass Oliver den Turm nun mir zuwies, machte meine Lage nur noch verzwickter. Dazu kam, dass mir der Turm, als ich ihn das letzte Mal gesehen hatte, noch völlig unbewohnbar erschienen war. Die Treppen waren einsturzgefährdet und die Wände nach den Unruhen in unserer Burg voller Risse gewesen. Ich erkundigte mich bei Oliver, ob sich daran etwas geändert habe.

Er schaute mich prüfend an und fragte: »Was glaubst du, was ich den ganzen lieben langen Tag tue? Auf den Tod warten? Ich bringe Burg Königmann zusammen mit deiner Mutter wieder auf Vordermann. Ich bin dankbar, dass du jemand gefunden hast, der dich unterstützt. Stein ist zwar noch jung, aber er hat eine schnelle Auffassungsgabe. Außerdem habe ich dank ihm einen Spaß an der Arbeit wie schon seit Jahren nicht mehr.«

Ich wusste nicht, wie ich darauf antworten sollte. »Das freut mich. Hat Mama auch noch andere Helfer auftreiben können?«

»Nein, leider noch nicht. Ich selbst hatte auch kein Glück. Aber wir werden die Kontakte deiner Mama zu den anderen Hochadelsfamilien anzapfen. Vielleicht wissen die ja jemand, der in unseren Haushalt passt.«

»Ist es üblich, andere Häuser um Hilfe zu bitten?«

»Das kommt auf die jeweiligen Familien an. Die Margets und Reitters waren sehr hilfreich, die Andels und Bergers haben uns dagegen, wie du dir sicher vorstellen kannst, erklärt, dass wir uns jede Unterstützung von ihrer Seite abschminken können.«

Dann hassten uns die Bergers also auch. Das würde ich mir merken müssen. »Vielen Dank, Oliver.«

»In einer Familie kümmert man sich umeinander.«

Ich zögerte. »Was ich in der Kirche getan habe, tut mir leid.«

»Schon gut, wir benehmen uns alle manchmal kindisch.« Er hustete glühende Kohlen in die Hand. »Jetzt ruh dich erst mal ein bisschen aus. Wir reden weiter, sobald ich deiner Mutter erzählt habe, was mit mir geschieht.«

Während Oliver mit Steins Hilfe den Tisch abräumte, ging ich zum Ersten Turm. Dort war ich seit zehn Jahren nicht mehr gewesen. Als ich die Treppe zum Hauptraum hinaufstieg, überfielen mich Erinnerungen an die Unruhen in der Burg. Ich ging um die Stellen herum, an denen Menschen gestorben waren. Hatte ich Angst, auf ihre letzten Ruhestätten zu treten? Burg Königmann war mein Zuhause, doch trotz all der Renovierungsarbeiten gelang es mir nicht, meine Erinnerungen an die damaligen Ereignisse zu verdrängen. Der Aufruhr war eines der zahlreichen blutigen Ereignisse in unserer Familiengeschichte gewesen.

Nur mit Mühe erklomm ich die Stufen bis zum Hauptraum. Er war sehr geräumig, nach Mutters Gemach der größte Raum in der Burg. Das einzige Licht stammte von dem schwindenden

Feuer im Kamin. In einer Ecke befand sich eine Luke, die zu Steins Unterkunft führte. Von seinem Raum konnte man alles andere in der Burg erreichen: den Fluchttunnel, die geheime Proviantkammer und den Brunnen. Soweit ich mich erinnerte, gab es in diesem Raum mehr Türen als Wände.

Zu meiner Freude stand an einer Wand ein Bett mit Daunendecken. Es war mit einem kratzigen Überwurf drapiert, den Jenn aus der Anstalt hatte mitgehen lassen. Am Kopfende thronten drei dicke Kissen. Es wäre eine perfekte Schlafstatt gewesen, wenn nicht Nana darauf gesessen und mich angelächelt hätte. Sie trug lediglich ein Nachthemd. Die obersten Knöpfe waren geöffnet und enthüllten ihren ... ähem.

»Hallo, Süßer«, sagte Nana.

»Ich habe Jenn hier erwartet, nicht dich.«

»Ich habe ihr gesagt, dass du mit mir an deiner Seite keine Angst vor der Dunkelheit haben würdest, und sie dann weggescheucht.«

»Wegen dem, was sie mir im Kerker angetan haben, fürchte ich mich davor, in kleinen dunklen Räumen eingesperrt zu sein, nicht vor der Dunkelheit im Allgemeinen. Das ist ein Unterschied.« Ich schlüpfte aus meinen Stiefeln. »Hast du nichts Besseres zu tun, als mich vor dem Einschlafen zu quälen?«

»Quälen? Das würde ich nie tun. Ich warte nur darauf, dass du ins Bett kommst.«

»Sehr lustig«, sagte ich und massierte meine schmerzenden Schultern. »Geh in das Zimmer, das Oliver dir zugedacht hat.«

»Genau das ist das Problem, Mikael«, erwiderte sie lächelnd. »Niemand hat damit gerechnet, dass sowohl Beorn als auch ich hier wohnen würden. Anscheinend gibt es nicht genügend Betten. Nur einer von uns beiden kann ein eigenes haben, und der andere muss sich eins teilen.«

»Du könntest auch auf dem Boden schlafen.«

Nana machte ein schockiertes Gesicht. »So etwas würdest du einer Dame zumuten?«

»Wann hättest du dich je wie eine Dame benommen?« Ich schob sie zur Seite und setzte mich ebenfalls aufs Bett. »Mich hast du zumindest nie höflich behandelt. Warum sollte ich dir gegenüber einen auf nobel machen?«

»Ich verstehe. Aber rechne nicht damit, dass ich dieses Bett einfach so aufgebe.«

Ich legte mich an den Rand der Matratze, zog die Decke über mich und platzierte eines der Kissen zwischen uns. »Das erwarte ich gar nicht. Du bleibst auf deiner Seite und ich auf meiner.«

Nana kroch schnaubend zu mir unter die Decke. »Hast du denn überhaupt kein Interesse an ein bisschen Romantik?«

»Eher nicht. Dafür habe ich zu viel zu tun.« Das war natürlich gelogen. Ich schloss die Augen und versuchte, an nichts zu denken.

Kapitel 30
Die Schrift des Königs

Stein rüttelte mich mitten in der Nacht sanft an der Schulter und flüsterte: »Angelo weicht von seinem gewohnten Muster ab.«

Ich war sofort hellwach. Nachdem ich mich, ohne Nana zu wecken, angezogen hatte, folgte ich Stein zum Königsgarten. Die Stadt lag in tiefem Schlaf. Da beide Monde am Himmel standen, kamen wir schnell voran. Merkwürdigerweise war das funkelnde Gartentor nicht bewacht. Stein führte mich zur Königsgruft.

Der hochaufragende weiße Marmoreingang war ebenfalls unbewacht. Der einzige Schutz gegen Grabräuber war das offen stehende goldene Tor und der darüber eingravierte Schriftzug: *Wer die Toten stört, wird bis in alle Ewigkeit vergessen sein.*

»Bist du sicher, dass Angelo da hineingegangen ist?«, fragte ich, den Blick immer noch auf die Warnung gerichtet.

»Ja«, erwiderte er. »Ich bin ihm von seinem Haus hierher gefolgt.«

Ich sah, dass gleich hinter dem Eingang eine Laterne fehlte. Angelo war also immer noch dort drinnen, und ich würde nur herausfinden, was er in der Gruft machte, wenn ich ihm hinein folgte. Ich wusste so wenig über diesen Mann, dass ich keine Gelegenheit verstreichen lassen durfte, mehr über sein Leben, seine Absichten und die Gründe zu erfahren, weshalb er dringend den Adel vernichten wollte.

»Hol Jenn, wenn ich bis Sonnenaufgang nicht zurück bin«, befahl ich, während ich das Tor weiter aufstieß. »Vielleicht auch Schwartz. Oder Beorn. Irgendwen, der etwas ausrichten kann.«

»Willst du ernsthaft da hineingehen?«, fragte Stein. »In eine Gruft bringen mich keine zehn Pferde. Wer will schon von so vielen Toten umgeben sein?«

»Burg Königmann ist auf einer Gruft errichtet, Stein.«

Er verzog das Gesicht. »Wirklich?«

»Ja«, erwiderte ich und blickte in den dunklen Gang, der sich vor mir erstreckte. Hoffentlich würde ich als Königmann vor dem Fluch geschützt sein. »Wenn Angelo vor mir herauskommt, läufst du davon. Verstanden?«

Stein salutierte. »Jawoll, mein Herr und Meister.«

Wenigstens war er unterhaltsam.

Ich nahm die zweite Laterne von der Wand und zündete sie an einer anderen an. Dann stählte ich mich innerlich und stieg die Treppe in die Königsgruft hinunter. Hier unten war es kühler als draußen, und mein Atem bildete Wölkchen. Die Treppenwände waren mit einer sich ständig wiederholenden Buchstabenfolge beschriftet – HWEHGWE YQW SFE WESBWX QY IQVPEX OLXKJ –, die wie Wasser in die Tiefe zu fließen schien. Meine Laterne tauchte alles in ein goldenes Licht. Am unteren Treppenabsatz gelangte ich in einen riesigen Gang, von dem Dutzende von Türen abgingen. Sie waren mit den Namen der ehemaligen Könige und Königinnen beschriftet. Ich sah auch hier überall die seltsame Schrift, allerdings mit einer anderen Buchstabenfolge – HWQSETSQW QY TEVQXG. Ich wurde daraus nicht schlau.

Ich wanderte den Gang entlang und rüttelte an den Türen. Von König Isaak bis Sophia, der Königin des Sommerendes, waren sämtliche Gräber verriegelt, doch das allerletzte war aufgebrochen. Es gehörte Adrian dem Befreier, dem ersten König von Kessel.

Adrian war möglicherweise der Einzige hier, der mir die Störung seiner Totenruhe verzeihen würde. Nach kurzem Zögern folgte ich Angelo. Je tiefer ich in die Grabstätte eindrang, desto enger wurde der Gang, bis ich schließlich mit den Schultern an den Wänden entlangschabte und mir die Laterne an die Brust drücken musste. Ich wusste nicht, was ich tun sollte, wenn sie zerbrach. Wahrscheinlich würde ich in dem Fall hinauskriechen müssen. Dann hätte Stein was zum Schauen.

Als ich allmählich so nervös wurde, dass Schatten am Rand meines Blickfelds zu tanzen begannen, kam ein großes Grabmal in Sicht. Ich sah, dass etwas herausragte, doch bevor ich es erkennen konnte, trat ich ins Leere und rutschte einen Tunnel hinunter, den ich übersehen hatte. Ich schrie und landete hart auf dem Hintern. Dabei zerbrach die Laterne, doch es wurde nicht dunkel, da am anderen Ende des mit Knochen gefüllten Raums ein Licht brannte.

Ein Schatten lehnte an der Wand. Als die Laterne sich bewegte, beleuchtete sie einen kantigen Kiefer und kühle graue Augen. Angelo Ombra öffnete lächelnd seinen langen Mantel und gab den Blick auf die Steinschlosspistolen an seinen Hüften frei. »Du musst wirklich damit aufhören, dich an so unbekannte Orte vorzuwagen, Mikael. Bist du mir etwa gefolgt?«

Ich rappelte mich mit zusammengebissenen Zähnen auf und schalt mich insgeheim dafür, dass ich keine Waffen mitgenommen hatte. »Erwartest du darauf wirklich eine Antwort?«

»Nein«, erwiderte er. »Ehrlich gesagt hätte ich damit rechnen müssen. Du hast noch nie auf mich gehört. Was nicht weiter überraschend ist, wenn man deine Mutter kennt. Aber ich bin neugierig: Bist du gekommen, um mich zu töten oder um etwas zu erfahren?«

»Je nachdem«, sagte ich und ging im Raum auf und ab. Es lagen keine Steine herum, mit denen ich ihn angreifen konnte, und die Knochen würden vermutlich zerbrechen, wenn ich ihn damit schlug. Wenn ich ihn überwältigen wollte, blieben mir dazu nur meine bloßen Hände. »Aber wahrscheinlich sollte ich dich umbringen. Hier unten würde nie jemand deine Leiche finden. Und es wäre ein angemessener Tod für dich.«

Angelo tat, als würde er gähnen, und stellte die Laterne auf den Boden. »Glaubst du etwa, ich hätte für so eine Situation nicht vorgesorgt?«

»Du lügst.«

»Tue ich nicht«, erwiderte er lässig. »Die Majestät-Kompanie versteckt sich vor den Mauern von Kessel, wo sie weder von den Wächtern noch von der Rebellenarmee gesehen werden kann. Wenn ich mich nicht jeden Tag melde, hat sie Anweisung, die Stadt zu schleifen und die Erde, auf der sie steht, zu salzen. Siehst du: Selbst wenn ich sterbe, wird Kessel leiden.«

»Da draußen kann sich unmöglich eine ganze Söldnerkompanie verstecken.«

Angelo verschränkte die Arme und neigte den Kopf zur Seite. »Kannst du das wirklich riskieren?«

Wir wussten beide, dass ich es nicht konnte. »Wieso sollte sich die Majestät-Kompanie vor Kessel aufhalten?«

»Das wirst du noch früh genug verstehen. Nur so viel ... Ach nein, ich will nicht die Überraschung verderben.«

Ich hasste diesen Mann von Minute zu Minute mehr. Und

was noch schlimmer war: Ich hing hier unten mit ihm fest. Sicherheitshalber sah ich mich noch einmal um, entdeckte aber keine Ausgänge. »Wir sind in dem Grab gefangen, stimmt's?«

»Mehr oder weniger.«

»Mehr oder weniger?«, wiederholte ich.

»Ja.« Er deutete mit dem Daumen auf die Wand hinter ihm. »Siehst du all die Bilder? In ihnen verbirgt sich der Schlüssel zu einem Geheimgang. Ich habe ihn bloß noch nicht gefunden.« Er biss sich ein Stück Fingernagel ab und spuckte es aus. »Würdest du mir bitte dabei helfen, hier herauszukommen?«

»Das mache ich auf keinen Fall. Früher oder später wird mich jemand holen kommen.«

Sein Lächeln wurde breiter, und ich musste ein Schaudern unterdrücken. »Bevor die Prinzessin das Grab ihres Vaters besucht? Sie kommt jeden Morgen bei Sonnenaufgang hierher. Trauer ist etwas Schreckliches, nicht wahr? Ich bin sicher, sie wird die fehlenden Laternen bemerken und der Sache auf den Grund gehen wollen. Meinst du, sie glaubt mir, wenn ich behaupte, dass *ich* dir hierher gefolgt bin anstatt umgekehrt?«

Ich starrte ihn schweigend an.

»Du hast recht, dass dies ein gutes Versteck für eine Leiche ist. Sie wird das vielleicht auch so sehen.«

»Mehrere Leute wissen, dass ich hier bin«, knurrte ich.

»Mag sein, aber das Verhältnis zwischen dir und der Prinzessin ist wahnsinnig angespannt. Wenn sie merkt, dass du ihre Familiengruft geschändet hast, reißt ihr vielleicht endgültig der Geduldsfaden.«

Ich spielte am Ring meines Vaters herum. »Was hattest du hier vor?«

Als Angelo die Laterne aufhob, fielen die Seiten seines Mantels wieder über die Pistolen. »Wenn du mir hilfst, von hier zu entkommen, wirst du es herausfinden. Oder weißt du schon genug, um mich aufzuhalten?«

Ich unterdrückte den Drang, den einen Trumpf hinauszuposaunen, den ich im Ärmel hatte. Stattdessen sagte ich: »Halte die Laterne so, dass ich die Bilder deutlich erkennen kann.«

Er tat es.

Die Wand war in ein Gitterwerk aus fünf mal fünf Rechtecken unterteilt, die lauter unterschiedliche Motive enthielten, darunter Feuer, Blitze, Wolken und Schwerter. Ich konnte kein Muster in ihnen erkennen. Als Angelo ein Stück zurückgetreten war, fuhr ich mit den Händen über die Wand, fand darin aber keine Vertiefung für den Ring meines Vaters. Es wäre allerdings auch erstaunlich gewesen, wenn dieser Trick ein zweites Mal funktioniert hätte.

»Hast du eine Ahnung, wie alt diese Gruft ist?«, fragte ich.

»Wahrscheinlich ist sie vor Adrians Tod ausgehoben worden«, sagte Angelo. »Sie ist in dem gleichen Stil gestaltet wie das Gebäude darüber, und ich kann mir kaum vorstellen, dass hier unten nach seiner Beisetzung weitergebaut worden ist. Dafür habt ihr Königmanns und Königlichen viel zu viel Angst, eure Ahnen zu beleidigen, selbst wenn es darum geht, Grabräuber fernzuhalten.«

All die auf dem Boden herumliegenden Knochen und vermodernden Kleidungsstücke bewiesen, dass sie Sicherheitsvorkehrungen gegen Eindringlinge getroffen hatten. »Gibt es in allen Königsgräbern Fallen?«

Er schüttelte den Kopf. »Nein, nur in Adrians.«

»Weil er der erste König war?«

»Nein«, erwiderte Angelo, »wenn ich recht habe, gibt es dafür einen sehr guten Grund.«

Mehr sagte er nicht dazu, und so machte ich mich wieder

an die Lösung des Rätsels. Als Erstes drückte ich auf sämtliche Symbole, doch keines gab nach. Dann untersuchte ich die Fugen zwischen den Steinblöcken, in der Hoffnung, dass einer von ihnen einen Tunnel verbarg und sich entfernen ließ, doch ohne Werkzeug würde ich sie keinen Zoll bewegen können. Das merkte ich, als ich gegen sie trat.

Mit reiner Körperkraft würde ich hier nichts ausrichten können. Also legte ich eine Hand an die Wand und schloss die Augen. Eine Möglichkeit hatte ich noch. Ich sammelte die Wärme in meiner Brust und ließ sie durch meine Handfläche über die Steine strömen, bis ich spürte, dass meine Magie alle Bilder bedeckte.

Die Wand stürzte ein und enthüllte eine Treppe.

Angelo stieß einen Pfiff aus. »Gut gemacht, Mikael. Gut, dass du mir gefolgt bist, sonst hätte ich vielleicht *für immer* hierbleiben müssen. Und das wäre doch eine echte Schande gewesen.«

Ich biss die Zähne zusammen und folge ihm die Stufen hinauf. Ich ertrug es ohnehin kaum, mit ihm hier unten zu sein – und hielt nach wie vor nach irgendetwas Spitzem Ausschau –, doch dass ich gerade Erinnerungen geopfert hatte, um ihm zu helfen, bereitete mir Übelkeit. Der einzige Grund, warum ich mich nicht übergab, war, dass ich mir vor ihm keine Blöße geben wollte.

Die Treppe führte in Adrians Mausoleum. Die Wände waren mit sanft schimmernden grünen Kristalladern durchzogen. Da wir die Laterne nicht mehr benötigten, stellte Angelo sie ab. Das Grabmal selbst war ein massiver Marmorblock, in den Szenen aus König Adrians Leben eingraviert waren. Die meisten waren verwittert und kaum noch zu erkennen. Rechts von dem Grabmal stand ein Steinschemel, der an diesem sakralen

Ort merkwürdig deplatziert wirkte. Doch mein Blick wurde vor allem von dem verzierten Bogen angezogen, der wie eine widerspenstige Locke von dem Marmorblock abstand. Er war völlig weiß, gebogen und mit den Worten *Für das Volk* graviert.

Angelo nahm den Bogen und warf ihn auf den Boden, wo er in tausend Stücke zersprang.

»He!«, rief ich und merkte, wie mir die Hitze in die Wangen stieg. »Warum hast du das getan?«

Angelo zuckte die Achseln. »Wen kümmert's? Er war alt und nutzlos.« Er fuhr mit den Fingern über die Fuge zwischen dem Deckel und dem Rest des Marmorblocks. »Hilf mir, ihn wegzuschieben.«

»Ich werde dir überhaupt nicht helfen.«

Angelo bedachte mich mit einem finsteren Blick und zeigte zum Ausgang. »Dann verschwinde.«

»Erst wenn ich weiß, was du hier willst.«

»So kindisch«, murmelte er und holte tief Luft. Dann begann er, den Marmordeckel vom Grab zu schieben. Er schaffte es tatsächlich ohne mein Hilfe und kippte die schwere Platte schon bald auf den Boden.

Als der Staub sich wieder legte, starrte uns ein mit modrigen Holzsplittern bedecktes Skelett entgegen. Es war in Lumpen gehüllt und trug einen Silberreif auf dem Kopf. Zu seinen Füßen lagen Dutzende Bücher, unter seinen verschränkten Händen ragte ein Schlüssel hervor. Angelo nahm ihn sofort an sich. Ich bohrte meine Fingernägel so fest in die Handflächen, dass sie bluteten.

Angelo hielt den silbernen Schlüssel in die Höhe. Er war sehr alt, klein und ein wenig krumm. »Interessant«, sagte er. »Dann haben sie also so weit vorausgedacht.«

»All das für einen Schlüssel?«

»Ja.« Er warf ihn ins Grab zurück. »Aber der hier ist nur eine Attrappe. Vielleicht habe ich mich getäuscht, und es ist gar nicht hier.«

»Was ist vielleicht nicht hier?«

Angelo zuckte die Achseln. »Ich habe gelernt, wann ich schweigen muss. Du hättest es nur erfahren, wenn ich es gefunden hätte, was leider nicht der Fall zu sein scheint.« Er blickte auf den skelettierten König hinab. »Ich hasse sämtliche Könige, aber er war vermutlich der Klügste von ihnen. Ihm kann keiner das Wasser reichen.«

Mir musste er das nicht sagen. Ich merkte es an der Last, die auf meinen Schultern ruhte. Während Angelo wirr vor sich hin murmelte, ging ich auf die andere Seite des Grabes zu dem fehl am Platz wirkenden Steinschemel. Ohne zu wissen, was mich dazu veranlasste, setzte ich mich darauf und beugte mich wie zum Gebet vor. Ich hoffte, König Adrian würde mir vergeben, dass ...

Eine der Wände glitt rumpelnd zur Seite und enthüllte einen weiteren verborgenen Raum.

Angelo machte große Augen und verzog die Lippen zu einem breiten Lächeln. »Wie naiv von mir. Ich hätte wissen müssen, wie die Königlichen denken. Es war ja klar, dass der wahre Weg nur einem Königmann offensteht.«

Ich erhob mich wieder. »Wovon sprichst du?«

Angelo nahm die Laterne und betrat den geheimen Raum. Ich folgte ihm. Während der vorherige Raum ein makelloses Denkmal für den ersten König von Kessel gewesen war, bot dieser hier einen völlig anderen Anblick. Im Zentrum stand ein Steinsarkophag, in dem mehr als fünfzig Schwerter mit gezackten Klingen steckten. In seiner Mitte klaffte ein menschengroßes Loch, und an allen Wänden und auf dem Boden klebte getrocknetes Blut. Dieser Ort sah wie der Schauplatz eines Mordes aus.

»Wieso befindet sich hinter Adrian dem Befreier eine verborgene Grabkammer?«, fragte ich laut. »Wieso ehrt jemand auf diese Weise die Toten?«

»Wer sagt, dass es um eine Ehrung geht?« Angelo sah auf den Sarkophag hinunter. »Keine Knochen ... nur Blut. Ich frage mich ...« Er kniete sich vor den Sarkophag und wischte mit dem Ärmel etwas von dem Schmutz ab, der ihn bedeckte. Trotz der leuchtenden Kristalle und seiner Laterne waren die eingravierten Worte kaum zu erkennen. »Dann war das also alles für dich gedacht, Alphonse ...«

»Wer ist Alphonse?«

Angelo drehte sich zu mir um. »Bloß ein alter Narr.«

»Du lügst mich doch an.«

»Tue ich das?« Er stand auf. »Du kennst die gleichen Hinweise wie ich und weißt genug, um sie zusammenzufügen. Aus welchem Grund sollte man einen Sarkophag verstecken? Und wozu ist es gut, einen Leichnam mit so vielen Schwertern zu durchbohren?«

Dafür fiel mir nur ein einziger Grund ein. »Hier wurde ein Unsterblicher gefangen gehalten.«

»Und ich dachte schon, du zierst dich. Wie erfreulich. Es war tatsächlich eine Falle, wenn auch ein ziemlich grobschlächtige. Kannst du dir denken, wer der Unsterbliche war?«

Hatte Domet hier gelegen? Hieß er in Wahrheit Alphonse? Hatte Emilia diese Kammer entdeckt und Domets echten Namen von dem Sarkophag abgelesen? »Ist es das, wonach du gesucht hast?«

»Es macht keinen Spaß, wenn du meine Fragen nicht beantwortest«, erwiderte Angelo. »Nein, danach habe ich nicht gesucht. Aber ich habe etwas Interessantes herausgefunden, und wir beide konnten ein wenig Zeit miteinander verbringen. Ich habe also keinen Grund, mich zu beklagen.«

Ich ballte die Fäuste. »Was auch immer du vorhast, wird nicht klappen, weil ich dir das Handwerk legen werde. Ich bin viel schlauer, als dir klar ist.«

Angelo lachte. »Nein, bist du nicht. Ich habe dich großgezogen, Mikael. Ich habe für dich gesorgt und war dein Vertrauter. Ich kenne all deine Tricks, Gedanken und Fähigkeiten. Du wirst mich niemals beeindrucken …«

»Katharina Naverre.«

Kaum hatte ich diesen Namen ausgesprochen, ließ er die Maske fallen, und ich erhaschte zum ersten Mal einen Blick auf den wahren Angelo Ombra. Ich sah Irrsinn, Chaos und Wut. In ihm steckte ein Monster, genau wie in seinem Sohn.

»Nimm ihren Namen nie wieder in den Mund«, sagte er, jede Silbe einzeln betonend. »Sag ihn nicht, als wäre er ein ganz gewöhnlicher Name. Als wäre sie dir, deiner Familie und allen, die euch unterstützen, nicht überlegen gewesen. *Lästere* ihren Namen nicht.«

Ich nahm allen Mut zusammen. »Es tut mir leid. Ich wusste nicht, dass Gottes Name Katharina Na…«

»*Das reicht!*« Seine Stimme dröhnte so laut durch die Gruft, dass es mir den Atem verschlug.

Ich merkte, dass ich erschüttert zurückgewichen war, und machte wieder einen Schritt auf ihn zu. Sein Schatten schien mich einzuhüllen. »Ich erfahre von Tag zu Tag immer mehr über diese ganze Geschichte. Ganz ohne Schwartz' Hilfe.« Ich ging vor ihm auf und ab. »Was glaubst du, wie lange es dauert, bis ich deinen Pläne durchschaue? Meinst du wirklich, du könntest mir immer eine Nasenlänge vorausbleiben?«

»Ja«, erwiderte er. »Ich weiß, wie ich die Leute einlullen muss, damit ich kriege, was ich will. Ich habe es bei einem König geschafft. Glaubst du nicht, dass es mir dann auch bei den anderen Hochadligen und der Prinzessin gelingt?«

»Der König war nicht so stark wie die Prinzessin.«

»Das stimmt. Aber ich weiß, was auf ihrer Haut geschrieben steht, welche albernen Fantasien ihr durch den Kopf spuken und an welche Pflichten sie sich gebunden fühlt. Wenn überhaupt, ist sie sogar noch leichter zu kontrollieren als der König. Er hat an allem gezweifelt und selten gehandelt, um nur ja nicht den Status quo zu gefährden.«

»Sie wird erkennen, was du vorhast …«

»Nein, das wird sie nicht.« Er sah auf mich herab. »Dafür ist sie viel zu sehr von dir besessen.«

»Im Moment, aber das wird sich ändern, wenn sie die Wahrheit über den König erfährt.«

»Die kennt sie bereits, Mikael. Glaubst du wirklich, irgendein Kind schafft es, sich einzugestehen, dass sein Vater Selbstmord begangen hat? Und wenn du ihr einen ganzen Berg von Beweisen vorlegst, wird sie trotzdem alle verwerfen und weiter nach einer alternativen Erklärung suchen. Andernfalls hätte sie ja kein Ziel mehr, auf das sie ihren Hass richten kann – der eigentlich ihr selbst gilt, weil sie Isaak nicht helfen konnte. Muss ich dich daran erinnern, dass du selbst auch nicht lockerlässt, was deinen Vater betrifft?«

Ich starrte ihn an.

»In dieser Stadt wird der Hass weitervererbt.«

»Das kann sich ändern.«

Angelo ging davon. »Nicht schnell genug. Aber ich wünsche dir Glück, *Sohn*.«

Nachdem Angelo weg war, blieb ich noch lange in der Gruft

und untersuchte den Schlüssel, Adrians Grab und den Sarkophag noch einmal ganz genau, um sicherzugehen, dass ich auch wirklich nichts übersehen hatte. Doch anstelle des Namens Alphonse fand ich nur die Buchstabenfolge *GVHRQXJE*.

Als ich aus der Gruft trat, war es immer noch dunkel, und Stein lehnte schlafend mit dem Rücken an einem Baum. Im ersten Moment ärgerte es mich, dass er meine Anweisungen missachtet hatte, doch dann machte ich mir bewusst, dass er noch ein Kind war und das Recht dazu hatte, sich hin und wieder altersgemäß zu benehmen. Also weckte ich ihn nicht, sondern nahm ihn auf die Arme und trug ihn zur Burg Königmann zurück.

Zu Hause angekommen, legte ich Stein in sein Bett und kehrte in mein eigenes Zimmer zurück, wo Nana noch immer leise schnarchend schlief. Als ich vorsichtig zu ihr unter die Decke schlüpfte, legte sie einen Arm um mich. Da er sich warm und behaglich anfühlte, ließ ich ihn, wo er war, und schlummerte mit dem Gefühl, in Sicherheit zu sein, ein.

ZWISCHENSPIEL
DER KÖNIG DER GESCHICHTEN

Während Simon im Morgengrauen die Niederschrift der Ereignisse bei Leons und Karolins Verlobungsfeier fertigstellte, wurde Mikael an den Fußknöcheln aus der Burg gezerrt. Er rief Beleidigungen, machte dämliche Witze und bettelte den Schwarzen Tod sogar um Essen an, während der ihn an den frühstückenden Mitgliedern der Familie Königmann vorbeischleifte. All das wurde ignoriert – nicht nur vom Söldner, sondern auch von Mikaels Verwandten –, und es dauerte nicht lange, bis seine Rufe von den Wänden der Korridore widerhallten und schließlich ganz verklangen.

Da Simon keinen Spaß daran hatte, bei Fabrikations-Übungen zuzusehen – auch wenn er an sich liebend gern beobachtet hätte, wie Mikael immer wieder niedergeschlagen wurde –, musste er sich einen anderen Zeitvertreib suchen. War irgendjemand hier es wert, schriftlich für die Nachwelt festgehalten zu werden? Oder hätte er mit ihnen allen nur seine Tinte verschwendet?

»Ich habe versucht, ihn aufzuwecken, aber er hat bloß gestöhnt und gesagt, dass er noch schlafen müsse«, erklärte Nana. Sie hatte einen Fuß auf den Tisch gelegt und las in Bertram Deuters Notizbuch. Simon hatte bereits mehrfach versucht, einen Blick hineinzuwerfen, doch die Süchtige war erstaunlich geschickt darin, es nicht aus den Augen zu lassen und gleichzeitig vor ihm zu verbergen. »Eigentlich müsste er inzwischen doch gelernt haben, dass man dem Schwarzen Tod besser keinen Grund gibt, Gewalt anzuwenden.«

»Das möchte man eigentlich meinen.« Julia Königmann betrat den Raum. Ehe sie fragen konnte, was gerade los gewesen war, erklärte Simon: »Er hat verschlafen und seine Verabredung mit dem Schwarzen Tod verpasst.«

»Aha«, erwiderte Julia. »Dann musst du eine Besorgung für mich machen, Jenn.«

Die jüngste Königmann starrte auf ihr Frühstück. Sie hob den Löffel und sah zu, wie der schleimige Brei davon heruntertropfte und den Rand ihrer Schüssel bespritzte. Jenn war wieder wie ein Junge angezogen, mit einer Mütze, unter der sie ihre langen Haare verbarg, Mikaels altem fadenscheinigem Mantel und einer verwaschenen Hose. Soweit Simon wusste, hatte sie sich seit ihrem Auftritt als Dolin Holzmann beim Endlosen Walzer nicht mehr so verkleidet. Warum also heute?

»Jenn«, wiederholte Julia. »Kannst du mich hören?«

Jenn riss die Augen auf, als wäre sie aus seinem schönen Traum erwacht. Ihr Löffel landete klirrend auf dem Tisch. »Entschuldige, Mama. Ich war in Gedanken versunken. Was brauchst du?«

Julia legte ein kleines mit Schnur umwickeltes Päckchen auf den Tisch und schob es ihrer Tochter zu. An seiner Größe und Form sah Simon, dass es sich um ein Buch handelte. Bücher erkannte er immer, egal wie gut oder schlecht sie verpackt waren.

»Du musst das hier für mich zur neuen Aufbereiterin bringen. Ihr Name ist Drisig Tiro. Sie ist eine Winterfrau und stand früher an Position dreißig in der familischen Thronfolge. Wir wurden gemeinsam in die Kirche des Wanderers eingeführt, und ich hoffe, dass sie dieses Geschenk als Anlass nimmt, sich mal wieder mit mir zu unterhalten, nachdem ...« Sie verstummte. »Ach, das ist nicht wichtig. Sobald du damit fertig bist, brauche ich deine Hilfe bei ...«

Julia Königmann war mal Mitglied in der Kirche des Wanderers gewesen? War sie vor oder nach ihrer Hochzeit mit einem Königmann dort ausgetreten? Oder hatte es etwas mit dem Zusammenbruch des Familischen Imperiums zu tun gehabt? Simon würde dem auf den Grund gehen müssen. Diese Königmanns waren wie Ratten, die man einfach nicht erwischen konnte. Nur dass sie anstelle von Flöhen Geheimnisse mit sich herumtrugen.

»Entschuldige, Mama«, sagte Jennina und stand so schnell auf, dass ihr Stuhl kreischend über den Boden schrammte. »Ich muss den ganzen Tag beim Schmied im Schwertviertel arbeiten. Aber das hier kann ich auf dem Hinweg abliefern.«

Das war gelogen – Jennina hatte in letzter Zeit nicht beim Schmied arbeiten dürfen. Und daran würde sich auch so schnell nichts ändern. Ein einfacher Schmied wollte ganz sicher nicht in eine Fehde hineingezogen werden, an der die Königin im Wartestand beteiligt war. So unverzichtbar war kein Lehrling.

Es war zwar möglich, dass sie sich bloß vor harter Arbeit drücken und den Tag mit Lesen verbringen wollte, wie sie es häufig tat. Aber es stand fest, dass die jüngste Königmann gelogen hatte. Und damit war für Simon klar, was er selbst an diesem Tag tun würde. Da er bisher fast ausschließlich auf Mikael konzentriert gewesen war, hatten die restlichen Königmanns seinem allwissenden Blick entgehen können. Doch die Geschichte, an der er schrieb, handelte nicht nur von Mikael, sondern von dessen gesamter Familie. Er würde all ihre Geheimnisse ans Licht zerren, um ein für alle Mal ihr Vermächtnis zu vernichten. Wie sie es verdienten.

Da Julia nicht dazu neigte, ihre Kinder zu bedrängen, nahm sie Jenninas Lüge für bare Münze und richtete ihre Aufmerksamkeit stattdessen auf Stein und Nana, um die beiden für ihre Dienste einzuspannen. Simon folgte Jennina und nahm nur seine wichtigsten Utensilien mit, um mitschreiben zu können, wenn sich etwas Erinnerungswürdiges ereignete.

Und das passierte eigentlich immer.

Jennina wartete sichtlich schlecht gelaunt auf einem festgetretenen braun verfärbten Schneehaufen auf ihn. »Was willst du, Simon?«

»Ein neues Schwert«, sagte er und ließ seine Schreibfedern in seinen roten Ärmeln verschwinden. »Ich habe mir überlegt, bei deinem Schmied eins machen zu lassen.«

»Das glaube ich dir nicht.«

»Also gut, du hast mich erwischt.« Simon hob beide Hände. »Ich will eine neue eiserne Schreibfeder haben. Meine aktuelle gibt allmählich den Geist auf. Und von einer Königmann bekommt man sicher nur allerbeste Wertarbeit.«

Jennina machte auf dem Absatz kehrt und ging davon. Simon schloss zu ihr auf. Sie gingen so schnell zwischen den heruntergekommenen Häusern vor Burg Königmann durch, dass Simon sich fragte, ob er möglicherweise zu viele Tintenfläschchen in seiner Archivarenrobe mit sich herumtrug. Sie klirrten wie Glöckchen, während er mit Jennina Schritt zu halten versuchte.

»Du bist ganz schön schnell«, sagte er keuchend.

»Und du ganz schön langsam.« Jennina blieb so abrupt stehen, dass Simon fast gegen sie geknallt wäre. Während er mit den Händen auf den Knien um Atem rang, fragte sie: »Verrätst du mir jetzt, was du willst? Oder soll ich anfangen zu rennen?«

»Ich ...«, japste Simon, »... bin neugierig auf dich.«

»Auf was genau?«

»Ob du schon mal verliebt warst.«

Jennina trat unwillkürlich einen Schritt zurück und wurde rot, als wäre ihr Gesicht mit juckendem Klee in Berührung gekommen. »Verliebt? Was ist das denn für eine Frage?«

Simon war ein in der Wolle gefärbter Geschichtenerzähler, was ihn gleichzeitig zu einem hervorragenden Lügner machte. Schließlich waren Geschichten nichts anderes als lange, bunt ausgeschmückte Unwahrheiten. »Weil ich glaube, dass du im Moment in jemand verliebt bist. Was gäbe es sonst für eine Erklärung für die sehnsüchtigen Blicke, die du deiner Breischüssel zuwirfst, oder für deine spontane Weigerung, deiner Mutter Erledigungen abzunehmen?«

Die jüngste Königmann gewann rasch ihre Fassung wieder und hob lässig das Päckchen hoch. »Ich helfe ihr doch. Nur eben nicht bei allem, was heute anfällt. Ich habe eine Arbeit.«

»Eine Arbeit, die wichtiger ist als die Stellung der Familie Königmann in Kessel?«

Als sie zu einer Antwort ansetzte, wurden sie von einer Ratte unterbrochen.

Mikael Königmann hechtete ganz in der Nähe aus einem Fenster, rollte sich ab und rannte, laut vor sich hin schimpfend, an ihnen vorbei. Einen Moment später tauchte auch Schwartz auf. Er zerbrach die Fassade des Hauses, aus dem Mikael gekommen war, und eilte ihm auf einer Rutsche aus durchsichtigem Eis hinterher. Mikaels feige Schreie verklangen, noch ehe das Eis schmelzen konnte.

Jennina rieb sich die Stirn. »Tu, was du nicht lassen kannst, Simon, aber geh mir nicht auf die Nerven.«

»Das würde mir nicht im Traum einfallen.« Zwei Häuser weiter tat er es erneut. »Und, warst du je verliebt?«

»Kann ich dir für jede Frage, die du mir stellst, auch eine stellen?«

Simon nickte. Die Frage, die er ihr gestellt hatte, wäre unter diesen neuen Gesichtspunkten zwar nicht seine erste Wahl gewesen, aber vielleicht würde er Jennina damit ihre Geheimnisse entlocken können. Er hatte festgestellt, dass alle vorzugsweise über ihre Liebesgeschichten sprachen. Auch wenn sie schlimm geendet hatten. Und manchmal sogar ganz besonders dann.

»Ich war einmal verliebt«, sagte sie leise. »In eine Person, mit der ich befreundet war. Jemand, dem ich mich anvertraut habe, wenn ich mit meinen Gefühlen für meinen verräterischen Vater haderte. Aber wir haben uns wegen meiner vielen Arbeit in der Anstalt und beim Schmied aus den Augen verloren. Soweit ich weiß, ist diese Person jetzt in Neu-Drakon und versucht, eine Pistole zu konstruieren, mit der man schneller hintereinander schießen kann.« Sie verstummte kurz. »Dir geht es wahrscheinlich ganz ähnlich. Ich kann mir nicht vorstellen, dass man als Aufzeichner viel Zeit für die Liebe hat.«

»Was kümmern mich andere Menschen, wenn ich Bücher lesen, Werke von bleibendem Wert schreiben und die Geschichte verändern kann?«

»Solange es dir damit gut geht.« Sie betraten den Großen Steinplatz und gingen an zahlreichen Ständen vorbei, an denen man etwas essen, spielen oder sich unterhalten lassen konnte. In der Nacht vor der Krönungszeremonie würden sie bis zum Sonnenaufgang geöffnet bleiben. Simon dachte darüber nach, sich eine frisch gebackene Granatapfelpastete zu gönnen, doch er bezweifelte, dass Jennina so lange auf ihn warten würde. Sein Magen würde also für einen höheren Zweck leiden müssen. »Sag mir die Wahrheit, Simon, wieso bist du von meiner Familie so besessen?«

»Weil ihr Königmanns alles repräsentiert, was ich hasse.«
»Oh?«
»Weißt du, wo das Dorf Trivo liegt, Jennina?«
Sie schüttelte den Kopf.
»Am Uhrwerkfluss in der Nähe der Ruinen von Vurano. Abgesehen von mir ist es nur für seine Kupfermine bekannt. Ein durch und durch unbedeutender Ort, der nur auf wenigen Karten verzeichnet ist. Zu Beginn jedes Jahres fallen als Banditen verkleidete Soldaten aus Neu-Drakon darüber her und plündern alle Vorräte, aus jugendlichen Liebespaaren werden Lebensgemeinschaften, und die Bewohner vergessen, wie sich die Sonne anfühlt, während sie von der Wiege bis zur Bahre wie gehorsame kleine Niemande unter der Erde schuften. Aber das ist noch gar nicht das Schlimmste. Würdest du gern hören, wieso es ganz besonders schrecklich war, in diesem idyllischen kleinen Ort aufzuwachsen?«
»Nein, aber ich nehme an, du wirst es mir trotzdem gleich erzählen.«
»Weil sie alle die Familie Königmann verehren«, sagte Simon und verzog abfällig den Mund. »Anstatt uns lesen und schreiben oder Mathematik beizubringen, beglückten unsere Eltern uns mit Geschichten über deine Familie. Wir lernten Großzügigkeit von der Mutter, Mut vom Entdecker und Disziplin vom Eroberer. Das Vermächtnis deiner Familie hat meine Kindheit bestimmt. Ich kann jede beliebige Königmann-Geschichte mühelos auswendig aufsagen. In Trivo seid ihr Götter. Und weißt du, was gute gottesfürchtige Bürger mit jenen anstellen, die es weiterbringen wollen als die Leute um sich herum? Sie prügeln auf diese Sonderlinge ein, bis sie entweder aufgeben oder sterben.« Die zahllosen Narben auf Simons Körper begannen, im Gleichtakt zu pulsieren. Seiner Schätzung nach waren es mehr

als hundert. Und keine von ihnen war silbrig und glatt. Tatsächlich waren die meisten schwarz und verkrustet, eine ständige Erinnerung daran, dass aus Verbrennungen niemals Ehrenmale wurden. »Ich habe weder das eine noch das andere getan.« Simon hörte die Leute in der näheren Umgebung miteinander plaudern und Kisten herumwuchten. Jenn sagte nichts. Sie stand im Schatten der Kirche des Wanderers, eine architektonische Meisterleistung von einem Schüler des Erbauers. In einem anderen Leben wäre Simon nicht Historiker, sondern Baumeister geworden. In beiden Berufen schuf man Werke für die Ewigkeit. Der einzige Unterschied waren die dabei verwendeten Materialien.

»Als ich mittellos, verletzt und einsam nach Kessel kam, machte ich mich auf die Suche nach euch Königmanns und fand anstelle der Sagengestalten, die in meinem Dorf vergöttert werden, ganz gewöhnliche Sterbliche. Seither setze ich Himmel und Hölle in Bewegung, um euer Vermächtnis zu zerstören, damit irgendwann sogar mein *Bruder* zugeben muss, dass ich seine vermeintlichen Götter nach meiner Pfeife tanzen lassen kann.«

»Ganz schön kleinkariert von dir«, sagte sie, »aber nachvollziehbar. Wir verdienen deinen Hass.«

Simon drückte sich eine Faust an den Mund und seufzte tief. »Wie auch immer. Jetzt bin ich dran. Mit wem wirst du dich treffen?«

Jennina verschränkte die Hände hinter dem Kopf und gähnte. »Mit meinem Arbeitgeber.«

»Du lügst. Du arbeitest nicht mehr in Meister Amas Schmiede. Was auch immer du vorhast, hat also nichts mit ihm zu tun.«

Sie lief die Treppe zur Kirche des Wanderers hinauf. Oben angekommen, blieb sie an der Stelle stehen, wo ihr Vater und fast auch ihr Bruder wegen Verrats hingerichtet worden waren. Man konnte die Kerben im Steinboden immer noch sehen, im Moment waren sie allerdings unter Schneematsch verborgen. Sie spuckte darauf und bewunderte die Aussicht auf die restliche Insel, bis Simon sie einholte.

»Ich habe nicht gelogen«, sagte sie, die Hände in die Hüften gestemmt. »Ich treffe meinen Arbeitgeber, der allerdings weder aus der Anstalt noch aus der Schmiede stammt.«

»Eine dritte Arbeit?«

Jennina zog sich das Halstuch übers Kinn. »Genau genommen war es meine erste.«

»Und was ist das für eine Arbeit?«

»Das kann ich dir nicht sagen«, erwiderte sie leise. »Ich darf nicht darüber sprechen.«

»Spionierst du für Neu-Drakon? Oder versuchst du, an der Militärakademie des Thebischen Imperiums aufgenommen zu werden? Ich habe gehört, dass sie nach eingehender Prüfung auch Leute aufnehmen, die nicht ihre Augen haben.« Jennina sah ihn unverwandt an. »Was möchtest du für diese Information haben? Ein Fragegutschein, den du jederzeit einlösen kannst? Zwei?« Simon zögerte und wägte in Gedanken den Wert ihrer Antwort ab. »Drei?«

Jennina wandte sich von ihm ab und blieb vor der Eingangstür zur Kirche des Wanderers stehen. Seit der Ankunft der Flüchtlinge war sie mit Briefen von Familien gespickt, die verzweifelt nach ihren Liebsten suchten, Fahndungsplakaten mit den Konterfeis verschiedener Verbrecher aus den Streitenden Reichen und einer Liste der Menschen, die auf dem langen Weg nach Kessel ums Leben gekommen waren. Auf dieser Liste standen mehr als dreihundert Namen.

»Als Kind glaubte ich, meine Familie hätte die Aufgabe, Unschuldige zu beschützen«, sagte Jennina, den Blick fest auf die Liste gerichtet. »Heute verstehe ich, wie dumm ich damals war. Die Geschichten über uns waren nichts weiter als Lügen, um das Volk ruhigzustellen. Wenn sie nur fest genug an uns glaubten und uns achteten, würden wir vielleicht zu sterblichen Göttern werden, die sie vor dem Bösen bewahren.« Sie gluckste leise. »Lächerlich, nicht wahr?«

»D-das stimmt«, stotterte Simon. Eine derart differenzierte Aussage über die Rolle, die die Königmanns in Kessel spielten, hatte er von Jennina nicht erwartet. Das Einzige, was ihn noch mehr schockiert hätte, wären dieselben Worte aus dem Mund des Königs der Schwachköpfe gewesen. »Sosehr ich dieses Gespräch auch genieße, würde ich trotzdem gern erfahren, für wen du arbeitest.«

Anstelle einer Antwort stieß sie die Türflügel auf und schlüpfte zwischen ihnen hindurch, als müsste sie sterben, wenn sie sie berührte. Simon folgte ihr, irritiert, dass sie seiner Frage immer noch auswich. Wer um Himmels willen war ihr Arbeitgeber, wenn sie sich solche Mühe gab, seinen Namen nicht zu nennen?

Im Inneren der Kirche gab es nur Krankheit und Tod. Rund zwanzig Prozent der Flüchtlinge waren mit dem Verderbnis infiziert. Die meisten von ihnen hatten sich in ihr Schicksal gefügt und halfen anderen, solange sie noch dazu in der Lage waren. Diejenigen, die dem Tod nahe waren, tauschten in der Ecke der Kirche, in der sich die Tür ohne Schloss befand, Geschichten aus. Simon dachte darüber nach, sie aufzuschreiben, bevor es zu spät war ... aber er durfte Jenn nicht aus den Augen lassen. Hoffentlich würden es ihm diese Leute verzeihen.

Die einarmige Aufbereiterin saß auf einer Kirchenbank in der Nähe der gesichtslosen Statue und rauchte ein gerolltes

Feuerblatt. Auch ohne die Leute, die ständig zu ihr gingen, um sie um Rat oder ein Gebet zu bitten und sich bei ihr zu bedanken, wäre deutlich zu sehen gewesen, dass sie hier das Sagen hatte. Anders als die meisten glaubten, waren Aufbereiter nicht an ihren locker sitzenden weißen Roben zu erkennen, sondern an ihrem Haarschnitt und den tätowierten Strichen auf ihrem linken Arm. Kurze Haare bedeuteten, dass sie ihre Position noch nicht lange innehatten, während die Anzahl der Striche verriet, wie schwierig ihr Werdegang gewesen war. Die meisten Aufbereiter – darunter auch diese – hielten ihre Arme bedeckt, um die Tätowierungen vor fremden Blicken zu verbergen.

»Aufbereiterin«, sagte Jennina, als sie sich ihr näherte, »ich habe ein Päckchen für dich.«

Die Aufbereiterin blies stinkenden weißen Rauch aus und löschte die Glut ihres Feuerblatts seitlich am Stiefel. Dann nahm sie das Päckchen von Jennina entgegen, betrachtete das dünne Verpackungspapier und riss es mit zwei Fingern auf. Dabei kam ein Buch mit braunen Seiten zum Vorschein. Jemand hatte den Einband liebevoll mit gelben, orangefarbenen und pinken Blumen bemalt.

Die Aufbereiterin blätterte achtlos darin herum. »Das sind lauter Schlaflieder und Kinderreime. Wer wollte, dass du mir das gibst?«

»Meine Mutter, Julia Königmann.«

»Ah«, erwiderte sie. »Richte ihr meinen Dank aus.« Sie sah zu zwei Flüchtlingen hinüber, die sich um eine kratzige Decke stritten. »Wenn die Lage sich beruhigt hat, müssen wir miteinander sprechen.« Mit diesen Worten legte sie das Buch auf die Bank und ging weg, um sich um die nächste Krise zu kümmern.

»Für eine Kindheitsfreundin hat sie ziemlich kühl reagiert«, sagte Simon.

»Freundschaften halten nicht ewig, auch wenn wir uns das wünschen«, murmelte Jennina. »Sah sie nicht merkwürdig aus? Winterfrauen aus den Streitenden Reichen sind für ihre blasse Haut und blonden Haare bekannt. Diese Aufbereiterin war so dunkel wie jemand von der Goldküste oder aus Eham.«

»Vielleicht hat sie ihr Äußeres verändert. Das wäre nur vernünftig, wenn sie jeden Hinweis auf ihre ehemalige Thronanwartschaft im Familischen Imperium tilgen möchte.«

»Das stimmt, aber ... Macht es dir etwas aus, wenn ich mich dort drüben kurz sammle?« Sie zeigte auf einen Raum auf der linken Seite der Kirche, in dem man innere Einkehr halten konnte. »Irgendetwas kommt mir komisch vor, und ich möchte darüber nachdenken, was es ist.«

Simon bedeutete ihr mit einem Winken, dass er einverstanden war. In dem Raum für innere Einkehr gab es keine Fenster, nur eine Tür, die er die ganze Zeit im Blick behalten würde. Es schadete nichts, sie einen Moment lang unbeaufsichtigt zu lassen. Er würde die Antwort auf seine Frage schon noch bekommen. Wie immer.

Jennina verschwand in dem Raum, Simon setzte sich neben die Tür. Er nutzte die kurze Atempause dazu, Notizen auf seiner Haut zu machen. Es hatte keinen Sinn, Papier zu verschwenden, solange er seine Gedanken noch nicht komplett ausformuliert hatte. Er beobachtete die Flüchtlinge, die in der Kirche unterwegs waren, und versuchte herauszufinden, aus welchen der vier Provinzen sie jeweils stammten, ohne zu wissen, ob solche Unterscheidungen überhaupt noch eine Rolle spielten. Die Streitenden Reiche waren eines der wenigen Gebiete, über die Simon nicht sehr viel wusste. Sie befanden sich im ständigen Wandel, dank der Revolution und der Anhänger des Schläferkults – Narren, die glaubten, für die Versteinerung der ehemaligen Hauptstadt des Familischen Imperiums wäre ein schlafender Gott verantwortlich. Er nahm sich vor, das Buch *Der Untergang der Familer* von Archivarin Leatitia zu lesen, sobald er die Zeit dafür fand.

Simons Feder zerbrach mitten in der Schreibbewegung.

Das war ein außerordentlich schlechtes Omen für einen Archivar. Er sprang sofort auf, riss die Tür zum Einkehrraum auf und stolperte über die Steine am Eingang. Beim Aufprall schlug er sich die Knie auf und fluchte über seine eigene Dummheit. Der Raum war leer, und Jennina war verschwunden. Wie hatte sie entkommen können? Eilig suchte er den mit Kerzen beleuchteten Raum nach einer Falltür, einer versteckten Luke, einem Fluchttunnel oder einem ziegelroten Fenster ab, doch alles, was er entdeckte, war der Steinhaufen an der Tür.

»Blöd«, sagte er, als er schließlich mitten im Zimmer stehen blieb. »Wieso war ich bloß so blöd, einer Königmann zu vertrauen?«

Jennina tauchte nicht mehr auf. Anstatt den Rest des Tages mit der – vermutlich ergebnislosen – Suche nach ihr zu verplempern, wandte Simon seine Aufmerksamkeit dem ehemaligen Königmann Leonardo Stetter zu. Es war nicht schwer, ihn zu finden. Seit seinem Wiederaufstieg in den Adelsstand bei seiner Verlobung mit Karolin hatte Leonardo Stetter Burg Reitter nicht mehr verlassen. Die Wächter am Vordereingang führten Simon höflich in einen schmucken gelb-schwarz gestrichenen Raum mit weichen Polstermöbeln und einem verrußten Kamin, über dem ein Bild der gesamten Familie Reitter hing. Leonardo fehlte darauf, und Simon fragte sich, ob wohl ein neues Bild gemalt werden würde, sobald er offiziell in die Familie eingeheiratet hatte.

Ehe Simon die Gelegenheit hatte, die Bücherregale in Augenschein zu nehmen, erschien Leonardo mit einem Teller voller Birnenschnitzen. Seine Haare waren kurz geschnitten und nach oben gekämmt. Er trug feine Kleidung in den Reitter-Farben und sah aus, als hätte er in letzter Zeit Gewicht zugelegt. Vielleicht machte ihm der Verlust seiner Familienzugehörigkeit ja doch mehr aus, als er öffentlich zugab. Leon bedeutete Simon, ihm gegenüber Platz zu nehmen.

»Aufzeichner«, sagte Leonardo und beugte sich mit verschränkten Fingern vor. »Wie kann ich dir heute behilflich sein? Muss ich noch etwas klarstellen?«

»Nein, das Gespräch mit dir neulich war mehr als erhellend.« Simon schlug die Beine übereinander und versuchte, nicht in dem übermäßig weichen Sessel zu versinken. »Ich wollte dir eine Frage zu einem deiner Geschwister stellen.«

Leonardo ließ die Schultern sinken. »Was hat er diesmal angestellt?«

»Ich bin nicht wegen ihm hier«, sagte Simon und genoss Leonardos verwirrten Blick. »Deine Schwester arbeitet für jemand, der nichts mit der Anstalt oder der Schmiede zu tun hat. Weißt du zufällig, für wen?«

»Nein. Jenn war schon immer sehr unabhängig. Ich habe ihr stets zugetraut, eigene Entscheidungen zu treffen, die ich ...« Er zögerte. »Ich kann mich gar nicht daran erinnern, wann ich mich zum letzten Mal mit ihr über etwas unterhalten habe, das nichts mit unserer Familie zu tun hatte.«

»Mit *ihrer* Familie«, stellte Simon richtig.

»*Ihrer* Familie«, wiederholte er langsam. »Tja, nun, ich weiß nicht, für wen Jenn sonst noch arbeitet. Wäre das alles?«

»Ja.« Simon stand auf und rückte die Fläschchen in seinen Taschen zurecht. Er hatte sie während des Gesprächs mit

Leonardo nicht herausnehmen müssen, und sie hatten äußerst schmerzhaft gegen ein paar alte Narben gedrückt. »Danke für deine Hilfe.«

»Ansonsten hast du wirklich keine Fragen mehr?«, fragte Leonard.

»Weshalb? Hättest du gern noch welche?« Simon grinste den ehemaligen Königmann höhnisch an. »Langweilst du dich, Leonardo? Vermisst du das Leben als Königmann? Sehnst du dich nach Abenteuern?«

»Nein«, erwiderte er nicht sehr überzeugend. »Ich möchte nur helfen.«

»Das tust du.« Simon ging zur Tür und drehte am Knauf. »Du unterstützt mich dabei, die Wichtigen von den Unwichtigen zu trennen.« Simon schnalzte mit der Zunge. »Ich weiß, dass du mal gesagt hast, dass es für dich in Ordnung wäre, als der Feige Königmann in Erinnerung zu bleiben, wenn du so deine Familie beschützen kannst, aber … ich bin nicht sicher, ob du diesen Titel noch verdienst. Du bist lediglich eine Fußnote.«

»Und du bist bloß ein Geschichtsschreiber.«

»Nein, ich bin *der* Geschichtsschreiber.« Simon blickte über die Schulter. »Die Menschen werden sich meine Geschichten so lange erzählen, bis nicht nur Celona, sondern auch die Sonne zerbricht. Aber du? Ich hoffe, die Liebe deines Kindes wird dich für die angesehene Stellung und die Familie entschädigen, die du aufgegeben hast.«

Der Hund des Adels erhob sich nicht, als Simon ging. Auf dem Weg hinaus überlegte er, wen er als Nächsten befragen sollte. Wer würde ihn unterhalten? Wer würde ihm die Informationen geben, die er brauchte, um die größte Geschichte aller Zeiten zu erzählen? Und wer konnte ihm sagen, was Jennina Königmann verbarg?

Die logische Antwort auf zwei dieser Fragen lautete Julia Königmann, doch Simon entschied sich gegen sie. Sie wusste genauso wenig von Jenninas Lügen wie Mikael. Also beschloss er, seinen Horizont zu erweitern und nach Jenninas Freunden zu suchen. Die, wie sich herausstellte, fast ebenso unmöglich zu finden waren wie die Antwort auf die Frage, wie sie aus einem Raum mit nur einem Ausgang hatte entkommen können. Simon fand schnell heraus, dass sie nicht dazu neigte, sich mit ihren Kollegen in der Anstalt oder der Schmiede, in der sie gearbeitet hatte, zu entspannen. Jeder von ihnen sagte das Gleiche: Jennina erledige ihre Arbeit rasch und effizient und haue dann so schnell wie möglich wieder ab, um entweder nach Hause zu gehen oder nach ihrer Mutter zu sehen. Was sie in ihrer Freizeit anstellte, war allen ein großes Rätsel.

Also sah Simon sich gezwungen, die einzige Person zu Rate zu ziehen, die dazu möglicherweise etwas sagen konnte: Angelo Ombra.

Der Aufzeichner fand Jenninas ehemaligen Stiefvater im Hauptquartier der Waage, wo er gerade an einem Treffen mit den anderen Divisionskommandeuren teilgenommen hatte. Wenn der Befehlshaber der Wächter eines war, dann scharfsinnig, und so ging er sofort auf Simon zu, als er ihn den Raum betreten sah. An seiner Seite befand sich Bertram Deuter, der Kommandeur der Beschwörer. Beide Männer trugen Militärmäntel in den Farben ihrer jeweiligen Divisionen – Silber beziehungsweise Schwarz. Doch damit endete die Ähnlichkeit zwischen ihnen auch schon.

Angelo sah ordentlich, sauber und schneidig aus, während Bertram wirkte, als hätte er seit seiner letzten Rasur, die mehrere Wochen zurückliegen musste, nicht mehr gebadet. Das Einzige, was nicht recht zu Angelos makelloser Erscheinung passen wollte, waren die Ringe an seinen Fingern. Den berüchtigten Ring mit der Krone, an dem Mikael erkannt hatte, dass Angelo der ehemalige Anführer der Tosburg-Kompanie war, konnte er allerdings nicht an ihm entdecken. Hatte er ihn entsorgt? Oder trug er ihn nur, wenn er sicher war, dass niemand ihn erkennen würde?

»Aufzeichner«, sagte Angelo im Näherkommen. »Ich nehme an, dass du wegen mir hier bist. Was für einen Blödsinn verbreitet der Königsmörder diesmal über mich?«

»Nichts, das sich nicht schnell entkräften ließe«, log Simon. »Tatsächlich bin ich wegen eines deiner anderen ehemaligen Schützlinge hier: Jennina Königmann.«

Bertram Deuter hob eine Braue und sah Angelo an, als wollte er ihm anbieten, Simon, falls gewünscht, zu verscheuchen. Doch der Kommandeur der Wächter lächelte nur und schüttelte kaum merklich den Kopf. »Ich komme schon zurecht. Sag mir Beschied, wenn etwas Greifbares über den Herzensbrecher herauskommt und ich helfen kann.«

Der Kommandeur der Beschwörer gähnte, murmelte einen Dank und ging dann mit den Händen in den Taschen in Schlangenlinien den Gang entlang.

»Wäre es für dich in Ordnung, wenn wir im Zentralgarten weiterreden?«, fragte Angelo und zog an seinem engen Kragen. »Ich bin schon den ganzen Tag drinnen und würde gern noch etwas von der Sonne mitbekommen, bevor sie versinkt.«

Simon bejahte, und so begaben sie sich in den Wintergarten in der Mitte des Gebäudes. Er war nach dem Vorbild der luftigen Parkanlagen an der Goldküste gestaltet worden, die sich in Kessel nie richtig hatten durchsetzen können. Die meisten Hoch- und Niederadligen bevorzugten Wände oder blickdichte Bepflanzungen, die als Barriere zwischen ihnen und anderen dienten, und hatten kein Verständnis für einen Garten, in den man dermaßen leicht hineinsehen und eindringen konnte.

Ein Großteil der Vegetation war mit der Absicht angepflanzt worden, dass der Garten vor allem im Winter blühte. Und tatsächlich verwandelten Roter Hartriegel, kleine zwischen Kiefernnadeln verborgene violette Früchte und winzige pinke Winterblumen, die mit scheinbarer Todesverachtung aus der Schneedecke herausragten, das ansonsten monoton graue Gebäude an dieser Stelle in ein Farbenmeer. Simon und Angelo gingen auf den Gartenpfaden entlang, bis sie einen halb zugefrorenen Teich erreichten, unter dessen Eisdecke lange grellbunte Fische schwammen. Angelo schloss die Augen und genoss es sichtlich, die kühle Luft auf der Haut zu spüren. Simon dagegen vergrub die Hände in den Taschen, um seinen letzten Rest Körperwärme so lange wie möglich zu verteidigen.

Angelo riss ihn von der Kante des Teichs zurück. »Pass auf, dass deine Zehen nicht das Wasser berühren, ansonsten könntest du sie verlieren.«

»Was?«, frage Simon ungläubig. »Warum?«

»Das ist Bandits Revier«, sagte Angelo leise kichernd. »So heißt die Schnappschildkröte, die da drinnen lebt. Dieser Mistkerl ist wenigstens dreihundert Jahre alt und genauso von sich eingenommen wie die Hochadligen von Kessel.« Die weißen Atemwölkchen, die Angelo beim Sprechen ausstieß, lösten sich in der kalten Luft rasch auf. »In der Regel holt er sich ein oder zwei Zehen von den neuen Rekruten. Er hat sich sogar eine von meinen geschnappt, als ich noch ein unerfahrener Advokator war.«

Simon blickte forschend in den Teich. Aus dieser Perspektive konnte er zwar nicht ermessen, wie tief das Wasser war, aber er bezweifelte, dass eine dreihundert Jahre alte Schildkröte bequem darin leben konnte. Die Geschichte war wahrscheinlich erlogen oder zumindest übertrieben, um Simon nervös zu machen. »Eine Schildkröte hat dir einen Zeh abgebissen, und du hast sie leben lassen? Mitglieder der Waage sind selten so gnädig.«

»Nicht jedes Problem lässt sich mit Rache lösen. Wer klug ist, weiß, wann er sich zurückziehen muss.« Angelo sah ihn scharf an. »Was willst du denn über Jennina wissen?«

»Hat sie in der Zeit, als sie bei dir gewohnt hat, noch etwas anderes gemacht, als in der Anstalt oder als Lehrling bei einem Schmied zu arbeiten?«

»Als Jenn jünger war, hat sie in den Gerbergruben gearbeitet«, sagte Angelo. »Aber nicht lange. Wieso? Wirft man ihr irgendetwas vor?«

Simon zögerte. »Nein, ich versuche nur die komplizierte Dynamik innerhalb der Familie Königmann zu begreifen.«

»Lügner«, flüsterte Angelo, doch er hätte genauso gut auch schreien können. Simon lief ein Schauer über den Rücken, und ihm wurde bewusst, dass sie vollkommen allein waren. Nicht einmal Vögel bekamen etwas von ihrer Unterhaltung mit. »Wenn du nicht ehrlich sagst, was du willst, ist dieses Gespräch vorbei. Verstanden?«

»Absolut«, sagte Simon. »Ich glaube, Jennina arbeitet mit irgendwem zusammen, der sich die allergrößte Mühe gibt, nicht nur vor der Familie Königmann, sondern vor ganz Kessel verborgen zu bleiben. Hast du eine Ahnung, wer das sein könnte?«

Angelo griff in eine Tasche und holte ein kleines Messer heraus, das nicht zum Zustechen oder Schneiden, sondern eher zum Schleifen anderer Klingen geeignet schien, und säuberte seine Fingernägel damit. »Ich muss sagen, ich bewundere die Hartnäckigkeit, mit der du mich aushorchst. Es war ziemlich kühn von dir, mich anzusprechen.« Er schnippte Dreck und Blut von der Messerspitze. »Lass mich dir einen Rat geben. Versuche nicht, Wölfe zu jagen, nur weil du dich selbst für einen hältst.« Angelos graue Augen starrten auf Simon herab. »Denn sonst ...«

»Kommandeur Ombra!«, rief eine Advokatorin, die eilig auf sie zugerannt kam. »Jemand ist in dein Büro eingebrochen!«

Angelos ruhiger und konzentrierter Gesichtsausdruck wich einer wütenden Grimasse, und er rannte mit dem Messer in der Hand an Simon und der Advokatorin vorbei. Neugierig hastete Simon ihm nach. War Mikael in Angelos Büro im Hauptquartier der Waage eingebrochen? Wusste er überhaupt, dass sein Pflegevater hier eines hatte? Und wenn es nicht Mikael gewesen war, wer dann? Der Schwarze Tod?

Angelos Büro war verwüstet. Topfpflanzen waren umgestoßen oder an den Stämmen ausgerissen worden. Lose Blätter lagen auf dem Boden verstreut. In einem Gemälde, das eine Adlige am Bug eines Schiffes zeigte, klaffte ein Loch, wo ihr Gesicht gewesen war. Außerdem waren sämtliche Bücher von den Regalen geworfen und ein Großteil von ihnen zudem in der Mitte durchgerissen worden. Bei diesem Anblick kam Simon die Galle hoch. Seiner Meinung nach gab es zwei Sorten von Menschen: diejenigen, die Bücher respektierten, und andere, die es nicht taten. Und jeder, der zur zweiten Kategorie gehörte, konnte von Glück sagen, wenn er von ihm nur aus der Geschichte gestrichen und nicht entmenschlicht wurde.

Der Kommandeur der Wächter stand in der Tür und versperrte den Leuten hinter ihm den Weg. Es waren rund zehn Mitglieder der Waage aus fünf der sechs Divisionen. Nur die Richter waren nicht vertreten. Ohne etwas zu sagen, bedeutete er zwei Beschwörern, ihren Kommandeur herzuholen, und den

Wächtern, jedem den Zugang zu seinem Büro zu verweigern, solange er es untersuchte. Sie schoben Simon zurück, doch der musste sich ohnehin nicht vordrängeln, um gut sehen zu können, was Angelo in dem Raum tat. Er war es gewohnt, aus einem gewissen Abstand zu beobachten. Wenn überhaupt, war es ihm sogar lieber, da er so die Gesamtsituation überblicken konnte, anstatt sich in winzigen Details zu verlieren.

Seine Haut diente ihm als Papierersatz, und er beschrieb sie mit seiner Reserveschreibfeder.

Angelo suchte zuerst den Boden ab, doch der Eindringling hatte weder Fuß- noch Blutspuren hinterlassen. Als Nächstes nahm er sich eines der zerstörten Bücher vor. Die Risskante war zerfleddert und krumm, als wäre es eher von Tierzähnen als von Menschenhänden zerfetzt worden. Das Loch im Gemälde erwies sich als ähnlich bizarr. Es war offenbar von vorne aufgerissen und nicht, wie Simon erst angenommen hatte, von hinten geschlagen worden. Schließlich überprüfte Angelo die Schubladen in seinem Schreibtisch und sagte: »Es ist nichts gestohlen worden. Wo steckt Kommandeur Deuter?«

Einer der Beschwörer hinter Simon rief: »Wir können ihn nicht finden.«

»Was soll das heißen, ihr könnt ihn nicht finden?«, fragte Angelo in beängstigend ruhigem Tonfall. »Er verlässt kaum je das Gebäude, um etwas zu essen oder sich zu waschen. Habt ihr auf dem Übungsgelände und in den Archiven nachgesehen?«

»Wir haben alles überprüft«, erwiderte ein anderer. »Er muss gegangen sein. Die Wächter an den Eingängen haben ihn allerdings nicht gehen hören oder sehen. Er ist einfach verschwunden!«

»Wie kann ein Kommandeur der Waage in unserem Hauptquartier einfach verschwinden?«, presste Angelo mit nun leicht erhobener Stimme hervor. »Wartet. Irgendwer muss den Tatort des Herzensbrechermordes überprüfen, den wir heute entdeckt haben. Vielleicht ist er da noch mal hingegangen.« Zwei Advokatoren rannten auf sein Signal hin los. Dann zeigte er auf Simon. »Und jemand soll den Aufzeichner hinausbegleiten. Es tut mir leid, dass wir unser Gespräch nicht weiterführen konnten, aber das hier ist dringender.«

»Ich verstehe«, sagte Simon und steckte die Feder und das Tintenfläschchen ein. »Ein andermal.«

»Ja, ein andermal«, sagte Angelo, während er sanft mit den Fingern über den Rahmen des zerstörten Gemäldes strich.

Zwei Advokatoren eskortierten Simon aus dem Gebäude, um sicherzugehen, dass er Angelos Anweisung befolgte und sich auch wirklich direkt zum Ausgang begab. Aber auf etwas anderes wäre Simon gar nicht gekommen. Schließlich war er mehr als zufrieden mit dem, was er herausgefunden hatte. Er hatte nicht nur einen Blick auf Angelo Ombras wahres Wesen erhaschen können, sondern auch erfahren, dass dessen Büro durchwühlt worden war. Hatte Mikael es getan? Und wenn er es nicht gewesen war: Wie viel würde er für diese Information geben? Vielleicht konnte er ja mit seiner Hilfe aufdecken, was Jennina verbarg. Oder hatte sie Mikael genauso angelogen wie ihn?

In Burg Königmann war bereits alles dunkel, als er den großen Saal betrat. Nana saß immer noch genauso am Tisch wie am Morgen, doch diesmal hatte sie keinen Haferbrei vor sich, sondern schmutziges Geschirr. Was auch immer zum Abendessen serviert worden war, hatte braune Ringe in den Schüsseln hinterlassen. Simon setzte sich zu ihr und holte die Tintenfläschchen und Schreibfedern aus seinen Taschen. Jennina, Mikael, Stein und Julia waren nirgends zu sehen. Simon fragte Nana, wo sie steckten.

»Mikael schläft bereits«, erwiderte sie. »Er sah wie der Tod aus, als er von den Übungen mit Schwartz zurückkehrte, und schaffte es kaum noch, das Hemd auszuziehen, ehe er zusammenbrach.« Sie befeuchtete ihren Daumen und blätterte um. »Er hat behauptet, er wisse jetzt, wie man Blitze fange.«

»Das glaube ich erst, wenn ich es sehe.« Simon lehnte sich mit verschränkten Armen zurück. »Und die anderen?«

»Jenn ist noch nicht wieder da, und Stein ist kurz nach Mittag gegangen. Er hat gesagt, dass er ein paar Tage weg sein werde.« Sie blätterte erneut um. »Julia spaziert mit Oliver durchs Hohe Viertel. Sie wollten ein bisschen Vater-Tochter-Zeit miteinander verbringen.« Nana versuchte offensichtlich, den letzten Satz ohne Bitterkeit zu sagen, doch es gelang ihr nicht.

»Ich habe heute Bertram Deuter gesehen.«

Nana sah vom Buch auf. »Oh? Und was hast du von meinem treu sorgenden Vater gebraucht?«

»Ich bin ihm nur zufällig begegnet, als ich einen anderen Kommandeur im Waage-Hauptquartier besucht habe.«

»Angelo?«

Simon nickte.

Nana zögerte und sagte dann: »Wolltest du überprüfen, ob Mikael die Wahrheit gesagt hat? Darüber, dass Angelo für Davis Tod verantwortlich ist und ihn Mikaels Vater angehängt hat?«

»Glaubst du, dass Mikael in dieser Hinsicht gelogen hat?«

»Ich glaube, dass er es für die Wahrheit hält?«

»Das hast du sehr vorsichtig formuliert.«

Nana legte das Buch weg und steckte sich eine Schwarzbeere unter die Zunge. »Was wolltest du dann?«

»Nichts Bestimmtes. Ich hatte nur so ein Gefühl, dass ich etwas Interessantes erfahren könnte, wenn ich mich mit ihm unterhalte. Und so war es auch.« Simon machte eine dramatische Pause. »Dein Vater ist verschwunden.«

Nana wirkte unbeeindruckt. »Das überrascht mich nicht. Er ist einmal einen ganzen Monat lang weggeblieben, weil er glaubte, einen Hinweis auf die Identität des Herzensbrechers gefunden zu haben.« Sie saugte an der Schwarzbeere. »Irgendwann tauchte er wieder auf. Das tut er immer.«

»Was, wenn der Herzensbrecher ihn erwischt hat?«

»Dann stirbt er, während er das tut, was er liebt.«

Simon stieß fast eines seiner Tintenfläschchen um. »Wenigstens müssen wir uns keine Sorgen machen, dass du von ihm ermordet werden könntest. Hast du denn gar kein Herz?« Nana rutschte unbehaglich auf ihrem Stuhl herum. »Hasst du deinen Vater wirklich so sehr?«

»Es ist schwer, nicht zu hassen, wenn man nie Liebe erfahren hat.« Nana nahm ihr Buch, stand auf und ging zu dem Raum, den sie mit Mikael teilte. »Gute Nacht, Simon.«

»Gute Nacht, Nana.« Der Aufzeichner ließ eine seiner Schreibfedern durch die Finger wirbeln und betrachtete die Notizen, die seine Haut bedeckten. Er hatte zwar nicht die Antworten bekommen, zu deren Suche er am Morgen aufgebrochen war, aber dafür hatte er etwas ziemlich Verlockendes gefunden. Simon schrieb Jenninas Namen mehrere Male auf seinen Handrücken und lächelte verschlagen.

Er würde herausfinden, für wen die jüngste Königmann arbeitete und warum sie so ein Geheimnis daraus machte. Sie hatte ihre Gelegenheit gehabt, es ihm zu sagen, doch die Wahrheit würde so oder so ans Licht kommen, ob sie es wollte oder nicht.

KAPITEL 31
DER MORGEN DANACH

Als ich am nächsten Morgen erwachte, fühlte sich alles verkehrt an.

Ich trug kein Hemd und eine andere Hose als die, mit der ich mich schlafen gelegt hatte. Außerdem tat mir alles weh, und ich hatte lauter neue blaue Flecken auf dem Körper. Dafür war die Naht an meiner Hüfte verschwunden, und von der Schnittwunde war nichts mehr zu sehen. In welcher Position ich auch immer geschlafen hatte, es war eindeutig die falsche gewesen.

Über einem Stuhl hingen zwei Kleider – ein blaues und ein goldenes. Auf dem einzigen Tisch im Zimmer lagen drei Hemden, die aussahen, als würden sie mir passen. Wahrscheinlich hatte Oliver sie dorthin gelegt. Stein hätte sie nicht so ordentlich zusammengefaltet. Nana befand sich weder im Zimmer noch auf dem Balkon. Nur die Kleider und die auf dem Tisch verstreuten Schwarzbeeren zeugten von ihrer Existenz.

Neben dem Bett hing ein schlampig hingekritzelter Brief an der Wand:

Vier Dinge:
1. Steh auf! Du triffst dich am Morgen mit Trey vor Burg Reitter.

2. Du hast eine neue Tätowierung auf den Rippen – auf der linken Seite.
3. Hör auf, Celona anzustarren.
4. Es tut mir leid.

Was sollte das bedeuten? Wer hatte diesen Brief geschrieben? Und wieso stand darin, dass ich mich mit Trey treffe? Ich war doch mit Schwartz verabredet. Was war da …?

Die Sonne schien durch eines der Fenster und blendete mich. Es war weit nach Tagesanbruch, was bedeutete, dass ich viel zu spät zu meiner Verabredung mit Schwartz kommen würde. Ich wunderte mich, dass er noch nicht hereingestürmt war und mich geholt hatte. Verwirrt nahm ich mein Hemd und meine Jacke vom Tisch und rannte trotz meiner Schmerzen die Treppe zum großen Saal hinunter. Wenn ich Glück hatte, würde Schwartz mich noch etwas essen lassen, bevor er mir irgendwelche brutalen Fabrikations-Übungen aufzwang. Es würde nicht schön werden. »Gnade« war ein Fremdwort für ihn.

Unten angekommen, sah ich, dass nur meine Schwester, Simon und Nana am Tisch saßen. Oliver befand sich vermutlich irgendwo in der Nähe. Atemlos fragte ich: »Schwartz …? Schon da?«

»Erwartest du ihn denn?«, fragte meine Schwester und tunkte ein Stück Brot in das flüssige Eigelb auf ihrem Teller.

»Ja«, sagte ich mit den Händen auf den Knien. Ich musste wirklich an meiner Kondition arbeiten. »Wir sind heute zu unseren Übungen verabredet.«

»Noch mehr Fabrikations-Übungen?«

»Noch mehr? Wir haben noch gar nicht angefangen.«

Simon und Nana blickten von ihren jeweiligen Büchern auf

und sahen mich an. Nana flüsterte Simon etwas zu, worauf der den Kopf schüttelte.

»Mikael«, sagte Nana, »was hast du gestern gemacht?«

»Du meinst, als wir nicht zusammen waren?« Nun starrten sie mich alle an. Allmählich wurde ich nervös. »Was ist denn los?«

»Herzlichen Glückwunsch, Mikael«, sagte Simon gedehnt. »Jetzt bist du offiziell ein Fabrikator. Du hast einen ganzen Tag deines Lebens vergessen. Den gestrigen, um genau zu sein.«

Mir wurde schwummerig. »Was?«

Mein Schwester führte mich zu einem Stuhl. Der Raum begann, sich um mich zu drehen … Das musste ein Scherz sein. Der Vortag war mir in allen Einzelheiten im Gedächtnis: der Angriff des Herzensbrechers, das Treffen mit Schwartz und unser sinnloser Ausflug zur Kirche des Wanderers. Ich hatte doch sicher nicht einen ganzen Tag vergessen, oder doch?

»Ihr drei wollt mich auf den Arm nehmen, stimmt's?«

Jenn schüttelte den Kopf. »Nein. Schwartz ist gestern vorbeigekommen, um dir Fabrizieren beizubringen. Es war ein erinnerungswürdiger Anblick: Du bist spät aufgewacht, und er hat dich an einem Fußknöchel die Treppe runtergeschleift.«

Das erklärte, weshalb mir alles wehtat. »Woher wissen wir, dass meine Erinnerungen nicht erneut manipuliert worden sind?«

»Ich würde es wissen«, sagte Simon.

»Du hast dich auch früher schon geirrt.«

»Die Betonung liegt auf ›früher‹, Mikael. Es wird nicht wieder vorkommen.« Simon rutschte auf seinem Stuhl herum. »Außerdem tritt der Gedächtnisverlust nach dem Fabrizieren erst ein, wenn man schläft. Das erklärt, weshalb du nach dem

Aufwachen zum ersten Mal feststellst, dass du dich an ein paar Dinge nicht mehr erinnern kannst.«

»Was?«, entgegnete ich verblüfft. »Was meinst du damit, dass es im Schlaf geschieht? Ich dachte, es passiert, während ich fabriziere.«

Simon schüttelte den Kopf. »Ein Vergessener wird man unmittelbar nach dem Fabrizieren, aber bis dahin ist es, als würde man Schulden anhäufen. Für jede Fabrikation, die du tagsüber erzeugst, verlierst du eine Erinnerung, während du schläfst. War dir das wirklich nicht bekannt, Mikael? Das weiß doch jeder in Kessel. Selbst Nicht-Fabrikatoren.«

»Das haben wir als Kinder gelernt«, sagte Jenn sanft.

»Ich ... ich nehme an, dass ich da etwas falsch verstanden habe.«

»Das überrascht mich nicht, so dumm, wie du bist«, sagte Simon. »Und wenn du uns nicht glaubst, dann lies mal das hier.« Simon schlug eines seiner Notizbücher auf und reichte es mir. Es enthielt in einer gut lesbaren und flüssigen Handschrift die Ereignisse des Tages, an den ich mich nicht erinnerte:

Mikael begann den Tag mit Übungen. Der Söldner Schwartz wollte ihm seine Annullierungs-Fabrikationen beibringen. Die beiden blieben von morgens bis abends verschwunden. Als Mikael zurückkehrte, behauptete er, nun besser zu verstehen, wozu ihn seine Spezialisierung befähigt. Tatsächlich konnte er wiederholen, was er auf der Feier des Königs getan hatte, wo es ihm möglich gewesen war, eine große Menschenansammlung zu annullieren. Offenbar ist es ihm auch nochmals gelungen, einen Blitz zu fangen, wie er es bei seiner Hinrichtung in der Kirche des Wanderers getan hatte. Dem werde ich nachgehen müssen.

Es hat einen weiteren Herzensbrecher-Mord gegeben, sodass die

Zahl der Opfer nun auf drei gestiegen ist. Wenn es wie beim letzten Mal abläuft, werden insgesamt neun Morde geschehen, einer für jeden Wochentag.

Davon abgesehen verlief der Tag relativ ereignislos. Nana saugte an insgesamt drei Schwarzbeeren und half Julia, Burg Königmann sauber zu machen. Als sie gestresst war, dachte sie darüber nach, weitere Beeren zu konsumieren. Ein typisches Suchtproblem. Das einzige Merkwürdige an diesem Tag war, dass Stein frühmorgens weggegangen ist und seither ...

Ich legte das Buch hin. »Das ist echt gruselig, Simon. Machst du jeden Tag solche Notizen?«

Simon nahm das Buch wieder an sich und hielt es fast zärtlich in den Armen. »Wenn nicht, würde ich meine Arbeit vernachlässigen. Hast du etwa vergessen, was meine Lebensaufgabe ist?«

»Hör auf, Mikael zu triezen, Simon«, sagte Jenn.

»Wie du wünschst, zukünftiges Familienoberhaupt.«

Am liebsten hätte ich Simon einen Kinnhaken verpasst. Doch stattdessen klammerte ich mich mit aller Kraft am Tisch fest. »Ich wusste, dass dies früher oder später geschehen würde. Schließlich geht es allen Fabrikatoren so. Aber ich ... ich ...«

»Du hast nicht wirklich geglaubt, dass es dir passieren würde«, entgegnete Nana. »Alle meinen, sie wären die Ausnahme von der Regel. Aber dem Vergessen entgeht niemand. Das ist eins der beiden Dinge, die für alle gleich sind.«

Nana hatte recht, aber das wollte ich nicht zugeben, also fragte ich stattdessen: »Was bedeutet das für meine gestrigen Übungen mit Schwartz? Wer sagt, dass ich nicht noch mal den ganzen Tag vergesse, wenn ich sie wiederhole? Das könnte ein endloser Teufelskreis aus Lernen und Vergessen werden.«

»Vielleicht, aber jetzt weißt du, wie deine Fabrikationen funktionieren«, sagte Nana. »Stell sie dir wie ein Gebäude vor. Sobald es erbaut ist, bleibt es stehen, bis es zerstört wird, selbst wenn man die Baupläne verliert. Dein Körper erinnert sich daran, wie es geht, auch wenn du es nicht tust. Du musst nur mit deinen Kräften experimentieren, dich daran erinnern, was du in der Vergangenheit gemacht hast, und zusehen, ob es dir noch mal gelingt.«

»Das klingt gefährlich«, erwiderte ich. »Fast wie eine Garantie, vor meinem zwanzigsten Geburtstag ein Vergessener zu sein.«

»Dann lass dir eine andere Lösung einfallen. Denn für mich hört es sich so an, als wollte das Schicksal nicht, dass du deine Kräfte vollständig verstehst. Ich wette, wenn du noch mal mit Schwartz üben würdest, hättest du beim nächsten Erwachen wieder keine Ahnung, dass es geschehen ist.«

So viel Pech, wie ich generell hatte, konnte ich ihr da kaum widersprechen. »Habe ich gestern noch irgendetwas Wichtiges getan, an das ich erinnert werden sollte?«

»Wir haben miteinander geschlafen«, erwiderte Nana. Als nicht einmal meine Schwester darauf reagierte, seufzte Nana laut und verschränkte die Arme wie ein Kind, dem man gesagt hatte, dass es sich benehmen solle.

Simon beantwortete meine Frage: »Nicht dass ich wüsste. Angesichts deiner Gewohnheit, mitten in der Nacht Leute zu besuchen, kann ich es allerdings auch nicht ausschließen.«

Na toll, nicht einmal der Aufzeichner, der in Burg Königmann wohnte, um meine Lebensgeschichte aufzuschreiben, wusste mit Gewissheit, was ich am Vortag getan hatte. Hatte ich selbst die Nachricht neben meinem Bett für mich hinterlassen? Gab es etwas, das ich nicht vergessen wollte? Und wieso habe ich mich ermahnt, nicht den Mond zu betrachten? Moment mal, ich hatte geschrieben, ich habe eine neue Tätowierung. Bedeutete das ...?

Ich zog mein Hemd hoch und entdeckte links an meinem Brustkorb einen Namen: *Jamal.*

»Er verdient es, nicht vergessen zu werden«, sagte Jenn, als ich mein Hemd wieder fallen ließ.

»Ich habe schon eine ganze Weile über diese Tätowierung nachgedacht«, murmelte ich. »Gestern habe ich offensichtlich beschlossen, sie mir stechen zu lassen.«

»Vielleicht solltest du ein Tagebuch führen«, sagte Simon und reichte mir eins mit dem Königmann-Wappen auf dem vorderen Umschlag. Es war so klein, dass es in meine Tasche passte. Wie lange hatte er das schon bereitgehalten?

Ich verstaute es in meiner Jacke. »Ich habe mir noch nie viel aus Schreiben gemacht. Vielleicht sollte ich lieber anfangen zu malen oder mir noch ein paar Tätowierungen stechen lassen.«

»Mikael«, sagte Jenn im gleichen Tonfall wie meine Mutter, wenn sie sich über mich ärgerte, »du bist ein Fabrikator. Du musst das ernst nehmen, oder du wirst ein Vergessener und kannst dich an nichts mehr erinnern.«

»Schreibe wenn möglich an jedem Abend alle Ereignisse des Tages auf«, schlug Simon vor. »Es verhindert vielleicht nicht jede Gedächtnislücke, aber es hilft dir bestimmt mehr, als du dir vorstellen kannst.«

»Wir werden sehen.«

Wenn ich meine eigene Geschichte aufschrieb, würde mich das zu einem Beobachter meines Lebens machen. Jemand, der permanent in der Vergangenheit verhaftet blieb, anstatt nach vorne zu blicken. Doch ich wollte mich weiterentwickeln und nie wieder das einsame Kind von früher sein ... Ich wusste nicht, ob ich dieses Tagebuch führen oder mir eine andere Möglichkeit einfallen lassen sollte, wie ich das, was mir wichtig war, festhalten konnte.

Um das herauszufinden, würde ich es ausprobieren müssen.

Ich schob die Angst, mein Gedächtnis zu verlieren, beiseite, um nicht von ihr überwältigt zu werden, und fragte mich stattdessen, wo Oliver blieb. So lange hatte er noch nie fürs Frühstück gebraucht, und ich wurde immer neidischer auf die Teller der anderen. Als könnte ich die Zukunft vorhersehen, stürmten Oliver und Stein genau in diesem Moment in den großen Saal. Sie wirkten beide sehr durcheinander.

»Mikael ... Jenn«, stieß Oliver keuchend hervor. »Wo ist eure Mutter? Wir haben ein Problem.«

Ich blickte Jenn fragend an.

»Mama ist heute Früh weggegangen, ohne zu sagen, wohin sie will oder wann sie wieder zurückkommt«, erwiderte sie.

Oliver und Stein wechselten einen Blick, der wie ein stummer Fluch aussah.

Jenn stand auf. »Was ist denn los? Wie kann ich helfen?«

»Draußen sind Arbeiter mit Hämmern und mehrere Stahl-Fabrikatoren. Sie sind hier, um die Häuser um Burg Königmann herum einzureißen. Sie sagen, irgendein Wohltäter wolle an ihrer Stelle neue Häuser errichten und einen Garten zum Gedenken an König Isaak anlegen.«

»Die meisten Bewohner von Kessel glauben doch nach wie vor, dass es in Burg Königmann spukt, oder?«, fragte ich. »Wieso sollte irgendwer so etwas tun?«

»Da erklärt uns eindeutig jemand den Krieg«, sagte Oliver. »Burg Königmann ist zwar groß genug, um ausreichend Personal für den Haushalt zu beherbergen, aber die Umgebung ist genauso wichtig. Es wird schwer, Arbeitskräfte anzuheuern, wenn wir ihnen keine Unterkünfte zur Verfügung stellen können. So werden wir es auch nicht schaffen, Gewerbe anzulocken.«

Ich erhob mich. »Lasst uns gehen und mit ihnen sprechen.«

Abgesehen von Nana, die weiter frühstücken wollte, verließen wir alle eilig die Burg. Draußen standen zahlreiche Männer und Frauen in schmutziger Kleidung und mit Werkzeug in den Händen. Die Fabrikatoren waren leicht zu identifizieren, da sie als Einzige nicht für Bau- und Abrissarbeiten angezogen waren. Auf die Robe ihres Anführers war eine Eule gestickt, direkt über dem Herzen. Die hochadlige Familie Berger war für sämtliche Bautätigkeiten in Kessel zuständig. Wollten sie auf Vorschlag der Prinzessin einen Machtkampf mit uns führen?

»Dass ihr jetzt mehrere seid, ändert nichts an unseren Befehlen«, erklärte der Anführer, als er uns kommen sah.

»Hör die beiden bitte erst mal an, bevor ihr alle Häuser abreißt«, sagte Oliver und deutete auf Jenn und mich. »Das sind Mikael und Jennina Königmann. Solange ihre Mutter, das eigentliche Familienoberhaupt, nicht da ist, sind sie sicher befugt, in ihrem Namen zu verhandeln.«

Überraschenderweise verzog der Anführer das Gesicht und holte einen Brief aus seiner Tasche, den er mir reichte. »Mein Fehler. Ich habe dich nicht erkannt, Königmann. Ich habe den Auftrag, dir diesen Brief zu geben, wenn ich dich sehe.«

Ich blickte auf den unbeschriftet Umschlag, öffnete ihn und nahm den Brief heraus. Er war länger als gedacht.

Mikael,

wir haben uns schon viel zu lange nicht mehr gesehen und einiges miteinander zu besprechen. Betrachte dies als förmliche Einladung zu einem Mittagessen in meinem Haus, zur üblichen Zeit. Du weißt ja sicher noch, wo ich wohne. Bring jemand mit. Ich habe ein Festmahl vorbereitet, und es wäre schade, es verderben zu lassen.

Wenn du nicht kommst, werden diese braven Handwerker wie von mir befohlen weiterarbeiten. Das Land um Burg Königmann gehört mir. Ich hoffe, ich muss es dir nicht beweisen. Wenn du die Einladung annimmst, sag den Handwerkern, dass sie sich den Rest des Tages freinehmen sollen und ich ihnen morgen weitere Anweisungen erteilen werde.

*Hochachtungsvoll dein
Carl Domet*

Natürlich steckte er dahinter. Carl Domet liebte es, sich in mein Leben einzumischen, und diese Aktion war so typisch für ihn, dass ich ihn eigentlich sofort hätte verdächtigen müssen. Oder mich zumindest darauf gefasst machen, dass er etwas plant.

»Domet?«, fragte meine Schwester.

»Domet«, bestätigte ich.

Ich zeigte den Brief dem Anführer, worauf der lächelnd mit seinen Leuten abzog. Am nächsten Tag würden sie gewiss fortsetzen, was sie begonnen hatten, wenn sie keine anderslautenden Instruktionen erhielten. Es war schwer zu sagen, wie Carl Domet und ich derzeit zueinander standen, aber ich hatte das Gefühl, in eine offensichtliche Falle zu tappen, aus der ich nur wieder entkommen würde, wenn ich dafür ein Opfer brachte. Vorausgesetzt, ich ging zu ihm.

»Was wirst du tun?«, fragte Jenn.

Ich zerknüllte das Schreiben und stopfte es in meine Tasche. »Ich weiß es nicht.«

»Hast du irgendeine Idee, wen du mitbringen willst?«

Ohne zu antworten, folgte ich Stein, Oliver und Simon zurück in die Burg. Meine Schwester blieb an meiner Seite. Ich sah sie an. »Du findest, dass ich hingehen sollte, oder?«

»Sei ehrlich zu dir selbst. Du wirst gehen. Wenn du Domet ignorierst, wird uns das langfristig nur schaden. Die einzige Frage lautet, wen du mitnehmen wirst.«

»Du wärst meine erste Wahl, weil du ihn kennst, aber das wäre wahrscheinlich keine gute Idee. Du weißt schon, weil du das zukünftige Familienoberhaupt bist.«

Jenn öffnete den Mund, um mir zu widersprechen, doch sie überlegte es sich anders und seufzte. »Ich will nicht wie irgendein zerbrechliches Ding behandelt werden, das beim leichtesten Windhauch kaputtgehen könnte.«

Ich legte ihr den Arm um die Schultern und zog sie an mich. »Ach bitte. Jeder weiß doch, dass ich in unserer Generation der schwächste Königmann bin. Du bist eine Naturgewalt und hast gegen den Verdorbenen Prinzen gekämpft. Und Leon war tapfer genug, alles für sein ungeborenes Kind aufzugeben. Ich bekomme dagegen bloß jeden Tag eins auf die Mütze, und mein Stolz wird permanent mit Füßen getreten.«

»Dass du immer so übertreiben musst.«

»Manche Dinge ändern sich eben nie.«

Jenn lehnte den Kopf an meine Schulter, aber nur kurz, dann löste sie sich wieder von mir und richtete sich gerade auf. »Du weißt, dass ich es nicht will.«

»Ich weiß. Ironischerweise bin ich der Einzige, der es je wollte, und gleichzeitig derjenige, der es nicht kann.«

»Das Leben ist kein Zuckerschlecken.«

»Aber immer noch besser als sterben.«

Wir betraten den großen Saal. »Bist du sicher? Ich habe es noch nie ausprobiert.«

»Ich schon«, erwiderte ich mit einem Lächeln. »Es tut weh.«
»Noch eine Enttäuschung.«

Jenn ging zu Oliver, und ich setzte mich neben Nana. Sie steckte sich etwas in den Mund. Da ihr Teller leer war, bezweifelte ich, dass es sich dabei um den letzten Rest ihres Frühstückseis handelte. Ich legte die Hände auf den Tisch und sagte: »Du, ich und ein verrückter reicher Mann, der von meiner Familie besessen ist, werden heute zusammen zu Mittag essen.«

»Du willst, dass die Schwarzbeersüchtige dich begleitet? Wieso?«

»Weil Domet Jenn erwartet und nicht dich. Ich will ihn überraschen.«

Nana legte sich eine Hand aufs Herz. »Du weißt wirklich, wie man einem Mädchen den Kopf verdreht.«

»Und das, obwohl wir schon miteinander geschlafen haben.«

»Es kann eindeutig nur besser werden«, sagte sie und zwinkerte mir zu. »Ich muss dich etwas fragen: Wie gut kennst du diesen Schwartz?«

»Er ist ein unmoralisches Arschloch, das jeden umbringt, der sich ihm in den Weg stellt. Wieso?«

Nana hielt mir wortlos das aufgeschlagene Notizbuch ihres Vaters unter die Nase.

Meine bisherige Suche nach dem Serienmörder, den wir als Herzensbrecher bezeichnen, war ergebnislos. Wenn überhaupt, wissen wir nur sehr wenig über die Motive, das Geschlecht oder die Vorgehensweise dieser Person. Und auch sonst tappen wir im Dunkeln. Meine einzige Spur ist ein Söldner der Orbis-Kompanie namens Damian, der sich in der Nähe der Tatorte aufgehalten hat. Wir können nicht feststellen, ob er Beweise beseitigt oder selbst nach

Hinweisen Ausschau gehalten hat. Jedenfalls wäre ein Söldner imstande, so brutal und effizient zu töten.

Damian wird zu einer Feier gehen, die der Hochadlige Braven gemeinsam mit seiner Partnerin, Zahra von Azil, veranstaltet. Ich muss persönlich mit ihm Kontakt aufnehmen und seine Beweggründe erfahren. Hoffentlich begeht er einen Fehler und gibt mir die Informationen, die ich benötige, um diese Verbrechensserie zu beenden, bevor noch jemand anders zu Schaden kommt.

Ich blickte auf und schnalzte mit der Zunge. »Zahra hieß Darks Geliebte, und Damian ist sein richtiger Name. Sind diese Notizen vertrauenswürdig? Wenn ja, galt Schwartz als Verdächtiger.«

»Ich traue meinem Vater zwar nicht über den Weg, aber auf diese Aufzeichnungen kann man sich hundertprozentig verlassen.«

»Na wunderbar.« Ich verschränkte die Hände hinter dem Kopf und begann, vor dem Tisch auf und ab zu gehen. »Schwartz hat gesagt, dass er meine Fragen beantworten würde, sobald ich dieses Notizbuch durchgelesen habe, aber ...«

»Glaubst du, dass er die Wahrheit sagen wird?«

»Nur wenn ich ihn dazu zwingen kann«, erwiderte ich. »Aber wieso sollte ich Schwartz misstrauen? Er will den Mörder noch dringender fangen als ich.«

»Könnte Schwartz irgendwie in diese Sache verwickelt sein? Es wäre nicht das erste Mal, dass jemand, der dir nahesteht, dich betrügt.«

Ich blieb stehen und sah Nana an. Sie wirkte nicht mehr so flatterhaft wie im Beerenfeld. Ich konnte nur schwer einschätzen, ob sie gerade die Wirkung der Schwarzbeere spürte oder nicht. »Du willst diesen Herzensbrecher unbedingt erwischen, stimmt's?«

»Mehr, als dir klar ist«, entgegnete sie. »Ich schlage vor, dass wir erst mal mehr über Zahra in Erfahrung bringen. Sie war Schwartz' einzige Schwäche, was bedeutet, dass wir durch sie am ehesten etwas über ihn erfahren können. Frauen verlieben sich nicht in Ungeheuer. Sie sehen nur dabei zu, wie ihre Männer sich in welche verwandeln. Vielleicht hat ihr Tod ihn erst zu dem gemacht, der er heute ist.«

»Das ist eine sehr gute Theorie. Aber wie kommen wir an Informationen über sie?«

»Zum Glück wird hier drinnen ein Ort erwähnt, an dem man vielleicht mehr über sie weiß.« Nana schlug eine andere Seite im Notizbuch auf und zeigte sie mir.

Obwohl ich nicht viel Zeit hatte, mir ein Bild von dem anderen Kämpfer zu machen – weil ich keine emotionale Verbindung zu jemand aufbauen möchte, der sterben muss, damit meine Tochter überleben kann –, hat einer meiner Kollegen ihn unter die Lupe genommen. Es existieren nur sehr wenige Informationen über den Söldner namens Damian. Das Einzige, was wir mit Bestimmtheit über ihn sagen können, ist, dass er zur Orbis-Kompanie gehört. Die zu ihm gehörige Geisel, Zahra, ist die Hofdame der Prinzessin von Kessel. Diese Stellung verdankt sie einer Empfehlung der thebischen Botschaft. Es ist wirklich eine Schande, dass sie so jung sterben wird.

»Schwartz war ein Wettkämpfer?«, fragte ich atemlos. »Wieso hat er mir davon noch gar nichts erzählt?«

»Seit wann sagt er dir überhaupt irgendetwas?«, fragte Nana.

Ich biss mir auf die Zunge. Dass ich so wenig über ihn wusste, brachte viele Leute in Gefahr. Was für einen Grund mochte er haben, diese Information vor mir geheim zu halten? Was verbarg er vor mir?

»Wenigstens wissen wir jetzt, wo wir als Nächstes hingehen«, sagte Nana und erhob sich von ihrem Stuhl. »Ich gehe mir etwas Passendes anziehen, und dann können wir aufbrechen.«

»Ich muss erst noch was erledigen«, antwortete ich. »Ich treffe dich bei Trey.«

»Warum?«, fragte Nana.

»Ich weiß es nicht. Es war eine der Anweisungen, die ich mir gestern Abend selbst hinterlassen habe, und es erscheint mir falsch, meinen eigenen Rat zu ignorieren.«

»Dann treffen wir uns also nachher.«

Ich nickte. »Danke für dein Verständnis. Aber könntest du mir bitte noch erklären, wieso es mir deiner Meinung nach erlaubt sein wird, auch nur einen Fuß in Burg Kessel zu setzen? Und wie wir jemand finden sollen, der Zahra kannte?«

Sie steckte einen Finger durch eines der Löcher in meinem Hemd. »Wer hat gesagt, dass wir zur Burg Kessel wollen? Die thebische Botschaft hat sie in den Palast vermittelt. Also gehen wir dorthin. Eine Tante von mir arbeitet in der Botschaft. Sie kann uns helfen. Aber tu mir bitte den Gefallen und unternimm vorher etwas gegen diesen bestialischen Gestank. Meine Tante ist zwar keine Adlige, aber das können wir ihr auf keinen Fall zumuten.«

Als Nana weg war, zog ich das Hemd ein Stück von meinem Körper weg und schnupperte.

Nur dieses eine Mal hatte sie vielleicht nicht ganz unrecht.

Kapitel 32
Die Bezugsquelle

»Du bist spät dran.«

Ich hielt vor Trey an, stützte mich mit den Händen von den Knien ab und versuchte, zu Atem zu kommen. »Entschuldige. Ich musste einen Zwischenstopp in der Badeanstalt einlegen. Und ich wusste nicht, dass ich hierherkommen muss. Ansonsten wäre ich früher aufgewacht.«

Trey löste sich vom Laternenpfahl, an dem er gelehnt hatte. »Wie bitte? Wir haben gestern mehrfach darüber gesprochen, als ...« Er riss die Augen auf. »Gedächtnisverlust?«

»Der ganze Tag ist weg.« Ich stellte mich aufrecht hin und verschränkte die Hände hinter dem Kopf. »Haben wir über irgendetwas Wichtiges gesprochen?«

»Du hast mir verraten, wie du die Rebellion beenden willst, und mich dabei um Hilfe gebeten.«

»Warte mal, mir ist endlich ein Plan eingefallen? Kannst du ihn mir erläutern?«

Trey zögerte. »Hilf mir erst bei einer Sache.«

Da ich keinen Grund hatte, mich zu weigern, nickte ich bloß und fragte: »Wozu brauchst du mich?«

Wir gingen schweigend durch das Hohe Viertel und betrachteten all die Merkwürdigkeiten, die nur morgens zu existieren schienen. Zum Beispiel Niederadlige, die vor Essensständen saßen und nach einer langen Nacht voller Ausschweifungen einfache Mahlzeiten aßen – oder es zumindest versuchten. Verkäufer platzierten Ausrufer vor ihren Ständen, die Passanten für ihre exquisiten Waren begeistern sollten, die von kleinen Mondbruchstücken über ausländische Parfüms bis zu Seidenkleidung reichten. Vögel ließen sich nur ungern an diesem Ort nieder. Die wenigen, die man auf den Dächern sah, sangen lediglich kurze Lieder und flogen dann in wärmere Gefilde davon. Denn im Hohen Viertel war es, ganz gleich in welcher Jahreszeit, immer kalt.

Trey deutete auf ein in der Nähe aufragendes Gebäude mit Säulen und einem schmucken silbernen Schriftzug über der Tür. »Hier müssen wir hin.« Er griff in seine Jacke und reichte mir eine Steinschlosspistole. »Die wirst du brauchen. An diesem Ort besorge ich Schwarzbeeren, und es ist immer gut, auf einen Kampf vorbereitet zu sein.«

Fluchend nahm ich die Pistole von ihm entgegen und steckte sie mir hinten in den Hosenbund. »Verdammt, Trey. Du versuchst es überhaupt nicht mehr auf die subtile Methode, oder? Und was soll das heißen, dass das hier deine Bezugsquelle ist? Wir befinden uns im Hohen Viertel.«

Er sah mich an, als wäre ich nicht ganz richtig im Kopf. »Hast du etwa geglaubt, die Person, die den Schwarzbeerenhandel betreibt, lebt im Ostteil der Stadt? Das ist der Ort, den sie vergiftet, nicht ihr Zuhause.«

»Soll das heißen, ein Adliger versorgt dich mit den Beeren?«

»Zufällig ja.«

»Hoch- oder Niederadel?«

Trey ging auf das Haus zu. »Wen kümmert's? Für mich sind alle Adligen gleich.«

»Für mich nicht.«

»Das ist dein Problem, nicht meines.«

»Vielleicht kann ich demjenigen das Handwerk legen, wenn du mir verrätst, wer er ist.«

Treys Fingerknöchel schwebten vor der Tür. »*Ich* würde diese Person aufhalten, wenn ich das wollte. Aber im Moment brauche ich sie. Ihr Gift hat meine Mutter ruiniert, da kann ich es genauso gut auch für meine eigenen Zwecke einsetzen.«

Noch ehe Trey an die Tür klopfen konnte, schwang sie von selbst ein Stück auf. Ohne ein Wort zu sagen, zogen wir gleichzeitig unsere Pistolen und traten hindurch. Ein Schwarzbeerenerzeuger würde seine Tür nicht unversperrt lassen. Nicht einmal im Hohen Viertel. Ich machte mich auf eine Katastrophe gefasst ... und behielt recht.

Tische waren umgekippt und Gläser zerbrochen. Auf dem Boden lag Schwarzbeerpulver, und im Hauptraum waren vier Leichen verteilt. Sie sahen aus, als wären sie von einem Tier und nicht von Schwertern oder Äxten zerfetzt worden. Zwei von ihnen hatten kein Gesicht mehr, und einem waren die Arme ausgerissen worden. Der vierte kauerte in einer Ecke, äußerlich unversehrt, aber mit einem Ausdruck blanken Entsetzens im Gesicht.

Ein schrecklicher Gestank erfüllte den Raum.

Trey hielt sich die Nase zu und steckte die Pistole weg. »Was auch immer hier geschehen ist, ist bereits ein paar Tage her.« Er hockte sich neben einen der aufgeblähten Leichname.

Ich ging durch den Raum. »Sie scheinen alle noch ihr Herz zu haben. Es gibt also keinen Hinweis darauf, dass der Herzensbrecher dahintersteckt.« Ich trat einen Eimer um und sah, dass er leer war. »Es macht fast den Anschein, als wären sie verhört worden. Könnte dies ein Überfall von jemand gewesen sein, der den Schwarzbeerhandel übernehmen will? Wer sonst hätte all die Drogen hier drinnen vernichtet?«

»Das bezweifle ich«, sagte Trey. »Ich hätte etwas davon mitbekommen, wenn jemand aus dem Ostteil die Finger im Spiel hätte. Ein Adliger hätte es vermutlich tun können, aber ... derjenige, von dem ich die Droge beziehe, hat mit allen Mitteln dafür gesorgt, dass niemand etwas von seiner Rolle beim Schwarzbeerhandel erfährt. Ihn auf diese brutale Weise anzugreifen würde nichts bringen.«

»Aber könnte es eine Warnung sein? Vielleicht will ihn jemand auf diese Weise dazu bringen, dass er mit seinen Geschäften aufhört.«

»Vielleicht. Ich glaube aber nicht ...« Er schlug sich mit den flachen Händen auf die Oberschenkel und stand wieder auf. »Das ist ärgerlich – nichts weiter. Diese Woche wird es in den Süchtigentreffs möglicherweise weniger Schwarzbeeren geben als sonst, aber das sollte nicht viel ausmachen.«

Wir verließen das Haus und schlossen die Tür hinter uns, froh, wieder an der frischen Luft zu sein. Da wir nicht an diesem Schauplatz mehrerer Morde erwischt werden wollten, suchten wir uns in der Nähe eine Bank und setzten uns darauf, um uns zu unterhalten. Die Anwohner ignorierten uns. Wahrscheinlich hielten sie es für das Klügste, Leuten, die nicht hierhergehörten, einfach aus dem Weg zu gehen.

»Kannst du mir verraten, wie ich die Rebellion beenden will?«, fragte ich Trey, als wir Platz genommen hatten.

Trey starrte den in der Ferne aufragenden Palast an. »Vielleicht ist es besser für dich, wenn du es nicht weißt. Dann kannst du deine Rolle bei deinem Plan authentischer spielen.«

»Authentischer? Wieso ist das wichtig?«

»Weil du zur Rebellenkaiserin gehen und sie davon überzeugen willst, dass du dich ihr anschließen möchtest.«

»Was will ich tun?«

»Wenn du das für eine dumme Idee hältst, dann musst du dich an die eigene Nase fassen.«

Ich seufzte. »Scheint so. Und was passiert, nachdem ich das getan habe?«

»An der Stelle komme ich ins Spiel«, erwiderte Trey.

»Wirst du mir den Plan erklären? Oder wenigstens sagen, wann er umgesetzt werden soll?«

»Nein«, sagte er mit einem verhaltenen Lächeln. »Du sollst nur wissen, dass ich da sein werde, wenn du mich brauchst.« Er beschwor eine kleine Lichtkugel und ließ sie auf seiner Handfläche kreiseln. »Ich werde den Rebellen anbieten, mich ihnen anzuschließen, und sie werden dieses Angebot nicht ausschlagen können. So wie ich es beim Verdorbenen Prinzen gemacht habe.« Er zerdrückte die Kugel, worauf funkelndes Licht durch seine Finger rieselte. »Ich bin vielleicht ein Niemand, aber ich weiß mich zu verkaufen.«

Ich sah meinen Freund an. »Darf ich dich fragen, warum du das tust? Willst du Jamal rächen oder … glaubst du, wir können wieder Freunde sein?«

»Wir werden immer Freunde sein. Was allerdings nicht bedeutet, dass wir auf der gleichen Seite stehen.« Er verstummte kurz. »Im Moment ist es aber so. Das sollten wir genießen und dabei die Person rächen, die wir beide geliebt haben.«

»Und was passiert, wenn wir auf verschiedenen Seiten stehen?«

»Das werden wir sehen, wenn es so weit ist.«

Als Trey ging, blieb ich noch auf der Bank sitzen, um meine Gedanken zu sortieren. Ich hatte keine Zeit, mich in Selbstmitleid zu suhlen. Wenn ich jetzt nicht weitermachte, würde ich verhindern können, was Trey für uns beide für unausweichlich hielt.

KAPITEL 33
WEBER

Vor der thebischen Botschaft stand ein Dutzend mit Kisten und Möbeln vollgeladene Fuhrwerke. Mehrere Menschen liefen herum, manche von ihnen verbrannten Akten, andere trugen weitere Gegenstände zu den Wagen. Nana erwartete mich mit verschränkten Armen. Sie trug für unser Treffen mit Domet ein Kleid, das auch für ein Begräbnis geeignet gewesen wäre. Noch ehe ich in Hörweite war, begann sie, auf mich einzureden: »... und verschwinden! Kannst du dir das vorstellen? Nur weil König Isaak bereits seit einem Monat tot ist und Serena noch immer nicht zur Königin gekrönt wurde. Sie sagen, dass sie ihre Beziehungen zu Kessel überdenken müssen. Dass wir derzeit für diplomatische Verbindungen zu unbeständig sein könnten.«

»Sie ziehen alle ab?«

»Alle«, bestätigte sie. »Darunter auch meine Tante.«

»Ist sie bereits weg?«

Nana schüttelte den Kopf und ging die Treppe zum Eingang der Botschaft hinauf. Ich folgte ihr. Wir drängten uns an Flüchtlingen vorbei, die von thebischen Soldaten mit Knochenpeitschen und schwarz gefärbten Schwertklingen alte Mäntel und Stiefel ausgehändigt bekamen. »Noch nicht. Aber heute Abend bricht sie auf.« Nana schnalzte mit der Zunge. »Ich bezweifle, dass sie sich von mir verabschiedet hätte.«

Ich blieb stehen. »Du musst das nicht tun, wenn du nicht willst. Ich bin sicher, ich ...«

»Mikael«, unterbrach sie mich mit so ruhiger Stimme, dass mir ein Schauder über den Rücken lief, »wenn du mir noch mal unterstellst, dass ich vor meinem Problemen davonlaufe, dann verpasse ich dir eine. Ist das klar?«

»Absolut.«

Nana und ich erreichten den oberen Treppenabsatz und blieben vor einem thebischen Wächter stehen. Nana fasste sich ans linke Auge und spreizte wortlos die Lider auseinander, damit ihre eisblaue Iris noch deutlicher zu sehen war, worauf der Wächter uns in das sicherste Botschaftsgebäude in Kessel winkte.

»Das ist die ganze Sicherheitskontrolle?«, fragte ich.

Sie nickte. »Alle Theber haben hellblaue Augen. Der Göttliche General bezeichnet das als den biologischen Eroberungsfeldzug des Imperiums, denn es genügt ein einziger Tropfen thebisches Blut, um sämtliche Nachkommen aller Generationen als Theber zu kennzeichnen.«

Und ich hatte geglaubt, die bernsteinfarbenen Augen meiner Familie wären ein dominantes Erbmerkmal.

»Ist der Göttliche General der Führer des Thebischen Imperiums?«

»Sozusagen.« Nana zuckte die Achseln. »Der Göttliche General spricht für den Gefangenen, der eigentlich das Sagen hat, aber der ist ... nun ja, seit dreihundert Jahren tot.« Als sie meine gefurchte Stirn bemerkte, fügte sie hinzu: »Es ist kompliziert. Die meisten Theber glauben, dass der Gefangene eines Tages zurückkehren und das Imperium in ein goldenes Zeitalter führen wird.«

»Ist das Thebische Imperium damit nicht eine Nekrokratie?«

»Erinnere mich bloß nicht daran.«

In meiner Kindheit war ich über die verschiedenen Länder der Welt unterrichtet worden. Über das Thebische Imperium, das weit von uns entfernt war, wusste ich allerdings nur wenig. Zwischen Kessel und den Thebern lagen Neu-Drakon und Goldono, was uns vor ihrem manchmal irrlichternden Verhalten schützte. Die Theber waren keine fanatischen Eroberer, die allen Menschen ihren Glauben aufzwingen wollten. Sie waren nur extrem ordnungsliebend und sahen es nicht gern, wenn jemand – egal ob es sich um einen Theber handelte oder nicht – leiden musste. Und so zogen sie oft zum Wohle der gesamten Menschheit, wie sie behaupteten, in den Krieg. Wenn sie sich tatsächlich aus Kessel zurückzogen, weil sie unsere derzeitigen Herrscher für regierungsunfähig hielten, war es durchaus möglich, dass aus dem Westen schon bald ein Heer heranrückte. Und es bestand kein Zweifel, dass es siegreich sein würde. Meine Vorfahren hatten die thebischen Soldaten in der Vergangenheit nur mühsam abwehren können.

Mittlerweile waren wir im Eingangsbereich der Botschaft angekommen. Nana versuchte mehrfach, mit lauten Fragen vorübergehende Menschen auf sich aufmerksam zu machen, doch sie hielten nicht an und schenkten uns auch sonst keine Beachtung. In diesem Gebäude wirkte Nana sogar noch aufgewühlter als während der Unterhaltung mit ihrem Vater.

»Ich muss sie finden«, flüsterte sie. »Warum muss immer alles, was mit meiner Familie zu tun hat, so unglaublich kompliziert sein?«

»Das kenne ich sehr gut«, erwiderte ich.

Nana fand meine Bemerkung gar nicht witzig und hätte mir wahrscheinlich den Ellbogen in die Rippen gestoßen, wenn sie nicht so abgelenkt gewesen wäre. »Ich werde meine Tante suchen. Setz dich auf eine der Bänke da drüben und versuche, keine Aufmerksamkeit zu erregen.«

»Warte«, entgegnete ich. »Du willst wirklich, dass ich hier warte? Allein? Was ist daran besser, als wenn ich dich begleite?«

»Weil in diesem Gebäude äußerst delikate und wichtige Dokumente eingelagert sind, die das Thebische Imperium um jeden Preis geheim halten will. Hier am Eingang kannst du höchstens jemand mit einer dummen Bemerkung ärgern, aber keinen ...« Sie verstummte und schob mit der Zunge die Schwarzbeere in ihrem Mund von der einen Wange in die andere. »Am besten tust du so, als wärst du stumm. Oder taub. Und stell deinen Kragen auf. Versuche, unauffällig zu sein. Bitte.«

Ich verdeckte das Verrätermal an meinem Hals. »Wieso hast du mich noch mal hergebracht?«

»Keine Ahnung«, flüsterte sie und ging zur nächstgelegenen Treppe. »Was habe ich mir bloß dabei gedacht, Mikael Königmann an einen Ort mitzunehmen, wo er mit einem einzigen bescheuerten Kommentar einen Krieg vom Zaun brechen könnte?«

Offensichtlich trübten die Schwarzbeeren ihr Urteilsvermögen mehr, als mir bisher klar gewesen war. Da ich selbst jedoch nüchtern und klug genug war, Nanas Warnung ernst zu nehmen, nahm ich auf einer Bank Platz und wartete. Und wartete ... Nach einer Weile döste ich im Sitzen ein und rutschte fast von der Bank. Als ich mich ruckartig wieder aufsetzte, knallte ich mit dem Hinterkopf schmerzhaft gegen die Wand.

Das Lachen, das ich gleich darauf vernahm, lenkte mich von meiner Misere ab. Es klang ausgelassen und unschuldig.

Vor mir stand ein kahlrasiertes Kind in weiten Gewändern. Es war noch zu jung, um zweifelsfrei bestimmen zu können, welches Geschlecht es hatte. Jeder sichtbare Teil seines Körpers war mit Verletzungen bedeckt. Von verblassten Brandnarben und fehlenden Zähnen über Bissspuren an seinen Armen bis hin zu ausgerenkten Fingern. Das Kind sah aus, als wäre es sein ganzes Leben lang einer noch schlimmeren Folter unterzogen worden als ich seinerzeit im Kerker, und dennoch lächelte es und lachte fröhlich.

»Ist dir etwas zugestoßen?«, fragte ich es und stand von der Bank auf. »Benötigst du Hilfe?«

Das Kind schüttelte den Kopf.

»Bist du sicher? Wenn nötig, kann ich dir nämlich helfen.« Ich näherte mich ihm vorsichtig. »Ich heiße Mikael Königmann, und ich ...«

Jemand legte mir eine Hand auf die Schulter. »Du solltest nicht zu dicht an das Kind herantreten. Es könnte dir wehtun.«

Während die Hand mich weiter festhielt, trat ein Theber um mich herum. Er trug eine lange, seitlich geschlitzte silberfarbene Robe, die zu fließen schien, während er ging, und dazu goldfarbene Stulpenhandschuhe, die ihm bis über die Ellbogen reichten. Seine Augen waren ebenso eisblau wie Nanas, und sein ausgemergeltes Gesicht war so blass, als wäre er seit Monaten nicht mehr in der Sonne gewesen. Er hockte sich vor das Kind und sagte etwas zu ihm in einer mir unbekannten Sprache. Das Einzige, was ich aufschnappte, waren die Worte: »Mikael Königmann.« So viel zu meinem Versuch, nicht aufzufallen.

Der Theber stand auf, nahm das Kind an der Hand und sah mich durchdringend an. »Stimmt es, was wir gehört haben? Bist du wirklich ein Königmann?«

Ich nickte, nach wie vor fest im Griff der Hand auf meiner Schulter.

Er musterte mich von Kopf bis Fuß. »Mir war klar, dass die

Geschichten übertrieben sein mussten, aber ich hatte ja keine Ahnung, wie sehr. Wenn Königmanns wie du wirklich so wichtig für Kessel sind, haben wir diesen Ort vielleicht erheblich überschätzt.«

»Wage es nicht ...«

Der Mann, der mich festhielt, legte mir die andere Hand über den Mund und sagte: »Vielleicht solltet Ihr Euch vorstellen, bevor Ihr weitersprecht, Recke Prasai.« Er ließ mich los. »Damit dieser Königmann nichts Ungehöriges sagt, das er hinterher bereuen muss.«

»Ja, das ist wohl notwendig. Ich bin Prasai Alareata, Der Recke der Altvorderen. Als einer der neun edlen Recken des Thebischen Imperiums wurde ich vom Gefangenen persönlich dazu auserkoren, das Wissen des Imperiums über die Herrschaft der Wolfskönige zu erweitern.« Er blickte sich schnaubend um. »Deswegen halte ich mich in dieser nach Schwefel stinkenden Stadt auf. Das hier ist mein Mündel.« Der Recke deutete auf das Kind. »Und der Mann, der dich festhält, heißt ...«

»Wenn es Euch recht ist, Recke Prasai, möchte ich lieber anonym bleiben. Ich dürfte im Moment eigentlich gar nicht hier sein. Es wäre ungünstig, wenn meine Kameraden davon erführen.« Er stellte sich vor mich hin und entpuppte sich als der Knochenmann von Danas Brautschau. Er trug zwei überkreuzte Schwerter auf dem Rücken und eine Pistole an der Hüfte. Irgendwie erinnerte er mich an Schwartz. »Dann habe ich ja doch noch einen Königmann kennengelernt. Nenn mich einfach Knochenmann, Mikael.«

»Wer bist du? Und wieso traust du dich, mit einer Pistole in Kessel herumzulaufen?«

Der Knochenmann zuckte die Achseln. »Das wirst du schon noch herausfinden. Nicht wahr, Recke Prasai?«

»Da bin ich mir sicher.« Der Theber bedeutete dem Kind, sich an seinem Hemd festzuhalten, und verschränkte die Arme. »Also, Königmann, was führt dich in mein Haus? Willst du uns verabschieden?«

»Ich bin mit einer Freundin gekommen, die hier eine Verwandte besuchen will«, erwiderte ich. »Möchtet Ihr, dass ich gehe?«

»Nein, so wichtig bist du auch wieder nicht, dass ich dich des Gebäudes verweisen müsste.« Prasai sah den Knochenmann an. »Du siehst das vielleicht anders, aber ich habe sie ja schon immer anders eingeschätzt als du.«

»Was soll ich dazu sagen?« Der Knochenmann lächelte freundlich. »Mein Vater hat mich mit Geschichten über die Königmanns großgezogen, aber ich habe sie nie vergöttert wie die meisten anderen Kinder. Ich wollte meine Helden immer besiegen, ihre Gesichter in den Staub drücken und zu mir aufblicken lassen. Heldenverehrung ist reine Zeitverschwendung und führt nur dazu, dass Leute an der Macht bleiben, die es gar nicht verdienen.«

Mein Körper annullierte sich von selbst. Als ich es mitbekam, hielt ich die Wärme in mir aufrecht und hoffte, dass dieses Aufeinandertreffen nicht in einen Kampf münden würde. Nana würde mich höchstpersönlich umbringen, wenn ich hier einen Krieg anzettelte.

»Hör mal, Mikael ... du hast doch gerade nichts zu tun«, sagte der Knochenmann und rieb sich das Kinn. »Wie wäre es mit einem freundschaftlichen Duell? Ein Einzelkampf. Ganz ohne Waffen, nur mit Magie und den Fäusten. Der Erste, der zu Boden geht, hat verloren.«

»Warum sollte ich mich darauf einlassen?«

»Um die Magie eines anderen Landes kennenzulernen«, sagte

der Recke Prasai. »Der Knochenmann hat recht. Von dir persönlich halte ich nicht viel, Königmann, aber ich achte die hiesigen Fabrikatoren. Beweise mir, dass ich mich in dir täusche. Glaubst du, dass du gegen die Magier meines Landes gewinnen kannst? Oder wirst du davonlaufen?«

»Also gut«, sagte ich und dachte an Schwartz' Worte in Burg Königmann. Es gab einen Grund, weshalb Kessel kein Imperium war, Theben aber schon. Was vermochten sie, was wir nicht konnten? Außerdem würde ich vielleicht erkennen, ob einer ihrer Magier hinter mir her war, wenn ich einen anderen in Aktion sah. Ich war bislang mehr oder weniger davon ausgegangen, dass es sich beim Herzensbrecher um einen Fabrikator handelte, konnte es aber nicht beweisen. »Gegen wen trete ich an?«

Das Kind trat vor.

Ich entspannte mich. »Ich kämpfe nicht gegen Kinder.«

Der Recke Prasai schnippte mit den Fingern. »Wer sagt, dass du eine Wahl hast? *Bomarhki Ras.*«

Das Kind verbog so lange einen seiner Zeigefinger, bis ein übelkeitserregendes Knacken ertönte. Während das Kind, von Schmerz überwältigt, auf die Knie sank, fragte ich angewidert und verwirrt: »Was macht es da?«

»Gewinnen«, erwiderte der Recke Prasai.

Meine Füße versanken im Boden, als würden sie von Treibsand verschluckt. Ich wollte ihm entsteigen, merkte jedoch, dass meine Beine nicht wie gedacht in einem zähen, aber weichen Material, sondern nach wie vor in massivem Gestein steckten. Meine vergeblichen Befreiungsversuche sorgten nur dafür, dass ich immer tiefer einsank. Das Kind ließ mich nicht aus den Augen und bewegte die Hände in kleinen Kreisen. Ich verstand nicht, was es tat. Ein Fabrikator wäre nicht imstande, den Boden unter meinen Füßen zu verändern. Wir waren in der Lage, etwas zu erschaffen, konnten aber nicht etwas bereits Existierendes manipulieren. Und was war mit dem körperlichen Schmerz, den es sich zugefügt hatte? War er der Preis, den es für die Anwendung von Magie bezahlen musste?

Manipulation und Schmerzen auf der einen, Erschaffung und Verlust der Geisteskräfte auf der anderen Seite.

Dies war also die Magie, die in anderen Ländern existierte. Wie wahrscheinlich war es, dass ich sie ebenfalls neutralisieren konnte? Da mein Körper bereits bis zur Hüfte im Boden steckte, brachte es nichts, ihn zu annullieren, aber würde es helfen, wenn ich wie beim Endlosen Walzer die gesamte Magie um mich herum unwirksam machte?

Ich ließ die Wärme in mein Innerstes fließen und sammelte sie in meinem Bauch. Jetzt musste ich diese unsichtbare Kraft, die allein ich steuern und kontrollieren konnte, nur noch aus mir herauslassen. Ich holte tief Luft, konzentrierte mich und ließ sie gemeinsam mit meinem Atem entweichen. Das Gestein, das mich gefangen hielt, zerbröckelte, und ich kletterte aus der Grube hinaus. Das Kind beobachtete mich dabei mit großen Augen.

»Annullierung von Magie«, hauchte der Recke der Altvorderen. »So etwas haben wir in Theben nicht.«

»Annullierungs-Fabrikatoren sind ein absolutes Ärgernis«, sagte der Knochenmann. »Viele erschießen sie bei Sichtkontakt.«

»Das Duell ist vorbei«, verkündete ich und ging auf sie zu. »Ich habe gewonnen. Wie nennt ihr eure ...«

Das Kind biss sich so fest in die Haut zwischen Daumen und Zeigefinger, dass Blut hervorquoll. Anschließend ließ es die Hand vorschnellen, als versuchte es, etwas zu werfen. Dabei stieß es ein gequältes Jammern aus und kratzte sich heftig an den Unterarmen.

»Hör auf!«, rief ich. »Es ist vorbei. Prasai, sagt ihm, dass das Duell vorüber ist! Seine Magie wird nicht funktionieren! Es tut sich ganz umsonst weh!«

Der thebische Recke lief wortlos zu dem Kind hin und umarmte es so fest, dass es sich keinen weiteren Schaden zufügen konnte. Es wand sich in seinen Armen wie ein Wurm, der vom Haken wollte.

»Was glaubst du, wie lange diese Annullierungs-Magie funktioniert?«, fragte er seinen Begleiter, während ich das Kind weiterhin in Zaum hielt. »Das ist alles neu für mich. Ich bin mir nicht sicher, wie wir das meiste aus dieser Erfahrung herausholen können.«

»Der Effekt hält länger, als uns lieb sein kann«, erwiderte der Knochenmann. »Ihr solltet Euer Mündel zurückpfeifen, bevor es sich noch umbringt. Jetzt weiß es zumindest, wie es ist, gegen einen Annullierungs-Fabrikator zu kämpfen.«

»Ich bin mir nicht sicher, ob es das wert war.« Der Recke Prasai schnippte mit den Fingern, und das Kind erschlaffte. »Aber Informationen sind immer gut. Der Göttliche General wird sich sehr dafür interessieren. Vielen Dank für deine unschätzbare Hilfe, Königmann.«

Als ich ebenfalls die Kontrolle über das Kind aufgab, klammerte es sich mit geschwollenen Fingern und blutigen Kratzwunden am Recken Prasai fest. Mit der Zeit würden sie verheilen und hart werden wie die vielen hundert anderen selbstzugefügten Narben auf seinem Körper. Wie war es in diese Lage geraten, und was hatte es in seinem jungen Alter bereits alles durchgemacht …?

»Werdet Ihr es zu einem Arzt bringen?«

»Natürlich. Es ist mein Mündel.«

»Wieso lasst Ihr dann zu, dass es sich selbst wehtut?«, fragte ich mit erhobener Stimme.

»Der Schmerz ist nur ein Katalysator. Ohne ihn gibt es keine Magie. Mein Mündel trägt seine Narben auf der Haut, wo jeder sie sehen kann, aber ist das wirklich schlimmer als der verborgene Preis, den ihr Fabrikatoren zahlt? Wenigstens weiß es, was mit ihm geschieht.«

Ich antwortete nicht und stellte fest, dass ich während dieses kurzen Duells ein oder zwei Erinnerungen verloren hatte. Prasai hatte recht: War ich als Fabrikator besser dran als ... was auch immer dieses Kind war?

»Das hat Spaß gemacht«, sagte der Knochenmann. »Aber jetzt müssen wir gehen. Es war spannend herauszufinden, wer du wirklich bist, Mikael. Und ich bin sicher, dass wir uns schon bald wiedersehen werden. Der Mond verändert sich.«

»Kann sein. Verratet mir bitte noch, wie Ihr Eure Magier nennt, Prasai.«

Der Recke der Altvorderen runzelte die Stirn. »Wieso sollte ich das tun?«

»Wee-baars«, sagte das Kind pfeifend. Wo seine Vorderzähne hätten sein sollen, klaffte eine Lücke. Ohne auf die Blicke zu achten, die der Recke Prasai und der Knochenmann ihm zuwarfen, wiederholte es: »Wee-baars. Wee-baars.«

»Offenbar mag dich das Kind«, sagte der Recke Prasai und nahm es in die Arme. »Ich respektiere sein Urteil. Schließlich hat es gegen dich gekämpft. Lebe wohl, Königmann.«

Der Recke der Altvorderen ging gemeinsam mit seinem Mündel und dem Knochenmann durch den Vordereingang hinaus. Ich überlegte fieberhaft, ob ich ihnen nachlaufen und versuchen sollte, das Kind vor weiteren Schmerzen zu behüten ... Aber damit würde ich einen Krieg riskieren, bei dem Tausende umkommen konnten. War ein einzelnes Leben das wert? Durch meine Tatenlosigkeit verurteilte ich dieses Kind, das unter anderen Umständen Jamal oder Arjay hätte sein können, zu großem Leid. Ich war so ein Heuchler. Würde ich je etwas anderes sein ...?

»Dich kann man wirklich nie allein lassen, Mikael«, sagte Nana, während sie, gefolgt von einer Frau, die ihr ähnelte, die Treppe herabstieg. »Aber wenigstens scheinst du keinen bewaffneten Konflikt provoziert zu haben.«

Nachdem ich das Kind gesehen hatte, war ich nicht zu Scherzen aufgelegt. »Ist das deine Tante?«

»Leider ja«, antwortete die Frau und blieb vor mir stehen. Sie hatte ebenso blaue Augen wie Nana, ein schmales Gesicht und lange schwarze Haare. Trotz kleinerer Unterschiede zwischen den beiden hielt ich es für durchaus möglich, dass Nana in zehn oder zwanzig Jahren wie sie aussehen würde. Ihr Äußeres würde sie also nicht daran hindern, nach der Krone zu greifen, falls sie es noch einmal versuchen sollte.

»Mikael, das ist die Schwester meiner Mutter, Astra Braun. Sie ist eine Vogtin der Thebischen Nation. Tante Astra, darf ich dir Mikael Königmann vorstellen? Und nein, die Gerüchte sind nicht wahr. Keines der beiden.«

Ich machte eine förmliche Verbeugung. »Es freut mich, dich kennenzulernen, Astra.«

Nanas Tante musterte mich, als wäre ich eine Statue. »Ich dachte, er wäre größer. Und was ist mit seinen Haaren los? Sie sehen aus wie ein Vogelnest. Ich hätte Besseres von dir erwartet, Nana.«

Nana verdrehte die Augen. »Dürfen wir dir ein paar Fragen stellen, Tantchen? Es ist wichtig. Über jemand, den du wahrscheinlich von früher kennst.«

Astra unterdrückte ein Gähnen und rieb sich den Nacken. »Eigentlich habe ich für so etwas keine Zeit. Aber ... es geht wohl nicht anders. Um wen geht es?«

»Eine Frau namens Zahra. Sie war vor Jahren die Hofdame der Prinzessin.«

»Du bist wirklich genau wie dein Vater«, fuhr Astra sie an. Ich zuckte unwillkürlich zusammen, doch Nana verzog keine Miene. »Manche Geschichten lässt man am besten ruhen.«

»Der Herzensbrecher ist wieder da«, erwiderte Nana ruhig.

»Ah, deswegen bist du hier. Das hätte ich mir ja denken können.« Astra verschränkte die Arme. »Zahra war Prinzessin Serenas Hofdame. Die Prinzessin hat sie zu sich geholt, nachdem sie ihren Auftritt im azilianischen Zirkus gesehen hatte. Sie haben damals nur eine Vorstellung gegeben, über die, wenn ich mich recht erinnere, anschließend die ganze Stadt gesprochen hat. Das war, lange bevor die Rebellen sich offen gezeigt und mit ihrer Belagerung begonnen haben. Zahra war eine Seiltänzerin. Sie nannte sich Weiße Rose.«

»Warte mal, Zahra war die Weiße Rose?« Nana wirkte plötzlich ganz aufgeregt. »Ich war da. Mama hat mich mitgenommen. Papa war bei der Arbeit. Das ist eine der letzten schönen Erinnerungen, die ich an sie habe. Die Weiße Rose war unglaublich. Davor hatte ich noch nie eine Azilianerin gesehen und war ganz hingerissen von ihrer Schönheit.«

»Sie war tatsächlich wirklich hinreißend«, sagte ich.

Die beiden sahen mich an, und Nana fragte: »Warst du etwa auch dort?«

Der Zirkusbesuch war eines der wenigen Dinge, die ich nach Vaters Tod mit meiner Familie unternommen hatte. Wir waren alle zusammen hingegangen: Jenn, Leon, Angelo und ich. Angelo hatte uns mit den Eintrittskarten überraschen wollen, und das war ihm auch wirklich gelungen. Die Vorstellung war wundervoll gewesen, und wir hatten uns gewünscht, dass sie niemals enden würde. Vor allem Jenn. Sie war mit Geschichten über den azilianischen Zirkus aufgewachsen und träumte davon, sich ihm als Feuerspuckerin, Seiltänzerin oder Raubtierbändigerin anzuschließen. Sie hätte sich auch damit begnügt, die Tiere zu füttern und ihre Käfige auszumisten, wenn sie sich dafür jeden Abend die Vorstellung hätte ansehen dürfen.

Leon hatte ihr damals erklären müssen, weshalb das nicht ging, was sie mit ihren dreizehn Jahren nicht gern gehört hatte. Und mir war es später immer so vorgekommen, als hätte sie diesen Traum insgeheim nie wirklich aufgegeben. Während der Vorstellung hatte sie jedenfalls rundum glücklich gewirkt – und als hätte sie ausnahmsweise all unsere Sorgen vergessen.

Die Zirkusleute hatten für diesen einen Abend alles aufgeboten: Akrobatiknummern, für die es großer Kraft und Präzision bedurfte, und exotische Tiere, die noch nie zuvor den Weg nach Kessel gefunden hatten. Rückblickend war es wie ein Traum gewesen, und mir waren von jener Nacht nur zwei Ereignisse ganz genau im Gedächtnis geblieben. Das erste war eine Konfrontation mit einem alten Mann mit nachtschwarzen Augen gewesen, der mir einen Schlag auf den Hinterkopf versetzt hatte, nachdem ich mich aus Versehen vor ihn hingestellt hatte. Als er dann auch noch anfing, meine Familie zu beleidigen, war Angelo eingeschritten. Damals hatte ich zum ersten Mal einen Beschützer in ihm gesehen und eine ... Vaterfigur. Obwohl wir zu diesem Zeitpunkt bereits sechs Jahre lange bei ihm gewohnt hatten, war er mir immer bloß wie ein Gefängniswärter vorgekommen. Ohne diesen Zwischenfall hätte ich vielleicht niemals Vertrauen zu ihm gefasst.

Das andere Ereignis war der Auftritt der Seiltänzerin namens die Weiße Rose gewesen. Bei der es sich, wie ich nun wusste, um Zahra gehandelt hatte. Sie war als Letzte in die Manege gekommen, und das aus gutem Grund. Das Seil, auf dem sie in schwindelerregender Höhe herumspazierte, war kaum breiter gewesen als ihr großer Zeh. Und dennoch hatte sie darauf getanzt, als wollte sie sich darüber lustig machen. Einmal hatte sie auf einem Bein balanciert und sich zurückgelehnt, bis ihr Rücken das Seil berührte. Ein wenig später hatte sie sich auf halber Strecke mit übereinandergeschlagenen Beinen hingesetzt und gegähnt. Ihr Anblick war so beeindruckend gewesen, dass das gesamte Publikum den Atem angehalten und erst wieder ausgestoßen hatte, als sie – nach sieben kompletten Überquerungen – auf das sichere Podest zurückgekehrt war.

Manche Kunststücke vergisst man nie, und ihre gehörten definitiv in diese Kategorie. Dass sie eine Azilianerin war, hatte ihren Auftritt noch spektakulärer erscheinen lassen. Aus dem Geschichtsunterricht wusste ich, dass in Azil nur sehr wenige Mädchen geboren wurden. Sie übernahmen in ihrer Gesellschaft Führungsrollen, gründeten große Familien oder gingen für immer davon. Es war klar, welchen Weg Zahra gewählt hatte. Die Frage lautete nur, wie sie Schwartz kennengelernt hatte.

»Ja, war ich«, antwortete ich. »Zusammen mit meiner Familie.« Ich sah Nanas Tante an. »Weißt du, wieso die Prinzessin sie als Hofdame rekrutiert hat? Normalerweise ist das keine Position für Ausländerinnen.«

»Das stimmt«, erwiderte Astra. »Nach allem, was ich gehört habe, war das Palastpersonal auch nicht damit einverstanden. Aber wir haben ihr geholfen, die notwendigen Dokumente beizubringen, und König Isaak hat Serenas Bitten nachgegeben. Zahra hatte keinerlei Erfahrung gehabt und so gut wie alles falsch gemacht. Hätte sie für ein strengeres Mitglied der Königsfamilie gearbeitet, wäre sie wahrscheinlich noch am ersten Tag wieder rausgeflogen.«

»Wieso hat Serena sie behalten, wenn sie so unfähig war?«

»Weil sie die Prinzessin heimlich ausgebildet hat. Schwer zu sagen, was genau Serena von Zahra gelernt hat, aber im Jahr darauf hat sie sich den Beschwörern angeschlossen. Und noch mal ein Jahr später hat sie ihr Studium bei den Berserkern in der thebischen Militärakademie begonnen. Wo sie bis zu König Isaaks Tod geblieben ist.«

Das erklärte, weshalb die Prinzessin so gut tricksen und täuschen konnte. Die Beschwörer waren die Spione von Kessel, und die Berserker verbrachten Jahrzehnte ihres Lebens damit, Kriegsstrategien zu erforschen und zu verinnerlichen. Nach dieser zweifachen Ausbildung verfügte die Prinzessin vermutlich über die Fähigkeiten einer Meisterspionin. Was es für mich noch schwieriger machte, sie davon zu überzeugen, dass ich ihren Vater nicht getötet hatte.

»Ich hatte keine Ahnung, dass sie so ...«, Nana verstummte.

»... furchterregend ist«, vervollständigte ich ihren Gedanken.

»Nein, ich auch nicht.«

»Das überrascht mich«, sagte Astra. »Wisst ihr denn nicht, wie sie außerhalb von Kessel jeder nennt? Hat sie ihren Beinamen wirklich so gut geheim halten können?«

Nana und ich schüttelten den Kopf. Ich hatte keinen Schimmer, worauf Astra anspielte.

»Wir nennen sie die Königin mit den zwei Gesichtern. Niemand kennt ihre wahren Absichten. Manche behaupten, sie sei genauso verdorben wie ihr Bruder und könne diese Tatsache nur besser verbergen als er. Sie wechselt ohne jede Vorwarnung zwischen ihrem königlichen Lächeln und einem bohrenden Blick hin und her, unter dem man sich wie der letzte Abschaum vorkommt. Wie sonst lässt sich erklären, dass sie überhaupt keine Freunde hat? Es ist doch nicht normal, dass keiner der Hochadligen Umgang mit ihr pflegt. Die Einzigen, die mit ihr Zeit verbringen, sind die Raben, die einen Eid auf sie geschworen haben.«

Die Königin mit den zwei Gesichtern und der Verdorbene Prinz. Die beiden gaben wirklich ein bemerkenswertes Paar ab. Unwillkürlich fragte ich mich, welchen Spitznamen Davi verpasst bekommen hätte, wenn er länger am Leben geblieben wäre. So wie die Dinge standen, würde er für immer als der ermordete Prinzenjunge in Erinnerung bleiben.

Aber wichtiger war, dass ich mich der Illusion hingegeben hatte, ich könnte die Prinzessin davon überzeugen, dass ich König Isaak nicht umgebracht hatte. Dass wir zusammenarbeiten sollten, anstatt uns zu bekämpfen. Das Einzige, worauf ich diese naive Hoffnung gegründet hatte, war unsere gemeinsame Vergangenheit und der Eid, durch den alle Königmanns an ihre Königlichen gebunden waren. Wenn sie inzwischen wirklich das war, was sie zu sein schien, dann würde es tatsächlich Krieg zwischen uns geben. Und ich würde das Versprechen brechen, das ich König Isaak vor seinem Selbstmord gegeben hatte.

Gab es überhaupt Geschichten, die gut ausgingen? Bei meiner schien das grundsätzlich ausgeschlossen. Aber was wollte ich schon erwarten? Ich war ein Königmann. Für mich gab es kein glückliches Leben, auf das ich mich freuen konnte. Nur die Pflicht. »Weißt du sonst noch etwas über Zahra?«, fragte ich, nachdem ich meine Gedanken ein wenig beruhigt hatte.

»Nur dass sie vom Herzensbrecher ermordet wurde und die Prinzessin ein Begräbnis für sie ausgerichtet hat, das auch einer Königin würdig gewesen wäre. Sie war die erste Ausländerin in der Geschichte von Kessel, der so eine Ehre zuteilwurde.«

»Wo wurde sie beigesetzt?«, hakte Nana nach.

Astra kniff verblüfft die Augen zusammen. »Wisst ihr Kinder heutzutage denn gar nichts mehr? Oder hast du beim Fabrizieren all deine Erinnerungen verloren? Du musst doch wissen, wie Fabrikatoren die Verblichenen ehren.«

»Tante Astra, was …?«

»Verdammt«, entfuhr es mir. Die beiden drehten sich zu mir um, während ich auf und ab ging und ein Lachen zu unterdrücken versuchte. »Fabrikatoren denken nicht wie normale Leute. Es geht um ein Vermächtnis. Darum, etwas zu tun, womit man in Erinnerung bleibt. Wenn jemand stirbt, bevor er dieses Ziel erreicht, dann sorgen Fabrikatoren auf andere Weise dafür, dass der- oder diejenige im Gedächtnis bleibt.«

»Und das heißt?«

»Die Prinzessin hat Zahra gemocht und sie auf die einzige ihr bekannte Weise geehrt.« Ich schaute Nana an. »Mitten auf dem Platz der Flüchtlinge steht eine Statue. Das ist ihr Grabmal. Es ist vor ungefähr zwei Jahren errichtet worden. Also ungefähr in der Zeit um ihren Tod herum. Die Menschen hinterlassen dort Opfergaben, bevor sie auf eine Reise gehen. Das soll angeblich Glück bringen.«

»Das ist lachhaft«, sagte Nana und sah ihre Tante an, doch die nickte nur lächelnd und bestätigte damit, dass ich recht hatte. »Wollt ihr mir etwa einreden, dass in der Stadt die Statue einer ausländischen Dienerin steht? Nur weil die Prinzessin sie gemocht hat? Was hat sie denn getan, außer zu sterben? Welches Recht hat sie, genauso in Erinnerung zu bleiben wie …?«

Astra klopfte ihr an die Stirn. »Nana, vergiss nicht, woher du stammst. *Du* bist auch eine Ausländerin. Du bist vielleicht in Kessel geboren, aber deine Mutter stammte aus Theben. Du hast unsere Augen und bist in der Botschaft groß geworden. Jedenfalls so lange, bis dein närrischer Vater meinte, du wüsstest nicht genug über die hiesigen Bräuche. Er hat uns verboten, dir weiter etwas über dein Heimatland beizubringen.«

Nana knirschte mit den Zähnen. »Ich bin eine Bürgerin von Kessel, und dies hier ist mein Land. Egal, was du sagst.«

»Dann wirst du allein in der Fremde sterben, sobald wir diesen Ort verlassen«, stellte Astra fest. »Bist du sicher, dass du das willst?«

»Ja«, erwiderte Nana, ohne zu zögern.

»Also gut. Genieße den Rest deines Lebens in Kessel, Nana. Das Imperium wird dich ab jetzt nie mehr willkommen heißen.«

Nana nickte und wich dem Blick ihrer Tante aus. Da wir nun alles erfahren hatten, was Astra über Zahra wusste, verabschiedeten wir uns von ihr – oder besser gesagt, ich tat es –, und wir verließen rasch die Botschaft, während die letzten Kisten verladen wurden. Als wir wieder die Sonne auf dem Gesicht spürten, machten wir uns schweigend auf den Weg zum Platz der Flüchtlinge.

Ich beschleunigte meine Schritte und lief schon bald so schnell, dass Nana die Schuhe ausziehen und barfuß weiterrennen musste, um mich nicht völlig aus dem Blick zu verlieren. Als wir auf den Königsweg einbogen, hängte ich sie jedoch endgültig ab. Aus irgendeinem Grund hatte ich das Gefühl, die Statue so schnell wie möglich betrachten zu müssen.

Auf dem Platz der Flüchtlinge hielten sich nicht viele Leute auf. Der Markt war noch immer genauso leer wie während des Endlosen Walzers. Zahras Denkmal war mit halbgeschmolzenen Kerzen, Wachs und Weihrauch bedeckt. Die Statue selbst war auffallend schlicht – eine unauffällige Frau mit langen Haaren, die in westliche Richtung blickte. Nach Azil. Nach Hause.

Anders als bei meinem letzten Besuch bat diesmal nur ein

einziger Mann die Statue um Glück. Aber vielleicht wollte er auch nur seiner verstorbenen Geliebten gedenken.

Schwartz.

Ich stellte mich neben ihn.

»Ich hasse dieses Mahnmal«, sagte er. »Aber als die Prinzessin beschloss, es zu errichten, war ich ein Niemand. Ein Söldner, der seine eigene Stärke überschätzte. Ich konnte den Bau genauso wenig verhindern, wie ich sie zu retten vermochte. Ansonsten sähe es jetzt anders aus.«

»Was ist daran denn so schlimm?«

»Hättest du sie gekannt, wüsstest du es. Im Unterschied zu so gut wie jedem anderen hatte sie kein Verlangen nach Ruhm und Macht. Sie wollte nur in Freiheit leben. Mit diesem ... Ding wurde sie unsterblich gemacht. Ich kann es kaum anschauen. Alexis geht ihm komplett aus dem Weg.«

»Was hat Alexis ...?« Natürlich, das war die Erklärung. Alexis war ebenfalls Azilianerin und vermutlich Zahras jüngere Schwester. Kein Wunder, dass sie Schwartz unbedingt beschützen wollte. Er war wahrscheinlich abgesehen von der Orbis-Kompanie am ehesten so etwas wie ihre Familie.

»Was ist geschehen? Wieso hatte der Herzensbrecher es auf dich und Zahra abgesehen? Und woher kannte der Hochadlige Maflem euch beide? Du hast gesagt, du würdest es mir erzählen.«

»Wenn du diese Fragen noch immer stellen musst, dann hast du Bertram Deuters Buch noch nicht zu Ende gelesen.«

»Wieso erzählst du es mir nicht einfach gleich?«

»Weil du mir ganz sicher eine Kugel durch den Kopf jagen willst, sobald du die Wahrheit über meine Familie kennst. Wenn du sie nur häppchenweise erfährst, wird dieser Drang vielleicht nicht ganz so übermächtig sein. Ich bin kein Idiot und weiß leider ganz genau, dass du bloß mit mir zusammenarbeitest, weil mein Vater deinem einen Königsmord angehängt hat. Hättest du das nicht herausgefunden«, er blickte zu mir herab, »würdest du stattdessen jetzt mit ihm gemeinsam versuchen, seinen monströsen Sohn zur Strecke zu bringen. Nicht wahr?«

Ich hatte keine Ahnung, was ich darauf antworten sollte. Angelo hatte mir fast dasselbe gesagt. Ich hatte ihm nicht geglaubt ... aber vielleicht hätte ich es tun sollen. Ich wusste bereits, dass Schwartz ein Monster war, aber ich wollte ihn nicht umbringen. Was konnte er getan haben, das diesen Wunsch in mir wecken würde, obwohl er mir doch das Leben gerettet hatte?

Schwartz ersparte mir die Mühe, noch länger nach einer Antwort auf seine Frage zu suchen, indem er sich mit dem Versprechen verabschiedete, mich wieder zu kontaktieren, sobald sich ein weiterer Mord ereignete.

Als Nana eintraf, befand Schwartz sich bereits außer Hörweite. Sie war nicht verschwitzt und würde im Gegensatz zu mir bei Domets Mittagessen nicht stinken. Wie klug von ihr. »Anscheinend hat er keine Lust, sich zu unterhalten. Schade. Ich hatte noch keine Gelegenheit, mich bei ihm dafür zu bedanken, dass er die Kugel aus meinem Bauch entfernt hat.«

»Ein andermal.« Ich zögerte. »Sag mal, Nana, wie weit bist du schon mit dem Buch deines Vaters?«

»Halb durch. Das meiste ist nicht wichtig. Zig kleine Details über jeden Tatort. In der Passage, die ich dir heute gezeigt habe, wurden Schwartz und Zahra zum ersten Mal erwähnt. Hat er irgendwas dazu gesagt?«

»Nur dass irgendetwas in dem Buch mich dazu bringen würde, ihn umbringen zu wollen.«

»Es ist doch bekannt, dass Schwartz grundlos Menschen ermordet. Was könnte schlimmer sein als das?«

»Ich habe keine Ahnung, und genau das ist das Problem.«

In der Ferne läuteten Glocken. Es war fast Zeit für unser Essen mit Domet.

»Lass uns diesmal in normaler Geschwindigkeit gehen«, sagte Nana, während sie wieder in ihre Schuhe schlüpfte und sich bei mir unterhakte. »Ich will nicht, dass Domet ohnmächtig wird, wenn er uns riecht.«

Ein weiterer Tag, ein weiterer verrückter Widerling, nach dessen Pfeife ich tanzen musste.

Aber diesmal würde Domet es nicht schaffen, mich übers Ohr zu hauen.

KAPITEL 34
GLÜCKSPILZ

Den Metallklopfer an Domets Vordertür betätigte ich nur, weil Nana darauf bestand. Ich war schon oft genug hier gewesen, um zu wissen, dass er ganz sicher inmitten leerer Flaschen auf dem Boden lag und von meinem Versuch, höflich zu sein, nichts mitbekommen würde.

Umso überraschter war ich, als die Tür aufging und ein Diener vor uns stand. »Zukünftiges Oberhaupt der Familie Königmann, darf ich dir die Jacke abnehmen? Und dürfte ich bitte fragen, wie du heißt, meine Dame? Meister Domet hat mir nur gesagt, dass Mikael Königmann einen weiteren Gast mitbringen würde. Den Namen hat er mir allerdings nicht verraten.«

»Wie bitte?«, fragte ich verblüfft. Das musste einer von Domets Scherzen sein. Das förmliche und elegante Auftreten dieses Mannes passte überhaupt nicht zu meinem bisherigen Eindruck von Domets Haushalt.

»Ich heiße Nana Deuter«, sagte Nana und reichte dem Diener ihre Jacke. Dann knuffte sie mich in die Seite und drängte mich dazu, es ihr gleichzutun.

Sobald der Diener unsere Garderobe aufgehängt hatte, wandte er sich wieder zu uns um. »Wenn ihr mir bitte folgen würdet. Meister Domet erwartet euch im Speisezimmer.«

Unterwegs ließ Nana sich von ihm erklären, was es zum

Mittagessen geben würde – lauter edle Dinge, die normalerweise nicht annähernd so gut schmeckten wie günstigere, mit Butter und Knoblauch getränkte Dinge. Unterdessen schaute ich mich um, weil ich herausfinden wollte, was sich seit meinem letzten Besuch in Domets Haus verändert hatte.

Es wirkte viel ordentlicher, und ich bemerkte weder auf den Bilderrahmen noch hinter dem Mobiliar, das schon seit Generationen nicht mehr umgestellt worden zu sein schien, irgendwelchen Staub. Nach wie vor war alles entweder himmelblau oder rosarot, und ich nahm mir vor, irgendwann mal den Grund dafür herauszufinden. Domet machte nichts einfach nur so. Nach allem, was ich wusste, war diese Farbzusammenstellung vielleicht ein Hinweis auf sein Leben, bevor er unsterblich geworden war.

Als wir das Speisezimmer betraten, sprach Domet gerade mit ... Serena und Chloe. Ich sah offensichtlich furchtbar aus, so breit, wie Domet grinste. Serena, die ein ganz ähnliches Kleid wie bei unserem letzten Zusammentreffen trug, wirkte überhaupt nicht erfreut. Das Gleiche galt auch für Chloe, die ihre Rabenrüstung anhatte. Nicht einmal ein förmliches Mittagessen war für sie ein ausreichender Grund, sich etwas anderes anzuziehen.

Domet stand mit weit ausgebreiteten Armen von seinem Stuhl auf. »Mikael, wie schön, dich wiederzusehen. Und es freut mich, dass es Euch offenbar besser geht. Nana Deuter. Es hat uns alle sehr erschreckt, als Prinz Adrian dich angeschossen hat.«

Nana setzte zu einer Antwort an, wurde jedoch von Serena unterbrochen, die ihr Messer in den Tisch rammte. Sie versuchte nicht einmal, ihr Missfallen zu verbergen. »Was soll das, Domet? Weshalb ladet Ihr mich zum Mittagessen ein, wenn Ihr doch ganz genau wisst, dass *er* auch kommt? Ich sollte Euch wegen Verrats hängen lassen.«

Domet blickte zu ihr hinunter. »Um ehrlich zu sein, könntet Ihr das gar nicht, meine Liebe, selbst wenn Ihr das tatsächlich wolltet. Kessel steht bei mir tief in der Kreide. Kriege sind nicht billig. Wollt Ihr wirklich den Mann bedrohen, der Euch hilft, sie zu finanzieren? Wenn Ihr lieber auf eigene Faust gewinnen möchtet, wird die Rebellenkaiserin sicher gern meine Hilfe annehmen. Ganz gleich, an welche Bedingungen ich sie knüpfe.«

Serena umklammerte den Griff des Messers so fest, dass ihre Hand ganz weiß wurde.

»Und wenn ich mich nicht irre, schuldet Ihr Mikael seit Eurem verlorenen Spiel eine gemeinsame Mahlzeit. Ich verschaffe Euch lediglich die Gelegenheit, auf neutralem Boden zu Eurem Wort zu stehen. Ist das nicht nett von mir?«

Es hatte keinen Sinn, Domet zu fragen, wie er von meiner Abmachung mit der Prinzessin erfahren hatte. Er wusste wie immer alles. Und so nahmen Nana und ich am Tisch Platz. Nana Chloe gegenüber und ich vis-à-vis der Prinzessin. Domet setzte sich ans Kopfende der Tafel, wo er dem vielleicht peinlichsten und aggressivsten Mittagessen seit Jahrzehnten vorsaß. Der Kellner brachte Serena ohne Aufforderung ein neues Messer.

Domet legte die Serviette auf den Schoß und erhob einen Kristallkelch, der mit einer durchsichtigen Flüssigkeit gefüllt war, vermutlich Wodka. Wir anderen hatten Rotwein in unseren Gläsern. »Auf die Vergebung, den Tod und alles dazwischen.«

Anstatt mit ihm anzustoßen, legte Serena einen Revolver neben ihren Teller. Nana schnaubte, Chloe seufzte, und ich starrte ihn an, während Domet trank. Das fing ja gut an.

»Ihr fragt Euch wahrscheinlich, warum ich Euch alle eingeladen habe«, sagte Domet. »Die Antwort ist ganz einfach: Ich will die Fehde zwischen den Königmanns und der Familie Kessel beilegen. Und Ihr beide seid diejenigen, denen das am ehesten gelingen kann.«

»Nichts, was ich sage, kann Serena zum Umdenken bewegen«, erwiderte ich. »Das hat sie ganz deutlich erklärt.«

»Vielleicht hilft es dir ja zu wissen, dass ich Jenn vergeben werde, sobald dein Kopf über meinem Thron aufgespießt ist.«

»Ja, das hilft.« Ich nahm mein Weinglas und trank einen Schluck. Ich würde etwas brauchen, das mich im Laufe dieser Mahlzeiten bei Sinnen hielt. »Bist du denn überhaupt nicht neugierig darauf, was ich über den Tod deines Vaters zu berichten habe?«

»Nicht im Geringsten. Ich kenne dich, Mikael. Ich sehe dich. Ich meine dein wahres Ich, nicht die heroische Maske, die du der Welt präsentierst. Was auch immer du anführen willst, um die Ermordung meines Vaters zu rechtfertigen«, Serena hob die Stimme, »ändert nichts daran, dass er tot ist. Nichts kann ihn zurückbringen. Du willst unbedingt in Erinnerung bleiben, aber letzten Endes bist du bloß ein Versager, der es nicht schafft, seinen Vorfahren nachzueifern. Ich wette, du tust immer noch so, als würde das Gewicht der gesamten Welt auf deinen Schultern lasten. Dabei bist du nur eine Heulsuse, und deine einzige Auswirkung auf dieses Land wird dein Grab sein, für das man ein paar Schaufeln Erde ausheben muss.« Mit einem Zwinkern fügte sie hinzu: »Je früher, desto besser.«

Uns Übrigen klappte der Mund auf, darunter auch Domet. Ich trank einen weiteren Schluck Wein. Abgesehen von meinen Geschwistern, Trey und Sirash kannte die Prinzessin mich besser als irgendwer sonst. Was kein Wunder war, nachdem wir unsere ersten Lebensjahre gemeinsam verbracht hatten. Sie beleidigte mich nicht wie Schwartz oder irgendwelche Fremden. Serena zielte aufs Herz.

»Vielleicht hast du recht«, sagte ich. »Vielleicht bin ich ja wirklich ein jämmerlicher Versager, der bei allem scheitert, was er versucht. Aber ist es dann nicht besonders schockierend, dass ausgerechnet ich König Isaak töten konnte? Ein Trottel wie ich? Außer – und stell dir das nur mal vor – ich habe ihn gar nicht ermordet.« Ich stand von meinem Stuhl auf und schlug so fest auf den Tisch, dass alles darauf klirrte. »König Isaak hat sich selbst getötet. Mit dieser Waffe, mit der du so gern herumstolzierst. Ich war es nicht. *Ich war es nicht.* Aber dein Kopf steckt so tief in deinem Hintern, dass du die Wahrheit auf gar keinen Fall sehen kannst.«

Schweigen.

Serena nahm den Revolver und zielte auf meine Brust. »Wenn du noch einmal so mit mir sprichst, Mikael, erschieße ich dich auf der Stelle und berufe mich auf Notwehr. Egal was dann passiert.«

»Tu das und werde genauso wie all die anderen Könige und Königinnen vor dir, die Tatsachen verleugnet und stattdessen ihre alternativen Wahrheiten propagiert haben. Schreibe die Geschichte um und stemple mich zum Bösewicht ab. Eine bessere Gelegenheit wirst du nicht dazu bekommen. Tu, was du nicht lassen kannst.« Nach einer kurzen Pause fügte ich hinzu: »Sag meiner Familie und meinen Freunden, dass ich sie liebe.«

Serena starrte mich an und hielt den Revolver weiter ruhig auf mich gerichtet. Sie wurde nicht rot, und ich erkannte auch kein Zögern in ihren Augen. Sie würde mich töten. Um sich zu rächen. Um ein für alle Mal etwas gegen den Hass zu tun, den sie in sich spürte. Doch der würde nicht einfach so vergehen.

Genauso wenig wie meiner, wenn ich tatsächlich König Isaak getötet hätte, als ich die Gelegenheit dazu hatte.

Hass war eine Droge. Stärker als alles andere, was in Kessel verkauft wurde. Er konnte auch ein Geschenk sein. Eine Energie, die es den Leuten ermöglichte, immer weiterzumachen. Und die Quelle, aus der sich dieser Hass speiste, schien niemals zu versiegen. Ein einmaliger Schuss, der wie ein Allheilmittel wirkte, stattdessen aber alles infizierte und sich in die Gehirne der Menschen fraß, dort Wurzeln schlug und sie verdarb.

Ich hatte einen ebenso starken Hass verspürt. Er hätte mich fast vernichtet. Meine einzige Rettung war die Liebe meiner Familie und meiner Freunde gewesen. Dafür war ich immer noch sehr dankbar. Und nun steckte die Prinzessin in der gleichen Situation wie ich damals. Allerdings ohne eine Familie, die sie retten konnte.

Serena glaubte vermutlich, dass alles Schlimme schlagartig verschwinden würde, wenn ich erst einmal tot war. All ihre Probleme, ihre Schmerzen und ihre Wut. Und wahrscheinlich würden diese Beschwerden tatsächlich nachlassen. Bis Jenn sich an ihr rächen würde und der endlose Teufelskreis in die nächste Runde ginge. Und so würde es immer weitergehen, bis nur noch eine Seite übrig war. Es würde in einem absoluten Blutvergießen enden, wenn sie nicht den Tanz beendete, an dem wir beide ungefragt teilnahmen.

»Prinzessin ...«, flüsterte Chloe.

»Mikael verdient den Tod, Chloe.«

»Wenn das stimmt, dann macht es richtig. Wählt den Rechtsweg. Lasst Euch nicht zu dieser Form von Gewalt herab. Werdet nicht zu dem, was Ihr hasst. Nicht für ihn.«

Serenas Hand begann zu zittern. Es fiel ihr sichtlich schwer, den Revolver festzuhalten.

»Königin im Wartestand, Serena«, sagte Domet. »Macht Euch klar, was passieren würde, wenn Ihr Mikael auf diese Weise töten würdet. Die Orbis-Kompanie ist vielleicht nicht so berühmt oder groß wie die Machina- beziehungsweise die Majestät-Kompanie, aber auch sie können den Palast niederbrennen. Söldner statuieren gern ein Exempel an ihren Widersachern.«

Serenas Atem ging flacher. »Ich hasse dich, Mikael Königmann.«

»Ich weiß.«

Sie knallte den Revolver auf den Tisch und fuhr sich zitternd mit beiden Händen übers Gesicht. Anschließend rieb sie sich lange das linke Handgelenk. Diese Angewohnheit, die ich in letzter Zeit bereits ein paarmal an ihr beobachtet hatte, war mir neu. Wahrscheinlich hatte sie sie sich irgendwann nach der Hinrichtung meines Vaters zugelegt.

»Das war ja was«, sagte Nana lachend und leerte ihr Glas in einem einzigen Zug. »Wer braucht schon Schwarzbeeren, wenn man stattdessen auch einen Rausch wie diesen erleben kann?«

Man musste der Prinzessin zugutehalten, dass sie Nana nur durchdringend anstarrte, anstatt erneut die Waffe in die Hand zu nehmen. Niemand würde einen Krieg beginnen, wenn Nana starb. Allerdings bezweifelte ich, dass sie noch mal vor irgendwem klein beigeben würde, seitdem sie angeschossen worden war.

Domet schnippte mit den Fingern und blickte über die Schulter. »Wir legen besser gleich mit dem Hauptgang los, bevor wir noch jemand verlieren. Wenn danach noch alle da sind, können wir ja die Suppe vor dem Dessert einschieben.«

Der Oberkellner balancierte fünf Teller zum Tisch und stellte vor jeden von uns einen hin. Sie sahen eher nach Kunstwerken als nach Mittagessen aus. In der Mitte thronte ein großes Steak, das von einem Wall aus gedünsteten grünen Bohnen mit Knoblauch und einem großen Löffel des butterigsten Kartoffelpürees umgeben war, das ich je gesehen hatte. Alles zusammen duftete himmlisch.

»Lasst es Euch schmecken«, erklärte Domet und nahm Messer und Gabel in die Hände. »Ich habe die Zubereitung persönlich beaufsichtigt. Diese Mahlzeit ist einer Prinzessin, eines Königs, eines Kaisers, ja, sogar der Patronin Viktoria persönlich würdig.«

Serena stach ihre Gabel mitten in das Steak und begann es zu essen, als hätte ihr nie irgendwer Tischregeln beigebracht. Anstatt das Fleisch zu zerschneiden, zerriss sie es in Stücke, als wäre es an einem Spieß über dem Lagerfeuer gegrillt worden. Nur Nana zeigte sich über ihr Benehmen erstaunt.

»Du isst also immer noch so, wenn du wütend bist«, kommentierte ich. »Es überrascht mich, dass du diese Gewohnheit nie abgelegt hast. Sie wirkt nicht gerade königlich.«

»Du kannst mich mal, Mikael«, entgegnete sie mit vollem Mund, was auch nicht gerade von guter Kinderstube zeugte.

»Die Prinzessin hat keine Zeit für unnötige Bräuche und Traditionen«, sagte Chloe, die ihr eigenes Steak in kleine mundgerechte Stücke schnitt. »Sie ist vielbeschäftigt und verzichtet gern mal auf unwichtige Manieren, wenn sie niemand beeindrucken muss.«

»Das erklärt, weshalb die Prinzessin während unseres gemeinsamen Abendessens gelächelt und ein Messer benutzt hat«, murmelte Nana.

Serena legte ihr Steak, in dem noch immer die Gabel steckte, auf den Teller zurück. Zu meiner Überraschung schluckte sie sogar runter, bevor sie das Wort ergriff: »Nana Deuter. Dich habe ich ganz vergessen. Was mein Bruder dir angetan hat, war eine Schande und absolut unverzeihlich. Starke Frauen wie wir verdienen etwas Besseres.«

»Das war beinahe Wort für Wort dasselbe, was Ihr auch beim letzten Mal gesagt habt.«

»Entschuldige bitte mein schlechtes Gedächtnis. Lass uns eine Abmachung treffen. Du willst doch eine Rabe werden, nicht wahr? Ich kann dir das ermöglichen. Das Einzige, was ich dafür will, ist, dass du Mikael Königmann tötest.«

Ich sah Nana an und fragte mich, ob es falsch gewesen war, sie anstelle von Jenn mitzunehmen.

Nana leckte etwas Kartoffelpüree von der Gabel. »Ein verlockendes Angebot ...«

»Du kannst es jetzt erledigen oder später. Mir ist es ...«

»... aber ich muss es leider ausschlagen«, sagte Nana mit einem Lächeln. »Ich mag es, wenn die Leute, die mich ficken, am Morgen danach nicht einfach verschwinden. Starke Frauen wie ich verdienen etwas Besseres, und Euch und Eurem Bruder ist es völlig egal, was aus mir wird, wenn ich Euch nicht mehr nützlich bin.«

»Nana ...«, knurrte Chloe.

»Ihr seid sehr großzügig«, beendete Nana ihre Erklärung, »aber die Antwort lautet nein. Ich wollte eine Rabe werden, aber Mikael hilft mir in einer Weise, wie Ihr es nicht könnt. Ich brauche ihn. Leider.«

»Du brauchst ihn?«

»Ja.« Nana legte mir eine Hand auf den Schenkel. Ich wurde rot, obwohl ich nicht glaubte, dass sonst irgendwer am Tisch merkte, wo sie ihre Finger hatte. »Ich *brauche* ihn.«

»Chloe, wir gehen.« Serena stand auf und legte die Serviette auf den Tisch. »Mir ist der Appetit vergangen.«

»Was ist mit dem Nachtisch?«, fragte Domet. »Mein Koch hat ganz wundervolle Fruchttörtchen gebacken. Ihr müsst unbedingt eines kosten.«

»Ein andermal«, erwiderte die Prinzessin. »Wenn die Gesellschaft angenehmer ist.«

»Grüß Glückspilz von mir«, sagte ich und nahm Nanas Hand von meinem Bein.

Die Prinzessin wollte etwas vermutlich Unhöfliches und Beleidigendes entgegnen, doch Chloe legte ihr beschwichtigend eine Hand auf die Schulter, und die beiden gingen, ohne ein weiteres Wort zu sagen. Als kurz darauf Nana auf die Toilette ging, waren Domet und ich, ohne dass er etwas dafür hatte tun müssen, zum ersten Mal miteinander allein, seit ihm klar geworden war, dass ich es war, der den Schrein der Patronin Viktoria niedergebrannt hatte.

»Das war ein bisschen chaotischer, als ich erwartet hatte«, sagte er mit seinem fast leeren Kelch in der Hand. Es war erstaunlich, dass er ihn noch nicht wieder aufgefüllt oder seinen Diener damit beauftragt hatte. »Ich wünschte, Serena wäre länger geblieben. Ihr schient auf einem guten Wege zu sein, euer Verhältnis wieder zu kitten.«

»Wenn das Eure Vorstellung vom Kitten ist, dann habt Ihr vergessen, wie sich intakte Beziehungen anfühlen.«

»Vielleicht. Aber keine Sorge, dafür habe ich nicht vergessen, was du getan hast.«

»Ich auch nicht.«

Wir aßen in unbehaglichem Schweigen weiter.

»Was wollt Ihr mit dem Land rund um Burg Königmann?«, fragte ich ihn schließlich.

»Ich will es, weil *du* es willst«, erwiderte Domet mit einem Achselzucken. »Ich selbst brauche es nicht. Aber es tut dir weh, dass ich es besitze. Wenn ich könnte, würde ich Burg Königmann abreißen lassen. Es gibt allerdings Dinge, die selbst meine Befugnisse übersteigen.«

»Es ist schön zu hören, dass Ihr auch nur ein ganz normaler Sterblicher seid. Oh, Moment mal, das stimmt ja gar nicht.«

Domet schabte mit dem Messer über seinen Teller. »Du hast wirklich immer die gewitztesten Beleidigungen auf Lager, Mikael. Also, was willst du von mir?«

»Nichts.«

»Du Lügner«, sagte Domet und beugte sich vor. »Andernfalls wärst du nicht hier. Mit Drohungen bin ich bei dir noch nie weitergekommen. Tief in dir drinnen hast du ganz selbstsüchtige Gründe. Egal ob es dir um das Land, um Burg Königmann oder etwas anderes geht, lass uns darüber verhandeln.«

Da mein Teller fast genauso leer war wie mein Glas, wäre es bis Nanas Rückkehr vielleicht gar nicht das Schlechteste, mit Domet zu reden. Etwas von ihm zu erfahren. Vielleicht wusste er Näheres über den Wegelagerer oder den Herzensbrecher. Es ging um Leben und Tod ... und solange ich mich nicht auf einen weiteren Handel mit ihm einließ, würde ich auch mein Versprechen an Leon nicht brechen. Vielleicht würde ich ja sogar dahinterkommen, wieso Domet Serena und mich zusammenbringen wollte.

Das war auch gleich meine erste Frage.

»Das ist doch offensichtlich, Mikael«, sagte Domet. »Ich habe dir bereits erzählt, dass ich nicht mehr nur ein Beobachter sein möchte. Ich habe ein Ziel, und dafür ist es nötig, dass du und die Prinzessin miteinander sprecht. Hättest du den Schrein nicht zerstört, hätte ich dir vielleicht sogar erzählt, was ich vorhabe.«

»Ihr seid also immer noch verbittert.«

»Immer«, entgegnete er langsam und leise. »Aber trotz meines ... Ärgers habe ich mich an meinen Teil unserer Abmachung gehalten. Keiner deiner Freunde oder Verwandten ist in deinen Prozess verwickelt worden. Ich habe wiedergutgemacht, dass ich deinen Vater nicht gerettet habe.«

»Wie edel von Euch.«

»Aber nur, weil ich glaubte, dass es meinen langfristigen Zielen nützt. Und das hat es. Du lebst, und meine Suche nach dem Tod kann ungestört weitergehen.«

»Könnt Ihr immer noch nicht sterben? Echt schade.«

Domet trank den letzten kleinen Schluck aus seinem Kelch. »Bald ist es so weit. Aber du kennst das ja, Mikael: Davor ist noch so viel zu erledigen. So viele Fehler, die ich bereinigen muss.«

»Das habt Ihr auch schon gesagt, als ich erfuhr, dass Ihr unsterblich seid. Stimmt es denn? Müsst Ihr wirklich Eure Fehler wiedergutmachen, um sterben zu können? Kann niemand einen Unsterblichen töten?«

»Ein paar Geheimnisse musst du schon selbst lüften, Mikael. Ich will es dir ja nicht zu leicht machen. Du und ich, wir sind langfristig aneinander gefesselt. Das ist der wahre Endlose Walzer.«

Ich packte die Tischkanten und konzentrierte mich auf Vaters Ring, um mich von dem wahnsinnigen Unsterblichen vor mir abzulenken. Ihm galt im Moment nicht meine größte Sorge. So verdreht und fintenreich Domet auch war, er lief nicht rum und tötete Leute, wie der Herzensbrecher es tat. Mit ihm konnte ich mich später befassen. Im Augenblick hatte ich andere Prioritäten.

»In Kessel ist ein Wegelagerer am Werk. Er ist zusammen mit den Flüchtlingen hergekommen. Außerdem ist der Herzensbrecher zurückgekehrt. Wisst Ihr irgendetwas über einen der beiden?«

»Kennst du den Decknamen des Wegelagerers?«

Ich versuchte, mich an das Wort zu erinnern, das Schwartz auf der Unterseite der Laterne entdeckt hatte. »Äh, Pest. Nein, warte, es war Krieg. Halt, nein, ich glaube, es war Tod.«

»Hast du ihn vergessen? Oder hast du ihn *vergessen*?«

»Ich weiß nicht«, erwiderte ich. »Aber ich glaube, ganz ohne Magie einfach nur vergessen.«

»Gut für dich, dass ich alles weiß. Sogar, wo der Wegelager ist. Aber diese Information kostet dich etwas. Wie alles in der Welt.«

»Wieso überrascht es mich nicht, dass Ihr mit diesem Bund von Meuchelmördern bekannt seid?« Ich dachte kurz nach. »Was wollt Ihr für die Informationen sowohl über den Wegelagerer als auch den Herzensbrecher haben?«

»Klug formuliert«, sagte Domet. »Schön zu sehen, dass du etwas von mir gelernt hast.«

»Nur, dass man niemandem trauen darf.«

»Eine sehr wichtige Lektion. Na, dann lass mich mal nachdenken … Was wäre ein fairer Handel? Dein erstgeborenes Kind? Ein Blutprobe? Vielleicht sollte ich dir eine deiner wichtigsten Erinnerungen nehmen, sie in ein Glasgefäß stecken, damit ich sie, wann immer mir danach ist, anschauen kann. Das wäre *wirklich* amüsant.«

»Domet.«

Er seufzte tief. »Du bist so ein Langweiler, Mikael. Lass mir doch den Spaß.«

»Nennt mir einfach Euren Preis, damit wir weitermachen können.«

»Gefährliche Worte«, sagte Domet und verlagerte das

Gewicht auf seinem Stuhl. »Ich dachte, nach deiner Beinahe-Hinrichtung wärst du vorsichtiger.«

»Jetzt sagt endlich, was Ihr wollt.«

»Ich will zu unserer alten Abmachung zurückkehren. Nur ohne das Geld. Solange du in Kessel bist, kommst du einmal die Woche zu mir nach Hause, damit wir uns unterhalten können.«

Ich war überrascht. »Das wollt Ihr? Besorgt Euch doch einfach noch einen Diener. Ich bin mir sicher, dass irgendwer verzweifelt genug ist, sich für Geld einmal pro Woche mit Euch hinzusetzen und zu reden.«

»Nein«, sagte Domet. »Ich will dich. Nur dich.«

»Ich fühle mich geschmeichelt. Wer hätte gedacht, dass Ihr noch dringender mit mir sprechen wollt, seit ich den Schrein der Patronin Viktoria niedergebrannt habe und Euch umbringen will?«

»Ich habe meine Gründe, Mikael. Und das Ungeheuer, das du kennst, sollte dir lieber sein als die anderen. Schließlich hast du eine ungefähre Vorstellung von meinen Absichten. Kannst du das Gleiche auch über diesen Wegelagerer sagen? Oder den Herzensbrecher? Oder selbst über Schwartz?«

Das war zwar ein sehr fragwürdiges Argument, aber ich ließ es ihm durchgehen. Wenigstens würde ich mich nicht auf eine neue Vereinbarung mit Domet einlassen müssen, sondern nur unsere alte fortführen. Damit hielt ich mich an das Versprechen, das ich Leon gegeben hatte. Und ehrlich gesagt brauchte ich Domet, solange ein Krieg drohte, genauso sehr wie er mich. Unabhängig voneinander schafften wir nicht einmal annähernd so viel wie gemeinsam. Eine bittere Wahrheit, mit der ich mich schon längst abgefunden hatte. »Unter der Voraussetzung, dass wir in der Öffentlichkeit nicht miteinander gesehen werden, bin ich einverstanden. Und jetzt verratet mir, was Ihr über den Wegelagerer in dieser Stadt und über den Herzensbrecher wisst.«

Domet bedachte mich mit einem Lächeln, das mir einen Schauer über den Rücken jagte. Es hatte etwas zutiefst Monströses, Unmenschliches. »Exzellente Entscheidung, Mikael. Exzellente Entscheidung.«

»Jetzt macht schon.«

»Wie du wünschst. Zu meinem Bedauern muss ich dir mitteilen, dass ich nichts über den Herzensbrecher weiß. Ich war mit … Trinken beschäftigt, als er vor ein paar Jahren Kessel terrorisiert hat. Wäre ich sterblich gewesen, wäre ich jeden Tag von einer Alkoholvergiftung dahingerafft worden. Eine schlimme Zeit, an die ich mich, wenn überhaupt, nur noch dunkel erinnere.«

»Ich hoffe, über den Wegelagerer habt Ihr ein paar Informationen. Wenn nicht, blase ich unseren Handel ab.«

»Geduld, Mikael. Ich habe, was du willst. Was genau willst du denn über den Wegelagerer wissen?«

Um ehrlich zu sein, wusste ich so gut wie gar nichts über die Wegelagerer. Sie waren ein Geheimbund von Attentätern, die vielleicht existierten, vielleicht aber auch nicht. Die mehr oder weniger sicher für ein paar der aufsehenerregendsten Morde der letzten dreihundert Jahre verantwortlich waren. Unter anderem hatten sie angeblich Golden Calico umgebracht, einen der ersten Piraten von Eham, der auf dem Höhepunkt seiner Macht eine Flotte aus mehr als hundert Schiffen befehligt hatte. Manche betrachteten die Wegelagerer als Gegengewicht zu meiner Familie, ein Zusammenschluss von Personen, die sich am Chaos weideten, während wir Königmanns nach Ordnung trachteten. Der Anführer der Wegelagerer hieß Schnitter und konnte angeblich sogar dem Tod persönlich ungestraft auf der

Nase herumtanzen. Bisher hatte ich sie für einen reinen Mythos gehalten, mit dem man die Massen unterhalten und gleichzeitig in Angst und Schrecken versetzen konnte, so wie mit den Geschichten über Drachen und Dämonen.

Wenn der Orden der Wegelagerer tatsächlich existierte, würde ich die Wahrheit hinter den Lügen ans Licht bringen. Der Mythos und die Realität würden voneinander abweichen. So wie es bei den Drachen und dem Zahnlosen Lindwurm gewesen war. Bislang war die Unsterblichkeit die einzige Legende, die stimmte. Und ich wünschte jeden Tag, es wäre nicht so.

All das sagte ich auch Domet.

»Dann fange ich mal mit dem Grundwissen an. Es gibt, ihren Anführer, den Schnitter, eingerechnet, dreizehn Wegelagerer. Jedes neu aufgenommene Mitglied bekommt einen Decknamen. Sie heißen: Pest, Krieg, Tod, Hunger, Liebe, Völlerei, Trägheit, Stolz, Gier, Lust, Neid und Zorn.«

»Liebe? Das ist aber ein lahmer Deckname.«

Domet lachte. »Wenn du dem Wegelagerer begegnen würdest, der ihn trägt, würdest du das vielleicht anders sehen. Zu deinem Glück habe ich während meines langen Lebens schon eine stattliche Anzahl von ihnen kennengelernt und weiß, in welchen Ländern sie tätig sind. Die meisten bleiben, wenn sie nicht unbedingt reisen müssen, in der Nähe ihrer Heimat. Denn sie führen alle nebenbei ganz normale Existenzen, die sie unbedingt aufrechterhalten wollen.«

»Welche haben ihren Hauptsitz in Kessel?«

»Stolz und Zorn. Krieg hat früher auch hier gelebt, aber der ist vor ein paar Jahren verschwunden. Deswegen bezweifle ich, dass er dahintersteckt. Wahrscheinlich hat irgendjemand ihn umgebracht, und der Schnitter hat noch nicht herausgefunden, wer es war. Es ist aber auch möglich, dass er denjenigen bloß noch nicht dazu eingeladen hat, sich einen neuen Decknamen auszusuchen und in den Bund einzutreten.«

»Was?«

»Ach ja. Ich kann mir vorstellen, dass einem Königmann dieses Konzept fremd ist. Die Wegelagerer sind eine *Meritokratie*, Mikael. Nur die Stärksten überleben. Wenn man in den Bund aufgenommen werden will, muss man einen der aktuellen Wegelagerer töten. So sorgen sie dafür, dass sie immer besser werden. Keiner von ihnen kann ruhig schlafen, da ihr Leben ständig in Gefahr ist.«

Ich schaute ihn fragend an. »Wisst Ihr, wer Stolz und Zorn sind?«

Domet schüttelte den Kopf. »Nein, sie haben sich große Mühe gegeben, ihre wahre Identität vor mir zu verbergen. Andere waren da entspannter.«

»Wieso sollte ich mich an meinen Teil der Abmachung halten, wenn Eure Informationen so gut wie wertlos sind?«

»Geduld gehört wahrhaftig nicht zu deinen Tugenden, Mikael. Glaubst du wirklich, ich hätte mich nicht bemüht, mehr herauszufinden? Wenn du das tust, unterschätzt du mich ganz schön.«

Ich wartete darauf, dass er fortfuhr.

Domet lächelte mich an. »Soweit ich weiß, arbeitet Zorn im Palast. Wann immer ich ihn getroffen habe – ja, Zorn ist ein Mann –, war er schmutzig, aber er hat nach Lavendel geduftet und eine Halskette mit einem Laternenanhänger getragen. Er spricht schnell und ungezwungen. Ich glaube, dass er ein Diener von jemand Wichtigem ist, vor allem, weil er sich nie während des Endlosen Walzers oder anderen höfischen Ereignissen mit mir treffen konnte. Über Stolz weiß ich kaum etwas. Er oder sie hat jedes Mal anders gesprochen, wenn wir uns gesehen haben. Und war auch anders gekleidet. Ich vermute, dass Stolz zur Waage gehört.«

»Wie kommt Ihr darauf?«, fragte ich.

»Immer wenn ich jemand tot sehen wollte und Stolz sich darum kümmerte, wurde der entsprechende Adlige ein paar Tage später praktischerweise hingerichtet. Oder ein neuer Rebellensympathisant tauchte in den Hängegärten auf. Korruption vom Feinsten.«

Ich wusste zwar nicht, was an Korruption fein sein sollte, aber darüber sah ich hinweg. Domet hatte mir genügend Informationen gegeben, um etwas – irgendetwas – über den Wegelagerer herauszufinden, der hinter mir her war. Ein Diener im Palast und eine Person, die bei der Waage etwas zu sagen hatte. Das engte meine Suche immerhin ein wenig ein.

»Könnt Ihr sie immer noch kontaktieren?«

»Nein. Beide haben nach dem Tod des Königs sämtliche Verbindungen zu mir gekappt. Während Zorn einfach nicht mehr geantwortet hat, ist Stolz sogar so weit gegangen, den Baum zu verbrennen, in dem ich meine Anfragen hinterlassen hatte.« Domet blickte besorgt über die Schulter. »Ich war so auf unser Gespräch konzentriert, dass mir gerade eben erst aufgefallen ist, wie lange Nana schon verschwunden ist ...«

»Entschuldigung«, sagte Nana, als sie zurückkehrte. »Ich habe festgestellt, dass die Mischung aus Schwarzbeeren und gutem Essen meinem Magen überhaupt nicht bekommt.«

»Deswegen halte ich mich an Alkohol«, sagte Domet. »Seine Nebenwirkungen erschienen mir schon immer besser als die sämtlicher Alternativen.«

Nana hob ihr Weinglas und trank einen Schluck. »Das werde ich mir merken.«

Die restliche Unterhaltung war ein merkwürdiges Potpourri

aus Anekdoten und Beleidigungen, die Domet und ich uns gegenseitig an den Kopf warfen. Nana schaltete sich ein, wann immer sie es für nötig hielt, was ziemlich häufig war. Sobald wir die Fruchttörtchen aufgegessen hatten, brachen wir auf. Domet erinnerte mich noch einmal an unser gemeinsames Mittagessen in der nächsten Woche und sagte, dass ich ordentlich Appetit mitbringen solle. Solange ich ihm zu Gefallen sei, fügte er hinzu, würden seine Leute die Häuser rund um Burg Königmann stehen lassen. Ich zuckte bloß die Achseln.

Nana hüpfte lächelnd die Stufen vor Domets Haus hinunter. »Das lief viel besser, als ich erwartet hatte.«

»Sagst du. Ich war ja auch derjenige, der sich mit Domet unterhalten musste. Und die Anwesenheit der Prinzessin hat mich kalt erwischt.«

»Ja, zum Glück waren Domets Diener auch völlig überfordert. Sie haben sich so sehr darauf konzentriert, alles richtig zu machen, dass sie nicht auf mich achten konnten.« Sie schwieg kurz. »Willst du sehen, was ich gefunden habe, während ihr beide miteinander geredet habt?«

Ich deutete auf den Eroberer-Brunnen, und wir nahmen auf seinem Rand Platz. »Irgendetwas über den Herzensbrecher?«

»Nein, aber ich habe das hier entdeckt. Er hat es als Bucheinmerker verwendet.« Nana zog ein zusammengefaltetes Stück Papier aus ihrem Ausschnitt.

Shadom

Hunger wird bis auf Weiteres in Kessel tätig sein. Ihr werdet es mitbekommen. Ich kann Euch unser Ziel nicht verraten, aber es hat etwas mit einem Königmann zu tun, und Ihr wolltet bislang darüber informiert werden, wenn wir uns mit dieser

Familie beschäftigen. Wenn Ihr darüber sprechen wollt, geht ins Lippenbekenntnis und bestellt eine Honigblume. Hunger wird dann zu Euch kommen.

Mit freundlichen Grüßen
  Schnitter

»Domet hat mich angelogen«, flüsterte ich.

»Für jemand, der so viel Zeit mit ihm verbringt, wirkst du erstaunlich überrascht. Domet macht, was er will, und biegt sich die Wahrheit so zurecht, dass sie ihm in den Kram passt.«

»Tja, da kann man nichts machen. Für wie wahrscheinlich hältst du es, dass wir diesen Wegelager finden, wenn wir« – ich warf noch mal einen Blick auf die Nachricht – »ins Lippenbekenntnis gehen und eine Honigblume bestellen?«

»Für äußerst unwahrscheinlich. Hunger weiß vermutlich, wie Domet aussieht, und dich erkennt er ganz sicher. Immerhin hat er schon mal versucht, dich zu töten.«

Ich lächelte sie an. Ich wusste, was ich tun würde, und das war ihr klar. So eine günstige Gelegenheit würde sich mir vielleicht nie wieder bieten. Nana musste mich nicht begleiten, aber ich wusste, dass sie es tun würde. Sie neigte nicht dazu, sich zu verdrücken, wenn es hart auf hart kam.

Nana stieß einen Seufzer aus, der wie ein Fluch klang. »Also gut, dann lass uns hingehen.«

Kapitel 35
Schatten

Das Etablissement namens Lippenbekenntnis war schwerer zu finden als gedacht.

Zuerst fragten wir einen Gewürzhändler, doch dabei kam nichts heraus. Er erklärte uns einfach unbeeindruckt weiter, wie großartig seine Waren seien und dass er sie von den Säuleninseln jenseits von Eham importiere … bla, bla, bla. Nachdem wir ihm mit knapper Not entronnen waren, erkundigten wir uns bei einem Betrunkenen, der sich gerade in den Westlichen Fluss erleichterte, ob er wisse, wo das Lippenbekenntnis sei. Er hatte noch nie davon gehört, was merkwürdig war. Normalerweise kannten Säufer von seinem Kaliber alle guten Schänken der Stadt, auch diejenigen, die nicht ihre Preisklasse waren. Dass wir so lange nach diesem Lokal suchen mussten, bereitete uns allmählich Sorgen. Es ergab überhaupt keinen Sinn, es so gut zu verstecken. Selbst wenn es sehr exklusiv war, hätte dem Wirt eigentlich daran gelegen sein müssen, dass jeder wusste, wo es sich befand und wer hineindurfte beziehungsweise wer nicht.

Schließlich entdeckten wir es am Rand des Regenbogen-Bezirks. Es war in einem unauffälligen Gebäude untergebracht, das sich durch nichts von den kunterbunt gestrichenen Häusern in seiner näheren Umgebung unterschied. Hätte man uns nicht geraten, nach einer grellpinken Tür ohne Namensschild Ausschau zu halten, wären wir vermutlich mehrfach achtlos daran vorbeigelaufen. Als wir es betraten, fiel uns als Erstes die, sagen wir mal, sehr interessante Inneneinrichtung auf.

In den meisten Bordellen gab es einen großen Zentralbereich, in dem die Gäste – manchmal zu den Klängen von Musik – Geschäfte abwickeln oder sich entspannen konnten, sowie Separees für Privatfeiern. Das Lippenbekenntnis bildete da keine Ausnahme. Sämtliche Gäste saßen um eine runde Bühne in der Mitte des Raums herum und sahen spärlich bekleideten Männern und Frauen beim Tanzen zu. Sobald sie auf eine oder einen von ihnen zeigten, wurde das entsprechende Paar vom Personal woanders hingeführt.

Nach Lage der Dinge ging ich davon aus, dass es sich bei der Honigblume nicht um ein Getränk handelte.

Nana starrte die Tänzer an. »Dieser Schuppen gefällt mir.«

»Glaubst du, der Wegelager ist einer der Tänzer?«

»Lass es uns herausfinden.« Nana zog mich zum Bühnenrand, drückte mich auf einen der Stühle hinunter und setzte sich auf meinen Schoß. Ein paar von den Gästen wandten sich zu uns um.

Na toll! Wirklich sehr unauffällig.

»Oh, schau nur, wie sie tanzt«, sagte Nana und deutete auf eine schwarzhaarige Frau, die gerade von einem Mann aus Eham herumgewirbelt wurde. »Und ich wusste gar nicht, dass Männer *derart* biegsam sein können.«

»Wir sind nicht zum Vergnügen hier, Nana.«

Sie schaute mich mit erhobener Augenbraue an. »Aber es spricht doch auch nichts gegen ein bisschen Spaß, oder?« Anstatt meine Antwort abzuwarten, winkte Nana die Tänzerin auf der Bühne zu sich her und flüsterte ihr etwas ins Ohr, das die

Frau mit einem Kichern quittierte. Dann nickte sie und küsste Nana. Es dauerte überraschend lange, und ich musste den Blick abwenden, um meine roten Wangen zu verbergen.

Als die Frau zu ihrem Tanzpartner zurückkehrte, drehte Nana sich zu mir um. »Siehst du? Beides ist möglich.«

»War das wirklich nötig?«

»Absolut. Mich hat interessiert, was das glitzernde Zeug auf ihren Lippen ist, und jetzt weiß ich es. Es ist Honig, wenn es dich interessiert.«

»Tut es nicht.«

»Komm schon, Mikael«, sagte sie und legte mir schon wieder eine Hand auf den Oberschenkel. »Du musst doch auch ein gewisses Interesse an Sex haben. Hast du schon mal mit jemandem rumgemacht? Oder spielst du nur Soli? Was man dir wahrscheinlich kaum zum Vorwurf machen könnte, wenn es so wäre. Schließlich stehen die Leute wahrscheinlich nicht Schlange, um mit dem Sohn eines Verräters in die Kiste zu springen.«

Ich nahm ihre Hand von meinem Schenkel. »Es reicht, Nana.«

Immer mehr Gäste und Angestellte des Bordells wandten sich zu uns um.

»Habe ich da einen wunden Punkt berührt? Lass es mich wiedergutmachen.« Nana schnippte mit den Fingern, um einen schwarz gekleideten Mann mit einem langen Pferdeschwanz auf uns aufmerksam zu machen. Er wirkte zu attraktiv und gepflegt, um nur ein Kellner zu sein. Ich fragte mich, ob das gesamte Personal abwechselnd auf der Bühne und im Schankraum tätig war.

»Wie kann ich dir helfen, meine Dame?«, fragte er Nana.

Nana legte mir erneut die Hand auf den Schenkel, und ich

musste mich sehr zusammenreißen, sie nicht einfach wegzuschlagen. Dann drehte sie sich zu dem Mann um und sagte sehr freundlich: »Ich möchte das sexuelle Repertoire meines Schatzes erweitern und habe gute Dinge über die Honigblume gehört. Ist auch ein Zweiertermin möglich? Ich habe Sorge, dass er einen Rückzieher macht, wenn ich nicht dabei bin.«

Was fragte sie da?

Der Typ mit dem Pferdeschwanz verzog keine Miene. »Honigblume bedient normalerweise immer nur einen Kunden.«

»Könntest du dich bitte erkundigen, ob sie für uns eventuell eine Ausnahme machen würde?«

Der Mann blickte zu jemand, der in einer Ecke stand und Handzeichen machte. Wegen der vielen Nackten, die mir den Blick versperrten, konnte ich diese Person leider nicht genau erkennen.

»Ja, wir können heute eine Ausnahme machen«, sagte er schließlich. »Aber es wird dreimal so viel kosten wie üblich: neun Sonnen. Die weiteren Einzelheiten müsst ihr mit Honigblume persönlich besprechen.«

Nana nahm die Münzen aus der Tasche an ihrem Kleid und reichte sie dem Mann. »Das klingt sehr gut.«

Er führte uns einen Gang entlang, der gerade hell genug beleuchtet war, dass wir nicht stolpern mussten. Aus den Zimmern, die wir passierten, drangen leidenschaftliche Laute. Nana hielt mich an der Hand fest, um sicherzugehen, dass ich nicht Reißaus nahm. Wir wurden in einen Raum gebracht, dessen Boden mit Seidenkissen bedeckt war. In einer Ecke glomm nach Jasmin duftender Weihrauch. Hätte ich nicht gewusst, wie viel Nana gezahlt hatte, wäre ich von diesem billig wirkenden Ambiente sogar noch unbeeindruckter gewesen.

Nana ließ sich auf eines der extraweichen Kissen sinken. »Du machst es anderen sehr einfach, dich hereinzulegen, wenn du ihnen so deutlich zeigst, wo die Risse in deiner Fassade sind.«

»Du hättest mich vorwarnen können.«

»Und auf den Anblick deines roten Gesichts verzichten, wenn ich dich ärgere? Niemals. Du hättest merken müssen, was ich vorhabe. Wie hätten wir sonst glaubhaft machen können, dass wir zum Vergnügen hier sind? Wen oder was auch immer wir bestellt haben, ist sicher etwas ganz Besonderes, wenn ein Wegelagerer sich dafür interessiert.«

Ich lief mit verschränkten Armen im Zimmer auf und ab. »Wie auch immer.«

»Bist du immer noch sauer auf mich? Es tut mir leid, wenn ich in ein Fettnäpfchen getreten bin. Du glaubst aber nicht an die wahre Liebe, oder?«

Ich schwieg.

Nana beugte sich zu mir vor. »Tust du das? Ausgerechnet *du*? Ich war mir eigentlich sicher, dass deine Einstellung zur Liebe genauso verdreht ist wie deine übrigen Ansichten.«

»An irgendetwas muss schließlich jeder von uns glauben, nicht wahr?«

»Ein Romantiker! Das ergibt überhaupt keinen Sinn.« Nana sah mich neugierig an. »Woran wirst du die eine wahre Liebe erkennen? Willst du diese Person auffangen, wenn sie vom Himmel fällt, oder einen Drachen töten, um sie zu retten?«

Ich stieß den Atem aus. »Irgendetwas in der Art.«

Sie riss die Augen auf. »Moment mal, es ist aber nicht ...«

Eine Goldoni betrat den Raum. Ich konnte deutlich erkennen, dass sie abgesehen von ihrem durchsichtigen weißen Spitzenkleid nichts am Körper trug. Während sie den Vorhang hinter sich zuzog, schoss mir durch den Kopf, dass sie die schönste

Frau war, die ich je gesehen hatte, und ich fragte mich, ob es in Ordnung wäre, ihr das zu sagen.

Nana kam mir zuvor: »Wow!«

»Vielen Dank«, erwiderte die Goldoni. Ihre Stimme war so tief und sanft wie ein ruhiger Fluss. »Ich bin Honigblume, aber das wisst ihr ja bereits. Wer seid ihr?«

»Mikael Königmann.«

»Chloe Maurer.«

Nur mit Mühe gelang es mir, Nana keinen Seitenblick zuzuwerfen. Wieso hatte sie Honigblume einen falschen Namen genannt?

»Das sind hübsche Namen ... Ich werde nicht jeden Tag von Fremden angefragt. Wie habt ihr von mir erfahren?«

Ich setzte zu einer Lüge an, doch Nana war erneut schneller als ich: »Carl Domet.«

»Carl Domet«, wiederholte sie und trat näher an uns heran. »Ich bin ihm erst einmal begegnet. Es war eine kurze Sitzung. Ich fühle mich geehrt, dass er offenbar mit mir zufrieden war. Was hat er gesagt?«

Honigblume ließ die Hände über meine Brust gleiten. Ich sagte nichts. Mein Verstand war wie benebelt, und ich war mir nicht sicher, ob mir nicht aus Versehen die Wahrheit entfahren würde, sobald ich den Mund aufmachte. Was ich sagte, überraschte sogar mich selbst: »Er hat gesagt, dass du wunderbar bist. Sehr umgänglich.«

»›Umgänglich‹ ist eine Mutter, die den Freund ihres Sohnes nett behandelt. Begleitdamen werden nicht gern als *umgänglich* bezeichnet. Lieber als erregend. Umwerfend.« Sie beugte sich zu meinem Ohr vor und flüsterte: »Machtvoll.«

Ich schluckte hörbar.

»Bin ich machtvoll, Mikael?«

Ich konnte den Blick nicht von ihren verschiedenfarbigen Augen wenden. »Ich ... Ja, das bist du.«

»Würdest du alles tun, wozu ich dich auffordere? Würdest du für mich töten?«

»Na...«

»Mikael! Annulliere dich!«

Nanas Worte waren wie eine Ohrfeige. Die Wärme, die von der Annullierung ausging, wurde beinahe von meiner Körperhitze überdeckt. Als ich sie endlich wahrnahm, konzentrierte ich mich voll auf sie und hob die Fäuste. Was war gerade geschehen? Während ich nun Honigblume anschaute, wirkte sie auf einmal ganz gewöhnlich, gar nicht mehr wie die fesselnde Erscheinung, die sie gerade eben noch gewesen war.

Honigblume wich vor uns zurück, richtete sich gerade auf und strich langsam ihr Kleid glatt. Dabei sah sie auf ihre Hände hinunter. »Ein Annullierungs-Fabrikator. Interessant. Diese Spezialisierung habe ich schon seit einer ganzen Weile nicht mehr verwendet.« Sie richtete den Blick wieder auf uns. »Was hat mich verraten, Mädchen?«

»Weißt du, wie oft ich schon versucht habe, diesen Trottel zu verführen?« Nana legte mir eine Hand auf die Schulter. »Ich weiß zwar nicht, was du getan hast, aber es muss etwas Magisches gewesen sein, denn – bitte versteh mich nicht falsch – ohne ein Hilfsmittel kann niemand zu diesem romantischen Dickkopf durchdringen.«

»Ganz schön selbstbewusst«, erwiderte Honigblume. »Das gefällt mir. Aber, um ehrlich zu sein, habe ich geglaubt, ihr wärt zum Spaß hier ... darum habe ich mich dementsprechend verhalten.« Sie nahm ein Seidennegligé von der Innenseite der Tür und streifte es sich über. »Ihr seid jedoch ganz eindeutig aus einem anderen Grund hier, und den will ich jetzt erfahren.«

Da sich mein Körper immer noch heiß anfühlte und mein Geist ganz benebelt war, übernahm Nana die Gesprächsführung: »Wir suchen nach Hunger.«

»Um ihn zu töten oder anzuheuern?«

»Wir wollen eine Information«, krächzte ich.

»Worüber?«

»Wer sein Ziel in Kessel ist.«

Honigblume schnaubte. »Als ob ich euch das verraten würde.«

»Was hast du zu verlieren?«, fragte Nana. »Wir können dich gut bezahlen.«

»Glaubt ihr etwa, ich will meinen hart erarbeiteten Ruf als verlässlicher Meuchelmörder verlieren? Auf keinen Fall.«

»Moment, heißt das, du …?«

Honigblume tat, als zielte sie mit einem Gewehr auf mich. »Schön, dich wiederzusehen, Mikael. Aus der Nähe siehst du ziemlich gut aus.«

Honigblume war also Spottdrossel, der Wegelagerer oder genauer gesagt die Wegelagerin, die unter dem Decknamen Hunger operierte. In diesem Moment bekam ich Angst, einen Fehler gemacht zu haben, der sich nicht wiedergutmachen lassen würde, und packte Nanas Hand. Sie erwiderte meinen Griff mit ähnlich festem Druck, während meine Wärme uns beide bedeckte.

»Es wird folgendermaßen ablaufen, Mikael«, sagte Spottdrossel und trat näher an uns heran. »Du hast einen Fehler gemacht. Und Fehler sind wie Kugeln – oft ist bereits ein einziger tödlich. Du wirst mich jetzt begleiten und mir ein paar Fragen beantworten. Wenn du dich weigerst, töte ich deine Freundin Chloe.« Er deutete auf Nana. »Normalerweise greife ich nicht sofort zu Drohungen, aber nachdem du und der Schwarze

Tod mich im Kolosseum lächerlich gemacht habt, habe ich keine Geduld mehr und werde mir mit Gewalt nehmen, was ich brauche.«

Ich hielt weiter die Wärme in meinem Körper aufrecht. Sie hatte weder Waffen noch eine Rüstung, aber ich bezweifelte, dass mir das helfen würde, wenn wir miteinander kämpften. Und sie ... Konnte sie sich bitte endlich etwas Richtiges anziehen? Allmählich wurde es lächerlich. Wollte sie sich wirklich in einem Negligé prügeln?

»Willst du dich weigern?«, fragte Spottdrossel. Sie stand zwischen mir und der Tür. »Anscheinend ja.«

Ich stürzte mich vollkommen annulliert auf sie. Nana trat ihr in die Kniekehlen, während ich ihr einen Ellbogen ins Gesicht schlug. Ich landete einen Volltreffer und sah, wie Blut aus ihrer Nase spritzte. Als Spottdrossel dumpf auf dem Boden aufschlug, sprang ich über sie hinweg, packte Nana erneut an der Hand und rannte mit ihr den Flur entlang.

Als wir durch die Tür zum Hauptraum stürmten, rief Spottdrossel uns hinterher: »Du hast es so gewollt, Mikael! Damit hast du euer beider Leben verwirkt!«

Sobald wir aus dem Bordell heraus waren, hielt Nana an und drehte sich zu der pinken Tür um. »Warum werden wir nicht verfolgt?«

»Spielt das eine Rolle? Ich habe gerade keine Lust auf einen längeren Kampf mit einer Wegelagerin.«

Nana nickte. Wir rannten weiter und hielten erst an einer von Mauern umschlossenen Stelle an, wo wir vor einem Distanzschuss sicher waren. Nana sackte keuchend gegen eine Wand, und ich ging aufgeregt auf und ab.

»Ich glaube, wir haben es gerade vermasselt«, stieß sie atemlos hervor. »Wir hatten doch die Oberhand. Sie war nackt und unbewaffnet. Weshalb sind wir davongerannt?«

»Wir können immer noch Schwartz holen und zurückgehen.«

»Glaubst du wirklich, dass sie dann noch da sein wird? Ich nämlich nicht!«

Ich wusste nicht, was ich darauf sagen sollte. Nana tat, als wären wir dem Herzensbrecher begegnet. Als müssten wir die Wegelagerin unter allen Umständen aufhalten. Selbst wenn es uns das Leben kostete. Irgendetwas stimmte nicht mit ihr, aber was …? Oh. »Chloe wird schon nichts passieren. Ich bezweifle, dass die Wegelagerin ihr irgendetwas antun wird, nur weil du ihr Chloes Namen genannt hast.«

»Das war so dumm von mir, und ich weiß nicht, weshalb ich es getan habe. Chloe geht mir einfach nicht mehr aus dem Kopf, seit ich sie gesehen habe.« Sie zögerte. »Aber was ist, wenn Spottdrossel ihr doch etwas antut? Chloe ist mir wichtig. Ich weiß nicht, was ich tun würde, wenn ihr meinetwegen etwas zustieße.«

»Dann geh sie warnen. Entschuldige dich vielleicht sogar bei ihr.«

Nana biss sich auf die Unterlippe und wandte den Blick ab. Einen Moment später hatte sie eine Schwarzbeere im Mund. »Vielleicht hast du recht.«

»Dieser Ansicht scheinen immer mehr Leute zu sein.«

»Sei still«, sagte sie und schlug sich mit der flachen Hand auf den Nacken. »Sag deiner Mutter, dass ich nicht zum Abendessen kommen werde. Ich brauche vielleicht ein bisschen Zeit, um Kontakt mit Chloe aufzunehmen.«

»Soll ich dich begleiten?«

Vor Überraschung fiel ihr fast die Schwarzbeere aus dem Mund. »Was hast du gerade gesagt?«

Ich wiederholte meine Frage Wort für Wort, worauf sie mich noch verblüffter ansah.

»Hast du nichts Besseres zu tun, als mich zu begleiten, wenn ich mich bei jemandem entschuldige, den du nicht mal sonderlich gut kennst?«

Ich zuckte die Achseln. »Eigentlich nicht. Außerdem betrachte ich dich nach allem, was wir miteinander durchgemacht haben, als Teil meiner Familie. Und in einer Familie kümmert man sich umeinander.«

Nana neigte nicht zu Gefühlsausbrüchen. Und so erhob sie sich, nachdem sie eine Weile nachdenklich an der Schwarzbeere gesaugt hatte, und sagte bloß: »Na schön, dann komm mit. Wenn Chloe keinen Dienst hat, ist sie normalerweise auf dem Übungsplatz.«

Und so hatte ich ganz unverhofft eine gute Ausrede, Chloe wiederzusehen. Insbesondere nach der Aufregung beim Mittagessen brauchte ich jede erdenkliche Hilfe, um die Prinzessin davon zu überzeugen, dass ich nicht ihren Vater getötet hatte.

Kapitel 36
Zerschmettert

Wenn mich jemand gefragt hätte, wäre ich vermutlich davon ausgegangen, dass die Raben ihre Übungskämpfe irgendwo im Palast ausfochten. Oder vielleicht in den Zerbrochenen Steinen, wenn ihnen mal nach etwas Abwechslung war. Möglicherweise gegen die Aufseher, um zu sehen, ob sie gegen andere Elitekriegereinheit bestehen konnten. Tatsächlich fanden wir sie jedoch am letzten Ort, wo ich sie erwartet hätte.

Ich starrte die Wipfel der Mammutbäume in den Hängegärten an. »Das soll wohl ein Witz sein.«

Nana band ihre Haar zu einem Zopf zusammen. »Nein. Ihr Übungsplatz ist hinter den Nadeln verborgen, aber er ist da oben.«

»Wieso sollten sie ausgerechnet hier üben wollen? Das erscheint mir ...«

»Unerwartet?«

»Ja«, erwiderte ich. »Ich habe nicht gedacht, dass sie so weit nach Kessel hineingehen. Ich frage mich, wie viel sie von da oben sehen.«

»Viel mehr, als sie zugeben.« Nana zog ihr Kleid aus und schlüpfte in etwas Praktischeres. Ich gab mir Mühe, ihr nicht dabei zuzusehen. »Ich weiß nur dank Chloe, dass sie da oben sind. Eigentlich ist das ein Geheimnis, das nur die Königlichen kennen. Aber wir sind eines Tages, um unseren Mut zu beweisen, ihrer Mutter hierher gefolgt und haben es dabei herausgefunden. Das war ziemlich kindisch von uns.«

»Mir war gar nicht klar, dass du so eng mit Chloe befreundet bist. Sie wirkt so förmlich, dass ich mir gar nicht vorstellen kann, dass sie irgendwem ihre Geheimnisse anvertraut. Woher kennt ihr beide euch?«

Nana schüttelte die Beine aus, ging in die Hocke und sprang in die Höhe. Sie flog höher, als es einer normalen Person möglich gewesen wäre, und landete ein ganzes Stück über mir auf einem dicken Ast. »Ich verrate es dir, während wir hinaufklettern. Außer du möchtest lieber hier unten warten.«

»Du willst, dass ich allein diesen Baum besteige? Kannst du mir nicht ein bisschen mit deinen Fabrikationen helfen?«

»Das ist eine Tradition der Raben. Sie tun das jeden Tag, um in Form zu bleiben. Für einen Königmann sollte es eigentlich kein Problem sein. Aber ich werde dich vielleicht fangen, wenn du runterfällst.«

Ich warf meine Jacke neben den Baumstamm. »Sehr tröstlich.«

Sie kletterte lachend höher hinauf. Da ich nicht zurückbleiben wollte, stieg ich ihr hinterher. Es gab jede Menge Vertiefungen in der Rinde, an denen ich mich hinaufhangeln konnte, und die Äste waren so breit, dass ich mich immer wieder auf einem niederlassen und Atem schöpfen konnte. Dennoch brannten meine Muskeln immer mehr, je höher wir hinaufgelangten. Auf halber Strecke entdeckte ich Nana, die auf einem Ast saß und die Beine baumeln ließ.

»Wirst du mir jetzt sagen, weshalb du und Chloe so gute Freundinnen seid?«, fragte ich, während ich an ihr vorbeikletterte.

»Da gibt es nicht viel zu erzählen«, erwiderte sie. »Wir kennen uns, weil unsere Eltern nur für ihre Arbeit gelebt haben und glaubten, wir wären vielleicht weniger einsam, wenn wir einander hätten. Das hat auch funktioniert. Wenn die Prinzessin nicht da war, haben wir alles zusammen gemacht. Und später haben wir uns gemeinsam auf die Aufnahmeprüfung bei den Raben vorbereitet.«

»Und was ist dann passiert?«

Nana sah beleidigt aus. »Wieso glaubst du, dass irgendetwas passiert ist? Manchmal entwickeln sich Menschen einfach so auseinander und ... Ach was, wem mache ich etwas vor? Warum sollte ich dir nicht die Wahrheit erzählen? Ich habe mich bei den Raben beworben. Da es bei ihnen nur selten freie Stellen gibt und wir nicht gegeneinander antreten wollten, ließ Chloe zu, dass ich mich als Nachfolgerin von Siggi bewerbe, nachdem die ermordet worden war. Du hast gehört, wie sie gestorben ist, oder ...?«

Ja, ich wusste es. Rebellen hatten Pistolen in die Stadt geschmuggelt und das Feuer auf Siggi eröffnet, als sie gerade aus der öffentlichen Badeanstalt in der Enge kam. Im Kreuzfeuer sind noch vier weitere Personen umgekommen, darunter auch ein junges Paar, das am nächsten Tag hatte heiraten wollen. Die ganze Stadt hat monatelang über nichts anderes gesprochen. Raben kamen nur selten ums Leben, und so sahen die meisten Bürger in Siggis Tod den ersten echten Beweis, dass die Rebellion so lange weitergehen würde, bis entweder die Königlichen vom Thron gestoßen oder die Rebellen ausgelöscht sein würden – obwohl die Rebellen damals bereits Naverre eingenommen und eine andere Rabe bei lebendigem Leib verbrannt hatten.

»Ein schrecklicher Tod. Schlimmer war allerdings noch, dass

ich, wie du ja weißt, bei den Raben abgelehnt wurde. Ich war zwar die aussichtsreichste Anwärterin, aber sie glaubten, dass ich mich aus den falschen Gründen beworben hatte, und dieser Verdacht allein reichte aus, um mir die Aufnahme zu verweigern. Kannst du dir denken, wer sich am vehementesten gegen mich ausgesprochen hat?«

»Efyra?«

»Efyra«, bestätigte Nana. »Ich hatte alle Argumente auf meiner Seite, aber nicht sie, und ihre Stimme genügte, um mich abzuschmettern. Ich konnte mit Zurückweisungen generell noch nie gut umgehen und habe angefangen, Chloe wegen dieser Sache Vorwürfe zu machen. Ich sagte, ihre Mutter hätte meine Bewerbung nur blockiert, um die Stelle für Chloe freizuhalten. Es war nicht schön. Das Schrecklichste war, dass sie mich nicht ebenfalls angeschrien hat. Stattdessen ließ sie meine Wut einfach über sich ergehen, als wäre das Ganze ihre Schuld und nicht die ihrer Mutter.« Nana zögerte. »Dafür habe ich sie gehasst. Ich hatte das Gefühl, dass sie Mitleid mit mir hatte. Ich kann es schon nicht gut ertragen, wenn Fremde mich bemitleiden ... aber als sie es tat, brach es mir das Herz.«

»Weshalb?«

Nana wurde rot und wich meinem Blick aus.

Ich schaute sie verwirrt an. Wieso errötete sie? Nana schämte sich nie für irgendetwas. Und dennoch verhielt sie sich gerade wie eine hoffnungslos verknallte ... *Moment, das war ja nicht zu fassen.* »Du bist in Chloe verliebt!«, entfuhr es mir. »Deswegen hast du es so persönlich genommen.« Ich lachte leise. »Und ich dachte, du fühlst dich nur zu fiesen Arschlöchern hingezogen.«

Nana bedachte mich mit einem finsteren Blick. »Du bist nicht der Einzige, dem sein Verhalten während des Endlosen Walzers peinlich ist.«

Ich blieb auf einem Ast stehen und wischte mir den Schweiß von der Stirn. »Hast du dich bei ihr entschuldigt?«

»Ja. Nachdem sie den Söldner dazu überredet hat, mir das Leben zu retten. Es fiel mir schwer, weiterhin auf sie – oder ihre Mutter – wütend zu sein, nachdem sie sich für mich einem Prinzen entgegengestellt hatte. Aber unser Verhältnis ist immer noch angespannt. Ich kann schlecht dabei zusehen, wie sie ihren Traum lebt, während es mir selbst nicht gelingt. Obwohl ich so viel für sie empfinde.«

»Weißt du, ob sie genauso empfindet wie du?«

»Nein«, sagte sie leise. »Und ich bezweifle auch, dass ich es je herausfinden werde.«

»Ich wette, dass sie das tut«, erwiderte ich. »Raben widersetzen sich den Königlichen nicht für Leute, mit denen sie nur befreundet sind.«

Nana wurde röter als eine Rose und setzte zu einer Antwort an, doch dann überlegte sie es sich anders und kletterte stattdessen höher hinauf.

Ich folgte ihr, langsam und mit einem breiten Lächeln im Gesicht.

Nana wartete knapp unterhalb des Wipfels auf mich, wo man wegen der zahlreichen dünnen Nadeln kaum noch etwas sehen konnte. Sie zog mich auf einen breiten Ast, dessen Oberseite so abgeschnitten war, dass er sich gut als Fußweg eignete. Hier oben wuchsen die Äste dichter, und der Stamm hatte eine eigenartige Form. Als gäbe es einen Eingang, durch den man ihn betreten könnte. Mein Verdacht bestätigte sich, als Nana mit den Fingerknöcheln an bestimmte Stellen klopfte und sich gleich darauf tatsächlich eine Tür öffnete.

»Nach dir, Mikael«, sagte sie.

»Du zuerst. Kannst du dir vorstellen, was die Raben mit

mir anstellen, wenn sie mich auf ihrem Übungsgelände erwischen?«

»Wir werden es herausfinden, du Feigling. Na gut, dann gehe eben ich zuerst.«

Wir betraten den Baum gemeinsam. Das Innere war glatt und so geräumig, dass man gut darin stehen konnte. Ich konnte nicht feststellen, ob es sich um einen natürlichen oder zumindest teilweise von Menschenhand geschaffenen Hohlraum handelte. An der Decke hingen die gleichen Leuchtzylinder wie in der Kessel-Bibliothek.

Als wir zur gegenüberliegenden Tür gelangten, vernahmen wir dahinter leise Worte und immer wieder das dumpfe Geräusch von Metall auf Holz.

Nana legte eine Hand auf den Türknauf. »Je nachdem, wer sich auf der anderen Seite befindet, musst du vielleicht schnell wegrennen.«

»Wohin denn?«

»Wenn es Efyra ist, bin ich gleich hinter dir.«

»Und was ist mit den anderen?«

»Ein paar von ihnen mögen mich noch. Allerdings keine von den älteren.« Sie betrachtete noch eine Weile die Tür vor sich und dann den tiefen Abgrund jenseits der Öffnung, durch die wir den Stamm betreten hatten. »Wird schon gut gehen.«

Ihre Worte beruhigten mich nicht im Geringsten. Schließlich machte sie die Tür auf und gab den Blick auf eine große offene Fläche frei. Auf dem rauen Dielenboden standen mehrere hölzerne Übungspuppen herum. In der Mitte ragte der Stamm weiter ins Blätterdach hinauf. Ich sah, dass in seine Rinde Namen geschnitzt waren, und erkannte unter ihnen ein paar ehemalige und aktuelle Raben. Wir hörten, wie eine weitere Tür geöffnet und wieder geschlossen wurde, und mit einem Mal stand Jasmin Andel vor uns, die Rabe mit den sechs Federn.

Schweiß tropfte ihr vom Gesicht auf die große Streitaxt, die sie mit beiden Händen festhielt. Sie trug keine Rüstung, und ihre zum Zopf zusammengebundenen Haare waren unbedeckt, dennoch sah sie aus, als wäre sie ohne Weiteres imstande, uns umzubringen. Mit ihrer ein wenig zu großen Nase und ihrem stechenden Blick erinnerte sie mich an eine Aaskrähe. Bevor sie etwas sagen konnte, erklärte Nana: »Chloe steckt in Schwierigkeiten.«

Jasmin starrte uns mit zusammengekniffenen Augen an, holte mit der Axt aus und hackte mühelos eine der Holzpuppen in zwei Hälften. Bei diesem Anblick verschlug es mir fast den Atem.

»Seid ihr deswegen hier?«, fragte sie. »Um sie zu warnen?«

»Ja«, erklärte Nana mit fester Stimme.

»Das glaube ich euch nicht.«

»Du hast für meine Aufnahme gestimmt, und seither hat sich nichts geändert. Meine Loyalität gilt nach wie vor …«

»Deine Loyalität gilt ganz allein dir selbst, Nana«, fiel Jasmin ihr ins Wort. »Das hast du bewiesen, als du dich mit einem Königmann verschworen hast, während du gleichzeitig versuchtest, mit dem Prinzen anzubandeln. Niemand, der loyal ist, würde so etwas tun.«

»Zum Glück geht es im Moment nicht um meine Treue gegenüber der Königsfamilie. Ich bin wegen Chloe hier. Sie hat mir das Leben gerettet. Glaubst du wirklich, ich könnte schweigend danebenstehen, wenn sie in Gefahr ist?«

Der Wind fuhr durch die Äste um uns herum und brachte die Blätter zum Rascheln.

Jasmin lehnte ihre Streitaxt seufzend an die Überreste

der Übungspuppe. »Musstest du wirklich den Königmann herbringen?«

»Ich habe Rückendeckung gebraucht, für den Fall, dass ihr mich wegen Einbruchs festnehmt und nicht auf das hört, was ich euch zu sagen habe«, log sie.

»Sehr klug von dir. Denn genau das hatte ich vor.«

Ich sah, wie Nana erleichtert die Schultern sinken ließ. »Wo ist sie?«

Jasmin ging zu einem Wasserkrug und schenkte sich einen Becher voll. Nachdem sie ihn ausgetrunken hatte, drehte sie sich wieder zu Nana um. »Sag mir erst, was das für eine Bedrohung ist. Besteht irgendein Risiko für den Prinzen oder die Prinzessin?«

»Nicht unmittelbar. Wir haben Grund zu der Annahme, dass eine Wegelagerin hinter Chloe her ist.«

»Und was ist das für ein Grund?«

Man muss Nana zugutehalten, dass sie weder Jasmins Blick noch ihrer Frage auswich. »Weil ich aus lauter Dummheit während einer Ermittlung ihren Namen angenommen habe.«

»Das klingt weniger nach Loyalität, sondern eher danach, dass du einen Fehler wiedergutmachen willst.«

»Kannst du mir sagen, wo sie steckt, oder nicht?«

Anstatt zu antworten, sah Jasmin mich an. »Solltest nicht *du* die Wegelagerin beseitigen? Die Prinzessin hat dich doch mit dieser Aufgabe betraut, aber bislang scheinst du dabei versagt zu haben.«

Ich setzte eine ausdruckslose Miene auf. »Ich arbeite daran. Wir sind nur hier, um Chloe zu warnen. Nana hielt das erst mal für wichtiger, als unsere Suche fortzusetzen.«

»Wirst du uns jetzt endlich verraten, wo Chloe ist?«

Jasmin hob die Axt wieder auf und legte sie sich über die

Schulter, als wäre sie aus Papier. »Auf der Gerichtshöhe. In einem blauem Haus mit einem Metalltürklopfer und einem Beet voller Skorpiongras davor, das gerade zu blühen beginnt. Wir haben erfahren, dass dort ein weiteres Opfer des Herzensbrecher entdeckt wurde. Chloe ist hingegangen, um den Tatort zu untersuchen.«

»Was? Nein ... das kann nicht sein«, flüsterte Nana. »Bist du ...«

»Der Bericht ist glaubhaft.«

Nana rannte los. Jasmin hatte Nanas Haus beschrieben. Wenn sich darin wirklich eine Leiche befand, dann die ihres Vaters.

»Du solltest ihr hinterherlaufen, Königmann«, sagte Jasmin. »Sie wird Freunde brauchen.«

Ich ballte die Fäuste. »Warum hast du uns das nicht schon früher gesagt? Wozu all diese Spielchen?«

»Das war eine Lektion.«

»Eine Lektion? Was hat Nana getan, dass sie so eine Behandlung verdient?«

»Ich wollte ihr nicht wehtun, Königmann.« Jasmin trat dichter an mich heran. »Die Lektion war für dich gedacht. Ich habe die Lüge gehört, die du überall in der Stadt verbreitest. Dass der König sich angeblich selbst umgebracht hat.«

Ich ließ mich nicht von ihr einschüchtern. »Das hat er auch getan. Er war verzweifelt. Es gab nichts, was ...«

»Spar dir dein Gesülze für jemand anderen auf«, grollte sie. »Die bittere Wahrheit ist, dass du ihn ermordet hast. Ich habe dich gesehen, Königmann. Ich habe beobachtet, wie du seine Leiche vom Balkon geschubst hast. Ich sah, wie er auf dem Boden aufschlug. Und dann habe ich dich gesehen ... blutbesudelt und mit einem Revolver in der Hand. Dein Lächeln verfolgt mich bis in meine Träume. Ich hätte damals die Wand hochklettern und dich töten sollen.«

»Nach meiner Festnahme an diesem Abend hast du jedenfalls keinen Hehl aus deinem Zorn gemacht.«

Jasmin lächelte. »Ich habe mich schon gefragt, ob du dich noch daran erinnerst.«

»Ich werde nie vergessen, wie du mich gefoltert hast. Was du getan hast, war unmenschlich.«

»Schön, dass du es so siehst, denn du hast es verdient.« Jasmin kniff mich mit der freien Hand in die Wange. »Viel Glück, Königmann. Ohne Wind-Fabrikationen steht dir ein langer und beschwerlicher Abstieg bevor.«

Ich fluchte leise und rannte hinter Nana her, doch sie war nirgends mehr zu sehen. Der immer lauter heulende Wind war mein einziger Begleiter, während ich von dem riesigen Mammutbaum herunterkletterte und hoffte, dass Bertram Deuter noch lebte.

Kapitel 37
Erbschaft

Als ich eintraf, sah ich, wie Nana Chloe aus dem Weg zu schieben versuchte. Doch ihre Freundin blieb unerschütterlich stehen und hielt sie fest umarmt. Tränen rannen über Nanas Gesicht, während sie schrie und der Wind um uns herum immer stärker wurde. Er wehte Fensterläden auf und schlug sie knallend wieder zu. Um die beiden bildete sich ein kleiner Wirbelsturm. Die Bäume in der näheren Umgebung schwankten bedenklich hin und her und drohten umzuknicken. Schneematsch peitschte mir ins Gesicht, und ich konnte nichts hören außer dem tosenden Wind und Nanas lauten Schreien.

Damit war klar, wie es um Bertram Deuter stand.

Eine Situation wie diese hatte ich schon einmal erlebt und wusste, was zu tun war.

Ich stemmte mich mit dem Unterarm vor dem Gesicht gegen den Wind und ging Schritt für Schritt auf die beiden zu. Als ich nahe genug heran war, legte ich Nana eine Hand auf die Schulter und hüllte sie mit meiner Wärme ein.

Der brüllende Wind flaute schlagartig ab, und Nana fiel schluchzend auf die Knie. Chloe setzte sich neben ihr auf den Boden und hielt sie weiter fest.

»Ist irgendjemand da drin?«, flüsterte ich Chloe zu.

»Söldner.«

Da ich Nana nicht trösten konnte, betrat ich das Haus, um nachzusehen, was dort geschehen war.

Bertram Deuter war nicht kampflos gestorben. Die gesamte Einrichtung des Hauses war zerschmettert oder in Fetzen gerissen, von den Vasen und Tischen bis hin zu den Tapeten und den Fliesenböden. Bei jedem Schritt knirschte irgendetwas unter meinen Sohlen. Die Wände waren mit schlimm aussehenden Kratern übersät, und inmitten all dieser Verwüstungen lag Nanas Vater. Ich erkannte ihn nur an den beiden Namen auf seinem linken Handgelenk: *Nana* und *Evelyn*. Sein Gesicht war völlig zerstört. Merkwürdigerweise war sein Herz immer noch da. Allerdings war es aus seinem Körper entfernt und in der Mitte des Raums wie eine Tomate unter einem Stiefelabsatz zerquetscht worden. Quer über eine der Wände war eine blutige Nachricht geschrieben: *Seht zu, wie ich Fehler der Vergangenheit korrigiere.*

Während Schwartz diese Botschaft anstarrte, untersuchte Beorn die Leiche. Er strich mit zwei Fingern über Bertram Deuters Zahnfleisch und schnupperte daran. »Soweit ich es feststellen kann, ist da kein mündlich verabreichtes Gift, Schwartz.«

»Suche seine Haut nach Malen ab«, befahl Schwartz. »Wir müssen sichergehen.«

Ich betrachtete den Leichnam: Bertram sah aus, als wäre er auf sein Herz zugekrochen, ehe es zertreten worden war. Aber wie konnte das sein? Hatte der Mörder die Leiche bewusst so drapiert, dass dieser Eindruck entstand? Das Ganze war einfach ungeheuerlich. Was für eine Person tat so etwas? Wenn Schwartz jemand tötete, konnte ich wenigstens seine Gründe dafür nachvollziehen. Doch was ich hier sah, vermittelte den Anschein, der Mörder habe einfach nur Spaß haben wollen.

»Das Glück hat uns verlassen, stimmt's?«, fragte ich.

Beorn nahm meine Anwesenheit gar nicht zur Kenntnis, Schwartz dagegen schon. Er blickte sich nach mir um. »Wo bist du gewesen?«

»Ich war mit Nana unterwegs.«

»Ach. Ist sie draußen? Hat sie den ganzen Krach veranstaltet?«

»Ja. Chloe, die Rabe, ist bei ihr. Ich glaube, dass sie die Nerven verloren hat.«

»Durchaus nachvollziehbar.«

Schwartz begutachtete weiter den Tatort und hielt nach irgendwelchen Informationen über den Herzensbrecher Ausschau. Zu diesem Zeitpunkt konnte jedes noch so kleine Stück Zwirn den Unterschied zwischen Leben und Tod ausmachen.

»Was soll das bedeuten: *Seht zu, wie ich Fehler der Vergangenheit korrigiere*?«, fragte ich.

»Das heißt, dass wir sterben werden«, entgegnete Schwartz. »Dem Herzensbrecher geht es nicht darum, uns zu provozieren. Er weiß, dass wir hinter ihm her sind, und wird als Erster zuschlagen. Vielleicht schon morgen. Je nachdem, wen er für das großen Finale vorgesehen hat.«

Ich hielt mir die Hand vor den Mund, um mich nicht zu übergeben.

»Am besten finden wir heraus, wen er für das Finale im Auge hat. Jeder, der diesen Personen nahesteht, ist ein mögliches Opfer und sollte bis zur Krönung genauestens im Auge behalten werden.«

»Er könnte es auf Trey abgesehen haben. Er hat den Herzensbrecher daran gehindert, uns in der Drogenhöhle zu töten.«

»Und ebenso auf Nana«, sagte Schwartz, während er Bertrams Hände und Arme anhob und sie genauer in Augenschein nahm. Beorn zog ihm unterdessen die Stiefel aus, um zu sehen, ob sich unter ihnen etwas verbarg. »Das Gleiche gilt auch für dich, mich und jeden, der im Moment in Burg Königmann lebt.«

»Leon?«

»Das bezweifle ich. Nicht nach dem Vorfall in Burg Reitter.«

Das tröstete mich immerhin ein wenig. »Glaubst du, dass wir ihn aufhalten können?«

»Wir? Nein. Aber vielleicht alle zusammen.«

»Einfach nur herumzusitzen und auf den Tod zu warten ist ein dämlicher Plan.«

Schwartz sah mich durchdringend an. »Und was willst du stattdessen unternehmen? Wir schränken seine Optionen ein, wenn wir alle versammeln, die er zu Opfern oder Teilnehmern des großen Finales erküren könnte. Wir müssen ihn zu einem Fehler zwingen. Aber wenn wir nach seinen Regeln spielen ... Tja, dann werden noch mehr sterben. Bertram Deuter hat das nie verstanden. Deswegen ist seine Frau tot.«

»Aber seine Tochter hat überlebt.«

»Wegen mir. Das war nicht sein Verdienst.«

»Was hast du ...?«

Chloe führte Nana herein. Keiner sagte etwas, bis sie neben ihrem Vater auf die Knie sank und fragte: »Kann ich ihn anfassen?«

»Ja, an seinem Körper ist kein Gift.«

Nana strich mit den Fingerspitzen über Bertrams blutgetränkte, glatt zurückgestrichene Haare. »War es schmerzhaft?«

»Ja«, erwiderte Schwartz. »Aber im Gegensatz zu den anderen Opfern hat er sich einen Kampf mit ihm geliefert. Ich glaube nicht, dass der Herzensbrecher genauso ungeschoren davongekommen ist wie sonst. Das erkennt man an der Art, wie er das Herz behandelt hat.«

Schweigen.

Chloe trat zur Seite und legte die Hand auf den Schwertknauf. Schwartz sah zu, wie Nana die Arme verschränkte. Wir warteten alle darauf, dass sie etwas sagte.

»Bin ich als Nächste dran?«

»In Anbetracht der Nachricht, die er für uns hinterlassen hat«, sagte Schwartz, »entweder du oder ich.«

»Wahrscheinlich ist es gar nicht so schlimm, jung zu sterben.« Tränen rollten an ihren Wangen herab. »Ich meine, wer will schon ewig leben? Wer will heiraten und Kinder bekommen? Wer möchte schon mehr sein als eine Schwarzbeersüchtige, die aus der Waage geworfen wurde? Wer will gerettet werden? Ich nicht.«

»Nana ...«

Sie holte alle Schwarzbeeren aus den Taschen und zerdrückte sie mit den Händen, bis außer Staub nichts mehr von ihnen übrig war. »Wenn ich schon sterben muss, dann wenigstens als freier Mensch.«

Schwartz kam zu mir, während Nana weiter auf den Leichnam ihren Vaters einflüsterte. »Wir sollten zur Burg Königmann zurückkehren«, erklärte er. »Hier gibt es für uns nichts mehr zu holen. Und wir müssen Trey verständigen. Wo ist er?«

»An einem Ort, wo der Herzensbrecher ihn niemals finden wird.«

»Bist du sicher?«

»Absolut«, sagte ich uns spürte tief in meinem Herzen, dass es stimmte.

»Du bist für seinen Tod verantwortlich, wenn du dich irrst. Aber von mir aus. Lasst uns alle gehen.«

»Nana braucht mehr Zeit für ihre Trauer«, sagte Chloe.

»Wir haben keine Zeit, Rabe. Nicht, wenn sie überleben will.«

»Ich bleibe bei ihr«, sagte ich. »Wir kommen nach. Geht und sorgt dafür, dass alle in Bug Königmann in Sicherheit sind. Beschützt meine Familie.«

»Du willst dein Leben riskieren, damit sie sich besser fühlt? Wir jagen einen Serienmörder, Mikael. Wir haben keine Zeit für diesen sentimentalen Schwachsinn. Es geht um Leben oder Tod.«

»Sie verdient eine Gelegenheit, Frieden mit ihrem Vater zu schließen«, entgegnete ich nachdrücklich. »Oder siehst du das anders?«

Schwartz sah mich nicht an. »Tut, was ihr nicht lassen könnt. Aber beeilt euch. Wenn ihr euch erwischen lasst, ist mein Plan im Eimer.«

Die Söldner gingen und schlugen die Tür hinter sich zu.

»Habt kein Mitleid mit mir«, presste Nana hervor, während ihr weiterhin Tränen übers Gesicht strömten. »Fühlt euch nicht schlecht wegen mir, und schaut mich deswegen nicht mit anderen Augen an.«

»Das werden wir nicht«, antworteten Chloe und ich wie aus einem Mund.

»Gut.« Sie riss ihrem Vater das Medaillon vom Hals und öffnete es. Ein winzig kleines Stück Papier fiel heraus. »Er hat gesagt, dass er mir eine Nachricht hinterlässt, wenn er stirbt. Und der Mistkerl hat es tatsächlich getan. Zeit, entweder als freier Mensch zu sterben, oder mich zu rächen.«

»Wovon sprichst du, Nana?«

Sie drückte mir den winzigen Zettel in die Hand und hängte sich das Medaillon um den Hals. Auf dem Papier standen fünf hastig mit Blut geschriebene Wörter: *Herzensbrecher auf der Insel. Für ...*

»Was hast du vor, Nana?«, fragte Chloe.

»Ich gehe auf die Insel und töte den Herzensbrecher, ehe er mich erledigen kann.«

»Du weißt doch gar nicht, wer es ist! Du wärst das perfekte Opfer. Geh lieber mit Mikael Königmann und ...«

»Ich werde dem jetzt ein Ende bereiten. Seid ihr beide für oder gegen mich?«

Während Nana mich anstarrte, legte sich eine vertraute Last auf meine Schultern. Ich befand mich an einem Scheideweg. Mit Schwartz zur Burg Königmann zurückzukehren und auf meine Familie aufzupassen, wäre die klügere Entscheidung. Das war der Plan. Und vor meinen schlechten Erfahrungen mit dem König und Angelo hätte ich mich auch sofort dafür entschieden. Doch wenn ich Nana allein gehen ließe, würde ich eine Freundin enttäuschen, die immer fest zu mir gehalten hatte. Anfangs waren wir ... eine Mischung aus Freunden und Feinden gewesen. Doch mittlerweile stand sie mir sehr nahe.

Mein Großvater hatte recht. Ich musste an mir arbeiten. Wenn ich ein Königmann nach dem Vorbild meiner Ahnen sein wollte, musste ich alle beschützen, nicht nur meine Familie. Die Zeit war gekommen, die Welt in Staunen zu versetzen.

Dieser Tag würde in die Geschichte eingehen.

»Hat dein Vater irgendeinen Hinweis hinterlassen, wer dieser Herzensbrecher sein könnte?«, fragte ich.

»Mikael«, sagte Chloe. »Ist das dein Ernst? Deine Familie ...«

»Meine Familie wird es überleben. Königmanns sind nicht so leicht umzubringen. Glaub ja nicht, dass sie genauso dumm und nachlässig sind wie ich. Und was das Wichtigste ist: Schwartz hatte recht, wir können den Herzensbrecher nicht schlagen, wenn wir nach seinen Regeln spielen. Er weiß nicht, dass Bertram diese Nachricht hinterlassen hat. Das ist unsere Gelegenheit, ihn zu überrumpeln. Die dürfen wir auf keinen Fall verschwenden. Siehst du es nicht auch so, Chloe?«

»Überhaupt nicht.«

»Du musst nicht mitkommen«, sagte Nana. Sie hatte aufgehört zu weinen und sah nur noch wütend aus. »Ich werde es dir nicht zum Vorwurf machen. Du bist der Königsfamilie verpflichtet, nicht mir.«

»Ich ... ich werde euch beide begleiten«, sagte Chloe. »Die Prinzessin will, dass jemand dem Herzensbrecher das Handwerk legt, und ich kann ein paar Türen für euch öffnen.« Sie verstummte kurz. »Gemeinsam werden wir außerdem mehr gegen ihn ausrichten können.«

Während Nana Chloe umarmte, schwang hinter mir die Eingangstür auf, und ein Schlag traf mich am Hinterkopf.

Ich fiel hin, sah, wie Chloe ihre Arme elektrifizierte, und fragte mich, wieso ich hier die Tür gehört hatte, aber nicht in der Drogenhöhle.

Kapitel 38
Sichtung

Als ich jünger war, erwachte ich häufig zitternd und schwitzend aus schrecklichen Albträumen und lag dann immer wach und zählte rückwärts, bis der Morgen graute. Mein Vater erlöste mich davon, indem er mir zeigte, dass es in der Dunkelheit nichts gab, wovor ich mich fürchten musste. Die Dinge sähen dann zwar anders aus, sagte er, aber es seien genau dieselben wie im Tageslicht.

Danach schlief ich jahrelang problemlos durch und wachte nachts nur auf, um unbemerkt die Stadt zu erforschen.

Nach der Hinrichtung meines Vaters kehrten die Albträume zurück. Verändert und verdreht. Ich hatte keine Angst mehr vor Dingen, die ich im Dunkeln nicht sehen konnte. Stattdessen fürchtete ich mich vor Menschen. Ihre subtilen Lügen, verzerrten Wahrheiten und blutigen Hände.

Als ich nun in der Finsternis aus meiner Bewusstlosigkeit erwachte, fiel es mir schwer, nicht genauso zu zittern wie nach den Albträumen meiner Kindheit.

Mein Kopf pochte, als würde jemand darin trommeln. Alles war verschwommen. Als ich meine Beine und Hände bewegen wollte, merkte ich, dass ich mit einem Seil an einen Stuhl gefesselt war.

Ich konnte nicht entkommen.

»Hallo. Mikael.«

Verdammt!

Es war der Herzensbrecher. Er hatte uns gefunden. Vielleicht hatte er uns aber auch die ganze Zeit beobachtet.

Ich hörte die Bodendielen knarzen, während er zu mir kam. Sein Atem blies heiß an mein Ohr. »Hast ... du ... mich ... vermisst?«

»Kein bisschen. Wo sind meine Freunde?«

»Hier«, antwortete der Mörder. Ich hörte zwei Stühle über den Boden schaben und vernahm erstickte Schreie. Nana und Chloe befanden sich, gefesselt und geknebelt, im gleichen Raum wie ich.

Verdammt, verdammt.

»Was willst du?«, fragte ich, während ich mich von meinen Fesseln zu befreien versuchte. Ich musste versuchen, ihn hinzuhalten ...

Der Herzensbrecher zog das Seil um meine Handgelenke enger. »Nicht ... klug ... genug.«

»Wenigstens spreche ich nicht, als würde ich mich keuchend eine Treppe hinaufquälen.«

Er verpasste mir einen Schlag mit einer beringten Hand. Ich glaubte, dass ich Blut spuckte, war mir aber nicht sicher, weil ich eine Augenbinde trug. Wie unpraktisch, dass sie mir die Sicht auf meine Verletzungen nahm.

»Was ist? Bringst du mich nun um oder nicht? Ich habe nämlich schon mal auf den Tod gewartet und kann dir verraten, dass das eine wirklich langweilige Erfahrung ist.«

Keine Antwort.

»Offenbar nicht. Würdest du mich töten wollen, hättest du es bereits getan. Worauf wartest du? Oder behältst du mich für dein großes Finale?«

Der Herzensbrecher antwortete immer noch nicht. Stattdessen vernahm ich über mir gedämpfte Geräusche. Musikinstrumente, Gesang, Jubel und Applaus. Und dann hörte ich jemand rufen: »Und jetzt singt Rot für euch das Lied ›Die Engel von Naverre‹!«

Ich hörte, wie die Sängerin die Bühne überquerte, genau wie ich sie es bei ihrem Auftritt während des Endlosen Walzers hatte tun sehen. Spielte der Herzensbrecher mir einen Streich? Die Gala des Musikkollegs anlässlich der Krönung sollte doch erst in einem Tag stattfinden. Sie war zwei Abende vor Serenas ... Oh.

Ich hatte einen weiteren Tag verloren. Diesmal in Gefangenschaft. Kein Wunder, dass sich meine Kehle so trocken und mein Magen leer anfühlte. »Aha, du hast also vor, uns umzubringen und am Ende der Veranstaltung vorzuführen, richtig?«

»Nein«, erwiderte der Herzensbrecher. »Zuerst ... brauche ... ich ... etwas.«

»Meine Liebe bekommst du nicht umsonst.«

Der Herzensbrecher schleifte einen der anderen beiden Stühle näher zu mir. Die gedämpften Schreie wurden lauter. »Wenn du weiter dumme Witze machst, schneide ich dir die Zunge heraus, Mikael.«

Aha, jetzt war also Schluss mit der merkwürdigen Sprechweise. Immerhin ein kleiner Triumph.

»Du wirst meine Fragen beantworten, weil ich sonst Nana die Kehle aufschlitze und dir vorführe, wie sich ein erkaltender Körper anfühlt. Weißt du, wie lange es dauert, bis sämtliche Wärme aus einer Leiche entwichen ist?«

»Nein.«

»Einen halben Tag.« Der Herzensbrecher atmete schwer und strich mir mit dem Rücken seiner beringten Hand übers

Gesicht. »Und wenn du einen auf Besserwisser machst, wirst du es hautnah erleben. Hast du mich verstanden?«

»Klar und deutlich.«

»Wo sind Bertram Deuter und der als Schwartz bekannte Söldner?«

Das war eine interessante Frage. »Bertram Deuter ist tot. Solltest du das nicht wissen? Und was Schwartz anbelangt: Hast du schon in der Kirche des Wanderers nach ihm gesucht? Er ist ziemlich fromm ...«

Er verpasste mir einen weiteren Rückhandschlag. »Glaubst du, dass ich sie nicht töten werde, Mikael? Muss ich es dir wirklich beweisen?«

Meine Sicht verschwamm. Diese Ringe waren sehr schmerzhaft.

»Wenn du uns töten wolltest«, wiederholte ich, »hättest du es längst getan. Aus irgendeinem Grund brauchst du uns lebend. Warum sollte ich dir also irgendetwas sagen? Du kannst mich schlagen, so viel du willst. Ich verspreche dir, dass ich nicht zerbrechen werde.«

Der Herzensbrecher ließ eine Hand über meine Brust gleiten und flüsterte mir ins Ohr: »Du hast recht, Mikael. Aber nichts hindert mich daran, diese wunderschöne Frau zu verstümmeln. Und während ich das tue, denkst du darüber nach, dass wir das alles viel zivilisierter hätten lösen können.«

Erneut wurden die gedämpften Schreie intensiver, genau wie das Lied über uns. Rots Gesang würde noch eine Weile dauern und immer leidenschaftlicher werden. Schwer zu sagen, welche der beiden Vorführungen die lautere sein würde.

»Die Folter ist eine Kunst, die viel mit Sex gemein hat«, sagte der Herzensbrecher. »Die meisten glauben, es wäre am besten, hart und schnell zuzuschlagen. Doch es ist besser, wenn man den Körper kennt und weiß, wie man mit präzisen Bewegungen das meiste aus ihm herausholt. Nimm zum Beispiel das Auge. Es ist weich, gallertartig und verletzlich, und man kann ganz wunderbar mit ihm spielen.«

Um mich herum hallten die erstickten wimmernden Schreie.

»Moment. Warte. Lass uns reden. Du hast recht, ich weiß wirklich nicht, wann ich den Mund halten muss.«

Doch der Herzensbrecher ignorierte mich. »Du musst deinen Zeigefinger in den Spalt zwischen Jochbein und Augapfel schieben und dann den Daumen an die Unterseite drücken. Das Auge lässt sich leichter herausziehen, wenn man lange Nägel hat. Und meine sind lang. Das ist sehr praktisch.«

»Warte! Bitte!«

»Du hattest deine Gelegenheit. Hör dir das an.«

Ich hörte ein Ploppen und hätte mich fast übergeben. Ich sah weder das Auge noch Blut, doch Nana schrie so laut, wie es der Knebel in ihrem Mund zuließ.

»So ein hübsches Grün, Nana. Was meinst du, Mikael? Ich weiß, dass du es nicht sehen kannst, aber da, fühl mal. Ich muss sowieso das Blut davon abwischen.«

Der Herzensbrecher hielt mir Nanas Auge an die Wange. Es war glibberig, und ein nasser Strang hing an ihm. Als ich den Kopf zur Seite drehte und mich übergab, brach der Herzensbrecher in hysterisches Gelächter aus.

Der Geruch von Erbrochenem stieg mir in die Nase.

»Das ist ja widerlich, Mikael. Weißt du denn nicht, wie man sich benimmt?«

Ich würgte, ohne zu antworten, weiter und spürte, wie sich mir sämtliche Nackenhaare aufstellten.

Über uns erreichte Rots Lied seinen Höhepunkt.

Was sollte ich tun?

Donner dröhnte, und gleichzeitig hörte ich ein Knistern. Ein Blitz traf mich in die Brust und schleuderte mich mitsamt dem Stuhl rückwärts gegen eine Wand. Stöhnend befreite ich mich von dem zersplitterten Möbelstück und streifte die Augenbinde ab. Die Musik hatte aufgehört.

Von Chloe gingen immer noch flackernde Blitze aus, während Blut wie Tränen an ihrem Gesicht herabrann. Ihr rechtes Auge fehlte. Nana lag bewusstlos, aber unversehrt zwischen den Trümmern ihres Stuhls in einer Ecke.

Unser Entführer stemmte sich langsam vom Boden hoch. Er trug ein langes Gewehr auf dem Rücken. Als er stand, sah ich, dass es kein Mann, sondern eine Frau war. Spottdrossel. Mein Bauchgefühl sagte mir, dass es unmöglich war, sie konnte nicht der Herzensbrecher sein – schon allein weil sie Nana und Chloe miteinander verwechselt hatte. Der Herzensbrecher hatte in der Drogenhöhle gewusst, wer Nana war. Warum hätte Spottdrossel sie also hier unten nicht mehr erkennen sollen, wenn sie tatsächlich die Serienmörderin war? Dafür gab es nur eine Erklärung: Der Herzensbrecher war noch immer irgendwo in der Stadt unterwegs, und Spottdrossel ahmte ihn nur nach.

Ich stürzte mich brüllend auf sie.

Wir wälzten uns über den Boden und versuchten, einander zu überwältigen. Ich schlug ihr ins Gesicht. Im Gegenzug zerkratzte sie meins mit ihren absurd langen Fingernägeln. Schließlich gelang es ihr, mich abzuwerfen. Sie sprang auf, trat mir in die Seite und rannte eine Treppe hoch.

Mühsam rappelte ich mich auf und humpelte zu Chloe hinüber.

Als ich ihren Knebel entfernt hatte, spuckte sie aus und sagte: »Lass mich, und schnapp dir die Schlampe, damit der Prinzessin nichts passiert.«

Obwohl sie gerade ein Auge verloren hatte, galt ihre erste Sorge der Prinzessin. War das noch Loyalität oder bereits Dummheit?

»Der Prinzessin passiert nichts im Palast. Du musst dir ...«

»Nein«, fiel Chloe mir ins Wort. »Sie ist nicht im Palast. *Rot* ist die Prinzessin. Sie ist gerade auf der Bühne und in Gefahr.«

»Was?«

»*Die Sängerin Rot ist Prinzessin Serena.* Gerade du solltest darüber nicht überrascht sein, Mikael. ›Die Engel von Naverre‹ beruht auf einem Schlaflied, das sie als Kind andauernd gesungen hat. Es hat dieselbe Melodie. Ist dir das wirklich noch nie aufgefallen?«

Auf einmal ergaben ein paar merkwürdige Dinge, die mir während des Endlosen Walzers widerfahren waren, mehr Sinn. Ich hatte immer geglaubt, Domet hätte dafür gesorgt, dass die Adligen mich während des Endlosen Walzers in Ruhe lassen würden. Doch nun war ich mir dessen nicht mehr so sicher. Mir fiel wieder ein, wie hingerissen ich von Rots Gesang gewesen war. Es hatte sich angefühlt, als wäre ich mit einem Zauber belegt worden.

»Verschwinde von hier und berichte den andern Raben, was geschehen ist«, sagte Chloe. Sie versuchte aufzustehen, wurde von ihren Schmerzen jedoch in die Knie gezwungen. Sie blutete nach wie vor. »Bitte.«

»Sie werden mir nicht glauben. Selbst wenn die Wegelagerin ...«

Chloe riss sich die Pfauenfeder aus den Haaren und reichte sie mir. »Suche eine Rabe und sage ihr: *Wir fliegen ungehindert.* Dann gibst du ihr meine Feder. Verstanden?«

»Verstanden.«

»Beeil dich«, sagte sie mit zitternder Stimme und legte eine Hand auf ihre leere Augenhöhle. »Geh jetzt!«

Ich rannte hinter Spottdrossel her. Die Treppe endete in einem Korridor voller Musiker, die mit ihren Instrumenten hin und her eilten. Sie waren allesamt als Adlige verkleidet und trugen jede Menge protzigen Schmuck.

Ich durfte nicht zögern oder im Gedränge hinter der Bühne den Überblick verlieren. Chloe war schwer verletzt, Nana bewusstlos und die Wegelagerin auf der Flucht. Wie wahrscheinlich war es, dass sie es auf die Prinzessin abgesehen hatte? Egal, solange ich es nicht genau wusste, musste ich davon ausgehen, dass es so war. Spottdrossel war eine auffallende Erscheinung, aber das galt für sämtliche Frauen in Sichtweite.

Wie sollte ich sie bloß finden?

Vielleicht war es ja eine bessere Idee, erst mal eine Rabe zu suchen.

»Mikael? Mikael.«

Vorausgesetzt, dass nicht zuerst jemand anders mich entdeckte.

Sirash kam auf mich zu. Erleichtert, dass ausgerechnet er mich erspäht hatte, winkte ich ihm zu. »Sirash.«

»Ich dachte, ich hätte klar zum Ausdruck gebracht, dass wir nichts mehr mit dir zu tun haben wollen.«

Diese Worte trafen mich härter als Spottdrossels Schläge. »Ich bin nicht aus freien Stücken hier. Wenn du mir nicht glaubst, dann geh unter die Bühne. Dort sind eine Rabe und meine Freundin Nana.«

Sirash schaute mich unverwandt an. »Ehrlich?«

»Ja, ich verfolge eine Wegelagerin, die vielleicht die Prinzessin töten will. Serena ist heute Abend hier. Hättest du geahnt, dass sie hinter Rots Maske steckt?«

»Was? Eine Wegelagerin? Erfindest du das alles?«

»Du kennst mich, Sirash. Ich bin nicht schlau genug, um mir

aus dem Stegreif etwas Originelles einfallen zu lassen. Ich kann mir nur die Wahrheit zurechtbiegen, wie es mir gerade passt.«

Sirash warf einen Seitenblick auf Arjay, der zu uns kam und fragte: »Brauchst du Hilfe?«

Das waren die letzten Worte, die ich von ihm erwartet hatte. Er merkte mir meine Verblüffung an. »Der Angriff einer Wegelagerin ändert einiges. Selbst was dich betrifft.«

Ich wollte seinen plötzlichen Sinneswandel nicht hinterfragen. Dafür benötigte ich viel zu dringend jede Hilfe, die ich kriegen konnte. »Jemand muss Schwartz von Burg Königmann herholen. Außerdem muss ich einer Rabe erzählen, was unter der Bühne passiert ist. Und ich brauche eine Waffe, am besten eine Pistole oder eine Armbrust.«

Sirash sah Arjay an. »Lauf zur Burg Königmann. Sag dem Erstbesten, den du da antriffst, dass Mikael im Musikkolleg ist und eine Wegelagerin ihn umbringen will. Danach gehst du in unser Zimmer und verlässt es nicht mehr. Verstanden?«

Arjay musterte mich kurz von Kopf bis Fuß und rannte los.

»Hast du eine Rabe gesehen?«, fragte ich Sirash.

»Schon eine ganze Weile nicht mehr«, antwortete er. »Eine ist hier patrouilliert, bevor die Aufführung losging, aber seither hat sie sich nicht mehr blicken lassen.«

»Was ist mit Rot?«

»Niemand sieht sie, bis sie die Bühne betritt, und wenn ihr Auftritt vorbei ist, verschwindet sie sofort wieder.«

»Ist sie im Moment noch auf der Bühne?«

Sirash nickte. »Kannst du sie nicht hören? Sie singt ihr letztes Lied. Vorhin hat sie verkündet, dass sie sich bis auf Weiteres zurückziehen wird. Was durchaus Sinn ergibt, wenn sie wirklich die Prinzessin ist.«

Ich schaute mich um. Frauen in Rüstung hätten selbst in

diesem Getümmel eigentlich leicht auszumachen sein müssen. Ich befand mich hinter der Bühne, aber wo waren sie? Was wäre die taktisch klügste Stelle in einem Theater, um einen Auftritt zu überwachen? Einer der Balkone? Die erste Reihe? Oder waren sie ebenso verkleidet wie die Prinzessin? Was würden sie in dem Fall anhaben?

»Von wo kann man am schnellsten die Bühne erreichen und sie gleichzeitig gut im Auge behalten?«, fragte ich.

»Wahrscheinlich im Parkett.«

Na toll. Das Parkett war zu groß, um es auf die Schnelle abzusuchen. Andererseits war die Wegelagerin eine sehr gute Scharfschützin und würde vielleicht auch hier im Theater wieder versuchen, aus großer Distanz einen Schuss abzufeuern?

»Was ist der höchste Punkt, wo man am weitesten von der Bühne entfernt ist und sie trotzdem noch gut einsehen kann?«

»Die oberste Loge. Bist du denn noch nie in einem Theater gewesen?«

Ich zuckte die Achseln. »Also schön. Was ist mit einer Waffe? Wo kann ich ...?«

Sirash griff hinter seinen Rücken und förderte eine Steinschlosspistole zutage. Als er sie mir mit dem Griff voran reichte, merkte ich an ihrem Gewicht, dass sie geladen war. »Du trägst eine Pistole? Seit wann das denn?«

»Seit ich vom Erzieher des Palasts gefoltert wurde und mein kleiner Bruder jemand ermordet hat, um dir das Leben zu retten.«

»Ich verstehe.«

»Hast du einen Plan, Mikael?«

»Mehr oder weniger«, sagte ich und ging zur Bühne. »Wenn ich nicht rechtzeitig eine Rabe finde, mache ich das einzig Mögliche und locke sie an. Geht zur Burg Königmann, wenn mir irgendwas zustößt. Meine Mutter wird euch beschützen.«

Der Lauf der Geschichte entscheidet sich häufig in einzelnen von Tapferkeit, Dummheit, Mitgefühl oder Hass geprägten Momenten wie diesem. Simon würde sich ärgern, wenn er erfuhr, dass er ihn versäumt hatte. Ich war gespannt, wie man meine Entscheidung werten würde, als tapfer oder als dumm.

Ich ging mitten im Lied auf die Bühne.

Keiner sah mich.

Rot sang wunderschön »Das Menuett der Erinnerungen«. Sie war eine echte Meisterin ihres Fachs.

Sobald ich mit annulliertem Körper hinter der Prinzessin stand, hob ich die Pistole und schoss und schoss in die Decke.

Alle schrien auf und kauerten sich auf ihren Plätzen zusammen.

Serena drehte sich zu mir um. Wegen ihrer roten Maske konnte ich nicht erkennen, wie sie auf meinen Anblick reagierte.

Vier elegant gekleidete Frauen rannten von allen Seiten auf die Bühne. Die Raben, die ich bis jetzt nicht hatte finden können.

Ich stand reglos da, hielt die Pistole auf die Decke gerichtet und in der anderen Hand Chloes Feder.

»Entschuldigt, dass ich störe, aber ich brauche eure Aufmerksamkeit.«

KAPITEL 39
HERZENSBRECHER

Ich war überrascht, dass sie mich nicht sofort aufspießten. Die vier Raben nahmen mich ganz behutsam in die Zange. Sie waren nicht sicher, ob die Pistole noch eine Kugel enthielt. Sie war natürlich leer, aber die meisten Menschen kannten sich mit Pistolen nicht gut aus und gingen lieber auf Nummer sicher.

Serena schritt, noch immer maskiert, langsam auf mich zu. Da so viele Adlige im Publikum waren, wunderte es vermutlich niemanden, dass die Raben die Bühne gestürmt hatten.

»Was machst du hier, Mikael?«, fragte sie so leise, dass nur die Raben und ich sie verstehen konnten. »Bist du gekommen, um mir persönlich deinen Todeswunsch zu übermitteln?«

Die Zuschauer machten keinen Mucks, während sie gespannt das Drama auf der Bühne verfolgten.

Ich reichte Serena Chloes Feder. »*Wir fliegen ungehindert.* Chloë ist verletzt. Sie befindet sich unter der Bühne. Wir sind von der Wegelagerin entführt worden. Nana ist bei ihr.«

Serena zog die Feder zwischen Daumen und Zeigefinger hindurch. »Schau unter der Bühne nach, Hannah.«

»Aber Prinz...«

»Jetzt gleich.«

Die Rabe mit den fünf Federn steckte ihr Schwert in die

Scheide zurück, nahm Chloes Feder an sich und verließ die Bühne.

Serena bedeutete ihren Raben, die Waffen zu senken. »Musstest du unbedingt so einen Auftritt hinlegen? Hättest du meine Raben nicht auch etwas diskreter auf dich aufmerksam machen können? Oder genießt du es so sehr, ein Stachel in meinem Fleisch zu sein, den ich nicht loswerden kann?«

»Stachel. Die Antwort lautet definitiv Stachel. Aber du kennst das ja auch von dir selbst, nicht wahr? Wie oft hast du mich während des Endlosen Walzers im Auge behalten? Ich erinnere mich nämlich an eine Frau mit kastanienroten Haaren, die mir nach Jamals Tod ein Schlaflied vorgesungen hat, das ich kannte. Und auch noch an andere geheimnisvolle Frauen.«

Serenas Maske verbarg ihren Gesichtsausdruck. Ich sah nur ihre Augen, die direkt in meine starrten. »Du hast immer schon gern abstruse Geschichten erzählt.«

»Das ist eines der wenigen Male, dass ich die Wahrheit sage.«

»Wenn du meinst, Mikael.«

Ich sah zum obersten Rang des Theaters hinauf. Irgendwer bewegte sich dort. War das die Wegelagerin? Oder nur jemand, der sich auf den Heimweg machte?

»Ich gehe jetzt«, sagte Serena. »Sei froh, dass ich nicht als Prinzessin hier bin. In dem Fall hätte ich das hier als Angriff auf mein Leben aufgefasst und entsprechend gehandelt.« Sie kehrte mir den Rücken zu, blieb jedoch stehen.

»Serena«, flüsterte ich. »Wirst du mir vertrauen?«

»Niem...«

Ich warf mich auf sie und begrub sie unter meinem annullierten Körper, als auf dem obersten Balkon ein Schuss ertönte. Einen Moment später schrie die Rabe mit den vier Federn schmerzerfüllt auf. Die Kugel hatte ihre Rüstung durchschlagen. Es fiel ihr schwer, sich auf den Beinen zu halten, geschweige denn, sich zu bewegen.

Die Zuschauer gerieten in Panik und drängten schreiend zu den Ausgängen. Eine der Raben sprang mit Hilfe ihrer Wind-Fabrikationen auf den Balkon hinauf. Eine andere, Ronja, stellte sich vor Serena und mich und machte ihren Körper so hart wie Metall, während sie mit ihrer Armbrust nach oben zielte.

Ein weiterer Schuss fiel. Die Kugel prallte von Ronja ab und bohrte sich einem Niederadligen ins Bein. Seine Begleiter packten ihn und schleiften ihn in Deckung. Schön zu sehen, dass es in Kessel nicht nur Egoisten gab.

Serena stieß mich von sich herunter. »Ist das die Wegelagerin?«

Ein dritter Schuss prallte von Ronja ab und schlug in die Holzbühne ein. Aus irgendeinem Grund wirkte die Wegelagerin nicht so treffsicher, wie sie am Kolosseum gewesen war. Was ein Glück war, da die Rabe dort oben große Mühe hatte, sich durch das Getümmel einen Weg zu ihr zu bahnen. Sie hatte vor ihrem Absprung nicht gesehen, wo die Wegelagerin Stellung bezogen hatte. Ich konnte es auch nicht erkennen, da auf dem Balkon undurchdringliche Finsternis herrschte.

»Serena! Du musst fabrizieren! Hier sind zu viele Menschen, und wir können nicht ...« Ein weiterer Knall ertönte. »Du und ich werden die Einzigen sein, die sich bewegen können. So können wir es schnell zu Ende bringen.«

Ein fünfter Schuss. Wie schaffte Spottdrossel es bloß, so schnell nachzuladen?

Die Kugel ließ Ronja ein Stück zurückweichen. Sie durchdrang zwar nicht ihr Panzerung, tat ihr aber dennoch weh. Wie vielen Treffern würde sie noch standhalten können, ohne zu stürzen oder ihre Fabrikationen aufgeben zu müssen?

»Auf keinen Fall«, entgegnete Serena. »Und was schützt mich gegen dich, wenn ich mich so verwundbar mache? Ich bin keine Idiotin, Mikael. Es gibt einen Grund, weshalb man dich den Königsmörder nennt.«

»Ich habe deinen Vater nicht ermordet!«

Schuss Nummer sechs. Mittlerweile waren nur noch ein paar Nachzügler im Theater, die es noch nicht hinausgeschafft hatten.

»Hör auf, mich anzulügen! Ich weiß, dass du ihn umgebracht hast! Dein Vater hat Davi getötet, dafür hat mein Vater ihn getötet und du wiederum aus Rache meinen Vater! Ich wäre doch dumm, wenn ich etwas anderes glauben würde.«

»Dann bin ich eben für uns beide dumm!«, schrie ich und stand auf. »Schau zu, wie ich deinen verblendeten, falsch informierten Arsch rette, so wie alle meine Vorfahren immer schon Königliche beschützt haben!«

Die Wegelagerin schoss und verfehlte ihr Ziel. Die Kugel schlug dicht neben mir im Boden ein. Ich sprang ins Parkett hinunter. »Du musst besser zielen! Sonst glaube ich noch, dass du mich am Leben lassen willst!«

Offensichtlich ärgerte die Wegelagerin sich über meinen Kommentar, denn im nächsten Moment warf sie Karin – die Rabe, die den Balkon nach ihr abgesucht hatte – auf mich herab, wohl im Versuch, uns beide gleichzeitig zu erledigen. Karin krachte auf eine Sitzreihe in meiner Nähe. Ich lief geduckt zu ihr und fühlte ihren Puls. Sobald ich mich vergewissert hatte, dass ihr Herz langsam, aber gleichmäßig schlug, bewegte ich mich sofort weiter. Um zum obersten Balkon hinaufzugelangen, musste ich an einer der seitlich angebrachten Säulen hochklettern. Ein Kinderspiel für mich. Jetzt musste ich es nur noch irgendwie verhindern, erschossen zu werden.

Ich atmete tief durch, um zur Ruhe zu kommen, während um mich herum weiter Kugeln einschlugen. Mein Körper war noch immer annulliert, aber ich musste mich konzentrieren, damit es auch so blieb. Ronja schirmte nach wie vor die Prinzessin ab, während die angeschossene Michelle von der Bühne kroch. Sirash befand sich hoffentlich hinter den Kulissen und in Sicherheit.

Ich war auf mich allein gestellt.

Wird schon schiefgehen, dachte ich und hastete aus meiner Deckung zur Säule. Eine Kugel zerfetzte die Rückenlehne eines Stuhls. Die Wegelagerin feuerte immer hektischer und konnte noch einen weiteren Schuss abgeben, ehe ich mein Ziel erreichte. In der Säule befanden sich lange Vertiefungen, an denen ich mich hinaufhangeln konnte, und so dauerte es nicht lange, bis ich den Balkon erreichte und mich über die Brüstung schwang.

Anstatt auf mich zu schießen, schlug Spottdrossel mir die Schulterstütze ihres langen Gewehrs ins Gesicht. Als ich benommen rückwärts gegen die Brüstung taumelte, presste sie mir den Lauf an den Hals und drückte so fest zu, dass ich keine Luft mehr bekam.

»Selber schuld, Mikael«, höhnte sie. »Ich hatte nicht den Auftrag, dich zu töten. Aber du lässt mir keine andere Wahl.«

Ich versuchte mich zu befreien, aber sie war stärker, als sie aussah. Ihre Augen leuchteten rot wie die einer Süchtigen.

»Es ist ziemlich aufregend, dich kaltzumachen«, sagte sie und lachte. »In all den Jahren habe ich keinen einzigen Königmann getötet. Diese Aufträge gehen normalerweise an Schnitter oder Krieg. Jetzt kann ich es ihnen ...« Spottdrossel brach mitten im Satz ab, und der Druck auf meinen Hals verschwand. Ich rollte mich mit einer Hand am Hals zur Seite und zog mich mit der anderen an der Brüstung hoch.

Spottdrossel stand mit weit aufgerissenen Augen reglos da.

Eine klauenartige Hand ragte aus ihrer Brust und hielt ihr Herz. Ich sah zu, wie sie in ihrem Körper verschwand.

Schwartz schubste Spottdrossel sanft über die Brüstung und beobachtete, wie sie auf ein paar Sitzen aufschlug.

Während ich noch zu begreifen versuchte, was ich gerade gesehen hatte, bewegte sich mein Körper wie von selbst. Ich schlug Schwartz, der noch immer Spottdrossels Herz festhielt, mit meiner annullierten Hand ins Gesicht und packte mit der anderen den Revolver, den er unter der Jacke trug. Ich zog ihn aus dem Holster und richtete die Mündung geradewegs auf seinen Kopf. »Du bist der Herzensbrecher.«

Schwartz berührte seine Lippen und betrachtete die Blutflecken an seinen Fingern. »Ich habe schon seit Jahren nicht mehr mein eigenes Blut gesehen. Ich verstehe nicht, warum du nicht eine Faustvoll ... Ach ja, wie konnte ich das vergessen?« Er schüttelte sich das Blut von der Hand. »Es überrascht mich, warum du mir erst jetzt eine verpasst hast.«

»Was ist gerade passiert?«

»Bist du bereit, mir zuzuhören?«, fragte er. »Ich habe dich gewarnt, dass so etwas geschehen könnte, sobald du mich besser kennst.«

Ich blickte nach unten. Die Prinzessin und Ronja kümmerten sich um Karin und Michelle. Sirash stand über Spottdrossel und rieb den Laternenanhänger an seiner Halskette zwischen Daumen und Zeigefinger. Niemand achtete auf uns. Wenn ich die Wahrheit erfahren wollte – über Angelo, ihn, den Herzensbrecher und darüber, was gerade vorgefallen war –, dann musste ich mir seine Geschichte anhören. Und jetzt war der beste Zeitpunkt für eine Aussprache.

»Wir gehen irgendwohin, wo wir ungestört sind, und du erzählst mir alles.«

Schwartz biss in Spottdrossels Herz, das eben noch geschlagen hatte, und zerrte kräftig mit den Zähnen an dem sehnigen Organ. Dunkelrotes Blut tropfte ihm vom Kinn, während er auf einem Fetzen herumkaute. Da Fett noch langsamer weich wird als Muskeln, dauerte es quälend lange, bis er alles heruntergeschluckt hatte und wieder sprechen konnte. »Hör mir gut zu, denn im Gegensatz zu dir habe ich überhaupt keinen Sinn für Theatralik. Ich werde dir erzählen, wie alles begann, die Wahrheit über die Familie Ombra.«

Kapitel 40
EGWSF HVBJ EGWSF LJ DESGV

Als wir die Kessel-Bibliothek erreichten, hatte Schwartz Spottdrossels Herz aufgegessen. Vor unserem Aufbruch hatte er versprochen, dass er mir alles erklären würde, sobald wir am Ziel waren. Seither hatte er nichts mehr gesagt. Ich vertraute ihm nicht, da ich mit dem Revolver auf seinen Rücken zielte, wusste ich jedoch, dass ich zumindest im Moment vor ihm sicher war.

Wir traten durch die Vordertür ein. Nachdem Schwartz ein paar Worte mit dem Archivar am Empfang gewechselt hatte, stiegen wir weiter in die Bibliothek hinunter. Er brachte mich in den Raum des Erzmagiers, wo wir uns nebeneinander an den Tisch setzten. Ohne zu erklären, wieso, schob er noch einen Stuhl vor uns hin, der mit unseren beiden ein Dreieck bildete.

»Fängst du irgendwann an zu reden?«, fragte ich. »Oder willst du mich hinhalten?«

Schwartz hatte die Augen geschlossen. »Warte einen Moment. Es kommt noch jemand.«

»Wer?«

»Das wirst du schon sehen. Es lohnt sich, das verspreche ich dir.«

Ich trommelte mit den Fingern auf den Tisch und hielt weiterhin die Pistole auf Schwartz gerichtet. Schließlich ging die

Tür auf, und eine alte Frau trat ein. Sie hatte große Augen und dünne weiße Haare. Um ihr rechtes Auge waren dreizehn kleine Sterne tätowiert. Sie setzte sich uns gegenüber auf den freien Stuhl.

»Mikael, das ist Nonna. Sie ist die Chronistin der Orbis-Kompanie.«

Ich sah Schwartz an, in der Hoffnung auf eine weitere Erklärung. Als klar war, dass keine kommen würde, sagte ich: »Es freut mich, dich kennenzulernen, Nonna.«

»Mich ebenso.«

Diese Alte jagte mir sogar noch mehr Angst ein als Schwartz. Bislang hatte sie noch kein einziges Mal geblinzelt. Und der Blick, mit dem sie mich musterte, war ... sezierend. Als würde sie mich in meine elementarsten Einzelteile zerlegen. Männlich. Königmann. Erbe. Jung. Völlig überfordert.

»Nonna ist auf meine Bitte hier«, riss Schwartz mich aus meinen Grübeleien. »Sie hilft mir, dir alles zu zeigen, was du wissen musst.«

»Kannst du dich nicht an alles erinnern? Verwahrt sie deine Geschichte für dich?«

Schwartz schüttelte den Kopf. »Nein, ich erinnere mich durchaus. Ich meinte das wörtlich. Sie hilft mir dabei, dir alles zu zeigen. Das ist ihre Fabrikations-Spezialisierung. Dank Nonna kann ich dich an meinem Erinnerungen teilhaben lassen. So wie ich sie sehe.«

»Was?«, erwiderte ich und lachte. »Du verscheißerst mich ...«

»Achte auf deine Ausdrucksweise, Schätzchen.«

»Hä? Oh, Entschuldigung. Aber so eine Spezialisierung ist doch gar nicht möglich.«

»Es gibt ungefähr ein Dutzend von Nonnas Sorte«, erklärte Schwartz. »Lauter Söldner. Das ist einer der vielen Gründe, warum wir so eine privilegierte Stellung wahren können. Es existiert keine offizielle Bezeichnung für diese Spezialisierung, darum nennen wir sie Illusion. Aber sie ist nicht so wundersam, wie sie sich anhört. Ihre Fabrikationen können keine Erinnerungen sichtbar machen, die man vergessen hat, und sie gestatten es auch nicht, mit ihnen zu interagieren. Sie erschaffen bloß eine exakte Nachbildung von allem, woran man sich erinnert. Einschließlich aller Leerstellen.«

»Das heißt, je älter eine Erinnerung ist, desto lückenhafter wird sie?«

»Korrekt«, erwiderte Schwartz. »Eigentlich hatte ich vor, dir alles zu erzählen ... Aber würdest du mir irgendetwas glauben, das ich dir sage?«

Ich beugte mich mit der Pistole in der Hand zu ihm vor. »Woher weiß ich, dass dies nicht nur ein Versuch ist, meine Erinnerungen mit deinen Dunkelfabrikationen zu manipulieren?«

Schwartz spielte mit dem Glasring an seiner Hand. Nach kurzem Zögern nahm er ihn vom Finger und legte ihn auf den Tisch. »Du weißt ja, was er mir bedeutet. Nimm ihn und verstecke ihn irgendwo im Raum. Oder in der restlichen Bibliothek, wenn dir das lieber ist. Nonna und ich werden warten. Wenn dir irgendetwas zustößt, werde ich ihn nie wiederfinden.«

»Irgendwann schon.«

»Vielleicht. Aber glaubst du etwa, dass ich so viel Aufmerksamkeit auf mich ziehen will, solange mein Vater und der Herzensbrecher in der Stadt sind?«

»Du hast mich noch nicht davon überzeugt, dass du nicht der Herzensbrecher bist.« Ich knirschte mit den Zähnen. »Und selbst wenn nicht, hast du jemandes Herz gegessen. Was für ein Monster bist du bloß?«

Schwartz tippte sich seitlich an den Kopf. »Das kannst du

nur auf eine Weise herausfinden. Bist du dabei? Oder willst du diese Pistole abfeuern und des Rätsels Lösung mit mir sterben lassen?«

Ich blickte in seine Augen, diese verdammten grauen Monstrositäten, die er mit seinem Vater gemeinsam hatte. Ich gab es nicht gern zu, aber er hatte recht. Auf seine Worte würde ich nichts geben, aber die Wahrheit steckte in seinen Erinnerungen, und jetzt hatte ich die Gelegenheit, sie zu sehen.

Ich legte die Pistole auf den Tisch. »Wie stellen wir es an?«

Schwartz legte mir die Hände auf die Schultern. »Schau mir in die Augen.«

Darauf fiel mir eine großartige Antwort ein, doch die ersparte ich ihm und fragte stattdessen: »Und?«

Nonna kümmerte sich um alles andere.

Sie legte uns beiden jeweils eine Hand auf den Arm. Aus ihren Fingern schossen Farben, und ich konnte es sofort spüren. Es war, als fiele ich rücklings ins Wasser. Als ich mit schockiert aufgerissenen Augen in ihr fabriziertes Gewirk eintauchte, verschwand meine Umgebung und wurde durch einen schwarzen Nebel ersetzt. Es fühlte sich nicht an, als schwämme ich im Wasser, eher so, als befände ich mich im freien Fall. Ich streckte die Hand aus und versuchte, mich an irgendetwas festzuhalten, aber da war nichts. Schließlich schlug ich auf etwas Festem auf, blieb ausgestreckt liegen und wartete darauf, dass etwas – irgendetwas – passierte.

Schwartz sank eleganter herab und landete nicht auf dem Rücken, sondern auf den Füßen. Seine Stimme schien von überallher zu kommen, als wäre sie in meinem Kopf. »Die ersten paar Male ist das eine ziemlich erschütternde Erfahrung. Kannst du aufstehen?«

Ich drehte mich auf die Seite, holte tief Luft und erhob

mich mit wackeligen Knien. Als das Pochen in meinem Kopf aufhörte, blickte ich mich in der Dunkelheit um. »Wo sind wir?«

»Nirgends«, antwortete Schwartz. »Ich habe noch gar nicht angefangen. Bist du bereit?«

»Du kannst loslegen.«

»Wenn du es sagst, Mikael. Willkommen in Naverre.«

Schwartz hob wie ein Dirigent die Hände, wie er es auch tat, wenn er seine Dunkel-Fabrikationen wirkte. Um uns herum begannen Gebäude aus dem Boden zu sprießen. Dann wurde alles farbig, das Wasser dunkelblau, das Gras saftig grün. Es war, als erschüfe Schwartz die Szene um uns herum.

Ich hatte Naverre noch nie gesehen, schon gar nicht in seiner Blütezeit. Doch jeder kannte die Geschichten, die man sich über diesen Ort erzählte. Dass die Stadt am Fuß des größten Wasserfalls der Welt erbaut worden war. Die Neunundachtzig Fälle waren ein Naturwunder, das die Menschheit niemals nachbilden könnte, selbst wenn sie bis in alle Ewigkeit daran arbeiten würde. Für alle, die nicht gerne in einem nie endenden Regenguss wohnen wollten, gab es auch Häuser und ganze Viertel in der Bergwand. Die Burg der hochadligen Familie Naverre thronte über dem Wasserfall, wo man auf alle hinabblicken konnte. Da ich Kessel noch nie verlassen hatte, verschlug es mir bei diesem Anblick den Atem.

Schwartz hatte uns in der Mitte eines Platzes, unterhalb der Gischt des Wasserfalls, positioniert – unmittelbar neben einem Wagen, der langsam die gewundene Straße hinauffuhr. Der Fahrer rief dem Pferd etwas zu, das ich nicht verstehen konnte. Ich streckte die Hand aus, um den Sprühregen zu spüren, doch er ging durch mich hindurch, als wäre ich gar nicht da.

»Bist du hier aufgewachsen?«, fragte ich.

Schwartz schüttelte den Kopf und winkte mich vorwärts. Wir folgten dem Wagen in einem gehörigen Abstand.

»Ich habe meine halbe Kindheit auf Schiffen im Meer der Statuen verbracht, wo wir zwischen Clan-Gütern an der Goldküste und Eham hin und her reisten«, antwortete er. »Es war ein schönes, unkompliziertes Dasein und die einzige Zeit, in der ich meine Eltern glücklich erlebt habe. Meine Mutter sang mir immer Schlaflieder vor, und mein Vater ... na ja. Nicht so wichtig. Als meine Mutter zum zweiten Mal schwanger wurde, wollte sie nach Naverre zurückkehren. Bei meiner Geburt war sie fast umgekommen und hatte eine Jahr lang das Bett hüten müssen. So schön Eham auch ist, die Ärzte dort können nur Wunden nähen.« Schwarz verstummte kurz, während der Wagen vor uns aus der Gischt heraus und ins Sonnenlicht fuhr. Burg Naverre geriet in Sicht. Sie schien nur aus spitzen hohen Türmen zu bestehen. Selbst die Kirche der Ewigen Flamme war mit mehr Feinsinn und Zurückhaltung entworfen worden als dieses Bauwerk. »Mein Vater war dagegen«, fuhr Schwartz fort. »Er hasste Kessel. Dort war ihm alles zuwider. Der Adel und die Königsfamilie, das Essen und auch der Geruch. Er bestand immer darauf, dass die Stadt nach faulen Eiern röche. Ich war zu jung, um ihm zu widersprechen. Er war ... Nun, du weißt ja, was Kinder in ihren Vätern sehen. *Dir* muss ich das nicht erzählen. Schließlich setzte meine Mutter sich durch, und unsere ganze Familie kehrte nach Naverre zurück.«

Als die Insassen des Wagens ausstiegen, blieben wir stehen. Der Erste war ein kleiner Junge mit schwarzen Haaren, der mit federnden Schritten ging. Eine jüngere, unschuldigere Version des Mannes, der nun neben mir stand. Breit lächelnd marschierte er mit seinem Holzschwert auf und ab.

Hinter ihm folgte ein mir vertrauter Mann. Er sah fast genauso aus wie inzwischen Schwartz, nur braun gebrannter und noch muskulöser. Offenbar hatte er schon damals so gepflegt ausgesehen, wie ich ihn später erlebt hatte. Er lächelte ebenfalls, wenn auch verhaltener und nicht so verschmitzt wie sein Sohn. Als er auf festem Boden stand, drehte er sich um und streckte die Hand zum Wagen aus.

Katharina Naverre, Schwartz' Mutter, benötigte beim Aussteigen Hilfe, da sie hochschwanger war. Sie war ebenfalls braun gebrannt und trug zu ihrer ebenso praktischen wie eleganten Kleidung einen Dolch an der Hüfte. Sie sah wie ein typisches Mitglied der Adelsgesellschaft von Kessel aus. Doch so wie Angelo ihr zu Füßen gelegen war, hatte ich mir ... etwas mehr erwartet. Sie war schön, ja, aber auch sterblich und mit Fehlern behaftet.

»Ich kann es nicht ertragen, sie so hoffnungsvoll und glücklich zu sehen«, murmelte Schwartz. »Weil ich weiß, was als Nächstes geschieht.«

Das Burgtor ging auf, und eine kleine Armee von Dienern marschierte heraus. Sie sahen bis hin zur Farbe und Länge ihrer Haare alle völlig identisch aus. Nachdem sie sich zu ordentlichen Reihen aufgestellt hatten, kamen vier weitere Personen heraus. Sie waren allesamt braunhaarig, trugen brandneu aussehende elegante Kleidung und waren vollkommen unscheinbar. In ihren Gesichtern war nichts Markantes, nicht einmal eine Narbe, eine Sommersprosse oder ein Grübchen. Diese Leute boten einen schrecklichen Anblick.

»Sie sind Opfer meiner verblassenden Erinnerungen«, sagte Schwartz. »Ich hätte deswegen mehr Schuldgefühle, wenn sie noch am Leben wären. Aber das sind sie nicht, und du wirst schon bald herausfinden, wieso. Da kommt mein Großvater.«

Im Unterschied zu den anderen war Eduard Naverre eine

sehr auffällige Erscheinung. Er hatte eulenhafte Gesichtszüge, war so groß wie der Verdorbene Prinz und muskulöser als all seine Kinder zusammengenommen. Seine braunen Haare waren kurz geschnitten und von grauen Strähnen durchzogen. Als die Sonne auf seinen Umhang fiel, wirkte er purpurrot. Um ehrlich zu sein, sah er für sein Alter erstaunlich gut aus.

»Ich glaube, mein Großvater hat uns vom ersten Moment an gehasst«, sagte Schwartz.

Ich beobachtete, was nun passierte. Eduards langer Schatten floss die Treppe hinab auf Schwartz und die anderen zu wie eine lebendig gewordene Finsternis, die alles Licht in seiner Umgebung zu verschlucken drohte. Selbst die Sonne, die gerade noch hell gestrahlt hatte, wurde in seiner Gegenwart blassgrau.

»Katharina«, ließ sich Eduard Naverre leise, aber deutlich vernehmen. »Du bist zurück.«

»Ja, Vater«, erwiderte sie und machte einen Knicks, ehe sie ihm die Hand küsste. »Danke, dass wir kommen durften.«

»Es ist notwendig.«

Damian und sein Vater blieben hinter ihr stehen und wirkten beide zaghafter, als ich sie je erlebt hatte. »Vater«, begann Katharina, »lass mich dir meinen Ehemann, Angelo Ombra, und unseren Sohn, Damian, vorstellen.«

»Du hast ihm keinen Kessel-Namen gegeben«, sagte er mit gesenkter Stimme. »Wie schade. Ist er ein Fabrikator?«

»Nein«, antwortete Angelo. »Er ist genau wie ich ...«

»Habe ich mit dir gesprochen, Junge?«, unterbrach Eduard ihn. »Lass den Jungen für sich selbst sprechen.«

Während Katharina Damian nach vorne schob, ballte Angelo die Fäuste.

»Ich bin kein Fabrikator, Großvater«, erklärte Damian.

»Wurdest du getestet?«

»Glaub nicht ...«

Eduard verpasste Damian mit dem Handrücken eine Ohrfeige. Angelo fuhr bei diesem Anblick beinahe aus der Haut, und Katharina musste ihn an der Schulter festhalten.

Während ein Diener Eduard die Hand massierte, sagte er: »Sprich nicht wie ein Bauer. Du bist ein Naverre und wirst dich dementsprechend benehmen. Wenn du das nicht tust, wirst du irgendwo anders leben müssen. Also. Wurdest du getestet?«

»Ich glaube nicht, Großvater.«

Eduard schnippte mit den Fingern. »Diener dreiunddreißig. Bringe Damian zur sofortigen Begutachtung zum Fabrikations-Meister.«

»Vater«, sagte Katharina und strich sich mit einer Hand über den Bauch. »Wir sind erschöpft von der langen Reise. Kann das nicht noch bis morgen warten?«

»Nein, ich muss wissen, ob er etwas taugt oder nicht.«

»Mein Sohn ...«, begann Angelo.

Eduard legte den Kopf schief. »Mein Enkelsohn wird nicht mehr länger ein so mittelmäßiges Dasein fristen. Meine Blutsverwandten verdienen etwas Besseres als das wenige, das du ihnen bieten konntest. Ansonsten wäre keiner von uns hier. Verstehst du das, Junge?«

Angelo mahlte mit den Kiefern. »Ja.«

»Gut«, sagte Eduard und streckte die Hand aus. »Dann bekunde mir deinen Respekt.«

Angelo hatte sich während der ganzen Zeit, die ich ihn kannte, nie vor jemand verbeugt. Und er tat es auch diesmal nicht.

Als klar wurde, dass Angelo sich nicht so leicht fügen würde, drehte Eduard Naverre sich zu Damian um. »Weißt du, was getan werden muss, Enkelsohn?«

»Ich wusste es.« Schwartz wedelte mit der Hand und fror die Szene ein. »Aber ich folgte wie ein Trottel dem Beispiel meines Vaters. Ich nehme an, aufgrund dieser Respektlosigkeit kam mein Großvater zu dem Schluss, dass mein Vater Ungeziefer war und vernichtet werden musste.«

»Nur deswegen?«

»Ja«, sagte Schwartz und ging auf die Burg zu. »Wir sollten nicht trödeln. Es gibt noch viel mehr zu sehen.«

»Was kam bei deinem Test heraus? Was war deine ursprüngliche Spezialisierung?«

Schwartz blieb neben seinem Vater stehen, der mitten in der Bewegung erstarrt war. »Das wirst du schon bald herausfinden.«

In der Hoffnung auf weitere Antworten folgte ich ihm. Unsere Umgebung veränderte sich, als wir durch die Tür traten.

Wir befanden uns in einem Schlafzimmer, das groß genug für ein Doppelbett war, aber doch so klein, dass nur das Allernötigste hineinpasste. Damian und sein Vater lagen bibbernd im Bett, die Decken bis zum Kinn hochgezogen. Sie husteten und sahen aus, als wären sie dem Tode nahe. Katharina Naverre kümmerte sich liebevoll um die beiden. Sie wischte ihnen den Schweiß von der Stirn und drängte sie dazu, Wasser zu trinken. Im Moment hielt sie zwei Teetassen in den Händen. Schwartz starrte seine Mutter ausdruckslos an.

»Du weißt, was passiert«, flüsterte Schwartz. »Musst du es sehen?«

Ich schüttelte den Kopf. »Wir können diese Stelle überspringen.«

»Danke«, sagte er und wandte sich von dem Tableau ab.

Wir durchquerten eine weitere Tür, wobei sich die Umgebung erneut veränderte.

»Mein Vater brachte die Familie Naverre für das, was sie meiner Mutter und meinem ungeborenen Geschwisterchen angetan hat, einen nach dem anderen um«, erklärte Schwartz. »Evelyn starb als Erste. Aber das weißt du ja bereits.«

Nichtsdestotrotz beobachtete ich, wie ein gesichtslose Frau von einem Pfeil in den Rücken getroffen wurde, von ihrem Pferd fiel und unter dessen Hufe geriet.

»Als Nächstes kam der zweitgeborene Sohn, Patrick, dran«, sagte Schwartz. »Sie fanden ihn erhängt im Speisezimmer. Da er ein ziemlich verstörter Junge war, wurde niemand misstrauisch.«

Sein gesichtsloser Leichnam baumelte in der Ferne wie ein Baum, der sich im Wind bog.

»Edgar Naverre war als Dritter dran. In der Nacht nach Patricks Selbstmord bekam er während des Abendessens eine Art Anfall und sprach von Schatten, die ihn holen kämen. Sein noch immer aufgewühlter Vater sagte ihm, er solle sich zusammenreißen. Er wurde auf seine Zimmer geschickt, damit er sich dort beruhige. Die Diener erhielten die ausdrückliche Anweisung, nicht nach ihm zu sehen.«

Wir beobachteten, wie die Diener eine weitere gesichtslose Gestalt gegen ihren Willen in ein Zimmer stießen. Eduard Naverre sah ihnen mit verzerrtem Gesicht dabei zu.

Schwartz ging in den stockdunklen Raum. »Sie gingen erst einen ganzen Tag später hinein und fanden ...« Er ließ die Szene vor unseren Augen entstehen. Die Tür stand offen. Licht durchflutete den Raum. Edgar lehnte zusammengesackt an einer Wand. Wo seine Augen gewesen waren, klafften nur noch rote leere Höhlen in seinem Gesicht. Haarbüschel lagen auf dem Boden verteilt, und es steckten auch noch welche in seinen Händen. Die Wände waren über und über mit den immer gleichen blutigen Worten beschrieben: *Rettet mich vor den Schatten. Rettet mich vor den Schatten.*

»Edgar hat das schlimmste Los gezogen«, sagte Schwartz, sobald ich mir alles angeschaut hatte. »Bis heute habe ich nicht verstanden, wieso.«

»Wie hat Angelo das getan?«, fragte ich. »Er ist kein Fabrikator.«

»Auf die gleiche Weise, wie er auch deinem Vater Davis Mord in die Schuhe geschoben hat. Er hat sich von jemand helfen lassen.«

»Wer hat ihm geholfen?«

»Dazu kommen wir noch.«

Die letzte Erinnerung war ein Abendessen, an dem Angelo, Damian und Eduard teilnahmen. Der Tisch war lang und leer. Es stand mehr Essen darauf, als die drei im Verlauf mehrerer Tage, geschweige denn bei einer einzigen Mahlzeit hätten vertilgen können. In den Laternen und Haltern flackerten beinahe komplett heruntergebrannte Kerzen. Der Rest der Burg war in Dunkelheit getaucht, die gleich außerhalb des Raums nur darauf zu lauern schien, auch noch das letzte Licht zu verschlucken. Schwartz nahm auf einem der leeren Stühle Platz, und ich folgte seinem Beispiel.

»Wo ist das letzte von Eduards Kindern?«

»Edmund?«, fragte Schwartz. »Als er begriff, was geschah, bettelte er Angelo um Gnade an. Angelo verschonte ihn, und zwar nur, weil es ihm ein schlechtes Gewissen bereitet hätte, die gesamte Familie meiner Mutter auszumerzen. In dieser Hinsicht war er schwach. Edmunds friedliches Leben währte allerdings nicht lange. Er verbrannte bei lebendigem Leib in seiner Burg, als Naverre von Rebellen eingenommen wurde. Ein angemessenes Ende für einen Mann, der seine Familie verraten hat, um seine eigene Haut zu retten. Ich wette, es hat wehgetan.«

»Was ist hier los?«

»In dieser Erinnerung stirbt Eduard, Angelo wird zum gefährlichsten Mann der Welt, und ich erfahre, wie weit er zu gehen bereit ist.«

Es passierte nicht schnell. Wir saßen am Tisch und sahen drei Leuten beim Abendessen zu. Keiner sprach, und man hörte nur, wie sie schnitten, kauten und schmatzten. Es kamen keine Diener herein, die das eintönige Mahl unterbrachen. Es war, als hätten sie aufgegeben und würden nur noch darauf warten, dass das Unvermeidliche geschah.

Als Eduard schließlich aufgegessen hatte, fragte er: »Wann werde ich dran sein, Angelo?«

»Heute Abend«, antwortete Angelo, nachdem er heruntergeschluckt hatte. »Willst du wissen, wie?«

Eduard lehnte sich auf seinem Stuhl zurück. »Das Schlimmste ist Unwissenheit.«

Angelo seufzte und stand mit seinem Rotweinglas in der Hand auf. »Du hast Glück, dass es so unterhaltsamer ist. Das Gift wirkt noch nicht, aber bald ist es so weit.«

»Gift?«, fragte Eduard und lachte. »Nach allem, was du meiner Familie angetan hast, hätte ich etwas Raffinierteres von dir erwartet.«

»Oh, keine Angst, Vater«, spottete Angelo. »Das Gift wird dich nicht töten. Sondern ...«

Das Glas, das Eduard hielt, rutschte ihm aus der Hand und zersprang auf dem Boden. Seine Lippen zuckten, aber er sagte nichts.

»... nur lähmen. Ein tödliches Gift wäre zu einfach. Zu gnädig. Vor allem, da das Gift, das du Katharina verabreicht hast, so quälend war. Sie hat geblutet und geschrien, bis sie nicht mehr konnte. Nein, dein Tod wird schmerzhaft sein.« Er drehte sich ganz ruhig zu seinem Sohn um. »Komm her, Damian, und bring dein Messer mit.«

Damian schlich mit dem Tafelmesser in der Hand auf seinen Vater zu.

»Er wird doch nicht …?«

»Doch, wird er«, entgegnete Schwartz. »Meinen ersten Mord habe ich mit zehn verübt. Und weißt du, was das Schlimmste ist? An den meisten Tagen bereue ich nicht, wozu er mich gezwungen hat. Verdienen böse Menschen nicht den Tod, wenn die Welt ohne sie ein besserer Ort ist?«

Angelo nahm Damians Hände in seine, sodass die Klinge über Eduards Brust schwebte. »Weißt du, weshalb wir das tun, Damian?«

»Nein, Vater.«

»Dieser Mann hat deine Mutter und deine Schwester umgebracht … deine süße totgeborene Schwester, die nicht mal einen Atemzug machen konnte. Er schuldet uns Blut.«

»Mutter hat immer gesagt, in einer Familie verzeiht man einander.«

»Diesmal nicht«, sagte Angelo. »Für Männer wie ihn gibt es keine Vergebung, und er würde mit uns auch kein Erbarmen haben.«

»Sollten wir uns nicht besser verhalten als er?«

Angelo legte Damian eine Hand auf die Schulter. »Ja, aber nicht den Hochadligen gegenüber. Das ist es, was sie verdienen.« Er schaute Damian eindringlich an. »Im Moment hasst du mich vielleicht, aber eines Tages wirst du stärker sein als alle um dich herum. Dann kannst du meinem Vater die Stirn bieten und selbst über dein Schicksal bestimmen. Betrachte das als die wichtigste Lektion, die ich dir je beibringen werde.«

Gemeinsam versenkten Angelo und Damian die Klinge in

Eduard Naverres Brust. Er zuckte und keuchte nicht. Stattdessen starrte er sie bloß an. Während Angelo das Messer hin und her drehte, sagte er: »Blut bedeutet überhaupt nichts. Seine wahre Familie sucht man sich selbst aus.«

Schwartz hielt die Szene fahrig an und ließ mehrfach hintereinander die Fingerknöchel knacken. »Du musstest sehen, was für ein Vater Angelo gewesen ist. Wie verdreht er nach dem Tod meiner Mutter wurde.«

»Was wollte er hiermit bezwecken?«

»Dass ich sie genauso sehr hasse, wie er es getan hat.« Er fuhr sich mit den Fingern durch die Haare. »Es hat nicht funktioniert. Ich bin am nächsten Morgen weggerannt und habe mich auf der Ladefläche eines Wagens versteckt, der nach Vargo und zur Goldküste fuhr. Es dauerte Jahre, bis ich Angelo wiedersah. Zu diesem Zeitpunkt war seine Weltsicht bereits so verzerrt, dass ich ihn nicht mehr zur Umkehr überreden konnte. Ich wusste jedoch, dass ich ihn retten konnte, indem ich ihm einen Dolch ins Herz stoße und ihn so von seinem Elend befreie. An diese Lektion erinnerte ich mich aus meiner Kindheit.«

Da ich nicht wusste, was ich darauf sagen sollte, wechselte ich das Thema: »Gehen wir als Nächstes nach Vargo?«

»Nein«, antwortet Schwartz. »Die Irrungen und Wirrungen meiner Jugend überspringen wir. Ich wurde aus Vargo verbannt und überquerte auf drei zusammengeschnürten Brettern das Wahnriff, ohne dabei den Verstand zu verlieren. Die Orbis-Kompanie hat mich in Torda aufgelesen, der Stadt der Waisenkinder. Vielleicht hast du schon mal Geschichten über meinen ersten Auftrag gehört. Ich bin derjenige, der im Meer der Statuen das Standbild des Titanen an die Oberfläche geholt hat.« Er stieß den Atem aus. »Wir werden jetzt dorthin zurückkehren, wo alles angefangen und aufgehört hat. Nach Kessel.«

KAPITEL 41
PANDÄMONIUM

Als die Szenerie sich manifestierte, befanden wir uns in einem roten Zelt, das vielen Gebäuden in Kessel in seiner Größe in nichts nachstand. Tribünen umringten eine Manege, und zwei hohe Stangen mit hölzernen Plattformen, zwischen denen ein straffes Seil gespannt war, stützten das Stoffdach. Die Zuschauer gingen zu ihren Sitzplätzen. Sie waren ebenso gesichtslos wie die Naverre-Kinder.

»Ich weiß, wo wir sind«, sagte ich, sobald ich sicher war. »Das ist der azilianische Zirkus, der vor vier Jahren nach Kessel kam. Ich war hier.«

Schwartz hörte mir nicht zu. Er stand mitten in der Manege und schien den Tränen nahe zu sein, während er sich alles ansah. »Ich wurde ein paar Wochen nach dem Sommerfestival, kurz vor Herbstbeginn als Leibwächter nach Kessel geschickt. Es klang nach einem simplen Auftrag, und ich sollte nur ein paar Wochen, höchstens drei Monate dort sein, aber« – er zuckte die Achseln – »das Schicksal hatte anderes mit mir vor.« Er schloss die Augen und atmete tief durch. »Mein Auftraggeber war ein Mann namens Vitus Yaio. Wir trafen uns zum ersten Mal im azilianischen Zirkus. Er hatte Eintrittskarten für die erste Reihe. Ich hatte eine knappe Beschreibung von ihm und die Anweisung, ihn zu beschützen.

Ich wusste nicht einmal, wie er sich meine Dienste leisten konnte.«

»Den Namen Yaio habe ich in den Adelskreisen von Kessel noch nie gehört«, sagte ich.

»Ich weiß«, entgegnete Schwartz. »Und damals wusste ich es auch schon. Setz dich dorthin. Die Aufführung beginnt gleich.«

Als wir auf Sitzen in der ersten Reihe Platz nahmen, lösten sich die gesichtslosen Menschen, die bislang darauf gesessen hatten, wie Dunstschleier auf. Ehe ich fragen konnte, wonach wir Ausschau hielten, deutete Schwartz auf sein jüngeres Ich, das gerade eine Treppe herunterstieg. Er hatte lange unbändige Haare, und obgleich noch nicht so muskelbepackt wie der Mann neben mir, sah er genauso grausam aus, wie ich ihn kannte.

»Das da ist Vitus Yaio.« Schwartz deutete auf einen Mann in der ersten Reihe, der deutlich aus der Menge herausstach.

Er war alt, hatte pechschwarze Haare und eine Narbe, die seine Nase zu spalten schien. Er wirkte makellos gepflegt, nicht ein einziges Augenbrauenhaar tanzte aus der Reihe. So wie er sich benahm und angezogen war, hätte er jedem auffallen müssen, doch kaum jemand nahm von ihm Notiz. Er wirkte wie eine reglose mit der Dunkelheit verschmolzene Statue.

Als Damian ihn ansprach, war seine Stimme verstärkt, sodass wir sie hören konnten.

»Vitus?«, fragte er.

Der Mann nickte und bedeutete Damian, Platz zu nehmen. Dann fragte er: »Warum nennt man dich Schwartz?«

»Weil es ein besserer Name ist als Damian.«

»Das ist der einzige Grund?«

»Du hast mich angefragt. Also hast du doch sicher eine ungefähre Vorstellung, wieso die Söldner mir diesen Spitznamen gegeben haben.«

Vitus trank einen Schluck aus einem Flachmann und hielt ihn Damian hin. Nachdem dieser dankend abgelehnt hatte, fuhr er fort: »Hat Tai dir irgendetwas über diesen Auftrag erzählt, bevor sie dich nach Kessel geschickt hat?«

»Nein, aber ich habe auch nicht nach Einzelheiten gefragt. Ich gehe lieber unvoreingenommen an meine Aufträge heran. Der Kunde ist König, und ich bin hier, um dir zu dienen.«

Die Platzanweiser baten das Publikum, leise zu sein. Die Vorstellung war komplett ausverkauft. Azilianische Zirkusveranstaltungen waren seltene und ganz besondere Ereignisse. Zudem gingen wegen der schlechten Nachrichten über eine Rebellenarmee, die sich im Norden formierte – berechtigterweise –, alle davon aus, dass dies für lange Zeit eine der letzten Aufführungen sein würde. Der Prinz und der König waren auch anwesend und saßen, flankiert von Raben, uns gegenüber ebenfalls in der ersten Reihe. Die Prinzessin war zu dieser Zeit nicht in Kessel gewesen. Ich erinnerte mich daran, die beiden aus der Ferne gesehen zu haben. Sie hatten glücklich und zufrieden gewirkt.

»Du musst einen Mann namens Bruno Daiven für mich finden«, sagte Vitus.

»Kannst du mir Genaueres über ihn sagen?«

»Ja, nach der Vorstellung.«

»Bis zu *ihrem* Auftritt hatte mich der Zirkus nicht gerade umgehauen«, sagte Schwartz. »Es war ein Panoptikum von Kuriositäten gewesen. Aber ich hatte bereits zu viel erlebt, um mich von Feuertänzern, Tierbändigern oder Jongleuren beeindrucken zu lassen. Ihre Darbietungen verblassten im Vergleich zu den Vakacha-Ritualen, die ich persönlich miterleben durfte, als ich … na ja, nicht wichtig. Du bist nicht hier, um dir meine Anekdoten anzuhören. Nur die Geschichten, die sich um den Herzensbrecher drehen.«

Die Szenerie veränderte sich und übersprang die Auftritte, die mich als Kind mit Ehrfurcht erfüllt hatten. Für Schwartz mochten sie nichts Besonderes gewesen sein, für mich dagegen schon. In Kessel hatte ich mich wie ein Gefangener gefühlt, und dieser Zirkus war für mich eine der wenigen Gelegenheiten gewesen, einen Blick auf die Welt außerhalb der hohen Stadtmauern zu erhaschen.

»Glaubst du an Liebe auf den ersten Blick?«, fragte Schwartz.

»Nein«, entgegnete ich.

»Würde es dich schockieren zu erfahren, dass ich daran glaube?«

»Du? Ausgerechnet ...?«

Er lachte. »Entspann dich, ich tue es ja nicht. Ich habe Liebe immer als Schwäche betrachtet und sie unter allen Umständen zu vermeiden versucht. Der Lust habe ich allerdings nachgegeben. Häufig. Darum habe ich, als ich Zahra an diesem Abend zum ersten Mal bei einem Auftritt beobachtet habe, auch gedacht, dass es das war. Lust. Begehren. Doch im Rückblick haben sich meine Erinnerungen verändert, und egal wie ich dir ihre Darbietung zeige, es wird immer so wirken, als wäre ich von Anfang an in sie verliebt gewesen. Und vielleicht ... vielleicht war ich es ja auch. Aber selbst wenn ich es damals noch nicht gewesen bin, ist die Geschichte durch mich neu geschrieben worden, und daher erkläre ich, dass es so war. Ich habe mich auf den ersten Blick in Zahra verliebt.«

Im Zelt war es dunkel, das einzige Licht stammte von zwei hellen Laternen. Sie hingen an den Stangen, zwischen denen das Seil gespannt war.

»Sie war ein Bild für die Götter«, flüsterte Schwartz.

Ich bemerkte die schimmernde Metallstange, mit der Zahra balancierte. Als Nächstes erkannte ich, dass das Seil, das sie überquerte, nicht dicker als ein Holzsplitter war. Dann tauchte Zahra selbst im Lichtschein auf, und das Publikum blickte wie verzaubert zu ihr hoch. Ihre schneeweißen Haare leuchteten wie Celona in einer wolkigen Nacht. Sie war umwerfend schön ... doch gleichzeitig erinnerte sie mich an eine leere Leinwand, auf der die Farbe fehlte. Und sosehr ich mich auch bemühte, ihren Schatten zu finden, ich konnte ihn nirgends entdecken.

Ihre Darbietung zeugte von großer Selbstsicherheit und Charisma. Sie schritt auf dem hoch über unseren Köpfen angebrachten Seil einher, als wäre sie darauf geboren. Bei jedem Schritt, den sie machte, stockte mir das Herz, doch sie stürzte nicht ab. Als das Publikum allmählich sicher zu sein glaubte, dass sie es unversehrt auf die andere Seite schaffen würde, quälte sie uns, indem sie sich weit nach hinten lehnte, bis sie mit dem Rücken das Seil berührte. Und dann ... dann ließ sie die Metallstange aus den Händen gleiten. Als sie krachend in der Manege aufschlug, lächelte Zahra und erhob sich aus ihrer heiklen Position, wobei sie nicht einmal die Arme ausstreckte, um das Gleichgewicht zu wahren.

Das Seil hätte genauso gut auch der Boden unter meinen Füßen sein können, so unbeschwert lief sie Schritt für Schritt, die Hände hinter dem Rücken verschränkt, darüber. Als sie die Plattform auf der anderen Seite erreichte, strich sie sanft mit den Fingerspitzen darüber und machte dann so schnell kehrt, dass Schwartz, obwohl das Ganze nur eine Erinnerung war, halb aufsprang, um sie zu fangen. Aber Zahra benötigte keine Hilfe und schlug uns weiter in ihren Bann.

Sie absolvierte insgesamt sieben Überquerungen, eine wagemutiger als die andere. Nichts konnte sie aufhalten. Nichts störte ihren Auftritt. Sie hatte ihr Publikum vollkommen gefesselt.

Schließlich trat sie vom Seil auf eine der Plattformen, und damit war es vorbei. Zahra atmete nicht schwer und schwitzte auch nicht, während sie lächelnd wie eine Göttin zu uns herunterwinkte. Einen Augenblick lang herrschte Ruhe im Publikum, dann brandete tosender Applaus auf. Ich starrte fasziniert zu ihr hinauf.

Vitus schloss sich der allgemeinen Begeisterung nicht an. »Sie hat ihren Auftritt unnötig in die Länge gezogen und den Zuschauern zu viel geboten. Sie hat sie komplett zufriedengestellt, anstatt sie am ausgestreckten Arm verhungern zu lassen. Das war ziemlich stümperhaft.«

»Ich weiß nicht«, erwiderte Damian. »Ich war ziemlich ...«

»Wisch dir den Sabber vom Mund«, spottete Vitus. »Das ist nicht gerade vertrauenerweckend. Vielleicht sollte ich mir lieber einen richtigen Söldner suchen.«

»Verzeihung«, sagte Damian, während ich zusah, wie Zahra von der Stange hinabkletterte. »Ich war abgelenkt. Es wird nicht wieder vorkommen.«

Der König und der Prinz verließen, gefolgt von den restlichen Zuschauern, den Zirkus. Vitus und Damian blieben sitzen. »Erzähl mir mehr über Bruno Daiven.«

Vitus reichte Damian einen Umschlag und stand auf. »Der enthält alles, was du brauchst. Hinterlasse im Theater eine Nachricht für mich, wenn du weitere Informationen für mich hast. Ich möchte jeden Tag bei Sonnenaufgang eine aktuelle Wasserstandsmeldung erhalten. In Anbetracht der Summe, die ich der Orbis-Kompanie zahle, hast du dagegen sicher nichts einzuwenden.«

Damian klopfte sich mit dem Umschlag ans Bein. »Der Kunde ist König.«

Während Vitus davonging und in der Menge verschwand,

beobachtete Damian weiterhin Zahra. Sie sprach mit einer fit aussehenden Frau, die ein paar Narben im Gesicht hatte, und einer Jugendlichen, die Zahra ebenso ehrfürchtig betrachtete wie Damian. Er wartete zwei Schritte von ihnen entfernt auf eine gute Gelegenheit, ihre Unterhaltung zu unterbrechen.

»Verzeihung«, sagte er schließlich. »Ich muss dir meine Bewunderung für deinen Auftritt aussprechen. Das war unglaublich.«

»Ja, nicht wahr?«, fragte das Mädchen mit einem Lächeln, das zu groß für sein Gesicht wirkte. Ihr Nasenrücken war mit Sommersprossen bedeckt. »Wie hast du gelernt, so gekonnt zu balancieren?«

»Reine Übungssache«, erwiderte Zahra freundlich. »Wenn du dir genügend Mühe gibst, kannst du das auch.«

»Wirklich?«

»Auf jeden Fall.«

Die Augen des Mädchens funkelten wie Diamanten, als sie sich zu der Frau neben ihr umwand. Die schüttelte den Kopf, dankte Zahra für das Gespräch und führte ihren jungen Schützling davon. Als sie außer Hörweite waren, sagte Zahra: »Es ist immer schön, Bewunderern zu begegnen, egal ob jung oder alt, Männlein oder Weiblein, klein oder ...« Sie sah Damian an. »... groß. Du hast mir deinen Namen noch gar nicht verraten.«

»Entschuldigung, in meinem Beruf neigt man zur Geheimniskrämerei. Ich heiße Damian, auch bekannt als Schwartz von der Orbis-Kompanie.«

»Bleibst du im Schatten und grübelst und bist jemand, den man auf keinen Fall zu einer Feier einladen sollte? Oder wieso lässt du es zu, dass die Leute dich Schwartz nennen?« Sie zögerte kurz. »Damian passt besser zu dir.«

»Du bist eine der wenigen, die das finden. Und wie heißt du?«

»Zahra«, erklärte die weißhaarige Frau. »Ursprünglich aus Azil, jetzt überall zu Hause, wo die Straße mich hinführt. Eine Wanderin. Keine Verirrte.«

»Da oben sahst du aus, als wäre das Seil dein Zuhause.«

»Was für eine wunderschöne Formulierung. Bei dir stehen die Verehrerinnen bestimmt Schlange.« Sie verdrehte die Augen. »Sogar Dichter tändeln besser als du. Und ich sage es dir ganz offen: Ich verabscheue Dichter. Sie sind langweiliger als Steine.«

»Wenn du mir eine Chance gibst, mache ich es besser. Wäre ich nicht zumindest ein bisschen beeindruckend, hätte ich es nicht so weit gebracht.«

Zahra wandte Damian den Rücken zu. »Komm morgen Mittag wieder. Ich vertreibe mir vor einem Auftritt gern etwas die Zeit.«

»Das war unsere erste Begegnung«, sagte Schwartz, während es um uns herum dunkel wurde. »Wenn ich sie nicht angesprochen hätte, wäre vielleicht alles anders gekommen. Sie wäre immer noch am Leben. Aber ... aber ich kann es nicht bereuen. Ich bin dankbar für die Zeit, die ich mit ihr verbracht habe. Sie wusste, dass sie meine große Liebe war.«

Eine ganze Reihe von Erinnerungen schoss an ihnen vorbei. An Zahras und Schwartz' ersten Kuss auf der Kirche des Wanderers, nachdem sie ihn zu einem Wettklettern bis zur Turmspitze herausgefordert hatte. Zahra, die Schwartz einen Blick zuwarf, während er gerade nicht hinsah. Wie sie ihm besänftigend den Arm streichelte, als er auf Vitus wütend wurde. In einer anderen Erinnerung brachte Schwartz Zahra nach ihrer Schicht im Palast Blumen. Als Nächstes ließen Zarah und Schwartz Alexis wie ein kleines Kind zwischen sich vor und zurück schwingen, während sie eine Straße entlangliefen. Eine fröhliche Familie.

Dann besichtigten Zahra und Schwartz gemeinsam ein Haus, außerhalb von Kessel, das sie kaufen wollten. Zuletzt sah ich, wie Schwartz seine Mitgliedschaft bei der Orbis-Kompanie beendete. Er war bereit gewesen, alles aufzugeben ... für sie.

Sie waren glücklich miteinander gewesen, wie füreinander geschaffen. Sie hatten ihre jeweiligen Schwächen ausgeglichen, das perfekte Paar in einer verkorksten Welt. Mit Zahra an seiner Seite war Schwartz zufrieden, komplett und menschlich gewesen. Nach ihrem Tod hatte er sich in ein Monster verwandelt.

Kapitel 42
Fehl am Platz

»Fragst du dich je, ob es einen Gott gibt, Mikael?«

Wir standen mitten im Nichts, um uns herum formierte sich die nächste Erinnerung. Nur Schwartz war deutlich zu erkennen. Er starrte gedankenverloren in die Dunkelheit.

»Immerzu«, erwiderte ich. »Aber was hat Gott mit dem zu tun, was als Nächstes kommt?«

»Alles«, murmelte er.

Die Konturen unserer Umgebung wurden scharf. Wir befanden uns allein auf einer Straße in Kessel und gingen zum Giftgarten. Zahra und Damian gingen vor uns, ihre Hände und Schultern berührten sich. Wir folgten schweigend ihren Schatten und lauschten ihrem heiteren Gelächter.

»Ich sollte eigentlich nur ein paar Wochen für Vitus arbeiten, allerhöchstens drei Monate«, sagte Schwartz, die Hände in den Jackentaschen vergraben. »Doch wegen Zahra und Alexis war ich zwei Jahre später immer noch hier und tat alles, was in meiner Macht stand, um noch länger in Kessel zu bleiben. Auch wenn Vitus' Aufträge immer fragwürdiger wurden. Er betrachtete sich selbst als den Retter der Stadt und tat, was er für nötig hielt, um sie zu schützen. Meistens waren meine Befehle ziemlich simpel: Töte diesen überehrgeizigen Niederadligen, sorge dafür, dass jene Ehe nicht geschlossen wird, versorge einen Hochadligen mit Schnaps, um ihn weiter gefügig zu halten, oder raube einen Händler aus … Doch dann kam ein Auftrag, der alle vorherigen in den Schatten stellte.«

»Worum ging es dabei?«, fragte ich.

»Er wollte, dass ich einen Mörder aufhielt, der Kessel unsicher machte. Den Herzensbrecher.«

Schwartz deutete auf das Paar vor uns, und wir hörten ihnen zu.

»Es gibt Gerüchte«, sagte Zahra. Ihr Atem bildete in der kalten Luft weiße Wölkchen. »Es könnte sein, dass in Kessel ein Serienmörder sein Unwesen treibt. Gestern Nacht wurde der Leichnam des Hochadligen Elias gefunden, und die Ewige Schwester Laura wird immer noch vermisst.«

»Vitus hat mich heute gebeten, dieser Sache auf den Grund zu gehen«, sagte Damian und wühlte in einer Tasche herum. »Er sagte, dass ich bei der heutigen Feier vielleicht Hinweise auf die Identität des Mörders finden kann. Vor allem weil der Hochadlige Elias Braven das letzte Opfer gewesen ist. Obwohl dessen Tod … persönlicher wirkte als die anderen.«

»Du weißt wirklich, wie man sich mit einem Mädchen einen schönen Abend macht, oder? Wer braucht schon Romantik, wenn er stattdessen auch auf Feste mit Mördern gehen kann?«

»Einem Mörder«, korrigierte Schwartz. »Wir haben keinen Grund zu glauben, dass mehr als eine Person dahintersteckt.«

»Wenn du das sagst, Schwartz. Aber ich bezweifle, dass meine Anwesenheit nötig ist. Vor allem da die Waage und die Hochadligen eine Ausgangssperre verhängt haben. Alle, die nach der Verdunklung noch draußen unterwegs sind, werden verhaftet und von Beschwörern in die Mangel genommen.«

»Davor bringe ich dich wieder nach Hause.«

Sie verdrehte die Augen. »Ganz bestimmt.«

»Ich meine es ernst. Das mache ich.«

Sie hielten an, und Zahra brachte ihn dazu, sie anzusehen. Sie war ein wenig größer als er. »Schwartz, du bist der wunderbarste, liebevollste und fürsorglichste ...«

Ich schnaubte, und Schwartz schlug mir auf den Hinterkopf.

»... Mann, dem ich je begegnet bin. Aber wir wissen beide, dass du der Schwarze Tod sein wirst, sobald wir da drinnen sind. Der Söldner, den die Welt fürchtet. Sag mir doch lieber, dass ich allein nach Hause gehen soll, anstatt mir irgendwelche schönen Versprechungen zu machen, die du nicht einhalten wirst.«

»Du hast recht. Ich sollte dir alles sagen.« Er holte etwas aus der Tasche. »Das hier wird mein letzter Auftrag sein, Zahra. Vitus zahlt mir dafür so viel, dass wir uns das Haus kaufen können, über das wir gesprochen haben. Wir werden bald frei sein.«

»Schwartz«, sagte sie sanft, und in diesem Wort schwang ein eigenartiger Unterton mit.

»Ich bin noch nie so glücklich gewesen wie mit dir an meiner Seite. Ich weiß, dass es manchmal schwer sein kann, aber ...«

Sie klopfte ihm auf die Brust. »Wir sollten zusehen, dass wir so schnell wie möglich zu der Feier kommen. Je früher du diesen Auftrag erledigst, desto schneller können wir anfangen, Pläne zu schmieden. Ungestört.«

Damian zögerte, dann nickte er und schob seine geballte Faust in die Tasche zurück. Anschließend gingen sie weiter Hand in Hand die Straße entlang.

»Du wolltest ihr einen Antrag machen, stimmt's?«, fragte ich.

»Ja. Diese ruhigen Momente nachzuerleben ist schmerzhafter, als ich gedacht habe. Jedes Wort, das ich über sie sage, versetzt mich in Winkel meines Verstandes, in denen ich mich nicht allzu lange aufhalten kann ... Wir müssen die beiden einholen.«

Während Schwartz hinter seinem früheren Ich herlief, ließ

ich mir noch einen Moment Zeit und versuchte zu verstehen, wieso Zahra so … merkwürdig geklungen hatte. Hatte Schwartz sie in irgendeiner Hinsicht falsch eingeschätzt? Waren seine Erinnerungen von seiner Liebe zu ihr getrübt, sodass er sie nicht sehen konnte, wie sie wirklich war? Und wieso hatte ich bloß das bedrückende Gefühl, dass Schwartz nicht die erhoffte Antwort auf seinen Heiratsantrag erhalten hätte?

Ich betrachtete Zahras Füße. Ihr Schatten fehlte erneut, Damians dagegen nicht. Und im Unterschied zu Eduards Schatten aus den Erinnerungen vorhin sah er völlig normal aus.

Schwartz versuchte also, mich hereinzulegen. Und das konnte ich ihm nicht mal zum Vorwurf machen. Bis vor Kurzem war ich noch eine lebende Waffe gewesen, die von jedem zweckentfremdet werden konnte, der wusste, welche Worte er zu mir sagen musste. Und obwohl ich nach wie vor an mir arbeiten musste, wusste ich immerhin, dass man manipulierte Erinnerungen immer am Schatten erkennen konnte. Ich war Trey und Simon dankbar, dass sie mir die entsprechenden Geheimnisse der Licht-Fabrikatoren verraten hatten.

Aber was hatten diese verzerrten Schatten zu bedeuten? Mein eigener flackerte, was meiner Meinung nach nur daran liegen konnte, dass die Dunkel-Fabrikationen zwei verschiedene Erinnerungssätze für mich erschaffen hatten. Die an Naverre waren plakativer gewesen, beinahe aufdringlich. Als hätte Schwartz alles noch schlimmer darstellen wollen, als es ohnehin gewesen war. Was hieß, dass Eduard Naverre vielleicht gar nicht so böse gewesen war, wie er in diesen Erinnerungen gewirkt hatte. Würde nicht jedes Kind den Mann, der seine Mutter umgebracht hat, als schreckliches Monster betrachten?

Und dann war da noch Zahras Schatten, von dem sich nirgends eine Spur fand. War sie gefälscht? So übertrieben gezeichnet, dass die ursprüngliche Person gar nicht mehr zu erkennen war? Oder hatte Schwartz all ihre Abgründe beseitigt, bis nur noch eine makellose Erinnerung von ihr übrig geblieben war? Was auch immer die Gründe waren, ich musste die Wahrheit herausfinden, wenn ich mich nicht zum Spielball von Schwartz' verdrehten Wünschen machen wollte.

Darüber dachte ich noch immer nach, als ich ihn einholte.

Die Feier, die Damian mit Zahra besuchte, wurde vom Hochadligen Maflem Braven ausgerichtet, der nach dem Tod seines Vaters zum Familienoberhaupt aufgestiegen war. Irgendwie hatte er die Waage dazu gebracht, für diesen Anlass den Giftgarten abzuriegeln. Denn mit nichts ließ sich die eigene Macht und Arroganz besser zur Schau stellen als mit einer Feier an einem Ort, wo der Tod lauerte und man absolutes Vertrauen zu seinem Gastgeber haben musste.

Damian, der für dieses Spektakel nicht anders gekleidet war als sonst, wurde von den Wächtern unbehelligt durchgelassen. Genau wie ich hatten sie gleich gemerkt, dass es wesentlich ungefährlicher für sie war, ihren Arbeitgeber zu verärgern, als einem Söldner etwas abzuschlagen. Vor allem einem, der eine Steinschlosspistole vor der Brust und ein Beil an der Hüfte trug. Zahra murmelte beinahe automatisch Entschuldigungen, als sie an ihnen vorüberging.

Wie alle Feste stand auch dieses unter einem Motto – dem Tod. Es war ziemlich morbid umgesetzt, mit aus Schädeln hergestellten Schüsseln, Tellern, die ursprünglich Hüftknochen gewesen waren, zu Messern geschärften Fingerknochen, zu Laternen umfunktionierten Brustkörben und einem über dem Garten gespannten Spinnennetz aus zusammengebundenen Oberschenkelknochen.

Es gab sogar Diener, die sich tot stellten. Einige waren

vornüber zusammengesackt, als wären sie erstochen worden, andere knieten auf dem Rasen und starrten mit verdrehten Augen, von denen nur noch das Weiße zu sehen war, in den Himmel hinauf. Alle Anwesenden waren schwarz gekleidet, und es gab mehr betrunkene Adlige als Fliegen.

Am meisten überraschte mich, dass Bertram Deuter, der Kommandeur der Beschwörer-Division, sofort auf Schwartz zuging, als er ihn bemerkte. In Schwartz' Erinnerung wirkte er normaler, gefasster und weniger stoisch, als ich ihn zuletzt erlebt hatte. Allerdings genauso unnachgiebig. Es war schwer, nicht zumindest ein bisschen beeindruckt von ihm zu sein.

»Söldner«, sagte Bertram, als er sich Damian und Zahra näherte. »Du gehörst zur Orbis-Kompanie, richtig?«

Damian antwortete nicht. Stattdessen ließ er sich von einem Diener zwei Weingläser reichen. Nachdem er eines an Zahra weitergegeben hatte, trank er einen Schluck.

»Was hat dich nach Kessel geführt?«, fragte Bertram in etwas höflicherem Tonfall. »Ein Auftrag?«

»Ja, das war vor zwei Jahren. Ich kann von dem Geruch nach Fischinnereien einfach nicht genug kriegen.« Damian trank einen weiteren Schluck. »Geh jetzt. Stille ist unterhaltsamer als ein Gespräch mit dir.«

»Was weißt du über die Morde, die sich in der vergangenen Woche in ganz Kessel ereignet haben? Ich habe dich an den Tatorten gesehen.«

»Ich glaube, das nehme ich zum Anlass, mir eine andere Gesprächsrunde zu suchen«, sagte Zahra und klopfte Damian auf den Rücken. »Kommst du nachher zu mir?«

»Natürlich«, sagte er und blickte ihr hinterher, während sich ihre Fingerspitzen voneinander lösten. Als sie weg war, wandte er sich wieder Bertram Deuter zu. »Du musst dich schon etwas genauer ausdrücken. In Kessel werden ständig Leute umgebracht.«

»Der Hochadlige Elias Braven, die Ewige Schwester Laura, der Kaufmann Reo und ein Diener der Familie Braven.«

»Können wir nicht ein andermal darüber sprechen?«

»Ich würde es lieber jetzt tun.«

»Tja, wie schade, dass Ihr keine Autorität über mich habt, nicht wahr?«

Bertram legte die Hand auf den Schwertknauf, was angesichts von Damians offen zur Schau getragener Pistole eine ziemlich dumme Drohgebärde war. »Wieso bist du hier, Söldner?«

»Wegen Ermittlungen«, erwiderte Damian ehrlich. »Genau wie Ihr.«

»Geht es um den Serienmörder?«

Damian zuckte die Achseln. »Vielleicht.«

»Was weißt du? Verrate es mir.«

»Ihr seid ziemlich verzweifelt, nicht wahr?«, erwiderte Damian.

»Ja,« gab Bertram zu. »Auf diesen Morden liegt großes Augenmerk. Ich muss etwas – irgendwas – vorweisen können. Sag mir, was du weißt. Bitte. Dafür gebe ich dir, was du willst.«

»Was ich will?«, fragte Damian und leckte sich die Lippen. »Eine gefährliche Aussage. Bist du sicher, dass du sie auch so meinst?«

»Absolut.«

Damian schlang einen Arm um Bertram und zog ihn dicht an sich. »Ich will nichts allzu Schlimmes. Nur Informationen über ein paar Mitglieder der Waage. Das betrifft niemand über dir oder in deiner Division. Du musst also kein schlechtes Gewissen haben.«

»Gut, und jetzt sagt mir: Hinter wem bist du hier her? Wer weiß etwas über den Serienmörder?«

»Ein Mann namens ...«

Der Moment zersplitterte um uns herum wie Eis. Ein Schmerz schoss durch meinen Körper und bohrte sich in meinen Verstand. Es tat so weh, dass ich nur die Augen schließen, mir die Ohren zuhalten und hoffen konnte, dass es wieder aufhörte. Ich weiß nicht, wie lange ich so dastand, aber ich schlug die Augen erst wieder auf, als der Schmerz abebbte.

Alles hatte sich verändert. Schwartz marschierte durch die Gänge des Waage-Hauptquartiers und sagte etwas zu mir. »... wir, dass wir einen Fehler gemacht hatten. Während wir uns auf ... Was machst du da, Mikael?«

»Was ist aus der Feier im Giftgarten geworden?«

Schwartz betrachtete mich mit seitlich geneigtem Kopf. »Wir sind da schon seit einer ganzen Weile nicht mehr. Verlierst du die Orientierung? Das kann vorkommen ...«

»Um uns herum ist alles zersprungen«, erwiderte ich. »Hast du das nicht mitbekommen?«

»Das wird vielleicht allmählich zu viel für dich. Wir können eine Pause machen und später wiederkommen, wenn du dich besser fühlst. Inzwischen hast du genug gesehen, um auch den Rest der Geschichte zu glauben.«

»Nein«, presste ich hervor. Mein pochender Kopfschmerz war zwar noch nicht komplett abgeklungen, aber nur noch als leichtes Pochen hinter meinen Augen zu spüren. »Ich muss mich nur kurz sammeln, dann geht es schon wieder.«

Schwartz verschränkte die Arme. »Also gut, aber mach schnell. Ich halte mich nicht gern länger als nötig in meinen Erinnerungen auf.«

Irgendetwas war passiert. Wir hatten Erinnerungen ausgelassen, und Schwartz hatte es nicht bemerkt. Was bedeutete, dass Schwartz zu irgendeinem Zeitpunkt welche verloren haben musste.

Was war der Auslöser gewesen? Er war gerade dabei gewesen, den Namen eines Mannes zu nennen, als sich der Sprung ereignet hatte. Wenn es genauso wie bei mir und Dana ablief, dann würde die Erinnerung an diesen Mann jedes Mal dazu führen, dass wir alles übersprangen, was mit ihm in Zusammenhang stand. Und wenn das so war, musste es etwas Wichtiges sein. Gab es einen Trick, wie ich Schwartz … Ah, das war vielleicht die Lösung. Der Auslöser war der Name. Wenn ich Schwartz dazu bringen konnte, ihn als etwas anderes zu bezeichnen, dann müsste es eigentlich klappen. So wie ich mich an das Mädchen in dem roten Kleid hatte erinnern können, obwohl Dana aus meinem Gedächtnis getilgt gewesen war.

»Schwartz«, sagte ich. »Der Mann, mit dem du im Giftgarten sprechen wolltest, hatte der einen Spitznamen?«

Schwartz schaute mich finster an. »Ist das wichtig?«

»Tu mir doch bitte den Gefallen.«

»Wir nannten ihn Eisi.«

»Eisi«, flüsterte ich. »Warum?«

»Hast du denn gar nicht aufgepasst, Mikael? Das ist doch ziemlich offensichtlich.«

»Ich will nur sichergehen, dass ich nichts übersehe. Könntest du ihn bitte von jetzt an Eisi nennen? Dann kann ich mir leichter merken, um wen es geht.«

Schwartz winkte mich weiter, und wir setzten uns wieder in Bewegung. Sein jüngeres Ich lehnte ein Stück vor uns an einem Türrahmen.

»Wie gesagt«, fing Schwartz noch mal von vorne an. »Nachdem Eisi entkommen war, wussten wir, dass wir einen Fehler gemacht hatten. Unsere einzige Spur zum Herzensbrecher war verschwunden, und wir hatten keine Idee, wen er als Nächsten angreifen würde. Stell dir nur unsere Überraschung vor, als wir herausfanden, dass es zu spät war. Dass der Herzensbrecher bereits mit seiner letzten Jagd begonnen hatte.«

Ich spähte durch die Tür. Eine Frau lag mit dem Gesicht nach unten in einer Blutlache. In ihrem Rücken klaffte ein rotes Loch, in dem Blut um sie herum lagen zersplitterte Rippen. Bertram Deuter kniete neben ihr und schlug schreiend auf den Boden ein. Wie an den anderen Mordschauplätzen war auch hier eine Botschaft an die Wand geschrieben: *Willkommen zur aufregendsten Veranstaltung in Kessel. Ich habe Weiße Rose und das Mädchen mit den blauen Augen. Rettet sie, wenn ihr könnt. Ich erwarte euch beide dort, wo die Vergangenheit zu sehen ist.*

Das war offenbar ...

»Bertram Deuters Frau«, vollendete Schwartz meinen Gedankengang. »Wir hatten gerade herausgefunden, dass sie am Tag zuvor gestorben war. Da Bertram und ich dem Herzensbrecher auf der Fährte gewesen waren, hatte er uns für sein großes Finale ausgewählt. Zahra und Nana waren verschwunden, und wir mussten uns auf sein Spiel einlassen, wenn wir sie retten wollten.«

»Wo ist die Vergangenheit denn zu sehen?«, fragte ich.

»Im Observatorium der Burg Königmann, aber dort bin ich nicht hingegangen. Ich wusste, dass ich Zahra nicht retten konnte, wenn ich mich an die Regeln des Herzensbrechers hielt. Stattdessen musste ich zu etwas werden, das er fürchtete.«

Unsere Umgebung veränderte sich ein weiteres Mal. Wir standen auf einer Klippe, die über einer wabernden Finsternis aufragte. Ein schrecklicher Sturm zog auf. »Ich will ehrlich zu dir sein, Mikael ... Das ist die Stelle, an der du unter Umständen den Blick abwenden möchtest und vielleicht aus Abscheu vor dem, was ich getan habe, den Abzug betätigen wirst. Bist du sicher, dass du es herausfinden willst, Mikael? Sobald du es weißt, gibt es kein Zurück mehr. Dann bist du ein Teil davon.«

»Ein Teil von was?«

»Dem Schmerz, den ich der Welt aufgebürdet habe«, sagte Schwartz und lief an der Klippe entlang. Felsbrocken brachen ab und fielen in den Abgrund. In der Ferne grollte Donner. »Du wirst entweder zu meinem Komplizen oder aber versuchen, mich zu töten und die Welt von dem großen Übel zu befreien, für das ich stehe. Bist du sicher, dass du erfahren willst, was ich getan habe?«

Ich wappnete mich innerlich. »Wäre ich andernfalls hier?«

»Denk dran, dass ich dir die Gelegenheit gegeben habe, dich zu retten«, murmelte er, breitete die Arme aus und ließ sich rückwärts von der Klippe in den Abgrund fallen. Als ich über die Kante spähte, hatte der Dunst ihn bereits verschluckt.

Ich hätte meinem Söldnermentor, ohne zu zögern, in die Tiefe folgen sollen. Aber wenn ich auf seinem Pfad weiterging, würde ich nur das sehen, was er mir zeigen wollte. Und nach allem, was ich durchgemacht hatte, wusste ich, dass ich das Gespinst aus Lügen durchdringen musste, um die Wahrheit aufzudecken. Dank meiner Annullierungskräfte hatte ich es schon einmal in meinem eigenen Kopf tun können, vielleicht würde es mir ja auch in Schwartz' Verstand gelingen.

Ich annullierte meinen Körper, holte tief Luft und riss einen Durchgang in den Rand der Klippe. Aus dem Spalt schoss blendendes Licht heraus, und weitere Felsbrocken stürzten in die Tiefe. Kurz bevor die Klippe vollständig einstürzte, hechtete ich durch die provisorische Tür und tauchte in die Erinnerungen ein, die Schwartz mich nicht sehen lassen wollte.

KAPITEL 43
ERLEUCHTET

Ich landete an einem Ort zwischen Träumen und Wachen, wo ein schwarzes Meer sich so weit erstreckte, wie das Auge blicken konnte. Das Wasser unter meinen Füßen war hart. Um mich herum stiegen große Blasen auf und lösten sich in Rauch auf. Hier gab es weder eine Sonne noch einen Mond, die beleuchteten, was unter dem Firmament lag, nur eine Million funkelnde Sterne, die scheinbar zufällig erstrahlten und wieder verloschen, und das Licht eines Leuchtturms, das am endlosen Horizont hin und her wanderte. In der Ferne rumpelte und dröhnte irgendetwas Monströses, als wollte es mich dazu ermahnen, meinen Abstecher schnell wieder zu beenden.

Auf den Außenseiten der Blasen befanden sich bewegte Gemälde. Einige zeigten Schwartz als kleinen Jungen, wie er sich staunend über die Reling eines großen Schiffes lehnte, das zu unbekannten Gestaden unterwegs war. Auf anderen sorgte er wie ein großer Bruder für Alexis, und auf wieder anderen kletterte er auf einen Schatten, der den Ozean darunter verfinsterte wie ein mitten im Meer aufragender Berg. Es gab zu viele Auswahlmöglichkeiten. Zu viele Erinnerungen, die von außen wichtig erschienen, aber hohl sein würden, wenn ich in sie eintauchte. Jemanden so gut kennenzulernen, dass man ihn sah, wie er wirklich war, dauerte ein ganzes Leben. Die Menschen entwickelten sich ständig weiter. Manchmal zum Besseren, manchmal nicht. Wenn ich erfahren wollte, was Schwartz verbarg, würde ich entweder Glück haben oder irgendwie herausfinden müssen, was er ...

Ich entdeckte eine Blase, knapp außerhalb meiner Reichweite, die Schwartz in Angelos Haus in der Enge zeigte. Das war die einzige Erinnerung, die ich sehen musste. Ich hechtete hinein, überschlug mich auf dem Fußboden und krachte gegen eine der Küchenwände jenes Gebäudes, in dem ich mal gelebt hatte. In der näheren Umgebung entdeckte ich keinen Hinweis darauf, wann dieses Treffen stattgefunden hatte.

Vater und Sohn saßen am Tisch. Keiner der beiden hatte etwas zu essen oder zu trinken vor sich, nur zwei Steinschlosspistolen und einen Revolver. Sie verharrten in unbehaglichem Schweigen und spielten an ihren Waffen herum, beide zu stolz und zu wütend, um als Erster das Wort zu ergreifen.

Schließlich entschied Schwartz, dass es reichte. »Es überrascht mich, dass deine Königmann-Welpen nicht hier sind.«

»Zwei von ihnen arbeiten«, erwiderte Angelo. »Und Mikael ... nun, der ist, wie er ist, und tut sicher gerade irgendetwas, das er später bereuen wird.«

»Ist er dumm?«

Angelo lachte leise. »Ich betrachte ihn als die Nummer null. Er hat großes Potenzial und könnte unter der richtigen Anleitung einiges erreichen. Auf sich allein gestellt wird er niemals erwachsen werden. Dafür ist er viel zu sehr in die Vergangenheit verhaftet.«

»Und das sagst ausgerechnet du.« Schwartz lehnte sich mit seinem Stuhl zurück. »Ich bin hier, um Mutter meine Aufwartung zu machen.«

»Wirklich?«, fragte Angelo. Er klang ein wenig beleidigt.

»Warum? Das hast du in all den Jahren seit ihrem Tod noch nie getan.«

»Ich will demnächst jemand einen Antrag machen.«

»Aha.« Angelo nahm die Hände von seinen Pistolen. »Weiß sie über mich Bescheid?«

»Ich habe ihr erzählt, meine Eltern wären tot.«

»Das ist wahrscheinlich auch besser so«, erwiderte Angelo resigniert. »Wie heißt sie? Ist sie eine Adlige? Eine Bürgerliche? Eine Soldatin?«

»Sie heißt Zahra«, sagte Schwartz. Als er ihren Namen aussprach, erschien hinter ihm ein Lichtfleck, der sich jedoch sofort wieder auflöste. »Sie arbeitet als Hofdame für die Prinzessin. Sie stammt aus Azil.«

»Wie der Vater, so der Sohn«, sinnierte Angelo. »Wir Ombra-Männer verlieben uns immer in Frauen, die zu gut für uns sind. Du bist also hier, um den Segen deiner Mutter einzuholen?«

»Ich wollte es ihr sagen.«

»Das ist das Gleiche.« Angelo stand auf, schob den Tisch zur Seite und hob den Teppich an, unter dem eine Falltür zum Vorschein kam. Er klappte sie auf und sagte: »Sie ist da unten.«

Was zum …?

Schwartz stieg schweigend die Leiter hinab. Sein Vater folgte ihm. Ich versuchte es ebenfalls, aber als ich mich der Falltür näherte, stieß mich ein heulender Wind von ihr zurück. Offenbar wollte Schwartz' Verstand mich nicht sehen lassen, was sich dort unten befand.

Ich hielt mir den Unterarm vors Gesicht und konzentriere mich auf die Wärme, um die Kräfte zu annullieren, die gegen mich wirkten, doch der Wind war zu stark. Er erfasste mich wie ein Tornado und schleuderte mich aus der Blase heraus, worauf ich äußerst unelegant wieder auf dem dunklen Meer aufschlug.

Stöhnend vor Schmerz stand ich auf und sah mich nach einer anderen vielversprechenden Erinnerung um, als mit einem Mal alle Blasen um mich herum platzten.

Eine Armee aus Schatten stieg aus dem tiefen Meer empor. Wie knospende Blumen durchbrachen ihre Hände die Oberfläche. Die dunklen Gestalten, deren Silhouetten an Schwartz erinnerten, gingen unbeirrbar auf mich zu. Ich rannte vor ihnen davon, sprang und schlug Haken, doch egal wohin ich auch lief, sie sprossen überall um mich herum in die Höhe und umzingelten mich.

Mit ihren Mündern erzeugten sie Klicklaute, wie Spechte, die an einen Baum klopften. Ich war zwar davon ausgegangen, dass Schwartz' Verstand gegen mich ankämpfen würde, aber so schnell hatte ich nicht damit gerechnet. Ich hatte keine Ahnung, wohin ich mich wenden oder was ich tun sollte. Würde ich sie loswerden, wenn ich die Umgebung annullierte? Oder würde ich dann nur von diesem Ort verbannt werden, ohne alles erfahren zu haben? Es war alles so kompliziert, und ich hatte kaum noch Zeit, mir etwas einfallen zu lassen, bevor die Schatten mich erreichen würden.

Auf einmal fiel mir eine Lösung ein, die so brillant war, dass ich laut auflachte.

Dies war Schwartz' Verstand, und wann hätte er mich je für eine Bedrohung gehalten?

»Ich heiße Mikael Königmann!«, rief ich den Schatten entgegen. »Ich bin Schwartz' Lehrling.«

Sie blieben stehen, und das Klicken hörte auf. Ein paar von ihnen legten die Köpfe schief, andere sagen sich gegenseitig an.

»Königmann?«, fragte einer von ihnen neugierig.

Ich nickte. »Mikael Königmann.«

Sie riefen immer wieder im Chor meinen Namen wie Kinder,

die ein neues Wort gelernt hatten. Nach einer Weile schienen sie plötzlich keine Lust mehr dazu zu haben und schmolzen ins Meer zurück. Gleich darauf tauchten die Erinnerungsblasen wieder auf, als wären sie nie weg gewesen.

Ich stemmte die Hände in die Hüften und stieß erleichtert den Atem aus. Hier galten andere Regeln. Wenn ich die beherzigte, würde ich die Wahrheit vielleicht aufdecken können. Aber was würde mich auf ihre Spur bringen? Angelo war eine Sackgasse. So selten, wie sie miteinander Kontakt hatten, würden sich für mich aus ihren Treffen keine Antworten, sondern nur weitere Fragen ergeben. Was bedeutete, dass Zahra die Lösung war. Aber ich sah sie in keiner der Erinnerungsblasen um mich herum. Wo war sie? Wo hatte Schwartz seine Erinnerungen an …

Der Ring. Erneut enthielt dieser dumme Ring die Antwort. Doch diesmal war es die Inschrift: *Für das Licht meines Lebens. Ich werde für immer dein sein.*

Und das einzige Licht an diesem Ort befand sich im Leuchtturm. Dort mussten all seine Erinnerungen an sie versteckt sein. Ich rannte über das schwarze Meer auf den Leuchtturm zu, unterwegs wich ich allen Erinnerungsblasen aus. Der Leuchtturm war von hohen Felsen umgeben, doch es gab eine schmale Steintreppe, die sich um das Gebäude herumwand und zu einer Metalltür im Fundament hinunterführte. Die Tür war mit Kettenschlössern versperrt, in das Metall waren die Worte *Nicht öffnen* graviert.

Ich trat gegen die Schlösser, doch sie blieben intakt. Nach mehreren vergeblichen Versuchen stützte ich atemlos die Hände auf die Knie und starrte die Tür an. Wie alles andere an diesem Ort folgte sicher auch ihr Öffnungsmechanismus einer gewissen Logik. Schwartz wollte nicht, dass irgendwer – er selbst eingeschlossen – wusste, was sich hinter ihr befand. Wie sollte ich sie also aufbekommen? Gab es Worte, die die Ketten sprengen würden? Bei der Schattenarmee hatte es funktioniert, vielleicht ja auch hier.

Es musste die Wahrheit sein, denn nur die Wahrheit zerbrach unsere Ketten und befreite uns. Aber was war die Wahrheit über Zahra, die Schwartz verbarg?

»Zahra hat Schwartz nie geliebt«, sagte ich.

Die Ketten blieben stabil.

»Zarah hatte vor, Schwartz' Heiratsantrag abzulehnen.«

Nicht einmal der Wind rüttelte an den Ketten.

Ich kauerte mich vor die Tür. Verdammt! Ich war sicher, dass eine dieser Aussagen stimmte. Was war die Wahrheit, die Schwartz sich nicht eingestehen wollte? Weshalb hatte er seine Erinnerungen an Zahra verändert? Was übersah ich? Ich kaute frustriert auf meinem Daumennagel. Die Antwort musste irgendetwas mit Zahras Gefühlen für Schwartz zu tun haben … Oh, vielleicht war es nicht so simpel, wie ich vermutet hatte. Vielleicht war es einfach nur traurig. Möglicherweise teilten Schwartz und ich ein Schicksal, das wir uns beide nicht eingestehen wollten.

»Zahra hat Schwartz von ganzem Herzen geliebt«, sagte ich und stand auf. »Aber sie haben nicht zusammengepasst. Er wollte seine Freiheit für sie aufgeben, aber sie war nicht dazu bereit, das Gleiche für ihn zu tun. Und so wussten beide, egal wie sehr sie zusammenbleiben wollten, dass es eines Tages zwischen ihnen vorbei sein würde.«

Die Schlösser zersplitterten wie berstendes Eis, und die Tür zum Leuchtturm öffnete sich einen Spalt.

Ich zog sie komplett auf und erklomm die Wendeltreppe, die dahinter in die Höhe führte, wobei ich bei jeder einzelnen

Stufe an Serena dachte. Sie endeten in einer von steilen Klippen umgebenen Freifläche mit einem kleinen Haus und einem Teich in der Mitte. Abgesehen von einem Steinpfad, der zum Haus führte, war das gesamte Areal mit Blumen bewachsen. Zahra saß an einem Holztisch vor dem Haus. Als sie mich sah, winkte sie mich heran. Ich lief zu ihr, und sie begrüßte mich mit einer Umarmung.

»Brillant«, sagte sie, als wir uns voneinander lösten. »Schwartz ist gar nicht klar, wozu du wirklich fähig bist. Aber ich habe schon vermutet, dass du mich finden würdest. Du bist zu hartnäckig, um einfach darüber hinwegzugehen, dass mit seiner Präsentation etwas nicht stimmt.«

Wir setzten uns an den kleinen Tisch. »Was ist all das hier?«

Zahra schlug die Beine übereinander. »Stell es dir als das Zentrum von Schwartz' Herz vor. Und um gleich deine nächste Frage zu beantworten: Der Ort, von dem du kommst, ist der Teil seines Verstandes, den er zu ignorieren beziehungsweise zu vergessen versucht.«

Diese Antwort deckte sich mit dem, was ich gesehen hatte. »Bist du real, Zahra?«

Sie schüttelte den Kopf. »Die echte Zahra ist tot. Ich bin Schwartz' Erinnerung an sie, und obwohl sie rosarot eingefärbt ist, bin ich – abgesehen von Alexis' Erinnerung an mich, die aus anderen Gründen ungenau ist – das, was der wirklichen Zahra am nächsten kommt.«

»Wenn du Schwartz' Version von Zahra bist … heißt das, dass du mir nicht sagen kannst, was er verbirgt?«

»Nein, ich werde dir alles sagen. Es ist nur …« Sie legte sich die Hand an den Hals und wandte den Blick ab. »Ich habe ihn so geliebt. Aber unsere Beziehung war von Anfang an zum Scheitern verurteilt. Dann wurde ich ermordet, und all seine

Gedanken kreisten nur noch um Rache. Er muss aufgehalten werden, bevor er etwas tut, das sich nicht wiedergutmachen lässt ... Wenn es nicht bereits geschehen ist.«

»Ich weiß nicht, ob Schwartz noch zu retten ist.«

»Das weiß ich auch nicht. Aber findest du es nicht besser, in jedem auch immer das Gute zu sehen, anstatt sich nur auf das Schlechte zu fokussieren? Wie wäre es dir während des Endlosen Walzers ohne deine Freunde ergangen?«

Ich verschränkte die Arme. »Na gut, ich werde es versuchen. Aber ich kann nichts versprechen.«

Zahra beugte sich über den Tisch und berührte meine Hand. »Danke, Mikael. Frag, was immer du willst, aber beeil dich. Wenn du zu lange verschwunden bleibst, wird er es merken.«

»Was soll ich tun, um ihn aufzuhalten?«

»Schwartz hat viele seiner Erinnerungen mit Hilfe von Fabrikationen verändert, um mich von einer Frau mit Fehlern in eine Märtyrerin zu verwandeln, die seinem Leben einen Sinn gegeben hat. Annulliere sie, damit er sich an mein wahres Ich erinnert. Wenn er sich eingestehen muss, wie unsere Beziehung wirklich war, kann er sich nicht mehr länger hinter seinen Racheplänen verstecken.«

»Würde ihn das nicht gefährlich machen?«

Zahra strich sich die Haare hinter die Ohren. »Vielleicht, aber nur so kann man ihn davon abbringen, in der Vergangenheit zu leben.«

Ich drehte den Ring meines Vaters. »Dann ist es also eine Art Glücksspiel. Entweder lasse ich ihn das Monster bleiben, das mir vertraut ist, oder sorge dafür, dass er zu jemand wird, den ich nicht kenne.«

»Egal, was du tust ... es wird keine leichte Entscheidung sein.«

Von den Klippen fielen Felsbrocken in den Garten herab und brachten alles zum Erzittern. Zahra sprang auf und streckte mir eine Hand hin. »Du musst gehen, Mikael. Er erkennt, dass etwas nicht stimmt.«

»Aber ich habe noch gar keine Fragen gestellt! Wieso hat er dieses Herz aufgegessen? Ist er der Nachfolger Herzensbrechers? Und weshalb liegt er mit Angelo im Clinch?«

Zahra zog mich zum Teich. »Diese Fragen wird er dir selbst beantworten. Wenn du ihn unter Druck setzt, kann er ihnen nicht mehr länger ausweichen.«

»Warte, eins noch.« Ich stand am Rand des Teichs. »Existiert in jedem von uns ein Ort wie dieser?«

Zahra lächelte. »Ja. Fragst du dich, was an deinem zu finden ist?«

Ich nickte langsam.

»Es ist, was du mehr als alles andere willst. Die Verkörperung deiner größten Sehnsüchte. Für Schwartz ...« Sie verstummte und blickte sich um. »... war ich es, in diesem Haus auf dem Land, das er immer wollte. Auch wenn ich selbst es nicht tat.«

»Zahra, ich ...«

»Schon gut«, unterbrach sie mich und hielt mich an den Schultern fest. »Vergiss nicht, dass ich nicht existiere. Mein echtes Ich ist frei und steckt mitten in seinem nächsten Abenteuer. Also sei nicht traurig. Der Tod ist nur ein weiterer Teil des Lebens.«

Ich richtete mich auf. »Ich werde tun, was ich kann, um Schwartz vor sich selbst zu retten.«

»Vielen Dank, Mikael.« Sie umarmte mich erneut. »Aber jetzt ist es Zeit zu gehen. Hol tief Luft, bevor du ins Wasser eintauchst. Dir steht eine holprige Rückreise bevor.«

»Was hast du ...«

Sie stieß mich in den Teich. Das Wasser umhüllte mich wie Treibsand, und ich fiel in was auch immer darunter lag. Ich hatte erfahren, was Schwartz vor mir verborgen hatte. Und nun war es Zeit, auch noch den Rest herauszufinden.

Kapitel 44
Der Preis der Macht

Wind brauste mir um die Ohren, während ich, ohne langsamer werden zu können, in die Dunkelheit hinabstürzte. Dank Zahra wusste ich, dass Schwartz seine eigenen Erinnerungen manipuliert hatte, um seine Entschlossenheit zu stärken. Daher bezweifelte ich, dass die Dinge klarer werden würden, wenn ich nun wieder an seiner geführten Besichtigung teilnahm. Ich würde mich gegen Schmerzen wappnen müssen, wenn ich zusammenzusetzen versuchte, was genau geschehen war. Was Schwartz getan hatte, um zu jemand zu werden, der anderen Leuten das Herz herausriss ... und weshalb er eins gegessen hatte. War er tatsächlich der Nachfolger des Herzensbrechers?

Ich schlug hart auf. Damian stand vor der gesichtslosen Statue in der Kirche des Wanderers. Er sprach mit jemand, der an der Tür ohne Schloss im hinteren Bereich des Raums lehnte. Die Gesichtszüge dieser Person waren nicht zu erkennen ... aber nicht weil sie so glatt waren, wie ich es aus Schwartz' bisherigen Erinnerungen kannte. Stattdessen waren sie durch dünne Schatten ersetzt worden, die sich in permanenter Bewegung befanden. Schwartz hatte nicht vergessen, wie sein Gegenüber aussah, sondern es in Dunkelheit gehüllt. Warum hatte er es so offensichtlich gemacht?

»Dort ist er?«, fragte er den Fremden mit verschränkten Armen.

Der Schattenmann nickte. »Unterschätze ihn nicht. Es gibt einen Grund, weshalb er so lange überlebt hat.«

»Und sobald ich ihn töte ... muss ich nur noch ...«

»Ich werde dir etwas geben, womit du den Herzensbrecher umbringen kannst. Ohne Fabrikationen kann man gegen einen ungeheuerlichen Unsterblichen nichts ausrichten. Du hast ohnehin nur die Möglichkeit, ihn zu besiegen, weil er seit Jahren geschwächt ist und unter Drogeneinfluss steht.«

»Ich werde alles tun, was für ihre Rettung nötig ist.« Schwartz sah den Schattenmann eindringlich an. »Muss ich irgendetwas Besonderes tun, um ihn zu töten?«

»Reiße ihm das Herz heraus. Du musst aber beachten, dass er danach zwar stark geschwächt sein wird, dass du ihn aber erst töten kannst, wenn du entweder das Herz oder seinen Verstand zerstörst oder seine Kräfte erbst. Die Macht eines ungeheuerlich Unsterblichen konzentriert sich in seinem Herzen. Es genügt jedoch ein einziger Biss, um sie ihm zu nehmen.«

»Na wunderbar«, flüsterte Schwartz und schaute auf seine Hände hinunter. »Wenn ich das erledigt habe ... Weißt du, wo der Herzensbrecher ist?«

»Er benutzt die Tunnel, die unter dem Ostteil von Kessel verlaufen. Deine Geliebte hält er vermutlich direkt unter dem Kolosseum fest. Sobald du ihn getötet hast, musst du das Tunnelnetzwerk fluten, damit kein anderer es verwenden kann.«

»Danke. Und jetzt sag mir, was du möchtest.«

»Den Tod aller Unsterblichen. Nur so kann ich von diesem Fluch befreit werden.«

Ich fiel erneut ins Nichts und ließ die Szene hinter mir zurück. Dieser Sturz war noch unangenehmer als der letzte, und ich zappelte dabei wie ein Fisch auf dem Trockenen. Der Aufprall raubte mir komplett den Atem.

Ich befand mich an einem schummrigen Ort irgendwo unter der Erde und sah Hunderte Schwerter, die im Boden steckten, dazu rote Blumen, die einen schwachen Zitrus- und Vanilleruch verbreiteten. Die Luft war feucht und fühlte sich klebrig an. Damian stand mit seinem Beil und gezückter Pistole vor einem Schatten, der hoch über ihm aufragte und ein tiefes Grollen von sich gab. Außerdem klirrten Ketten. Damian schrie, bis er heiser war.

Ich fiel erneut. Allmählich bekam ich davon Kopfschmerzen. Wo steckte Schwartz? Wieso befand ich mich in diesem endlosen Fall und er nicht? Lag es an meinem Abstecher?

Der dritte Aufprall schmerzte nicht so sehr wie die ersten beiden. Damian humpelte durch eine Gasse irgendwo in der Unterseite. Eine Hand presste er sich auf die Seite, mit der anderen hielt er ein tropfendes Herz. Ich glaubte, Frostbeulen an seinen Fingerspitzen zu sehen. Er sackte an einer Wand zusammen und hielt seine Trophäe in die Höhe.

»Wenn ich es tue, gibt es kein Zurück mehr«, murmelte er. »Wird Zahra mit mir zusammenbleiben wollen, wenn ich zu einem Monster geworden bin, um sie zu retten?« Sein Blick wurde hart. »Ich bin lieber am Leben und wütend als tot und voller Reue. Zeit herauszufinden, wie sich unbezwingbare Macht anfühlt.« Er zögerte noch einen Moment. »Vergib mir, Zahra.«

Als er die Zähne in dem Herz vergrub, stürzte ich erneut in die Finsternis.

Beim vierten Mal landete ich mitten im Kolosseum. Damals hatte es noch gestanden. Schwartz wartete auf mich, die Augen fest auf sein früheres Ich gerichtet. Damian war blutig und schwer verletzt, dennoch hinkte er mit feuerroten Augen auf sein Ziel zu. Als würde ihn eine unsichtbare Macht zu Zahra ziehen.

»Wo warst du?«, stöhnte ich, während ich mich aufrappelte. »Hattest du keine Lust, mit mir in die Tiefe zu stürzen?«

»Nein«, erwiderte er.

»Ich habe Fragen.«

»Spar dir den Atem. Ich bin ohne Fabrikationen zur Welt gekommen, genau wie Angelo. Ich habe meine erste Spezialisierung von jemand anderem gestohlen und mir seitdem immer mehr angeeignet.«

»Wie?«

»Man muss das Herz essen, solange es noch schlägt, um die Macht zu erben. Deswegen habe ich Spottdrossels Herz gegessen. Dank ihr kann ich jetzt Schattenmagie anwenden, zusätzlich zu den Eis- und Dunkelfabrikationen.«

Ich sah ihn mit offenem Mund an. »Das ist unnatürlich. Ich glaube nicht ...«

»Hast du eine andere Erklärung, wie es sein kann, dass ich ohne Spezialisierungen zur Welt gekommen bin und jetzt über mehrere verfüge?«

Er wusste, dass ich keine hatte. »Was bist du?«, fragte ich. »Ein Fabrikator? Ein Weber? Oder etwas ganz anderes?«

Schwartz schaute mich ungläubig an. »Woher weißt du über Weber Bescheid?«

»Hältst du mich für dämlich?«

»Soll ich ehrlich sein?«, fragte er. »Ein bisschen schon. Aber ich bin weder ein Fabrikator noch ein Weber. Die Theber bezeichnen jemand wie mich als Banngeborenen.«

Ich sah Schwartz verdutzt an. Diesen Begriff hatte er bereits erwähnt, als er mir das Fabrizieren beibrachte. Wenn ich doch bloß da schon nachgehakt hätte, was das heißt, anstatt mir von ihm diktieren zu lassen, welche Informationen für mich wichtig seien.

»Wir Banngeborenen vereinen die Fähigkeiten von Fabrikatoren und Webern in uns. Das bedeutet, dass wir sowohl etwas erschaffen als auch bereits Existierendes manipulieren können. Wir haben die totale Kontrolle über unsere Spezialisierungen und bezahlen auch einen geringeren Preis, wenn wir sie verwenden.«

Das erklärte, weshalb Schwartz so eine überwältigende Ausstrahlung entwickelte, wenn er Magie wirkte. Er wurde dabei tatsächlich zu so etwas wie einer Naturgewalt. Und wenn es ihn tatsächlich weniger kostete, bestätigte das nur meinen Verdacht, dass er alles, was ich hier sah, manipuliert hatte, um Informationen zu verbergen. »Wenn das stimmt, woher kommen dann die gesichtslosen Personen in deinen Erinnerungen?«

»Wenn ich fabriziere, verliere ich Erinnerungen, um weben zu können, muss ich mir Schmerzen zufügen, und wenn ich auf meine Fähigkeiten als Banngeborener zugreife, muss ich noch mal einen ganz anderen Preis entrichten.«

»Wirst du mir verraten, was das für ein Preis ist?«

Schwartz schnaubte. »Auf gar keinen Fall.«

Das hatte ich auch nicht erwartet, aber einen Versuch war es wert gewesen. Ich würde selbst herausfinden, was es ihn kostete. »Würdest du ein Annullierungs-Banngeborener werden, wenn du mein Herz äßest?«

Schwartz schüttelte den Kopf. »Das funktioniert nur mit bestimmten Herzen. Sie tragen eine Magie in sich, die nicht über eine Blutlinie vererbt werden muss. Und davon gibt es nur ... nun, im Moment gibt es nur neun andere. Abgesehen von meinem. Wenn sich jemand mein Herz einverleiben würde, bekäme er wahrscheinlich alle drei Spezialisierungen, über die ich verfüge.«

»Und woher weißt du, welche Herzen diese Kräfte weitergeben?«

Schwartz ging hinter seinem alten Ich her. »Das wirst du noch sehen.«

Meine Kopfschmerzen wurden schlimmer, aber ich folgte ihm. Alle Antworten, die ich wollte, befanden sich in greifbarer Nähe. Wir betraten die Tunnel unter dem Kolosseum. Als ich mich das letzte Mal hier unten aufgehalten hatte, war alles eingestürzt und zerstört gewesen. Jetzt erkannte ich, dass es vor ein paar Jahren nicht viel besser ausgesehen hatte. In den kalten engen Korridoren tropfte Wasser von der Decke, und es lag ein Gestank in der Luft, der den Wunsch nach Lavendelduft in mir weckte. Ich fühlte mich hier nur sicher, weil wir uns in einer Erinnerung befanden und nicht verletzt werden konnten.

»Kannst du mir etwas über den Schattenmann verraten, mit dem du dich in der Kirche des Wanderers getroffen hast?«, fragte ich, während wir weitergingen.

»Ah«, sagte er leise. »Mir war gar nicht klar, dass du das gesehen hast.«

»Doch, habe ich. Mich interessiert auch, weshalb du deine Erinnerungen so manipuliert hast, dass du dich nicht an sein Gesicht erinnern kannst.«

»Er wollte es so.«

»Seit wann tust du, was andere wollen?«

»Er hat mir so viel gegeben, dass ich es für angemessen hielt, ihm diesen Gefallen zu tun. Außerdem« – Schwartz schnaubte – »ist es sicherer, manche Dinge nicht zu wissen.«

»Hast du dir seinen Namen gemerkt? Oder ist der auch verloren gegangen?«

Schwartz blieb stehen und drehte sich zu mir um. »Hast du keine anderen Sorgen als den Mann, der mir geholfen hat? Das ist ein Kampf, in den du nicht verwickelt werden möchtest.«

»Das entscheide ich immer noch selbst.«

»Ich habe ihn ›A.‹ genannt. Zufrieden? Oder willst du mir weiter mit deinen nicht enden wollenden Fragen auf die Nerven gehen?«

Ich salutierte. »Nach Euch, Meister.«

Schwartz grummelte vor sich hin, sagte aber nichts. Es machte Spaß, ihm gegenüber im Vorteil zu sein, auch wenn ich wusste, dass dieser Zustand früher oder später enden würde. Doch bis dahin wollte ich auf jeden Fall so viel wie möglich daraus machen. Kurz darauf betraten wir einen großen Raum, in dem früher die Gladiatoren untergebracht gewesen waren. An der gegenüberliegenden Wand standen aufeinandergestapelte Käfige. Es stank nach faulen Eiern und verrostetem Eisen. In der Mitte des Raums brannte ein kleines Feuer, das kurz vor dem Verlöschen stand. Das wenige Licht, das die Flammen erzeugten, beleuchtete eine Frau, die mit dem Rücken zu uns in einem der Käfige lag.

Damian rief Zahras Namen und rannte zu ihr, doch er wurde von einer Feuergarbe zurückgeschleudert. Während er noch über den Boden schlitterte, trat ein mir unbekannter Mann ins Licht. Er war erschreckend muskulös, hatte feuerrote Augen mit senkrechten Schlitzen und ein grausames Lächeln. Sein Körper war mit Brandmalen bedeckt, an denen er herumzupfte, während er sich leise lachend näherte.

»Nicht … deine … Zeit«, sagte er beschwingt. »Wieso … bist … du … hier?«

Anstatt zu antworten, schrie Damian und schleuderte lange Eiszapfen. Der Herzensbrecher wich ihnen mühelos aus und sah zu, wie sie hinter ihm an der Wand zerbarsten. »Das …

ist ... neu. Du ... hast ... ihn ... getötet. Wer ... hat ... dir ... unsere ... Geheimnisse ... verraten?«

Damian spuckte Blut, dann hob er sein Beil und die Steinschlosspistole.

»Zeig ... mir ... deine ... Kräfte.«

Als der Herzensbrecher zu einem qualmenden Feuer explodierte, schlug Damian mit dem Ellbogen auf den Boden, worauf ein Eiswall in die Höhe schoss und die anbrandenden Flammen blockierte. Wo das Eis und das Feuer miteinander kollidierten, stieg Dampf auf. Damian blickte sich schwer atmend um.

Der Herzensbrecher beugte sich von hinten zu Damian vor und strich mit den Lippen über dessen Ohr. »Nicht ... schlecht ... interessant.«

Schwartz wirbelte herum, aber es war zu spät. Der Herzensbrecher hob ihn am Nacken hoch, wie es ein neugieriges Kind mit einem neuen Spielzeug machen würde. Feuer leckte an dem Eis, das Damian zu erzeugen versuchte. Und so richtete er stattdessen die Pistole auf die Brust des Herzensbrechers und betätigte den Abzug. Der Schuss hallte von den Wänden wider, während die Kugel den Herzensbrecher durchschlug und sich hinter ihm in den Boden grub. Wo sie in seinen Körper eingedrungen war, klaffte ein kleines glühendes Loch.

Der Herzensbrecher lachte weiter und verstärkte den Griff um Damians Hals, worauf der mit dem Beil nach ihm schlug. Die Klinge glitt durch den Arm, der ihn hielt, und trat so heiß aus der anderen Seite aus, dass Damian die Waffe stöhnend fallen ließ. Dennoch hing er weiter in der Luft, denn der in zwei Teile zerhackte Arm wurde von Flammenbändern zusammengehalten und verheilte bereits wieder, während Damian sich weiter zur Wehr setzte.

»Ich ... habe ... dich ... überschätzt.« Der Herzensbrecher seufzte. »Ich ... mache ... es ... kurz.«

Damian verschwand einen Moment lang in einer Explosion aus Eis und landete dann auf dem Boden. Die Hand des Herzensbrechers war komplett eingefroren. Er sagte etwas in einer fremden Sprache und taute sie auf. Dampf stieg um sie herum auf, während sich Damian, der keine Waffen mehr trug, auf die Knie hochstemmte.

»Vielleicht ... habe ... ich ... mich ... getäuscht.«

»Halt den Mund«, murmelte Damian.

Der Herzensbrecher leckte sich die Lippen. »Ich ... will ... Spaß.«

»Halt den Mund«, wiederholte Damian lauter.

»Welche ... ist ... deine? Die ... Weiße ... oder ... die ... Blaue?«

»Halt's Maul!«, schrie Damian und bestrich den Herzensbrecher mit einer Eissalve.

Der Herzensbrecher lächelte und reagierte mit einem massiven Feuerstoß, der aus seinem Mund drang.

Die beiden Naturgewalten kollidierten mit einem hörbaren Knall. Es zischte, dampfte und knisterte. Die zwei Männer schafften es nur mit Mühe, ihre jeweiligen Positionen zu halten. Keiner der beiden war stark genug, um den anderen zurückzudrängen.

»Du bist durchgedreht«, sagte ich zu Schwartz, während ich die Pattsituation zwischen seinem alten Ich und dem Herzensbrecher betrachtete.

»Ja«, antwortete er, den Blick starr geradeaus gerichtet.

»Was hast du verloren?«

»Alles.«

Der Herzensbrecher zog eine finstere Miene und begann

zu beben. Sein Körper verhärtete sich, Metallschuppen breiteten sich auf ihm aus. Sein Gesicht wurde kantiger und wirkte animalischer. Zwei von Adern durchzogene Flügelmembranen sprossen aus seinem Rücken, gefolgt von einem Schwanz wie der des Lindwurms, dem ich während des Endlosen Walzers gegenübergetreten war ...

Als die Transformation abgeschlossen war, stand ein feuerspeiender Drache vor mir.

Ich pisste mir fast in die Hose. Diesmal ließ es sich nicht leugnen. Es war ein Drache, wie man ihn aus Märchen kannte. Ich konnte ihn ganz deutlich sehen. Seinen gezackten Schwanz, die grellroten Schuppen und ... Oh Mann, war dieses Biest riesig!

»Dreizehn Herzen ...«, sagte Schwartz, »... für die dreizehn magischen Bestien, die in dieser Welt hausen. Die Theber mögen uns als Banngeborene bezeichnen, doch alle andern kennen einen schlichteren Begriff für uns – *Drache*. Denn wenn man das Herz eines Drachen isst, wird man selbst einer.«

»Sag mir, dass das hier nur deine Einbildung ist. Oder dass deine Erinnerungen manipuliert wurden. Das muss eine Art Illusion sein. Drachen können nicht ... Drachen sind nicht ... *Du* kannst nicht ...« Ich brach ab, weil ich nicht wusste, was ich eigentlich sagen wollte.

»Alle Albträume haben einen wahren Kern.«

»Ich habe geglaubt, Drachen wären da die Ausnahme.«

»Wenn es doch bloß so wäre.« Er sah mitleidig auf mich herab. »Und, Drachentöter, glaubst du immer noch, dass du dieses Titels würdig bist, oder wirst du ihn beschämt ablegen?«

In Gedanken verpasste ich mir eine Ohrfeige. Monster waren real. Drachen waren real. Und Schwartz gehörte dazu. Egal was er und auch Angelo waren, ich würde der bedauernswerte Narr sein, der sich allem entgegenstellte, was in der Dunkelheit lauerte. Nichts konnte mich ins Wanken bringen. Ich begegnete Schwartz' Blick. »Ich war noch nie irgendeiner Sache würdig … aber es ist auch ziemlich langweilig, zu Großem geboren zu sein, findest du nicht? Ich will mir lieber geschunden und blutig den Weg an die Spitze erkämpfen, als dem Pfad zu folgen, den das Schicksal für mich vorgesehen hat. Und glaubst du nach allem, was ich durchgemacht habe, wirklich, dass ich nur nach einer hübschen Lüge strebe?«

Obwohl Damian es nun mit einem Drachen zu tun hatte, begann sein Eis allmählich, das Feuer zurückzudrängen. Es kroch auf den Herzensbrecher zu, und der konnte nichts dagegen tun. Blut quoll aus Damians Augen, der völlig von seinem Zorn überwältigt wurde. Wieso war er in diesem Moment nicht zu einem Vergessenen geworden? Auf einmal war das Duell vorbei und der Herzensbrecher von Kopf bis Fuß in einen Eisblock gehüllt.

Damian rannte, ohne zu zögern, auf die Bestie zu. Er hob sein Beil vom Boden auf und hackte es in die dicke Eisschicht. Dann riss er es wieder heraus und schlug erneut zu. Nachdem er das Beil zum zweiten Mal herausgezogen hatte, wühlte er in dem zunehmend roten Loch herum, zog ein pochendes Herz heraus und ließ es wieder zufrieren, ehe er von dem Drachen heruntersprang.

»Ich glaube nicht, dass ich mir das Nächste ansehen kann«, flüsterte Schwartz.

»In der Zelle ist Nana, stimmt's?«

»Ja«, sagte Schwartz. Er wandte seinen tränenverschleierten Blick ab und hielt die Szene an, bevor sein altes Ich die Zelle erreichte und erkannte, wer sich darin befand. »Zahra war da bereits tot … Ich wusste es bloß noch nicht.«

»Gibt es sonst noch etwas, das ich sehen sollte?«, fragte ich, während meine Gedanken rasten.

Er wischte sich über die Augen. »Nur noch eine Erinnerung ... Dann weißt du alles.«

Schwartz zeigte mir nicht, was unmittelbar danach geschah – wie er Zahras Leiche fand, Nana zu Bertram zurückbrachte und was er mit dem Herz des Herzensbrechers machte. Als die Umgebung Konturen annahm, befanden wir uns auf dem Friedhof von Kessel. Zahras Leichnam lag mit verschränkten Armen und zwei Münzen auf den Augen auf einem Scheiterhaufen, der von Hunderten von Blumen umgeben war.

Damian stand mit einer Fackel in der Hand daneben. In der anderen hielt er eine Strähne ihrer weißen Haare.

»Alexis wollte nicht dabei sein«, sagte Schwartz. »Ich habe ihr deswegen keine Vorwürfe gemacht. Sich von geliebten Menschen zu verabschieden kann ... schwierig sein. Damals wusste ich es noch nicht, aber sie bewarb sich zeitgleich bei der Orbis-Kompanie, um sicherzugehen, dass sie nicht allein sein würde.«

»Dann war sie sehr jung, als sie sich der Kompanie anschloss.«

»Nicht jünger als ich bei meinem Eintritt«, erwiderte Schwartz. »Hoffentlich entgeht sie meinem Fluch.«

Damian zündete den Scheiterhaufen an, der rasch Feuer fing. Dicke Rauchschwaden stiegen von ihm auf, sodass kaum noch etwas zu sehen war. Und so bemerkte ich Vitus erst, als er schon fast bei ihm war. Damian hielt den Blick fest auf den Scheiterhaufen gerichtet und schenkte dem Neuankömmling keine Beachtung.

»Es tut mir leid, dass es so enden musste«, sagte Vitus, der in kerzengerader Haltung, die Hände hinter dem Rücken verschränkt, dastand.

»Sie hat etwas Besseres verdient.«

»Das geht vielen so. Es ist wirklich eine Schande, dass sie in so eine Sache geraten ist.« Vitus räusperte sich. »Hast du es zu Ende gebracht? Ist der Herzensbrecher tot?«

»Ich habe ihm das Herz herausgerissen«, murmelte Damian.

»Und der Informant, den ich dir geschickt habe?«

»Dem auch.«

»Ich gehe davon aus, dass du sein Herz gegessen hast, um ihn zu töten, richtig?«

Damian blickte über die Schulter zu Vitus. »Hast du gewusst, dass der Herzensbrecher ein Drache war?«

Der Friedhof verfinsterte sich, obwohl keine Wolken die Sonne verdeckten. »Offenkundig. Alle Aufträge, die ich dir erteilt habe, waren auf diesen Moment ausgerichtet. Damit du für das, was kommt, stark genug bist. Dein Vater ist ein Versager, aber ...«

»Mein Vater?«

»Ja, dein Vater. Ich habe ihn großgezogen, aber dieser Idiot ist weggelaufen, bevor er mir zur Hand gehen konnte. Danach ist er noch ein paarmal zurückgekehrt und hat mich um Unterstützung gebeten. Im Gegenzug hat er mir etwas sehr Wertvolles versprochen. Dich.«

Schwartz sah den alten Mann an und steckte Zahras Strähne in die Tasche. »Du hast meinem Vater *geholfen*? Wobei?«

Schwarze Reben rankten sich aus Vitus' Körper, während das Monster in ihm die Wolfszähne bleckte. »Ohne mich hätte er in Naverre nichts geschafft. Bis auf den letzten Mord. Den wollte er persönlich verüben. Ich habe deinem Vater sogar dabei geholfen, einen Prinzen loszuwerden, der Celona und seinen Mondfall ein bisschen zu genau beobachtet hat. Schade, dass ein Königmann darin verwickelt ...«

»Du ... du bist das Monster, vor dem mein Vater mich zu warnen versucht hat ... mein Großvater«, fiel Schwartz ihm ins

Wort. »Du bist der Grund, weshalb Angelo mich dazu gebracht hat, ihm beim Mord an Eduard zu helfen.«

Vitus verneigte sich. »So ist es. Aber mach dir keine Sorgen, Schwartz. So tragisch dieser Tod auch war, so ist es das Beste. Sie hätte nie unter uns leben können. Sie wäre eine Proletin unter Göttern gewesen. Es werden noch andere kommen und ...«

Damian stieß ihm eine Hand in die Brust, umfasste sein schlagendes Herz und riss es mit einem ekelerregenden Schmatzen heraus.

Der alte Mann fiel entgeistert auf die Knie. »Was ... wieso? Wieso tust du das?«

Damian betrachtete das schwarze Herz in seiner Hand. »Du warst der Dunkelheitsdrache, richtig? Ich war schon immer auf diese Fabrikationen neugierig.«

»Ich wollte dir doch alles geben ... Warum hast du das getan? Aus Rache?«

»Stimmt genau.« Damian trat seinen Großvater um, sodass er auf dem Rücken lag. Er konnte nur noch mit Mühe atmen.

»Ich habe dich so stark gemacht, dass du unter Unsterblichen wandeln kannst ...«

»Es reicht.« Damian drückte das Herz in seiner Hand zusammen, und der alte Mann verfiel in Zuckungen. »War es das wert? Was auch immer du mit mir vorhattest, es wird nicht geschehen. Stattdessen hast du mir eine Aufgabe gegeben.«

»Eine Aufgabe ...?«

»Ich werde sie alle umbringen«, entgegnete Schwartz. »Damit es keine Drachen mehr gibt. Keine Unsterblichen. Du hast gesagt, dass, uns eingeschlossen, nur noch elf übrig sind. Das ist ein ziemlich übersichtlicher Genozid.«

»Du Idiot. Der Herzensbrecher war der Unfähigste von uns. Die anderen werden dich aufhalten.«

»Hast du dem Herzensbrecher gesagt, dass er sich Zahra vornehmen soll?«

Die Männer der Familie Ombra fürchteten sich vor niemand, und Vitus machte da keine Ausnahme. »Ja. Denn wen kümmert schon eine Sterb...?«

Vitus konnte den Satz nicht mehr beenden, da Damian ihm mit dem Stiefel den Kopf zertrat. Anschließend streifte er die Sohle auf dem Gras ab und drehte sich wieder zum Feuer um. Während die Flammen den Scheiterhaufen verzehrten, biss Damian ein Stück aus dem schwarzen Herz und zerkaute es langsam.

Die Szene löste sich auf, und ich wurde von einer unsichtbaren Kraft in die Höhe geschleudert. Mehr gab es in Schwartz' Erinnerungen nicht für mich zu entdecken. Ich hatte alles gesehen, was ich brauchte, und wünschte aus tiefstem Herzen, es wäre nicht geschehen.

Kapitel 45
Verbrannte Erde

»Genozid.« Das Wort schmeckte schal auf meiner Zunge. Schwartz bedeutete Nonna zu gehen.

»Genozid«, wiederholte Schwartz. »Ich werde sie alle töten. Zum Teil, um Zahra zu rächen, aber auch, um zu verhindern, dass irgendwer an ihre Herzen kommt. Wenn ich die Macht eines Drachen stehlen konnte, können es auch andere schaffen. Zum Beispiel mein Vater. Und der ist auch ohne magische Fähigkeiten schon gefährlich genug, findest du nicht?«

In meinem Kopf drehte sich alles, während ich zu verstehen versuchte, was ich in Schwartz' Erinnerungen erlebt hatte.

»Beweise mir, dass du mir nicht nur eine Illusion gezeigt hast.«

Schwartz tat mir den Gefallen. Er legt eine Hand flach auf den Tisch, und ich sah dabei zu, wie sie sich zu verändern begann. Die Nägel wurde länger, spitzer und härter. Auch seine Haut wurde fester und begann, sich aufzufalten, als würde sie Schuppen entwickeln. Seine Augen leuchteten feuerrot … Dann schüttelte Schwartz seufzend die Hand aus, und sie wurde wieder normal. Menschlich.

Ich konnte mir ein Lachen nicht verkneifen. »Nur die Hand? Ach, komm schon, Schwartz, verwandle dich in einen Drachen. Na los, tu es!«

»Ich will nicht«, sagte Schwartz. »Das würde mich zu viel kosten, und ich habe noch einiges zu tun, ehe ich sterbe.«

»Das klingt nach einer Ausrede.«

»Das stimmt, aber wenn ich Zahra vergesse, habe ich kein Ziel mehr. Und was glaubst du, was dann aus mir wird? Was würde ich mit meinen Kräften wohl anstellen? Im Moment will ich so viele Drachen wie möglich erledigen, bevor einer im Kampf gegen mich Glück hat. Sie verdienen den Tod, so wie alle Unsterblichen, und ich sorge dafür, dass sie ihn finden.«

»Es ist trotzdem ein Genozid.«

»Ja«, sage er. »Ich habe dir doch gesagt, dass ich keiner von den Guten bin. Ich bin ein Monster. Aber diese Schuld nehme ich auf mich, um anderen mein Leid zu ersparen.«

»Du klingst wie Angelo.«

Schwartz setzte zu einem Protest an. Er sah aus, als wollte er mich anschreien. »Wenn ich sterbe, wird die Welt ein besserer Ort sein. Er will nicht sterben. Ihm geht es darum, mit meiner Mutter wiedervereint zu werden. Das ist der Unterschied zwischen uns beiden.«

Ich strich mir mit den annullierten Händen übers Gesicht. Was sollte ich bloß mit dieser Aussage anfangen? Würde ich ihn nun das Monster bleiben lassen, das ich kannte? Oder seine manipulierten Erinnerungen annullieren und ihn zu etwas anderem machen? Verdammt! Wo waren nur die Helden? Diejenigen, die sich über alles Böse und den Hass erheben konnten und … Ich kannte die Antwort auf diese Frage. Sie waren alle gestorben, aus Edelmut oder aus Dummheit. Und jetzt waren nur noch Leute wie Schwartz und ich übrig. Die Bösen, die sich als Gute ausgaben. Jene, die besser sein wollten, aber es nie schafften …

»Das hier ist wahrscheinlich deine Antwort«, sagte Schwartz

und deutete auf die Pistole, die zwischen uns auf dem Tisch lag, seit er begonnen hatte, den letzten Teil seiner Geschichte zu erzählen. Keiner von uns streckte die Hand nach ihr aus.

Es spielte keine Rolle mehr. Ich würde ihn noch nicht aufhalten oder seine manipulierten Erinnerungen annullieren. Er musste seinen eigenen Kampf ausfechten ... und zum Teil stimmte ich mit ihm überein. Diese Unsterblichen waren unnatürlich, und sie beeinflussten den Lauf der Geschichte, wie es ihnen gerade in den Kram passte. War es nicht an der Zeit, dass sie ihre Macht verloren?

»Es gibt eine Sache, die ich noch immer nicht verstehe«, fing ich an. »Wenn du den ursprünglichen Herzensbrecher – den Feuerdrachen – getötet hast, wer begeht dann gerade die Morde? Ich nehme an, dass du mich nicht anlügst und doch selbst der Herzensbrecher bist ...«

»Nein, das bin ich nicht«, erwiderte er. »Und ich habe den Feuerdrachen nicht getötet, sondern nur sein Herz herausgerissen.«

»Nichts kann ohne ...« Mir fiel ein, dass das Schattenwesen in der Kirche gesagt hatte, Drachen würden nur sterben können, wenn man ihr Herz oder ihren Verstand zerstörte. »Was hast du getan, Schwartz?«

Er zögerte. »Ich wollte ihn peinigen. Dass er wenigstens einen Bruchteil der Qualen spürt, die ich durchgemacht habe. Der Tod wäre zu leicht für ihn gewesen. Also habe ich ihn in Kessel eingesperrt und dafür gesorgt, dass er bis in alle Ewigkeit leidet.«

»Ehrlich? Du hast einen Drachen ohne Herz in Kessel eingesperrt? Wo?«

»Daran erinnere ich mich nicht mehr.«

»Was soll das heißen, du erinnerst dich nicht?«

»Ich weiß nicht, ob ich diese Erinnerung beim Fabrizieren verloren habe oder ob sie mit einer Dunkel-Fabrikation manipuliert worden ist, aber ich habe es vergessen.«

Konnte es sein, dass er auch diese Erinnerung selbst verändert hat? Wenigstens hatte er zugegeben, dass etwas nicht mit ihr stimmte. »Du willst mir also erzählen, dass du einem Drachen das Herz herausgerissen und ihn eingesperrt hast? Und dass er nach zweijähriger Leidenszeit jetzt wieder in Kessel auf freiem Fuß ist?«

»Ja, aber ich habe für diesen Fall ein paar Vorsichtsmaßnahmen ergriffen und Spuren hinterlassen, die mich zum Gefängnis des Drachen führen.«

Ich fuhr mir erneut mit den Händen übers Gesicht.

Drachen. Ein Teil von mir wollte immer noch nicht glauben, dass sie tatsächlich existierten. Und als wäre es nicht schon schlimm genug, dass ein Drache Jagd auf uns machte, handelte es sich bei diesem Ungeheuer auch noch um einen rachsüchtigen Serienmörder, dem Schwartz das Herz gestohlen hatte.

Das alles war ein einziges Desaster.

»Bist du sicher?«

Schwartz schaute mich fragend an.

»Dass wir es mit Drachen zu tun haben, meine ich. Dass es nicht nur große Reptilien sind. Uralte Bestien, die …«

»Ich bin einer von ihnen, Mikael. Ich kann alles mit einer einzigen Berührung einfrieren. Ich kann dafür sorgen, dass sich die Dunkelheit bewegt, als wäre sie einem Albtraum entsprungen. Am Himmel hängt ein zerbrochener Mond. Magie existiert, und du kannst sie annullieren. Wieso macht dich die Vorstellung von Drachen so wütend?«

»Weil«, sagte ich gedehnt, »ich mich frage, was sonst noch alles real ist, wenn es tatsächlich Drachen gibt. Titanen? Gigantische Meeresungeheuer? Ein Leben nach dem Tod für die Guten und die Bösen? Gott?«

»Fändest du irgendetwas davon besonders beängstigend?«

Ich erhob mich von meinem Stuhl und lief auf und ab. »Ist das nicht offensichtlich? Das Vermächtnis der Königmanns weiterzuführen und die Rebellion niederzuschlagen ist das eine – zu beidem habe ich mich selbst entschlossen –, aber meine Familie führt seit jeher einen Krieg gegen Gott! Wie sollte ich den gewinnen können?«

»Das schaffst du nicht, also versuch es gar nicht erst. Es ist nicht deine Schuld, dass du in einen sinnlosen Krieg hineingeboren wurdest. Du bist kein Bösewicht, bloß weil du ein aussichtsloses Unterfangen beendest.«

»Ich wünschte, das könnte ich, aber die Familie Königmann hat die Aufgabe, die Mächtigen zur Rechenschaft zu ziehen. Und was ist Gott denn schon anderes als ein weiterer Königlicher, der sich nicht in die Menschen einfühlen kann? Wer zieht ihn für seine Tatenlosigkeit, seine Verbrechen und seine Entscheidungen zur Verantwortung? Das ist es, wozu die Königmanns sich mit einem Eid verpflichten!«

Ich rechnete damit, dass Schwartz lachen würde, und war überrascht, als er es nicht tat. »Wir sind alle für unsere eigenen Entscheidungen verantwortlich, Mikael. Überlege dir gut, ob du die Konsequenzen dieser Entscheidung wirklich tragen möchtest, bevor du sie triffst.«

Ich sah ihm fest in die Augen. »Wenn ich Gott je treffe, werde ich ihm einen Kinnhaken verpassen und hoffen, dass dabei ein Knochen zu Bruch geht. Ich werde mich nicht vor einem Fiesling wegducken, nur weil ich nicht gegen ihn gewinnen kann. Das ist meine Entscheidung.«

»Und ich habe geglaubt, *ich* wäre der Wahnsinnige.«

»Nein, das war schon immer ich. So, und wie töten wir jetzt diesen Drachen, bevor er jemand verletzt, der mir am Herzen liegt?«

»Das schaffen wir nicht.« Schwartz atmete tief durch. »Ich habe auf jede erdenkliche Weise versucht, den Herzensbrecher ausfindig zu machen, aber es ist mir nicht gelungen. Das letzte Mal habe ich es auch nur geschafft, weil mir jemand einen Tipp gegeben hat. Aber ich habe den Herzensbrecher bereits einmal geschlagen, und das werde ich wieder tun.«

»Dann hast du also geplant, dass wir ihm in die Falle gehen und hoffen, dass wir es überleben?«

»Nein, ich habe vor, jeden in Burg Königmann zu beschützen. Er ist ein Drache und kann überwältigt werden. Da ich ihm das Herz herausgerissen habe, ist er stark geschwächt und kann sich nicht komplett erholen, solange er keinen Ersatz dafür findet. Seit Spottdrossel tot ist, bin ich in Kessel die einzige andere Person mit einem Drachenherz.« Schwartz' Augen flackerten rot. »Wenn er mich diesmal angreift, sorge ich dafür, dass er tot bleibt.«

»Was ist mit seinem ursprünglichen Herz? Könnte er nicht einfach danach suchen? Wenn er immer noch lebt, muss es doch noch irgendwo sein.«

Schwartz schüttelte den Kopf. »Das kann er auf gar keinen Fall finden. Das Ding ist so gut versteckt, dass höchstwahrscheinlich nicht mal die Person, die es jetzt hat, davon weiß.«

Ich umklammerte die Tischkanten. »Woher nimmt er die Kraft für seine Morde? Ich habe geglaubt, ein Drache wäre völlig hilflos, wenn man ihm das Herz nimmt.«

»Das ist auch so.« Schwartz seufzte erneut. »Ich kann nur vermuten, dass er seine Energie aus menschlichen Herzen bezieht. Aber die halten nicht lange. Bestenfalls ein paar Stunden – wahrscheinlich sogar deutlich kürzer, wenn er seine Kräfte einsetzt. Deswegen ist er anfangs wahrscheinlich über die Schwachen hergefallen. Er musste erst lernen, was er mit Menschenherzen bewirken kann und wo deren Grenzen sind.«

»Kann es sein, dass ihm jemand hilft? Hat er vielleicht eine Art Nachfolger aufgebaut?«

Schwartz schaute mich an, als würde er ernsthaft an meinem Verstand zweifeln. »Er hat die letzten zwei Jahre in Gefangenschaft verbracht. Das ist nicht gerade hilfreich, wenn man dauerhafte Beziehungen aufbauen will.«

Das stimmte zwar, aber mir ging nicht aus dem Kopf, was in der Drogenhöhle passiert war. Wie hatte er jeden in dem Gebäude töten und dann innerhalb weniger Momente nach draußen gelangen können? War er tatsächlich sogar in seinem geschwächten Zustand so stark? Würde ich ohne Schwartz an meiner Seite gegen ihn bestehen können?

»Ob es dir gefällt oder nicht, diese Möglichkeit, die Sache vorzeitig zu beenden, haben wir vermasselt. Nun bleibt uns gar nichts anderes übrig, als auf eine weitere Gelegenheit zu warten.«

»Ich habe es satt, ständig in der Defensive zu sein.«

Schwartz beugte sich über den Tisch. »Sei kein Idiot, Mikael. Denk nach. Wähle den sicheren Weg. Lass den Drachen zu uns kommen. Der Versuch, meiner Fährte aus Erinnerungen zu folgen und ihn zu jagen, wäre Zeitverschwendung. Er ist bereits entkommen.«

»Dann gib mir wenigstens den ersten Hinweis auf dieser Fährte.«

»Braven weiß, wo die Blumen wachsen.« Schwartz dachte kurz nach. »Aber dieser Hinweis ist inzwischen wahrscheinlich auch nutzlos, meinst du nicht? Ich warte in der Burg auf dich.«

Nachdem er den Raum verlassen hatte, unterdrückte ich ein Gähnen und rieb mir die Augen. Wann hatte ich das letzte Mal geschlafen oder mich auch nur ausgeruht? Wie lange konnte ich so weitermachen? Hatte ich überhaupt eine andere Wahl? Es gab noch so viel zu tun.

Als ich aus der Kessel-Bibliothek trat und die Sonne auf der Haut spürte, fühlte ich mich gleich ein bisschen besser und wieder mehr wie ein Mensch. Das war genau der Energieschub, den ich benötigte, um weiterzumachen.

Da ich nun wusste, dass es sich beim Herzensbrecher um einen Drachen handelte, wollte ich noch mehr über diese Geschöpfe herausfinden. Ich musste wissen, was da auf mich lauerte und, wichtiger noch, wie ich es umbringen konnte. Und es gab nur einen einzigen Mann, der mir die Antworten geben konnte, die ich wollte.

Und nachdem ich Schwartz' Geschichte gehört hatte, wusste ich, wo man einen Blick in die Vergangenheit werfen konnte. Und wo der Erzmagier sein würde, wenn ich je mehr über die Unsterblichkeit erfahren wollte.

Die Antwort lautete Burg Königmann. Oder genauer gesagt das beschädigte Observatorium an ihrem höchsten Punkt. Er war einer der höchstgelegenen Aussichtspunkte in der Stadt und der beste Ort, um nachts die Sterne und die Monde zu beobachten. Von dort oben sahen sie aus, als könnte man sie mit ausgestreckter Hand berühren. Und wenn es stimmte, was in den Geschichtsbüchern stand, hatten die Familien Kessel und Königmann in unserer Burg beschlossen, sich gegen die Wolfskönige aufzulehnen.

Das Observatorium sah genauso aus wie alle anderen Sternwarten, allerdings verfallener und weniger gut gewartet. Der Erzmagier blickte gerade durch das kaputte Teleskop in der Mitte des Raums, als ich eintrat. Überall um ihn herum lagen halbverbrannte Bücher und Karten. Sie wirkten zu sorgsam ausgelegt, um zufällig verstreut worden zu sein.

»Erzmagier«, sagte ich. »Tausendschön.«

Der dünne Mann trat vom Teleskop weg und krempelte den rechten Ärmel hoch. »Unsterblichkeit ... Diese Losung gebe ich nicht oft heraus. Bist du einer meiner Lehrlinge?«

»Nein, ich bin Mikael Königmann. Ihr habt mir gesagt, wenn ich herausfinden möchte, wie man einen Unsterblichen tötet, soll ich Euch an einem Ort suchen, wo man die Vergangenheit sehen kann.«

»Und warum willst du das herausfinden?«

»Weil der Herzensbrecher zurück ist und Kessel terrorisiert. Er ist ein Drache, und ich muss wissen, wie man ihn töten kann. Könnt Ihr mir helfen?«

Der Erzmagier gähnte und bedeutete mir, mich an einen Tisch zu setzen. »Lass uns loslegen.«

Kapitel 46
Der Preis der Unsterblichkeit

»Also«, fing der Erzmagier an und zog zwei Bücher, ein Tintenfass und ein paar Schreibfedern aus seinen Taschen. »Was weißt du über die Unsterblichkeit?«

»Ich weiß, dass es zwei Arten gibt. Die wahre und die ungeheuerliche. Ungeheuerlich Unsterbliche sind nicht von Krankheiten oder Altersschwäche bedroht, aber ansonsten genauso sterblich wie jeder normale Mensch. Ihr habe mir geraten, sie in den Kopf zu schießen.«

»Das ist ein guter Rat.«

»Drachen sind ungeheuerlich Unsterbliche, oder?«, fragte ich.

Der Erzmagier, der gerade das Tintenfass öffnen wollte, hielt mitten in der Bewegung inne. »Muss ich dir einen Drachenkörper zeigen, oder vertraust du auf mein Wort?«

»Ich wollte nur sichergehen«, sagte ich. »Über wahre Unsterbliche weiß ich überhaupt nichts. Außer dass sie existieren. Wie viele sind es?«

Er tauchte seinen Federkiel in die Tinte. »Schwer zu sagen. Wenn du lange genug lebst, dann begegnest du dem einen oder anderen. Aber selbst ich bin nicht sicher, wer die wahren Unsterblichen sind. Niemand will seine wahre Identität preisgeben. Es drehte sich alles immer nur um Machtkämpfe und irgendwelche dämliche Spielchen.«

»Was seid *Ihr*?«

»Ich weiß es nicht.«

»Ihr wisst es nicht? Wie ist das denn möglich?«

»Weil ich ein Vergessener bin. Beruhige dich. Ich werde nachsehen. Die wichtigsten Informationen trage ich dicht am Herzen.« Der Erzmagier zog den Kragen seines Hemds herunter und sah nach. Auf seiner Brust standen noch mehr Worte, doch ohne Laterne konnte ich sie nicht entziffern. »Hier steht, dass ich ein wahrer bin. Wie schade.«

»Wie tötet man wahre Unsterbliche?«

»Das ist kompliziert. Bist du gekommen, um zu lernen, wie man einen wahren Unsterblichen oder einen Drachen tötet?«

»Könnt Ihr mir beides verraten?«

Er strich sich durch die Haare. »Da müsste ich aber ziemlich viel reden. Dabei bist du noch nicht mal mein Lehrling.«

»Betrachtet mich als Investition in die Zukunft. Wollet Ihr nicht Unsterbliche töten? Ich bin ein Königmann und als solcher eine verdammt gute Waffe.«

»Ich hätte etwas zu essen mitbringen sollen«, sagte er gedankenverloren. »Weißt du, wie man die Familie Königmann in den Streitenden Reichen nennt?« Ehe ich antworten konnte, fuhr er fort: »Die Thronbrecher. In Eham bezeichnen sie euch als die Galgenstricke des Schicksals wegen dem, was der Seefahrer dort getan hat. In Azil heißt ihr aus offensichtlichen Gründen Verderber. Und das sind nur die Spitznamen, an die ich mich erinnere. Erkennst du darin ein Tendenz?«

»Wir sind in der ganzen Welt bekannt.«

»Das seid ihr. Weil ihr sie nach euren Vorstellungen gestalten wollt.« Eine Böe fuhr durch das Observatorium und brachte seine Dokumente und meine Haare durcheinander. »Ist dir klar, dass die Unsterblichen erst auftauchten, als die Wolfskönige fielen und deine Familie die Bildfläche betrat? Als sollten sie ein Gegengewicht zu der idiotischen über Generationen weitergereichten Ideologie bilden, dass eine einzelne Familie den entscheidenden Unterschied machen könnte, wenn sie nur stark genug an ihren Glaubenssätzen festhielte.«

»Was versucht Ihr, mir zu sagen?«

»Dass eure Handlungen Konsequenzen haben. Obwohl ihr Königmanns nur Gutes tun wolltet, habt ihr die natürliche Ordnung durcheinandergebracht. Es ist nicht normal, dass eine einzelne Familie in so hohem Ansehen steht. Dadurch werden alle anderen satt und selbstzufrieden. Was das für Auswirkungen hat, sehen wir erst, seit ihr nicht mehr da seid.«

»Dann ist es ja gut, dass wir zurückgekehrt sind.«

Der Erzmagier lehnte sich auf seinem Stuhl zurück und unterdrückte ein Gähnen. »Alles hat irgendwann ein Ende.«

Aber nicht die Familie Königmann, dachte ich. *Nicht, solange ich atme.* Laut sagte ich: »Werdet ihr mir nun etwas über die wahre Unsterblichkeit und Drachen beibringen oder nicht?«

»Ich bin ein Lehrer. Früher oder später komme ich schon noch auf den Punkt und werde dir erzählen, was du wissen willst. Sofern du mir versprichst, dass du darüber nachdenkst, das Vermächtnis der Familie Königmann mit dir enden zu lassen.«

»Wie bitte?«

»Solange es die Familie Königmann gibt, fürchte ich um die Zukunft.«

»Aber gegen Unsterbliche habt Ihr nichts einzuwenden?«

»Nein, denn wenn du hier bist, um zu lernen, wie man sie tötet, wirst du vermutlich erst damit aufhören, wenn sie alle verschwunden sind. Dann wird es nur noch dich, deine Familie und diese gefährliche Ideologie geben.«

»Ich verspreche nicht, das Vermächtnis der Königmanns aufzugeben.«

»Denk nur darüber nach. Mehr verlange ich nicht.«

Da es mich nichts kostete, gab ich ihm dieses Versprechen und lehnte mich dann mit verschränkten Armen zurück. »Dann klärt mich mal auf.«

Der Erzmagier schlug in seinem Tagebuch eine Seite auf, die mit einem großen X überschrieben war. »Wir beginnen mit Drachen. Insgesamt gibt es dreizehn – einen für jede primäre Fabrikations-Spezialisierung.«

»Primäre Fabrikations-Spezialisierung?«

»Ja«, erwiderte er beiläufig. »Die grundlegenden Spezialisierungen. Du kennst sie vermutlich bereits, ohne es zu wissen: Feuer, Blitz, Klang, Wind, Licht, Dunkelheit …«

»Licht und Dunkelheit sind aber selten.«

»Der Begriff ›grundlegend‹ sagt nichts darüber aus, wie oft sie vorkommen, sondern dass es Bausteine für verschiedene Spezialisierungen sind. Nimm zum Beispiel die Gift-Spezialisierung. Anfangs dachte ich, es wäre eine weitere grundlegende Spezialisierung, aber das ist nicht der Fall. Jeder Gift-Fabrikator hat Rauch- und Feuer-Fabrikatoren als Eltern. Da gibt es keine Ausnahme.«

»Aber das bedeutet …«

»Magie entwickelt sich. Langsam und gleichmäßig. Ständig entdecken wir neue Spezialisierungen, von deren Existenz wir vor ein paar Jahrzehnten noch nichts gewusst haben. Wer weiß, was wir noch alles sehen werden?«

Ich war wie vom Donner gerührt. Ich hatte gelernt, dass Magie wundersam, aber statisch ist. Ihre Grenzen konnten verschoben werden, aber Domet hatte gesagt, dass sie sich nicht verändere. Die Erklärung des Erzmagiers widersprach dem grundlegend. Hatte Domet mich angelogen? Dieser Gedanke brachte mich zum Lachen. Wieso traute ich, nach allem, was Domet getan hatte, noch immer seinen Worten?

»Dann habe ich eine hypothetische Frage: Wenn ein Kind ein Licht-Fabrikator und seine Mutter keine Fabrikatorin ist, könntet Ihr dann bestimmen, welche Spezialisierung der Vater des Kindes hat?«

Der Erzmagier tippte sich mit einem Finger an die Schläfe. »Man kann sie einengen. Am wahrscheinlichsten wäre Feuer, aber es könnte auch jede Spezialisierung aus demselben Stammbaum sein, wie zum Beispiel Lava oder ...«

»Lava?«, unterbrach ich ihn. »Meint Ihr das Zeug, das aus Vulkanen kommt? Können Fabrikatoren das tatsächlich als Spezialisierung haben?«

»Die Prinzessin von Kessel kann andere Leute dazu zwingen, vor ihr zu knien. Was ist an Lava unwahrscheinlicher als das?«

Ich schluckte und wandte den Blick ab, um meine roten Wangen zu verbergen. »Es gibt also dreizehn Drachen. Wisst Ihr, wer sie sind und was sie wollen?«

»Ich mische mich nicht in die Angelegenheiten anderer Unsterblicher ein. Aber ich kenne ein paar ... Der Eisdrache ist ...«

»... tot.«

»Ah, wie bedauerlich. Ich habe ihn recht gern gemocht. Der einzige andere Drache, dessen Identität ich kenne, ist der Annullierungs-Drache. Aber der ist schon seit ein paar Jahren nicht mehr gesehen worden. Als ich das letzte Mal von ihm gehört habe, nannte er sich Idris Ardel und war ein Beschwörer für ...«

»Idris Ardel ist ein Drache?«

Er hob eine Braue. »Kennst du ihn?«

»Er hat als leitender Ermittler den Mord an Davi Kessel untersucht.«

»Grüße ihn von mir, wenn du ihn siehst. Er war derjenige, der mich sofort aufgesucht hat, als ich unsterblich wurde. Er hat mir viel beigebracht.«

Ich massierte mir die Schläfen. »Was wollen sie?«

»Sie haben alle ihre eigenen Motive und Wünsche, die sich außerdem immer wieder verändern. Die Blitz-Drachin wollte eine Zeit lang eine Göttin werden, aber mittlerweile dient sie, soweit ich weiß, einem der Propheten. Die Unsterblichkeit kann sehr langweilig sein. Deswegen suchen sie alle nach irgendeinem Zeitvertreib.«

Ich dachte an Domet. Und dann an Schwartz und den Genozid, den er begehen wollte. »Glaubt Ihr, die Menschheit wäre ohne sie besser dran?«

»Die Menschheit wäre ohne vieles besser dran, aber ohne Drachen …? Ich bin mir nicht sicher. Sie erfüllen in der Natur eine wichtige Aufgabe, ich weiß bloß nicht, welche. Und ich mache mir Sorgen, wer oder was ihre Nische besetzt, wenn sie weg sind.«

»Wäre die Welt ohne sie vielleicht friedlicher?«

Der Erzmagier lachte. »Das hat die Welt auch geglaubt, als die Wolfskönige weg waren. Aber du kannst es dir natürlich einreden, wenn du das möchtest.«

Ob ich mich zurücklehnte und dabei zusah, wie Schwartz einen Genozid begann, stand in diesem Moment nicht zur Debatte. Der Herzensbrecher musste auf jeden Fall gestoppt werden, auch wenn Schwartz das in die Karte spielte. Aber ich konnte nicht nur an die derzeitigen Herausforderungen denken, ich musste auch die Zukunft im Blick haben.

»Was genau ist die wahre Unsterblichkeit?«

»Die wahre Unsterblichkeit«, entgegnete er, als wären die Worte ein edler Wein, dessen Geschmack er genoss, »ist eine Krankheit. Ein Fluch. Ein Makel. Aber vor allem ... eine Weigerung. Es ist der Glaube, dass jemand sogar im Angesicht des Todes ins Leben zurückkehren kann, wenn er das möchte.«

»Was?«

»Es geschieht an der Schwelle zum Tod und ist für jeden anders. Doch wenn sich jemand weigert zu sterben und sich ins Leben zurückschleppt, dann wird diese Person unsterblich.«

»Einfach so?«

Der Erzmagier schlug behutsam sein Tagebuch zu. »Nein, das ist alles andere als einfach. Es erfordert eine brennende Leidenschaft für ein Ziel, das so wichtig erscheint, dass für seine Erreichung die natürliche Ordnung der Dinge außer Kraft gesetzt wird. So etwas haben nicht viele. Du wärst erstaunt, wie leicht es ist zu sterben. Das Leben ist grausam und ... unfassbar schmerzhaft.«

»Ihr lasst wichtige Einzelheiten aus, nicht wahr? Das klingt so oder so zu simpel.«

Er sah mich durchdringend an. »Ich bin froh, dass es so offensichtlich für dich ist. Ich habe nicht die Absicht, noch mehr Menschen wie mich zu erschaffen. Daher siehst du es mir also hoffentlich nach, wenn ich dir nicht jedes Geheimnis verrate. Dass sie sich dem Tod verweigern, ist die Information, die du brauchst, damit du sie umbringen kannst.«

»Was meint Ihr damit?«

Er stützte die Ellbogen auf den Tisch und blickte mir geradewegs in die Augen. »Wenn du wahre Unsterbliche töten willst, musst du ihren sehnlichsten Wunsch erfüllen und zuschlagen, solange sie sich noch darüber freuen. Andernfalls riskierst du, dass sie einen anderen Wunsch entwickeln und weiterhin unsterblich bleiben.«

Also hatte Domet in dieser Hinsicht die Wahrheit gesagt. Er konnte tatsächlich nicht sterben, solange seine größte Sehnsucht nicht befriedigt war. Doch wollte er wirklich so dringend die Unschuld meines Vaters beweisen? Oder hatte sein innigster Wunsch etwas damit zu tun, wie sehr er es bedauerte, dass er Angelo erklärt hatte, wie man unsterblich wurde ...? In diesem Zusammenhang kam mir ein Gedanke. »Wisst Ihr, wie man jemand von den Toten zurückholt?«, fragte ich.

Der Erzmagier wirkte verblüfft. »Das ist unmöglich. Sobald jemand gestorben ist, bleibt er für immer tot.«

»Da habe ich etwas anderes gehört«, entgegnete ich. »Seid Ihr sicher?«

»Da ich nicht allwissend bin, kann es durchaus sein, dass ich mich irre, aber ...« Er brach in schallendes Gelächter aus. »Für die Welt wäre es eine echte Katastrophe, wenn die Toten wiederauferstehen könnten. Die Unsterblichkeit ist schon schlimm genug.«

»Was habt Ihr so sehr gewollt, dass Ihr unsterblich wurdet?«

Der Erzmagier erhob sich und sammelte seine Unterlagen zusammen. »Wenn ich es wüsste, würde ich es dir verraten. Die Antwort auf diese Frage steht vermutlich irgendwo in meinen Tagebüchern, aber ich habe keine Ahnung, wo. Lass es mich wissen, wenn du sie entdeckst.«

Plötzlich fiel mir Jons Operation ein. »Wartet«, sagte ich. »Habt Ihr je jemand beigebracht, wie man am offenen Herzen operiert?«

»Ein Herz entfernen, ohne es dabei zu beschädigen, kann jeder. Dafür benötigt man nur eine scharfe Klinge. Aber eines einsetzen, sodass der Patient weiterlebt? Dafür braucht man so viel Erfahrung wie ich. Und die kann man innerhalb einer normalen Lebensspanne nicht sammeln.«

Schade, ich hatte gehofft, dass der Erzmagier mir verraten würde, wer der Komplize des Herzensbrechers war, der ihm die menschlichen Herzen einsetzte. Schließlich konnte er das wohl kaum selbst machen, oder etwa doch?

»Vielen Dank, dass Ihr mir so viel erklärt habt. Ich wünschte, es gäbe für all das ein Lehrbuch.« Ich lachte humorlos. »Jedes Mal, wenn ich die Fabrikationen zu durchschauen glaube, erfahre ich irgendetwas Neues, das alles auf den Kopf stellt. Von den Webern und Banngeborenen oder was es sonst noch alles gibt ganz zu schweigen.«

»Als ich mit der Erforschung der Magie begann, habe ich mich genauso gefühlt.« Er hielt seinen Federkiel in die Höhe. »Es wurde leichter, als ich erkannte, dass das hier ihr Fundament ist.«

»Eine Schreibfeder?«

Der Erzmagier seufzte tief. »Ich meine ihre Substanz.« Als er meine Verwirrung bemerkte, fuhr er fort: »Mit dem Begriff ›Substanz‹ beschreiben wir etwas, das Raum einnimmt. Diese Feder ist Substanz. Genau wie du, ich, diese Burg oder der Tisch, an dem wir sitzen. Das alles ist Substanz.«

»Dann steckt die Magie also in allem?«

»Nein, die Magie beeinflusst alles.« Er schob seinen Stuhl unter den Tisch. »Lass es mich dir am Beispiel des Fabrizierens erklären. Jeder Fabrikator hat eine Spezialisierung, die er erschaffen kann, richtig?«

Ich nickte.

»Du musst dir die Anwendung von Magie wie das Abfeuern einer Pistole vorstellen. Um eine Kugel zu verschießen, braucht man Schießpulver und Hitze. Und auf die gleiche Weise produziert unser Körper Magie. Unser mit Magie versetztes Blut ist die Hitze, die das Schießpulver – unsere Erinnerungen – zu unserer jeweiligen Spezialisierung explodieren lässt. Das gilt für Flammen und Blitze genauso wie für eine Annullierung. Die übrigen Magiearten wirken sich auf andere Weise auf die Substanz aus und verlangen jeweils einen anderen Preis. Die Weber manipulieren die Substanz, Unersättliche zerstören sie, Kluftwanderer übertragen sie und ...«

»Moment, was sind Unersättliche und Kluftwanderer?«

»Das habe ich dir doch gerade gesagt. Sie zerstören beziehungsweise übertragen Substanz.«

Ich blinzelte ein paarmal und versuchte herauszufinden, ob mein Verstand noch funktionierte. Nach allem, was ich mit Schwartz herausgefunden hatte, war diese Unterhaltung, als schlüge jemand mit einem Hammer auf meinen ohnehin bereits verletzten Kopf ein. »Und aus welchen Ländern kommen diese Magier?« Ich zählte an drei Fingern ab, was ich bereits zu wissen glaubte. »Die Weber stammen aus dem Thebischen Imperium, die Fabrikatoren aus Kessel, und die Banngeborenen sind staatenlose Kannibalen.«

Der Erzmagier strich sein Hemd glatt. »Kluftwanderer leben nomadisch, daher ist es schwer, sie einem bestimmten Land zuzuordnen. Und was die Unersättlichen anbelangt: Ich glaube nicht, dass ich weiß, woher sie kommen. Das ist eine ziemlich große Wissenslücke ... habe ich diese Information etwa absichtlich vor mir versteckt? Interessant.«

Ich musste so viel aus diesem Gespräch herausholen wie möglich. Was war die logische nächste Frage? »Werden die Fähigkeiten der Unersättlichen, der Kluftwanderer und der Weber genauso mit dem Blut weitervererbt wie die Fabrikationen?«

Der Erzmagier schüttelte den Kopf. »So funktioniert das nur

bei den Fabrikationen. Ein Banngeborener wird man durch Kannibalismus. Ich habe keine Ahnung, wie Kluftwanderer oder Unersättliche zu ihren Kräften kommen, aber ich weiß, dass ein paar der grundlegenden Weber-Spezialisierungen gelehrt werden können. Je seltener und mächtiger sie sind, desto schwerer sind sie allerdings zu begreifen.«

Das war also die Erklärung, weshalb Theben ein Imperium und nicht nur ein Königreich war wie Kessel. Bildeten die Theber alle ihre Soldaten zu Magiern aus oder nur ausgewählte Einheiten? »Heißt das, dass auch ich weben lernen könnte?«

»Ja. Tatsächlich sind viele adlige Fabrikatoren in Wahrheit Weber. Einige Hochadlige heuern Webermeister dazu an, dass sie ihren Kindern Spezialisierungen beibringen, die für ihre jeweilige Familie sinnvoll sind und begehrenswerte Ehekandidaten aus ihnen machen.«

»Was?«, stieß ich hervor.

Der Erzmagier sah mich ausdruckslos an. »Ich dachte, ich hätte mich klar ausgedrückt.«

»Das habt Ihr auch. Ich habe es bloß nicht für möglich gehalten. Aber es ergibt durchaus Sinn. Schließlich ist in Kessel ein Adliger ohne Magie nichts wert.« Das war interessant. Vielleicht konnte Jenn sich ja zur Weberin ausbilden lassen und damit ihren Mangel an Fabrikations-Spezialisierungen ausgleichen. »In wie vielen Ländern gibt es Magie?«

Seine Antwort ging völlig an mir vorbei.

»Könnt Ihr bitte noch mal wiederholen, was Ihr gerade gesagt habt? Ich habe es nicht mitbekommen.«

Der Erzmagier kniff die Augen zusammen und legte die Schreibfeder weg. »Tu mir einen Gefallen und achte ganz genau auf meine Lippen.« Ich sah, wie sie sich bewegten. Sein Atem trug die Worte zu mir, doch bevor sie mein Ohr erreichten, war es, als würden sie von einer starken Windböe fortgerissen.

»Warum sprecht Ihr so leise?«

Er lachte mich aus und klang dabei so fröhlich wie ein Kind. »Wenn du nicht hören kannst, was ich sage, dann hast du es vergessen. Und da die Worte so speziell sind, kann dein Verstand sie nicht durch etwas anderes ersetzen und löscht sie einfach aus.« Er lachte noch lauter. »Und willst du wissen, was das Beste daran ist? Wenn du weißt, was ich gesagt habe, dann ist es dir gelungen, eines der großen Rätsel der Welt zu lösen.«

Ich starrte ihn sprachlos an.

»Herzlichen Glückwunsch, Mikael. Ich weiß nicht, wie oder warum, aber du hast es geschafft, ein Geheimnis zu ergründen, das nur eine Handvoll Menschen kennen. Und anschließend hast du es vergessen und wirst es nie wieder neu lernen können. Was für eine unvergleichliche Grausamkeit!«

»Was habe ich herausbekommen?« Ich sah ihn mit großen Augen an. »Moment mal. Ich muss es vor dem Tag erfahren haben, der mir neulich verloren ging. Ansonsten hätte mein Verstand diese Information nicht vollständig löschen müssen, richtig?«

Der Erzmagier nickte. »Davon ist auszugehen.«

»Wann war das nur? Irgendwann in meiner Kindheit? Oder in den Jahren seit Vaters Hinrichtung?« Ich vergrub den Kopf in den Händen. »Und wie wichtig ist es? Könnte es den Unterschied zwischen Leben und Tod ausmachen, wenn ich gegen die Unsterblichen, die Drachen und was auch immer sonst noch da draußen lauert, in den Krieg ziehe?«

»Wenn du gegen sie bestehen willst, musst du die ganze Wahrheit kennen. Nicht bloß den Bruchteil, über den ich Bescheid weiß.«

»Aber wie soll ich ein Rätsel lösen, an das ich mich nicht erinnere?«

Der Erzmagier riss eine Seite aus seinem Tagebuch und schrieb rasch ein paar Sätze darauf. Dann faltete er sie in der Mitte zusammen, schrieb *Das letzte Geheimnis ist im Institut für Amalgamation verborgen* darauf und schob mir das Stück Papier über den Tisch zu. »Das ist alles, was ich über dieses Geheimnis weiß. Wenn irgendwer Antworten hat, dann die Leute an diesem Institut.«

Ich wiederholte meine letzte Frage.

»Das ist ja das Schöne daran: Du musst es gar nicht. Wenn es stimmt, dass du Jagd auf Unsterbliche und Drachen machst, würdest du zu viel Aufsehen erregen, wenn du selbst zum Institut für Amalgamation gingest. Vor allem wenn sie herausfinden, dass wir uns getroffen haben. Aber wenn du jemand an deiner Stelle dorthin schickst ... nun, dann kommt die Wahrheit vielleicht ans Licht.«

»Wieso könnt Ihr es nicht lösen? Weshalb bürdet Ihr mir das auf?«

»Weil ich es schon mal versucht und nicht geschafft habe«, erwiderte er. »Wann immer ich herausfinde, wo ich eine wichtige Information finden könnte, ist sie verschwunden, sobald ich an der entsprechenden Stelle auftauche. Die Unsterblichen behalten andere Unsterbliche im Auge, und leider weigern sich viele von ihnen, mit mir zu sprechen. Offenbar wollen sie verhindern, dass bestimmte Informationen ans Licht kommen.«

»Das ist Wahnsinn«, murmelte ich. »Das Institut für Amalgamation befindet sich auf der anderen Seite des Kontinents. Wie kann ich jemand darum bitten, für ein Geheimnis, das ich niemals aufdecken kann, so weit zu reisen?«

»Keine Ahnung. Aber es klingt nach der perfekten Mission

für jemand, der seinem Leben entfliehen will oder nach einer echten Aufgabe sucht. Kennst du so jemand?«

Spontan nicht, dachte ich. Nicht angesichts all dessen, was gerade los war. Im Moment war das alles zu viel für mich. Ich steckte den Brief in meine Jacke und strich mir mit den Fingern durch die Haare. Wie hatte es ausgerechnet mir gelingen können, eines der größten Rätsel der Welt zu lösen? Ich war ein Narr, kein Gelehrter. Und weshalb schien ich ständig mit meinen Erinnerungen kämpfen zu müssen?

Der Erzmagier winkte mir zum Abschied zu. »Wenn ich dich nicht erkenne, falls wir uns je wiedersehen, dann sei nicht beleidigt. Es ist nichts Persönliches.«

Ich legte die Füße auf den Tisch und rieb mir übers Gesicht. Ich wusste zwar mehr als zuvor, aber so vieles war mir noch unklar. Zum Beispiel, was Domet sich so sehr wünschte, dass er deswegen zu einem Unsterblichen geworden war, oder ob Angelo Ombra vorhatte, Katharina von den Toten auferstehen zu lassen. In diesem Fall wäre Wissen nicht nur eine Macht, sondern auch eine Waffe.

Ich ließ den Blick über die Feierlichkeiten in der Stadt unter mir gleiten. Sie sahen so friedlich aus, und einen Moment lang fühlte auch ich mich ganz ruhig.

Ich kletterte an der Fassade von Burg Königmann hinab – wobei ich nur zweimal beinahe tödlich verunglückte –, um Schwartz aus dem Weg zu gehen und einen Krieg zu beenden.

Sogar vor der Krönung der Prinzessin und obwohl sich ein Serienmörder und ein Königsmörder auf freiem Fuß befanden und die Stadt belagert wurde, waren die Sicherheitsmaßnahmen im Hohen Viertel genauso nachlässig wie immer. Und so konnte ich mich ungehindert auf meiner gewohnten Route bewegen, die ich auch schon während des Endlosen Walzers häufig gewählt hatte. Niemand achtete auf mich. Dafür waren die Ordnungskräfte viel zu sehr damit beschäftigt, entlang der Umzugsstrecke Fahnen zu hissen und Tribünen zu errichten.

Ohne anzuklopfen, betrat ich Domets Haus und ging in den Hauptraum, wo er inmitten von Büchern saß, neben sich einen Kelch, der eine durchsichtige Flüssigkeit enthielt. Schon wieder Alkohol, so früh? Widerlich. Domet schaute zu mir auf. »Mikael?«

»Ihr habt mich nach König Isaaks Selbstmord aus dem Palast geschmuggelt. Könnt Ihr mich auch wieder unbemerkt hineinschleusen? Ich muss mit der Prinzessin sprechen.«

»Wozu?«

»Weil sie mir helfen wird, den Rebellenkaiser zu töten. Wir werden gemeinsam die Rebellion beenden.«

Kapitel 47
Enthüllte Geheimnisse

Domet half mir, ohne weitere Fragen zu stellen. Er wollte nicht mal wissen, wie genau ich die Kaiserin zu töten gedachte. Diese Information hätte ich ihm allerdings auch gar nicht geben können. Ich hatte sie zusammen mit allen anderen Erinnerungen jenes Tages verloren und wusste nur dank Trey, was der erste Schritt bei meinem Plan war. Hoffentlich würde alles, was ich mir für danach vorgenommen hatte, einfach geschehen, ohne dass ich mich daran erinnern musste.

Und es fing alles mit der Prinzessin an. An diesem Tag musste ich sie davon überzeugen, dass ich ihren Vater nicht ermordet hatte. Wenn es mir nicht gelang, nun ... Ich wusste nicht genau, was dann passieren würde. Ich könnte hingerichtet werden. Kessel würde vielleicht fallen. Die Adligen würden bei lebendigem Leib in ihren Burgen verbrannt oder auf der Treppe vor der Kirche des Wanderers geköpft werden, bis alle Stufen rot waren. Lauter unangenehme Dinge eben. Obwohl es nicht schlecht wäre, Schwartz nicht bei seinem Genozid zu helfen. Wann war das Leben bloß so kompliziert geworden?

Zu meinem Glück musste ich mich erst mal auf andere Dinge konzentrieren. Domet bugsierte mich in eine Gasse in der Nähe seines Hauses. Dort zog er eine ausgetretene Steinplatte zur Seite. Dabei kam eine Leiter zum Vorschein, die in einen dunklen Tunnel hinabführte. Unten nahm er eine Laterne von der Wand und zündete sie an. Nachdem er die Steinplatte wieder in die alte Position zurückgeschoben hatte, gingen wir gemeinsam durch den Geheimgang zum Palast. Nur die flackernde Laternenflamme erhellte unseren Weg.

»Wo endet dieser Tunnel?«, fragte ich.

»Er hat mehrere Ausgänge. Wohin willst du?«

»In die Krankenstation«, sagte ich. »Beim Kampf mit der Wegelagerin im Musikkolleg wurden drei Raben verwundet. Serena will sicher in ihrer Nähe sein.«

»Das ist anzunehmen«, sagte Domet zögerlich, was merkwürdig war. »Ich habe gehört, was im Musikkolleg geschehen ist. Das war wirklich sehr kühn von dir, Mikael. Erstaunlich, dass sie dich nicht getötet haben. Ich frage mich übrigens, wer der Wegelagerin das Herz rausgerissen hat. War der Herzensbrecher auch da?«

»Spielt das eine Rolle? Hunger ist so oder so tot.«

»Für mich spielt alles eine Rolle.«

Ich musste zwar mit Domet kooperieren, um in den Palast zu gelangen, aber das bedeutete nicht, dass ich alles sagen musste, was ich wusste. Schließlich tat er selbst das ja auch nicht. »Ich bin nicht sicher. Ich habe mir beim Versuch, zur Wegelagerin zu gelangen, den Kopf gestoßen und bin ohnmächtig geworden. Als ich wieder zu mir kam, war sie tot, und Sirash kümmerte sich um mich.«

Falls Domet wusste oder merkte, dass ich log, sprach er mich nicht darauf an. »Schade. Ich hätte gern mehr erfahren.«

Ich hielt den Mund und ging weiter. Nach einer Weile beschrieb der bis dahin gerade Gang eine Kurve, stieg an und verzweigte sich mehrfach. Das Wegenetz war noch unübersichtlicher als im Kerker unter dem Palast. Durch die Wände drangen

Stimmen. Sie unterhielten sich darüber, wie schwierig es sei, an frische Lebensmittel zu kommen, und welche Gewürze in eine Chorizo-Suppe gehörten. Offenbar befanden wir uns in der Nähe der Küche.

»Während wir durch den Palast schleichen, könntest du Geheimnisse hören, die nicht für deine Ohren bestimmt sind, Mikael«, flüsterte Domet.

»Und?«

»Du solltest dir das nur bewusst machen. Hast du dich noch nie gefragt, wie die Leute sich benehmen, wenn sie allein sind?«

»Nach meinen Erfahrungen mit Angelo frage ich mich das ständig.«

Ich folgte Domet eine knarzende Holztreppe hinauf, die in einen breiteren Tunnel führte. In seinen Wänden befanden sich im Unterschied zu den bisherigen Gängen winzige Löcher, durch die Licht hereinfiel. Auf der anderen Seite sprachen zwei Leute miteinander, doch ich konnte nicht verstehen, was sie sagten. Domet drängte mich dazu, durch eines der Löcher zu schauen.

Der Verdorbene Prinz saß, umgeben von Dienern und verschiedenen Gerichten, an einem Tisch. Wie ein Kind stocherte er in seinem Essen herum, knabberte an diesem, biss an jenem ein Stück ab. Wenn ihm etwas nicht schmeckte, verzog er angewidert das Gesicht. Alles, was diese Reaktion bei ihm auslöste, wurde sofort aus seinem Blickfeld entfernt. Am anderen Ende des Tisches befand sich noch eine Person, die ich nicht sehen konnte.

»Meine Schwester will mich allen Ernstes verheiraten?«, fragte der Verdorbene Prinz, während er sich ein Stück von einem Schweinebraten abschnitt. »Für wen hält sie sich?«

»Für die zukünftige Königin, mein Prinz.«

Die Stimme klang weiblich. War es eine Rabe? Falls ja, war es zumindest nicht Efyra oder eine der anderen, die ich kannte.

»Na und?«, erwiderte der Verdorbene Prinz. »Bin ich nicht auch ein Mitglied des Königshauses? Kann ich nicht selbst über meine Zukunft bestimmen? Mit wem ich ins Bett steige? Wer die Mutter meiner Kinder wird? Wer zu unserem Stammbaum beiträgt?«

»Nicht wenn die Königin im Wartestand Euch diese Entscheidung abnimmt. Aber sie wird Euch wahrscheinlich zu Rate ziehen. Ich habe sie die Hochadlige Danila Marget erwähnen hören, außerdem die Hochadlige Clara Berger und Kapitänin Emiri von der *Abgelegter Kummer*, aus Eham.«

»Na toll«, entgegnete er mit vollem Mund. »Ein Krüppel, eine flachbrüstige Schlampe und ein Fischweib. Sag Serena, wenn sie mich mit einer von denen verheiratet, werde ich es mit ihr treiben und darauf warten, dass mein Erbe aus ihr herausflutscht. Sobald das passiert ist, erwürge ich sie im Schlaf. Und das Ganze wiederhole ich so oft, bis sie mich selbst meine Frau wählen lässt. Das ist doch nur fair, oder nicht? So bekäme ich einen Erben und wäre nicht gezwungen, mein Leben in nie endender Langeweile zu verbringen.«

Keiner der Diener schien über die Bemerkung des Verdorbenen Prinzen irritiert oder auch nur überrascht, obwohl er über Hochadlige und die berüchtigtste Piratin im Meer der Statuen sprach.

Die unbekannte Frau schien sich ebenso wenig an seinen Worten zu stören. »Ich glaube nicht, dass die Prinzessin sich auf diese Bedingungen einlassen wird.«

»Weshalb nicht? Ihr ist das doch egal. Das ist alles nur Fassade. Nimm zum Beispiel diesen unbedeutenden Wicht hier«, sagte er, während er gleichzeitig einen der Diener am Handgelenk packte und dicht an sich heranzog. »Ich könnte ihn mit meinem Messer töten und mit seinen Eingeweiden auf dem Tisch spielen, und meine Schwester würde mich nur milde tadeln, bevor sie sich wieder ihrer Obsession zuwendet.«

»Mein Prinz ...«

»Mein Prinz, mein Prinz, mein Prinz‹ – kennst du auch noch irgendwelche anderen Worte?«, spottete Adrian. »Ist es denn nicht wahr? Hat das Miststück mit den zwei Gesichtern etwa plötzlich eine großzügige Seite an sich entdeckt? Oder kann sie immer noch bloß an Mikael Königmann denken?«

»Mikael Königmann ist eine Ausnahme, er ist ...«

»Er ist ein Parasit in meiner Stadt!«, schrie der Prinz und umklammerte fest sein Messer, worauf die Diener blitzartig den Raum verließen und die Tür leise hinter sich zuzogen. »Efyra hätte nach Davis Ermordung die ganze Familie beseitigen müssen. Aber Serena tut nicht, was nötig ist.«

»Dann macht es selbst.«

»Hmm. Vielleicht werde ich das tun.« Der Verdorbene Prinz beruhigte sich. »Ich glaube, ich weiß, wen ich heiraten will.« Er saugte an seinen Zähnen. »Bring mir Jasmin. Sie muss mir helfen, das erste Treffen vorzubereiten.«

»Wie Ihr befehlt, mein Prinz.«

Ich musste nicht noch mehr von dieser Unterhaltung hören. Mein Gesicht war auch so schon rot genug. Als wir ein Stück entfernt waren, drehte ich mich zu Domet um. »Was für eine Überraschung, der Verdorbene Prinz will mich immer noch umbringen. Das ist kein wirklich gut gehütetes Geheimnis.«

»Wenn das alles ist, was du aus diesem Gespräch mitnimmst, bist du ein noch größerer Dummkopf, als ich geglaubt habe.«

Domet führte mich zu einem weiteren Bereich mit kleinen Löchern in einer Wand. Auf der anderen Seite kniete Efyra vor einem Bild von König Isaak. Sie trug keine Waffe und weinte ungehemmt. Ihre Haare waren zerzaust, auf ihrer Haut glitzerte eine Mischung aus Schweiß und Tränen, und sie sah – wenn auch nur für diesen einen kurzen Moment – verletzlich aus.

»Isaak«, sagte sie, »ich weiß nicht, ob ich das allein schaffe. Serena ist abweisend und kalt. Adrian wird immer aggressiver und ungestümer. Und Chloe ... Gott im Himmel, gestern hat ihr eine Wegelagerin ein Auge ausgerissen. Wie soll ich dieses Land am Laufen halten, wenn ich nicht mal dich oder Chloe beschützen kann?«

Efyras Schluchzen wurde noch lauter, und ich beschloss weiterzugehen. Jeder hatte das Recht, ungestört zu trauern.

»Die scheinbar Starken sind immer die Schwächsten, wenn sie sich unbeobachtet fühlen«, sagte Domet, während wir weiter dem verborgenen Tunnel durch den Palast folgten. »Eigentlich komisch.«

»Sagt der unfassbar reiche Adlige, der nicht einen Tag lang auf Alkohol verzichten kann.«

»Sagt der Dummkopf, der diejenigen anlügt, die er liebt, und sich einredet, er würde sie damit beschützen.«

Auf dem Weg zur Krankenstation belauschten wir noch weitere Gespräche. Zum Beispiel das von zwei Niederadligen, die sich darüber stritten, ob es angesichts der Rebellenstreitkräfte, die das Land durchkämmten und plünderten, sicherer sei, ihre Familien nach Kessel zu holen, oder ob sie sie zur Goldküste bringen sollten. Sie kamen zu keiner Einigung und brachen die Unterhaltung schließlich ab, beide jeweils fest davon überzeugt, dass sie recht hatten.

In einem Speisesaal erörterten ein paar Kaufleute, ob es eine gute Idee wäre, nach der Krönung nach Neu-Drakon zu reisen. Irgendetwas gehe dort vor sich, sagten sie, aber keiner wisse, was. Es gebe vereinzelte Gerüchte, über Nachrichtensperren und einer Bekanntmachung, der zufolge niemand die Stadt verlassen dürfe.

Kurz bevor wir die Krankenstation erreichten, wurden wir noch Ohrenzeugen einer leidenschaftlichen Affäre.

Domet führte mich zum Ende des Korridors. Dort hing eine Kette an der Wand, die genauso aussah wie die, mit der ich mir von der Sternenkammer aus Zugang zu den königlichen Gemächern verschafft hatte. »Bist du sicher, dass du das tun willst?«

Anstatt zu antworten, zog ich an der Kette, sah zu, wie die Wand aufschwang, und betrat die Krankenstation. Serena stand neben Chloes Bett und richtete ihren Revolver auf mich. Sie trug immer noch ihr Bühnenkostüm, ihre Augen waren vom Weinen gerötet, und sie hatte eindeutig nicht geschlafen. Ich ließ den Blick über die übrigen Betten schweifen, entdeckte jedoch keine Spur von Karin, Michelle und Ronja.

»Wirst du mich erschießen, Serena?«, fragte ich, während Domet ebenfalls aus dem Geheimgang trat. »Oder können wir uns unterhalten?«

Die Prinzessin ließ den Revolver sinken. »Weshalb bist du hier, Mikael?«

»Um diesen Konflikt zwischen uns zu beenden. Friedlich.«

»Friedlich?«, wiederholte sie. »Nennst du es so, dass du auf der Bühne auf mich geschossen hast? Oder dass du unangemeldet und uneingeladen in die Krankenstation platzt, während ich nach einer meiner Raben sehe? Oder dass du deine Bekanntschaft mit Domet dazu ausgenutzt hast, dir eine gemeinsame Mahlzeit zu erschleichen?«

»Zu Mikaels Verteidigung muss ich sagen …«

»Ruhe, Domet!«

Chloe begann, sich in ihrem Bett zu regen, während Serena

an ihrem Revolver herumfummelte. »Aber du hast recht, Mikael. Es ist Zeit, dass wir diese Angelegenheit ein für alle Mal beenden.«

Ihr Tonfall gefiel mir nicht, dennoch fragte ich: »Und was schlägst du vor?«

»Wie wäre es mit eine Runde Roulette? Der Gewinner bleibt am Leben, der Verlierer stirbt.«

Kapitel 48
Der Königsmörder und die Königin mit den zwei Gesichtern

Wir saßen mitten in der Krankenstation einander gegenüber an einem Tisch, zwischen uns der Revolver, mit dem ihr Vater und ihr Bruder erschossen worden waren. Domet stand rechts von Serenas Stuhl und gab sich große Mühe, sein Zittern zu verbergen. Kein Wunder, dass er nervös war. Serena war genauso wichtig für seinen Plan wie ich und eindeutig blind vor Kummer.

Die Prinzessin von Kessel streckte den Arm aus und nahm den Revolver. »Bereit?«

Ich nickte. Die Regeln waren denkbar einfach. Nur in einer der Kammern befand sich eine Kugel. Wir würden uns beide abwechselnd die Mündung an die Schläfe halten und abdrücken, bis nur noch einer von uns übrig war. Zusätzlich hatte die Prinzessin noch die Regel aufgestellt, dass jeder von uns den Revolver jeweils einmal auf den anderen richten durfte. Das bedeutete, dass wir nur zweimal auf uns selbst und einmal auf unseren Gegner zielen und niemals durchatmen konnten.

»Wir müssen das nicht tun, Es, wir ...«

»Wage es nicht, mich so zu nennen, Mikael«, fauchte sie.

»Darauf hast du jedes Recht verwirkt, als du meinen Vater getötet hast. Und doch, das müssen wir. Du hattest recht. Dieser Konflikt muss hier und heute enden. Ich weigere mich, weiterhin mit dem Wissen zu leben, dass das Monster, das meinen Vater umgebracht hat, noch immer gesund und munter herumläuft.«

»Würde es dir denn nichts ausmachen, deinem Bruder die Verantwortung zu überlassen?«

»Adrian hat seine Macken. Er ist hitzköpfig und ungehobelt, aber er hat das Herz auf dem rechten Fleck. Wenn es so kommt, wird er das Richtige tun.«

Ich hielt den Mund. Die Prinzessin war vielleicht zu verblendet, um die wahre Natur ihres Bruders zu erkennen, aber sie verhielt sich dennoch schlau. Mit diesem Glücksspiel sorgte sie dafür, dass die Orbis-Kompanie meinen Tod nicht rächen würde, wenn ich starb. Ich war ganz auf mich allein gestellt, und wenn ich überleben wollte, musste ich die Prinzessin überlisten. Hinter ihr wachte Chloe allmählich auf. Neben dem Krankenbett lag ihr Schwert.

Würde sie mich am Leben lassen, wenn ich die Prinzessin während dieses Spiels tötete?

Nun, selbst im Falle eines Sieges waren meine Aussichten, diesen Raum lebend zu verlassen, verschwindend gering.

Die Prinzessin ließ die Trommel kreisen und hielt mir den Revolver hin. »Du zuerst.«

»Woher weiß ich, dass sie nicht komplett geladen ist, damit ich mir auf jeden Fall eine Kugel in den Kopf jage?«

Serena schnaubte. »Sieh selbst nach.«

Ich öffnete die Trommel. Tatsächlich befand sich nur in einer Kammer eine Kugel. Ich nahm sie heraus und drehte sie zwischen den Fingern hin und her, ehe ich sie wieder zurücksteckte.

»Domet«, sagte ich schließlich, die Waffe immer noch mit aufgeklappter Trommel in der Hand, »wollt Ihr sie das wirklich durchziehen lassen? Wenn sie stirbt, wird der Verdorbene Prinz herrschen, und das wird Eure Schuld sein.«

Domet konnte sein Zittern nicht mehr unterdrücken. Er blickte zur Prinzessin, die ihm fest in die Augen schaute. »Hochadliger Domet«, sagte sie leise, »lasst mich Euch bei der Entscheidungsfindung helfen.«

Der Unsterbliche fiel fluchend auf ein Knie und verlangte, dass sie ihn wieder aufstehen lasse. Doch Serena ignorierte ihn und richtete ihre Aufmerksamkeit stattdessen erneut auf mich. Was für einen Anblick wir wohl geboten haben, während wir so dasaßen. Keiner von uns beiden hatte die zwanzig überschritten, und doch spielten wir um unser Leben, als bedeute es gar nichts.

»Ich habe genug von diesem Geschwätz«, blaffte die Prinzessin. »Gib mir den Revolver. Ich fange doch an.«

Ich ließ die Trommel wieder einrasten und noch einmal kreisen, dann schob ich ihr die Waffe zu. »Wenn du darauf bestehst.«

Die Prinzessin nahm sie, legte sich die Mündung an die Schläfe, schaute mir in die Augen und betätigte den Abzug.

Der Revolver klickte.

Bei diesem Geräusch flogen Chloes Augenlider auf, und sie stemmte sich vom Bett hoch. Ihre Decke fiel zur Seite, und ich sah, dass ihre Kleidung komplett durchgeschwitzt war. Um ihre leere Augenhöhle klebte getrocknetes Blut. »Was macht ihr beide – Eure Hoheit! Verdammt!« Chloes Arme zitterten, und sie fiel aufs Bett zurück, wo sie bewegungsunfähig liegen blieb.

»Selbst sie?«, fragte ich.

»Eure Hoheit! Bitte!«

»Selbst sie«, antwortete Serena. »Niemand darf das hier unterbrechen.«

Chloe hatte ihr Auge geschlossen. Dafür hatte ich größtes Verständnis. Sie hatte nicht darum gebeten, hier zu sein, und verdiente es nicht, ihre Prinzessin vor sich selbst beschützen zu müssen, nachdem sie gerade eine Auge an eine Wegelagerin verloren hatte. Aber ich hatte Glück, dass Chloe bei uns war und nicht ihre Mutter. Efyra hätte die Prinzessin bestimmt dazu ermuntert, mir in den Kopf zu schießen und das Ganze nur wie ein richtiges Glücksspiel aussehen zu lassen.

Serena Kessel, die Thronerbin, reichte mir den Revolver. »Glaubst du wirklich, dein Vater hätte das hier gewollt?«, fragte ich. »Er wusste, dass du eine bessere Herrscherin sein würdest, als er je …«

»Sprich nicht von meinem Vater!«, schrie sie mit hochrotem Gesicht. »Wage es ja nicht, von dem Mann, den du umgebracht hast, so zu sprechen, als würdest du ihn kennen! Oder als hätte dir etwas an ihm gelegen! Ich habe gehört, was du früher über ihn gesagt hast! Du wolltest dich seit Jahren an ihm rächen. Vor allem nachdem er dir das Brandzeichen verpasst hat.«

Ich berührte es mit der freien Hand. Sie hatte recht. Ich konnte es nicht leugnen. Aber das war früher gewesen. Bevor ich begriffen hatte, was zwischen meinem Vater, Carl Domet und Angelo Ombra vorgefallen war. Hätte ich den König wirklich töten wollen, hätte ich ihn in seinen Gemächern erschossen. Ich konnte ihm nicht verzeihen, aber ich war bereit, meinen Zorn auf ihn zu begraben. Und dann hatte er mit seiner letzten Handlung seine Tochter dazu verdammt, den gleichen Weg einzuschlagen, den ich bis dahin genommen hatte. Und dieser Weg hatte nur ein Ziel.

Mit der Revolvermündung an der Schläfe blickte ich ihr direkt in die Augen. »Wir sollten das hier nicht tun, Serena. Nicht wir beide. Nicht, nachdem wir bereits so viel verloren haben. Wir sollten stattdessen zusammen sein. So wie früher.«

»Ich brauche dich nicht mehr. Ich habe alle meine Schwächen in Stärken verwandelt. Ich brauche heute nicht mehr deine Unterstützung, wenn ich vor vielen Leuten auftreten muss. Ich bin kein Kind mehr. Genauso wenig musst du mir mit den Raben helfen. Ich bin so stark, weise und fürsorglich wie meine Vorfahren. Aber im Gegensatz zu ihnen habe ich das ohne einen Königmann geschafft.«

»Wenn das stimmt, wieso lautet dein Spitzname dann die Königin mit den zwei Gesichtern?«

Darauf erwiderte sie nichts.

Ich holte tief Luft und betätigte den Abzug.

Erneut klickte es bloß.

Als ich die Waffe zu ihr zurückschob, fragte ich: »Ist es wirklich das, was du willst? Wir machen damit weiter, bis nur noch einer von uns beiden übrig ist? Es gibt nur noch drei Kessels und vier Königmanns. Müssen wir wirklich noch jemand verlieren? Oder sogar beide Familien aufgrund einer Blutfehde?«

Ohne zu zögern, hielt sie sich die Mündung erneut an die Schläfe. »Blut muss mit Blut vergolten werden.«

Ich spürte ein Ziehen im Herzen und dachte an Vater und meine Ahnen. Was hätten sie wohl davon gehalten, dass die Kessels und Königmanns, die seit der Gründung des Landes zusammengehalten hatten, einander zu töten versuchten? Wie tief waren unsere Familien bloß gesunken?

»Was passiert, wenn ich sterbe?«, fragte ich. »Glaubst du wirklich, meine Freunde, meine Familie und die Orbis-Kompanie werden das einfach so hinnehmen? Früher oder später werden sie dahinterkommen, was geschehen ist, und das Land stürzen, das du errichten willst. Und was passiert, wenn *du* stirbst, Serena? Glaubst du, dein Bruder und die Raben werden nicht an allen, die ich liebe, Vergeltung üben? Wie viele Leute müssen noch sterben, bevor wir diesen Kreislauf aus Hass endlich durchbrechen können?«

»Nur noch du«, erwiderte sie und betätigte den Abzug.

Wieder klickte es.

Ich beobachtete, wie sie mir den Revolver zurückgab.

Es war sinnlos. Ich würde sie nicht dazu bringen, mir zuzuhören, solange die Aussichten gut für sie waren. Erst wenn sie erkannte, was wirklich auf dem Spiel stand, würde sie Vernunft annehmen. Also betätigte ich, als ich die Waffe wieder in der Hand hielt, ohne nachzudenken oder noch etwas zu sagen, sofort den Abzug.

Noch eine leere Kammer.

Zwei Schüsse waren noch übrig. Nun standen die Chancen fünfzig zu fünfzig. Chloe und Domet sahen uns in unbehaglichem Schweigen zu. Es war eine Sache, wenn die Wahrscheinlichkeit bei fünfzehn oder fünfundzwanzig Prozent lag. Doch jetzt war es völlig ausgeglichen. Konnte sie wirklich ruhig darauf warten, dass einer von uns beiden starb?

Die Prinzessin richtete die Waffe lächelnd auf mich. »Das war's, Mikael. Das hier ist die Patrone, die dich töten wird. Das ist meine Rache. Du hast mein Leben zerstört, da ist es nur gerecht, dass ich deines beende.«

»Und wenn es nicht klappt?«, fragte ich.

»Wenn was nicht klappt?«

»Wenn diese Kammer leer ist, wirst du dich dann einfach von mir erschießen lassen?«

Chloe öffnete den Mund, um etwas zu sagen, doch die Prinzessin ließ es nicht zu: »Hast du noch irgendwelche letzten Worte, Königsmörder?«

Ich atmete tief durch und unternahm noch mal einen Versuch, das Mädchen in ihr zu erreichen, das ich vor Jahren gekannt hatte: »Du warst es, nicht wahr, Serena?«

Sie kniff die Lippen zu einem schmalen Strich zusammen.

»Du warst die Frau, die mich getröstet und mir etwas vorgesungen hat, nachdem Jamal gestorben war. Obwohl zehn Jahre vergangen waren, wolltest du immer noch nicht, dass ich allein bin, weil du ...«

Sie betätigte den Abzug.

Klick.

Serena starrte den Revolver an. Plötzlich begannen ihre Hände zu zittern.

Es gab nur noch einen Versuch, und jetzt war ich dran.

»Prinzessin!«, rief Chloe, während sie vergeblich versuchte, sich von Serenas Fabrikationen zu befreien. »Wir müssen ...«
Ihr Körper zuckte krampfhaft und wurde sogar noch regloser als zuvor. Die Prinzessin hatte ihre Fabrikationen noch mal verstärkt, um sicherzugehen, dass ihre Rabe sich nicht einmische. Nun konnte Chloe, genau wie Domet, nicht mehr sprechen.

Serena schob mir den Revolver ganz langsam zu. Ihre rotbraunen Haare verdeckten ihre Augen.

Ich nahm ihn in die Hand und zielte. »Willst du wirklich wegen dieser Fehde sterben, Serena? Ich habe König Isaak nicht getötet. Und mein Vater hat nicht deinen Bruder ermordet. Ich weiß, dass du mir das nicht glauben willst, aber es ist die Wahrheit.«

Sie saß stumm und zitternd auf ihrem Stuhl.

»Du hast es mir immer angemerkt, wenn ich lüge. Deswegen weißt du, dass ich die Wahrheit sage.«

»Ich kann mich irren.«

»Aber das tust du nicht, Es.«

»Nenn mich nicht so.« Ihre Stimme schwankte. »Tu, was du tun musst.«

Ich stand auf und hielt die Waffe weiter auf sie gerichtet, während der Stuhl über den Boden scharrte. »Willst du das wirklich? Möchtest du sterben, weil du dich für etwas rächen wolltest, das ich nicht getan habe, Serena? Ich versuche, dieses Land zu beschützen, wie es unsere beiden Väter getan haben. Vertrau mir. Ich habe deinen Vater nicht umgebracht, und mein Vater hat nicht deinen Bruder ermordet.«

»Wer dann?«, fragte sie und lachte leise. »Wer, wenn nicht du, ist verantwortlich für den Tod meines Vaters?«

»Er hat sich selbst umgebracht!«, erwiderte ich. »Er hielt sich für einen nutzlosen König, der von seiner eigenen Familie und jedem in der Stadt gehasst würde. Er war der Meinung, er hätte nichts mehr zu geben. Aber an dich hat er geglaubt. Er wusste, dass du die größte Königin werden würdest, die dieses Land je gesehen hat.«

»Und mein Bruder?«

Ich zögerte. »Das ist eine längere Geschichte. Mein Vater hat versucht, deinen Bruder vor einem Anschlag zu retten, aber er hat es nicht geschafft. Die Leute, die dafür verantwortlich waren, sind schon viel zu lange ungestraft davongekommen, aber ich werde meinen Vater und deinen Bruder rächen. Das verspreche ich dir.«

»Du versprichst es?«, erwiderte sie lachend. Ich konnte noch immer nicht ihr Gesicht und ihre Augen sehen. »Ich glaube dir nicht. Du willst nur, dass ich dir glaube, bevor du mich tötest. Was für eine beispiellose Grausamkeit.«

Ich antwortete nicht.

»Königmann!«, presste Chloe hervor. »Prinzessin! Bitte befreit mich! Lasst es mich erklären. Mikael ist nicht, was Ihr …«

»Genug«, fiel die Prinzessin ihr ins Wort. »Es endet heute Abend. Auf die eine oder andere Weise. Nicht wahr, Mikael?«

Serena, meine erste Liebe und mit neunzehn die Erbin des Throns von Kessel, sah sich mit derselben Waffe konfrontiert, die auch schon ihren Vater und ihren Bruder getötet hatte. Stolz strich sie sich die Haare aus dem Gesicht und richtete die tränenden rot geränderten Augen direkt auf die Mündung. Chloe schloss ihr Auge, um nicht mit ansehen zu müssen, wie die Kugel das Leben der Prinzessin auslöschte. Und Domet war wie immer nur ein Beobachter, der nicht verhindern konnte, dass eine weitere Kessel starb.

Ich hielt mir die Waffe an die Schläfe. »Du hast recht, es ist vorbei.«

Ich betätigte den Abzug, und Serena schrie.

Der Hahn traf zum sechsten Mal auf eine leere Kammer. Die Prinzessin starrte mich entsetzt und verwirrt an. Ich legte die Waffe auf den Tisch. Dann griff ich in meine Jacke, zog die Kugel heraus, die ich von allen unbemerkt eingesteckt hatte, und legte sie ebenfalls zwischen uns. Als ich anschließend Serenas Fabrikationen annullierte, schnappten Chloe und Domet laut nach Luft.

»Ich habe von dieser Blutfehde zwischen unseren Familien genug«, sagte ich. »Du kannst dich jetzt entscheiden, ob du sie ebenfalls beenden möchtest. Aber jetzt müsst ihr mich alle entschuldigen: Ich muss einen Serienmörder aufhalten, eine Kaiserin ermorden und eine Stadt beschützen.« Ich schaute Serena an. »Wenn du bereit bist, mir zu vertrauen, dann vereine die Provinzarmeen unter deinem Kommando. Du wirst sie heute Nacht brauchen.«

Als ich mit Domet den Raum verließ, nahm ich den Revolver und alle fünf Patronen aus der Schachtel mit. Die Rabe und die Prinzessin schwiegen. Als ich in den geheimen Tunnel hinter den Wänden des Palasts zurückkehrte, hörte ich die beiden weinen.

»Hast du das geplant?«, fragte Domet, als wir allein waren.

»Sobald wir hier raus sind, geht Ihr zur Burg Königmann und sagt meiner Familie, dass sie sich bereitmachen soll.«

»Ich bin nicht dein Laufbursche ...«

»Habe ich mich unklar ausgedrückt?« Ich sah ihm direkt in die Augen. »Ich bin Mikael Königmann, und Ihr werdet tun, was ich sage. Oder glaubt Ihr etwa, irgendein anderer wäre auch nur halb so fähig wie ich? Ihr habt mich erschaffen. Ihr wolltet es so. Jetzt lehnt Euch zurück und genießt die Vorstellung.«

Ich ließ Domet mit offenem Mund im Tunnel stehen. Mein chaotischer Plan war aufgegangen. Ich wusste zwar nicht, ob sich dadurch irgendetwas zwischen Serena und mir geändert hatte, aber ich musste darauf vertrauen, dass das großherzige Mädchen, das ich von früher kannte, noch immer existierte.

Morgen würde die Rebellion gegen sie niedergeschlagen sein, ein für alle Mal.

Kapitel 49
Ein Schläfchen in freier Natur

Ich träumte schon sehr lange davon, die Stadt zu verlassen. Dennoch wurde mir flau im Magen, als ich zum ersten Mal im Leben die Mauern von Kessel hinter mir ließ.

Die Wächter schlossen das südliche Tor sofort wieder, als ich hindurch war. Da ich ein Söldner war, hatten sie mich herauslassen müssen, doch sie waren nicht dazu verpflichtet, das Tor für den Fall, dass ich meine Meinung änderte, offen zu lassen. Als ich zum Lager der Rebellen hinüberblickte, fragte ich mich unwillkürlich, ob ich womöglich einen gewaltigen Fehler gemacht hatte.

Trey hatte mir gesagt, dass mein Plan nur funktionieren würde, wenn ich mich von den Rebellen festnehmen ließ. Und das klappte vermutlich am besten, wenn ich direkt auf sie zumarschierte. Allerdings nur unter der Voraussetzung, dass sie mich nicht sofort aufschlitzten, sobald sie mich erspähten. Bislang hatten sie nur Söldner durchgelassen. Gut, dass ich einer war. Vermutlich half auch, dass der Rebellenkaiser bereits einmal mein Leben verschont hatte. Da ich als vermeintlicher Königsmörder mittlerweile eine Symbolfigur im Kampf gegen den Adel war, würde sie mich wahrscheinlich mit offenen Armen empfangen.

Während ich über die Äcker ging, wurde ich mehrere Male von Leuten aufgehalten, die mir dringend rieten, wieder umzukehren. Doch stattdessen legte ich mich auf ein sonniges Feld und döste, bis der Abend graute und ich keine Wärme mehr auf der Haut spürte. Danach war ich zwar längst noch nicht völlig ausgeruht, aber es würde reichen müssen.

Hinter den Äckern erstreckte sich eine endlose, komplett niedergebrannte Ebene. Während die Sonne hinter dem Horizont versank, wurde ich auf ihr von berittenen Rebellen mit Speeren und Steinschlosspistolen umzingelt. Ihr Blick war fest auf mein Brandmal gerichtet. »Auf die Knie, Königmann!«

Ich tat wie geheißen. Sie fesselten mir die Arme auf dem Rücken und führten mich an einem Strick zwischen ihren Pferden zum Lager. Sie ahnten ja nicht, dass ich mir einen Revolver vor die Brust geschnallt hatte.

Es war an der Zeit, meinem Ruf gerecht zu werden.

Kapitel 50
ILXU HVBJ ILXU LJ VLKFSXLXK

Verberge deine wahren Gefühle und bleibe ruhig.
    Das war es, was man Gefangenen meistens riet und was ich im Kerker unter der Burg Kessel getan hatte, während ich wie ein braves kleines Opferlamm auf den Tod wartete. Doch diesmal war es nicht das Gleiche. Es fühlte sich anders an, mit dem Himmel über mir und den Leuten – richtigen Verrätern – um mich herum. Die Rebellen, die mich gefangen genommen hatten, führten mich direkt in die Mitte des Lagers, eine kleine spontane Parade, die viel Aufmerksamkeit erregte. Einige salutierten vor mir. Andere starrten mich an, als wäre ich ein legendäres Geschöpf, das sie niemals in Wirklichkeit zu sehen erwartet hätten. Manche hatten Waffen, vor allem ehemalige Adlige, die noch immer stolz ihr Wappen auf der Brust trugen und sich damit an einem Status festklammerten, der an diesem Ort eigentlich keine Geltung hätte haben dürfen.
    Diese Heuchler.
    Ich wurde in ein großes, behelfsmäßig aus zerbrochenen Balken und Steinquadern errichtetes Gebäude eskortiert. Es war mit Stroh gedeckt und bestand aus einem einzigen mit Fellen ausgelegten Raum. In einer Ecke stand ein Bett, und in der Mitte befand sich eine kleine von mehreren Stühlen umringte Feuergrube. Auf einem der Stühle saß ein dreckiger, stark nach

Zitronen riechender Mann und fütterte die Flammen mit Holzspänen und Stöcken.

Als er mich sah, schenkte er mir ein eigenartig schmallippiges Lächeln und kniff mir in die Wangen. »Mikael Königmann. Wie siehst du denn aus? So hübsch, so edel, so ... verflucht wunderbar. Ich könnte dich knutschen. Ein toter König! Was für ein Geschenk!«

»Lasst mich frei, ich bin hier, um mich euch anzuschließen.«

»Jetzt also doch?«, fragte eine sanfte Stimme hinter mir.

Die Kaiserin, Emilia Preiss, ging an mir vorbei. Sie trug herrschaftliche Kleidung, allerdings in dem ihr eigenen Stil, mit abgeschnittenen Ärmeln und Ohrringen aus Kupfer. Ihre Narbe, die von einem Ohr bis zum Hals verlief, stach wie immer ebenso deutlich ins Auge wie ihre umwerfende Schönheit. Sie war eine Frau, um die man, wenn die alten Lieder stimmten, früher Kriege geführt hätte. Doch auf mich wirkte sie nur wie eine übermäßig arrogante Wildkatze.

Sie setzte sich aufs Bett und schlug ein Bein über das andere. »Als wir das letzte Mal gesprochen haben, wolltest du dich mir noch unbedingt widersetzen. Woher kommt der plötzliche Sinneswandel?«

»Mir ist klar geworden, wie gefährlich Domet ist.«

»Das bezweifle ich«, entgegnete sie. »Domet reicht als Erklärung nicht. Hast du herausgefunden, wer der Herzensbrecher ist? Einer dieser Unsterblichen?«

Ich schaute sie mit großen Augen an. »Woher weißt du ...?«

»Du hattest zwei Monate, um die Wahrheit herauszufinden, ich zehn Jahre. Ich weiß vieles, Mikael, und wäre ich damals auf dem Friedhof nicht davon überzeugt gewesen, dass du früher oder später zu uns stößt, hätte ich dich nicht am Leben gelassen. Wenn wir Domet und den restlichen Unsterblichen nicht Einhalt gebieten, werden sie noch ein weiteres Jahrtausend lang über das Schicksal von Kessel bestimmen. Die Prinzessin und der Prinz sind, genau wie der verstorbene König vor ihnen, nichts als Marionetten, deren Schnüre wir durchtrennen müssen, bevor wir mit dem Wiederaufbau beginnen. Wir sind Kessels einzige Hoffnung. Außer uns wird sich ihnen niemand entgegenstellen.«

»Doch, einen gibt es«, erwiderte ich gepresst. »Und im Gegensatz zu euch Rebellen tötet er keine Unschuldigen.«

Emilia beugte sich so dicht an mich heran, dass ich ihr Blumenparfüm riechen konnte. »Der Schwarze Tod? Bist du dir sicher? Und so gern ich auch mit diesem Söldner zusammenarbeiten würde, ihm geht es nur darum, ungeheuerlich Unsterbliche zu töten, aber das wahre Problem sind die wahren Unsterblichen.«

Ich blickte in ihre dunklen Augen. Sie wusste über Schwartz und seine Absichten Bescheid – und vielleicht sogar, wie er an seine Kräfte gekommen war –, und sie verwendete dieselben Begriffe wie der Erzmagier. »Wie hast du das alles herausgefunden?«, fragte ich sie.

»Es ist gar nicht so schwer, diese Geheimnisse zu ergründen, wenn man weiß, wo man nachsehen oder bei wem man sich erkundigen muss.«

»Und bei *wem* hast du dich erkundigt?«

Emilia lächelte mich an. »Ich weiß, dass du vieles wissen willst. Aber mal ehrlich, Mikael, ist das alles nicht nur eine Scharade? Sobald du bewiesen hast, dass du einer von uns bist und die alte Garde wirklich absetzen willst, werde ich dir all deine Fragen beantworten.«

»Und wie soll ich das deiner Meinung nach anstellen?«

»Du musst nur zuhören«, erwiderte sie und verließ das Zelt.

Um den Rest kümmerte sich der nach Zitronen riechende Mann.

Er brachte Dutzende von Leuten herein, die glaubten, die Teilnahme an der Rebellion wäre ihre einzige Hoffnung. Sie alle berichteten mir Dinge, die mich rührten und erklärten, weshalb sie Kessel zerstören wollten.

Zwei Kinder aus Naverre erzählten mir, dass ihre Eltern zwei Wochen vor dem Einmarsch der Rebellen von den Hochadligen hingerichtet worden waren. Weil sie vier Äpfel vom Baum gestohlen hatten.

Ein alter Mann war in der Gegend um Vurano aufgewachsen und hatte dort bis zur Zerstörung der Stadt gelebt. Der König hatte die Menschen dort im Stich gelassen, worauf Banditen das Machtvakuum gefüllt hatten. Sie hatten an sämtlichen großen Straße Zollstationen errichtet. Wer dort durchwollte, musste alles hergeben, was er dabeihatte. Und wer nichts besaß, dem nahmen sie stattdessen das Leben oder die Freiheit. Einige seiner Freunde hatten den Angriff der Söldner überlebt, nur um im Straßengraben zu sterben. Und das waren noch die Glücklichen gewesen. Andere wurden auf Nimmerwiedersehen zur Knochenküste gebracht.

Eine Frau erzählte mir von dem Mann, mit dem sie seit ihrer Kindheit verlobt gewesen war. Eines Tages hatte er sich als Fabrikator entpuppt und war in die Armee eines Hochadligen eingezogen worden. Nach jahrelanger Suche hatte sie ihn endlich wiedergefunden, nur um festzustellen, dass er sie in der Zwischenzeit vergessen hatte. Schließlich war er bei lebendigem Leib in Burg Naverre verbrannt. Seither kämpfte sie gegen die Ungerechtigkeit unserer Gesellschaft. Genau wie Trey.

Ein Mann hatte einen Niederadligen gesund gepflegt, sich dabei selbst infiziert und infolgedessen ein Auge verloren. Anstelle von Dank oder einer Entschädigung erhielt er die Kündigung, weil er nicht arbeiten konnte, während er sich erholte. Von da an ging es mit ihm steil bergab. Erst verlor er seine Frau und die Kinder, dann sein Zuhause und schließlich auch alles andere. Ihm war gar nichts anderes übrig geblieben, als sich der Rebellion anzuschließen. Ihm ging es nicht um Rache, sondern ums blanke Überleben.

Als ich sie fragte, ob sie sich für Helden hielten, verneinten sie. Es gefiel ihnen nicht einmal, was sie taten, aber die Rebellion war ihre einzige Hoffnung auf eine bessere Zukunft. Selbst wenn sie nicht an ihr teilnehmen würden. Sie wollten das alte korrupte System zerschlagen und die Überlebenden entscheiden lassen, wer am besten dazu geeignet war, über die Trümmer zu herrschen. Sie wirkten eher wie eine Naturgewalt als eine Ansammlung von Menschen mit eigenen Wünschen und Träumen.

Wie sollte ich dagegen argumentieren? Würde Emilias Tod sie überhaupt aufhalten?

Schließlich brachte der Zitronen-Mann keine neuen Leute mehr herein und gab mir stattdessen Wasser, einen Kanten trockenes Brot und einen Eintopf, der so alt war, dass er nur noch aus ununterscheidbaren braunen Brocken bestand. Nachdem wir eine Weile schweigend gegessen hatten, fragte ich ihn: »Wieso hast du den Jungen getötet, mit dem ich auf dem Friedhof war?«

Der Zitronen-Mann saugte Essensreste zwischen seinen Zähnen hervor und stellte die leere Schüssel auf den Boden. »Wir haben getan, was Em uns befohlen hat.«

»Hat sie etwa geglaubt, ich würde mich euch anschließen wollen, wenn sie meinen Freund umbringt?«

»Du bist hier, oder nicht?«, entgegnete der Mann. »Wenn

du es genau wissen willst, musst du sie selbst fragen, aber ich vermute, dass sie dich motivieren wollte – und sei es nur dazu, ihn zu rächen.«

»Motivieren?«, spie ich aus.

»Wir brauchen alle eine Motivation. Tod und Rache sind in der Regel die stärksten Triebfedern. Kein Wunder, dass du dich nach der Hinrichtung deines Vaters versteckt hattest. Der Tod dieses Jungen lockte dich wieder heraus. Oder glaubst du, dass du auch hier wärst, wenn er noch leben würde?«

»Jamal hat etwas Besseres verdient.«

»Wie alle anderen auch. Oder bedeutet sein Leben mehr, nur weil du ihn gekannt hast, als das von Tausenden anderen?«

Ich schloss die Augen und seufzte. »Wann kommt Emilia zurück? Sie sagte, sie würde mir meine Fragen beantworten.«

Der Zitronen-Mann zog mich auf die Beine. »Ich bringe dich zu ihr.«

Um das Haus, in dem ich gewesen war, hatte sich eine Menge versammelt. Als wir ins Freie traten, löste sie sich auf wie ein Nebelschleier, wenn man mit der Hand hindurchfährt. Ein paar der ehemaligen Niederadligen blieben zurück und starrten mich an, bis ich ihre Blicke erwiderte, als wollten sie mich provozieren oder einschüchtern.

Wir gingen zu einem weiteren heruntergekommenen Steingebäude, über dem zahlreiche verschiedene Flaggen im Wind knatterten. Am höchsten wehte ein Banner mit dem Rebellensymbol, damit es von Kessel aus gesehen werden konnte. Um das Gebäude herum rasteten staubbedeckte Männer und Frauen mit Spitzhacken. Sie unterschieden sich von den Rebellen, die ich bisher gesehen hatte. Die meisten litten an einem bellenden Husten, bei dessen Klang ich sofort selbst eine trockene Kehle bekam.

In dem Gebäude gab es keinerlei Einrichtungsgegenstände, nur ein paar Laternen, Wassereimer und verschlissene Werkzeuge. Die Rebellen, die mich herbegleitet hatten, sagten allen Leuten im Raum, dass sie hinausgehen und draußen etwas essen und trinken und sich ausruhen sollten. Sie kamen der Aufforderung sofort nach, froh, eine kurze Pause von ihrer Knochenarbeit einlegen zu können. Wir stiegen eine Treppe hinunter und betraten eine Höhle, in der zahlreiche an die Dunkelheit angepasste Pflanzen wuchsen. Zwischen ihnen führte ein breiter Pfad hindurch, von dem mehrere kleine Wege zu stockdunklen Tunneleingängen abzweigten.

Emilia wartete am anderen Ende der Höhle auf uns. Sie stand vor einem ruhigen Teich und einem verwitterten Gemälde. Letzteres zeigte einen Mann, der mir bekannt vorkam. Aus seinem Körper ragten rote Ranken. Er schrie und hielt sich die Ohren zu. Über ihm hingen der zerbrochene Mond Celona und der vollkommen intakte Tenere. Ich erkannte, dass früher auch noch andere Leute auf dem Gemälde zu sehen gewesen sein mussten. Offenbar waren sie durch die Ranken miteinander verbunden, doch diese Einzelheiten waren im Laufe der Zeit verblasst.

»Erkennst du ihn, Mikael?«, fragte Emilia, als ich mich neben sie stellte. Der Zitronen-Mann wartete hinter uns und klopfte sich mit der Steinschlosspistole ans Bein, als wollte er mich dazu provozieren, irgendetwas Unbedachtes zu tun.

»Irgendwie ja«, sagte ich.

»Sieh ihn dir genauer an.«

Ich ließ die Fingerknöchel knacken und beugte mich vor. Seine Augen waren golden, sein Kiefer ausgeprägt, die Augenbrauen dünn und sein Mund ...

Es war Carl Domet, jünger, als ich ihn kannte, aber eindeutig er.

»Beängstigend, nicht wahr?«, fragte sie. »Dieses Bild ist mehr als tausend Jahre alt. Wie alt ist dann wohl Domet?«

»Was stellt dieses Gemälde dar?«

Emilia deutete auf die goldene Plakette darunter. Die erste und die dritte Zeile waren – offenbar erst kürzlich – zerkratzt worden, wahrscheinlich mit einem stumpfen Messer, doch die zweite war gut lesbar: *Der Lebensweber.*

Ich sah Emilia fragend an. »Der Lebensweber?«

»So lautete Domets ursprünglicher Titel, als er noch sterblich war.«

Ich sah den zerbrochenen Mond an. Also war der Mond bereits zerstört gewesen, als Domet noch sterblich war. War er vor seiner Geburt zerbrochen? Da ich auf diese Frage keine Antwort erhalten würde, stellte ich eine andere: »Was hat sonst noch auf der Plakette gestanden?«

»Zu wertvolle Informationen, um sie für jedermann sichtbar zu lassen.«

Ich dachte an den Namen, den Angelo vor dem Sarkophag geflüstert hatte. »Sein richtiger Name?«

Emilia lächelte mich sanft an. »Zusammen mit einem Hinweis, was ihn ans Leben bindet.«

»Du weißt, was er bereut?«

Ihr Lächeln verblasste. »Ich glaube schon. Es ist nicht so einfach wie ... Ehrlich gesagt glaube ich nicht, dass ich dir das jetzt schon verraten sollte. Ich möchte ja nicht, dass du mit meinem mühsam gewonnenen Wissen davonläufst. Wenn du den Rest hören willst, musst du dich mir und meiner Sache anschließen.«

Der Titel allein war mehr, als ich bisher über Domet gewusst hatte. Bestand die Möglichkeit, dass er ein Weber war, der Leben manipulieren konnte? War er an der Erschaffung Unsterblicher beteiligt gewesen? Ich wusste es nicht, hatte nun aber etwas, über das ich Nachforschungen anstellen konnte – nachdem ich Emilia und den Herzensbrecher getötet und Serena davon überzeugt haben würde, dass ich die Wahrheit über König Isaaks Tod sagte.

»Dann verrate mir wenigstens«, sagte ich und drehte mich zu Emilia um, »was Domet – abgesehen davon, dass er bereits sehr lange lebt – getan hat, das diese Rebellion rechtfertigt, die du offenbar nur begonnen hast, um ihn zu töten?«

Emilia setzte sich auf einen Felsbrocken am Teich. Sie warf kleine Steine ins Wasser und betrachtete die Wellen, die sie damit erzeugte. »Domet ist ein lebender, atmender und sich ständig weiterentwickelnder Fluch, der auf Kessel lastet. Er nimmt seit Generationen Einfluss auf wichtige Ereignisse und damit auf das Leben der Menschen. Hat es so jemand verdient, einfach immer weiterzuleben?«

»Was auch immer er früher war, Domet ist mittlerweile ein Alkoholiker und reiner Beobachter. Er ist harmlos.«

»Harmlos?«, wiederholte sie. »Bist du blind oder blöd? Domet ist die mit Abstand mächtigste Person im ganzen Land. Es spielt keine Rolle, ob er gerade eine Ruhepause einlegt. Eines Tages wird er wieder ganz der Alte sein, und wenn es so weit ist, wird Kessel brennen. Genau wie unter der Herrschaft der Wolfskönige.«

»Willst du etwa andeuten, dass Domet die Wolfskönige gestürzt hat?«, fragte ich und versuchte, nicht laut loszulachen. »Das widerspräche allen historischen Fakten. Der Erste Königmann und Adrian der Befreier ...«

»Nein, er hat nicht dabei geholfen, sie zu stürzen. Ich glaube, er war einer von ihnen.«

Nun konnte ich mein Gelächter nicht mehr unterdrücken.

Ich prustete los und spürte, wie mir Tränen in die Augen traten. Was weder Emilia noch dem Zitronen-Mann zu gefallen schien.

»Du glaubst, Carl Domet war ein Wolfskönig? Ernsthaft?«

»Ja, spotte du nur, aber weißt du eigentlich, was die Wolfskönige während ihrer Herrschaft getrieben haben? Wie sie waren?«

»Nein«, erwiderte ich. »Ich befasse mich nicht mit den Verlierern.«

»Die Wolfskönige sind der Abschaum der Menschheit gewesen. Sie haben auf dem ganzen Kontinent gegeneinander Krieg geführt, nur um zu verhindern, dass die jeweils anderen zu viel Macht anhäufen. Die Aschestadt, die Wüste der Tausend Krater und der Schwerterfriedhof sind nur ein paar der Wunden, die ihre Schlachten hinterlassen haben. Es besteht die Möglichkeit, dass einer von ihnen noch lebt. Wenn es so ist, sollten wir ihn nicht einfach weitermachen lassen. Auch wenn er harmlos wirkt. Findest du nicht?«

»Wieso glaubst du, dass Domet einer von ihnen war?«

Emilia deutete erst auf die Plakette und tippte sich dann auf die Brust. »Weil es erklärt, was er bedauert.«

»Und was ist das?«

»Da sage ich dir nicht – noch nicht.«

Das wurde allmählich lächerlich. Emilia erwartete, dass ich ihr ohne den geringsten Beweis alles glaubte, was sie mir erzählte. Doch das konnte ich nicht. Domet war eindeutig alt und mächtig ... aber kein Wolfskönig.

»Wie soll ich dir glauben, wenn du mir nichts sagst?«

Der Zitronen-Mann richtete die Steinschlosspistole auf mich, und Emilia erwiderte: »Weil du entweder auf unserer Seite stehst oder mit ihm zusammenarbeitest.«

Wieso mussten bloß alle immer so dramatische Ultimaten stellen?

»Glaubst du wirklich, dass er mich aus dieser Entfernung treffen kann?«, höhnte ich. »Ich nämlich nicht.«

Emilia erwiderte lächelnd meinen Blick. »Und glaubst *du* wirklich, dass ich dich den Revolver vor deiner Brust hätte behalten lassen, wenn ich dich nicht aufhalten könnte?«

Ich spürte, wie mir das Blut aus dem Gesicht wich.

»Du kannst die Karten ruhig auf den Tisch legen.«

Ich griff langsam unter mein Hemd und zog den Revolver hervor. Er war geladen und fühlte sich schwer an. Ich befand mich in einer besseren Schussentfernung zu Emilia als ihr Mann zu mir. Was meinte sie damit, dass sie mich aufhalten könnte? Ich verstärkte den Griff um die Waffe und versuchte, mich auf den Plan zu besinnen, der mich hergeführt hatte. Zumindest war ich mir sicher, dass er so nicht ausgesehen hatte.

Wenn ich mich doch bloß daran erinnern könnte, was Trey unternehmen würde.

»Wenn du mich erschießt«, sie schlug die Beine übereinander und lehnte sich zurück, »dann ziel besser genau.«

»Hast du denn keine Angst vor dem Tod?«

Sie schüttelte den Kopf. »Tatsächlich war ich enttäuscht, als sie mich bei meinem Prozess freigesprochen haben. Das wäre eine perfekte Gelegenheit gewesen, meine Annahmen zu überprüfen.«

Plötzlich wurde mir klar, was sie vorhatte. »Du willst Feuer mit Feuer bekämpfen. Glaubst du, dass du als Unsterbliche zurückkehrst, wenn du stirbst?«

»Ja«, bestätigte sie, ohne zu zögern. »Ich habe alle nötigen Vorkehrungen getroffen. Jetzt muss ich nur noch sterben und herausfinden, ob ich willensstark genug bin, um dem Tod zu trotzen. Würdest du mir dabei bitte helfen?«

»Du bist wahnsinnig«, erwiderte ich und wich vor ihr zurück.

»Ich bin notwendig.« Emilia stand auf, strich ihre Kleidung glatt und hielt mir die Hände hin. »Ich werde diese Stadt retten. Egal, was es kostet. Und was wirst du jetzt tun, Mikael? Wirst du mich erschießen und riskieren, dass ich vielleicht zurückkehre und …?«

Emilia musste ihre Frage nicht beenden. Wenn sie tatsächlich unsterblich zurückkehrte, wäre sie einflussreicher denn je. Mit ihrer Wiederauferstehung würde sie beweisen, dass sie der alten Herrschaftsclique getrotzt hatte. Wie mächtig wäre wohl eine Märtyrerin, die nachweislich bereit gewesen war, für ihre Sache zu sterben?

Emilia tippte sich auf die Brust. »Ziel aufs Herz.«

»Und wenn ich das nicht tue?«

»Dann schwöre der Rebellion die Treue. Hilf mir dabei, diese Herrschaft zu beenden.«

»Gibt es noch irgendeine andere Option?«

Der Zitronen-Mann hustete vielsagend und hielt die Waffe weiterhin auf mich gerichtet.

Also konnte ich sie entweder umbringen, sterben oder mich ihr unterwerfen. Keine dieser Alternativen gefiel mir. Ich war hergekommen, um sie zu töten, aber wenn sie wiederkehrte …

»Wofür entscheidest du dich, Mikael?«, drängte sie.

Was sollte ich tun? Wie lautete die richtige Antwort?

Verdammte Sch…

Ein kleiner dunkelhäutiger Junge kam angerannt. »Wir haben ein Problem, Herr!«

Der Zitronen-Mann ließ die Pistole sinken und drehte sich zu dem Neuankömmling um. »Was?«

»Eindringlinge, Herr.«

»Wo?«

»Genau hier«, erwiderte eine tiefere Stimme.

Ein Schuss löste sich. Der Zitronen-Mann ließ seine Steinschlosspistole fallen und drückte sich eine Hand an den Hals. Zwischen seinen Fingern quoll Blut hervor. Als er gurgelnd umfiel, stellte Trey ihm einen Fuß auf die Brust und zielte mit seiner zweiten Pistole auf Kaiser Emilia. Der Zitronen-Mann klang, als würde er ertrinken.

Mein großer Held war also doch noch aufgetaucht.

Emilia betrachtete Trey und Stein forschend. »Damit habe ich nicht gerechnet.«

Trey wartete, bis der Zitronen-Mann sich nicht mehr rührte, ehe er mit vorgereckter Pistole auf uns zuging. »Bist du die Kaiserin?«

»Ja.«

Er machte einen weiteren Schritt. »Hast du den Angriff auf das Miliz-Viertel angeführt?«

»Ja.«

Trey war inzwischen dicht genug bei ihr, um sie nicht verfehlen zu können. »Hast du an diesem Tag einen kleinen Jungen getötet?«

»Ja.« Sie schnalzte mit der Zunge. »Wer bist du?«

»Niemand.«

»Trey! Warte, tu's ...«

Trey schoss Emilia in den Kopf, ihr Blut färbte den Boden hinter ihr rot.

Während der Schuss noch von den Wänden widerhallte, schlug sie bereits mit einem dumpfen Knall auf den Boden auf. Ihr Blick war leer, ihr Leichnam unnatürlich verdreht. Um sie herum lagen Fetzen ihres Gehirns und Knochensplitter verstreut. Sie war eindeutig tot. Vielleicht wäre es in diesem Zustand nicht mal Domet möglich gewesen, ins Leben zurückzukehren.

Letztlich war sie für eine Wiederauferstehung doch nicht willensstark genug gewesen.

Trey atmete flach. »Glaubst, dass das wehgetan hat?«

»Ich weiß nicht«, erwiderte ich, nachdem ich mich zu ihm gesellt hatte. »Was hat dich so lange aufgehalten?«

Trey starrte, ohne zu antworten, weiter die Leiche des Kaisers an.

»Wir waren gerade dabei, das Abendessen zuzubereiten«, sagte Stein. »Wir sind so schnell gekommen, wie wir konnten.«

»Rache fühlt sich nicht so gut an, wie ich gedacht hatte«, murmelte Trey.

Ich legte ihm eine Hand auf die Schulter. »Wir sollten gehen, bevor jemand merkt, was hier drinnen passiert ist.«

»Ich habe geglaubt, dass ich mich danach besser fühlen würde.« Er wandte den Kopf zur Seite und spuckte aus. »Wenn ich mir vorstelle, dass ich *dafür* fast meine Freiheit aufgegeben hätte ...«

»Seid ihr beide fertig?«, fragte Stein. »Wir müssen schnell verschwinden. Es kann sein, dass ich etwas Dummes angestellt habe.«

Trey und ich sahen ihn fragend an.

Ohne unsere Blicke zu erwidern, fuhr Stein fort: »Möglicherweise habe ich eine große Dosis eines meiner Allheilmittel in das Abendessen der Rebellen getan. Eines, das mehr oder weniger aus purer Obsidianwurzel besteht.«

»Obsidianwurzel ist ein Abführmittel. Wie viel hast du hineingetan?«

Stein grinste breit. »Eine Menge. Durch dieses Lager wird schon bald ein Fluss aus Scheiße fließen.«

Ich lachte. Und selbst Trey musste sich zusammenreißen, damit er nicht ebenfalls losprustete. Als ich mich wieder beruhigte, lachte jemand anders weiter.

Trey und ich drehten uns zu Emilias Leichnam um. Das Blut, die Knochensplitter und die Gehirnfetzen, die überall verteilt gewesen waren, kehrten zu ihr zurück. Wir beobachteten, wie sich ihr Kopf wieder zusammensetzte. Schon bald schien es, als hätte Treys Schuss sie verfehlt.

So etwas hatte ich erst einmal erlebt. Bei Domet. Eine wahre Unsterbliche.

Emilia setzte sich auf und grinste übers ganze Gesicht. Einen Moment lang starrte sie ihre Hände an, dann fuhr sie sich über die Stelle, wo die Wunde gewesen war, und ertastete nicht den kleinsten Blutfleck. »Anscheinend ...«, sagte sie mit rauer Stimme, »... ist meine Mission gerecht.«

»Mikael«, knurrte Trey. »Gib mir deinen Revolver.«

»Das wird nicht funktionieren«, sagte ich. »Hast du nicht gesehen, was gerade geschehen ist?«

Trey warf die beiden leeren Pistolen zur Seite, holte eine weitere hervor und schoss erneut. Die Kugel traf Emilia mitten in die Brust. Lachend vergrub sie zwei Finger in ihrem Körper, zog die Kugel heraus und schnippte sie zu uns zurück. Als sie auf dem Boden aufschlug, verheilte die Verletzung bereits wieder.

Emilia war nicht mehr länger sterblich.

Sie erhob sich. »Ich fühle mich so erholt.«

»Trey!«, schrie ich und zog ihn von Emilia fort. Stein rannte bereits davon. Er erinnerte sich offensichtlich noch gut an unser Abenteuer in der Burg der Drogensüchtigen. »Wir müssen weg! Der Plan ist gescheitert, und wir können sie so nicht aufhalten!«

»Was ... was ist sie? Es muss doch eine ...«

Emilia lächelte ihn an. »Es gibt keine. Aber du hast mir die Macht verliehen, diesen Krieg endgültig zu beenden. Morgen Früh wird Kessel fallen, und aus den Trümmern wird sich eine neue Generation erheben.«

Trey riss sich von mir los und wandte sich zu Emilia um. »Glaubst du, ich lasse die Frau, die meinen Bruder ermordet hat, die Kontrolle über Kessel übernehmen?«

»Wer sagt, dass du dabei ein Mitspracherecht hast?«, fragte sie. »Was kann ein Einzelner gegen eine ganze Armee ausrichten? Vor allem wenn die Tore für uns geöffnet werden und die Bewohner der Stadt uns mit offenen Armen empfangen.«

»Du bist nur eine weitere verblendete machthungrige Adlige, die sich dem Fortschritt in den Weg stellt. Du bist genau zu dem geworden, was du angeblich hasst. Vielen Dank, dass du mir die Missstände in unserer Gesellschaft noch mal so deutlich vor Augen führst.«

Emilia bleckte die Zähne. Sie sah wie ein höhnisch grinsender Affe aus. »Ich kann es gar nicht erwarten, dich wiederzusehen.«

Wir rannten los. Durch die Höhle, die Treppe hinauf und mitten hinein ins Lager, wo ein Großteil der Soldaten kopflos herumlief und sich hinter alles Mögliche kauerte, um sich nach dem Genuss von Steins Spezialmahlzeit zu erleichtern.

Während wir an einem Rebellen vorbeihasteten, der auf dem Boden lag und sich stöhnend den Bauch hielt, fragte ich: »Wie kommen wir hier heraus? Habt ihr zwei einen Fluchtplan?«

»Wir müssen der Kavallerie ein Signal senden«, erwiderte Stein.

»Wie?«

»Indem ich das mache, was ich am besten kann«, sagte Trey und lief auf drei Fässer voll Schießpulver zu. Er nahm eine Zündschnur aus der Tasche, klemmte sie in eines der Fässer und wickelte sie komplett ab, sodass wir so weit wie möglich von dem Sprengstoff entfernt waren. Dann holte er einen Feuerstein und einen Dolch heraus und schlug mit ihnen Funken, bis sich eine Flamme durch die Schnur zu fressen begann. »Los! Zeit, dass wir von hier abhauen.«

Als die Fässer explodierten, brach endgültig Chaos aus. Der Durchfall war für die Rebellen schon schlimm genug gewesen. Als es nun auch noch zu brennen begann und die Flammen sich rasch im gesamten Lager ausbreiteten, war es den Kämpfern überhaupt nicht mehr möglich, sich zu formieren. Stein führte uns zu den Pferdeställen, doch die waren leer.

»Sie hätten eigentlich hier sein sollen«, sagte er. »So wird es ein langer Rückweg.«

»Wer hat sie denn ...?«

Ich wurde von Hufschlägen unterbrochen. Drei Reiter zügelten vor uns ihre Pferde: Dana, Kai und Oliver. Die Kavallerie.

»Alle an Bord«, rief Oliver. »Stein, binde Kais Pferd von meinem los und steig bei der Hochadligen Marget mit auf. Trey, du reitest mit dem Hochadligen Reitter. Mikael, du mit mir.«

Während Stein Olivers Anweisung befolgte, nahm Trey Kai die Zügel aus der Hand. Ich hoffte, dass er reiten konnte. Wenn nicht, musste er es jetzt schnell lernen.

»Kommst du?«, Oliver streckte mir den Arm hin. »Oder willst du auf anderem Wege nach Hause zurückkehren?«

Ich ergriff, ohne zu antworten, seine Hand. Sobald ich aufgesessen hatte, schlang ich ihm einen Arm fest um die Hüfte. Ich bin schon als Kind nie gern geritten, weil ich all dem Geschaukel, dem wunden Hintern und dem Umgang mit einem eigensinnigen Transportmittel einfach nichts abgewinnen konnte. Und so war ich froh, dass nicht ich die Zügel hielt, während wir in halsbrecherischem Tempo lospreschten. Als wir die Ebene erreichten, erklangen hinter uns Hörner. Ich sah Reiter, die sich an unsere Verfolgung machten, und wog den Revolver in der Hand. Er enthielt fünf Kugeln.

»Wenn sie näher herankommen, schieß auf sie! Aber verfehle sie nicht!«

Ich nickte und zielte. Sie waren zu weit weg, und es fiel mir nicht leicht, auf dem Rücken des Pferdes den Revolver ruhig zu halten. Ich würde ziemlich sicher danebenschießen. Das hielt unsere Verfolger jedoch nicht davon ab, es ihrerseits zu versuchen. Zwei von ihnen feuerten. Die Kugeln bohrten sich in die Erde und spritzten Dreck auf.

Inzwischen hatten wir ungefähr die Hälfte der Strecke zur Stadt geschafft.

»Wir müssen dafür sorgen, dass die Tore geöffnet werden!«, rief ich.

»Darum kümmert sich Jenn!«, gab Dana zurück. Eine Kugel prallte von ihrem Rücken ab. Der metallische Knall erschien mir ohrenbetäubend laut. Stein kauerte sich vor ihr fluchend enger zusammen. »Wir müssen nur das Signal geben, wenn wir nahe genug heran sind!«

»Welches Signal?«

»Dieses«, sagte Kai und holte tief Luft.

Der Ton, der aus seinem Mund drang, machte die Pferde scheu und zwang uns alle dazu, uns noch fester an sie zu klammern. Zwei der Rebellen wurden von ihren Reittieren abgeworfen. Als Kai sein durchdringendes Geheul beendete, schrillte es in meinen Ohren noch eine ganze Weile weiter. Ohne mitzubekommen, was die anderen um mich herum sagten, sah ich dabei zu, wie das südliche Fallgitter langsam angehoben wurde. Schließlich war es hoch genug, dass wir uns durchzwängen konnten, aber viel zu niedrig für die Pferde. Wir würden …

Dana sprang als Erste ab und nahm Stein mit sich. Sie landete mit einem dumpfen Knall, schob Stein unter dem Tor durch und folgte ihm. Trey und Kai machten es Dana nach, wenn auch längst nicht so elegant wie sie. Die beiden schlugen hart auf dem Boden auf und brauchten einen Moment, bis sie sich so weit berappelt hatten, dass sie sich gemeinsam unter dem Fallgitter durchrollen konnten.

Ich sprang ebenfalls ab, überschlug mich bei der Landung und stöhnte vor Schmerz. Es fühlte sich an, als wäre ich erneut in die Seite gestochen worden. Oliver hatte noch weniger Glück als ich. Er berechnete den Zeitpunkt für den Absprung falsch und kam so ungeschickt auf einem Bein auf, dass es ein lautes Knacken von sich gab. Als Oliver hinfiel, sah ich, dass der Knochen aus dem Fleisch herausragte.

Dana schrie uns zu, dass wir unter dem Tor hindurchkriechen sollten.

Die Rebellenreiter waren bereits sehr nah.

»Los, Mikael, kriech rein!«, rief Oliver. »Lass mich hier.«

Das konnte er vergessen.

Ich taumelte zu ihm und legte einen seiner Arme über meine Schultern. Während wir zusammen zum Tor humpelten, wurde der Hufschlag hinter uns immer lauter. Ich schob Oliver unsanft durch den Spalt, schaute mich noch einmal nach den Rebellen um und folgte ihm.

»Du hättest mich draußen lassen sollen«, sagte Oliver, während Dana sein Bein untersuchte. »Wieso hast du dein Leben für mich riskiert? Ich bin doch sowieso schon so gut wie tot.«

»Ja, und du wirst an deiner Krankheit sterben«, sagte ich und setzte mich auf. »Du musst dich noch von Mutter verabschieden, bevor du gehst. Das verdient sie. Ich will nicht noch jemanden verlieren, ohne demjenigen sagen zu können, was ich für ihn empfinde. Hast du mich verstanden?«

Er zögerte und verzog das Gesicht, als Dana seinen Bruch zu richten versuchte. »Dann werde ich wohl noch ein bisschen länger durchhalten können, damit ich nicht verpasse, wie sehr du mich hasst.«

»Darauf kannst du dich schon freuen, alter Mann.«

Jenn warf mich auf den Boden zurück und begann, auf mich einzuschlagen. »War das der Plan, Mikael? Dich den Rebellen ergeben und drauf hoffen, dass Trey und Stein rechtzeitig auftauchen, um dich zu retten? Was wäre gewesen, wenn sie dich getötet hätten?«

»Ich wusste, dass Emilia das nicht tun würde.«

»Ich hasse dich so sehr.« Sie fuhr sich mit beiden Händen übers Gesicht. »Bitte sagt mir, dass die Rebellenkaiserin tot ist und wir der Prinzessin nur noch davon berichten müssen. Serena befindet sich übrigens in Burg Königmann und wartet dort auf deine Rückkehr. Ich kann dir verraten, dass wir eine sehr unangenehme Unterhaltung hatten.«

Ich antwortete ihr nicht.

»Mikael? Was ist passiert?«

»Sie lebt, und unser Plan ist gescheitert«, erwiderte Trey zögerlich.

»Heißt das, wir haben all das umsonst gemacht?«, warf Kai ein. »Für nichts und wieder nichts? Weißt du eigentlich, in welcher Gefahr Kessel sich jetzt befindet?«

»Kessel war ohnehin in Gefahr. Die Rebellen greifen morgen Früh die Stadt an.«

»Das wäre Selbstmord«, sagte Dana. »Alle sind wegen der anstehenden Krönung nervös. Heute Nacht patrouillieren mehr Wachen denn je in der Stadt. Wieso sollte Emilia sich ausgerechnet diesen Morgen aussuchen?«

»Weil sie ohne Probleme hineinkommen wird«, erwiderte

ich. »Sie sagte, die Tore werden sich öffnen, wenn ihre Armee sich nähert.«

Kai schnalzte mit der Zunge. »Das könnte nur ein Hochadliger anordnen.«

»Oder jemand, der überzeugend erklärt, dass den Hochadligen Gefahr droht«, sagte Jenn und klopfte mit dem Fuß auf den Boden.

»Wer könnte es sein? Hat sich in letzter Zeit irgendein Hochadliger eigenartig benommen?«

»Manch einer würde das von Dana und mir behaupten, weil wir uns wieder mit der Familie Königmann eingelassen haben«, entgegnete Kai.

»Nicht manch einer«, verbesserte Dana ihn. »Fast alle, darunter auch meine Eltern.«

Ich atmete tief durch und spielte an Vaters Ring herum. »Lasst uns zur Burg Königmann zurückkehren. Wir werden der Prinzessin erzählen, was geschehen ist. Hoffentlich hat sie auf mich gehört und die Provinzarmeen mobilisiert.«

»Du setzt großes Vertrauen in sie«, sagte Dana.

»Ist das ein Fehler?«

»Die meisten würden es so sehen. Du weißt ja, wie die Adligen sie nennen, oder?«

»Ja ... aber für mich wird sie immer Serena bleiben.«

Wir machten uns auf den Weg zur Burg, wobei Jenn und ich Oliver halb trugen. Während Kai und Dana leise miteinander sprachen, scherzten Trey und Stein – vor allem Stein – miteinander. Wäre ich nicht mit etwas anderem beschäftigt gewesen, hätte ich mitgemacht. Trey lächelte, wenn auch nur ein ganz kleines bisschen. Das hatte ich ihn seit Jamals Tod nicht mehr tun sehen.

Als wir ankamen, standen Mutter und Efyra vor der Burg

und stritten heftig miteinander. Chloe saß mit geschlossenem Auge auf einer Bank.

»... und vergiss doch die Orbis-Kompanie. Dann sollen sie sich halt an uns rächen, weil wir diesen Verräter umgebracht haben.«

»Wenn du glaubst, dass ich dich Mikael einfach ungestört angreifen lasse, musst du mich mächtig unterschätzen.«

»Es wird Zeit, dass ich dich endlich mal in deine Schranken verweise.«

»Versuch's doch.«

»Oh, ich ...« Efyra starrte uns entgegen. »Mikael Königmann! Im Namen der Königsfamilie und aller Bürger von Kessel nehme ich dich hiermit ...«

Mutter stieß sie zur Seite und eilte auf uns zu. »Vater«, sagte sie. »Was ist geschehen?«

Oliver grummelte irgendetwas Unverständliches und sagte dann mit lauterer Stimme: »Ich habe einen Sprung falsch eingeschätzt. Aber ich lebe noch. Was allerdings nicht mein eigenes Verdienst ist.«

»Wo ist die Prinzessin?«, fragte ich.

»Drinnen. Sie ist mit dem Großteil der Raben hergekommen. Carl Domet, Leon und Karolin sind auch hier. Anscheinend hat Schwartz sie dazu gezwungen. Nana ist stinksauer, dass du sie zurückgelassen hast. Was ist denn los, Mikael? Was ...?«

»Ich bereite dem jetzt ein Ende.« Efyra zückte ihr Schwert und stellte sich vor die Tür. Die Klinge schimmerte im Mondlicht. »Manchmal müssen Regeln gebrochen werden ...«

Ich zog den Revolver.

Sie erkannte ihn sofort wieder. »Wie kommt es, dass du den hast, Königmann?«

»Mutter«, sagte Chloe von der Bank aus, »lass ihn durch.

Wenn du die Antwort auf diese Frage hören willst, dann begleite ihn. Ihre Hoheit wird alles erklären.«

»Was?«

Chloe stand leicht schwankend auf, kam zu mir und nahm mich am Arm. »Komm mit mir, Mikael. Es gibt einiges zu tun.«

Efyra Maurer rührte sich nicht, als wir an ihr vorbeigingen, und sah konsterniert zu, wie ihre Tochter den Königsmörder umarmte.

Als wir im Gebäude waren, sagte Chloe: »Betrachte das als meinen Dank an dich.«

»Hast du Serena dazu bringen können, dass sie mir glaubt?«

»Nein«, erwiderte sie, während wir die Tür zum großen Saal aufstießen. »Aber sie wird dir zuhören.«

»Wird das reichen?«

»Für dich? Vielleicht.«

Ich wappnete mich innerlich für die Unterhaltung, mit der ich nun rechnete. »Serena, ich glaube …«, begann ich und brach entsetzt ab.

Beorn hing an einem Haken durch den Mund von einem der Deckenbalken. Blut tropfte auf den Boden. Als ich mich umblickte, sah ich weit mehr Blutlachen, als ich zählen konnte. Sein Herz war herausgerissen. Außer ihm befand sich niemand sonst im Raum.

Chloe deutete auf die Wand. Dort standen in blutigen Lettern die Worte:

Fünf sind entführt worden. Alle werden sterben, wenn du dich weigerst zu spielen. Nun wird es Zeit für das große Ereignis. Wenn du sie retten willst, musst du zu Beginn der Verdunklung das Herz des Historikers zu deinem Grab bringen, Königmann.

Kapitel 51
Die Wettkämpfer

Wir fanden Leon bewusstlos und mit hinter dem Rücken gefesselten Armen in der Speisekammer. Abgesehen von seinem zerrissenen Hemd und zahlreichen schartigen Schnittwunden auf der Brust war er unversehrt. Hannah und Ronja, die beiden Raben, die Serena zusammen mit Efyra und Chloe herbegleitet hatten, befanden sich in einem Raum in der Nähe des großen Saals. Sie waren am Leben und wütend. Zusammen mit Efyra und Chloe schnitten sie Beorns Leichnam vom Deckenbalken und verhüllten ihn respektvoll mit einem Leinentuch.

Als wir alle in den großen Saal gebracht hatten, wussten wir sicher, wer vermisst wurde: die Prinzessin von Kessel, die schwangere Karolin Reitter, der Hochadlige Carl Domet, der Söldner Schwartz und Nana. Als Mutter und Efyra kurz vor unserer Ankunft zum Streiten nach draußen gegangen waren, hatten sich noch alle hier drinnen befunden. Nun waren sie verschwunden. Der Herzensbrecher hatte sie für das große Finale ausgewählt. Zusammen mit zwei noch immer unbekannten Wettkämpfern.

»Wo ist Karolin?«, fragte Leon, als Jenn seine Wunden zu versorgen versuchte. Mutter, Oliver und Chloe mussten ihn mit vereinten Kräfte festhalten, als er die Antwort hörte.

Seit Chloe und ich Beorn und die Botschaft entdeckt hatten, war keinem von uns nach Sprechen zumute gewesen. Wir hatten lediglich die Burg durchsucht und überprüft, wer fehlte und wer Hilfe benötigte. Und so herrschte noch immer eine unheimliche Stille zwischen uns, die Leon nun erneut mit seiner Frage durchbrach, diesmal mit mehr Nachdruck.

»Ich weiß es nicht«, sagte ich. »Der Herzensbrecher hat sie mitgenommen, aber ich habe keine Ahnung, wohin.«

»Und wer weiß es dann?«

Trey und Stein saßen zusammen am Tisch. Efyra hockte mit dem Rücken an der Wand auf dem Boden und murmelte: »Sie ist tot«, während die anderen Raben sie dazu ermunterten, nicht die Hoffnung aufzugeben. Kai und Dana tauschten sich derweil leise miteinander aus.

Damit war es wohl an mir, die schlechte Nachricht zu überbringen: »Alle, die es wissen könnten, sind ebenfalls entführt worden.«

»Was unternehmen wir jetzt?«, fragte Leon, mittlerweile fast schreiend.

»Wir finden Herzensbrecher und legen ihm das Handwerk.«

»Wie denn? Jenn hat mir von diesem Mörder erzählt. Von allen, die er beim letzten Mal entführt hat, ist nur eine einzige Person mit dem Leben davongekommen. Eine von dreizehn. Und das war gar nicht von ihm beabsichtigt gewesen. Die Aussichten sind denkbar schlecht, und das gefällt mir gar nicht. Vor allem, wenn es um meine schwangere Verlobte geht. Was kannst du da schon groß ausrichten?«

»Ich werde nicht bei seinem Spiel mitmachen und alle retten. Niemand wird sterben.«

Leon lachte mich aus, laut und lange. »Du wirst alle retten? Ohne bei seinem Spiel mitzumachen? Du hast unsere Mutter gerettet – das muss ich dir lassen –, aber du kannst keine Serienmörder aufhalten! Du hast ja nicht mal gehört, wie er alle gefangen genommen hat, obwohl du draußen vor der Tür standest! Du bist bloß ein Versager, der sich als Held aufspielt!«

»Leonardo Königmann!«, fuhr Mutter ihn an. »Entschuldige dich, und zwar sofort.«

»Er hat eine einzige gute Sache getan. Das macht ihn nicht zu einem guten Menschen. Weißt du, was er tut? Wie er sich benimmt, wenn niemand hinsieht? Die Lügen, die er verbreitet? Ohne ihn hätten wir all das schon längst hinter uns lassen können!«

»Karolin ist verschwunden, und deswegen bist du aufgeregt. Das verstehe ich. Aber Mikael ist dein Bruder, und du wirst nicht so mit ihm sprechen. Hast du mich verstanden?«

Leon sah mich an. »Ich bereue es, dass ich dir das Leben gerettet habe. Ich wünschte, du wärst auf dieser Treppe gestorben. Das hätte uns allen viel Schmerz erspart. Wenn Karolin oder unserem ungeborenen Kind irgendetwas zustößt, werde ich dir das nie verzeihen, Mikael.«

Darauf hatte niemand eine Antwort, und ich spürte, wie mir die Tränen kamen.

Leon verließ die Burg und murmelte im Hinausgehen etwas davon, dass er bei dem Spiel, das der Herzensbrecher für uns arrangiert hatte, mitmachen und Karolin retten würde.

Und damit standen die beiden Wettstreiter fest: die Brüder Königmann.

Jenn hielt mich wortlos in den Armen, bis ich mich wieder einigermaßen beruhigte.

Schließlich wischte ich mir die Tränen aus dem Gesicht. Das Leben mehrerer Menschen hing davon ab, dass ich weitermachte. Im Moment war keine Zeit für Trauer, nur für Taten.

»Wir müssen herausfinden, wo das Spiel des Herzensbrechers beginnt«, sagte ich, während ich Jenn noch einmal fest drückte und mich dann von ihr löste. »Im Moment ist die Stadt im Krönungsfieber, überall gibt es Festivitäten. Es wird ...«

»Es spielt keine Rolle«, sagte Efyra. »Kessel ist verloren. Wir müssen die Armee alarmieren, ehe die Rebellen angreifen.«

»Sie sollten bereits einsatzbereit sein. Oder hat Serena sich nicht darum gekümmert?«

»Doch, sie sind bereit«, sagte Efyra und erhob sich. »Aber nur Ihre Hoheit kann sie vereinen. Ansonsten gehorchen sie ausschließlich den Befehlen ihrer jeweiligen Hochadelsfamilien.«

»So war es nicht immer«, sagte Mutter. »Früher haben die Königmanns oder die Mehrheit der Hochadligen einen Kriegsgeneral bestimmen können.«

»Das wurde einen Monat nach der Hinrichtung deines Gemahls geändert.«

Mutter blieb ruhiger, als sie es gewesen wäre, wenn Leon nicht gerade vor allen anderen die Kontrolle über sich verloren hätte. »Was bedeutet das?«

Entsetzt antwortete ich: »Das heißt, dass der Verdorbene Prinz den Thron besteigen wird. Wenn sie die Armeen vereinigen wollen, müssen sie eine Notsitzung einberufen und die Macht an den Prinzen übertragen. Ansonsten müssten sie tatenlos dabei zusehen, wie die Stadt in den Hände der Rebellen fällt.«

»Richtig«, sagte Efyra. Ihre Verachtung für mich war noch deutlicher zu sehen als die Blutflecken an den Wänden. »Du hast es nicht einmal geschafft, die Kaiserin zu töten. Mit dir zu sprechen ist bloß Zeitverschwendung. Dein Bruder hatte recht. Du hättest damals sterben sollen.«

Da mein Herz bereits gebrochen war, machten mir ihre Beleidigungen nichts mehr aus. Kessel stand kurz davor, entweder in die Hände der Rebellen oder des Verdorbenen Prinzen zu fallen, aber ich konnte noch immer alle retten.

Jenn erwies sich als die Heldin, die Kessel in diesem Moment brauchte. »Ich habe einen Plan, Efyra«, sagte sie. »Bevor ich ihn erläutere, möchte ich dich daran erinnern, dass ich deinen borniertes Arsch gerettet habe. Sobald diese Angelegenheit ausgestanden ist, erwarte ich, dass meine Familie wieder in den Hochadelsstand erhoben wird.«

Efyra wartete mit verschränkten Armen und ausdrucksloser Miene darauf, dass Jenn fortfuhr.

»Berufe die Hochadligen zu einer Dringlichkeitssitzung ein. Ich werde mir die Haare färben und mich wie Serena anziehen. Als wir Kinder waren, haben immer alle gesagt, dass wir wie Schwestern aussehen, und ich habe die gleiche höfische und politische Ausbildung genossen wie sie. Wenn es klappt, befehlige ich die Armee, wenn nicht, hat Mikael auf diese Weise immerhin genug Zeit, um Serena zu finden. Mir ist es immer noch lieber, Kessel brennen zu sehen als Adrian auf dem Thron.«

»Wenn die Hochadligen merken, dass du dich als die Prinzessin ausgibst, werden sie dich hinrichten. Ich werde dich nicht vor dem Prinzen beschützen und auch nicht mein Leben für dich riskieren.«

»Ich bin mir der Risiken bewusst.«

»Vertraust du deinem Bruder wirklich so sehr? Dass er den Herzensbrecher finden und nur mit einem alten Revolver aufhalten kann? Und dass er das alles hinbekommt, ohne den Historiker zu ermorden?«

Jenn blinzelte nicht. »Nach allem, was ich ihn habe tun sehen, würde nur ein Dummkopf gegen ihn wetten.«

»Dann ist Leon also ein Dummkopf?«

»Leon ist wütend, weil Karolin verschwunden ist. Mikael ist

nicht perfekt, aber er hat bereits Dinge geschafft, die andere für unmöglich gehalten haben. Er hat unsere Mutter geheilt und innerhalb einer Woche den Mann entlarvt, der für Davi Kessels Mord verantwortlich ist. Sobald er dem Herzensbrecher das Handwerk gelegt hat – ohne dabei den Historiker umzubringen –, solltest du dir vielleicht anhören, was er über König Isaak und Davi zu sagen hat.«

»Niemals.«

»Warten wir einfach ab, wie du morgen Früh darüber denken wirst, wenn die Rebellenarmee abgewehrt ist, die Prinzessin nach wie vor auf dem Thron sitzt, Kessel noch immer steht und alle leben.«

Efyra verdrehte die Augen.

Mutter bestand darauf, Jenn zu dem Treffen zu begleiten.

»Du schaffst das, Mikael«, sagte Jenn und umarmte mich. »Hab keine Angst.«

»Zu spät.« Ich seufzte. »Wieso riskierst du auf diese Weise dein Leben?«

»Ich werde alles in meiner Macht Stehende tun, damit dieser Widerling nicht den Thron besteigt. Außerdem ist es doch das, was wir Königmanns tun, nicht wahr? Das Richtige?«

»Ich mag es gar nicht, wenn jemand das Vermächtnis der Königmanns gegen mich verwendet.«

»Das glaube ich«, sagte Jenn und trat einen Schritt zurück. »Manchmal bist du ein echter Heuchler und biegst dir die Wahrheit so lange zurecht, bis sie zu deiner Lesart passt. Aber du tust das Richtige. Normalerweise wenigstens. Unsere Ahnen wären stolz auf dich.«

Ich zuckte die Achseln. »Ich schätze, heute ist der Tag, an dem ich zu einem wahren Königmann werde, indem ich die Stadt rette und all so was.«

»Ja«, erwiderte sie lächelnd. »Versuch, es nicht zu vermasseln.«

Ehe Jenn zusammen mit meiner Mutter und den Raben ging, befahl Efyra mir noch, die Prinzessin zum Giftgarten zu bringen, falls ich sie fand. Dort würde eine Rabe bis zum Sonnenaufgang auf uns warten. Chloe wollte mir eigentlich bei der Suche nach Serena helfen, doch da Jenn die Prinzessin verkörpern würde, musste sie – Verletzung hin oder her – bei ihr bleiben.

Meine Mutter küsste mich zum Abschied auf die Stirn und sagte: »Vergiss nie, dass du der Sohn deines Vaters bist, Mikael. Du kannst das schaffen.«

Und dann waren nur noch Trey, Stein, Dana, Kai und Oliver bei mir.

»Trey«, sagte ich, »kannst du mir bitte einen Gefallen tun und auf Stein und Oliver aufpassen, solange ich diesen Mörder jage?« Trey runzelte die Stirn. »Bitte. Ich will mir keine Sorgen um ...«

»... deinen Bruder machen müssen. So habe ich dich behandelt, als du mir sagtest, dass Jamal tot ist, nicht wahr? Das war ...« Er dachte nach. »... nicht schön.«

Ich sah hilfesuchend zu Dana hinüber. Was wollte er mir damit sagen? Sie lächelte nur.

Trey kam zu mir. »Diesmal werde ich es besser machen. Ich helfe dir dabei, diesen Mörder zu erledigen. Wenn die Stadt fällt, werden meine Leute auch darunter leiden.«

»Wolltest du mich nicht fertigmachen, wenn ich zur Prinzessin halte?«

Er zuckte die Achseln. »Die Rebellen hasse ich mehr als sie.«
»Aber ...«

Dana nahm mich in den Schwitzkasten und sagte: »Mikael versucht zu sagen, dass wir uns sehr über deine Hilfe freuen.«

»Womit fangen wir an?«

Ich entwand mich Danas Griff. »Ich werde den Historiker töten, und ihr verschafft mir die Gelegenheit dazu.«

Alle sahen mich verblüfft an.

»Mikael, du hast doch gerade gesagt ...«, begann Dana.

»Ich weiß, was ich gesagt habe«, unterbrach ich sie. »Ich habe gelogen. Sie wollten einen Königmann sehen, der das Unmögliche schafft, und den habe ich ihnen gegeben. Aber in Wahrheit braucht die Stadt einen Bösewicht, der sie rettet, und diese Rolle habe ich drauf. Mir ist egal, wie man mich in Erinnerung behält.« Ich dachte an Vater und seine letzte Tat. »Da ihr jetzt wisst, was ich wirklich vorhabe, müsst ihr mir natürlich nicht helfen. Ich werde es euch nicht übel nehmen.«

Trey zuckte die Achseln. »Ich wollte sowieso nie ein Held sein.«

»Wenn eine Person für das Allgemeinwohl sterben muss, dann lässt sich das nicht ändern«, sagte Kai. »Die Helden, die unsere Eltern verehrten, haben sie im Stich gelassen. Jetzt sind wohl wir dran.«

Dana wirkte zurückhaltender. Nachdenklich wickelte sie sich eine Haarsträhne um den Finger. »Gibt es wirklich keine andere Möglichkeit?«

»Würdet ihr mir je verzeihen, wenn ich aus falschem Stolz behaupte, dass ich die Stadt retten kann und sie stattdessen untergeht?«

Dana atmete tief durch. »Also gut. Hast du irgendeine Idee, wer dieser Historiker ist?«

»Er heißt Rian Schmork und dient der Kirche des Ewigen Feuers als Brenner und Drachenhistoriker. Außerdem ist er vermutlich ein getarnter Drache.«

Kapitel 52
Kaltherzig

Während der Feierlichkeiten vor der Krönung gab es eigentlich nur einen Ort, an dem Rian sich aufhalten konnte: die Kirche der Ewigen Flamme. Die meisten Kirchenmitglieder verbrachten ihre Nächte damit, Gold zu schmelzen und diverse Initiationsriten durchzuführen, mit denen sie die Aufmerksamkeit vom Palast ablenken wollten. Wie immer entfachten sie dabei zu viele Feuer, die nicht nur das Hohe Viertel mit Rauch erfüllten, sondern auch den Schwerter-Bezirk und den ... nun, in welchem Bezirk auch immer ich nach meinem Blutverlust ohnmächtig geworden war. Und so fiel es uns nicht schwer, unbehelligt zu Rians Büro zu gelangen. Als wir es betraten, fanden wir es jedoch verlassen vor. Auf einem Bücherstapel lag eine Einladung zur königlichen Krönungsfeier.

Das war ungünstig. In den Palast würden wir auf keinen Fall genauso ungehindert eindringen können wie in die Kirche. Nicht nach dem Tod des Königs. Zumal die Sicherheitsmaßnahmen im Vorfeld der Krönung noch mal massiv verstärkt worden waren. Andererseits hatte ich es schon einmal geschafft, und so redete ich mir ein, dass ich es auch diesmal wieder hinbekommen würde.

Wie sich herausstellte, war die Situation allerdings noch verzwickter, als ich erwartet hatte.

Anstelle der üblichen Advokatoren sicherten Aufseher den Palast. Die meisten Leute hatten vor diesen Metallmonstern fast ebenso viel Angst wie vor Söldnern, und auch ich ergriff bei ihrem Anblick normalerweise so schnell wie möglich die Flucht.

An diesem Tag waren sie überall.

Allein vor dem Haupteingang standen fünf von ihnen und suchten jeden, der in ihre Nähe kam, nach Brandzeichen ab. Vor allen anderen Zugängen hielten jeweils zwei Aufseher Wache. Zudem sah ich ein paar weitere am Fluss entlangpatrouillieren. Noch beunruhigender fand ich, dass sich keiner an den erhöhten Sicherheitsmaßnahmen zu stören schien. Viele freuten sich offenbar sogar darüber ... und das, während sich vor den Toren eine Armee dazu anschickte, Kessel einzunehmen und niederzubrennen. Die Leute benahmen sich wie immer erschreckend ignorant.

Wir vier – Kai, Dana, Trey und ich – beobachteten den Haupteingang aus sicherer Entfernung. Dana und Kai waren standesgemäß passend für eine Adelsfeier gekleidet, Trey und ich dagegen eher nicht. Uns beide würden sie also auf jeden Fall einen Kopf kürzer machen, wenn wir versuchen sollten, einfach so in den Palast hineinzuspazieren.

Darum beschlossen wir, Domets geheimen Eingang zu benutzen. Nachdem wir uns im Haus des Hochadligen mit allem eingedeckt hatten, was wir brauchten – vor allem neuer Kleidung und etwas zu essen –, begaben wir uns durch den unterirdischen Tunnel zum Palast. Doch diesmal verließen wir ihn nicht in der Krankenstation, sondern in einem etwas abseits gelegenen Korridor. Nachdem ich Kai herausgeholfen hatte, schloss ich das große Gemälde hinter uns wieder und vergewisserte mich, dass es nicht als Geheimtür zu erkennen war.

Eins musste man Domet wirklich lassen: Keiner kannte sich im Palast so gut aus wie er.

Trey rückte den extravaganten gefiederten Hut zurecht, den Dana ihm aufgedrängt hatte. »Wo könnte dieser Historiker stecken? Was treiben Adlige eigentlich während einer Krönung? Veranstalten sie ein Wettessen? Oder beobachten sie Gladiatorenkämpfe?«

»Es gibt keine Gladiatorenkämpfe«, erwiderte Dana schnell. »Nicht dieses Jahr.«

»Und ein Wettessen?«

Dana und Kai antworteten nicht.

»Ihr nehmt mich wohl auf den Arm«, erwiderte Trey amüsiert.

»Es ist nicht wirklich ein Wettessen, wie du es dir vorstellst. Eher ein ...«

»Eine Verkostung exotischer Speisen«, sagte Kai. »Der Verdorbene Prinz hat für heute Abend ein paar der besten Köche kommen lassen. Je ungewöhnlicher ihre Rezepte sind, desto besser.«

»Noch mehr von diesem Rhabarberkuchen-Quatsch«, murmelte ich. »Nimmt die Kirche der Ewigen Flamme auch an dieser Verkostung teil?«

»Ja, sie werden von jedem Gericht eine kleine Portion abzweigen und zu Gottes Ehren opfern.«

»Lächerlich. All das Geld und die Lebensmittel könnten viel besser genutzt werden.«

»Mikael«, Dana legte mir eine Hand auf die Schulter, »jetzt ist dafür nicht der richtige Zeitpunkt. Wir müssen die Stadt erst vor einer Invasion retten, bevor wir sie verbessern können.«

»Du hast recht«, erwiderte ich. »Lass uns zu der Feier gehen.«

Und was für eine Feier es war! Der Endlose Walzer war die

mit Abstand extravaganteste Veranstaltung gewesen, die ich je gesehen hatte, doch dies hier stellte ihn bei Weitem in den Schatten. Wohin ich auch blickte, alles war entweder hellblau oder weiß – von den Kristallkelchen und den mit Schneeflocken verzierten Tellern bis hin zu den Eis-Fabrikatoren, die von oben sanft Schnee auf die Gäste herabrieseln ließen. Anstatt die Leute im Freien leiden zu lassen, hatten sie einfach das Schönste am Winter nach drinnen verfrachtet.

Überall im großen Ballsaal plauderten Niederadlige mit Hochadligen, und auf dem Balkon mit den Leibwächtern ging es gewohnt wüst zu. Ich sah mehr Abgesandte von der Kirche der Ewigen Flamme als während des Endlosen Walzers. Ihre mit roten Flammen bestickten schwarzen Roben schienen genauso allgegenwärtig wie die Mottofarben des Fests. Allerdings konnte ich weder Rauch riechen noch irgendwo Rians fassförmigen Bauch ausmachen. Wo war er nur?

Trey stieß mich mit dem Ellbogen an. »Mikael.«

»Was …?« Und dann sah ich, was er meinte.

Der Verdorbene Prinz starrte mich von der anderen Seite des Saals an. Trotz der Thronsucher, die ihn umgaben und seine Aufmerksamkeit zu erregen versuchten, wandte er nicht den Blick von mir ab. Schließlich tippte er mit dem Finger an seine vernarbte Wange und wandte sich wieder seinen Verbündeten zu.

»Der Verdorbene Prinz weiß, dass ich hier bin«, flüsterte ich so laut, dass meine Freunde mich hören konnten. »Wir müssen Rian finden, und zwar schnell. Kai und Trey, ihr beide sucht ihn auf der linken Seite. Dana und ich halten rechts nach ihm Ausschau.«

Niemand erhob Einwände, und so legten wir los. Kai und Dana konnten sich jedem Grüppchen auf der Feier anschließen, ohne Verdacht zu erregen. Da Dana niemand länger als eine Nacht oder höchstens einen Tag in ihrer Nähe duldete, nahm kaum jemand Notiz von mir. Meine Tarnung als einer ihrer Verehrer hätte eigentlich perfekt sein müssen, doch der Verdorbene Prinz sah immer wieder finster in meine Richtung. Wenn ich seinen Blick erwiderte, tippte er sich jedes Mal lächelnd an die narbige Wange und wandte sich ab. Ich hatte keine Ahnung, was er plante. Dass er auf etwas zu warten schien, machte alles nur noch schlimmer.

Der Verdorbene Prinz dachte normalerweise nicht über die Konsequenzen seiner Handlungen nach, und er war auch alles andere als geduldig. Daher war es beunruhigend, dass er nun nicht impulsiv agierte. Vielleicht wusste er, dass es ihm langfristig nichts bringen würde, wenn er mich an Ort und Stelle tötete. Womöglich wurde er allmählich vorausschauender, klüger und ruhiger. Diese Vorstellung gefiel mir nicht.

Während einer besonders langweiligen Unterhaltung mit dem Hochadligen Dara Hirmann, bei der er Dana und mir seine Sorgen über die wirtschaftlichen Probleme Neu-Drakons erläuterte, stahl ich mich davon, um etwas zu essen zu holen. Schließlich wusste ich nicht, wann ich das nächste Mal die Gelegenheit dazu bekommen würde. Der Rollmops, die Würstchen, der Linseneintopf und die klebrigen Reiswaffeln, mit denen ich mich vollstopfte, waren zwar alle von erlesener Qualität, dennoch konnte ich nichts davon genießen. Ich wollte nur, dass meine Bauchschmerzen aufhörten.

»Dann bist du also ihr Aktueller, wie?«, fragte ein junger Mann, der sich zu mir ans Büfett gesellte. Als ich anstelle einer Antwort nur entschuldigend auf meinen mit reichlich Schweinefleisch gefüllten Mund deutete, fuhr er fort: »Du machst der Hochadligen Marget den Hof, richtig?«

Ich nickte und kaute weiter. Der junge Mann führte das Gespräch, wie Adlige es ohnehin meistens taten, einfach allein weiter. »Wir Verschmähten bezeichnen sie als die Ungreifbare.«

Ich schluckte herunter und entgegnete: »Und ich dachte, der Spitzname ›Mädchen im roten Kleid‹ wäre herabwürdigend.«

Der Adlige sah Dana an. »Aber sie trägt eine Hose, und zwar eine braune.«

»Nicht immer.«

Für einen Mann, der komplett in Blau gekleidet war, wahrscheinlich eine absurde Vorstellung. Dennoch schwadronierte er unverdrossen weiter: »Wie auch immer. Nimm dich vor ihr in Acht. Wir nennen sie aus gutem Grund so.«

»Weil ihr verbittert seid?«

»Nein ... nun, das vielleicht auch«, erwiderte er. »Wir mussten feststellen, dass wir für sie nur ein Zeitvertreib waren. Kleine Liebeleien, die sie gar nicht schnell genug beenden konnte. Diese Frau denkt nicht an die Zukunft. Sie will bloß Spaß haben.«

»Was ist daran verkehrt?«

»Nichts«, entgegnete er. »Aber ... Vor zwei Jahren habe ich ihr drei Monate lang den Hof gemacht. Ich war so verliebt in sie, dass ich an gar nichts anderes denken konnte. Die Art Liebe, bei der man sich aufs Einschlafen freut, weil man weiß, dass man von ihr träumen wird. Ich war *so* glücklich.« Der Adlige schloss die Augen. »Bis zu dem Tag, als wir uns wie verabredet zu einem Picknick trafen und sie total vergessen hatte, wer ich war. Sie wusste überhaupt nichts mehr über mich. Später habe ich mich mit anderen unterhalten, die mir ähnliche Geschichten über sie erzählten.« Er schlug die Augen wieder auf. »An bestimmte Erinnerungen klammert sie sich wie ein Kind, das ein Glühwürmchen in eine Flasche sperrt, aber alles andere ist wie ein Traum für sie, der sich in Luft auflöst, sobald sie aufwacht.«

Ich kaute langsam und hörte ihm genau zu.

»Sie verbirgt ihre permanenten Aussetzer gut, aber ich glaube, dass es nicht mehr lange dauert, bis sie eine Vergessene sein wird.« Er legte mir eine Hand auf die Schulter. »Du musst dir nur klarmachen, dass es zwar ganz wundervoll ist, sie zu lieben, aber es wird nicht lange dauern. Lass dir nicht das Herz brechen, mein Freund.«

Ich nickte und beobachtete, wie Dana mit anderen Adligen sprach. Sie lachte viel, ihr Lächeln schien breiter als ihr Gesicht, und ihre Beine sahen aus, als bestünden sie aus Stahl. Wie lange würde es dauern, bis sie eine Vergessene war, wenn sie weiterhin so viel fabrizierte?

Ich entführte sie ihren momentanen Gesprächspartnern und zog sie am Handgelenk zur Tanzfläche. Trotz ihrer offensichtlichen Verwirrung folgte sie mir, ohne Fragen zu stellen. Die Musiker spielten gerade ein langsames melancholisches Stück. Die meisten Tänzer legten unterdessen eine Pause ein und warteten auf einen Walzer, bei dem sie mit ihren Schrittfolgen prahlen konnten. Ich zog Dana eng an mich, legte ihr die Hände auf den Rücken und tanzte mit ihr – oder versuchte es zumindest, da ich es schon seit mehr als zehn Jahren nicht mehr getan hatte.

»Ist alles in Ordnung?«, fragte sie leise, während sie die Führung übernahm. »Hat jemand …?«

»Sei ehrlich. Wie lange hast du noch?«

Sie kniff die Augen zusammen. »Wie lange für was?«

Ich beugte mich dicht an ihr Ohr, damit nur sie mich hören konnte. »Wie lange, bis du eine Vergessene bist? Sag mir bitte die Wahrheit.«

Dana konnte mir nicht in die Augen blicken.

»Dana.«

»Wenn ich Glück habe, noch ein oder zwei Monate.« Sie zögerte, ehe sie weitersprach. »Wenn nicht, ein oder zwei Wochen.«

Mein Herz setzte einen Schlag aus, alles um uns herum schien langsamer zu werden. »Ich ... Wieso hast du mir nichts davon gesagt? In Burg Marget warst du ... Du hast gesagt, die Tagebücher würden ...« Ich fand nicht die richtigen Worte. »Weiß es sonst noch jemand?«

»Kai hat wahrscheinlich einen Verdacht, aber er hat mich nicht danach gefragt«, sagte sie mit einem gezwungenen Lächeln. »Ich glaube, er will es nicht. Wenn er es täte, müsste er mich daran hindern, so zu sein, wie ich es möchte. Und er weiß, dass ich es schlimmer fände, mein kleines bisschen Freiheit zu verlieren, als eine Vergessene zu werden. Ich will auf meine Weise leben.«

»Egal, was es kostet?«

»Egal, was es kostet. Das ist ja das Schöne am Leben. Wir dürfen alle selbst bestimmen, was wir mit unserer wenigen Zeit anfangen.« Sie legte den Kopf an meine Brust. »Wenn ich heute Nacht beim Versuch, die Stadt zu retten, eine Vergessene werde ... bist du dann morgen immer noch mein Freund?«

»Immer.«

Danach sagten wir nichts mehr, bis das Stück endete.

Als wir anschließend die Tanzfläche verließen, kamen uns Kai und Trey entgegen. »Wir haben Rian entdeckt«, flüsterte Trey. »Er geht zum Thronsaal.«

Wir verließen rasch das Fest und rannten, sobald wir allein waren, zum Thronsaal. Rian Schmork stand vor dem Steinthron, der für die Krönung im Morgengrauen dekoriert war. Er trug die für seinen Orden typische mit Flammen bestickte

Robe. Er stank penetrant nach Rauch, und was immer er trank, schimmerte dunkelrot in seinem Kelch.

»Mikael! Wie schön, Euch wiederzusehen. Seid Ihr hier, um der Königin im Wartestand bei ihrer Krönung zu helfen?«

Ich blieb auf Armeslänge vor ihm stehen. »Seid Ihr ein Banngeborener, Rian?«

Einen Augenblick lang – kürzer als ein Wimpernschlag – gelang es ihm nicht, seinen Schock zu verbergen. Nicht über die Frage als solche, sondern darüber, dass ich etwas herausgefunden hatte, das mir eigentlich hätte verborgen bleiben müssen. Genauso hatte auch Angelo reagiert, als ich ihn im Kerker mit der Wahrheit konfrontiert hatte.

Bevor er zu einer Erklärung ansetzen konnte, tat ich, was nötig war.

Ich zog meinen Revolver und schoss dem Drachen zwischen die Augen.

Kapitel 53
Rauch

Rian Schmork löste sich zu einer Rauchwolke auf, ehe die Kugel ihn traf, und so bohrte sie sich stattdessen hinter ihm in den Holzboden.

Es war ja klar gewesen, dass es nicht so einfach sein würde. Nicht für mich, für mich nie.

Als Rian sich an derselben Stelle wieder manifestierte, zog Trey zwei seiner Steinschlosspistolen. Kai schnalzte mit der Zunge, und Dana stählte ihren Körper. Wir hatten schon mal einen falschen Drachen besiegt. Wie schwer konnte es da sein, das Gleiche mit einem echten zu schaffen?

»Sie hat Euch geschickt, um mein Herz zu holen, nicht wahr, Mikael?«, fragte Rian, von dem noch immer Rauch aufstieg. »Ich wusste, dass sie mich eines Tages erwischen würde. Eigentlich habe ich geglaubt, sie käme selbst, aber das war sein Stil, nicht ihrer. Sie hält sich immer heimlich, still und leise im Hintergrund.«

»*Sie?*«, fragte ich. »Der Herzensbrecher ist doch ein Mann.«

»Der Herzensbrecher ist einer der berüchtigtsten Serienmörder der Welt. Glaubt Ihr etwa wirklich, er wäre nur eine einzige Person?«

Ich sah ihn mit großen Augen an. Verdammt! Das hatte ich tatsächlich bereits vermutet. Zwei Personen, die wie eine handelten, waren die einzige Erklärung für all die Ungereimtheiten, die wir bei der Jagd nach dem Herzensbrecher erlebt hatten.

Rian lachte mich aus. »Der Herzensbrecher, den Ihr kennen müsstet, ist Luis Valenti, der Mann, der das Feuer gestohlen hat. Er war der Schlimmste von uns. Während die meisten aus meiner Familie der Menschheit entweder zu helfen oder ihren Willen aufzudrücken versuchten, ging es ihm nur ums Vergnügen. Wir wussten, wie unmoralisch er war, aber keiner von uns ahnte, was aus ihm werden würde. Nachdem er unsterblich geworden war, machten ihm nur noch zwei Dinge Spaß: morden und mit seinen Verfolgern Katz und Maus spielen.«

»Und sie?«

»Das ist eine tragischere Geschichte«, erwiderte Rian leise. »Sie heißt Anna Valenti und ist die Frau, die alles hört. Während der Wolfskriege war sie eine Krankenschwester und das arme Geschöpf, das einen jungen und charismatischen Mann namens Luis behandelte. Er brachte sie dazu, sich in ihn zu verlieben ... und dann hat er ihr so lange den Kopf verdreht, bis sie davon überzeugt war, dass sie niemals mehr jemand so lieben würde, wie er es tat.« Rian schloss die Augen. »Als wir uns alle in Monster verwandelten, um einen Krieg zu beenden, überredete Luis sie dazu, sich unserer Familie anzuschließen.« Er schlug die Augen wieder auf, und ich sah das endlose Bedauern, das aus ihnen sprach. »Da sie ihn nicht verlieren wollte, wurde sie ebenfalls zu einem Monster.«

»Was meint Ihr damit, sie wurde zu einem Monster?«

»Wisst Ihr, was ich bin, Mikael?«

»Ja.« Ich hielt den Revolver so fest umklammert, dass meine Fingerknöchel weiß hervortraten.

Rian legte sich eine Hand aufs Herz. »Dann wisst Ihr auch,

wo unsere Macht sitzt. Was glaubt Ihr, wie wir zu dem wurden, was wir heute sind? Wir haben die Herzen unserer Vorgänger gegessen, um die Tyrannei der Wolfskönige beenden zu können.« Nach kurzem Zögern fügte er hinzu: »Die meisten von uns würden sich nicht als gute Personen bezeichnen, aber wir haben getan, was damals notwendig war.«

»Notwendig?«, rief ich. »Dass Ihr vor tausend Jahren einen Krieg beendet habt, rechtfertigt nicht, dass Ihr den Herzensbrecher so lange sein Unwesen habt treiben lassen! Wieso habt Ihr ihn nicht aufgehalten, als alles vorbei war?«

»Weil man Kriege nicht mit schönen Worten und einem Händeschütteln gewinnt. Manchmal muss Blut vergossen werden.« Er wandte den Blick von uns ab. »Manchmal müssen Monster Dinge tun, die zivilisierte Leute nicht schaffen.«

»So kann nur jemand sprechen, der schon immer zu viel Macht hatte«, murmelte Trey.

»Und seid Ihr vier wirklich besser als ich? Ihr spielt nach ihren Regeln und wollt mich töten, um … Was genau hat sie Euch weggenommen?«

»Alles.«

»Sie hat die Prinzessin. Das erklärt, wieso Hochadlige unbemerkt von dieser Feier zu verschwinden versuchen. Es überrascht mich, dass sie nicht den Söldner auf mich gehetzt … Oh, dann hat sie ihn wohl auch. Interessant. Damit seid nur noch Ihr übrig.«

»Werdet Ihr mir helfen, sie aufzuhalten?«

Rian schüttelte den Kopf. »Es tut mir leid, Mikael, aber ich werde nicht den Söldner unterstützen. Wenn keiner etwas gegen ihn unternimmt, wird er schon bald genauso gefährlich sein, wie die Wolfskönige es waren. Er muss sterben, damit die Welt nicht vor die Hunde geht.«

»Und die anderen? Was sind die? Notwendige Opfergaben?« Ich ballte die Fäuste. »Wenn Serena stirbt, wird Kessel mit ihr fallen!«

»Der Verlust der Prinzessin wird eine Tragödie sein«, Rian stemmte die Hände in die Hüften und blickte zu Boden, »aber das ist nun mal der Lauf der Dinge. Es gibt diejenigen, an die man sich erinnert, und die Vergessenen. Und nicht alle, die vergessen werden, sind unbedeutend. Manche werden auch mit Absicht aus den Geschichtsbüchern getilgt. Vielleicht ist es an der Zeit, dass Kessel wiedergeboren wird.«

»Ich werde nicht zulassen, dass mein Zuhause für irgendeinen höheren Zweck vernichtet wird.«

»Dann habt Ihr Euch also entschieden.«

»Würde ich sagen.«

Rian trat mit federleichten Bewegungen von mir zurück. Rauchfäden stiegen von seinem Körper auf und tanzten wie vom Wind verblasene Schneeflocken. Sein Gesicht wurde länger und animalischer. Seine Zähne waren spitz, die Fingernägel erinnerten an Krallen. In seinen Augen brannte rotes Feuer, was vermutlich ein typisches Merkmal von Drachen war. Spottdrossels und Schwartz' Augen hatten genauso ausgesehen, wenn sie Magie wirkten. Ich wusste nicht, weshalb mir das nicht schon früher aufgefallen war. Hatte ich es bei anderen übersehen? Wie viele der verbliebenen unsterblichen Drachen versteckten sich in Kessel und versuchten, unsere Geschicke zu lenken?

Ich unterstützte Schwartz' Genozid nicht, doch ich würde auf keinen Fall zulassen, dass eine einzelne unnatürlich alte Person ganz Kessel dem Untergang weihte.

»Seid Ihr sicher, dass Ihr das tun wollt, Mikael?« Rians Stimme war ein tiefes Rumpeln. »Ich werde nicht widerstandslos abtreten, und Ihr wärt nicht der erste Adlige, den ich erschlage.«

Ich hielt den Blick, ohne zu blinzeln, fest auf ihn gerichtet. Der Rauch verbarg den Großteil seines Gesichts, nur die glutroten Augen waren noch zu sehen. Knapp außerhalb des Rauchs rollte sich etwas wie eine Schlange zusammen und klopfte auf den Boden.

»Das wird …«, begann Rian, ehe ich ihn unterbrach.

Ich rannte auf ihn zu und stürzte mich mit einer annullierten Faust auf ihn. Sie durchdrang ihn, das Einzige, was ich erwischte, war eine Handvoll Rauch. Dann brachte mich sein Schwanz zum Stolpern. Ich fiel mit dem Gesicht voran auf den Boden und versuchte fluchend, mich zu orientieren.

Inzwischen zirkulierte der Rauch im ganzen Raum, Rians Stimme schien von überall und nirgends zu kommen. »Kinder, Anfänger. Habt Ihr wirklich geglaubt, dass das funktioniert? Ich kämpfe schon seit Jahrhunderten gegen Fabrikatoren! Ihr könnt mich nicht überraschen.«

»Das werden wir ja sehen«, flüsterte ich und versuchte, die Wärme in meiner Brust zu orten. Ich hatte bereits einen größeren Bereich annulliert und konnte es wieder schaffen. Aber wenn ich es tat, würde ich damit Dana kampfunfähig machen. Ohne ihre Fabrikationen würde sie nicht stehen können. Es war meine letztes Mittel für den äußersten Notfall, aber ich vermutete, dass ich früher oder später dazu greifen musste.

»Wie können wir ihn besiegen?«, schrie Trey, während der Rauch wie Nebel auf ihn zuwaberte.

»Gar nicht«, erwiderte Rian.

Eine Hand schoss aus dem Rauch hervor, legte sich über Treys Gesicht und knallte ihn auf den Boden. Trey hatte keine Möglichkeit, sich zu wehren. Selbst Danas verzweifelter

Rettungsversuch war erfolglos. Statt der Hand bekam sie nur Rauch zu fassen, der sie gleich darauf komplett einhüllte. Ich hörte, wie sie ebenfalls auf den Boden krachte.

Kai war als Nächster an der Reihe: Der Schlag, der ihn in die Magengrube traf, war so fest, dass er auf die Knie sackte und sich übergeben musste. Fliegen hätten Rian mehr entgegenzusetzen gehabt. Doch nun hielt mich nichts mehr davon ab, den gesamten Raum zu annullieren. Ich holte tief Luft, konzentrierte mich auf die Wärme in meiner Brust und stieß sie dann aus mir heraus. Es war nicht zu erkennen, ob ich damit irgendetwas bewirkt hatte. Weder ein Windstoß noch ein Licht oder sonst irgendetwas. Doch dann lichtete sich der Rauch und enthüllte Rian Schmorks neue Gestalt.

Er trug nach wie vor seine schwarze Robe mit den aufgestickten Flammen. Seine Arme, die Beine und die rechte Hälfte seines Gesichts waren mit silbern schimmernden Schuppen bedeckt. Seine Nägel an den Fingern und Zehen waren lang und spitz, ebenso die Zähne. Aus seinem Rücken waren fledermausartige Flügel gewachsen, und hinter ihm wedelte ein langer Schwanz langsam auf dem Boden hin und her. Er war noch nicht komplett verwandelt, doch es ließ sich schon jetzt nicht mehr bestreiten, dass er ein echter Drache war.

»Also doch kein völliger Anfänger«, sagte Rian. »Ich habe wirklich geglaubt, Ihr wüsstest noch immer nicht, wie unsere Kräfte funktionieren.«

»Ich lerne schnell.«

»Das hat Domet mir bereits erzählt. Schade, dass Ihr seine Warnung, was mich betrifft, nicht beherzigt habt.«

»Welche Warnung?«, fragte ich und begann, unruhig auf und ab zu laufen. Aus dieser Entfernung würde ich ihn wahrscheinlich verfehlen, wenn ich auf ihn schoss, und ich hatte nicht genug Kugeln, um leichtfertig eine von ihnen zu verschwenden. Aber wenn ich ein bisschen näher an ihn herankam ...

Er lachte. »Ihr durchschaut Domet wirklich nicht, oder?«

»Doch«, erwiderte ich und dachte an die Nachricht der Wegelagerin. »Ich weiß genau, was Domet ist. Ein lebensmüder Unsterblicher.«

»Er ist mehr als das«, erwiderte Rian sanft. »Viel mehr. Es ist eine Schande, dass Ihr nicht erkennt, mit wem Ihr es zu tun habt. Wie viel er geopfert hat und weshalb er unbedingt sterben will.«

»Wisst Ihr denn, weshalb er sterben will?«

»Offensichtlich. Aber werde ich es Euch verraten? Nein. Dafür sage ich ihm Lebewohl von Euch.«

Rian stürmte auf mich zu. Ich schoss. Die Kugel traf ihn in die Schulter, doch sie hielt ihn nicht auf. Ich versuchte, ihn abzuwehren, wurde aber augenblicklich von ihm überwältigt. Er schmetterte mich so fest zu Boden, dass mir vom Aufprall die Ohren klingelten und ich ihn bloß noch verschwommen über mir aufragen sah.

Ein Stück entfernt hörte ich Rufe und Schritte. Es war idiotisch gewesen, mich mit ihm anzulegen, aber wenn ich noch ein klein bisschen durchhielt ...

Rian packte mich am Hals.

Ich konnte nicht atmen und krallte nach seinen Händen, um ihn dazu zu bringen, dass er mich fallen ließ. Als das nichts half, trat ich nach seinem Gesicht und seinem Körper. Doch auch das funktionierte nicht. Ich war wie eine Ameise, die einen Berg zu verschieben versuchte.

»Ihr Königmanns wollt Euch immer in die Angelegenheit von Unsterblichen einmischen«, höhnte Rian. »Wie hieß noch mal die Letzte, die einen von uns zu töten versuchte? Cora?

Nein, Cordelia. Ich habe sie wie ein Insekt zerstampft, und Euch wird es nicht anders ergehen.«

Ich versuchte, ihm die Augen auszukratzen, doch er lachte nur.

Rian hob die freie Hand. Seine Nägel waren schärfer als Skalpelle. »Da du auf mein Herz aus warst, ist es wohl nur gerecht, dass ich mir jetzt deines hole.«

Außerhalb meines Blickfelds krachte etwas und schabte über den Boden. Ich musste nur noch ein wenig länger durchhalten. Jemand würde kommen und mich retten. Ich wusste es. Aufseher. Advokatoren. Raben. Söldner. Irgendwer.

Ich wollte nicht sterben, ohne ihr …

»Lebt wohl, Mikael Königmann. Sagt Gott Hallo von mir.«

Ich schloss die Augen, während Rians Hand auf meine Brust zustieß.

Plötzlich landete etwas auf mir, und ich stürzte zu Boden.

Als ich die Augen wieder aufschlug, sah ich, dass Dana auf mir lag. Sie lächelte leicht. Wo ihr Herz gewesen war, klaffte ein Loch.

Mit letzter Kraft strich sie mir eine Haarsträhne aus dem Gesicht. »Ich habe dir doch gesagt, dass niemand über mein Schicksal entscheidet.«

Dann wurde ihr Blick leer, und ihr Körper erschlaffte.

Rian starrte Danas Herz an, als wollte er gleich ein Gedicht aufsagen. »Woher ist sie …?«

Eine Kugel in seinem Mund schnitt ihm das Wort ab. Er ließ Danas Herz fallen und sank auf die Knie, eine Hand im Nacken, die andere bedeckte den Mund. Er gurgelte Blut.

Ich wälzte Danas Leiche vorsichtig von mir herunter und legte sie auf den Rücken. Nachdem ich ihr die Lider geschlossen hatte, beugte ich mich über Rian, der noch immer verzweifelt versuchte, das Blut zurückzuhalten, und drückte ihm den Revolver an die Stirn. »Ich hoffe, es tut weh und du hast Angst vor dem Tod. Sag Gott, dass er der Nächste ist, wenn er mir in die Quere kommt. Irgendwann stirbt jeder.«

Ich betätigte den Abzug, doch die Kugel durchdrang eine Rauchwolke.

Laut schreiend versuchte ich, den Rauch um mich herum zu packen. Erneut annullierte ich den Raum, doch das führte nur dazu, dass ich eine weitere Erinnerung verlor. Rian Schmork war entkommen, und Dana war ... Dana war ... Dana ...

Mit zitternder Hand hob ich mir den Revolver an die Schläfe. Ich hatte versagt. Wieder und wieder und wieder. Ich war zu nichts zu gebrauchen ...

»Mikael?« Kai setzte sich stöhnend auf, und ich ließ die Waffe sinken. »Was ist passiert?«

Neben ihm rührte sich nun auch Trey. Er sah, was geschehen war, und schlug sich mit weit aufgerissenen Augen die Hand vor den Mund. Überall war Blut. Auf mir. Auf dem Boden. Auf Dana ... auf Danas ...

»Mikael«, wiederholte Kai mit zittriger Stimme. »Weshalb liegt da drüben Dana? Wo ist Rian? Was ist los?«

Ich fand meine Stimme nicht.

»Mikael!«, rief Kai. »Weshalb kann ich Danas Herz nicht schlagen hören?«

»Weil Rian es ihr herausgerissen hat«, krächzte ich. »Sie ist tot.«

Kai krabbelte auf seine beste Freundin zu. Dabei brüllte er immer wieder: *»Nein, nein, nein!«* Er tastete nach ihrem Puls, und als er keinen fand, stieß er erneut einen lauten Schrei aus, der mich bis in meine Träume verfolgen würde.

Ich ließ mich wie betäubt auf den Boden sinken und spürte

noch immer das Jucken in meiner Schläfe, das einfach nicht aufhören wollte.

Trey legte eine Hand auf meine Schulter, und ich schob sie nicht weg, sondern bedeckte sie mit meiner.

»Er hätte *mich* umbringen sollen«, flüsterte ich. »Ich habe sie hängenlassen.«

»Aber *sie* nicht *dich*. Sie hat dir das Leben gerettet. Und es werden noch viel mehr Leute sterben, wenn wir den Herzensbrecher nicht aufhalten. Das ist nicht der richtige Moment, um aufzugeben.«

»Es sollte nicht unsere Aufgabe sein, die Stadt zu retten.«

»Aber so ist es nun mal«, erwiderte Trey. »Wenn die Welt gerecht wäre, würde Jamal noch leben. Aber das tut er nicht, und wir müssen trotzdem weitermachen.«

»Wir haben nicht Rians Herz. Es werden also ohnehin alle sterben, egal was wir tun.«

Wortlos hob Trey Danas Herz vom Boden auf.

Ich schaute es an. »Sie hat etwas Besseres verdient als das.«

»Wir müssen tun, was überlebensnotwendig ist. Nimm ihr Opfer nicht als Ausrede, um aufzugeben.«

Ich stand erschöpft auf. Kai beugte sich weinend über Danas Leiche.

»Es tut mir leid, Kai«, sagte ich. »Ich muss los und den Herzensbrecher aufhalten.«

Er hob den Kopf. »Ich bleibe bei ihr. Sie sollte nicht allein sein müssen.«

»Nein, das stimmt.«

»Mikael«, sagte er und wischte sich die Tränen aus dem Gesicht. »Sorge dafür, dass es nicht umsonst war.«

Und da war sie wieder, diese vertraute Last auf meinen Schultern.

Trey zog ein Tuch aus der Tasche und wickelte Danas Herz hinein. Im Korridor ertönten schnelle Schritte. Offenbar waren die vielen Schüsse nicht unbemerkt geblieben. Damit blieb mir keine Zeit mehr, mich von Dana zu verabschieden.

Ehe wir losrannten, nahm Trey mir noch den Revolver aus der Hand.

Ich wehrte mich nicht dagegen.

KAPITEL 54
LEBENDIG BEGRABEN

Wir sagten kein Wort, bis wir das Tor zum Königsgarten durchquerten. Matschiger, teilweise vereister Schnee bedeckte den Boden, und es wehte ein schneidender Wind. Regen tropfte von den Gebäuden und bildete Pfützen auf den Straßen. Ich war wie betäubt und bekam kaum etwas von der Umgebung mit. Am liebsten hätte ich mir einfach einen Graben gesucht, mich hineingelegt und ... und ...

»Ich gehe fast jeden Tag zu Jamals Grab. Eines von den Kindern muss mich hinführen, da ich mich nicht mehr daran erinnern kann, wo es ist.« Trey stopfte die Hände in die Jackentaschen. »Es lindert ein wenig die Schmerzen, wenn ich ihn besuche. Ich komme mir dann nicht mehr ganz so sehr wie ein Versager vor.«

»Hilft es wirklich?«

»Kein bisschen.«

Wir sahen zu, wie unser Atem Wölkchen bildete, die in den Himmel aufstiegen. Als wir die Stelle erreichten, wo der gepflegte Rasen in unkontrollierbaren Wildwuchs überging, mit umgestürzten Baumstämmen und Zweigen, die unter unseren Absätzen knackten, wusste ich, dass wir kurz vor dem Ziel waren.

»Wie willst du es anstellen?«, fragte Trey.

Ich nahm meinen Revolver von ihm zurück und sah nach, wie viele Kugeln noch in der Trommel steckten. »Zwei«, murmelte ich. »Gerade genug, um die Herzensbrecherin zweimal in den Kopf zu schießen.«

»Wird das denn reichen? Rian ...«

»Rian hat wie jeder Sterbliche geblutet. Er hat den Tod genauso gefürchtet wie ein Sterblicher. Ich werde dafür sorgen, dass die Herzensbrecherin sich genauso fühlt.«

Während Trey die Steinschlosspistolen an seiner Brust überprüfte, hielt er plötzlich inne. »Mikael, wir haben ein Problem.« Er deutete auf eine Blutspur, die auf mein Grab zuführte.

Das war tatsächlich ein Problem, aber mit so etwas hatten wir ja gerechnet. Aus dieser Entfernung sah ich zwei Gestalten vor meinem Grab stehen. Eine hatte eine offene Wunde am Unterarm, aus der Blut in den Schnee tropfte. Sie hielt der anderen Gestalt, die gefesselt war, ein Schwert an den Hals. Wegen der dicken Kleidung der beiden konnte ich keine weitere Einzelheiten ausmachen.

»Was wirst du tun?«, fragte Trey.

»Ich habe überlegt, erst zu schießen und anschließend die Leichen zu inspizieren.«

»Das ist meistens eine gute Idee, aber diesmal vielleicht nicht.«

»Warum nicht?«

Trey räusperte sich. »Weil das da drüben Leon und der Aufzeichner sind.«

Anstatt zu fluchen, seufzte ich.

»Leon!«, rief ich und rannte zum Grab. »Was tust du?«

Leon riss Simon vom Boden hoch, wobei er ihm weiter das Schwert an den Nacken hielt. Leon hatte Simon die Hände auf den Rücken gefesselt und unglaublicherweise eine Methode gefunden, ihn zum Schweigen zu bringen. Simon war offensichtlich fuchsteufelswild über das mit einem Seil festgezurrte Stoffstück in seinem Mund.

»Mikael, was machst du denn hier?«, fragte Leon wesentlich ruhiger, als ich erwartet hatte. »Ich dachte, du willst nicht nach den Regeln des Herzensbrechers spielen.«

»Ich habe gelogen.«

»Du hast Mama und Jenn belogen? Weißt du überhaupt noch, was die Wahrheit ist? Aber das spielt keine Rolle mehr. Ich habe den Historiker und werde Karolin retten.«

Trey hielt das Herz in die Höhe, das wir mitgebracht hatten. »Der Herzensbrecher, bei dem es sich übrigens um eine Herzensbrecherin handelt, hat nach dem Historiker verlangt. Nicht nach dem Aufzeichner. Wir haben das richtige Herz gebracht.«

Leon ließ das Schwert ein kleines Stück sinken. »Ihr irrt euch.«

»Nein, tun wir nicht.« Ich machte einen Schritt auf Leon zu und sah, wie er den Griff um sein Schwert verstärkte. »Lass ihn frei.«

»Wieso sollte ich dieses Risiko eingehen?«, fragte er. »Ihr habt ein Herz, und ich habe eins. Wir werden ja sehen, wer von uns richtiglag.«

»Kannst du wirklich damit leben, einen Unschuldigen zu töten?«

Leon starrte mich durchdringend an. »Ich mache nichts anderes, als Leute zu töten. Wenn ich einen weiteren Namen auf meine Haut tätowieren lassen muss, um Karolin und mein Kind zu retten, werde ich nicht zögern.«

»Leon, bitte«, sagte ich sanft. »Heute Nacht ist bereits genug Blut vergossen worden.«

»Ich würde für sie die Stadt niederbrennen.« Mein Bruder seufzte. »Es tut mir leid, dass ihr es sehen müsst.«

»Leon, nicht ...«

Ein Blitz schoss an mir vorbei und schlug in Leons Brust ein. Er wurde zurückgeschleudert und krachte rücklings in mein Grab. Dabei flog ihm das Schwert aus der Hand und schlitterte zur Seite. Simon krabbelte von ihm weg und auf uns zu. Trey stand immer noch da, als hätte er einen Speer geworfen, und atmete flach. Zum Glück war er ruhig und fokussiert genug für uns beide.

»Ich hätte es ihm ausreden können«, flüsterte ich.

»Nein, du ...« Trey verstummte und sah zu, wie Leon sich langsam wieder erhob.

Er sah aus, als würde er von unsichtbaren Fäden hochgezogen. Als er mit der rechten Hand das Schwert aufhob und sich zu uns umwandte, tropfte ihm Blut von der Stirn. »Ihr drei werdet mich nicht davon abhalten, meine Familie zu retten.«

Alle Blutstropfen in der näheren Umgebung stiegen in die Höhe und schwebten einen Moment lang reglos in der Luft. Dann flossen sie zusammen, wickelten sich wie Schlangen um unsere Körper und wurden schlagartig steinhart. Das Blut fühlte sich an, als wäre es mit Tausenden kleinen Dornen bedeckt. Es würgte uns und zwang uns zu Boden, wo wir uns wanden und vergeblich von ihm zu befreien versuchten.

»Ich wollte nie der Erbe sein«, sagte Leon. »Nicht mal, als Papa noch am Leben war. Aber es wurde immer von mir erwartet, dass ich das Richtige tue. Ich habe für diese Stadt geblutet ... bis die Prinzessin mir einen Ausweg eröffnet hat. Während dieser letzten paar Tage habe ich mich wie im Paradies gefühlt. Endlich war ich frei von diesem Fluch in meinem Blut.«

»Du warst die ganze Zeit ein Fabrikator?«, ächzte ich.

»Papa hat es gemerkt, als ich noch sehr jung war. Etwas an der Art, wie ich blutete, hat ihn misstrauisch gemacht. Die normalen Tests schlugen bei mir nicht an. Doch schließlich bestätigte sich sein Verdacht, und er brachte mir heimlich bei, wie ich meine Kräfte kontrollieren kann. Er hatte Sorge ... dass man deswegen vielleicht keinen Helden in mir sehen würde. Die Fähigkeit, Blut zu manipulieren, passt nicht gerade zu dem Bild, das sich die meisten Leute von einem Königmann machen, nicht wahr? Eher zu einem Bösewicht.«

Ich annullierte meinen Körper und breitete die Wärme über alle Stellen aus, an denen das Blut mich berührte, aber es verschwand nicht, wenn überhaupt, wurden meine Fesseln noch enger.

Leon trat mit dem Schwert in der Hand über mich hinweg und sah auf mich hinunter. »Gib dir keine Mühe, dagegen anzukämpfen. Es wird nicht leicht zerbrechen. Das Blut jeder Person hat ganz spezifische Eigenschaften, mit denen ich verschiedene Dinge anstellen kann. Kannst du dir vorstellen, wozu sich unser Familienblut am besten eignet?« Er machte eine dramatische Pause. »Zum Fesseln, Blockieren und Gefangenhalten.«

Ich wand mich fluchend auf dem Boden. Trey tat dasselbe, leuchtete dabei aber wegen seiner Licht-Fabrikationen. Simon dagegen lag reglos da und betrachtete mit großen Augen das Schwert in der Hand meines Bruders. Er sah aus wie jemand, der seine Zukunft kannte.

»Es tut mir leid, dass ich dir und Jenn nie von meiner Spezialisierung erzählt habe«, sagte Leon. »Aber ich habe nicht geglaubt, dass ich sie nach den Aufständen noch mal brauchen würde. In dieser Nacht habe ich so viele getötet ...« Auf seiner Schwertklinge bildeten sich Blutdornen. »Es ist schon ironisch, dass ich sie noch mal einsetze, um meine Familie zu retten ...«

»Leon! Hör auf damit!«

Mein Bruder hielt Simon, ohne auf meine Rufe zu achten, die Spitze seines Schwertes an die Brust und sah ihm in die Augen. »Vielleicht tröstet es dich, dass ich mich an dich erinnern werde. Bis weit über meinen Tod hinaus.«

Nicht schon wieder.

Niemand würde hier sterben, ganz gleich, was es mich kostete.

Ich stieß mit aller Kraft die Wärme aus meinem Körper hinaus. Während sich das Blut noch auflöste, sprang ich schreiend auf und verpasste meinem Bruder einen mächtigen Kinnhaken. Er schlug mit einem dumpfen Knall auf dem Boden auf und blieb liegen, während ich reglos über ihm aufragte. Meine Knöchel brannten, was ich wegen der Kälte jedoch kaum spürte.

Für diesen Schwachsinn hatten wir keine Zeit. Er musste entweder dabei helfen, die Probleme zu lösen, oder aber aus dem Weg gehen.

»Bist du fertig?«, fragte ich.

»Ich kann sie nicht verlieren.«

»Das wirst du nicht. Vertrau mir, wenigstens dieses eine Mal.«

Ich löste Simons Fesseln, wobei ich den Blick weiter auf meinen Bruder gerichtet hielt. Der weigerte sich jedoch, mich anzusehen. Simon zog den Knebel aus dem Mund. »Möchte mir vielleicht irgendwer erklären, wieso mich gerade ein Königmann entführt und beinahe ermordet hat?«

»Eigentlich nicht«, erwiderte ich.

Leon lag zitternd und schluchzend auf dem Boden. Trey hielt für alle Fälle eine Pistole auf ihn gerichtet.

Simon wollte sich nicht so leicht abspeisen lassen. »Ich glaube, dass ich eine Erklärung verdiene.«

Dankenswerterweise übernahm Trey diese Aufgabe: »Leon

hat geglaubt, die Herzensbrecherin hätte es auf dich abgesehen. Also hat er dich hierhergebracht und wollte dich ermorden, um seine schwangere Verlobte zu retten, die zusammen mit der Prinzessin, Schwartz, Domet und Nana entführt worden ist.«

Simon schaute mich fragend an. »Da lasse ich dich eine einzige Nacht lang allein, und du wirst in so eine Sache verwickelt? Wieso hast du mich nicht geholt? Ich habe ein Recht, deine Geschichte aufzuzeichnen. Wie kannst du es nur wagen, mir all die guten Momente vorzuenthalten?«

»Tut mir leid«, entgegnete ich. »Anscheinend habe ich mich durch die Serienmörderin, die ich fangen will, von deiner Geschichte ablenken lassen. Wie unaufmerksam von mir.«

»Ich nehme deine Entschuldigung an.«

Ich wollte zu einer besonders unhöflichen Erwiderung ansetzen, wurde aber von einer vertrauten Stimme unterbrochen: »Mi-ka-el Kö-nig-mann ... du ... bist ... also ... gekommen.«

Trey und ich richteten gleichzeitig unsere Waffen in die Richtung, aus der die Stimme gekommen war, doch dort war nichts zu sehen. Es war, als hätte der Wind die Worte zu uns geweht.

»Du ... hast ... Freunde ... mitgebracht.« Eine starke Böe heulte durch den Friedhof. »Wie ... goldig.«

»Ich habe das Herz des Historikers!«, rief ich. Trey hielt es in die Höhe. »Wenn du es haben willst, musst du deine Gefangenen freilassen. Andernfalls werden wir es zerquetschen!«

Um uns herum erschallte Gelächter. Sogar Simon, der sonst immer so gefasst wirkte, schien zu verängstigt, um seine Schreibfeder und die Tinte hervorzuholen. Anscheinend stießen selbst Historiker gelegentlich an ihre Grenzen.

»Lass Karolin frei!«, flehte Leon. »Bitte!«

»Bettle mich an.«

Was immer Leon an Stolz besessen haben mochte, war verschwunden. Er fiel auf die Knie, drückte die Stirn in den Schnee und schrie: »Bitte, bitte, lass Karolin am Leben!«

Es kam keine Antwort. Nicht einmal ein Windhauch. Doch schließlich erklang eine leise Stimme: »Leon? Bist du das?«

Karolin kam barfuß und mit verbundenen Augen auf uns zu. Leon rannte zu ihr. Er sprang über Gräber und Büsche und schlang weinend die Arme um sie.

»Leon?«, fragte sie, während sie seine Umarmung erwiderte. »Mir wurde gesagt, dass ich die Binde erst abnehmen darf, wenn ich aus dem Garten heraus bin. Ist es schon sicher?«

Mein Bruder strich ihr beruhigend über die Haare. »Es ist alles in Ordnung, du bist sicher. Aber wir sind noch nicht aus dem Garten heraus. Hier, nimm meine Stiefel. Ich brauche sie nicht.«

Karolin schlüpfte, ohne zu protestieren, in Leons Stiefel, die viel zu groß für sie waren und ihr bei jedem Schritt fast von den Füßen rutschten. Mein Bruder nickte mir zu, bevor er sie wegführte. Er hatte bekommen, weshalb er hergekommen war, und nun war ich an der Reihe.

»Wo sind die anderen?«, rief ich, als Leon und Karolin außer Sicht waren.

»Lass ... das ... Herz ... beim ... Grab.«

»Woher weiß ich, dass sie noch leben?«

»Sonst ... wäre ... es ... kein ... Spaß.«

»Wo sind sie?«

Keine Antwort.

Trey legte mir eine Hand auf die Schulter. »Ich glaube, wir müssen nach ihren Regeln spielen, Mikael. Eine Geisel haben wir ja schon.«

»Das ist Schwachsinn«, fuhr ich ihn an.

»Nur wenn wir verlieren.«

»Na gut«, erwiderte ich, nahm ihm das Herz aus der Hand und legte es sanft auf mein Grab. Hoffentlich würde Dana es mir verzeihen. »Das Herz ist auf dem Grab! Wo sind die anderen?«

»In … der …. Kirche … des … Wanderers. Beeilt … euch.«

Ich blickte mich um. Es war immer noch niemand zu sehen. Woher kam bloß diese Stimme?

Trey packte mich am Ärmel. »Wir müssen gehen, Mikael.«

»Was, wenn sie lügt?«

»Dann finden wir sie und zahlen es ihr heim. Aber es hat keinen Sinn, hier herumzustehen und auf sie zu warten. Wir müssen bei dem Spiel mitmachen und es gewinnen. Vertraust du mir?«

Ich antwortete, ohne nachzudenken: »Immer.«

»Ich komme mit euch«, erklärte Simon wie ein kleines Kind, das sich gegen seine Eltern durchsetzen will. »Ich habe ein Recht auf deine Geschichte, Mikael, und ich werde sie erfahren.«

Trey und ich wechselten einen Blick und taten das einzig Vernünftige: Wir überwältigten Simon mühelos und legten ihm wieder dieselben Fesseln an, in denen Leon ihn hergeführt hatte. Wir brauchten Kämpfer an unserer Seite, keine Schreibtischhengste.

Trey warf sich Simon über die Schulter, und wir verließen meine letzte Ruhestätte. Während wir zur Kirche des Wanderers eilten, blickte ich mich um, ob sich jemand näherte, doch ich bekam nicht mit, wie Danas Herz vom Grab genommen wurde.

Ein aufgewühlter Schneehaufen vor dem Grabstein war der einzige Hinweis, dass es dort gelegen hatte.

Kapitel 55
Endloses Glockenläuten

Nachdem wir Simon in einem Flüchtlingslager abgesetzt und die Leute dort strengstens angewiesen hatten, ihn nicht vor dem nächsten Morgen von seinen Fesseln zu befreien, begaben wir uns zum Großen Steinplatz. Er war voller Leute, Lichter, Geräusche und Essensgerüche. Alle gingen ins Kolosseum, um den Hinrichtungen beizuwohnen und eine kostenlose Mahlzeit zu bekommen, aber niemand genoss es. Eine Krönung war etwas anderes. Es war eine Feier für alle, egal welcher Schicht man entstammte, wie viel man besaß und ob man Bürger der Stadt war. Der einzige Tag, an dem in Kessel echte Gleichheit herrschte. Selbst die beiden Kirchen – die des Wanderers und die der Ewigen Flamme – taten sich zusammen und veranstalteten gemeinsam ein Fest. Und die Rebellen würden das alles ruinieren, indem sie die Stadt zerstörten. Außer wir hielten sie davon ab.

Doch dieses Problem würden wir erst in Angriff nehmen können, wenn die Herzensbrecherin erledigt war.

Mühsam bahnten wir uns einen Weg durch die Menge, wobei wir aufpassen mussten, dass wir nicht über die Kinder stolperten, die durch die Straßen wetzten und jeden, den sie sahen, mit buntem Farbpulver bombardierten. Ein paar Jugendliche, die sich von niemandem übertrumpfen lassen wollten, der erst nach ihnen laufen gelernt hatte, gingen zum Gegenangriff über und färbten die Knirpse mitsamt der Straße königsrot. Die Kleinen hielten sich die Augen zu und schrien. Anscheinend hatten sie nicht mit Gegenwehr gerechnet. Ein paar von ihnen setzten ihre Attacke unverdrossen fort, während andere davonliefen und nach neuen noch unbefleckten Opfern Ausschau hielten.

Zwischen all den Händlern und ausgelassen feiernden Leuten stand in der Mitte des Platzes ein Metallbaum, an dem zahlreiche Zettel mit Gebeten befestigt waren. Immer wieder kamen wir an unbeaufsichtigten Töpfen mit Farbpulver vorbei. Offenbar sollte die Stadt bis zum Ende der Krönungsfeiern noch bunter werden als der Regenbogen-Bezirk. Da ich nach allem, was geschehen war, nicht mein Glück herausfordern wollte, bedeckte ich mein Verrätermal mit einem leuchtend blauen Pulverstreifen. Eigentlich hätte ich lieber Rot, die Farbe meiner Familie, verwendet, doch aus irgendeinem Grund gab es keine. Ob wohl Serena persönlich dafür gesorgt hatte?

Um uns herrschte ein riesiges Durcheinander. Ohne auf die Essensverkäufer zu achten, die uns ihre nur an diesem Abend erhältlichen Krönungsdelikatessen anboten, gingen wir weiter in Richtung Kirche. Als wir den Großen Steinplatz verließen, war ich mit so vielen verschiedenfarbigen Pulvern bedeckt, dass ich aussah, als wäre ich von einem sadistischen Hofnarr geschminkt worden. Trey hatte es irgendwie geschafft, nur ein paar wenige Flecken abzubekommen. Da ich nicht wie ein Irrer aussehen wollte, versuchte ich, etwas von dem Pulver mit Wasser aus den großen Zubern abzuwaschen, die vermutlich zu genau diesem Zweck aufgestellt worden waren.

Als sich herausstellte, dass das Wasser die Farben nicht entfernte, sondern nur auf der Haut fixierte, hörte ich damit auf, und wir erklommen die Treppe zum Eingang der Kirche. Wir hatten keine Ahnung, was die Herzensbrecherin dort für uns hinterlassen hatte. Die Kirche des Wanderers verbrannte keine Holzstatue wie die Kirche der Ewigen Flamme, und sie hielt auch kein Fabrikations-Turnier ab, wie die Adligen es im Palast veranstalteten. Dort drinnen gab es kein großes Fest, in das wir hineinplatzen würden. Somit mussten wir nur noch herausfinden, wo die Herzensbrecherin die Geiseln untergebracht hatte.

Oben angekommen, entdeckten wir in der Nähe des Eingangs einen barfüßigen Mönch. Er trug eine weiße Robe sowie ein Kopftuch, das er sich offenkundig in großer Eile umgewickelt hatte, und blickte uns mit einem breiten Lächeln entgegen. Er gehörte fraglos zur Kirche des Wanderers, da nur deren Anhänger dumm genug waren, im kältesten Winter derart dünne Kleidung zu tragen. Ihr traditionelles Nomadengewand machte sich bloß während der wärmeren Monate bezahlt.

»Mikael Königmann, wie er leibt und lebt!«, sagte er. »Wenn du einen Moment Zeit hast, würde ich gern … Oh, ist das da unter all der Farbe etwa getrocknetes Blut? Geht es dir gut? Soll ich dich in ein Krankenhaus bringen?«

»Nein, kein Krankenhaus«, sagte ich, während wir die Kirche betraten. Trotz all der Feierlichkeiten vor der Kirche und all den Flüchtlingen im Gebäude war es hier drinnen relativ still. »Wo ist die Aufbereiterin?«

»Nicht da«, sagte der Mönch. »Was möchtest du von ihr?«

»Wir haben Grund zu der Annahme, dass der Herzensbrecher oder besser gesagt die Herzensbrecherin Geiseln hierhergebracht hat.«

»Die Aufbereiterin ist wie gesagt nicht hier. Sie ist nach ein paar Flüchtlingen sehen gegangen, die sich immer noch verstecken. Kann ich dir vielleicht helfen?«

»Ist heute Abend irgendetwas Ungewöhnliches passiert?«

Der Mönch tappte mit einem nackten Fuß auf den kalten Steinboden. »Woher soll ich das wissen? Wir können vor lauter Flüchtlingen kaum noch aus den Augen schauen. Jeden Tag passiert irgendetwas anderes.«

»Irgendwelche Leute, die sich an Orten rumtreiben, wo sie nichts zu suchen haben?«, fragte Trey.

»Eigentlich nicht. Hin und wieder versuchen ein paar Flüchtlinge, Essen aus der Küche zu stibitzen, oder spazieren mitten in der Nacht durch die Korridore, aber nach allem, was sie durchgemacht haben ...«

Während der Mönch sein Gedächtnis nach außergewöhnlichen Vorkommnissen durchforstete, sah ich mich in der Kirche um. Ich erblickte Eltern, die ihre Kinder zudeckten, andere fütterten Freunde, die Gliedmaßen verloren hatten und nicht selbst essen konnten. Und dazwischen immer wieder Leute mit der Verderbnis, die bloß reglos dasaßen und ins Leere starrten. So viele Menschen, so viele Kriegsversehrte. Wie konnte die Herzensbrecherin hier unbemerkt ...

Oh. Das war die Antwort.

»Gibt es einen Bereich in der Kirche, zu dem die Öffentlichkeit keinen Zugang hat? Einen heiligen Ort?«

»Wir sind nicht die Kirche der Ewigen Flamme. Hier stehen den Bedürftigen sämtliche Türen offen. Aber ich nehme an, dass niemand mehr in den alten Glockenturm hinaufsteigt, seit Kessel die neuen Türme errichtet hat, die in die Zuständigkeit der Wächter fallen.«

»Dort sind sie.«

»Wenn die Herzensbrecherin tatsächlich hier ist, kann ich

mir nicht vorstellen, dass sie irgendwen in den Glockenturm gebracht hat«, sagte der Mönch. »Nur die Aufbereiterin hat den Schlüssel zum Eingang.«

»Zeig ihn mir bitte trotzdem.«

»Na schön.«

Als wir uns dem Glockenturm näherten, konnte ich ein Lächeln nicht unterdrücken. Die Tür war leicht geöffnet, der Schlüssel steckte noch im Schloss. Der Mönch steckte ihn wortlos in die Tasche und führte uns die steilen ungleichmäßigen Stufen hinauf. Im Treppenhaus hing ein eigenartiger Geruch, den ich nicht einordnen konnte. Wie eine vergessene Erinnerung. Als wir, alle etwas außer Atem, oben ankamen, öffnete der Mönch die Tür zum Hauptraum.

Und entfachte damit die Zündschnüre.

Vier Flammen flackerten auf und fraßen sich auf verschlungenen Pfaden auf ein paar dicht nebeneinanderstehende Fässer zu. Davor befanden sich zwei Gestalten, die sich heftig in ihren Fesseln wanden. Ein Mann und eine Frau.

Wir hatten keine Zeit nachzudenken.

Trey stieß den Mönch aus dem Weg und lief zu der rechten Gestalt. Ich rannte derweil zu den Zündschnüren und versuchte vergeblich, die Flammen auszutreten. Ich hatte weder Löschwasser noch Dreck, um sie zu ersticken. Nur meine Füße. Der Mönch fluchte laut und hastete die Treppe hinunter.

Ein Held war er offenkundig nicht.

Die Flammen näherten sich rasch dem Schießpulver.

»Trey! Sag mir irgendetwas Ermutigendes!«

»Ich kann nicht ... Ich .... schaffe es nicht ... Die Knoten ... zu fest.«

Ich kniete mich hin und versuchte, die im Boden versenkten Zündschnüre anzuheben, doch die Flammen brannten sich durch meinen Griff, ohne dass ich etwas bewirken konnte. Es würde nicht mehr lange dauern. Nur noch wenige Herzschläge vor dem großen Knall.

»Trey! Beeil dich! Ich kann nichts ...«

»Verdammt!«

Trey schloss die Frau fest in die Arme und warf sich mit ihr über die Brüstung. Das Geräusch, mit dem sie aufschlugen, war viel leiser, als ich erwartet hatte. Eine der beiden Geiseln war außer Gefahr. Hoffentlich. Blieb nur noch die andere.

Erst als ich mich auf sie stürzte, um sie abzuschirmen, merkte ich, dass es Domet war. Die Flammen erreichten die Fässer. Als sie detonierten, stürzte die Glocke durch den Boden.

Kapitel 56
Blumen für ihre Gräber

Noch immer am Leben. Immerhin.

Alles tat mir weh, allerdings erinnerte ich mich kaum noch an eine Zeit, als es anders gewesen war. Diese Schmerzen würden vorübergehen und es wert gewesen sein, wenn ich alle gerettet hatte. Der Glockenturm war in die Kirche gestürzt und hatte die mittleren Sitzbänke zerschmettert. Die Glocke hatte sich verkehrt herum in den Boden gebohrt, als wäre ein Loch für sie ausgehoben worden. Die Flüchtlinge kauerten sich dicht aneinandergedrängt an die Wand. Der flüchtende Mönch hatte alle aus der Gefahrenzone geschafft. Ich hatte ihn falsch eingeschätzt.

Domet war unmittelbar neben mir. Er drückte sich stöhnend einen unnatürlich abgewinkelten Arm an den Bauch und hatte schwere Verbrennungen. Seine Haut eiterte und blutete. So unversehrt, wie ich war, hatte wohl eher er mich als ich ihn gegen die Explosion abgeschirmt. Allerdings hätte ich sicher mehr Mitleid mit ihm gehabt, wenn seine Wunden nicht so schnell verheilt wären.

Domet lachte. »Ich habe ihr ja gesagt, dass du kommen würdest. Sie hatte schon mal mit Königmanns zu tun, aber ihr war nicht klar, dass du anders bist als deine Vorfahren. Die haben mir keine Angst gemacht ... Du dagegen schon.«

»Genug«, stöhnte ich, während ich mich auf die Knie hochstemmte. »Bislang habe ich nichts bewirkt.«

»Noch nicht, aber das wirst du. Begreifst du es denn nicht, Mikael? Ich habe mit dir einen natürlichen Feind für alle Unsterblichen geschaffen. Jemand mit der Macht, sich jedem in den Weg zu stellen.«

»Ich bin sterblich«, keuchte ich. »Ein Narr, der von geliehener Zeit lebt. Früher oder später werde ich fallen.«

»Aber nicht heute«, erwiderte er schmunzelnd. »Wie hoch wirst du wohl noch aufsteigen und wen wirst du alles vernichten, ehe du stirbst?«

Als ich aufstand, schossen mir Schmerzenstränen in die Augen, doch ich biss die Zähne zusammen und ragte schließlich über dem Unsterblichen auf.

Domet streckte den Arm aus. »Damit dein Abenteuer nicht hier und jetzt endet ...«, sagte er und legte mir ein winziges rotes Blütenblatt auf die Hand.

»Wozu soll das gut sein?«

»Frag deinen Freund«, sagte Domet mit geschlossenen Augen. »Ich habe sie von der Herzensbrecherin. Und jetzt entschuldige mich bitte, ich muss mich als verletzter Hochadliger ausgeben. Meinst du, sie werden mir glauben, dass deine Annullierungs-Fabrikationen mich beschützt haben? Ach, das hoffe ich doch. Nach dem heutigen Abend wirst du eine Legende sein.«

»Was immer Ihr sagt, Lebensweber.«

Domet riss die Augen auf. »Woher kennst du diesen Titel?«

»Jemand hat ihn mir gesagt.«

»Wer?«

Ich lachte. »Als ob ich Euch das verraten würde. Ich habe auch gerne ein paar ...«

»Wenn du es mir sagst, verrate ich dir, welche von Jenns *Verpflichtungen* mich daran gehindert haben, sie als meine Waffe auszuwählen. Ursprünglich warst du nur eine Notlösung. Bist du nicht ein bisschen neugierig, weshalb ich dich ausgesucht habe?«

Ich war wie vom Donner gerührt. Unzählige Fragen schossen mir durch den Kopf. Jenn hatte bereits erwähnt, dass irgendetwas sie davon abhielt, Kessel zu verlassen, aber ich hatte immer angenommen ... Ich stieß langsam den Atem aus. »Wenn dies vorbei ist, werde ich sie selbst fragen.«

»Wieso glaubst du, dass sie es dir noch sagen wird, wenn sie es bis jetzt nicht getan hat? Du brauchst mich, Mikael. Ich habe Informationen, an die du ohne mich niemals herankommst.«

Es wäre so einfach gewesen, mich auf seinen Vorschlag einzulassen. Ohne ihn wäre ich nicht so weit gekommen. Aber so wie Jamals Tod mich dazu gezwungen hatte, mich mit meinen magischen Fähigkeiten auseinanderzusetzen, sah ich mich durch Danas Tod nun dazu veranlasst, mein Schicksal selbst in die Hand zu nehmen und mich von den Ketten, die mich fesselten, zu befreien. Ganz egal, welcher Art sie waren und wie schwer es ohne sie für mich werden würde.

Ich salutierte mit einem Finger. »Lebt wohl, Domet.«

Er rief mir hinterher, dass ich es mir noch mal überlegen solle, doch ich ließ ihn zurück, damit er ungestört heilen und seine Intrigen allein schmieden konnte.

Der barfüßige Mönch humpelte auf mich zu, wobei er sich auf ein Bruchstück einer Kirchenbank stützte.

»Geht es dir gut?«, fragte ich ihn. »Und was ist mit den Flüchtlingen? Sind alle unversehrt?«

»Niemand ist schlimm verletzt«, erwiderte er. »Bei deinem Freund bin ich mir da noch nicht sicher. Gott sei Dank konnte ich alle gerade noch rechtzeitig aus dem Weg schaffen.«

»Gut«, sagte ich. Jede Bewegung tat mir weh. Was hätte ich nicht alles für eine Mütze voll Schlaf gegeben. Ich zeigte ihm das rote Blütenblatt. »Weißt du, was das ist?«

Der Mönch warf nur einen kurzen Blick darauf. »Keine Ahnung.«

Ich ließ ihn stehen, um nach Trey zu sehen. An der Stelle, wo er gelandet war, hatten sich mehrere Schaulustige versammelt. Ein Großteil der Feierlichkeiten war unterbrochen. Die Leute raunten sich zu, die Verantwortlichen hätten wohl einen Mondfall übersehen. Ich stieß alle zur Seite, um zu Trey und der Frau zu gelangen, die er gerettet hatte.

Nana.

Sie lag auf dem Rücken und zuckte vor Schmerzen, aber sie war bei Bewusstsein. Trey kniete, offenbar weniger stark verletzt, neben ihr. Beide waren am Leben. Ich beute mich hinunter, streckte eine Hand aus und fragte: »Kannst du gehen?«

Trey packte meine Hand und zog sich an ihr hoch. »Ich versuch's mal und sage dir, wenn's nicht geht.«

»Einverstanden. Das da oben war übrigens eine kluge Entscheidung.«

»Eine schmerzhafte trifft es wahrscheinlich besser. Auch wenn Nanas Wind-Fabrikationen unseren Sturz gebremst haben.«

»Und wie geht es dir, Nana?«

Sie schlug ein Auge auf und sah mich an. »Wo warst du so lange?«

»Seit wann brauchst du jemand, der dich rettet?«

»Halt die Klappe und hilf mir hoch.«

Die Menge starrte uns an, während ich ihr auf die Beine half. Da ich ihnen nicht den restlichen Abend verderben wollte – was die Rebellen noch früh genug tun würden, wenn ich sie nicht davon abhielt –, rief ich: »Entschuldigt bitte die Unannehmlichkeiten, liebe Bürger von Kessel, und feiert weiter. Esst, so viel ihr könnt, trinkt, bis euch die Bäuche platzen. Und seid so ausgelassen, als wäre dies die letzte Nacht eures Lebens.«

»Was ist mit der Mitternachtsmesse?«, rief jemand zurück.

Ich drehte mich zur Kirche um. Ein Teil des Daches war eingesackt, und die Spitze des Glockenturms fehlte. Er sah aus wie ein Pilz, dessen Haube abgerissen worden war. Der Staub, der über den Vorplatz waberte, wurde vom blassen Licht der Mondtränen erhellt, die sich am Gebäude emporrankten.

»Es kommt gleich ein barfüßiger Mönch und sagt euch Bescheid. Ich bin mir sicher, dass er notfalls auch auf dem oberen Treppenabsatz eine Predigt halten kann. Seine Stimme trägt sehr weit.«

Wir zogen uns zurück, um nicht noch weitere Fragen beantworten zu müssen. Trotz der Explosion im Glockenturm schienen die meisten wieder zu ihren vorherigen Verrichtungen zurückzukehren. Da konnte man wieder mal sehen, wie widerstandsfähig die Bürger von Kessel waren. Alle waren viel zu sehr daran gewöhnt, dass irgendwelche Objekte vom Himmel herabfielen, um deswegen Angst zu bekommen. Nichts konnte das Fest beenden, außer der Rebellenarmee.

Als wir einen Ort fanden, an dem wir uns in Ruhe unterhalten konnten, setzte Nana sich auf den Boden und knetete ihre Schultern. Ich zeigte ihnen das Blütenblatt, das Domet mir gegeben hatte. »Irgendeine Idee, was das sein könnte? Domet sagte, er habe es von der Herzensbrecherin gestohlen.«

Nana antwortete als Erste: »Ein Blütenblatt. Manchmal gibt man Leuten, denen man den Hof macht, zum Zeichen seiner Zuneigung sogar ganze Blumen.«

»Da soll noch mal jemand behaupten, *ich* wäre der Arsch.«

»Wenn du mich nicht in dem Keller hättest vermodern lassen, wäre ich jetzt vielleicht auch nicht so sauer auf dich.«

»Oh, das tut mir leid«, sagte ich und breitete die Hände aus. »Ich habe nach dir gesehen, bevor ich ging, aber Chloe hatte gerade ein Auge verloren, und die Wegelagerin war unterwegs, um die Prinzessin zu töten.«

»Trotzdem hast du mich zurückgelassen.«

»Was hätte ich denn sonst tun sollen? Das war ein Notfall!«

»Du hättest mich aufwecken und mitnehmen können! Ich hätte es für dich getan!«

»Du warst bewusstlos! Chloe hat ein Auge verloren! Ich musste Hilfe holen! Wieso wirfst du mir vor, dass ich das Richtige getan habe?«

»Weil es deine Schuld ist, dass ich danach in Burg Königmann war. *Du* bist der Grund, wieso die Herzensbrecherin mich entführt hat! Ich hasse ...«

»Das ist ein Mohnblumenblatt«, unterbrach Trey uns.

Nana und ich funkelten uns noch einen Moment lang an. Dann atmete ich tief durch und sagte: »Dann suchen wir also nach einem Ort, wo Mohnblumen wachsen. Vielleicht ...«

»Du verstehst es nicht«, sagte Trey. »Außerhalb von Kessel wird aus den Kapseln von Mohnblumen Opium hergestellt. Aber hier in der Stadt ist Mohnblumenextrakt einer der beiden Hauptbestandteile der Droge, die wir als Schwarzbeeren kennen.«

»Und was ist der andere?«, fragte ich sanft.

Trey lachte beinahe hysterisch und fuhr sich mit beiden Händen übers Gesicht. »Ich habe bei der Herstellung von Schwarzbeeren zugesehen. Mir war nie klar, weshalb sie glaubten, dem Opium noch etwas beimischen zu müssen. Und ich habe auch nie verstanden, weshalb die Süchtigen rote Augen haben. Bis heute.«

»Sag's mir, Trey.«

»Denk doch nach, Mikael«, erwiderte er. »An wem hast du rote Augen bemerkt? Was glaubst du wohl, was die andere Zutat ist?«

Die Augen von Schwartz, Rian und Spottdrossel hatten alle rot aufgeblitzt, als sie … Aber nein, das konnte nicht sein …

»Hat es dir die Sprache verschlagen? Dann spreche ich es für dich aus. Schwarzbeeren bestehen aus einer Mischung aus Mohnextrakt und Blut. Drachenblut.«

»Aber das bedeutet …«

»… dass mein Lieferant entweder einen Drachen gefangen hält oder dass so ein Geschöpf freiwillig sein Blut für die Erzeugung von Schwarzbeeren zur Verfügung stellt. Wenn wir die Produktionsstätte finden, haben wir die Herzensbrecherin.«

Schweigen breitete sich zwischen uns aus.

Ich holte tief Luft. »Du hast gesagt, du wüsstest, wer die Schwarzbeeren produziert. Stimmt das? Wer ist es?«

»Die Antwort wird dir nicht gefallen.«

»Das werden wir ja sehen.«

»*Früher* hat der Hochadlige Elias Braven sie hergestellt. Ich weiß das, weil ich für ihn gearbeitet habe. Harte Zeiten erfordern harte Maßnahmen. Aber vor zweieinhalb Jahren hat sich etwas verändert. Die Bravens haben sich aus dem Schwarzbeerhandel zurückgezogen.«

»Und wer hat die Geschäfte übernommen?«

»Der Hochadlige Alexander Reitter.«

Kapitel 57
Wiedergutmachung

Wir begaben uns mit geladenen Pistolen zum Hochadligen Alexander Reitter.

Ich nannte dem freundlichen Wachmann am Haupteingang zur Burg Reitter meinen Namen. Gleich darauf führten uns zwei weitere Wächter des Haushalts, lächelnd und zu Scherzen aufgelegt, zu einem bequemen und ordentlichen Besprechungsraum. Sie machten sich nicht die Mühe, uns zu filzen. Ein Privileg, das wir der Tatsache verdankten, dass mein Bruder demnächst Karolin heiraten würde.

Als ich das letzte Mal jemand mit so viel Einfluss und Macht getroffen hatte, war einer von uns gestorben. Ich konnte nur hoffen, dass es diesmal anders ablaufen würde, aber aus irgendeinem Grund bezweifelte ich es. Trey war davon überzeugt, dass der Hochadlige Alexander Reitter für die Schwarzbeerschwemme in der Stadt verantwortlich war, und ich hatte das Gefühl, dass ich dem ein Ende bereiten sollte, wenn sich mir die Gelegenheit dazu bot.

Bevor ich mir noch überlegen konnte, was ich tun würde, betrat der Hochadlige den Raum. Sein Gesicht war leicht gerötet, und er hielt einen Weinkelch in der Hand. Der blonde Mann trug erneut gelb-schwarze Kleidung, wie um die hässliche Narbe auf seinem Nasenrücken hervorzuheben. Eines seiner Hosenbeine war in den Stiefel gestopft und seine Jacke deutlich weiter aufgeknöpft, als es sich für ein Mitglied des Hochadels ziemte.

»Mikael!«, sagte er und breitete die Arme aus. »Es ist so lange her. Wo hast du gesteckt? Und wo sind dein Bruder und meine Tochter? Sie sollten schon längst hier sein.«

Ich blieb sitzen. »Ich bin nicht sicher. Vielleicht sind sie auf dem Großen Steinplatz und genießen die Feierlichkeiten.«

»Als Kind hat Karolin dort vor allem die ehamischen Nudeln geliebt.« Der Hochadlige Alexander Reitter legte sich eine Hand auf die Brust. »Entschuldigt meine schlechten Manieren. Würdest du mir bitte deine beiden Freunde vorstellen, Mikael? Sie kommen mir bekannt vor.«

»Das sind Nana Deuter und Trey von Wickert.«

Alexander Reitter verbeugte sich leicht vor ihnen. »Alle Freunde von Mikael sind in meinem Haus willkommen. Meine Familie hält sich noch an die alten Gebräuche.«

Wir rutschten unbehaglich auf unseren Plätzen herum. Vor allem Trey. Er hatte beim Kauf der Schwarzbeeren jedes Mal eine Maske getragen, aber er ging davon aus, dass seine Stimme ihn verraten würde.

»Es überrascht mich, dass Ihr noch hier seid. Ich habe geglaubt, die Prinzessin träfe sich heute mit allen Hochadelsfamilien.«

Alexander Reitter ließ sich in einen der vielen bequemen Sessel fallen. »Mein Frau ist an meiner Stelle gegangen, da ich ... Ich habe schon ziemlich früh zu feiern begonnen. Aber wie kann ich dir behilflich sein, Mikael? Ist in Burg Königmann alles in Ordnung? Ich weiß, Efyra war ...«

»Versorgt Ihr den Ostteil von Kessel mit Schwarzbeeren?«

Alexander Reitter starrte mich an und stellte sein Weinglas

auf einen Beistelltisch. »Das ist eine sehr ernste Anschuldigung, Mikael.«

»Stimmt es?«

»Nein.«

»Er lügt«, sagte Trey. »Und da mit seinem Schatten alles stimmt, sind nicht seine Erinnerungen manipuliert worden.«

»Ist das ein Witz?«, fragte Alexander. »Ansonsten fällt mir kein Grund ein, wieso ihr es für angemessen haltet, in mein Haus zu spazieren und mich solcher Dinge zu beschuldigen. Ich war mit deinem Vater befreundet, Mikael. Glaubst du wirklich, ich würde so tief sinken, dass ich Drogen verkaufe? Vertrau mir. Ich bin ein guter Mensch.«

»Jeder Mann, zu dem ich in meinem Leben aufgeblickt habe, hat mich angelogen«, erwiderte ich. »Mein Vater, als er mich zu beschützen versuchte, mein Großvater, als er mir nicht gesagt hat, wie lange er noch leben wird, Angelo, als er mich großzog, und Carl Domet jeden Tag. Sie hatten dafür alle gute Gründe. Ihr sicher auch. Beweist mir, dass ich mich täusche. Zeigt mir, dass Ihr nicht bloß ein weiterer Eintrag auf dieser Liste seid.«

»Mikael, ich ...«

»Erklärt mir, warum Ihr es getan habt«, sagte ich ohne eine Spur von Wut in meiner Stimme. »Sagt mir, wieso Ihr so viele Leute vergiftet habt. Erklärt mir, wie ein guter Mensch so etwas tun und immer noch Gnade erwarten kann.« Ich zog meinen Revolver und ließ ihn zwischen den Knien baumeln.

Alexander Reitter antwortete nicht.

»Wenn Ihr mir nicht Eure Wahrheit sagen wollt, dann hört Euch meine an.« Und so erzählte ich Alexander Reitter mit der Waffe in der Hand alles über die Herzensbrecherin und ihre Geiseln, Danas Tod, Karolins Freilassung und Leons nur knapp vermiedenen totalen Zusammenbruch. Zuletzt schilderte ich ihm noch, wie die Kirche des Wanderers beinahe zerstört worden war, und erklärte ihm dann, dass ich unbedingt die Mörderin finden wollte, um die Stadt zu retten. Und dass ich deswegen in Erfahrung bringen musste, wo sich die Herzensbrecherin befand. Eine Information, die nur er, Schwartz und der Hochadlige Maflem Braven hatten.

Als ich fertig war, wirkte Alexander Reitter beinahe schmerzhaft nüchtern. Während er mir zuhörte, hatte er sich die Haare glatt gestrichen, die Jacke zugeknöpft und den Sitz seiner Hosenbeine korrigiert. Schließlich schluckte er vernehmlich und sagte: »Es tut mir leid.«

Ich bedeutete ihm fortzufahren.

»Ich habe die Schwarzbeeren geliefert, und das tut mir leid.«

»Warum?«, fragte Trey leise. »Ihr hattet die Gelegenheit, dem ein Ende zu bereiten. Wieso habt Ihr es nicht getan? Wie viel Blut klebt an Euren Händen?«

»Spielt das eine Rolle? Werden meine Rechtfertigungen irgendetwas besser machen? Ich habe die Stadt, die ich heilen sollte, vergiftet. Für mich gibt es keine Erlösung. Nur Scham.«

»Ich muss es erfahren.« Trey hielt eine seiner Steinschlosspistolen in der Hand.

Der Hochadlige zögerte, stieß langsam den Atem aus und blickte Trey in die Augen. »Ich dachte, wenn ich genug Geld verdiene, könnte ich die Armee da draußen dazu bestechen, dass sie ihre Rebellion aufgeben. Das Schicksal vieler wog mehr als das Leben weniger.«

»Ihr lügt«, flüsterte Trey. »Ich weiß nicht, weshalb Ihr noch immer lügt, aber Ihr tut es. Wen oder was beschützt Ihr?«

Alexander Reitter lächelte verhalten. »Die Zukunft.«

»*Warum* ist mir egal«, meldete sich Nana hinter uns zu Wort. »Wo wird der Drache festgehalten?«

»Unter dem Großen Steinplatz. Dort ist er immer gewesen.«
»Wie kommen wir zu ihm?«
»Es gibt drei Zugänge. Durch den Keller in der Kirche des Wanderers, durch den Kerker im Palast und ...«
»Und?«
»Durch die Gruft in Burg Königmann.«
»Wo in der Gruft ist der Eingang?«
»Der Schandfleck deiner Familie bewacht ihn.«

Mit diesem Hinweis würde er leicht zu finden sein. Schwieriger war die Frage zu beantworten, was ich mit dem Hochadligen Alexander Reitter machen sollte. Ich bat Nana und Trey, draußen auf mich zu warten, während ich dieses Problem allein mit ihm löste. Ich rechnete halb damit, dass Trey protestieren und einfach dableiben würde, aber das tat er nicht. Auch er spürte nicht mehr genug Wut in sich für diese Auseinandersetzung. Hätte Trey sich an Alexander Reitter rächen wollen, hätte er es bereits vor langer Zeit getan.

Trey ließ mir für alle Fälle eine seiner Steinschlosspistolen da.

»Dein Vater ist seit zehn Jahren tot, und ich denke immer noch jeden Tag an ihn.«

Ich sagte nichts.

»Er war ein guter Mann. Klüger und tapferer, als ich je gewesen bin. Ich vermisse ihn. Wie hätte er diese Situation wohl gelöst? Ich bezweifle, dass er so tief gesunken wäre, wie wir es getan haben.«

»Ich weiß es nicht.«

»Er war der Beste von uns«, sagte Alexander. Er trank den letzten Schluck Wein und behielt ihn einen Moment im Mund, ehe er ihn schluckte. »Wirst du mein Leben beenden? Oder zwingst du mich dazu, es selbst zu tun?«

Ich lachte so laut, dass ich selbst ein wenig erschrak. »Glaubt

Ihr wirklich, dass ich Euch töten oder zulassen werde, dass Ihr Euch zur Buße selbst umbringt? Meint Ihr tatsächlich, dass ein Selbstmord ein geeignetes Mittel zur Sühne ist? Dann will ich Euch mal verraten, was ein Selbstmord tatsächlich bewirkt: Er gibt den Schmerz weiter und verlängert das Leid. Ich trage König Isaaks Schmerz in meinem Herzen. Genau wie die Prinzessin. Wir fühlen uns wie Versager, weil wir ihm nicht helfen konnten. Ihn nicht davon überzeugen konnten, dass er auch noch andere Optionen hatte ... Ist es das, was Ihr Karolin, Karin und Kai hinterlassen wollt?« Ich machte eine kurze Pause. »Und Jon?«

Alexander Reitter strömten Tränen übers Gesicht.

Ich erhob mich von meinem Platz. »Ich werde jetzt gehen und die Herzensbrecherin aufhalten. Sobald sie tot ist, wird Euer Schwarzbeerhandel beendet sein. Ich erwarte, dass Ihr Euch bessert. Versucht, Euch ein Beispiel an meinem Vater zu nehmen, anstatt darüber zu jammern, wie sehr Ihr ihn vermisst. Eure ganze Generation sollte sich was schämen.«

Als ich ging, wurde mir bewusst, dass Alexander Reitter am nächsten Morgen vielleicht tot sein würde. Dass die Schuld zu groß für ihn sein könnte. Dass er glaubte, seine Taten wären nicht wiedergutzumachen. Dass er meine Worte in den Wind schlagen würde. Diese Entscheidung lag ganz bei ihm, und das Schicksal vieler wog mehr als das Leben eines Einzelnen.

Falls er den Tod wählte, würde ich mit dieser Last leben können. Seine Kinder hoffentlich auch.

KAPITEL 58
DER UNWÜRDIGE

Als wir Burg Königmann erreichten, hatte die Verdunklung bereits begonnen, doch in der Stadt wurde noch immer gefeiert, und in der Ferne stieg ein Feuerwerk auf. Während wir den Dienstboteneingang durchquerten, fühlte ich mich so erschöpft und steif, dass ich mir selbst die Schultern massierte, um mir ein wenig Erleichterung zu verschaffen. Trey und Nana waren kaum besser dran. Wir hatten alle keine Kraft mehr, weigerten uns aber aufzugeben. Was blieb uns auch anderes übrig?

Oliver saß mit einem bandagierten Bein am Tisch und trank eine Flasche Wein. Stein schmiegte sich an Oliver. Er trug eine Decke um die Schultern und schnarchte leise. Die Krankheit bedeckte inzwischen Olivers halbes Gesicht. Er hatte nicht mehr lange zu leben.

»Geht es ihm gut?«, fragte ich, als ich mich neben die beiden setzte.

»Ja, er ist nur müde«, erwiderte Oliver und zog die Decke enger um Steins Schultern. »Ich glaube nicht, dass er je ruhig schlafen konnte, bevor er hierherkam.«

»Das kann ich mir auch nicht vorstellen.« Ich beobachtete, wie Trey und Nana Wasser tranken und ihre Wunden versorgten. »Und wie fühlst du dich?«

Oliver schloss die Augen und lehnte sich auf dem Stuhl zurück. »Ausgelaugt.«

»Hast du Lust, mit uns eine Drachen-Serienmörderin aufzuhalten?«

»Ich glaube, ich wäre keine große Hilfe mit meinem gebrochenen Bein und ...« Oliver hustete ein paar Ascheklumpen in seine Hand. »... mit was auch immer das hier ist. Heldentum ist ein Spiel für junge Leute.«

»Scheint so.« Plötzlich hatte ich einen Kloß im Hals, und meine Augen begannen zu brennen. »Wirst du bei meiner Rückkehr tot sein?«

»Ich glaube nicht«, erwiderte er. »Ich habe vor, noch so lange zu leben, bis deine Mutter wieder da ist. Sie verdient einen ordentlichen Abschied. Ich wünschte nur, ich wäre bereits früher hergekommen und für euch alle da gewesen. Es tut mir leid, dass ich es nicht getan habe.«

»Du hast getan, was du für das Richtige hieltest. Wie wir alle.«

»Ich habe geglaubt, du würdest mich beleidigen.« Oliver lachte leise. »Als letzten Dolchstich ins Herz. Trotzdem tut es mir leid, Mikael. Wenn ich gewusst hätte ... nein, ich sollte nicht lügen. Wäre es allein um mich gegangen, wäre ich so schnell wie möglich gekommen. Aber zu viele Menschen haben sich auf mich verlassen. Ich konnte sie nicht alle nur für meine Familie im Stich lassen.«

»Ich verstehe«, sagte ich und stand auf. Trey und Nana waren ebenfalls bereit zum Aufbruch. »Das meine ich wirklich. Und jetzt tu mir den Gefallen und stirb nicht, während ich weg bin, alter Mann. Mutter, Jenn und Leon sind morgen Früh wieder da. Kannst du so lange warten?«

»Ich glaube schon.«

Ich reichte Großvater eine weitere Flasche Wein und stieg vor den anderen in die Gruft hinab. Dort unten herrschte wie immer eine eigenartige Wärme. Der Gang war schmal, und aus den Wänden sickerte Wasser. Es stammte von dem Fluss, der ganz in der Nähe toste. Der ganze Pfad war eine einzige große Pfütze.

Als wir die Plaketten mit den Informationen über meine Ahnen passierten, begann mein Herz wie wild zu schlagen. Dieser Ort erfüllte alle Mitglieder meiner Familie mit unterschiedlichen Gefühlen. Mutter hatte hier unten am meisten Zeit verbracht, um einen Platz für Vater vorzubereiten.

Leon war anschließend häufig hier gewesen und hatte die Grabstätten abgeschritten, um die Namen unserer Vorfahren auswendig zu lernen. Vom Eroberer bis zur Auserwählten. Nur der Erste Königmann war hier nicht beigesetzt worden. Keiner wusste, wieso. Leon hatte recherchiert und herausgefunden, dass sein Name in Vergessenheit geraten war. Die Archivare bezeichneten ihn ausschließlich als den Ersten Königmann. Diese Information hatte uns alle mit einem eigenartigen Gefühl erfüllt. Was bedeutete es für unsere eigenen Vermächtnisse, wenn selbst jemand, der so berühmt gewesen war, aus dem kollektiven Gedächtnis getilgt werden konnte? Würden unsere Namen früher oder später ebenfalls vergessen werden?

Jenn hatte von uns vieren die drittmeiste Zeit hier unten verbracht. Sie war ein einziges Mal herabgestiegen, hatte sich an den Eingang der Gruft gesetzt und gepfiffen, um zu ermessen, wie lang der Gang war. Als das Echo verklungen war, hatte sie tief durchgeatmet, die Tür geschlossen und gesagt, dass sie erst wieder herkommen würde, wenn sie selbst zur letzten Ruhe gebettet wurde. Auf keinen Fall früher.

Und dann war da noch ich. Ich hatte nie zuvor einen Fuß

an diesen eigentümlich warmen Ort gesetzt, niemals wie meine Mutter dabei geholfen, eine Nische für eines meiner Familienmitglieder einzurichten, nie wie Leon Lust gehabt, mir die Namen all meiner Vorfahren einzuprägen, und im Gegensatz zu Jenn nie gewusst, wie meine Geschichte enden würde. Ich hatte den Toten kein einziges Mal auf traditionelle Weise die Ehre erwiesen, nicht einmal als Kind. Aus irgendeinem Grund erfüllte mich dieser Ort mit Furcht. Aber nicht weil ich Angst vor dem Tod hatte, sondern weil ich fürchtete, hier unten nicht willkommen zu sein – es nicht wert zu sein, neben meinen legendären Vorfahren bestattet zu werden.

Ich hatte Angst, im Vergleich zu ihnen ein Versager zu sein.

Aber wenn ich diese Prüfung überlebte, würde sich daran vielleicht etwas ändern.

»Ich werde nie verstehen, wozu es gut ist, die Toten zu begraben«, murmelte Nana. »Was ist daran besser, als zu Asche verbrannt zu werden?«

»Leute, die in Erinnerung bleiben wollen«, erwiderte Trey. »Das gilt natürlich nicht für Süchtige. Oder hast du den Schwarzbeeren inzwischen abgeschworen? Das wäre sicher gut, vor allem da wir jetzt die Quelle trockenlegen werden.«

Nana streckte die Zunge raus, um uns zu zeigen, dass sie nichts im Mund hatte. »Der Witz geht auf deine Kosten. Ich habe es bereits getan.«

»War dafür eine göttliche Intervention nötig?«

»Nein, nur der Tod meines Vaters.«

»Ah. Mein herzliches Beileid für deinen Verlust.« Trey trat einen kleinen Stein in den Tunnel. »Schmeckt Wasser wirklich so trocken wie Asche, wenn man die Beeren nicht mehr nimmt? Meine Mutter hat sich jedes Mal, wenn sie aufzuhören versuchte, andauernd darüber beklagt.«

Nana rieb über das Medaillon ihres Vaters. »Es ist sauer, als würde man eine Zitrone essen.«

»Dann schmeckt es vielleicht nur für die richtig Süchtigen nach Asche«, sagte Trey, als wir ein schmiedeeisernes Tor erreichten. Obwohl es nicht mit einem Schloss versperrt war, zögerte er, es zu öffnen. »Was liegt dahinter, Mikael?«

»Der besondere Königmann.«

»Der besondere Königmann?«, wiederholte Nana.

»Hier endet der Abschnitt, wo diejenigen begraben sind, die den hohen Ansprüchen unserer Familie nicht gerecht geworden sind. Sie werden nicht vergessen, aber auch nicht geehrt. Hier liegen jene, auf die wir stolz sind. Sie haben endlich ihren Frieden gefunden und sind bis in alle Ewigkeit von ihrer Familie umgeben. So hat man es uns zumindest beigebracht.«

»Aber wir haben gar keine Begräbnisstatuen passiert.«

»Nein, das haben wir nicht.«

Nana schaute mich einen Moment lang nachdenklich an. »Oje, deine Familie ist wirklich in vielerlei Hinsicht ganz schön verdreht.«

»Man machte uns schon sehr früh klar, dass es das ist, was von uns erwartet wird. Unser Familienvermächtnis.« Ich öffnete das Tor. »Leon hat sich dagegen aufgelehnt, Jenn hat es vermieden, und ihr wisst ja bereits, welchen Weg ich gewählt habe.«

Als ich durch das Tor getreten war, sagte Trey: »Sie haben Mikael ordentlich verhunzt.«

Ich ließ ihm die Bemerkung durchgehen, da ich vor allem darüber nachdachte, dass ich gleich von Angesicht zu steinernem Angesicht meinen Vorfahren gegenübertreten würde.

Ich fühlte ihre Blicke auf mir ruhen, als ich den Hauptbereich betrat, in dessen Mitte die nie verlöschende Flamme brannte. Von dort gingen drei Pfade ab, die jeweils von einem

Kind des Ersten Königmanns bewacht wurden: dem Eroberer, der Kartografin und dem Baumeister. Jede der drei Statuen war beeindruckend und hielt einen bedeutsamen Gegenstand in der Hand, der Eroberer ein Schwert, die Kartografin eine Schreibfeder und der Baumeister einen Hammer.

»Welchem Pfad folgen wir?«, fragte Nana.

»Der Eroberer steht davor. Der Schandfleck, von dem Alexander Reitter sprach, stammt aus seinem Zweig unseres Stammbaums.«

»Von wem stammst du ab?«

»Ebenfalls von ihm.«

Wir gingen nebeneinander her, die nie verlöschende Flamme wärmte und beleuchtete den ganzen Abschnitt. Um uns herum standen Steinstatuen. Sie beobachteten, beurteilten und warteten. Die meisten von ihnen erkannte ich auf den ersten Blick. Der Entdecker hatte eine dramatische Pose eingenommen, den Kopf nach hinten geneigt und eine Hand über dem Herzen. Seine Leiche war nicht hier begraben, sondern irgendwo im azilianischen Dschungel verschollen. Hinter ihm stand die Goldene Königmann, eine Frau, die Kessels Wirtschaft revolutioniert und das standardisierte Währungssystem eingeführt hatte, das nach wie vor in Gebrauch war. Danach kam der Edle Königmann, der mit erhobenen Händen allen um ihn herum eine Krone präsentierte. Er hatte das Wappen der Königmanns erfunden.

Schließen gelangten wir zum Schandfleck, besser bekannt als der Königmann, der versagte, oder kurz der Versager. Die eine Hälfte seines Steingesichts fehlte, die andere war geglättet und vollkommen konturlos, ganz ähnlich wie bei der gesichtslosen Statue in der Kirche des Wanderers. Seine Töchter, die Entflammte und die Übersprungene, flankierten ihn.

»Das ist der besagte Schandfleck? Es sieht aus, als wäre er aus der Geschichte getilgt worden. Was hat er angestellt, um den Namen ›Versager‹ angehängt zu bekommen und trotzdem in diesem Abschnitt zu enden?«

Ich inspizierte die Statue und den Bereich um sie herum. »Er hat seinen König verloren. Gerald Kessel, der Verlorene König, ging eines Nachts zum Beten in die Kirche des Wanderers und kehrte nie wieder zurück. Selbst Jahrzehnte später weiß immer noch keiner, wie es dazu gekommen ist. Man machte den Versager dafür verantwortlich. Meine Familie verstand zwar, dass es nicht seine Schuld gewesen war, die Öffentlichkeit dagegen nicht.«

»Brutal«, sagte Nana. »Das erklärt wahrscheinlich, weshalb du so einen Stock im Arsch hast. Wie ist es, mit dieser riesigen Bürde aufzuwachsen?«

Sie lastete als überwältigendes Gewicht auf meinen Schultern. Ein unablässiger Druck, stets das Richtige zu tun, weil ich mich immer sofort allen gegenüber schuldig fühlte, wenn ich mal einen Fehler machte. Und weil ich mich dazu verpflichtet fühlte, etwas zum Familienvermächtnis beizutragen.

Aber dies war weder der richtige Ort noch die rechte Zeit für meine Unsicherheiten. Ich musste weitermachen. »Helft mir bei der Suche nach irgendetwas, mit dem man einen Geheimgang öffnen kann.«

Wir stöberten hinter allen drei Statuen herum, fanden dabei aber nur glitschige Ziegel. Die Statue des Versagers selbst wies weder Löcher noch irgendwelche erhabenen Stellen auf, bei denen es sich um einen Schalter hätte handeln können. Es gab in ihr auch keine Vertiefung, in die mein Ring passte. Hier würde er eindeutig auch nicht als Schlüssel funktionieren. Vielleicht waren meine Vorfahren oder die Königsfamilie ja gar nicht für dieses geheime Gefängnis verantwortlich. Aber wenn hier unten ein Zugang dazu war, konnte es gar nicht anders sein. Wer sonst hätte ihn hier einbauen können?

»Ich kann nichts finden«, erklärte Nana.

»Ich auch nicht«, sagte Trey. »Gibt es noch einen anderen Königmann, den der Hochadlige Alexander Reitter hätte meinen können?«

»Nein. Er ist der Versager. Das war sein Vermächtnis.«

»Bist du …?«

»*Ja, ich bin sicher!*«, blaffte ich mit heißem Gesicht.

Nana und Trey blickten mich schweigend an.

»Ich … es tut mir leid. Ich gehe mir die anderen Statuen ansehen. Ruft, wenn ihr etwas entdeckt.«

Ich entfernte mich rasch von ihnen und steuerte auf ein paar der älteren Statuen zu. Meine direkten Vorfahren waren Nachkommen des Versagers gewesen, doch abgesehen von Vater hatte keiner von ihnen Schande über die Familie gebracht. Während ich die Statuten musterte, wusste ich bereits, dass es aussichtslos war. Kein anderes Mitglied meiner Familie galt als Schandfleck. Es gab nur diesen einen. Nur den …

Oh.

Es gab doch noch jemand. In den Augen der Öffentlichkeit war sie zwar kein Schandfleck gewesen, aber hatte meine Familie sie möglicherweise anders beurteilt?

Als ich an der Stelle, wo sie eigentlich hätte stehen müssen – zwischen dem Untröstlichen und der Erhängten –, keine Statue von ihr entdeckte, wusste ich, dass ich die Richtige gefunden hatte. Nina, die Königmann, die während des Kriegs der Blutlinien fortging. Ich konnte ein Lachen nicht unterdrücken. Dann konnte man sich zwar einen Platz in dieser Gruft sichern, obwohl man seinen Königlichen verloren oder einen getötet hatte, aber nicht, wenn man davonlief. Und vor ein paar Monaten war noch genau das mein Plan gewesen ...

»War es das wert gewesen?«, fragte ich meine Ahnin, die ihren Platz in der Familie verloren hatte. »Würdest du es wieder tun, wenn du wüsstest, wozu es führt? Was war so wichtig, dass du deine Familie dafür im Stich gelassen hast?«

Als ich genau hinter der Stelle, an der Nina Königmanns Statue eigentlich hätte stehen müssen, gegen die Wand drückte, fuhr sie rumpelnd in die Höhe und gab den Blick auf einen Geheimgang frei.

»Nina Königmann«, murmelte ich, als der Durchgang komplett geöffnet war, »ich werde dich nicht vergessen. Wir Versager müssen zusammenhalten.«

Ich wandte mich um und rief nach Trey und Nana. Wir hatten den Eingang zum Drachengefängnis gefunden. Nun mussten wir es nur noch schaffen, am Leben zu bleiben.

Kapitel 59
Mann und Frau

»Haben wir einen Plan, wie wir die Herzensbrecherin töten werden?«, fragte Nana, während wir dem engen Korridor folgten. Die Wände waren feucht, von der Decke tropfte Wasser, und es roch klamm.

»Ich annulliere den Raum, und wir beschießen sie mit allem, was wir haben. Dann lassen wir Schwartz und die Prinzessin frei, damit sie ihr den Garaus machen können. Gegen Luis können wir uns vielleicht noch allein behaupten, wenn er geschwächt ist, aber da wir Rian nicht töten konnten, will ich bei Anna kein Risiko eingehen. Schwartz und Serena sind stärker als wir.«

»Wer sind Rian, Luis und Anna?«

Trey antwortete an meiner Stelle: »Luis ist der Herzensbrecher, den du kennst. Anna ist seine traumatisierte Gefährtin, die ihm hilft, Leute zu ermorden. Sie ist auch ein Drache. Und Rian ist der Drache, der uns heute Abend bereits die Hucke vollgehauen hat.«

»Und der arbeitet nicht mit den Herzensbrechern zusammen?«

»Nein«, sagte ich, »Aber er wird uns auch nicht helfen. Er hat ...« Ich bekam einen Kloß im Hals und konnte nicht weitersprechen.

»Er hat Dana getötet«, beendete Trey für mich den Satz.

Nana blieb einen Moment lang mit offenem Mund stehen und lief uns dann schnell hinterher. »Wie?«

»Er ist ein Rauch-Banngeborener. So nennen die Theber diejenigen, die mit Drachenkräften ausgestattet sind ... Es war, als bestünde sein Körper aus dieser Spezialisierung. So etwas habe ich noch nie gesehen.«

»Heißt das, dass Anna und Luis über die gleichen Fähigkeiten verfügen? Bestehen ihre Körper auch aus ihren jeweiligen Spezialisierungen?«

»Wahrscheinlich«, erwiderte Trey.

»Aber wir können sie treffen, wenn ich sie annulliere«, fügte ich hinzu.

»Und wenn du es nicht tust?«, fragte Nana.

Trey und ich antworteten nicht.

»Wenn Mikael ausfällt, sind wir also dem Untergang geweiht.«

»Wir werden auch dann untergehen, wenn er nicht ausfällt«, sagte Trey lächelnd. »Aber wer will schon ewig leben? Wir drei ganz eindeutig nicht.«

Als weder Nana noch ich ihm widersprachen, wurde uns allen bewusst, dass es stimmte. Zum Glück konnten wir uns mit dieser problematischen Einsicht jedoch nicht weiter beschäftigen, da wir in diesem Moment eine riesige, mit einem unterirdischen See gefüllte Höhle betraten, in dessen Mitte sich eine Insel befand. Auf der linken und rechten Seite war jeweils ein Wasserfall. Einer ergoss sich in den See, der andere ließ das überschüssige Wasser abfließen. Der Pfad, auf dem wir unterwegs waren, endete vor einem knarzenden Holzsteg, an dem ein einziges Boot vertäut war.

»Das ist ...«, sagte Nana und verstummte einen Moment,

überwältigt von dem Anblick, der sich uns bot. »Was glaubt ihr? Ist dieser See von Menschenhand geschaffen oder natürlich entstanden?«

»Wenn er von Menschen gemacht worden wäre, hätte es Jahrzehnte gedauert, ihn auszuheben«, erwiderte Trey.

»Er muss menschengemacht sein«, sagte ich.

Nana drehte sich zu mir um. »Wie kommst du darauf?«

Ich deutete auf die gewölbte Decke, die aus den gleichen Steinen bestand, mit denen auch der Große Steinplatz gepflastert war. »Sie haben den Großen Steinplatz direkt darüber gebaut.«

»Steckt der Königmann-Baumeister dahinter?«

Ich schüttelte den Kopf. »Die Archivare wissen nicht, wer den Platz geschaffen hat. Er war bereits da, als die Königmanns und Kessels die Macht übernahmen. Und die geschichtlichen Aufzeichnungen aus der Zeit der Wolfskönige sind ziemlich lückenhaft.«

»Was heißt ›lückenhaft‹?«, fragte Trey.

»Es bedeutet, wir wissen nicht, was vor der Machtübernahme durch die Familie Kessel passiert ist, aber wir geben es nicht gern zu. Es ist bekannt, was vor den Wolfskönigen geschah, aber nichts über die Zeit ihrer Herrschaft. In den Geschichtsbüchern klafft eine Lücke von mehr als zweihundert Jahren.«

Nana stellte behutsam einen Fuß auf das Boot. Es wackelte, ging aber nicht unter. »Damit sollten wir rausrudern können.«

»Ich hasse Boote. Und Wasser. Ich werde gar nicht gerne nass.«

»Würdest du lieber schwimmen?«

Da ich das noch immer lernen musste, blieb mir gar nichts anderes übrig, als so vorsichtig wie möglich ins Boot zu klettern und mich an den Seiten festzuklammern. Sobald auch Trey und

Nana eingestiegen waren, stießen wir uns vom Steg ab. Nana steuerte, während Trey und ich ruderten. Trey schuf eine Lichtkugel, die uns den Weg zur Insel wies.

Dafür, dass der See so ruhig wirkte, schien sich unter seiner Oberfläche ganz schön viel zu bewegen. Wäre ich tapferer gewesen, hätte ich mich über die Reling gebeugt, um in dem trüben Wasser mehr Einzelheiten ausmachen zu können, aber das wagte ich nicht. Als ich gerade Nana und Trey fragen wollte, ob ihnen der See auch irgendwie merkwürdig vorkam, öffnete sich unter uns etwas Riesiges.

Ein Augenlid, um genau zu sein.

Das Auge war größer als ich. Da unser Boot die Iris und die Pupille verdeckte, konnte ich nur das Weiße sehen. Mein Herz stockte, sodass ich nicht mal eine Warnung krächzen konnte.

Dann schloss sich das Auge wieder, als wäre gar nichts geschehen.

Da wir uns auf halbem Weg zur Insel befanden, beschloss ich, dieses Ding unter der Wasseroberfläche, was auch immer es war, möglichst nicht zu stören und weiterzurudern. Obwohl es mir gelang, ruhig zu bleiben, war ich sehr erleichtert, als wir die Insel erreichten. Ich ging rasch an Land und sackte auf dem Strand zusammen.

Nana band das Boot an einen zerbrochenen Balken, der aus dem Sand ragte. »Du magst wirklich kein Wasser, oder, Mikael?«

»Da war etwas *in* dem Wasser.«

»Seit wann hast du Angst vor Fischen?«, fragte Trey.

»Das war nicht nur ein Fisch! Unter uns hat sich ein Auge geöffnet! Es war größer als ich!«

Nana und Trey wechselten einen Blick. »Ich glaube, die Erkenntnis, dass Drachen wirklich existieren, hat dir ziemlich zugesetzt«, sagte Trey. »Aber nicht alle Gutenachtgeschichten sind wahr. Und übrigens: Wenn sich da drinnen wirklich etwas so Großes befindet, wo ist dann der Rest seines Körpers? So riesig ist der See nun auch wieder nicht.«

»Ich habe keine Ahnung, aber ich weiß, was ich gesehen habe. Es ergibt auch durchaus einen gewissen Sinn, oder etwa nicht? Wie sonst könnte man hier unten einen Drachen im Zaum halten, wenn nicht mit etwas noch Schlimmerem und Furchterregenderem? Etwas noch Monströserem.«

Die beiden bedachten mich mit einem weiteren besorgten Blick.

Trey räusperte sich. »Wann hast du zum letzten Mal geschlafen, Mikael?«

»Freiwillig oder gezwungenermaßen?«, erwiderte ich mit einem leisen Lachen.

Sie fanden die Bemerkung nicht lustig, und Trey wiederholte seine Frage.

»Ich ... ich weiß nicht. Es ist so viel passiert.«

»Brauchst du einen Moment, um dich zu sammeln, bevor wir uns da hinauf begeben?«

Ja.

»Nein«, presste ich hervor. »Es wird schon gehen. Wir dürfen keine Zeit verschwenden.«

»Bist du sicher?«

Nein.

»Ja«, sagte ich mit festerer Stimme. »Vielleicht habe ich mich getäuscht, und da war gar nichts im Wasser. Vergesst einfach, was ich gesagt habe. Kommt und lasst uns die Herzensbrecher suchen.«

Dankbar, dass sie das Thema nicht weiter vertiefen wollten, ging ich den Strand hinauf. Nana und Trey folgten mir. Durch

Risse im Großen Steinplatz über uns fielen Lichtstrahlen und beleuchteten allerlei merkwürdige Dinge, unter anderem zerstörte Lehmhäuser und verbrannte Gerippe, die unter unseren Füßen zu Staub zerfielen. In einem Mohnblumenfeld steckten Hunderte Schwerter im Boden. Sie markierten einen behelfsmäßigen Friedhof. Offenbar hatte hier vor langer Zeit eine Schlacht stattgefunden. Zwischen den Schwertern führte ein Pfad zu einer Säule in der Mitte der Insel. Dort entdeckten wir verwesende Leichen ohne Herzen und Tische, auf denen zerstoßenes Glas und Schwarzbeeren lagen. Hier waren sie wohl hergestellt worden. Wir bahnten uns einen Weg durch das Chaos.

Als wir die mit grünen Kristallstreifen durchzogene Säule erreichten, erkannten wir, dass sie das Gefängnis des Drachen war. Sie war zum Teil ausgehöhlt worden, um eine einzelne mit Gitterstäben und Ketten ausgestattete Zelle zu schaffen. Außerdem war sie mit Mondtränen überwuchert, die die nähere Umgebung in ein fahles Licht tauchten. In der Zelle bewegte sich etwas – der heftig hin und her ruckende Umriss eines Mannes.

Dank Treys Lichtkugel erkannten wir, dass es sich um Schwartz handelte. Er war geknebelt und in Ketten geschlagen.

Die Prinzessin von Kessel war an der Säule zusammengesackt, die Hände über dem Kopf angekettet.

Keiner der beiden fabrizierte, und wenn sie sich wanden oder das Gewicht verlagerten, erstrahlten die Kristalle in der Säule jedes Mal wie explodierende Feuerwerkskörper. Hinderten sie sie darin, ihre Magie zu gebrauchen?

Sonst war niemand da ...

... bis plötzlich ein in Flammen gehüllter Mann hart auf dem Boden aufschlug.

Ich hielt mir die Unterarme vors Gesicht und annullierte, ehe die Hitze uns erreichte, meinen Körper. Trey und Nana versteckten sich hinter mir. Als die Wolke aus Rauch und Staub sich auflöste, konnten wir einen genaueren Blick auf den Herzensbrecher werfen.

Luis Valenti wirkte ausgemergelt. Er grinste breit, als wollte er uns demonstrieren, wie spitz seine Zähne waren. Da er kein Hemd trug, sahen wir, dass seine Haut mit dunklen Löchern und blauen Flecken übersät war. Über seinem Herzen befand sich ein frisch vernähter Schnitt, aus dem Blut quoll. Doch im Gegensatz zu Rian war er von rein menschlicher Gestalt.

»Ich habe mich schon gefragt, wann du sie endlich retten kommst, Mikael Königmann«, sagte der Herzensbrecher gedehnt. »Du hast mir sogar Nana Deuter zurückgebracht. Wie aufmerksam von dir.« Er warf einen kurzen Blick auf Trey. »Dieser Niemand interessiert mich nicht. Den hebe ich mir bis zum Schluss auf.«

Ich zog meinen Revolver, Trey seine Pistolen und Nana ihr Schwert.

»Wie kühn von euch! An dem Versuch, mich aufzuhalten, sind schon größere Frauen und Männer als ihr gescheitert.«

Keiner von uns sagte etwas, wir blieben einfach nur reglos stehen.

»Habt ihr keine Lust zu reden? Wie enttäuschend. Wollt ihr drei denn gar nichts wissen? Ich spreche doch so gerne mit meiner Beute. Ihr könnt mich alles fragen.«

Die Neugier überwältigte mich. »Wieso wolltest du Rians Herz?«

»Weil ich ein neues brauchte. Meines wurde gestohlen, und ich konnte es nur gegen ein anderes Drachenherz austauschen. Menschenherzen halten nur kurze Zeit. Obwohl es sehr schön war, mich an dem Söldner zu rächen, der mir vor zwei Jahren das Herz herausgerissen und mich hier eingesperrt hat. Die

Herzen der Leute, die mein Blut stahlen, hielten mich am Leben, bis du mir einen passenden Ersatz beschafft hast, Mikael. Dafür danke ich dir.«

Ich spürte, dass Trey mich ganz bewusst nicht ansah. Dann war es also nicht aussichtslos. Doch wie lange würde es dauern, bis Danas Herz in seinem Körper ausbrannte? Konnten wir bis dahin überleben? Rian hatte uns sehr schnell ausgeschaltet.

»Wollt ihr noch etwas anderes wissen?«, fragte Luis und umhüllte seine Arme erneut mit Flammen.

»Gibt es eine Möglichkeit, die Zelle und die Ketten aufzuschließen?«

Luis holte einen kleinen Schlüssel aus der Hosentasche, hielt ihn in die Höhe und steckte ihn wieder zurück. »Nur um das Ganze noch interessanter zu machen. Sonst noch was? Was ist mit dir, Nana? Möchtest du erfahren, wie die letzten Worte deiner Mutter lauteten?«

»Nein«, entgegnete Nana und umklammerte ihr Schwert noch fester. »Aber ich nehme an, dass sie deftiger waren, als du es gewohnt bist.«

»Eigentlich nicht. Du würdest staunen, mit welchen Schimpfworten die Leute mich belegen, bevor sie sterben.«

»Dann hast du ja auf ein umfangreiches Vokabular zurückgreifen können, als Schwartz dich beinahe getötet hat«, sagte ich. »Ich wette, du hast um Gnade gewinselt.«

Das Lächeln des Herzensbrechers fiel in sich zusammen. »Du stirbst als Erster.«

»Dann komm doch und hol mich.«

»Wie du wünschst, aber Moment … Wo sind bloß meine Manieren? Ich habe euch ja noch gar nicht meine Frau vorgestellt. Zeig dich, Liebling!«

Hinter uns näherte sich eine Frau mit unverkennbaren Schritten: *Klapp, klapp, klapp.* Ich erkannte sie sofort. Es war die Aufbereiterin aus der Kirche des Wanderers. Ah, das erklärte einiges. Sie war erst vor Kurzem nach Kessel gekommen und eine gute Chirurgin. Nun wussten wir also, wer Luis die Herzen eingesetzt hatte.

Ich öffnete den Mund, um die Aufbereiterin zu fragen, ob sie diejenige gewesen war, die uns während der vergangenen Woche nachgestellt hatte, doch ich brachte keinen Ton heraus. Da erst bemerkte ich, dass alle Geräusche verstummt waren – das Rauschen des Wassers, das Klappern von Steinen und eben auch unsere Stimmen. Sie musste eine Klang-Banngeborene sein. Damit war auch klar, wie sie am Grab mit uns hatte sprechen können, obwohl sie nirgends zu sehen gewesen war.

Wie sollten wir bloß zwei Drachen besiegen, wenn wir nicht mal in der Lage waren, miteinander zu kommunizieren?

»Ich weiß, dass ihr euch alle bereits in dieser reizenden Drogenhöhle begegnet seid«, sagte Luis, »aber lasst mich euch noch mal ganz offiziell meine Frau und Mitverschwörerin, Anna Valenti, vorstellen – die Drachin, die Töne kontrollieren kann. Wir sind seit ... ach, wie lange sind wir schon verheiratet, Liebling? Fünf oder sechs Jahrhunderte?«

»Ein Jahrtausend, mein Geliebter.«

»Ein Jahrtausend! Ihr drei Welpen seid vor kaum mehr als einem Jahrzehnt aus den Schößen eurer Mütter gekrochen, und ihr glaubt doch tatsächlich, ihr könnt uns herausfordern. Wir sind Götter, die auf Erden wandeln.«

Wäre ich zu hören gewesen, hätte ich ihnen gesagt, dass wir Königmanns vor keinem Gott das Knie beugten. Mit einer Schusswaffe konnte jeder getötet werden. Wenn sie naiv genug waren, um das noch nicht begriffen zu haben, und sich gegen alles gefeit fühlten, was diese ach so närrischen Sterblichen schaffen konnten, dann würden sie schon sehr bald eines Besseren belehrt werden.

Da ich ihnen das alles nicht mit Worten mitteilen konnte, machte ich stattdessen eine beleidigende Geste.

Luis Valenti war darüber nicht glücklich. »Wie kindisch.«

»Der Königmann tut gern tapfer, mein Geliebter. Aber er wird genauso schreien wie alle anderen auch.«

»Ja, das wird er. Würdest du bitte seine Freunde unterhalten, während ich mich um ihn kümmere, mein Liebling?«

»Natürlich, Schatz.«

Ich schaffte es gerade noch, meinen Körper zu annullieren, ehe er mir einen Feuerschwall entgegenschleuderte. Er packte mich und zerrte mich immer höher hinauf, bis wir fast die Decke berührten. Meine Kleidung begann zu schwelen und dann zu brennen. Aus den Flammen, die ihn umhüllten, drang grollendes Gelächter, das ganz und gar unmenschlich klang.

»Das wird sehr amüsant«, sagte er. »Versuch mal, das zu annullieren.«

Er ließ mich fallen, und ich stürzte, mich mehrfach überschlagend, in die Tiefe.

Ich streckte die Arme aus und versuchte, mich an irgendetwas festzuhalten, doch da war nichts. Ich trat mit den Beinen, im Versuch, meinen Sturz so zu steuern, dass ich im See landete, doch das war unmöglich, und ich fiel rasend schnell ... bis mich eine Böe erfasste und Richtung Wasser trug.

Von der Stelle, an der Trey und Nana sich befanden, stieg weißer Rauch auf. Ich konnte nur hoffen, dass sie ...

Die Wucht, mit der ich in den See einschlug, raubte mir den Atem, und ich konnte weder die Arme noch die Beine bewegen, während ich in die Tiefe sank. Und so blieb mir nichts anderes übrig, als wie betäubt die Luftblasen zu beobachten, die von meinen Lippen zur Wasseroberfläche aufstiegen.

Als ich schließlich die Augen schloss, hüllte mich eine überwältigende Wärme ein wie die Umarmung eines verloren geglaubten Freundes.

KAPITEL 60
GYSEWVLYE

Diesmal erwartete mich nicht ein Meer aus Finsternis oder Licht, sondern das Innere einer Kirche. Sie ähnelte weder der aus schlichtem Stein erbauten Kirche des Wanderers noch der golden glitzernden der Ewigen Flamme. Stattdessen bestand sie komplett aus schneeweißem Marmor, von den Kirchenbänken und dem Altar bis hin zum Boden und den Wänden. Auf einer der Bänke saßen zwei gesichtslose Steinplastiken von einer Frau und einem Kind, die wirkten, als wären sie eingeschlafen, während sie auf eine Nacht warteten, die niemals anbrechen würde. Die Wand hinter dem Altar wurde von einer riesigen Kupferpforte dominiert, neben dem sich noch drei weitere, wesentlich kleinere Türen befanden – eine blaue, eine rote und eine schwarze. Obwohl es nirgends Fenster gab, war der gesamte Raum in ein strahlend helles Licht getaucht. An diesem Ort hatte die Dunkelheit keinen Platz, und auch ansonsten war alles perfekt – bis auf einen kleinen Riss mitten in der Kupferpforte, der aussah, als hätte jemand versucht, sich mit einem Messer durch sie zu graben.

Meine Vorstellung vom Tod wurde immer ausgefeilter. Ich hatte wohl zu viel Übung darin, ihn mir auszumalen. Aber wenn es mir gelang aufzuwachen, bevor ich starb, war noch nicht alles verloren. Ich zwickte mich und spürte den Schmerz, wachte aber nicht auf. Also sah ich mich nach einem anderen Ausweg um ... und entdeckte eine Freundin, die auf mich wartete.

Dana saß auf der Bank unmittelbar vor der Kupferpforte. Sie trug ein prächtiges Kleid, natürlich kein rotes, sondern ein gold-violettes. Ihre Haare waren kunstvoll hochgesteckt, und vor ihr auf dem Boden lagen schlichte goldene Slipper. Sie hatte die Beine überkreuzt und zupfte frische grüne Weintrauben von einer Rebe. Als sie mich bemerkte, bedeutete sie mir, neben ihr Platz zu nehmen.

»Weintraube?«

Ich schüttelte den Kopf. »Die habe ich noch nie gemocht.«

»Schade«, entgegnete sie und aß noch eine. »Wir sollten uns wirklich nicht mehr unter solchen Umständen treffen.«

»Mein Verstand mag es, mich zu quälen. Aber das hier wirkt doch alles ziemlich übertrieben. Ein einfacher weißer Hintergrund hätte es auch getan. So wie beim letzten Mal.«

»Vielleicht. Aber als ich ankam, waren da die Trauben. Das hat mir die Zeit, die ich auf dich gewartet habe, versüßt.«

Ich verschränkte die Hände hinter dem Kopf und lehnte mich auf meinem Platz zurück. »Hast du eine Vorstellung, wie ich diesmal aufwachen werde? Ich war gerade am Ertrinken.«

»Ich habe keine Ahnung.« Eine weitere Traube wanderte in ihren Mund. »Gibt es noch irgendetwas, das du unbedingt loswerden willst, bevor ich endgültig verschwinde? Das hier ist vielleicht unsere letzte Unterhaltung.«

»Es tut mir leid«, sagte ich nach längerem Zögern. »Du bist gestorben, weil ich nicht stark genug war. Es ist alles meine ...«

Dana kicherte und schluckte die Traube. »Ich habe dir das Leben gerettet, weil ich es so gewollt habe. Weil *ich* stark genug war, mich selbst zu beschützen. Tu nicht so, als wäre ich eine Jungfrau in Nöten gewesen. Ich habe gewusst, was ich tat.«

»Es tut mir trotzdem leid.«

»Ich weiß. Aber es ist, wie es ist. Ich wollte nie eine Vergessene sein, und ich wollte immer selbst über mein Schicksal bestimmen. Beides ist mir gelungen.«

»Außer dass du jetzt tot bist.«

»Alle meine Erinnerungen zu verlieren wäre für mich auch der Tod gewesen.« Dana rutschte auf der Bank herum. »Kannst du mir einen Gefallen tun?«

»Jeden.«

»Eine letzte Geschichte, bevor ich gehe?«

»Wie könnte ich da Nein sagen? Aber ich bin mir nicht sicher, ob ich noch eine übrig habe.«

Sie lächelte mich an und strampelte mit den Beinen, als wollte sie Wasser aufspritzen. »Wer hat gesagt, dass *du* sie erzählen sollst, Mikael? Diesmal bin ich dran.«

Ihr Geschichte begann in einer kühlen Nacht, in einer Burg, die von einem Heckenlabyrinth umgeben war. Sie erzählte mir davon, wie ein junges Mädchen, das noch nicht viel von der Welt gesehen hatte, mitten in der Nacht aufgeweckt wurde, weil unerwartet einer ihrer Freunde zum Schlafen zu ihr kam. Das war ein fast magisches Ereignis für sie, da ihre Tage nach der immer gleichen Routine verliefen – aufwachen, essen, zum Arzt gehen, essen, heimkehren, im Bett lesen und malen, essen und dann schlafen – und sie ihre einzigen Abenteuer in Träumen erlebte. Daher war sie hellwach, als ein achtjähriger Junge mit bernsteinfarbenen Augen eintrat. Die Diener hatten bereits in der gegenüberliegenden Ecke des Zimmers ein behelfsmäßiges Bett für ihn bereitet, auf das er sich mit einem riesigen Gähnen fallen ließ.

»Was hast du diesmal angestellt, Mikael?«

Der Junge drehte sich, noch immer gähnend, zu ihr um. »Ich

konnte nicht schlafen und habe Vater bei der Arbeit gestört. Er hielt es für das Beste, mich hierherzuschicken.«

»Du siehst ziemlich müde aus.«

Er schlug sich ein paarmal auf die Wangen und schwang mit einem spitzbübischen Lächeln die Beine über die Bettkante. »Das sagst du. Wollen wir einen Erkundungsgang unternehmen?«

Das Mädchen deutete auf seine Beine. »Wir wissen beide, dass du nicht stark genug bist, um mich zu tragen.«

»Das war gestern, aber heute sieht die Welt schon ganz anders aus.« Er spannte die Muskeln an. »Ich werde immer stärker, weißt du? Das sagt jedenfalls Serena.«

»Serena würde dich noch in den höchsten Tönen loben, wenn dir die Nase abfiele, du überall im Gesicht Warzen hättest und beim Niesen jedes Mal aus den Ohren bluten würdest.«

»Nein, das würde sie nicht, Serena lügt nicht«, erwiderte der Junge sofort. »Und ich wäre voll widerlich, wenn das alles passieren würde.«

Dana lachte. »Kein Angst. Serena wird dich immer schön finden. Sogar mit Warzen.«

»Wer findet denn Warzen schön?«

»Jemand, der in die Person verliebt ist, die sie hat«, erklang eine dritte Stimme am Fenster. Ein älterer Junge saß auf Sims. Das kreisrunde Muttermal auf einer seiner Schläfen wurde fast von den roten Locken verdeckt, die ihm in die Stirn hingen. Er war schlichter und dunkler als sonst gekleidet, als versuchte er, mit der Nacht zu verschmelzen. Seine Lippen waren zu einem breiten Grinsen verzogen.

»Davi, was zum Teubel machst du denn hier?«

»Mikael!«, sagte Dana. »Du sollst nicht fluchen!«

»Teubel ist kein Fluch«, erwiderte mein jüngeres Ich. »Es ist ein Wort, das nichts bedeutet. Vater sagt es immer, wenn er überrascht ist.«

Das Mädchen im Bett streckte ihm die Zunge raus, während Davi Kessel, der zukünftige Prinz, ins Zimmer kletterte. Die Jungs umarmten sich, dann verbeugte Davi sich vor Dana. Selbst unter Freunden vergaß der junge Prinz nie seine gute Erziehung.

»Ich entschuldige mich für das unangemeldete Eindringen«, sagte er mit einer Autorität, die nicht recht zu seinem Alter passen wollte. »Aber ich wollte Mikael in Burg Königmann besuchen und habe gesehen, wie er hierherkam. Ich versuche, es mir nicht zur Gewohnheit zu machen, uneingeladen in Burgen einzubrechen.«

»Ich mach das andauernd, und keinen juckt's.«

»Das juckt so ziemlich jeden, Mikael«, erwiderte Dana. »Weißt du eigentlich, wie viele Wächter schon vor dir gewarnt worden sind?«

»Wie auch immer«, sagte mein jüngeres Ich. »Was ist denn los, Davi?«

Der Prinz blickte sich im Raum um und flüsterte dann: »Ich glaube, ich habe herausbekommen, wer Celona zerbrochen hat.«

Wir lachten ihn aus.

»Ja klar«, sagte ich. »Hast du eine Ahnung, wie viele Leute das herausfinden wollen? Ich frage mich, wie die sich fühlen werden, wenn sie mitbekommen, dass ein neunjähriger Junge das Rätsel gelöst hat.«

»Manche Dinge ergeben nur einen Sinn, wenn man jung ist. Wirst du mir dabei helfen, den Beweis zu finden, oder nicht?«

»Wo ist denn der Beweis?«

»Im Palast«, erwiderte er bestimmt und fügte dann hinzu: »Glaube ich.«

»Glaubst du. Wonach suchst du überhaupt?«

»Nach einer Tür, die nicht von Sterblichen geöffnet werden kann.«

»Das ist ja *sehr* genau. Und suchen wir anschließend auch noch nach Drachen?«

Davi biss die Zähne zusammen. »Du bist der Einzige, der den Palast genauso gründlich erforscht hat wie ich. Wirst du mir nun helfen oder nicht?«

Mein jüngeres Ich wollte Davi begleiten – das wusste ich –, aber etwas hielt ihn zurück.

Dana.

Sie lächelte ihm vom Bett aus zu, während ihre Hände sich so fest in der Decke verkrallten, dass die Knöchel weiß hervortraten. »Geh nur«, sagte sie und rang sich ein Lächeln ab. »Erzähl mir alles, wenn du zurückkommst.«

»Bist du sicher?«

Davi war bereits wieder auf die Fensterbank geklettert und drängte mich, ihm zu folgen.

»Absolut«, sagte Dana. »Wir können dieses Abenteuer doch nicht beide verpassen. Und was machte schon die eine Nacht? Wir können ja noch unser ganzes restliches Leben miteinander verbringen!«

Ich stellte mich ans Fußende des Betts und sah sie an. »Morgen Früh bin ich wieder da.«

»Ich weiß.«

Und damit befand ich mich wieder in der hell erleuchteten Kirche und streckte noch immer mit offenem Mund die Hand nach Danas Bett aus. Obwohl ich mich mittlerweile eigentlich wieder an alles erinnerte, konnte ich mich daran überhaupt nicht entsinnen. Aber warum nicht? An einer Dunkel-Fabrikation konnte es nicht liegen, schließlich war mit meinem

Schatten nach wie vor alles in Ordnung. Was war in jener Nacht geschehen? Wohin war diese Erinnerung verschwunden?

»Ich dachte, vielleicht würdest du diese Geschichte hören wollen«, sagte Dana.

»Warum kann ich mich nicht daran erinnern?«

»Ich weiß nicht. Mir ist es auch erst neulich wieder eingefallen. Aber ich wusste, dass du dich daran erinnern musst.«

»Was haben Davi und ich in dieser Nacht getan?«, murmelte ich.

»Daran wirst du dich früher oder später wieder erinnern«, sagte sie. »Vor allem nachdem du jetzt weißt, dass da etwas ist. Ich kann nicht die Einzige gewesen sein, die ihr beide damals gesehen habt.«

»Aber wieso weiß ich das nicht mehr? Ich soll doch eigentlich wieder ganz ...« Ich verstummte, als ich sah, dass Dana die Augen geschlossen hatte und ganz ruhig atmete, als würde sie neben mir ein Nickerchen halten. Ich stellte meine eigenen Gefühle hintan und nahm ihre Hand. Für neue Ungereimtheiten war auch später noch Zeit. Im Moment war sie das Wichtigste auf der Welt. Dana drückte meine Hand und lehnte den Kopf an meine Schulter.

Die große Kupferpforte öffnete sich rumpelnd gerade so weit, dass Dana hindurchtreten konnte. Hinter der Tür erstrahlte ein gleißendes Licht.

Dana ließ seufzend meine Hand los und schlüpfte in ihre Schuhe.

»Darf ich dich zur Tür bringen?«

»Nein«, erwiderte sie nachdrücklich. »Das will ich allein machen.«

»Ich werde dich vermissen, Dana.«

»Ich weiß, dass du das wirst. Vergiss mich nicht wieder, wenn es sich vermeiden lässt.«

»Ich tue, was ich kann.«

Dana stand mit zitternden Händen und Beinen vor der Tür und atmete tief durch. Ihre Bewegungen hatten meist schwerfällig gewirkt, doch nun ging sie mit einer Leichtfüßigkeit, um die sie die meisten Tänzer beneidet hätten. »Darf ich dir vor meinem Aufbruch noch einen Rat geben, Mikael?«

»Das musst du doch nicht fragen.«

Sie lächelte mich voller Zuneigung an. »Tritt wie ein Frosch.«

Dann ging sie in das helle Licht, das alles um mich herum auslöschte, und ich konnte mich nur noch auf das kleine bisschen Wärme in meiner Brust und die Tränen konzentrieren, die mir über die Wangen rannen. »Leb wohl, Dana«, sagte ich. »Du warst die große Schwester, die ich nie hatte. Vielen Dank für alles.«

Kapitel 61
Berüchtigt

Mein innerer Frieden fand ein jähes Ende, als ich wieder die Augen aufschlug. Ich befand mich tief im Wasser, und meine Kehle und meine Lunge brannten. Ich lag mit dem Rücken auf dem Grund des Sees und sah zu, wie ein paar wenige letzte Blasen zur Oberfläche hochstiegen. Ich hatte keine Zeit zu trauern oder zu zögern. Stattdessen stieß ich mich vom Grund ab und trat halb instinktiv wie ein Frosch. Zu meinem Erstaunen begann ich tatsächlich aufzutauchen. Das war das Abschiedsgeschenk einer meiner ältesten Freundinnen.

Als ich die Oberfläche durchstieß und tief Luft holte, spürte ich den Blick des unbekannten Wesens im See. Eine Mischung aus Schmerz und Freude erfüllte mich.

Luis Valenti wartete mit verzogenen Lippen und noch immer brennend am Ufer auf mich.

»Willst du auch eine Runde schwimmen, Herzensbrecher?«, rief ich. »Das Wasser ist recht angenehm!«

»Ich werde dein Herz essen, Königmann.«

»Komm her und versuch's!«

Luis Valenti flog in einen Feuerball gehüllt über das Wasser auf mich zu. Er packte mich und hob mich aus dem See, doch diesmal war ich bereits annulliert, wand mich um ihn herum und nahm ihn in den Schwitzkasten, als wir wieder in die Höhe stiegen.

Er hustete und würgte. Die Flammen um uns herum wurden greller und verwandelten sich von Rot zu Orange, dann wurden sie blau und schließlich weiß. Er flog ziellos in Schlangenlinien über den See, während ich die Luft aus ihm herauspresste.

Luis drehte sich auf den Rücken, sodass ich, den Arm immer noch fest um seinen Hals und die Beine um seine Körpermitte geschlungen, an ihm hing, während wir gemeinsam auf den See zustürzten. »Mehr hast du nicht drauf, Herzensbrecher?«, verspottete ich ihn. »Hast du Angst davor, deine Drachengestalt anzunehmen? Du bist wirklich jämmerlich.«

Zwei von Adern durchzogene membranartige Schwingen brachen so ruckartig aus seinem Rücken hervor, dass ich fast den Halt verlor und erneut in den See stürzte. Unser Sturz wurde zu einem Gleitflug. Ich verstärkte meinen Klammergriff und drosch ihm meinen nassen Ellbogen ins Genick. Der Herzensbrecher stieß einen gequälten Laut aus. Gleich machten wir eine Bruchlandung auf dem Felsstrand.

Luis absorbierte den Hauptteil des Aufpralls. Dennoch tat mir alles weh, als ich mich ein Stück von ihm entfernt mit erhobenen Fäusten aufrappelte und zusah, wie er auf einem Knie kauerte und bellend hustete.

Der Herzensbrecher war halb Mensch, halb Drache. Sein Körper war mit dicken roten Schuppen bedeckt, die im trüben Licht schimmerten. Seine Nägel sahen wie Krallen aus, seine Zähne wie die eines Raubtiers, und hinter ihm wedelte ein langer Schwanz hin und her. Er hustete, als würde er gleich sterben.

»Wie geht es deinem neuen Herzen, Luis?«, fragte ich. »Bist du müde? Möchtest du vielleicht ein Päuschen einlegen?«

»Ich werde dich so töten, dass es richtig wehtut, Königmann«, sagte er und hustete erneut. »Ich werde dein Herz essen und deinen Leichnam vor deine Freunde schleifen. Dann werde ich das Gleiche mit ihnen machen. Anschließend schneide ich deinen Kopf ab und pflanze ihn vor Burg Königmann auf.«

»Große Worte für einen Mann, der kniet.«

Offensichtlich hatte er vergessen, wen er vor sich hatte, denn er spie einen Feuerschwall in meine Richtung. Ich annullierte meinen Körper, bedeckte mir mit einem Unterarm die Augen und ging durch die Flammen. Die Hitze hüllte mich ein, und das Licht raubte mir die Sicht, doch solange ich weiterging und mich auf die Wärme in meinem Körper konzentrierte, konnte seine Magie mich nicht aufhalten.

Offensichtlich hatte er gemerkt, dass sein Plan nicht aufging, denn nun stürzte er sich laut brüllend auf mich.

Es gelang mir mühelos, seinen behäbigen Angriff abzuwehren, indem ich sein Handgelenk packte und ihm den Arm auf den Rücken verdrehte. Dann rammte ich ihm ein Knie gegen die Brust und drückte ihn zu Boden. Mit der anderen Hand griff ich nach seinem Drachenschwanz und hielt ihm das spitze Ende an den Hals, während ich mich gleichzeitig auf seine Kehle kniete. Er wand sich unter meinem Gewicht, doch ich spürte, wie mit jedem blutigen Huster seine Kräfte immer mehr schwanden.

»Wie ist es, das Opfer zu sein? Tut es weh? Fühlst du dich hilflos?«

»Wieso« – *hust* – »tut mein« – *hust* – »Herz so weh?«

»Weil es kein Drachenherz ist«, erwiderte ich. »Du warst zu überheblich und hast dich zu schnell verausgabt. In deinem unsterblichen Leben hast du offensichtlich die Regel vergessen, die wir alle als Kinder lernen: Bevor du rennen kannst, musst du erst gehen lernen.« Ich verstärkte den Druck auf seine Kehle, und er schlug um sich. »Das Herz gehörte Danila Marget. Ihre Freunde nannten sie Dana. Und sie war stärker als du. Sie war die stärkste Person, die ich je kennengelernt habe.«

Der Herzensbrecher verlor seine Drachengestalt und verwandelte sich in einen Menschen zurück. Als sein Schwanz verschwand, begann ich, mit beiden Händen das Leben aus ihm zu wringen, bis er schließlich die Augen verdrehte, erschlaffte und reglos liegen blieb.

So fühlte es sich also an, jemanden zu töten.

Ich stieg von ihm herunter und nahm den Schlüssel für Serenas Ketten aus seiner Tasche. Anschließend hob ich den Revolver auf und schoss ihm in den Kopf. Da ich kein Risiko eingehen wollte, dass er wiederauferstand, wälzte ich seinen Leichnam in den See. Als er wie ein Stein im Wasser versank, wusste ich, dass es vorbei war.

Ich atmete tief durch und sah nach, wie viele Kugeln ich übrig hatte. Nur noch eine.

Die durfte ich auf gar keinen Fall verschwenden.

Ich rannte den Strand zur Steinsäule hinauf. Schon bald waren meine Schritte nicht mehr zu hören.

Trey und Nana standen nach wie vor Rücken an Rücken. Die Aufbereiterin war nirgends zu sehen. Starke Böen peitschten über das Gelände. Trey hatte in einem weiten Umkreis Lichtkugeln verteilt, um die Dunkelheit in Schach zu halten. Keiner der beiden sah mich kommen, da sie zu sehr damit beschäftigt waren, nach oben zu starren.

Ich versuchte, ihnen etwas zuzurufen, doch kein Laut drang über meine Lippen. Dann war Annas Magie also nicht nur auf diejenigen beschränkt, die sie treffen wollte. Offenbar wirkte sie sich auf ihre gesamte Umgebung aus, ganz ähnlich wie meine Annullierungs-Fabrikationen, wenn ich sie aus mir hinausstieß.

Was konnte ich dagegen ausrichten? Bei Luis hatte ich Glück gehabt – weil Danas Herz zu schwach für seinen Körper gewesen war –, doch die Aufbereiterin würde nicht so leicht zu schlagen sein. Daher musste ich unbedingt Serena und Schwartz befreien. Ansonsten würde dieser Kampf genauso verlaufen wie die Auseinandersetzung mit Rian.

Ich rannte an Trey und Nana vorbei auf Serena zu. Bevor ich bei ihr war, haute die Aufbereiterin mich mit einem Rückhandschlag um und baute sich mit gebleckten Zähnen vor mir auf. Ich hielt den Schlüssel weiterhin fest in der Hand.

»Rennst du etwa vor meinem Geliebten weg, kleiner Königmann?«

Die Geräusche kehrten zurück. Wahrscheinlich rechnete sie damit, mich weinen oder jammern zu hören, doch stattdessen brach ich ihr das Herz. »Ich habe ihn getötet.«

Die Aufbereiterin rührte sich nicht, Tränen strömten ihr über das Gesicht.

»Er ist tot, Anna. Ich weiß nicht, was er dir angetan hat, dass du so geworden bist, aber jetzt hast du deine Freiheit wieder. Vielleicht kannst du nie wiedergutmachen, was du angerichtet hast, aber ist es nicht besser, Erlösung anzustreben, als zu sterben?«

Sie flüsterte etwas, das ich nicht verstand.

»Anna?«, erwiderte ich und rutschte ein Stück auf sie zu. »Hast du …?«

»*Mörder!*«, schrie sie so laut, dass alles um uns herum erbebte. Die Wände der zerstörten Hütten gerieten ins Wanken und stürzten dann komplett ein. Aus dem Augenwinkel sah ich, wie Trey und Nana auf die Knie fielen und sich die Ohren zuhielten. Schwartz und Serena versuchten ebenfalls, sich vor dem Lärm zu schützen.

So viel zum Thema Buße.

Ich nutzte die kurze Unaufmerksamkeit der Aufbereiterin aus und warf Nana den Schlüssel für Serenas Ketten zu. Sie fing sie auf und rannte los, um die Prinzessin zu befreien, solange sich die Aufbereiterin ausschließlich auf mich konzentrierte. Sie ignorierte sogar Trey, der eine seiner Pistolen auf sie richtete. Die Aufbereiterin öffnete den Mund ...

... und ich flog mit einem lauten Knacken in den Ohren durch die Luft. Eine unsichtbare Kraft riss die Schwerter aus dem Boden und wirbelte sie wie einen Hurrikan aus Stahl auf mich zu. Hatte sie mich mit Lärm geschlagen?

Ich krachte mit dem Rücken gegen eine Wand, auf die auch sämtliche Schwerter zuschossen. Ein stechender Schmerz durchzuckte meinen rechten Arm vom Bizeps bis in die Fingerspitzen. Im nächsten Moment wurde er taub. Ich blickte an mir hinunter und sah, dass ein Schwert ihn durchbohrt und an die Wand genagelt hatte. Alles begann, sich um mich zu drehen, und ich hatte das Gefühl, mich übergeben zu müssen.

Die Aufbereiterin, die nach wie vor ihre menschliche Gestalt beibehielt, starrte mich an und sagte: »Ich werde sie alle töten und dich dabei zusehen lassen.«

Trey schoss und traf sie mitten in die Brust, doch die Kugel durchschlug sie, ohne Schaden anzurichten. Sie drehte sich zu ihm um, packte mit einer Hand sein Gesicht und knallte ihn kraftvoll auf den Boden. Er blieb reglos liegen. Soweit ich es erkennen konnte, hob und senkte sich nicht einmal sein Brustkorb.

Nein, nein, nein. Nicht schon wieder.

Nana hatte es nur geschafft, Serenas linken Arm zu befreien, als die Aufbereiterin sie an den Haaren von ihr wegschleifte. Sie trat um sich und schrie, bis die Aufbereiterin sie außer Sichtweite schleuderte. Ich konnte nicht hören, ob sie mit einem Plätscher oder einem Knall landete.

Nicht schon wieder.

Als Serena sich erhob, drückte ein Gewicht auf mich. Sie hatte sich befreit und war extrem wütend. Die Aufbereiterin wurde von Serenas ungezähmter Kraft auf ein Knie gezwungen. Doch die Aufbereiterin lachte nur, während sich ihr Körper langsam verwandelte. Auf ihrer Haut bildeten sich Schuppen, und ihre Nägel und Zähne wurden spitzer. Ein Schwanz peitschte hinter ihr hervor, und aus ihrem Rücken spross ein einzelner Flügel. Im Gegensatz zu Rian und Luis endete bei ihr die Transformation erst, als ein voll ausgewachsener Drache mit einem Flügel vor uns stand.

Und sie war riesig. Mindestens vierzig Fuß hoch. Neben ihr hätte sich der Zahnlose Lindwurm vom Endlosen Walzer wie eine Ameise ausgemacht. Wie sollten wir diese Kreatur bloß stoppen?

Um uns herum stürzten unter dem Gewicht von Serenas Fabrikationen die Gebäude ein. Die Drachin wirkte davon jedoch unbeeindruckt und ging langsam auf die Prinzessin zu. Unter jedem ihrer Schritte erzitterte der Boden.

Serena blickte der turmhoch aufragenden Kreatur ungerührt entgegen.

»Glaubst du etwa, das bisschen Gewicht auf meinen Schultern beeindruckt mich?«, knurrte die Drachin.

Serena steckte sich die Finger in die Ohren und verstärkte den Druck auf die Drachin. Um weiterhin atmen zu können, musste ich meinen Körper annullieren.

Die Säule, in der Schwartz gefangen war, begann hin und her

zu schwanken. Die Drachin brüllte mit genügend Druck, um die Prinzessin mit waagerecht wehenden Haaren ein oder zwei Schritte nach hinten zu blasen.

Ich packte das Schwert, das meinen Arm durchbohrte, und versuchte, die Klinge durch sanftes Rütteln aus meinem Bizeps zu ziehen. Doch es tat so weh, dass ich damit aufhören musste, um nicht ohnmächtig zu werden.

»Wie lange kannst du so weitermachen?«, fragte die Aufbereiterin lachend. »Wie viele Erinnerungen verlierst du, während du dieses kleine bisschen Druck auf mich ausübst?«

Serena formte mit den Lippen Worte, die die Drachin erneut in Heiterkeit versetzten.

»So viel unangebrachtes Vertrauen in jemand so Nutzlosen. Was glaubst du denn, was er tun kann? Noch mehr Zeit schinden? Sobald deine Fabrikationen wegfallen, bist du tot.«

Die Prinzessin sah mich an und formte die Worte: »Annulliere und fang mich.«

Fang mich? Was sollte das denn heißen? Was auch immer sie vorhatte, ich machte dabei mit und tat, was sie mir als Erstes aufgetragen hatte. Sobald ich mich auf die Wärme in meiner Brust konzentrierte und sie nach außen stieß, war mein Gehör wieder da. Ich vernahm, wie ein Stein auf den Boden krachte und gleich darauf der Drachenschwanz Serena gegen die Steinsäule peitschte. Die Wucht zerbrach die Säule in zwei Hälften, worauf über uns ein ohrenbetäubendes Ächzen ertönte. Ein Beben ging durch die Decke und führte zu einem gewaltigen Riss, aus dem Staub und Kieselsteine herabrieselten.

Und dann zerbarst der Große Steinplatz und stürzte ein.

Auf uns. Oh Scheiße.

Abgesehen von der Drachin und möglicherweise Schwartz war ich der Einzige, der sich noch immer bewegte. Und so musste ich, während die gewaltigen Steinplatten, Holzbalken und farbigen Stoffe auf uns herniedergingen, meiner Heldenrolle gerecht werden.

Kein Druck.

Erster Schritt: die Prinzessin fangen.

Nein, zunächst musste ich mich erst einmal befreien. Ich packte den Griff des Schwertes, das in meinem Bizeps steckte, und riss es mit einer einzigen ungeheuer schmerzhaften Bewegung heraus. Dann tat ich, gegen Tränen und die Bewusstlosigkeit ankämpfend, was die Prinzessin mir als Zweites befohlen hatte. Mit dem Revolver in der einen und dem Schwert in der anderen Hand rannte ich an einer schrägen Wand zu der umgekippten Säule hinauf und sah Serena abstürzen. Nein, sie segelte durch die Luft. Nana musste also auch noch bei Sinnen sein.

Ich sprang in die Höhe, um sie zu fangen, was in eine krachende Kollision und eine Bruchlandung mündete, bei der wir uns gemeinsam mehrfach überschlugen.

Während Serena keuchend neben mir lag, regneten immer weitere Felsbrocken herab. Sie fielen eher auf die Drachin als auf uns, als ob irgendetwas sie zu ihr dirigierte.

Serena legte mir einen Arm um die Schultern und sagte: »Ich glaube, du hast mir eine weitere Rippe gebrochen. Ich kann nicht gut atmen.«

»Soll ich dir einen Kuss auf die Stelle geben, damit es besser wird?«

»Nein, du Trottel.«

»Eine schlimmere Beleidigung hast du nicht für mich auf Lager?«

»Ich hasse dich, Mikael Königmann. Hilf mir auf die Beine.«

Ich tat es, obwohl mein Körper mich förmlich anflehte,

liegen zu bleiben. Die Drachin schlug und schnappte brüllend nach den Felsen, die auf sie einstürzten. Hinter ihr trat Schwartz aus seinem finsteren Gefängnis. Endlich war auch er seine Ketten losgeworden. Blinzelnd beobachtete ich, wie rauchartige Schatten die Drachin umschwärmten und sie an Armen und Beinen fesselten. Vom Boden stieg Eis auf und fror sie ein. Schwartz' Augen wurden bei alldem röter als Rubine. Röter als Feuer. Röter als Blut.

Der Söldner dehnte seinen Nacken und rief: »Du hättest mich töten sollen, als du die Gelegenheit dazu hattest, Anna.«

Die Drachin brüllte noch immer, doch mittlerweile klang es fast wie ein Weinen.

»Du und Luis hättet abhauen sollen, nachdem er entkommen war. Vielleicht hätte ich es gar nicht mitbekommen, wenn ihr eure kranken mörderischen Begierden irgendwo anders ausgelebt hättet. Dann hättest du jetzt nicht so starke Schmerzen und würdest nicht sterben.«

Ein Balken durchstieß die Flügelmembran der Drachin. Ihr Schrei war so laut, dass mir noch lange, nachdem er verklungen war, die Ohren dröhnten. Die Prinzessin verkrallte die Hände in mein Hemd.

»Es tut weh, nicht wahr?«, höhnte Schwartz, während er die Drachin mit immer mehr Eis und Dunkelheit umhüllte. »Ich kann verstehen, weshalb du und Luis so viel Spaß daran hattet, Schwächere zu quälen. Es ist ein gutes Gefühl, jemand komplett unter Kontrolle zu haben! Ich lasse dir die Wahl: Hättest du gern, dass ich dich einfriere, bis dein Herz stillsteht, oder soll ich dir stattdessen Dunkelheit den Rachen hinabschieben und es dir herausreißen?«

Während die Drachin weiter heftig um sich schlug, wurde sie von immer mehr Brocken des Großen Steinplatzes getroffen.

Zwei große Steine nagelten ihren Flügel auf dem Boden fest, ein weiterer knallte ihr mit einem Übelkeit erregenden Geräusch an den Kopf, von dem sich mir die Nackenhaare aufstellten. Und dann noch einer. Die Drachin brach schlaff zusammen und sah aus, als wäre sie ausgeweidet und gehäutet worden, um einem Hochadligen als Bettvorleger zu dienen.

»Sag mir, wie du sterben willst, Monster!«

Die Drachin, die mittlerweile vom Hals abwärts komplett mit einer Eisschicht überzogen war, antwortete nicht.

»Sag es mir!«

Ich nahm Serenas Arm von meinen Schultern und sagte: »Ich muss gehen und etwas Dämliches tun.«

Sie schlang den Arm erneut um mich. »Dann tu es, aber ich komme mit.«

Während wir auf die Drachin zuhumpelten, prasselten die letzten Steine auf sie herab, bis nur noch ihr Kopf aus dem Geröllhaufen herauslugte. Schwartz freute sich noch immer diebisch über seinen Sieg, als wäre er irgendein armer Bauerntölpel, der einen Drachen erschlagen hatte, um seine Geliebte zu retten, und nicht der Furcht erregende Mörder, der er tatsächlich war.

Sobald ich nahe genug heran war, erlöste ich die Drachin mit einem Schuss von ihrem Leid.

Die Aufbereiterin starb und verwandelte sich in einen Menschen zurück. Damit war es fast vorbei. Nun gab es nur noch ein Monster.

Schwartz sprang mit noch immer rot glühenden Augen zu uns herab. »Du hattest kein Recht, ihr das Leben zu nehmen, Mikael. Sie und Luis haben ...«

»Tot ist tot, Schwartz. Sie leiden zu lassen hätte dir Zahra auch nicht wiedergebracht. Lass es gut sein.«

»Ich habe meine Rache verdient.«

Ich deutete auf die tote Frau. »Du hattest sie. Luis' Leichnam liegt auf dem Grund des Sees.«

»Sie hätte noch mehr leiden müssen.«

Ich hielt Schwartz den Revolver hin, mit dem zwei Mitglieder der Königsfamilie getötet worden waren. »Wenn du dich deswegen an mir rächen willst, dann ziel auf meinen Kopf. Ich glaube, ich habe hart genug für dich gearbeitet, um einen raschen Tod zu verdienen.«

Schwartz ballte die Fäuste und atmete schnaufend.

»Mich kannst du auch gleich erschießen«, erklärte Serena. »Um keine Zeugen zu hinterlassen.«

»Ich wollte mich auf meine Art rächen, Mikael.«

Die Hand, mit der ich den Revolver hielt, zitterte leicht. »Dann lass es an mir aus und zieh einen Schlussstrich unter die Angelegenheit.«

Schwartz fluchte und rieb sich über die Augen. »Wenn du mir noch mal den Gehorsam verweigerst, bringe ich dich um. Solange die Orbis-Kompanie dich nicht als vollwertiges Mitglied aufgenommen hat, liegt dein Leben in meiner Hand.«

»Vielleicht kann ich in diesem Punkt helfen«, sagte Serena. »Sobald wir hier heraus sind, wird Mikaels Leben wieder ihm selbst gehören. Ich habe genug gesehen, um seine Behauptung zu glauben, dass mein Vater ... dass König Isaak sich selbst getötet hat. Er wird immer ein Söldner bleiben, aber er wird nicht mehr hingerichtet werden, falls ihr ihn verstoßt. Damit könnt ihr ihn nicht länger bedrohen.«

Serenas Arm um meine Schultern kam mir mit einem Mal nicht mehr beengend, sondern tröstlich vor. Fühlte sich so die Freiheit an? Aber da war doch noch was, das ich nicht vergessen durfte ... Oh Mist. »Ich will ja nicht den Augenblick ruinieren«, sagte ich, »aber wir müssen Nana und Trey finden und von hier verschwinden. Die Rebellenarmee hat vor, bis zum Morgengrauen Kessel einzunehmen, die Stadt bis auf die Grundfesten abzubrennen und jeden darin zu töten.«

Serena schaute mich an, als wollte sie alles, was sie gerade gesagt hatte, wieder zurücknehmen. »Kannst du das ein wenig genauer ausführen?«

Ich erzählte ihr die Kurzfassung, die sich für meinen Geschmack immer noch zu lang anfühlte. Als ich halbwegs damit fertig war, ließ Schwartz uns allein. Ihm war es wichtiger, das Herz der Drachin zu holen. Aus dem Augenwinkel sah ich, wie er den Leichnam der Aufbereiterin auf den Rücken drehte und es ihr herausschnitt.

»Also sind im Moment zwei Szenarien möglich«, sagte Serena, nachdem ich verstummt war. »Entweder hat Jenn meine Rolle überzeugend gespielt und kommandiert gerade die Provinzarmeen, oder ...«

»Oder?«

»Oder sie wird hingerichtet, weil sie sich als mich ausgegeben hat.«

»Ihr Königlichen und Hochadligen müsst wirklich damit aufhören, so viele Leute zu exekutieren.«

Serena sah mich von der Seite an. »Spar dir diese Beschwerde für später auf und hilf mir lieber, hier herauszukommen. Wir müssen uns beeilen.«

»Bevor wir gehen, muss ich Trey und Nana finden. Ich betrachte sie als meine Familie und ...«

»Dafür haben wir keine Zeit. Kessel ist in Gefahr, Mikael. Genau wie deine Schwester.«

»In einer Familie lässt man sich nicht im Stich. Egal, aus welchem Grund.«

Serena schüttelte über meine Sturheit den Kopf. »Dann finde sie, aber schnell.«

»Wen soll er schnell finden?«, fragte Nana, die Trey stützend auf uns zustolperte. Die beiden waren mit Dreck und getrocknetem Blut bedeckt, aber eindeutig am Leben – und das war das Einzige, was zählte. »Habt ihr euch um uns gesorgt? Wie süß. Vielleicht ist euch aufgefallen, dass ich euch vor dem Sturz gerettet habe und dass ihr dank mir nicht von Steinen zerschmettert wurdet.«

»Vielen Dank, Nana. Wenn das hier alles vorbei ist, wirst du großzügig entschädigt werden. Wenn du mich jetzt bitte entschuldigen ...«

»Wie geht es dir, Trey?«, unterbrach ich.

Er stöhnte, als Nana ihn auf einen der herabgestürzten Felsblöcke setzte. »Heute Nacht haben zwei Drachen meinen Kopf auf den Boden geknallt. Er tut weh.«

»Damit will er sagen, dass er schon wieder wird«, warf Serena ein. »Wir müssen gehen.«

Nana und Trey sagten, dass sie noch ein bisschen sitzen bleiben wollten und wir schon mal vorgehen sollten. Vor dem Hintergrund des noch immer dunklen Himmels versammelten sich Leute am Rand des Lochs über uns und blickten in unsere Höhle herab. Schwartz hielt das Herz der Aufbereiterin in der Hand und betrachtete es wie eine Schlange kurz vor dem Zuschnappen. Doch im Moment hatte ich keine Zeit, mich um ihn zu kümmern, da ich Serena begleiten musste. Wir gingen zum Strand hinunter. Nachdem sie das Boot bestiegen hatte, stieß ich es ins Wasser und kletterte ebenfalls hinein.

Wenn wir uns beeilten, konnten wir es noch schaffen, die Rebellion niederzuschlagen.

Kapitel 62
Adlige Spitznamen

Burg Königmann und die Insel waren leer, als wir die Gruft verließen. Die Monde gingen unter, und der Himmel wurde heller. Das Loch, wo der Große Steinplatz gewesen war, wurde von ein paar Advokatoren abgeschirmt. Serena und ich hatten nicht mehr viel Kraft. Wir hinterließen eine dünne Blutspur, obwohl wir meine Verletzung verbunden hatten. Der Giftgarten war eigentlich recht nahe, erschien uns aber weit entfernt, und ich wusste nicht, wie lange ich sie noch tragen konnte. Aber ich wollte nicht aufgeben.

Serena war wichtiger als alles andere.

Als wir den Handelsbezirk halb durchquert hatten, sagte sie: »Weißt du, welche Rabe im Giftgarten auf uns warten wird?«

»Jedenfalls nicht Chloe. Sie ist bei Jenn.«

Serena atmete tief durch. »Hoffentlich Ronja oder Karin.«

»Sind sie dir lieber als die anderen?«

»Nein, ich will nur wissen, dass sie in Sicherheit sind.«

»Gehören sie für dich zur Familie?«

»Ja. Ich bin mit Karin aufgewachsen, und Chloe könnte beinahe meine Zwillingsschwester sein. Wir haben fast jeden Tag zusammen verbracht, nachdem dein Vater ... nachdem Davi gestorben war. Sie hat dafür gesorgt, dass ich nicht den Verstand verliere. Und Ronja hat mich geerdet und in einer Weise für mich gesorgt, die ich nicht für möglich gehalten hätte. Sie hat nicht bloß die Ersatzthronfolgerin in mir gesehen, sondern mich wie einen Menschen behandelt.«

»Was ist mit den anderen?«, fragte ich, während wir an einem Betrunkenen vorbeikamen, der bewusstlos an einer Wand zusammengesackt war.

»Jasmin, Hannah und Efyra gehören zur älteren Generation. Ich finde es schwer, eine enge Verbindung zu ihnen aufzubauen. Für sie war ich immer nur die Prinzessin.«

»Und die Vier-Feder-Rabe?«

»Michelle?«, fragte Serena. Ich nickte. »Nachdem ich gehört habe, was meinem Vater zugestoßen war, habe ich dir noch immer mehr vertraut als ihr.«

»Ernsthaft? Was hat sie getan?«

»Sie ist eine Stetter und hat nie einen Hehl daraus gemacht, dass ihre Loyalität dem Thron gilt.«

»Ist das nicht gut?«

»Nur solange ich darauf sitze.«

Oh.

»Dann hoffen wir mal, dass nicht sie diejenige ist, die im Giftgarten auf uns wartet«, sagte ich.

»Ja, das sollten wir. Ich habe heute Nacht keine Geduld mehr.«

Wir betraten den Giftgarten und hörten auf zu reden. Hier wuchs von Tollkraut bis Schierling alles, was tödlich war. Der Garten wurde nie abgesperrt oder überwacht, ein paar der besonders gefährlichen Exponate waren jedoch eingezäunt. Ich hatte mich schon oft gefragt, bei wie vielen Morden in Kessel diese Pflanzen zum Einsatz kamen.

Doch im Moment konnte ich mich nicht mit diesem Gedanken aufhalten, da ich in der Ferne eine Gestalt in einem

Kettenpanzer erblickte. Sie stand in einem Schattenblumenfeld und trug eine Streitaxt auf dem Rücken.

»Ich habe sie!«, rief ich ihr zu.

Als die Rabe sich zu uns umdrehte, erblickte ich die sechs Pfauenfedern in ihren Haaren. Also war es Jasmin Andel, die höchstrangige Rabe nach Efyra. Wieso den Nachwuchs schicken, wenn auch eine Veteranin kommen konnte?

»Mikael Königmann und Serena?«, stieß Jasmin Andel hervor, als hätte sie bereits eine ganze Weile den Atem angehalten. Dann rannte sie mit laut dröhnenden Schritten auf uns zu. Ich legte Serena auf eine Sitzbank, damit Jasmin sie untersuchen konnte. Dabei bemerkte ich, dass ich am ganzen Körper zitterte. Doch ich hatte geschafft, was ich mir vorgenommen hatte, und konnte mich nun endlich ausruhen.

»Seid Ihr verletzt?«, fragte Jasmin und tastete Serena ab.

Die Prinzessin verzog stöhnend das Gesicht und sog scharf die Luft ein. »Ist die Armee bereits mobilisiert? Die Rebellen werden Kessel jeden Moment angreifen. Wir haben nicht mehr viel Zeit.«

Jasmin Andel zögerte einen Moment, ehe sie antwortete: »Nein, sie ist nicht ausgerückt, Serena.«

Ich zuckte zusammen. »Wieso nicht? Jenns Plan ...«

»... ist fehlgeschlagen.«

»Was ist geschehen?«, fragte Serena.

»Die Hochadligen haben Jenn Königmanns List durchschaut. Sie gingen davon aus, dass Ihr tot seid und Jenn den Thron an sich zu reißen versuchte. Jennina und Julia Königmann sind noch an Ort und Stelle geköpft worden – ohne Prozess oder sonstige Formalitäten.«

Ich begann, noch heftiger zu zittern.

»Heißt das ...?«, begann Serena.

»König Adrian sitzt auf dem Thron«, erwiderte Jasmin. »Lang möge er regieren.«

Ich drückte mir die Hände seitlich an den Kopf und schrie so laut, dass aus den Baumwipfeln über uns Vögel aufstiegen und in den Nebel davonflogen.

Ich hatte versagt. Wieder einmal. Ich war mit allem, was ich je angepackt hatte, gescheitert. Ich war absolut nutzlos ...

Serena klopfte mir auf den Rücken. »Ganz ruhig atmen, Mikael. Es ist noch nicht vorbei. Bring mich zum Palast, Jasmin. Ich werde den Hochadligen alles erklären und die Hinrichtungen verurteilen. Wir können Kessel noch immer retten. Wir können ...«

Jasmin Andel zog ihre Streitaxt. Die Schneiden funkelten im Morgenlicht. »Es tut mir leid, Serena.«

»Aha. Deswegen hast du mich ›Serena‹ und nicht ›Eure Hoheit‹ genannt. Handelst du auf Befehl meines Bruders?«

»Nein«, erwiderte die Rabe. »Das ist meine eigene Entscheidung. Ich habe gesehen, was aus Kessel geworden ist, als König Isaak sich weigerte, den Rebellen nachzugeben. Ihr hättet das Gleiche getan, doch für das Gemeinwohl müssen Opfer erbracht werden. Euer Bruder weiß das und ist unterwegs, um mit dem Rebellenkaiser Friedensverhandlungen zu führen. Gewiss werden ein paar der hochadligen Familien untergehen, aber ich glaube fest daran, dass die Macht in Kessel in den Händen jener bleiben werden, die sie verdienen. Ihr seid ein Hindernis auf dem Weg zum Frieden.«

Serena, die sich noch immer die Hand auf die Seite drückte und flach atmete, sah zur Rabe hoch. »Ich habe immer gewusst, dass es im Hochadel einen Verräter gibt, aber ich habe nicht herausfinden können, wer es ist. Dummerweise habe ich vergessen, dass nicht alle Raben ihre Familienbande kappen.«

»Das ist besonders ironisch, wenn man bedenkt, wie sehr Ihr an Eurer eigenen Familie hängt und Euch an veralteten Idealen festklammert.«

»Glaubst du wirklich, die Rebellenkaiserin wird zulassen, dass ihr Andels auch nur annähernd so viel Macht behaltet, wie ihr im Moment habt?«

»Ja«, sagte sie. »Das ist bereits vereinbart.«

»Dann habe ich ihr wohl zu viel zugetraut. Ich frage mich, worauf sie es wirklich abgesehen hat, wenn es ihr nicht um Gleichheit geht.«

»Das wird Kessel schon bald herausfinden«, erwiderte Jasmin und hob nach kurzem Zögern ihre Waffe. »Lebt wohl, Serena. Richtet Eurem Vater von mir aus, dass ich ihn vermisse.« Mit diesen Worten schwang sie die Axt nach Serenas Nacken.

Ich fing den Hieb, kurz bevor er sein Ziel erreichte, knapp unterhalb der Klinge ab und hielt den Schaft fest.

»Prinzessin«, knurrte ich, »würdest du mir bitte helfen? Was hältst du davon, sie mit deinen Fabrikationen in die Knie zu zwingen?«

»Sie ist auch eine Annullierungs-Fabrikatorin.«

Oh.

Jasmin Andel drosch mir ihren geballten Panzerhandschuh in die Magengrube und raubte mir damit einen Moment lang den Atem. Nur mit viel Glück gelang es mir, die Axt weiter festzuhalten. Ich ballte meinerseits die freie Hand zur Faust, ignorierte den Schmerz, der von den Fingern zum Bizeps hinaufschoss, und verpasste der Rabe einen Kinnhaken – von dem sie allerdings kaum Notiz nahm.

»Du schlägst zu wie ein Kind.«

Ihr zweiter Hieb schickte mich zu Boden. Während ich noch nach Luft japste, drehte sie mich mit dem Stiefel auf den Rücken und stellte ihn mir auf die Brust, wobei sie ihr ganzes Gewicht auf dieses Bein verlagerte. Die Schneide ihrer Axt lag immer noch an Serenas Hals. Da keine Kugel mehr in meinem Revolver steckte, waren wir Jasmin hilflos ausgeliefert.

Doch ich weigerte mich, so zu sterben. Nicht hier. Nicht nach allem, was ich getan hatte.

Da kam mir eine Idee, wie wir sie besiegen konnten. Doch die setzte voraus, dass die Prinzessin immer noch die Person war, an die ich mich erinnerte.

Während ich Jasmins Fuß von mir herunterzuschieben versuchte, griff ich nach dem Revolver, der in meinem Hosenbund steckte. Ich zog ihn ganz langsam heraus, damit Jasmin nicht merkte, was ich machte, und begann zu lachen, als ich ihn fest in der Hand hielt.

Jasmin verlagerte das Gewicht, sodass der Druck auf meine Brust ein wenig nachließ. »Bist du jetzt endgültig verrückt geworden, König...?«

Ich richtete den Revolver auf sie. »Versuch doch mal, das hier zu annullieren.«

Während Jasmin zur Seite hechtete, traf der Abzugshahn klickend auf die leere Kammer. Als sie merkte, dass nichts geschehen war, grinste sie mich höhnisch an. »Du bist so ein erbärmlicher...«

Serena stach Jasmin das kleine Messer in die Halsschlagader, das ich ihr als Kind geschenkt hatte. Sie hatte es liebevoll Glückspilz getauft und stets in einer verborgenen Scheide an ihrem linken Knöchel getragen. Zum Glück tat sie das noch immer.

Jasmin versuchte, die Klinge herauszuziehen, doch Serena hinderte sie daran, indem sie die Rabe mit der anderen Hand am Hals festhielt. Ein Blutschwall quoll aus Jasmins Mund.

Vermutlich ertrank sie darin. Serena fing ihren Sturz ab und legte sie, ohne das Messer aus der Wunde zu ziehen, auf den Rücken.

»Ich weiß, dass das wehtut«, sagte Serena. »Du wirst nicht allein sterben, aber wenn deine Familie mit diesem idiotischen Putsch nichts zu tun hat, werde ich sie verschonen. Betrachte das als meine Gnade.«

Jasmin spuckte – schwer zu sagen, ob absichtlich oder nicht – Serena Blut ins Gesicht. Doch die Prinzessin wandte den Blick nicht ab und hielt weiter das Messer in Jasmins Hals versenkt.

»Sag meinem Vater, dass ich ihn liebe. An dich wird man sich nicht erinnern.«

Jasmin Andel, die Rabe mit den sechs Federn, zuckte ein letztes Mal und starb.

Serena stand auf. Als sie das Messer an ihrer Kleidung abwischte, geriet sie ins Wanken.

Ich fing sie, bevor sie auf dem Boden aufschlug, und hielt sie fest, bis sie zu zittern aufhörte.

»Mikael«, sagte sie leise. »Es tut mir leid. Deine Familie.«

Ich fühlte, wie sich ein Kloß in meinem Hals bildete. »Damit will ich mich gerade nicht befassen. Können wir noch verhindern, dass Adrian die Macht an sich reißt?«

»Nicht, wenn er bereits gekrönt wurde.«

»Können wir ihn dann wenigstens davon abhalten, die Macht an die Kaiserin zu übertragen?«

»Ja, das können wir.«

»Wie?«

Serena schloss die Augen. »Indem wir verhindern, dass auch nur ein einziger Rebell einen Fuß in die Stadt setzt. Schaffst du es, mich bis zum südwestlichen Tor zu stützen?«

Locker. Was machte ein bisschen mehr Schmerz zu diesem

Zeitpunkt noch aus? Er konnte ohnehin nicht schlimmer sein als das, was ich im Herzen spürte. Noch wollte ich mir nicht eingestehen, dass es stimmte, was Jasmin gesagt hatte. Dass Mutter und meine Schwester ... dass sie ... Es schien unmöglich.

»Hast du einen Plan, wie wir sie aufhalten können?«, fragte ich, während wir uns durch die leeren Straßen schleppten. Über der Stadt hing Nebel, ein starrsinniger Überrest des Winters, der sich offenbar auf keinen Fall verabschieden wollte.

»Sozusagen«, antwortete sie vage.

Das südwestliche Tor stand sperrangelweit auf. Nirgends waren Wachen zu sehen. Bestimmt hatte Jasmin das veranlasst. Alles war für den Rebellenangriff vorbereitet worden. Als wir nach draußen traten, nahm Serena den Arm von meinen Schultern und richtete sich so weit wie möglich auf. Wortlos entfernten wir uns von der Stadt.

In der Ferne sahen wir Staub aufsteigen. Offenkundig machten sich gerade zahlreiche Pferde und Soldaten auf den Weg zu uns.

»Du solltest zurückgehen«, erklärte Serena, »und so viele Leute wie möglich warnen.«

»Und was wirst du tun?«

Sie weigerte sich, mich anzuschauen. »Ich halte sie so lange wie möglich auf. Ich weiß nicht, wie viele von ihnen ich töten oder kampfunfähig machen kann, bevor ich zu einer Vergessenen werde ... aber wenn ich mit gutem Beispiel vorangehe, dann werden die Hochadligen vielleicht begreifen, dass sie vor den Rebellen nicht das Knie beugen dürfen, sondern sich gegen sie zur Wehr setzen müssen. Vielleicht wird sogar Adrian es einsehen.«

»Serena, das ist lächerlich. Du kannst doch nicht ...«

»... mein Leben für Kessel geben?«, fragte sie. Tränen rannen ihr übers Gesicht. »Ist das nicht die Aufgabe von Königinnen? Selbst von den ungekrönten? Es dient einem höheren Zweck.«

»Du würdest deine Stellung zugunsten von Adrian aufgeben. Muss ich dir wirklich erklären, wie dumm das wäre? Du weißt doch, wie er wirklich ist, oder etwa nicht?«

»Er ist der Einzige, der mir noch von meiner Familie geblieben ist. Sobald er erfährt, was ich getan habe, wird er erwachsen werden. Und verstehen, was von einem König erwartet wird. Er hatte eine schwere Kindheit. Niemand war für ihn ...«

»Wir hatten alle eine schwere Kindheit. Das ist keine Entschuldigung für sein Verhalten.«

»Mikael«, sagte Serena, während hinter ihr gerade die Sonne aufging. »Ich werde es tun, egal, was du sagst. Und jetzt geh. Ich befehle es dir.«

Darüber musste ich lachen. »Du befiehlst es mir? Woher nimmst du dieses Recht?«

»Ich bin Serena Kessel, die Königin im ...«

»Die ehemalige.«

»Also gut, die ehemalige Königin im Wartestand«, gestand sie genervt ein. »Das ist meine Entscheidung, und ich sehe keine andere Möglichkeit, Kessel zu helfen. Dies ist meine letzte Tat als Serena Kessel. Möge es eine edle sein.«

Ich nahm zu Serenas Verblüffung ihre Hand und sagte: »Wenn du bei diesem dämlichen Versuch, Kessel zu beschützen, dein Leben wegwirfst und eine Vergessene wirst, kann ich genauso gut auch mitkommen und dich anschließend aus diesem Schlamassel herausholen. Was für ein Königmann wäre ich denn, wenn ich meine Königliche so etwas allein tun ließe?«

»Ein schlechter«, gab sie zu. »Aber das ist meine Verpflichtung, nicht deine.«

»Meine Pflicht ist es, dich zu beschützen. Wir machen das entweder zusammen oder überhaupt nicht. Ich habe schon deinen Vater hängenlassen. Bei dir passiert mir das nicht noch mal.«

Die Pferde der Rebellen donnerten auf uns zu. Sie würden das Tor erreichen, noch ehe die Sonne komplett über dem Horizont aufgetaucht war.

»Also gut«, sagte Serena und drückte meine Hand.

»Also gut«, erwiderte ich und verstummte einen Moment lang. »Darf ich dir etwas sagen, Serena? Das will ich schon lange tun, und ich möchte, dass du es erfährst, bevor du all deine Erinnerungen verlierst.«

»Wenn es sein muss.«

»Ich liebe dich schon seit unserer Kindheit.«

Serena schnaubte. »Ehrlich? Das musst du mir ausgerechnet jetzt erzählen? Wir sind doch eine Kessel und ein Königmann. Dass unsere Familien sich auf keinen Fall vermischen dürfen, ist buchstäblich das Erste, was sie uns beibringen. Ist dir das egal?«

Die Armee wurde von einem wunderschönen grauen Pferd angeführt, auf dem eine Gestalt in schwerer Lederrüstung saß. Sie trug einen Metallhelm, der wie ein Wolfskopf geformt war. Schon bald würden wir der Rebellenkaiserin höchstpersönlich gegenüberstehen. Schade, dass ich keine Kugeln mehr hatte.

»Ja«, sagte ich schließlich. »Was soll ich sagen? Ich habe immer schon nur das gehört, was ich auch hören will.«

»Ja, das stimmt. Vielleicht solltest du dich jetzt annullieren. Ich werde bis zum allerletzten Moment abwarten, bevor ich sie alle in die Knie zwinge. Ich will möglichst viele von ihnen erwischen.«

Wärme bedeckte meinen gesamten Körper. »Hast du Angst?«

»Und wie.«

»Freut mich, dass es nicht nur mir so geht.«

Serena schaute mich ernst an. »Wenn wir das hier überleben, kannst du dann bitte dafür sorgen, dass ich mich an etwas erinnere?«

»Na klar.«

Ohne meine Hand loszulassen, zog Serena ihren Ärmel zurück und entblößte das Handgelenk, auf dem in schlampiger Kinderschrift das Wort *Ika* stand. Mein Herz setzte einen Schlag aus. Es war eine Tätowierung, die sie an meinen Spitznamen erinnerte. Auf ihrem Handgelenk. Niemand anders kannte mich unter diesem Namen. Hieß das etwa …?

Serena zog den Ärmel wieder herab und lachte über sich selbst. »Ich habe wohl auch nur das gehört, was ich hören wollte. Aber ich war impulsiver und dickköpfiger als du und dumm genug, an die wahre Liebe zu glauben. Keiner weiß, dass ich diese Tätowierung habe, ich verdecke sie immer mit Schminke. Für mich hat es immer nur dich gegeben, Mikael. Niemand sonst. Und ja, die Frau mit den kastanienroten Haaren war ich. Du bist ein ziemlicher Trottel, weil du das nicht sofort gemerkt hast.«

»Es, ich …«

»Werde mir jetzt nicht sentimental, Ika«, sagte Serena lächelnd. Mittlerweile konnten wir die Reiter deutlich erkennen. »Halte nur dein Versprechen.«

Ich holte tief Luft und packte ihre Hand noch fester.

Das Donnern von Hufen übertönte all meine Gedanken. Bis auf einen.

Ich hätte die Kaiserin tö…

»Freunde voraus!«, ertönte eine Stimme in der herannahenden Armee.

Moment, was?

Die Reiterei wurde langsamer, und das erste Pferd, ein wunderschönes graues, hielt an. Die Gestalt darauf ließ sich aus dem Sattel gleiten und setzte ihren Helm ab. Es war gar nicht die Kaiserin, sondern der gut aussehende Knochenmann, dem ich zuerst bei Danas Brautschau und dann noch mal in der thebischen Botschaft begegnet war.

»Prinzessin Serena, wie schön, Euch endlich gegenübertreten zu können, ohne durch einen Vorhang von Euch getrennt zu sein«, sagte er.

Serena ließ meine Hand los. »Wer bist du?«

Der Mann kniete sich vor uns hin und hielt sich den Helm an die Brust. »Entschuldigt bitte, Prinzessin. Ich bin Jan Prinz, einer der einundzwanzig Händlerprinzen von Neu-Drakon und erster Wohltäter der Majestät-Kompanie. Ich grüße die Prinzessin von Kessel!«

Sämtliche Reiter hinter ihm salutierten gleichzeitig vor Serena und riefen: »Es ist uns eine Ehre, Eure Majestät!«

»Ich verstehe das nicht. Was macht Ihr hier?«

Jan Prinz erhob sich. »Wir haben sie in die Flucht geschlagen, Prinzessin. Sie wollten Kessel angreifen, und mit Gottes Hilfe sind wir gerade noch rechtzeitig eingetroffen, um sie daran zu hindern. Wir haben sogar diese sogenannte Kaiserin beseitigt. Ciara! Zeig der Prinzessin bitte unser Geschenk!«

Eine Frau mit kurzen blonden Haaren warf Serena einen tropfenden Sack zu. Die fing ihn, schnürte ihn auf und sah hinein. Im Inneren befand sich ein bis zur Unkenntlichkeit verbrannter Kopf. Der Geruch ließ mich würgen und weckte unliebsame Erinnerungen an das Miliz-Viertel. Es hätte durchaus Emilias Kopf sein können, doch da ich sie bereits zweimal dem Tod von der Schippe hatte springen sehen, bezweifelte ich es. Nein, sie war gewiss immer noch am Leben. Die Frage war nur, ob dieses Geschenk ein Fehler oder ein vorsätzlicher Manipulationsversuch war.

Im Gegensatz zu mir hatte Serena nicht völlig die Sprache verloren: »Ich ... Ihr ... Meine ... Wieso seid Ihr hier? Weshalb habt Ihr Kessel diesen Dienst erwiesen? Neu-Drakon ist seit dem Schießpulverkrieg nicht mehr mit uns verbündet.«

»Ich bin bereits seit einer Weile hier. Ich war einer Eurer Freier in Burg Marget, aber damals ... Ich glaube, Ihr wart zu sehr auf jemand anderen fixiert, um mich wahrzunehmen.« Er bedachte mich mit einem offenen Lächeln. »Als ich von einem alten Freund erfuhr, dass Kessel in Gefahr ist, habe ich ihn sofort in meinem Namen die Majestät-Kompanie herholen lassen. Der Name dieses Freundes lautet übrigens Angelo Ombra.«

Wie hatte ich diesen Mistkerl bloß vergessen können? Das hätte ich eigentlich kommen sehen müssen. Er hatte mir sogar angekündigt, dass dies passieren würde. Doch ich hatte geglaubt, er würde bluffen, und nicht erkannt, dass er nur darauf lauerte, loszuschlagen. War dies sein Endspiel?

Serena hatte sich besser im Griff als ich: »Ihr habt recht. Was hat er Euch im Gegenzug für Eure Hilfe versprochen?«

»Nichts«, erwiderte Jan Prinz und lächelte erneut. »Ich habe es aus reiner Herzensgüte getan. Aber ich würde diesen Moment gern für einen Vorschlag nutzen, der allen Seiten hilft: Heiratet mich.«

Was?

»Wie bitte?«, fragte Serena.

»Heiratet mich«, wiederholte Jan Prinz. »Ich begreife, in welcher Situation Ihr Euch befindet. Die Kaiserin ist tot, aber die meisten ihrer Leutnante sind entkommen und haben noch immer Naverre unter ihrer Kontrolle. Außerdem weiß keiner, wie es den Bergers und den Bravens geht. Wann habt Ihr zum letzten Mal etwas von ihnen gehört? Ihr benötigt eine Armee, und ich kann Euch die stärkste und leidenschaftlichste zur Verfügung stellen, die die Welt je gesehen hat. Mit meiner Hilfe könnt Ihr Euer Reich wiedervereinigen, alle in die Schranken weisen, die sich Euch widersetzen, und Kessel in ein neues Goldenes Zeitalter führen.«

Die Söldner hinter ihm brüllten nicht, wie die Orbis-Kompanie es in der Kirche getan hatte. Stattdessen standen sie vollkommen reglos da und ließen ihre Erscheinung für sich selbst sprechen. Die Majestät-Kompanie, die für mehr zerstörte Landstriche verantwortlich war als einige Kaiserreiche und Königtümer, war etwas, das man in Kessel bislang noch nicht kannte: eine kontrollierbare Naturkatastrophe.

»Und was springt für Euch dabei heraus?«, fragte Serena mit geballten Fäusten. »Was wollt Ihr?«

»König sein«, lautete Jans schlichte Antwort. »Und beweisen, dass selbst ein ehemaliger Knochenmann in ungeahnte Höhen aufsteigen kann. Ich habe die Welt von ihren schlimmsten Seiten erlebt, und jetzt will ich sie reformieren.«

»Ich würde Bedingungen stellen«, erwiderte Serena. »Unter anderem müsste es ein förmliches Abkommen mit festen Zusagen geben. Und ich würde Nachforschungen zu Eurer Person anstellen lassen und ...«

»Alles, was Ihr wünscht, Prinzessin.«

Serena zögerte. Zog sie dieses Angebot etwa ernsthaft in Erwägung? Sie wusste doch noch nicht einmal, ob sie überhaupt noch eine Prinzessin war. All dies würde vergebens sein, wenn Adrian bereits auf dem Thron saß.

»Bislang hat es noch nie einen Söldnerkönig gegeben. Dafür existiert kein Präzedenzfall.«

Ich glaubte zu sehen, dass Jan Prinz mir einen kurzen Seitenblick zuwarf, ehe er antwortete: »Es gibt für alles ein erstes Mal.«

Serena rieb schweigend die Tätowierung auf ihrem linken Handgelenk.

Jan Prinz nahm ihre Hand. »Was auch immer Ihr für Einwände oder Sorgen habt, wir können sie aus dem Weg räumen. Ihr werdet das Sagen haben. Ich werde lediglich Eure Armee führen und neben Euch sitzen. Wenn Ihr wollt, dann legt doch einfach gesetzlich fest, dass ich niemals herrschen kann, falls Euch etwas zustößt.«

»Es, du musst nicht …«

»Ich weiß, was meine Pflicht ist«, unterbrach sie mich.

Jan Prinz strahlte.

»Es wird wie gesagt zahlreiche Bedingungen von meiner Seite geben, aber ich nehme Euren Antrag an.« Sie blickte über die Schulter zu Burg Kessel. »Jetzt wäre ich Euch dankbar, wenn Ihr mich heimbegleitet. Heute Nacht war einiges los.«

»Mit Vergnügen«, sagte Jan Prinz und drehte sich zu seinen Söldnern um. »Bahnt uns einen Weg zum Palast! Aber verletzt niemand! Für Kessel!«

»Für Kessel«, murmelte Serena.

Die Söldner stürmten an uns vorbei, sie bewegten sich wie ein tosender Fluss.

Ich schloss die Augen und legte mir die Hand aufs Herz, um mich zu vergewissern, dass es nicht zerbrochen war. Als ich spürte, dass es noch immer schlug, ignorierte ich den Schmerz, den ich empfand, als ich Serena mit Jan weggehen sah, und wappnete mich für einen Krieg.

Kapitel 63
Eine neue Herrschaft

Wie sich herausstellte, wollte niemand Serena aufhalten, als sie mit einer Söldnerarmee hinter sich zur Burg Kessel marschierte, um sich ihren Thron zurückzuholen. Kein einziges Mitglied der Waage oder der Palastwache und auch nicht die armen Unwissenden, die das Pech hatten, nach den Feierlichkeiten der vergangenen Nacht immer noch auf den Straßen unterwegs zu sein. Jan Prinz und Serena ritten zusammen auf seinem Pferd, und ich ging nebenher wie ein Hofnarr – allerdings ohne Kappe, die auf seine Stellung hingewiesen hätte. Als sie die Tür zum Thronsaal aufwarf, wandten sich alle zu ihr um.

Alle elf Hochadelsfamilien waren anwesend, zusammen mit den verbliebenen Raben und ein paar glücklichen Niederadligen, die eine Einladung ergattert hatten. Mutter und meine Schwester waren nirgends zu sehen. Damit erstarb meine letzte idiotische Hoffnung, sie könnten doch noch am Leben sein. Adrian kniete mit einem goldenen Umhang über den Schultern vor Efyra, die eine Krone in Händen hielt. Als sie Serena erblickte, schnappte sie erschrocken nach Luft und ließ die Krone fallen. Im ganzen Raum erhob sich hektisches Geflüster.

Adrian sprang auf und rief: »Was machst du denn da, Efyra? Kannst du denn nicht einmal …?« Er drehte sich um. Als er seine Schwester auf sich zukommen sah, verpuffte sein Ärger,

und seine Lippen verzogen sich zu einem verzückten Lächeln.
»Serena! Du lebst! Ich wusste, die …«

Serena deutete mit zwei Fingern auf ihn, und er fiel auf die Knie. Sein Körper erzitterte unter dem unsichtbaren Druck, der auf ihm lastete. Sie hob die Krone vom Boden auf und hielt sie so fest umklammert, als wollte sie das Metall verbiegen.

»Wo sind Julia und Jennina Königmann, Efyra?«

»Sie befinden sich in Haft, Prinzessin. Prinz Adrian …«

»Lass sie frei«, befahl Serena. »Kümmere dich selbst darum. Jetzt sofort.«

Meine Knie gaben unter mir nach, und ich wäre fast hingefallen.

Jasmin Andel hatte uns belogen. Gott sei Dank.

Efyra war schon immer eine gute Soldatin gewesen. Sie verneigte sich und eilte wortlos davon, um meine Familie zu holen. Als sie weg war, ging Serena zum Thron. Chloe löste sich aus der Menge, stieg die Treppe zum Podest hinauf und stellte sich links neben den Thron, auf dem die Prinzessin mit überkreuzten Beinen saß und die Krone um einen Finger wirbeln ließ. Angesichts all des Drecks und der blauen Flecken, die sie bedeckten, wirkte sie wie die letzte Person, die man auf diesem Platz erwarten würde.

»Wie Ihr alle sehen könnt«, fing Serena an, »haben meine Feinde gelogen. Ich bin nicht tot.«

Niemand antwortete.

»Vielleicht habt Ihr mitbekommen, dass ich gestern Abend vom Herzensbrecher entführt worden bin. Nein? Euren Mienen nach zu urteilen, habt Ihr davon nichts gewusst. Schade. Während Ihr alle hier wart, um meinen Bruder zu krönen, habe ich mich um den Mörder gekümmert. Er ist tot, und wir werden nie wieder Angst vor ihm haben müssen.«

Der Prinz wand sich weiter in seiner Kauerhaltung.

»Das ist die Stelle, an der Ihr mir applaudieren sollt.«

Sie taten es, ohne zu zögern, und auch Jan Prinz und seine Söldner klatschten mit. Schließlich hob sie die freie Hand, und der Beifall verstummte.

»Vielen Dank. Ich weiß Eure grenzenlose Unterstützung zu schätzen. Als der Herzensbrecher tot war, bin ich in den Giftgarten gegangen, um mich dort mit einer Rabe zu treffen, die mich in den Palast zurückeskortieren sollte, bevor irgendwelche beunruhigenden Gerüchte die Runde machten. Ich wollte schließlich nicht, dass Ihr Euch über lächerliche Kleinigkeiten wie einen Serienmörder oder die Rebellion Sorgen macht, während Ihr hier ... mit was auch immer beschäftigt seid.«

Wenn doch nur Trey hier gewesen wäre. Er hätte diese Situation sehr genossen. Die Hochadligen um mich duckten sich weg wie eingesperrte Tiere. Niemand sah Serena in die Augen, geschweige denn sagte etwas.

»Stellt Euch nur meine Überraschung vor, als Jasmin Andel mir erzählte, mein Bruder wäre während meiner kurzen Abwesenheit gekrönt worden. Und danach versuchte sie auch noch, mich umzubringen.«

Darauf reagierten einige ihrer Zuhörer. Hauptsächlich mit Flüchen und finsteren Blicken, die sie der hochadligen Familie Andel zuwarfen. Anscheinend hatte die Prinzessin im Thronsaal viele Unterstützer.

»Keine Angst. Von ihr geht keine Bedrohung mehr aus. Das Gleiche gilt für die Rebellen. Die Söldner, die mich freundlicherweise hierhereskortiert haben, haben sie kurz vor ihrem Angriff auf Kessel in die Flucht geschlagen. Ist das nicht wundervoll?«

Diesmal klatschten die Adligen, ohne dass sie dazu aufgefordert werden mussten.

»Ihr seid alle sehr freundlich«, sagte Serena. »Aber wie Ihr Euch sicher vorstellen könnt, frage ich mich nach diesen kürzlich erfolgten Anschlägen auf mein Leben, wer meine wahren Verbündeten sind. Ich werde Euch allen einmalig Gnade gewähren, denn ich bin nicht mein Vater und will nicht aus reiner Rachsucht ganze Familien zerstören. Wenn Ihr in Jasmin Andels Putschversuch verwickelt gewesen seid, dann geht jetzt, und Euren Familien wird nichts zustoßen. Wenn Ihr diese Gelegenheit nicht nutzt, werde ich die Erde, auf der Eure Burgen errichtet sind, abfackeln und dafür sorgen, dass Ihr es bereut, mir jemals in die Quere gekommen zu sein. Habt Ihr das alle verstanden?«

»Ja, Prinzessin Serena!«, riefen die Hochadligen. Sie knieten sich willig vor sie hin. Die Andels blickten einander an und huschten wie Ratten aus dem Saal. Die Thronsucher, die Familie Berger und Sebastian Marget – Danas Stiefbruder – folgten ihnen dichtauf.

Serena sah ihren Bruder an. »Wir beide werden allein miteinander sprechen, Adrian.« Sie seufzte. »Nun gut. Dann kommen wir jetzt zu meiner Krönung. Wie Ihr alle wisst, habe ich die Macht, eine Familie in den Hochadelsstand zu erheben, wenn ich das möchte. Und das tue ich.«

Eine der seitlichen Türen ging auf, Efyra führte meine Schwester und Mutter herein. Sie sahen ein wenig mitgenommen aus, wirkten aber vollkommen unversehrt, und das war alles, was zählte. Am liebsten wäre ich zu ihnen gerannt und hätte sie umarmt, doch im Gedränge aus Adligen und Söldnern war kein Durchkommen.

»Tritt bitte vor, Julia Königmann.«

Mutter zeigte niemals Angst, und auch jetzt näherte sie sich Serena, wie man es von einer Königmann erwartete: mit erhobenem Haupt und festem Blick.

Serena hörte auf, die Krone um ihren Finger zu wirbeln, und beugte sich auf dem Thron vor. »Vor zehn Jahren wurde mein Bruder Davi ermordet. Dafür haben wir deinen Ehemann hingerichtet, doch nun bezweifle ich, dass seine Verurteilung gerechtfertigt war. Ich kann ihn nicht zurückbringen, aber ich kann das Vermächtnis deiner Familie wiederherstellen. Wollt ihr, du und deine Familie, euren rechtmäßigen Platz wieder einnehmen?«

»Wir leben, um zu dienen, Prinzessin.«

Mutter stellte sich auf die rechte Seite des Throns. Ich fühlte mich wie in einem Traum.

»Wenn irgendwer etwas dagegen einzuwenden hat, dann möge er oder sie jetzt sprechen«, befahl Serena.

Einer der mutigeren Hochadligen, Karius Solarin, trat vor. »Prinzessin, wenn die Familie Königmann wieder in ihren alten Stand erhoben wird, ist Mikael Königmann dann trotzdem noch der Hauptverdächtige am Mord des Königs?«

»Mikael Königmann«, erwiderte sie langsam, »ist unschuldig. Ich habe Mikael in jener Nacht ins Schloss einbrechen sehen, aber er war nicht hier, um meinen Vater zu töten. König Isaak hat sich selbst umgebracht. Er hat nach Davis Tod sehr gelitten und konnte es schließlich nicht mehr ertragen.«

»Prinzessin!«, rief Efyra. »Euer Vater ...«

»Meinem Vater ging es sehr schlecht. Wir müssen uns alle vorwerfen, dass wir ihm nicht beigestanden haben. Und wir sind alle gemeinsam für seinen Tod verantwortlich.« Sie zögerte einen Moment. »Aber nun hat er an Davis Seite seinen Frieden gefunden. Damit können wir uns trösten.«

Alexander Reitter trat mit erhobenem Weinglas vor. Er war also noch immer da. »Auf König Isaak. Sein Schmerz soll uns alle daran erinnern, dass wir sterblich und fehlbar sind.«

Alle anderen Anwesenden erhoben ebenfalls ihre Gläser und tranken auf König Isaak.

»Nun bleibt mir nur noch, Euch meine Pläne für meine Herrschaft zu verkünden«, sagte Serena. »Ich habe einen ganz schlichten Traum: Ich will die Rebellion und die Spaltung unserer Gesellschaft beenden. Unter mir wird Kessel wieder ein Königreich von Weltbedeutung werden, und ich werde dafür sorgen, dass man sich an uns erinnert. Gibt es hierzu irgendwelche Einwände?«

»Nein, Prinzessin!«, riefen die Adligen wie aus einer Kehle.

»Dann sind das meine Aufgaben als Königin.« Serena stand auf und präsentierte uns die Krone. »Würdet Ihr mir die Ehre erweisen, Mikael Königmann?«

In Kessel gilt die Tradition, dass jeder König und jede Königin, die den Thron besteigen, von ihrem jeweiligen Königmann gekrönt werden. Es ist eine Art Vereinigung, die zeigen soll, wie eng ihre Leben miteinander verknüpft sind. Ich hatte nicht damit gerechnet, dass Serena sich daran erinnern würde, doch als ich mir einen Weg durch die Menge bahnte und ihr die Krone aus den Händen nahm, fiel mein Blick erneut auf die Tätowierung an ihrem Handgelenk.

»Serena … ich kann nicht …«

»Ich weiß, aber es ist jetzt deine Aufgabe«, flüsterte sie. »Zwing mich nicht dazu, jemand anderen dazu aufzufordern. Bitte.«

Sie kniete sich mit dem Gesicht zur Menge vor mich hin, und ich ging langsam um sie herum und hielt die Krone mit zittrigen Händen über ihren Kopf. Vor zehn Jahren hatte ich von diesem Moment geträumt. Jetzt fühlte er sich wie ein Albtraum an. Als ich die goldene Krone auf ihre kastanienroten Locken setzte, erinnerte ich mich jedoch an die Worte, die ich dabei sagen musste: »Erhebt Euch, Königin Serena Kessel! Lang möge sie regieren! Lang soll sie in Erinnerung bleiben!«

Sie stand unter donnerndem Applaus auf, der vermutlich noch in der Stadt zu hören war. In meinen Ohren verwandelte er sich in weißes Rauschen, während ich Königin Serena Kessel ansah und mich fragte, ob sie wohl Angst vor dem hatte, was ihr nun bevorstand. Der Angriff der Rebellen war gestoppt, die Herzensbrecher waren tot, ihr Leben und der Thron waren gerettet.

Aber zu welchem Preis?

Kapitel 64

Familienbande

Als der Applaus verebbte und die abschließenden Formalitäten erledigt wurden, rannte ich zu Jenn. Sie stieß Leute aus dem Weg, um mich in die Arme zu nehmen, und ich sah, dass sie recht hatte: Mit ihren gefärbten Haaren und in einem von Serenas Kleidern hätte sie tatsächlich deren Zwillingsschwester sein können.

Wären wir nicht von potenziellen Feinden umgeben gewesen, hätte ich wie ein Schlosshund losgeheult, als wir uns schließlich in den Armen lagen. Jenn teilte meine Vorbehalte nicht und ließ ihren Tränen freien Lauf. Dadurch fühlte ich mich in einer Weise geliebt, die ich fast vergessen hatte. Als sich auch noch Mutter zu uns gesellte, wurde mir bewusst, dass sich niemand an unserem Verhalten störte.

Serena, die mittlerweile ihren kompletten Krönungsornat trug, flüsterte Chloe etwas zu, woraufhin die zu uns kam.

Jenn löste sich von mir. »Ich habe geglaubt, du wärst tot.«

»Mir hat man gesagt, du und Mama wärt tot«, erwiderte ich lächelnd.

»Was ist mit Leon und Karolin?«

»Die sind beide in Sicherheit. Was ist passiert?«

»Die List hat nicht lange funktioniert. Der Verdorbene Prinz hat mich bereits nach meinen ersten Sätzen als Hochstaplerin entlarvt. Ich hatte ihn nicht für so ... intelligent gehalten. Wir wurden fast verhaftet.«

»Fast?«

»Ja«, bestätigte Mutter, »es war ein einziges Chaos. Die Reitters, Morales und Solarins sprangen für uns in die Presche. Der Hof verlangte eine Erklärung. Nur die Andels und Bergers wollten, dass wir sofort hingerichtet werden.«

»Die Morales und Solarins haben sich für uns eingesetzt? Warum?«

»Keine Ahnung«, erwiderte Mutter. »Als der Lärm sich so weit gelegt hatte, dass wieder ein Gespräch möglich war, haben wir ihnen erklärt, dass Serena unterwegs war, um es mit dem Herzensbrecher aufzunehmen. Und dass sie Jenn geschickt hat, damit sie die Armee für den bevorstehenden Rebellenangriff mobilisiert.«

»Aber die Armee wurde nicht mobilisiert.«

»Nein«, bestätigte Jenn, »wurde sie nicht. Der Verdorbene Prinz hat Morgenluft gewittert. Er bestand darauf, dass nur die Prinzessin die Armee befehligen dürfe und dass die einzige Alternative – wenn es wirklich so wichtig sei – darin bestünde, ihn zum König zu krönen.«

»Wir haben versucht, es abzuwenden«, sagte Chloe. »Doch es half nichts. Die Leute hatten Angst, und wir waren in der Unterzahl. Wären die Margets da gewesen, hätten wir es vielleicht gemeinsam verhindern können, aber sie gingen sofort, als sie erfuhren, dass Danila Marget ermordet worden war.«

Ich fühlte einen Stich im Herzen.

Als Jenn meinen Gesichtsausdruck bemerkte, sah sie mich fragend an. »Weißt du, was geschehen ist, Mikael?«

Ich erzählte es ihnen, so gut es ging. Wobei ich allerdings verschwieg, dass es sich bei Rian um einen Drachen handelte. Ich fand es schon schwer genug, ihnen gestehen zu müssen, dass er ein mächtiger Banngeborener war und dass ich sie angelogen hatte. Daraus, dass ich in den Palast gegangen war, um ihn umzubringen, machte ich dagegen keinen Hehl. Danas Tod war meine Schuld.

Chloe sah mich eindringlich an. »Die Hochadligen Antonius und Camilla Marget werden Eure Zeugenaussage hören wollen. Der Hochadlige Kairos Reitter war zu aufgewühlt, als die Beschwörer ihn verhörten.«

»Ich werde tun, was ich kann.«

Mutter und meine Schwester wichen meinen Blicken aus.

»Es tut mir leid, dass ich euch beide belogen habe. Ich … habe getan, was ich für nötig hielt. Ich wollte euch diese Last nicht aufbürden. Es …«

Mutter zog mich fest an sich und fuhr mir mit den Fingern durch die Haare. »Du dummer Junge. Wann begreifst du endlich, dass du nicht allein bist? Diese Entscheidungen liegen nicht immer nur bei dir. Denk an deine Familie. Und an deine Freunde. Gemeinsam sind wir stärker.«

Ich erwiderte die Umarmung mit dem ängstlichen Gefühl, sie könnte verschwinden, wenn ich sie losließe. »Wir müssen nach Hause, Mama. Oliver stirbt.«

»Das tut er schon die ganze Woche, Mikael.«

»Nein, es ist schlimmer geworden«, sagte ich und trat einen Schritt zurück, um sie besser ansehen zu können. »Letzte Nacht haben die Male bereits seinen ganzen Körper bedeckt. Er hat nicht mehr lange zu leben.«

Mutter wurde blass. »Diese Unterhaltung setzen wir später fort. Lasst uns gehen.«

Chloe legte mir eine Hand auf die Schulter. »Kann ich kurz mit Euch sprechen, bevor Ihr geht?«

Ich bedeutete Jenn und Mutter, schon mal vorzugehen.

Chloe salutierte vor mir. »Ich schulde Euch großen Dank, Mikael Königmann. Ihr habt Nana und der Prinzessin das Leben gerettet. Das werde ich Euch nie vergessen.«

»Bitte keine Ehrenbezeugungen. Sonst nehme ich mich noch wichtiger, als ich bin.«

Lächelnd ließ sie die Hand sinken. »Wenn Ihr das sagt.«

»Aber du könntest mir eine Frage beantworten. Was weißt du über Jan Prinz? Er hat gesagt, Angelo Ombra habe ihn hergeschickt, und er hat Serena seine Unterstützung angeboten … sofern sie ihn heiratet. So möchte er ein Söldnerkönig werden.«

Chloe runzelte die Stirn. »Ich kenne nur Gerüchte über ihn.«

»Und?«

»Und ich zögere, meine Meinung zu äußern. Sobald sie verlobt sind, wird er sein wahres Gesicht zeigen. Königshochzeiten sind keine triviale Angelegenheit.«

»Ich traue ihm nicht.«

Chloe funkelte mich mit ihrem verbliebenen Auge an. »Ihr habt die Tätowierung auf ihrem Handgelenk gesehen, oder?«

»Ist das so offensichtlich?«

Sie seufzte. »Ja. Ob Ihr beide das Gleiche empfindet, spielt nun keine Rolle mehr. Lasst sie ihre Pflicht erfüllen, ohne sie noch weiter aufzuwühlen. In der Öffentlichkeit wahrt sie die Fassung, doch allein in ihren Gemächern weint sie.«

»Ich …« Ich wusste nicht, was ich darauf antworten sollte. Mir ging zu viel durch den Kopf. Vielleicht würde ich morgen klarer sehen, aber heute war es mir nicht möglich. Daher weigerte ich mich, irgendwelche Zugeständnisse zu machen, egal wie sehr Chloe auch versuchte, mir den Schwur zu entlocken, dass ich die Königin machen lassen würde, was immer sie für richtig hielt. Als ihr keine neuen Argumente mehr einfielen, verabschiedeten wir uns voneinander. Ich begab mich zur Burg Königmann, während Chloe sich zum Giftgarten aufmachte, um einen Vogelkadaver zu entsorgen.

Ich rannte, so schnell ich konnte, nach Hause. Vor dem Eingang zur Burg wartete Stein auf mich. »Es wird nicht mehr lange dauern«, sagte er und lief mit mir zusammen hinein.

Oliver befand sich in der Mitte des großen Saals. Sein ganzer Körper war mit roten Malen bedeckt, die sich wie Flammen unter der Haut bewegten. Seine Füße brannten bereits, die Flammen bewegten sich an seinen Beinen hinauf, als wären es Zündschnüre. Mutter, Jenn, Leon und Karolin umringten ihn in ein paar Schritten Abstand. Schwartz, Trey und Nana waren ebenfalls anwesend. Sie hielten sich allerdings ein Stück abseits. Ich gesellte mich zu Jenn und drückte ihr die Schulter. Leon hielt Mutter umklammert, die ungehemmt weinte und sich ihm zu entwinden versuchte, um ihren Vater noch ein letztes Mal zu umarmen. Auch wenn der bereits brannte.

Oliver lächelte und sprach leise auf sie ein: »Weine nicht, meine Liebe. Ich habe sehr, sehr lange gelebt und bereue fast nichts.«

Mutter konnte nichts sagen und brachte nur ein unartikuliertes Wimmern zustande.

»Kann ich dir irgendwas bringen, Großvater?«, fragte Jenn, während die Flammen weiter an seinem Körper hinaufwanderten.

»Eure Anwesenheit ist alles, was ich mir wünsche«, sagte er und hustete laut. »Es tut längst nicht so weh, wie ich befürchtet habe. Und es ist ein weitaus besseres Ende, als mit Dutzenden anderen in einem Massengrab zu sterben.«

»Das Leben steckt voller Überraschungen«, sagte Karolin, die mit beiden Händen ihren Bauch umfasst hielt.

»Oh ja, das stimmt. Wenn es ein Jenseits gibt, freue ich mich darauf, meine Frau wiederzusehen. Es ist viel zu lange her.« Oliver drehte sich zu Mutter um. »Sie wäre so stolz auf dich, Julia. Sieh dir nur deine wunderbaren Kinder an. So stark. So intelligent. So mitfühlend ... Ich bin stolz auf euch alle.«

»Bitte, Papa. Ich will mich von dir verabschieden. Das Feuer wird mir nichts anhaben.«

»Doch, das wird es, Julia.« Oliver blickte an sich hinunter. Mittlerweile hatten die Flammen seine Taille erreicht. »Es tut mir leid, Julia, aber es geht nicht anders. Ich lasse nicht zu, dass du dich verletzt, während ...«

Eigenartigerweise dachte niemand daran, mich von Dummheiten abzuhalten, und so konnte ich mich ungehindert auf Großvater stürzen.

»Was machst du ...?«

Ich nahm ihn fest in die Arme und hüllte ihn mit meiner Wärme ein. Auf diese Weise konnte ich ihm zwar nicht den Flammentod ersparen, uns aber wenigstens einen echten Abschied ermöglichen. Mutter erkannte sofort, was ich tat. Sie trat Leon auf die Zehen, damit er sie losließ, und umarmte Oliver ebenfalls. Die Flammen versengten sie nicht einmal.

»Danke, Großvater«, sagte ich. »Für alles.«

»Mikael, deine Erinnerungen! Hör auf damit. Das bin ich nicht wert.«

»Dieses Erinnerung ist jeden Preis wert.«

Nach kurzem Zögern legte Oliver seiner Tochter, die an seiner Brust schluchzte, ein letztes Mal die Hand auf den Kopf. »Vielen Dank, Mikael.«

Nun schlangen auch Jenn und Leon die Arme um uns.

Als die Flammen an Großvaters Hals leckten, lächelte er und sagte: »Jetzt habe ich keine Angst mehr. Was für ein wundervolles Leben ich doch hatte …«

Während ihn das Feuer verschlang, flehte Mutter: »Papa, geh bitte nicht. Ich brauche dich doch noch.«

Aber da war er bereits tot. Das Licht, das durchs Fenster fiel, beschien nur noch verkohlte Knochen. Und damit war meine Familie auf einmal wieder genauso groß wie eine Woche zuvor, allerdings mit einer weiteren Lücke, die nie mehr gefüllt werden konnte.

Kapitel 65
Scheideweg

Dana und Oliver wurden am selben sonnigen Tag beigesetzt, eine Woche nach ihrem Tod, als der Frühling angebrochen war und die Stadt sich wieder einigermaßen beruhigt hatte.

Oliver erhielt einen Platz in der Gruft der Burg Königmann, unweit der Stelle, an der Mutter bestattet werden würde, sobald ihre Zeit kam. Nach allem, was er durchgemacht hatte, hielten wir es für das Mindeste, was wir für ihn tun konnten, ihn in den Schoß der Familie zu betten. Es gab nur eine kleine Trauerfeier, die größtenteils von Mutter organisiert wurde. Sie sagte, das sei ihre Aufgabe als Tochter. Und sie brauche unsere Hilfe auch nicht. Erst als wir ihm alle die letzte Ehre erwiesen und seine Statue an den richtigen Platz rückten, wurde sie so sehr von ihrer Trauer überwältigt, dass wir sie stützen mussten.

Dana wurde in den Königsgärten eingeäschert, auf einem Scheiterhaufen, der einer Königin würdig gewesen wäre. Als Serena erfuhr, was sie getan hatte, ließ sie ihr die größtmögliche Ehre zuteilwerden.

Jenn, Nana und ich nahmen an der Zeremonie teil. Trey hatte eigentlich nicht kommen wollen, erschien am Tag der Einäscherung dann aber doch in seiner besten Kleidung in Burg Königmann. Als ich ihn fragte, wieso er es sich anders überlegt hatte, antwortete er: »Ich will kein Heuchler sein und das Gute genauso anerkennen wie das Schlechte.«

Die Beisetzungsfeier war schlichter, als ich vermutet hatte. Es gab weder einen Leichenschmaus noch ein Feuerwerk, und auch sonst wurde kein Aufwand getrieben. Die Hinterbliebenen hatten die Hoch- und Niederadligen gebeten, zu Danas Ehren die Farben der Familie Marget – Gold und Violett – zu tragen, und daran hielten sich alle, auch die Königin, ihr Verlobter und der Verdorbene Prinz.

Bevor Serena den Scheiterhaufen entfachte, sprach sie noch ein paar Worte: »Willkommen, ehrenwerte Mitglieder des Hofs von Kessel. An diesem traurigen Tag haben wir uns hier eingefunden, um den Tod der Hochadligen Danila Marget zu beklagen.«

Antonius und Camilla Marget klammerten sich völlig aufgelöst aneinander. Danas Bruder, Sebastian, hielt den Blick wie eine Statue starr geradeaus gerichtet.

Alle anderen stellten sich in einem Halbkreis um den Scheiterhaufen. Nana, Trey und ich hielten uns am Rand und bemühten uns, so wenig wie möglich aufzufallen. Serena hatte bei ihrer Krönung zwar gesagt, dass ich nicht mehr im Verdacht stehe, ihren Vater ermordet zu haben, doch bislang war sie noch nicht dazu gekommen, es auch öffentlich zu verlautbaren. Bis sie die Zeit dafür fand, würden viele Situationen unangenehm für mich bleiben. Wäre es nicht um Dana gegangen, hätte ich mich sicher von dieser Versammlung ferngehalten.

»Als ich vierzehn war, haben Dana und ich darüber gesprochen, wie wir in Erinnerung bleiben möchten«, sagte Serena. »Ich wollte eine große Königin werden, auf die meine Eltern stolz sein würden, und ich wollte den Menschen dienen. Dana dagegen wollte frei sein, selbst gewählt leben und sterben und nie vor irgendwem das Knie beugen müssen. Alle, die sie besser kannten, wissen, dass sie sich an diesen Vorsatz gehalten hat und gerade deswegen vor Leben nur so sprühte. Sie hat ihr Schicksal selbst bestimmt. Sie hat getanzt und gesprochen, mit wem sie wollte, und gekämpft, als könnte jeder Tag ihr letzter sein. Darum überrascht es mich nicht, dass sie mit einem Lächeln auf den Lippen gestorben ist. Ich würde Euch allen gern versichern, dass wir ihren Mörder gefasst haben ... aber das haben wir nicht. Es gab keine Zeugen und keinen erkennbaren Grund, aus dem sie sich im Palast aufhielt. Es gibt keine Spur und damit keinen Grund zu glauben, dass wir jemals die Person erwischen, die ihr das Leben genommen hat. Aber« – Serena blickte auf Dana hinab – »dennoch gebe ich die Hoffnung nicht auf. Wenn die Bewohner von Kessel eines sind, dann stur. Wir werden ihren Mörder finden und zur Rechenschaft ziehen. Egal, wer es ist. Und so bitte ich Euch alle, ihren Namen im Gedächtnis zu behalten und ihn so lange zu sagen, bis der Mörder ihn hört und Angst um sein Leben bekommt. Ihr Tod wird nicht ungesühnt bleiben. Dafür werde ich sorgen.«

Danas Stiefbruder fiel schluchzend auf die Knie und boxte so fest auf den Boden ein, dass seine Knöchel zu bluten begannen.

»Danila Marget, Ihr werdet in Erinnerung bleiben.« Serena warf die Fackel auf den Scheiterhaufen, er ging sofort in Flammen auf. »Immer.«

Die Flammen leckten an ihrem Leichnam, Rauch stieg auf und wurde vom Wind verweht. Für den Fall, dass mich jemand beobachtete, hielt ich die Tränen zurück. Meine verletzliche Seite konnte ich im Kreis meiner Familie zeigen, doch jetzt musste ich für alle ein Symbol der Stärke sein.

Rian stand nun auch auf meiner Liste der Dreckskerle, die ich zu töten beabsichtigte. Er würde nicht seiner gerechten Strafe entkommen oder noch mal irgendjemand Schaden zufügen. Dafür wollte ich sorgen. Wegen mir waren bereits zwei Drachen tot – einer mehr oder weniger würde keine Rolle spielen.

»Wenn du mich überleben solltest, Mikael«, sagte Trey, der an einem Baum lehnte, »dann begrabe mich bitte neben meinem Bruder.«

»Nur wenn du im Gegenzug Geschichten über mich erzählst, falls ich vor dir sterbe. Sorge dafür, dass die Welt sich an meinen Namen erinnert.«

Nana kratzte sich am Handrücken. »Wenn ich sterbe, kann dann bitte einer von euch beiden dafür sorgen, dass von meinem Körper nichts mehr übrig bleibt? Verstreut meine Asche im Wind.«

Wir versprachen einander, unsere jeweiligen Wünsche zu erfüllen, und sahen weiter zu, wie das Feuer den Scheiterhaufen verzehrte. Als die Balken zu knacken begannen, schloss ich die Augen und verabschiedete mich von Dana – einer besseren Freundin, als ich es verdient hatte. Während die Flammen allmählich verloschen, kam Chloe herüber und beobachtete gemeinsam mit uns, wie Feuer-Fabrikatoren den Brand noch einmal neu anfachten und so sicherstellten, dass außer Asche und glühenden Kohlen nichts übrig blieb.

»Danke, dass Ihr gekommen seid«, sagte sie. Ich bemerkte, dass sie ihre vernarbte Augenhöhle offen zur Schau trug. Noch interessanter fand ich jedoch die beiden Federn in ihren schwarzen Kräusellocken.

»Herzlichen Glückwunsch zur Beförderung«, erwiderte ich.

»Wenn man mehr Federn in den Haaren hat als die anderen, heißt das nur, dass man länger als sie überlebt hat.«

»Manchmal ist das allein schon eine Errungenschaft.«

»An Tagen wie diesen fühlt es sich allerdings wie ein Scheitern an«, erwiderte sie seufzend und drehte sich zu Nana um. »Kann ich kurz mit dir sprechen?«

Als sie gingen und Trey und mich allein zurückließen, sagte der: »Ich glaube, es ist Zeit zu gehen.«

»Danke, dass du mich begleitet hast.«

Nach kurzem Zögern erwiderte Trey: »Was mit den Herzensbrechern geschehen ist, ändert nichts an unserem Schicksal, Mikael. Du hast die Königin gekrönt und damit demonstriert, dass du fest an ihrer Seite stehst.«

»Gibt es denn keine Lösung, mit der wir beide glücklich sein können?«

»Ich wüsste nicht, wie die aussehen könnte. Ich traue keiner Frau, deren Ahnen sich einen Dreck um Leute wie mich geschert haben. Auch wenn du glaubst, dass sie anders ist und dass sie es besser machen wird.«

»Dann vertraue wenigstens mir, dass ich sie auf den rechten Weg bringen werde.«

»Du bist ein Söldner, noch dazu einer, der nicht mal darüber bestimmen kann, wohin es ihn verschlägt. Wie kann ich jemandem vertrauen, der nicht frei ist? Wirst du Kessel nicht schon bald verlassen?«

»Nicht, wenn ich zu einem vollwertigen Söldner befördert werde.«

»Und wenn es dir nicht gelingt?«

»Dann versuche ich es so lange weiter, bis ich es schaffe.«

»Und was passiert in der Zwischenzeit? Willst du, dass ich mich ruhig verhalte und auf deine Rückkehr hoffe? Das kannst du vergessen. Ich werde mich nie wieder ausnutzen lassen.« Trey senkte die Stimme. »Zwischen uns beiden ist alles gut, Mikael. Aber das hier ist nicht in Ordnung.« Er deutete auf die Adelsgesellschaft um uns. »Ich möchte zukünftige Generationen vor Leid bewahren.«

»Willst du etwa eine weitere Rebellion anzetteln und dabei zu dem werden, was du hasst?«

»Nein«, erwiderte er. »Ich werde keine Unschuldigen töten. Im Gegensatz zur Kaiserin, die vermutlich noch immer lebt, will ich keine Macht für mich selbst. Ich möchte die Macht gerecht auf alle Bürger von Kessel verteilen.«

»Und wie willst du das anstellen?«

»Ich habe immer geglaubt, ich müsste meine Hände mit dem Blut von Tyrannen rot färben – und das werde ich, wenn nötig, auch tun –, aber vielleicht kann ich die Stadt ja auch verändern, ohne dabei alle auszumerzen, die von dem korrupten System profitiert haben. Was meinst du?«

»Jede Revolution, von der ich gehört habe, hat mit dem Tod der früheren Machthaber geendet.«

»Dann wird meine vielleicht die erste sein, bei der das nicht so ist«, erwiderte er sanft. »Für Jamal. Für dich. Für Dana, Kai, Nana und alle, die mit kaputten Idealen aufgewachsen sind. Ja, wir sind die Kinder unserer Eltern, aber das heißt nicht, dass wir zwangsläufig ihre Wertvorstellungen übernehmen müssen.« Trey sah zu den Wolken hinauf. »Wir können die Welt verändern.«

Während ich ihm zuhörte, begriff ich endlich, wieso wir uns auseinanderlebten. Trey hatte sich immer als Bösewicht bezeichnet, weil er sich gegen Kessel und seine Machthaber auflehnte. Doch er wollte nur, dass die Stadt nicht ihre alten Fehler wiederholte, während ich sie wieder zu dem zu machen versuchte, was sie früher gewesen war, als die Königmanns und die Kessels gemeinsam regiert und Generation um Generation ihre törichten Ideologien weitervererbt hatten. Als mir das klar wurde, erkannte ich, dass in Wahrheit Trey der Held war, der ich immer hatte sein wollen. Und ich der Bösewicht.

Trey umarmte mich. Fest. »Ich hoffe, wenn wir uns das nächste Mal begegnen, werden wir wie alte Freunde in gemeinsamen Erinnerungen schwelgen können. Aber was auch immer geschieht, Mikael, du sollst wissen, dass ich dich liebe. Du bist die einzige Familie, die ich noch habe. Ich würde für dich sterben ... aber ...«

Ich erwiderte seine Umarmung. »Ich liebe dich auch, Trey. Egal, was passiert.«

Wir lösten uns voneinander. Trey ging, und ich wartete unter der kahlen Birke auf Nana, wobei ich mir immer wieder verstohlen über die Augen wischte.

Als sie kam, sah sie noch mitgenommener aus als ich.

»War es nicht gut, Dana deine unsterbliche Liebe zu gestehen?«, fragte ich sie.

»Das habe ich nicht getan, du Blödmann ... Ich ...« Nana blinzelte ein paarmal. »Chloe hat mir die Position der Ein-Feder-Rabe angeboten. Die Königin kann dafür sorgen, dass ich aufgenommen werde. Sie sagt, nach der Sache mit den Herzensbrechern wissen sie, dass ich loyal bin ... und sie wollen, dass ich zu ihnen gehöre.«

»Nana, das ist ... Damit geht endlich dein größter Wunsch in Erfüllung.«

Der Wind frischte auf und zerrte an den Ästen über uns. »Ich habe mich bereits damit abgefunden, dass ich abgewiesen wurde. Ich habe mich weiterentwickelt und mir neue Ziele gesetzt. Und nun ... da meine Mutter und mein Vater beide tot sind ... bekomme ich die Position, die sie beide stolz gemacht hätte.«

»Was wirst du tun?«

»Leben«, hauchte sie. »Ich habe ihr gesagt, dass ich darüber nachdenken muss, und damit hat sie sich fürs Erste zufriedengegeben. Wenn ich mich ihnen anschließen will, muss ich an einer Veranstaltung teilnehmen, die demnächst stattfinden wird.«

»Wofür auch immer du dich entscheidest, ich hoffe, dass du glücklich wirst.«

Nana funkelte mich an. »Danke für deine Unterstützung, Mikael. Wann verlässt du Kessel eigentlich endlich mit der Orbis-Kompanie? Ich kann es gar nicht erwarten, dich loszuwerden.«

Ich konnte mir ein Lächeln nicht verkneifen. »Für dich wird es immer einen Platz in Burg Königmann geben. Mutter scheint es zu gefallen, wenn um sie herum ordentlich was los ist.«

»Ja, weil deine Mutter im Gegensatz zu dir nett ist.«

Ich hielt ihr die Hand hin. »Freunde?«

»Dass du immer so prüde sein musst«, murmelte sie und umarmte mich. »Freunde. Leider.«

Nana warf mir noch ein paar Beleidigungen an den Kopf und verabschiedete sich dann ebenfalls.

Ich blieb noch ein wenig länger als beabsichtigt beim Begräbnis, weil ich hoffte, wenigstens einen kurzen Moment mit Serena sprechen zu können. Doch die Königin von Kessel war wie erwartet ständig von ihren Raben, den Hochadligen und ihrem zukünftigen Ehemann umgeben.

Als ich Simon sah, der wütend zu mir herüberblickte, da er bislang noch nicht erfahren hatte, was in der Zwischenzeit alles geschehen war, brach ich auf, um einen Freund um einen Gefallen zu bitten, für den ich mich niemals in angemessener Weise würde erkenntlich zeigen können.

Während meines Lebens in Kessel hatte ich zwei fundamentale Wahrheiten gelernt: Zum einen, dass die Geschichte nicht in

Stein gemeißelt war und jederzeit von den aktuellen Machthabern umgeschrieben werden konnte. Zum anderen wusste ich mittlerweile, dass hinter jeder Erkenntnis ein weiteres Geheimnis lauerte. Und so konnte ich, da ich ein ausgeprägtes Faible für die Wahrheit hatte, ein bestimmtes Rätsel, das die Herzensbrecher betraf, nicht ungelöst lassen: Wieso, fragte ich mich immer wieder, hatte Alexander Reitter den Ostteil mit Schwarzbeeren überschwemmt?

In der Hoffnung, dass Kai es vielleicht wusste, ging ich ihn in seiner Burg besuchen. Die Diener brachten mich zu dem Gemach, das er sich mit Jon teilte und wo er sich seit Danas Ermordung eingeigelt hatte. Offenbar ließ er sich alle Mahlzeiten aufs Zimmer bringen.

Ich klopfte an die Tür und öffnete sie gleichzeitig mit der anderen Hand. »Kai? Ich bin's, Mikael. Ich komme rein.«

Kai saß aufrecht auf seinem Bett. Im Licht der Abendsonne, das durch alle Fenster hereinschien, sah er zerbrechlich und schwach aus. Jon wirkte dagegen lebhafter als je zuvor. Er kniete auf dem Boden und beschäftigte sich mit seinen Holzspielzeugen.

»Du warst nicht bei Danas Begräbnis.«

Kai verkrallte die Finger in der Decke, die über seinen Beinen lag. »Ich habe mich zu sehr geschämt, um hinzugehen.«

»Es war nicht dein Fehler, Kai«, sagte ich. »Wenn sich irgendwer wegen Danas Tod schuldig fühlen muss, dann ich ...«

»Ich habe ihren Namen vergessen«, unterbrach er mich.

»Oh.« Ich setzte mich auf die Bettkante. »*Oh.*«

»Ich weiß nicht, wann es passiert ist«, stieß Kai hervor. Er sah aus, als wäre er am Rand der Tränen. »Ich konnte es nicht ertragen, mit dir, ihrer Familie, der Königin oder irgendeinem der anderen Hochadligen zusammen zu sein und euch sagen zu hören, wie sehr ihr sie geliebt habt und dass ihr sie vermisst, während ich, der angeblich ihr bester Freund war, mich nicht einmal mehr an ihren Namen erinnern kann!«

»Das tut mir leid, Kai.«

Er schlug sich mit den flachen Händen an den Kopf. »Wieso mussten mir meine Fabrikationen ausgerechnet diese Erinnerung nehmen? Hat es denn nicht gereicht, dass sie mir mein Sehvermögen geraubt haben? Wieso will mir die Magie unbedingt das Leben zur Hölle machen? Darf ich denn nicht glücklich sein?«

»Manchmal habe ich das Gefühl, dass sie einfach gehässig ist«, antwortete ich.

»Das ist sie auf jeden Fall.«

»Das wird dir zwar nicht helfen, aber« – ich holte tief Luft – »ich weiß, was du gerade durchmachst. Meine Fabrikationen haben mir den Namen meines Vaters weggenommen.«

»Was?«, flüsterte Kai. »Wann?«

»Als ich vor meiner Hinrichtung in die Kirche des Wanderers geflohen bin und Angelo verfolgt habe.« Ich beugte mich mit verschränkten Fingern vor. »Ich habe es erst nach einer ganzen Weile bemerkt und aus Scham meiner Familie nichts davon erzählt. Erstaunlich, wie lange man nur ›dein Vater‹ hören kann, ohne sich zu fragen, wann eigentlich zum letzten Mal irgendwer seinen Namen erwähnt hat … Wie klingt Danas Name für dich?«

»Wie ›deine beste Freundin‹«, erwiderte er kleinlaut. »Und das fühlt sich jedes Mal an, als würde mir jemand ein Messer ins Herz stechen.«

»Ich glaube, daran wird sich auch nie etwas ändern.«

Kai packte ein Kissen und schrie hinein. Als er sich wieder einigermaßen beruhigt hatte, warf er es an die Wand und wandte mir das Gesicht zu. »Weißt du, wo Rian ist? Wir werden ihn doch zur Strecke bringen, oder?«

»Ich werde ihn ganz sicher nicht ungestraft davonkommen lassen, aber wir haben keine Ahnung, wo er steckt. Im Moment können wir nur darauf warten, dass er wieder auftaucht.«

»Ich will nicht warten«, knurrte Kai. »Er hat meine beste Freundin ermordet! Er hat ihr das Herz herausgerissen und … und …«

»Ich weiß, ich weiß. Ich empfinde genauso wie du, aber … Verdammt! Es tut mir leid, Kai. Im Moment können wir nicht das Geringste tun.« Ich rieb mir die Augen. »Du musst einfach darauf vertrauen, dass ich mich so bald wie möglich darum kümmere.«

»*Du* kümmerst dich darum? Das klingt ja so, als würde ich nicht dabei mitmachen?«

»Das wirst du auch nicht.«

Kai warf die Decke von sich und schwang die Beine über die Bettkante. »Mikael! Ich habe das Recht …«

»Das spreche ich dir auch nicht ab, aber du musst mir einen Gefallen tun. Einen, um den ich niemand sonst bitten kann. Es ist wichtiger, als sich an Rian zu rächen.« Ich seufzte. »Es wird Krieg geben, Kai. Er wird verheerender sein als die Rebellion oder der Schießpulverkrieg, und wir müssen darauf vorbereitet sein.«

»Wovon sprichst du, Mikael?«

Ich sagte nichts und wandte mich zu Jon um. Seine Haare und sein Teint waren dunkler als zuvor. Ich beobachtete, wie er sich mit seinem Spielzeugdrachen fauchend im Kreis drehte, und sah meinen Verdacht bestätigt: Seine Augen hatten nicht mehr die gleiche Farbe wie Kais, sondern waren leuchtend rot.

Die Erklärung, warum dem Feuerdrachen das Herz gefehlt

und Alexander Reitter die Stadt mit Schwarzbeeren verseucht hatte, stand direkt vor mir. Es war ihm nicht um die Zukunft des Landes gegangen, wie er behauptet hatte ... sondern um die Zukunft seines Sohnes. Jon trug das Herz des Feuerdrachen in sich, und die Magie, die damit einherging, was auch immer für eine es war, hatte ihn geheilt. Wie mein Vater hatte auch Alexander alles getan, was nötig gewesen war, um sein Kind vor dem Tod zu retten. Auch wenn es Hunderte, vielleicht sogar Tausende andere das Leben gekostet hatte.

Und damit hatte er Jon, ohne es zu ahnen, zur Zielscheibe für Schwartz' Rache gemacht. Ich bezweifelte, dass der Söldner Jon am Leben lassen würde, nur weil er ein Kind war. Er hatte mir unmissverständlich klargemacht, dass aus seiner Sicht alle Drachen sterben mussten. Und deswegen war ich hier. Ich musste Jon vor ihm beschützen.

»Hat dein Vater dir je gesagt, dass Jon nur mit einer Herzverpflanzung gerettet werden konnte?«

Diese Frage überraschte Kai. »Nein, warum?«

»Jon hat das Herz des Feuerdrachen in seiner Brust.«

»Was? Das ist unmöglich, Mikael ... Wie hätte mein Vater das finden sollen?«

Ich ging zu Kai und setzte mich neben ihn aufs Bett. »Das fragst du ihn am besten selbst. Es wäre nicht gut, wenn du es von mir hörst. Ich glaube, unsere Eltern sollten uns – wenn möglich – persönlich ihre Fehler gestehen, damit wir eine Gelegenheit bekommen, es besser zu machen als sie.«

Kai nickte. »Schwartz wird hinter Jon her sein, oder?«

»Wahrscheinlich.«

»Wie sollen wir ihn beschützen? Schwartz ist ein Monster. Und er wird immer stärker.«

Ich griff in die Jackentasche und zog den Brief des Erzmagiers heraus. »Und damit kommen wir zu meinem Gefallen. Wobei es nicht wirklich ein Gefallen ist, sondern eher etwas, das ich dir schulde.« Ich schlug den Brief gegen meinen Oberschenkel. »Das hier ist eine Nachricht des Erzmagiers, die den ersten Hinweis auf eines der größten Rätsel der Welt beinhaltet. Du musst für mich ins Institut für Amalgamation gehen und es lösen. Ich würde es ja selbst machen, wenn ich nicht ironischerweise der Einzige wäre, der es nicht tun kann.«

»Weshalb nicht?«, fragte er.

»Weil ich es bereits zum Teil gelöst habe, mich aber nicht mehr daran erinnern kann, egal, wie sehr ich es versuche. Meine Erinnerungen sind nicht verändert, sondern schlicht und einfach verschwunden. Darum muss das jemand an meiner Stelle tun.«

»Und dabei hast du an mich gedacht?«, fragte Kai verbittert. »Weil ich sonst nichts zu tun habe? Ich weiß, dass ich dir gesagt habe, ich wüsste nicht, was ich mit meinem Leben anstellen soll, aber das ist keine …«

»Ich bitte dich darum, weil du der Einzige bist, dem ich diese Aufgabe anvertrauen kann.« Ich spielte mit dem Ring meines Vaters. »Und außerdem ist das Institut für Amalgamation weit genug von Schwartz entfernt, sodass ich mir keine Sorgen um Jon machen muss, wenn du ihn dorthin mitnimmst. Im Moment befindet es sich außerhalb seiner Reichweite.«

»Wenn ich das tue«, erwiderte er leise, »gibt es für mich kein Zurück mehr.«

»Nein, das stimmt.«

Kai stützte das Kinn auf die rechte Hand. »Meine beste Freundin hätte es sofort getan. Sie wollte Kessel immer verlassen, hat aber nie die Gelegenheit dazu bekommen. Auf dem Weg zum Institut müsste ich durch die halbe Welt reisen.«

»Tu es nicht für Dana, Kai. Mach es nur, wenn du es selbst willst. Wenn nicht, kann ich vielleicht ...«

»Ich werde es tun«, unterbrach er mich. »Um meinen Bruder zu beschützen.« Kais Lippen verzogen sich zu einem süffisanten Grinsen. »Nebenbei gesagt wäre es doch lustig, wenn ein Blinder eines der größten Rätsel der Welt lösen würde. Ich wette, die Archivare würden sich ganz schön die Haare raufen.«

»Das glaube ich auch.«

Kai nahm den Brief von mir entgegen und holte tief Luft. »Hast du irgendeine Ahnung, worum es bei diesem Rätsel geht?«

Ich nickte. »Ich versuche, nicht allzu viel darüber nachzudenken, damit ich es nicht vergesse, aber ... ich habe das Gefühl, dass es etwas mit der Frage zu tun hat, woher unsere Magie kommt. Nur so lässt sich erklären, wieso ich einen Gedächtnisverlust hatte, als ich herauszufinden versuchte, in wie vielen Ländern es Magie gibt. Es existieren keine Aufzeichnungen darüber, wie sie entstanden ist oder woher sie stammt, und ich glaube, die Unsterblichen wollen sichergehen, dass diese Informationen weiterhin verborgen bleiben. Da Wissen Macht ist, muss das Wissen über den Ursprung der Magie wichtiger sein als alles andere.«

Kai ließ sich auf sein Bett zurückfallen. »Der Mann, der den Ursprung der Magie entdeckt hat ... Dieser Titel gefällt mir.«

Danach unterhielten wir uns noch eine ganze Weile über alles Mögliche, da wir nicht wussten, wann wir wieder die Gelegenheit dazu bekommen würden. Schließlich führte Kais und Jons Weg auf die andere Seite der Welt. Doch hoffentlich würden wir uns irgendwo in der Mitte wiedersehen.

Kapitel 66
Die Wahrheit

Es wäre unhöflich gewesen, Angelo unangemeldet und ohne ein Geschenk zu besuchen. Daher nahm ich einen Messingschlagring mit. Einer der beiden identischen Revolver wäre mir lieber gewesen, aber die hatte Schwartz an sich genommen, und ich wollte ihm nichts von meiner Stippvisite bei seinem Vater erzählen.

Ich hatte noch nie angeklopft, ehe ich Angelos Haus betrat, und wollte auch jetzt nicht damit anfangen, nur weil ich seit ein paar Monaten nicht mehr bei ihm wohnte. Beim Eintreten machte ich jede Menge Lärm. Ich stampfte mit den Füßen und schlug mit den Fäusten gegen die Wände. Es hatte keinen Zweck, mich an ihn anzuschleichen.

Dies war meine Kriegserklärung.

Der zu kleine Küchentisch war mit Büchern bedeckt, die Arbeitsflächen waren leer und der Ofen auf Hochglanz poliert. Seit Angelo nicht mehr mit drei Kindern zusammenwohnte, hatte er diesen Ort wieder in das Mausoleum zurückverwandelt, das er vor unserer Ankunft gewesen war. Was insbesondere an Katharina Naverres Porträt lag, das gegenüber der Tür hing.

Als Angelo mich sah, legte er das Buch, in dem er gerade gelesen hatte, vor sich hin. »Darauf habe ich gewartet.«

Ich setzte mich an den Tisch und schob ein paar Bücherstapel zur Seite, damit wir einander besser sehen konnten. »Tut mir leid, dass ich mich verspätet habe.«

»Warum bist du gekommen? Willst du dich mir anschließen, um Gnade winseln oder diesen sinnlosen Krieg fortführen?«

Ich klopfte mit dem Schlagring auf die Tischplatte. »Sehe ich aus, als wollte ich mich versöhnen? Wegen dir sind mein Vater, Davi und die gesamte Familie Naverre tot. Damit lasse ich dich nicht davonkommen.«

»Wie viel weißt du?«

»Vitus Ombra, Zahra, Eduard Naverre.«

»Ah«, sagte er und ließ sein strahlendstes Lächeln aufblitzen. »Ich bin so stolz auf dich. Du bist erwachsen geworden und hast gelernt, erst mal alle Informationen einzuholen, bevor du etwas tust. Stell dir nur mal vor, was geschehen wäre, wenn du das auch vor deiner Konfrontation mit dem König getan hättest. Dann würde Isaak vielleicht noch immer leben.« Sein Lächeln verblasste. »Also, was willst du von mir, Mikael?«

Ich deutete auf die Luke unter dem Tisch, die ich in Schwartz' Erinnerungen gesehen hatte.

Angelo sah mich unbeirrt an. »Wie?«

»Spielt das eine Rolle?«

»Nein«, sagte er und stand auf. »Vermutlich nicht.« Er schob den Tisch beiseite, ohne auf die Bücher zu achten, die dabei herunterfielen, und hob mit einem Ruck den Teppich an. Dann öffnete er die Bodenluke und stieg die Leiter hinunter. Ich folgte ihm.

Als Schwartz zu mir gesagt hatte, Angelos Liebe zu Katharina sei völlig außer Kontrolle geraten, war ich darüber hinweggegangen. Nachdem ich erfahren hatte, dass Schwartz sich in einen Drachen verwandeln konnte, hatte ich ausschließlich etwas über ihn selbst und seine Absichten herausbekommen wollen. Das war sehr kurzsichtig von mir gewesen.

Ich hatte zu wissen geglaubt, was er meinte: eine Liebe, die vernünftige Leute übermäßig emotional werden lässt. Eine Liebe, die Paare dazu bringt, um die ganze Welt zu reisen, nur um einen Blick aufeinander zu erhaschen. Aber so war Angelos Liebe nicht ... Sie war verheerend.

»Mikael«, sagte Angelo gedehnt, während er eine Laterne an der gegenüberliegenden Wand anzündete. »Lass mich dir meine Frau, Katharina, vorstellen.«

Das Laternenlicht fiel auf den Gegenstand, den ich in der Dunkelheit nur als verschwommenen Schemen wahrgenommen hatte. Nun sah ich, dass es sich um einen aufrecht an der Wand lehnenden Sarg handelte, den Angelo nun mit einem widerwärtigen Lächeln öffnete. Katharinas Leiche war einbalsamiert und mit Bandagen umwickelt worden, über denen sie ein verschlissenes gelbes Spitzenkleid trug. Angelo hatte den Sarg mit Blumen und Parfüm gefüllt, um den Verwesungsgeruch zu übertünchen. Dennoch war der Gestank so intensiv, dass ich würgen musste. Wie durch ein Wunder gelang es mir, mich nicht zu übergeben.

Angelo kehrte mir den Rücken zu. »Ist sie nicht wunderschön? Sie hat ihr gelbes Kleid immer geliebt. Darum schien es mir nur angemessen, sie darin beizusetzen.«

»Du bist wahnsinnig«, sagte ich. »Ist das die Art, wie du dich an sie erinnerst? Indem du ihr die letzte Ruhe verweigerst?«

Angelo blickte mich über die Schulter an. »Sie ruht durchaus, Mikael, aber nicht für immer. Zu gegebener Zeit werden wir wieder vereint sein.«

»Was hast du ...? Dann willst du sie also tatsächlich zurückbringen. Und dank Domet weißt du auch, wie.«

»Ja! Ich gratuliere, Mikael! Du hast es herausgefunden!«

Angelo johlte fast vor Vergnügen. »Es ist schön, offen mit dir darüber sprechen zu können.« Er ließ die Hand kreisen. »Komm schon! Wie lautet die logische nächste Frage?«

»Wie?«

»Das ist nicht die nächste logische Frage, Mikael. Glaubst du wirklich, ich wäre so dumm, dir meine Pläne zu erläutern?« Er verschränkte die Arme. »Versuche es noch einmal.«

Ich holte tief Luft, um mich zu beruhigen. »Wenn es dir darum geht, Katharina zurückzubringen, was sollte das dann alles? Wieso hast du uns aufgenommen? Warum hast du Davi getötet? Wieso …? Verdammt! Sowohl Domet als auch der Erzmagier fürchten sich vor der Vorstellung, jemand wieder zum Leben zu erwecken. Welchen Preis muss man dafür bezahlen?«

Angelo strich mit der Hand seitlich über den Sarg. »Unsterblichkeit verursacht ein vorübergehendes Ungleichgewicht, das letztlich korrigiert wird, jemand von den Toten zurückzuholen, verstößt gegen die Naturgesetze. Daher ist der Preis, den man dafür zahlen muss, allumfassend.« Er sah Katharina sehnsüchtig an. »Ich habe fast zwanzig Jahre gebraucht, um alles vorzubereiten, aber jetzt kann es endlich losgehen.«

Ich ließ den Nacken kreisen und hob die Fäuste. »Der Ausgang ist hinter mir. Glaubst du wirklich, ich lasse dich aus …«

Eine Hand mit langen Fingernägeln legte sich mir um den Hals, und jemand drückte mir eine Messerspitze in den Rücken. »Hallo, Mikael«, flüsterte Emilia. »Ich hoffe, du hast mich nicht allzu sehr vermisst.«

Sie war noch am Leben.

»Also arbeitet ihr beide zusammen. Und ich nehme an, Jan Prinz steckt auch mit euch unter einer Decke. Moment, heißt das …? Habt ihr diese Rebellion etwa nur angezettelt, damit Jan herbeieilen und die Stadt retten kann? Ist das der Grund für eure merkwürdigen Anschlagsziele? Wolltet ihr einfach nur für Chaos sorgen, damit Serena sich gezwungen sieht, auf Jans Angebot einzugehen?«

»Würdest du uns denn glauben, wenn wir sagen, dass es nicht so war?«, spottete Emilia.

»Welche Verbindung besteht zwischen einer Geopferten, die einen Unsterblichen töten will, einem Knochenmann, der es auf den Thron abgesehen hat, und einem Mann, der seine Frau von den Toten zurückholen möchte?«, überlegte ich.

Angelo schloss Katharinas Sarg und zog ihn an einer Kette hinter sich her. Erstaunlicherweise schien es ihm nicht die geringste Mühe zu bereiten. »Das musst du schon selbst herausfinden, schließlich will ich es dir auch nicht zu leicht machen. Aber ich gebe dir noch einen letzten väterlichen Rat: Wenn du deine Liebsten schützen willst, dann lauf so weit wie möglich mit der Orbis-Kompanie davon. Vielleicht kannst du so ja deinem tragischen Schicksal entgehen.«

»Glaubst du wirklich, dass ich sie im Stich lassen werde?«

Emilia drückte mich gegen die Wand, während Angelo Katharinas Sarg an uns vorbeizerrte. Anstatt die Leiter zu seinem Haus zu erklimmen, ging er tiefer in die Dunkelheit hinein. Ehe er ganz außer Sicht verschwand, erwiderte er: »Wenn du sie liebst, wirst du es tun.«

Emilia ließ mich los und kletterte kichernd die Leiter hinauf. Sie wusste, dass nicht einmal ich dumm genug war, mich auf einen Kampf mit einer Unsterblichen einzulassen.

Ich folgte Angelo, holte ihn jedoch nicht ein. Der Tunnel endete außerhalb von Kessel neben einem Bauernhaus. Das Gebäude war leer, bis auf einen neun Jahre alten Brief und ein kleines Fläschchen. Letzteres enthielt eine durchsichtige rote Kugel, die wie ein Glühwürmchen flackerte.

Jennina,

zuerst einmal will ich dir dazu gratulieren, dass du diesen Ort gefunden hast – sofern ich dich nicht selbst hierhergeführt habe. Doch leider muss ich dich darüber informieren, dass du mich nicht mehr aufhalten kannst. Inzwischen wird eine Kettenreaktion begonnen haben, und ich werde kurz davor sein, meine Geliebte zurückzubringen. Leon wird aus Liebe sein Königmann-Erbe aufgegeben haben, Mikael wird Burg Kessel geschleift und der Königsfamilie den Krieg erklärt haben, Serena wird mit Jan Prinz verlobt sein, und dein Königlicher – Adrian – wird zum unsterblichen Mörder des Lebenswebers geworden sein.

Ich unterstelle, dass Domet dir nicht verraten hat, wie man jemand von den Toten zurückholt. Was klug war, nachdem er dieses Geheimnis schon einmal vor Vitus und mir ausgeplaudert hat. Betrachte die Erinnerung, die ich dir hinterlassen habe, also als das Abschiedsgeschenk deines Pflegevaters. Wenn du herausfindest, wie du sie sehen kannst, wirst du erkennen, weshalb ich Katharina zurückholen muss und was es kostet. Nur so können Mikael und Serena daran gehindert werden, Tenere zu zerbrechen. Meine Liebe mag unkontrollierbar sein, doch ihre ist apokalyptisch. Es gibt einen Grund, warum die Königmanns und die Kessels sich nicht vereinigen dürfen.

Sag also dem Wolfskönig, für den du arbeitest, dass er sich nicht in meine Pläne einmischen soll. Schließlich wollen wir doch keinen zweiten Mond wie Celona, oder?

Dein
  Angelo Ombra

Das Postskriptum war mit frischer Tinte geschrieben.

PS: Herzlichen Glückwunsch, Mikael. Offensichtlich habe ich mich in dir geirrt. Ich bin immer davon ausgegangen, dass Jenn meine Gegnerin sein würde. Aber jeder kann sich mal täuschen. Wie weit wirst du gehen, um Serena vor Jan Prinz zu beschützen? Und Jenn vor einem Wolfskönig? Oder wirst du schlau genug sein, dich herauszuhalten?

Wie betäubt nahm ich den Brief und das Fläschchen mit der Leuchtkugel an mich und rannte zur Burg Königmann, wo ich Jenn und ein paar Antworten zu finden hoffte.

Zwischenspiel
DER KÖNIG DER GESCHICHTEN

»Hallo, Jennina«, sagte Simon, während er die Tür zu ihrem Turmzimmer aufstieß. Die jüngste Königmann stand mit dem Rücken zu ihm vor einem offenen Fenster und schüttelte ihr Bettzeug aus. Ihre Haare waren zurückgebunden und ihre Kleidung nass, weil sie im Fluss Wäsche gewaschen hatte. »Ich bin gekommen, um deine Antwort zu hören.«

»Dafür habe ich gerade keinen Nerv.«

»Wieso nicht?«, fragte er und ging näher zu ihr. »Macht dich die Vorstellung, ich könnte herausfinden, für wen du arbeitest, so nervös?« Er machte eine dramatische Pause. »Du bist eine ausländische Spionin, nicht wahr? Das ist das Einzige, was Sinn ergibt.«

»Nein, bin ich nicht.«

»Was bist du dann?«

»Warum ist dir das so wichtig?«, fuhr sie ihn an und drehte sich zu ihm um. »Kannst du nicht einfach …?« Jenns Blick zuckte zur Decke hinauf, von der ein kleiner Stein herabfiel. Als er auf dem Boden zersprang, ließ sie die Bettdecke fallen, die sie gerade fein säuberlich zusammengelegt hatte. »Du musst verschwinden, Simon. Sofort.«

»Ich gehe erst, wenn du meine Frage beantwortet hast.«

Jenn packte ihn an den Schultern und bugsierte ihn zur Tür. »Vertrau mir einfach! Du musst sofort von hier weg!«

»Das ist doch lächerlich«, sagte er und stemmte sich gegen sie. Jenn war zwar die bei Weitem Kräftigste von allen Königmanns, aber dies war nicht das erste Mal, dass er sich gegen jemand Stärkeren wehren musste. »Es gibt keinen Grund, handgreiflich zu werden. Sag mir einfach, für wen du …«

Die Luft vor Jenns Bett zerbarst wie Glas. Simon schlug hintüber, als wäre er von einer Explosion erfasst worden.

Zwei große Hände tauchten aus dem Nichts auf, packten die Ränder des Risses und zogen sie auseinander. Durch den Spalt war etwas anderes als der Raum zu sehen, doch Simon konnte nicht erkennen, was es war, da er von dem Mann abgelenkt wurde, der nun hindurchstieg. Sein Gesicht war vollkommen glatt, als wäre es von einem Feuer geschmolzen worden. Nichts durchbrach die Oberfläche – weder Augen noch Nasenlöcher oder Lippen. Er trug eine weite weiße Hose mit einer bronzefarbenen Schärpe um die Hüften, dazu goldene Sandalen, eine Kette mit Wolfszähnen und einen Umhang aus Leopardenfell. Als Simon sich auf die Knie kämpfte, erschauderte er unwillkürlich. Es war, als sähe er sich einem Riesen gegenüber.

»Simon!«, schrie Jenn und bemühte sich verzweifelt, ihn aus dem Raum zu schieben. »Renn! Bitte!«

Doch Simon war wie erstarrt.

»Jennina«, sagte der Mann. »Es ist Zeit, dass wir von hier verschwinden. Der unsterbliche Mörder des Lebenswebers hat uns entdeckt, und wir müssen uns auf meine Brüder vorbereiten.« Der Eindringling blickte auf Simon herab. »Wer ist das?«

»Niemand«, flehte Jen und versuchte, Simon mit dem Körper abzuschirmen. »Er weiß gar nichts.«

Der gesichtslose Mann fegte Jenn zur Seite, als wäre sie

lediglich eine Fliege. Er kniete sich vor Simon hin und zupfte einen verirrten Faden aus seiner roten Robe. »Wer bist du, Archivar?«

»Ich heiße Simon Anders«, erwiderte er mit zittriger Stimme. »Ich bin der König der Geschichten.« Simon schluckte. »Wie könnt Ihr ohne Mund sprechen?«

»Nur weil du ihn nicht sehen kannst, heißt das nicht, dass ich keinen habe.« Der Eindringling packte Simon am Kragen und hob ihn in die Luft.

Simon konnte sich noch immer nicht rühren, obwohl er den heftigen Drang verspürte, um sich zu schlagen und zu treten. Eine seiner Schreibfedern rutschte ihm aus dem Ärmel in die Hand, und es gelang ihm unter Aufbietung all seiner Willenskraft, langsam den rechten Arm zu heben.

»Ich habe ein paar deiner Werke gelesen«, sagte der gesichtslose Mann. »Deine Analyse der Probleme, die sich aus einer Monarchie ergeben, war meisterhaft. Ich habe deinen Versuch, eine Lösung für die Probleme der Landbevölkerung zu finden, sehr bewundert. Nur schade, dass deine Kollegen sie nicht dem Rat von Kessel zur Kenntnis bringen wollten.«

»Das war das Erste, was ich als Archivar geschrieben habe«, presste Simon mühsam heraus. »Wer seid Ihr?«

»Ich trage viele Namen und Titel, aber für dich genügt es zu wissen, dass Jenn für mich arbeitet.« Der Mann seufzte. »Es tut mir leid, dass du mich heute hier gesehen hast. Leidest du an Höhenangst?«

Simon schüttelte den Kopf. Wenn er es schaffte, den Arm nur noch ein wenig weiter zu heben, würde er den gesichtslosen Mann mit seiner Schreibfeder stechen können. Er würde nicht einfach so sterben. Er hatte die Flammen und die beengten dunklen Orte überlebt, mit denen sein Bruder ihn gefoltert hatte. Er war der jüngste Aufzeichner, den die Welt je gesehen hatte. Er würde auf keinen Fall sterben, solange er nicht die größte Geschichte aller Zeiten verfasst hatte.

Jenn schlug dem Mann mit den Fäusten auf den Rücken. Er stieß sie erneut, ohne sie eines Blickes zu würdigen, zur Seite und spazierte zum offenen Fenster hinüber. Eine Frühlingsbrise bauschte Simons Robe. Von der Straße drangen die Stimmen und das Gelächter von Händlern, Flüchtlingen und Passanten herauf.

»Dann wird das für dich der einfachste Tod sein«, stellte der Mann fest. »Ich entschuldige mich noch einmal, dass ich dir das antun muss. Es ist wirklich sehr bedauerlich. Aus dir wäre einer der größten Aufzeichner in der Geschichte geworden.«

»Warum tut Ihr das?«

»Du hast mich gesehen.«

Simon biss die Zähne zusammen. »Dann nehmt mir meine Augen und nicht das Leben.«

»Wenn es doch nur so einfach wäre. Meine Feinde könnten die Erinnerung an dieses Treffen aus dir herausholen, egal, ob du selbst noch davon weißt oder nicht. Leider bin ich nur sicher, wenn du tot bist.« Jenn sprang auf seinen Rücken und krallte mit ihren langen Nägeln nach seinem Nacken, der schon bald von roten Kratzern übersät war, doch der Gesichtslose ließ sich nicht von Simon ablenken. »Bevor du stirbst, sollst du wissen, dass du recht hattest.«

»In welcher Hinsicht?«

»Die Familie Königmann hat tatsächlich Celona zerbrochen.«

Obwohl es sein letzter Trost zu werden drohte, freute Simon sich, dass seine Theorie bestätigt wurde. »Wieso seid Ihr da so sicher?«

Die Haut des gesichtslosen Mannes verzog sich, als lächelte er. »Ist das nicht offensichtlich? Ich war dabei.«

Simon stieß ihm seine Reserveschreibfeder ins Gesicht, genau an der Stelle, wo sich sein rechtes Auge hätte befinden müssen.

Der Gesichtslose zog die eiserne Feder, die Tausende von Geschichten aufgezeichnet hatte, leise lachend aus seinem Kopf und wischte die blutige Träne weg, die aus der Wunde quoll. Dann zerbrach er sie wie einen dürren Zweig und zerrieb sie zu Pulver. »Ich bewundere deinen Überlebenswillen. Die meisten können in meiner Gegenwart kaum sprechen. Darum will ich dir noch eine Sache sagen. Einen meiner Titel kennst du vielleicht: Man nennt mich Wolfskönig. Jetzt ist es Zeit, sich zu verabschieden, Simon. Genieße die Aussicht, solange du noch kannst.«

Jenn schrie, als der Mann Simon aus dem Fenster warf. Simon streckte die Hände nach ihr aus, während er sich weiter und weiter von ihr entfernte. Als er erkannte, dass es nichts gab, an dem er sich festhalten konnte, drehte er den Kopf zur Seite und bewunderte die Silhouette von Kessel – vom skurrilen Architekturgemisch des Palasts bis hin zur wunderschönen Messinguhr im Turm der Kessel-Bibliothek. Ihre Glocken weckten ihn jeden Morgen, nachdem er wieder mal beim Lesen eingeschlafen war, und wiegten ihn abends in den Schlaf. Er glaubte, die rissigen Lederrücken all der Bände in ihren dunklen Sälen zu spüren und den Staub zu riechen, der von ihren Seiten aufstieg. In der Bibliothek fühlte er sich mehr zu Hause, als er es in dem idyllischen kleinen Bergarbeiterdorf je getan hatte. Hätte er sein Leben in den Minen verbracht, wäre ihm all das Schöne in dieser Stadt entgangen.

»Leb wohl, meine Geliebte«, flüsterte der König der Geschichten mit einem Lächeln.

Dann knallte er mit dem Rücken auf dem Boden auf, und alles war vorbei.

Kapitel 67
Gesichtslos

»*Mama, wo ist Jenn?*«, rief ich, als ich mit Simons geschundenem Körper auf den Armen in den großen Saal stürmte. Knochen ragten wie knospende Zweige aus seinen Beinen, Blut floss ihm aus den Tränenkanälen und Ohren, und seine rote Robe war mit Glasscherben und Tintenflecken übersät. Als ich ihn aufgehoben hatte, waren meine Hände schwarz geworden.

Mutter hielt einen vollen Wäschekorb in den Händen. »Sie ist in ihrem Zimmer. Was ist los …? Was ist mit Simon passiert?«

In meinem aufgewühlten Zustand gelang es mir nur, ein paar unzusammenhängende Worte zu rufen – »Wolfskönig« … »Angelo« … »Tenere« … »ihn gefunden« –, während ich Simon auf den Tisch legte und an ihr vorbeirannte.

Sie ließ den Korb fallen, eilte zum Aufzeichner und rief nach Stein und Nana. Simons Atem war sehr schwach gewesen, als ich ihn mitten auf der Straße entdeckt hatte.

Ich stieß Jenns Tür auf. Durch das offene Fenster wehte eine sanfte Brise herein. Jenn stand vor einem Riss in der Luft, der wie ein schlagendes Herz pulsierte. Auf der anderen Seite befand sich ein Mann mit grau melierten schwarzen Haaren. Hinter ihm war ein schwarzer Sandstrand zu sehen. Die Knochenküste? Oder vielleicht Eham?

Vier Schritte trennten mich von Jenn.
Drei, als der eigenartige Mann sie an sich riss.
Zwei, als sie den Spalt durchquerte.
Ich hechtete auf sie zu.
Ihre Fingerspitzen strichen an meinen entlang. Sie lächelte gequält und flüsterte: »Alle Schulden müssen beglichen werden.«
Der Riss schloss sich mit einem Knall, und ich krachte gegen ihr Bett. Wenn ich nur einen Herzschlag schneller gewesen wäre, hätte sich sie zurückziehen oder ihr durch den Spalt folgen können. Während ich um mich trat und über meine Unfähigkeit, meine Schwester zu beschützen, fluchte, fiel aus dem Nichts ein Haufen Steine auf die Stelle, wo sie gerade noch gestanden hatte. Bei seinem Anblick hielt ich sofort inne. Welche Magie war bei Jenns Entführung eingesetzt worden? Ich tippte auf Kluftwandern, wollte aber auch Weben nicht ausschließen – oder was auch immer ein Unersättlicher sonst tat. Oder konnte es eine der Magieformen sein, deren Namen ich nicht kannte?
Wichtiger war jedoch die Frage, aus welchem Land diese Magie stammte.
Wohin musste ich, um meine Schwester zurückzuholen?
An ihr Bettgestell war ein Zettel gepinnt.

Es tut mir leid, dass ich, ohne mich zu verabschieden, verschwinde. Ich liebe euch alle. Sucht nicht nach mir. Mein Arbeitgeber hat bereits Simon getötet, und ich will nicht noch jemand verlieren. Ich komme wieder, wenn ich kann.

»Mikael?« Mutter betrat den Raum. Ihre Stimme zitterte. »Was ist geschehen?«
»Lebt Simon?«, erwiderte ich.

»Ja, aber ich weiß nicht, wie lange noch. Nana bringt ihn zu einem Chirurgen. Wo ist Jenn?«

Ich gab ihr Angelos Brief und setzte mich, das Gesicht in den Händen vergraben, aufs Bett.

»Das ist ... ich verstehe nicht ... Was soll das heißen, dass Jenn für einen Wolfskönig arbeitet? Die sind doch seit mehr als tausend Jahren tot!«

Ich erzählte ihr, was ich wusste.

Als ich fertig war, setzte sie sich mit dem Rücken an eine Wand, starrte aus dem Fenster und flüsterte: »Was sollen wir denn jetzt machen?«

»Keine Ahnung, Mama. Aber ich weiß, dass nicht alle Vorhersagen in Angelos Brief zutreffen. Er hat nicht vorausgesehen, dass ich ein Söldner geworden bin.« Ich hielt das kleine Fläschchen mit der roten Kugel darin gegen das Licht. »Ich werde meinen Aufnahmetest als vollwertiger Söldner bestehen. Dann suche ich Jenn und jemand, der mir diese Erinnerung zeigen kann. Wir können unser Schicksal verändern.«

Und zum ersten Mal in meinem Leben war ich tatsächlich zuversichtlich, dass sich eine meiner Hoffnungen erfüllen würde.

Kapitel 68
Orbis-Kompanie

Die Abstimmung über meine Beförderung war um eine Woche verschoben worden, zum einen wegen Beorns Tod, aber vor allem weil Schwartz nach dem Sieg über die Herzensbrecher spurlos verschwunden war. Als er wieder auftauchte, tat er alle Fragen, wo er in der Zwischenzeit gesteckt habe, mit einem Achselzucken ab.

Nicht einmal Alexis konnte eine vernünftige Antwort aus ihm herausbekommen.

Als die Abstimmung schließlich anberaumt wurde, hatte ich mich wieder einigermaßen von den jüngsten Ereignissen erholt. Die Vorstellung, ich könnte scheitern, machte mich allerdings so nervös, dass ich möglichst wenig darüber nachdachte. Begräbnisse und die starken Schmerzen, die ich bei jeder Bewegung empfand, erwiesen sich als gute Ablenkung.

Schwartz brachte mich zum Einsamen Wolf und dort in ein Hinterzimmer, in dem sich die restliche Orbis-Kompanie versammelt hatte. Sie saßen alle hinter einem langen Tisch einem einzelnen Stuhl gegenüber. Ein paar von ihnen erkannte ich – Haru, Imani und Alexis –, doch die Übrigen waren Fremde für mich, was mich nicht gerade beruhigte, da sie über mein weiteres Schicksal entscheiden würden.

Schwartz wies mich an, auf dem Stuhl Platz zu nehmen, während er selbst sich zwischen Imani und Alexis setzte. Vor jedem von ihnen lag ein Dolch.

Sobald wir beide saßen, stand Imani auf und läutete die Prozedur ein: »Orbis-Kompanie, wir haben uns heute hier versammelt, um darüber zu entschieden, ob Mikael Königmann, unser jüngster Söldnernovize, sich genügend bewiesen hat, um zu einem vollwertigen Mitglied befördert zu werden. Ich werde zunächst ein paar Worte zu seinem letzten Auftrag sagen, und dann werden wir mit seiner Prüfung beginnen.«

Die anderen nickten.

»Mikael Königmann wurde vor seiner Hinrichtung für den angeblichen Mord an König Isaak von Kessel als Söldner aufgenommen. Wir hatten Grund zu der Annahme, dass er in Wahrheit nur zur falschen Zeit am falschen Ort gewesen war. Schwartz sagte uns, ich zitiere: ›Mikael ist nur eine kleine Nummer mit einem großen Ego und von der Idee besessen, sein Familienvermächtnis nicht noch weiter in den Dreck zu ziehen. Ich glaube nicht, dass er König Isaak von Kessel tatsächlich getötet hat.‹«

Bitte. Ich war mindestens eine mittelgroße Nummer. Wie unhöflich von ihm, so etwas zu sagen.

»Letzte Woche«, fuhr Iman fort, »erhielten Mikael und Schwartz vom Hochadligen Maflem Braven den Auftrag, Recherchen über die Flüchtlinge anzustellen, die nach Kessel gekommen waren. Sie haben es zunächst getan, dann aber den Hochadligen Maflem Braven zur Rede gestellt, nachdem ein paar der Flüchtlinge auf eine Weise umgebracht worden waren, die auf den Herzensbrecher hindeutete – einen Serienmörder, dem unter anderem die Schuld an den Anschlägen auf den Berserker Rami und die Söldner Flaschen und Blumen von der Machina-Kompanie zugeschrieben wird. Diese

Auseinandersetzung endete damit, dass der Hochadlige Maflem Braven über die Zinnen der Stadtmauer geworfen wurde.«

»Nur fürs Protokoll möchte ich festhalten, dass ich diese Made entsorgt habe«, sagte Schwartz. »Mikael war nur dabei, um nichts zu verpassen. Wenn es wegen der Ermordung eines Auftraggebers Probleme gibt, dann gehen die auf meine Kappe. Nicht auf seine.«

»Ist vermerkt«, sagte Nonna am anderen Ende des Tischs. Wie konnte diese Frau nur so lange die Augen offen halten, ohne ein einziges Mal zu blinzeln?

Imani räusperte sich. »Nach ihrer Verhaftung ...«

Eine anmutige, stark parfümierte und mit reichlich Schmuck behangene Frau schnaubte laut. Alle starrten sie an. »Was?«, fragte sie grinsend. »Schwartz wurde verhaftet? Das ist doch zum Totlachen! Wann ist das zum letzten Mal vorgekommen? In Vargo? Wollen wir über diesen Punkt einfach so hinweggehen?«

»Ja«, sagte Imani. »Wie ich gerade sagte: Nach ihrer Verhaftung nahmen Schwartz und Mikael während einer Audienz bei Königin Serena von Kessel einen neuen Auftrag an: Sie sollten den Herzensbrecher beziehungsweise, wie sich herausstellte, *die* Herzensbrecher und die Wegelagerin aufspüren, die in der Stadt zugange waren. Ich glaube, wir wissen alle, was dann passiert ist. Hat dazu noch irgendjemand Fragen, bevor wir mit der Prüfung beginnen?«

Haru hob die Hand. »Im Protokoll soll stehen, dass Mikael und Schwartz Beorn gerächt haben.«

Imani sah zu Nonna hinüber. Die sagte: »Das ist bereits vermerkt.«

Haru nickte und ließ die Hand sinken.

Imani nahm Platz. »Wenn damit alles geklärt ist, sollten wir weitermachen. Da Mikael noch nicht alle kennengelernt hat, schlage ich vor, dass jedes Mitglied seinen Namen und seine Position innerhalb der Orbis-Kompanie nennt, ehe es seine Frage stellt. Wer möchte anfangen?«

Haru erhob sich. Er sah aus, als wäre er den Tränen nahe. »Haru Orbis, der Waffenmeister der Orbis-Kompanie. Meine Frage ist ganz simpel: Wie ist der Herzensbrecher gestorben? Ich will Einzelheiten hören und erfahren, ob sein Tod schmerzhaft war.«

Ich blickte auf meine Hände. »Ich habe ihn erwürgt und dabei zugesehen, wie das Licht in seinen Augen erlosch. Dann habe ich ihm in den Kopf geschossen und seine Leiche in den See geworfen. Er hat um Gnade gefleht, während er starb.«

Haru nahm den Dolch, der vor ihm auf dem Tisch lag, und rammte ihn ins Holz. »Für Mikael Königmann.«

Nun war die anmutige Frau an der Reihe. Ihre Augen waren genauso blau wie Nanas, was bedeutete, dass sie eine Theberin war. »Cassia Orbis, die Navigatorin, Geografin und unvergleichliche Kartografin der Orbis-Kompanie. Wie viel weißt du von der Welt außerhalb von Kessel, Mikael? Inwiefern unterscheiden sich die Masken, die die Angehörigen der Vargo-Clans tragen, von denen der Medceli-Clans an der Goldküste?«

»Keine Ahnung.«

»Was liegt jenseits von Eham im Ostmeer?«

»Ich weiß es nicht.«

Cassia verdrehte theatralisch die Augen und verschränkte die Arme. »Kannst du mir wenigstens sagen, welchen Titel der Führer des Thebischen Imperiums trägt?«

Den kannte ich. Nana hatte ihn mir erst neulich genannt, aber in diesem Moment wollte er mir nicht einfallen, und das sagte ich Cassia auch.

»Dann weiß ich, wie ich abstimmen werde. Wenn wir dich

unbeaufsichtigt in die Welt entlassen würden, käme dabei nichts Gutes heraus. Er muss noch viel lernen.« Cassia lehnte sich zurück. »Gegen Mikael Königmann.«

Ich seufzte, während sich der Nächste erhob. Ein großer dunkelhäutiger Mann, der über seiner Kleidung eine blütenweiße Schürze trug. Seine Stimme war angenehmer, als ich erwartet hatte. »Titus Orbis, der Koch der Orbis-Kompanie. Hast du eine Leibspeise? Und wenn ja, welche?«

»Kandierte Nüsse.«

»Interessant. Womit werden sie in Kessel gewürzt?«

»Mit Zimt und Chili.«

»Diese Variation kenne ich noch gar nicht. In Neu-Drakon würzt man sie nur mit Zucker und an der Goldküste mit Ingwer und Knoblauch. Und wieso isst du sie am liebsten?«

»Weil sie mich an einen Freund erinnern.«

Titus lächelte. »Kannst du sie selbst zubereiten?«

Ich nickte.

»Gut. Wenn das hier alles erledigt ist, musst du mir welche machen.« Titus nahm den Dolch und stieß ihn in die Tischplatte. »Für Mikael Königmann.«

Nach ihm stand ein blinder Mann auf. »Otto Orbis, Fabrikationsmeister der Orbis-Kompanie. Trotz deiner Jugend eilt dir ein ziemlicher Ruf voraus. In den Straßen flüstern die Leute über dich. Ich sehe aber nur ein völlig überfordertes Kind, das sich kaum über Wasser halten kann. Beweise mir, dass ich mich täusche. Wie hast du in der Kirche des Wanderers den Blitz der Rabe fangen können?«

Schwartz warf mir einen durchdringenden Blick zu. Wir hatten diesen Trick sicher an jenem Tag durchgenommen, an den ich mich nicht mehr erinnern konnte. Meine Antwort würde ihm nicht gefallen. »Ich weiß es nicht. Schwartz hat mich im

Fabrizieren ausgebildet – sehr intensiv, glaube ich –, aber ich habe diesen Tag völlig vergessen.«

Mein Söldnermentor fluchte leise.

»Dann hast du also bereits Probleme mit dem Gedächtnis?«, fuhr Otto fort. »Und das mit neunzehn?«

Ich gab ihm einen kurzen Abriss meiner Lebensgeschichte. Niemand am Tisch reagierte darauf, nicht mal mit Mitgefühl.

»Dann steht meine Entscheidung fest«, sagte Otto und setzte sich wieder hin. »Dieser Junge ist zu impulsiv, um allein gelassen werden zu können. Er muss erst noch begreifen, was ihn jede Fabrikation kostet. Gegen Mikael Königmann.«

Ich rieb mir mit den Händen übers Gesicht. Es lief nicht so gut, wie ich gehofft hatte.

Als ich die Hände wieder sinken ließ, sah ich, dass bereits ein weiterer Söldner aufgestanden war. Ein kleiner Mann, dem die rechte Hand fehlte, der aber dennoch zahlreiche Pistolen trug. Seiner Kleidung nach zu urteilen, stammte er aus Neu-Drakon.

»Gerit Orbis, der Bumm-Bumm-Junge«, sagte er und gähnte. »Ich weigere mich, für jemand aus Kessel zu stimmen. Gegen Mikael Königmann.«

Alexis hatte mich vorgewarnt, dass es einen Söldner gebe, der unter gar keinen Umständen für mich stimmen würde. Anscheinend hatte sie damit Gerit gemeint.

Nun war eine am ganzen Körper tätowierte Frau dran. »Jade Orbis, die Tätowiererin der Orbis-Kompanie. Welches Bild oder Symbol beschreibt alles, wofür du stehst?«

Ohne zu zögern, sagte ich: »Eine Krone, die von zwei Händen zerbrochen wird.«

Schwartz funkelte mich an, doch Jade grinste nur. »Ehrlich? Wieso das? Ich habe dich gar nicht für einen Anhänger der Tosburg-Kompanie gehalten.«

»Das bin ich auch nicht«, entgegnete ich. »Dieses Symbol wurde als Gegenstück zum Wappen der Königmanns geschaffen. Ich will es zu meinem machen. Meine Schwester kann das Oberhaupt unserer Familie werden, wenn sie zurückkehrt. Sie ist dazu absolut in der Lage. Ich will etwas anderes werden.«

»Wofür soll dieses Symbol deiner Ansicht nach stehen?«

»Für den zukünftigen Söldnerkönig.«

Jade schwieg einen Moment, ehe sich ihre Lippen zu einem breiten Lächeln verzogen. »Für Mikael Königmann.«

»Ich bin dran«, sagte Nonna und stand mühsam auf. »Ich bin Nonna, die Historikerin der Orbis-Kompanie und ein Mitglied des Rats, der für das Institut für Amalgamation die natürliche Ordnung der Ereignisse aufzeichnet.«

Ich hatte es noch immer nicht geschafft, mich an ihren niemals blinzelnden Blick zu gewöhnen.

»Kennst du irgendwelche Eigenschaften, unter anderem den Namen, des Ersten Königmanns?«

»Nein.«

»Was ist mit den Namen der drei Wolfskönige? Oder weißt du, in welcher Beziehung sie zueinander standen?«

»Nein.«

»Ach du meine Güte, wie enttäuschend! Und was ist mit Gottes Lieblingsfarbe?«

Wie bitte? Die Fragen der anderen hätte ich beantworten können. Aber ihre? Unmöglich. Gab es überhaupt irgendjemand, der das konnte?

Nonna nahm stirnrunzelnd wieder Platz. »Leider glaube ich, dass du noch nicht dazu bereit bist, auf eigenen Füßen zu stehen, Schätzchen. Versuche es in zehn Jahren noch mal. Gegen Mikael Königmann.«

Abgesehen vom Kommandeur der Orbis-Kompanie, der,

die Wange auf die Hand gestützt, neben Imani saß und leise schnarchte, waren nur noch Schwartz, Alexis und Imani übrig. Wenn sie alle für mich stimmten, konnte ich es noch immer schaffen.

Alexis erhob sich als Nächste. »Alexis Orbis, Pistolenmeisterin der Orbis-Kompanie. Weißt du, weshalb ich mich der Orbis-Kompanie angeschlossen habe?«

Ich zögerte. Schwartz behauptete zwar, sie habe es getan, um nach Zahras Tod bei ihm bleiben zu können, aber ... die Art, wie sie mich ansah und die Frage gestellt hatte, legte die Vermutung nahe, dass mehr dahintersteckte. Vielleicht aber auch nicht. Möglicherweise machte ich einen Denkfehler, aber die Antwort war dennoch richtig.

»Schwartz war der Grund.«

»Richtig. Du hast meine Stimme.« Ein weiterer Dolch steckte in der Tischplatte. »Für Mikael Königmann.«

Schwartz sprach, ohne aufzustehen. »Ich habe Augen im Kopf. Gegen Mikael Königmann.«

Damit hatte er alle überrascht, doch ehe irgendwer darauf reagieren konnte, erhob sich Imani und sagte: »Imani Orbis, die stellvertretende Kommandeurin der Orbis-Kompanie. Weißt du, was im Dunkeln lauert, Mikael?«

Ich war von Schwartz' Aussage noch immer wie vor den Kopf gestoßen. Wollte er mich loswerden? »Ja.«

»Hast du Angst davor?«

»Nein«, erwiderte ich. »Alles kann sterben.«

»Vergiss das nicht. Niemals.« Sie zögerte kurz. »Für Mikael Königmann.«

Fünf Dolche steckten im Holz, und fünf lagen nach wie vor flach auf dem Tisch.

Und nun?

Offenbar war ich nicht als Einziger von diesem Ergebnis verwirrt. Beorns Tod hatte für ein Ungleichgewicht gesorgt, das der Kommandeur der Orbis-Kompanie persönlich würde beseitigen müssen. Imani stieß ihn in die Seite, bis er aufwachte.

Der Kommandeur, ein sonnengebräunter Mann mittleren Alters, begann, sich knurrend zu regen. Seine dünnen Haare wirkten noch blonder als die der Reitters. Als er sich reckte, sah ich, dass die Worte *HALT FEST* auf seine Fingerknöchel tätowiert waren. »Ist er ein Vollmitglied oder nicht?«

»Es steht unentschieden«, entgegnete Imani.

»Dann hängt es also von mir ab.« Der Kommandeur der Orbis-Kompanie stand auf, drückte gähnend den Rücken durch und sagte: »Mikael Königmann, ich heiße Tai Orbis und bin der Kommandeur dieser Kompanie. Normalerweise muss ich bei diesen Veranstaltungen keine Stimme abgeben. Mir ist egal, wer oder was du bist. Wenn du dich uns anschließen willst, musst du in irgendetwas hervorragend sein. Ich habe keine Frage für dich, sondern einen Test.« Er ballte die Hände zu Fäusten und hielt sie mir hin. »Links oder rechts? In einer halte ich eine Sonne, in der anderen nicht. Wenn du dich richtig entscheidest, bekommst du meine Stimme.«

»Ernsthaft? Letzten Endes entscheidet nur das Glück?«

»Ja«, erwiderte Tai. »Du wärst erstaunt, wie wichtig Glück ist. Ein Söldner, der keins hat, ist für uns nutzlos. So jemand möchte man nicht als Rückendeckung haben, wenn die Kacke am Dampfen ist.«

»Und wenn ich mich weigere?«

»Damit würdest du meinen Befehl missachten, und ich würde dich aus der Orbis-Kompanie werfen. Danach wärst du ein abtrünniger Söldner ohne Netzwerk, das dich vor Jan Prinz und der Majestät-Kompanie beschützt.« Er grinste über mein langes Gesicht. »Hast du etwa geglaubt, ich wüsste nichts davon? In dem Fall wäre ich ein ziemlich verantwortungsloser Anführer. Was glaubst du, wie lange du überlebst, wenn sie dich völlig ungestraft töten können?«

»Nicht sehr lange«, gab ich zu.

»Dann entscheide dich. Linke oder rechte Hand.«

Wusste ich irgendetwas über den Kommandeur der Orbis-Kompanie? Welche Hand war seine dominante? Hatten Alexi, Haru, Schwartz oder Imani mir irgendeinen Hinweis darauf gegeben und ich hatte ihn bloß übersehen? Es konnte keine reine Glückssache sein. Dies war ein Test, und ich war zu blind, um zu erkennen, wie ich ihn bestehen konnte.

»Wirst du dich bald zu einer Antwort durchringen oder mich bloß weiter wie ein Wahnsinniger anstarren?«

Vielleicht ging es tatsächlich nur um Glück. »Rechts.«

Tai öffnete die entsprechende Hand. Sie war leer. »Falsch.«

»Woher weiß ich …?«

Er öffnete die andere, und die Goldsonne kam zum Vorschein.

Ich hatte verloren und würde weiter nur ein Anwärter auf eine Vollmitgliedschaft sein.

Ich würde Kessel zusammen mit Schwartz verlassen müssen und keine Gelegenheit haben, Jenn zu finden oder Danas Tod zu rächen.

Während ich völlig verdutzt auf meinem Platz saß, benahmen sich alle anderen, als wäre gerade nichts Wichtiges geschehen.

»Imani«, sagte Tai, während er wieder Platz nahm. »Lass uns jetzt bitte zum Ende kommen.«

»Sehr gerne, Kommandeur.« Imani förderte zwei Umschläge zutage und legte sie auf den Tisch. »Hört alle zu. Wir haben zwei große Aufträge und müssen alle zusammen helfen, um sie zügig zu erfüllen. Der Kommandeur, Nonna und Haru werden ins Hauptquartier zurückkehren. Wir waren schon viel zu lange nicht mehr dort und wollen doch nicht, dass die Einheimischen uns vergessen.«

»Was sind das für Aufträge?«, erkundigte sich Schwartz.

»Der erste ist in Neu-Drakon. Dabei geht es …«

»Das ist meiner«, erklärte der einhändige Unsympath. »Mir ist egal, worum es dabei geht. Ich übernehme ihn. Otto? Bist du dabei?«

»Auf jeden Fall.«

»Dann haben wir für diesen Auftrag schon mal zwei, wir werden aber noch ein paar mehr brauchen«, sagte Imani. »Der andere ist an der Goldküste. Dort müssen …«

»Oh! Ich! Ich! Ich!« Cassia wedelte mit der Hand. »Ich war schon seit über einem Jahr nicht mehr am Meer. Ich kann mich kaum noch daran erinnern, wie es aussieht.«

Imani rieb sich die Brauen. »Interessiert es eigentlich irgendwen, was das für Aufträge sind, oder nur, wohin es geht?«

Zu Imanis Ärger waren sich alle einig, dass der Ort das Wichtigste war. Ich schwieg und wartete ab, welchen Auftrag Schwartz für uns beide auswählen würde. So wie es gerade gelaufen war, würde ich höchstwahrscheinlich bis an mein Lebensende an ihn gebunden sein. Es gab keine großen Diskussionen, während die Söldner verkündeten, wohin sie gehen wollten. Titus und Alexis würden Cassia an die Goldküste begleiten, während sich Otto, Gerit, Imani und Jade nach Neu-Drakon begeben würden.

»Die Goldküste«, sagte Schwartz, als Imani ihn zu einer Entscheidung drängte. »Es wird langsam Zeit, dass ich mal wieder nach Hause zurückkehre.«

Obwohl ich Kessel schon seit Jahren verlassen wollte, kamen

mir die Tränen. Da ich endlich wieder eine Familie hatte, hatte ich keine Lust mehr wegzugehen. Doch ich würde nicht bei ihr bleiben können.

Schließlich brachen alle anderen auf und ließen Schwartz und mich allein zurück.

»Warum hast du gegen mich gestimmt?«

»Weil ich dich noch nicht auf die Welt loslassen kann. Du hast dich viel zu sehr darauf konzentriert, was du willst und was dir wichtig ist, anstatt darauf zu hören, worin du noch besser werden musst. Ich habe versucht, dir zu helfen, aber du hast meine Ratschläge ignoriert.«

»Aber ich habe dir geholfen, die Herzensbrecher und die Wegelagerin auszuschalten. Ist das denn …?«

»… gar nichts wert?«, vollendete Schwartz meine Frage. »Doch, durchaus, aber die Orbis-Kompanie ist klein, und wir müssen uns alle aufeinander verlassen können. Nach meinen bisherigen Erfahrungen glaube ich einfach nicht, dass du deine Söldnerpflichten nicht sofort vergisst, wenn deiner Familie irgendeine Gefahr droht. Oder täusche ich mich da?«

Da ich zur Abwechslung mal nicht lügen wollte, sagte ich nichts, was ihm als Antwort reichte.

»Der Ortswechsel wird dir guttun, Mikael«, sagte Schwartz, während er ebenfalls aufbrach. »Dann kannst du endlich mal von deiner Familie wegkommen, die Welt sehen und zu dir selbst finden.«

»Wer sagt, dass ich nicht auch mit ihnen an meiner Seite zu mir selbst finden kann? Was wäre daran schlimmer, als zu dem Menschen zu werden, den du aus mir machen willst? Eine Frage habe ich übrigens noch, Schwartz.«

Schwartz blieb in der Tür stehen, drehte sich aber nicht zu mir um. »Welche?«

»Willst du mir wirklich helfen oder mich nur im Auge behalten? Hast du das auch mit Alexis gemacht? Hast du sie dazu gezwungen, bei dir zu bleiben, weil du nach Zahras Tod andere nicht mehr loslassen kannst? Wie viele von ihnen wissen, was du bist und was du vorhast?«

»Ich glaube, nicht einmal du weißt, was ich vorhabe, Mikael«, erwiderte er kalt.

»Du willst alle Drachen töten«, sagte ich. »Was sonst …?« Und dann fiel es mir wie Schuppen von den Augen. Meine Begegnung mit Zahra in Schwartz' Verstand hatte mich davon überzeugt, es ginge ihm nur darum, ihren Tod zu sühnen. Insbesondere auch weil er mir gesagt hatte, dass er sterben wolle, nachdem er sie gerächt hatte. Doch er tötete die Drachen nur, damit er sich besser fühlte, also aus dem gleichen Grund, aus dem Angelo all die Hochadligen umgebracht hatte. Und die beiden hatten auch noch etwas anderes gemeinsam: Die Frauen, die sie liebten, waren ihnen wichtiger als alles andere auf der Welt.

Ich war so ein Idiot gewesen.

Was ich in den tiefsten Abgründen seines Herzens gesehen hatte, war nicht der Wunsch nach Vergeltung gewesen, sondern eine Frau, die nach Erlösung für den Mann flehte, den sie einst geliebt hatte. Und wenn das die Repräsentation dessen war, was er mehr als alles andere wollte, wieso hatte ich dann je geglaubt, er hätte es einzig und allein auf Rache abgesehen? Und mit einem Mal wurde mir noch eine Verbindung zwischen ihm und seinem Vater bewusst.

»Du hast mich im Raum des Erzmagiers *angelogen*. Rache ist für dich und Angelo nur eine Möglichkeit, euren gekränkten Stolz zu hätscheln, aber nicht das, was ihr wirklich wollt … Du willst Zahra von den Toten zurückbringen. Und Angelo hat dasselbe mit Katharina vor.« Ich schluckte. »Euer Antrieb ist Liebe. Und nur einer von euch beiden kann es tun. Deswegen seid ihr verfeindet.«

Angespannt beobachtete ich, wie er mich über die Schulter ansah. Er lächelte nicht und verzog auch sonst keine Miene. Stattdessen durchbohrte er mich mit einem Blick, der schärfer war als jede Klinge. Er erinnerte mich an Angelo in dem Moment, als dessen freundliche Fassade in sich zusammengefallen war. »Geh doch zu meinem Vater, wenn du die Seite wechseln möchtest«, sagte er schließlich.

»Und wenn ich eine dritte Option will?«

Er zuckte die Achseln. »Dann werde stark genug, um auf eigenen Füßen zu stehen.«

»Das bin ich bereits.«

»Nein, du bist mein Lehrling.«

Ich spürte, wie mich eine tiefe Ruhe überkam. »Glaubst du wirklich, das spielt eine Rolle? Schau mir in die Augen und sag mir, dass ich lüge.« Als Schwartz zögerlich meinem Blick begegnete, fuhr ich fort: »Ein Wolfskönig hat meine Schwester entführt, also entschuldige bitte, wenn ich ein wenig ungeduldiger als sonst bin. Wenn entweder du oder dein Vater meinen Freunden oder meiner Familie etwas antut, um Katharina oder Zahra zurückzuholen, werde ich eure Herzen verschlingen.«

Vier schwarze Ranken wanden sich um ihn, und seine Augen blitzten rot auf. »Würdest du das bitte noch mal wiederholen?«

»Habe ich genuschelt?«

Als die Ranken vorzuckten, annullierte ich meinen Körper, riss an der ersten, schlug die zweite weg, zertrat die dritte und biss die vierte durch, woraufhin sie sich alle wie Rauch auflösten. Um seinen Stolz noch mehr zu verletzen, stieß ich die Wärme aus mir heraus, sodass er mich nicht mehr mit seiner

Magie angreifen konnte. Wenn er diesen Konflikt an Ort und Stelle zu Ende bringen wollte, würden wir ihn mit den Fäusten austragen müssen. Und da ich schon mal einen Drachen erwürgt hatte, war ich zuversichtlich, dass es mir auch diesmal gelingen würde.

»Ich gehe bei dir in die Lehre, Schwartz. Hast du wirklich geglaubt, ich würde nicht nach dir schlagen?«

Schwartz sagte nichts. Seine Augen leuchteten so rot, wie sie es an dem unterirdischen See getan hatten. Ich war nicht mehr sein Hund, den er ungehindert herumkommandieren konnte. In diesem Augenblick erkannte er mich endlich als Bedrohung an und merkte, dass ich womöglich zu dem werden würde, was aus ihm geworden war, um genau wie er meine Liebsten zu beschützen.

Und so starrten wir beiden Monster uns noch eine ganze Weile unverwandt an und warteten darauf, dass der jeweils andere den ersten Schritt machte.

Kapitel 69
Unkontrollierbare Liebe

Ich war beinahe zu Hause, als ich Serena am Ende der westlichen Brücke auf mich warten sah. Sie wurde nicht von Raben begleitet und bemerkte mich erst, als ich ihren Namen sagte. Bis dahin war ihr Blick fest auf den Fluss gerichtet, der unter uns hindurchströmte.

»Willst du mir nicht zu meiner Verlobung gratulieren?«, fragte die Königin in einem Tonfall, den ich nicht recht deuten konnte. Violette und blaue Flecken bedeckten ihren Hals. Sie sahen aus, als wären sie mit einem Pinsel aufgemalt worden. »Wie unhöflich von dir.«

»Ich versuche, so wenig wie möglich zu lügen.«

»Das trifft sich gut.« Serena sprang von dem Mauervorsprung, auf dem sie gesessen hatte. »Begleitest du mich?«

»Immer.«

Wir gingen Seite an Seite zur Kirche des Wanderers und dem riesigen Loch, das dort anstelle des Großen Steinplatzes klaffte. Der einstürzende Glockenturm hatte die Kirche nur zum Teil zerstört, dennoch würde sie bis auf Weiteres geschlossen bleiben. Nachdem den Kirchenoberen innerhalb von drei Monaten zwei Aufbereiter verloren gegangen waren, hatten sie kein Vertrauen mehr in ihre hiesige Niederlassung. Die Mönche waren allesamt an andere Orte versetzt worden, und keiner wusste, ob die Kirche je wieder ihre Pforten öffnen würde. Außerdem waren anders als in der vergangenen Woche nirgends Advokatoren zu sehen. Als ich Serena fragte, wo sie abgeblieben waren, zuckte sie bloß die Achseln.

»Wie bist du deinen Raben entkommen?«, fragte ich, als wir uns dem Loch näherten.

»Ich habe mich davongeschlichen. Wenn ich es nicht möchte, kann niemand mich zurückhalten.«

»Niemand?«

»Niemand«, erwiderte Serena.

»Weiß Jan Prinz das auch?«

Die Königin von Kessel antwortete nicht. Stattdessen hockte sie sich hin und betrachtete die Mondtränen, die aus dem Loch herauswuchsen. Ihr Licht säumte den Rand. Serena pflückte eine und steckte sie sich in die Haare. »Er wird es noch früh genug herausfinden.«

Ich hatte das Gefühl, mit einer Partnerin zu tanzen, die jede Berührung verweigerte. Wenn ich an diesem Abend Antworten von ihr bekommen wollte, würde ich schonungsloser vorgehen müssen. »Bist du hier, um sicherzustellen, dass ich niemandem etwas von der Tätowierung auf deinem Handgelenk verrate?«

»Ich weiß, dass du das nicht tun wirst«, sagte Serena und richtete sich gerade auf. »Das waren die närrischen letzten Worte einer todgeweihten Frau. Nun gibt es nur noch die Königin.«

Sie marschierte weiter um die Grube herum und steuerte auf die Kirche zu.

Ich folgte ihr wie ein mondsüchtiger Trottel.

Ein Stück weiter hielt sie mit einer Hand ihre Haare fest, damit der Wind sie ihr nicht ins Gesicht wehte, und legte die andere aufs Herz. In dieser Haltung blickte sie auf den See unter dem Platz hinab. Die Spuren unseres Kampfes waren noch immer zu sehen, überall lagen Trümmer herum. Wenn die Advokatoren nicht mehr in der Gegend patrouillierten, würden irgendwann mitten in der Nacht Leute kommen, die kühn genug waren, in dieses Loch hinabzuklettern, und alles Holz und Metall abtransportieren.

Nachdem wir eine Weile gemeinsam in die Tiefe geschaut hatten, sagte Serena: »Hatte mein Vater Angst, bevor er sich umgebracht hat? Manchmal frage ich mich das.«

»Nein. Er war nur müde und hat gehofft, Davi wiederzusehen.«

»Manche Gefühle währen ewig. Ich frage mich, ob sie je schwächer werden.« Serena schloss die Augen. Sie schien die kühle Brise zu genießen, die ihr über das Gesicht strich. »Das ist der Moment, an dem du mir sagen musst, dass ich nicht Jan Prinz heiraten, sondern stattdessen mit dir durchbrennen soll. Hast du deinen Einsatz vergessen?«

»Wenn du das wolltest, wärst du nicht mehr hier.«

»Du hast recht«, sagte sie und lächelte. »Dann wären wir schon längst weg.«

»Warum bist du hier, Serena?«

Sie setzte sich hin und ließ die Beine über den Grubenrand baumeln. Als ich neben ihr Platz nahm, fragte sie: »Glaubst du an Gott, Mikael?«

»Du weichst mir aus.«

»Es interessiert mich wirklich.«

Ich seufzte. »Es spielt keine Rolle, ob ich das tue oder nicht. Aber er wird mir einiges zu erklären haben, falls ich ihm je begegne.«

Serenas Lachen klang gekünstelt. »Wieso bist du so? Weshalb sind deine Familie und ihre Probleme in dich eingemeißelt wie in ein Stück Marmor? Wenn ich könnte, würde ich meinen Nachnamen, die Krone und das dazugehörige Leben sofort hinter mir lassen.«

»Ich glaube, ich bin der Einzige in meiner Familie, der das nicht tun würde.«

»Warum nicht?«

Ich zögerte und blickte zu den Sternen und den Monden hinauf. Da die halbzerstörte Kirche verlassen war, war es still auf der Insel, und das einzige Licht stammte aus Burg Königmann. Zur Abwechslung wirkte die Stadt mal vollkommen friedlich.

»Ich glaube, dass mich die Leute nur so lieben würden«, fing ich an. »Dass mein Leben wertlos wäre, wenn ich es nicht dem Dienst an Kessel widmen würde. Dass ich Teil von etwas Größerem sein müsste, weil sich ansonsten nach meinem Tod niemand an mich erinnern würde. Denn aus irgendeinem Grund macht mir das mehr Angst als alles andere. Vergessen zu werden fühlt sich für mich toter als tot an.«

»Ein Mentor hat mir mal gesagt, dass wir zweimal sterben. Einmal körperlich und das zweite Mal, wenn unser Name zum letzten Mal laut ausgesprochen wird.« Serena fuhr sich seitlich über den Hals. »Davor habe ich mich allerdings nie gefürchtet. Viel schlimmer fand ich die Vorstellung, meine Familie nie wiederzusehen. Ich ... ich ...«

»Glaubst du denn an Gott?«

Serena blinzelte gegen Tränen an. »Ja. Denn wenn es ihn nicht gibt, dann sehe ich meinen Vater und meinen Bruder nie wieder.« Nun rannen ihr die Tränen ungebremst über die Wangen. »Ich will nur wieder eine echte Familie haben. Menschen, die mich festhalten, wenn ich außer mir bin, und mir sagen, dass alles wieder gut wird, selbst wenn das nicht ...«

Ich legte den Arm um sie und drückte sie an mich, während sie an meiner Brust weinte. Es war, als täte sie es zum ersten

Mal, so wie ich nach König Isaaks Tod. Vermutlich war dies tatsächlich der erste Moment seit zehn Jahren, in dem sie sich ihre Verletzlichkeit eingestand. Niemand war einsamer als die Person, die auf dem Thron saß, und selbst ich hatte das vergessen.

Es dauerte eine ganze Weile, bis sie wieder richtig sprechen konnte. Doch schließlich richtete sie sich wieder auf, wischte sich die letzten Tränen aus dem Gesicht und sagte: »Entschuldige bitte.«

»Du musst dich nicht entschuldigen. Das passiert uns allen.«

»Aber ich bin die Königin. Für mich gelten andere Maßstäbe.«

»Genau das habe ich auch über meine Stellung als Königmann gesagt. Und sieh dir nur an, wozu das geführt hat.«

Serena lachte, als glaubte sie nun doch, dass die Welt wieder in Ordnung kommen könnte. »Ich weiß nicht, wann ich aufgehört habe, ein Kind zu sein, aber wann immer das war ... Oh Gott, wie ich das einfache Leben von damals vermisse! Ich habe mich auch früher schon unter Druck gesetzt gefühlt, aber es war auszuhalten gewesen.«

»Bei mir ist es zehn Jahre her.«

Nach kurzem Zögern sagte sie: »Ich glaube, bei mir auch. Als mein Bruder starb, hielten sich meine Mutter und mein Vater nie mehr freiwillig im selben Raum auf. Adrian wurde immer verschlossener, und die Personen, die eigentlich immer um mich sein sollten, waren plötzlich nicht mehr für mich da. Ich habe auf einen Schlag so viele Leute verloren ... und ich glaube ... ich glaube, da ist etwas in mir zerbrochen.«

»Jeder ist auf die eine oder andere Weise gebrochen. Aber allmählich wird mir klar, dass das Leben schön ist, wenn man jemanden findet, dessen Stärken und Schwächen zu den eigenen passen, sodass man zusammen mit dieser Person stärker sein kann. Nur darum geht es bei der Liebe, sowohl bei der familiären als auch bei der romantischen ... Ich kann nicht alles allein machen und du auch nicht. Versuche es gar nicht erst.«

»Du Arsch«, sagte Serena und wandte den Blick ab. »Dass du immer gleich so auf die Pauke hauen musst.«

»Wenn ich daran denke, was mir bevorsteht, wäre ich lieber blind als weise.«

Serena wartete darauf, dass ich fortfuhr.

Ich zwang mich zu einem Lächeln. »Jenn hat Kessel verlassen, und da ich durch meine Söldnerprüfung gefallen bin, kann ich sie nicht suchen. Mir bleibt gar nichts anderes übrig, als Schwartz zu folgen. Ich weiß nicht, wann ich aufbrechen werde oder ... ob ich je wieder nach Kessel zurückkehre. Und ich ... ich ... Diese blöde Stadt ist alles, was ich kenne. Ich wollte immer von hier weg. Aber ich werde Kessel vermissen.«

Diesmal tröstete sie mich. Mit einer sanften Berührung und einem beruhigenden Lied.

Als ich mich schließlich wieder einigermaßen gefasst hatte, sagte ich: »Ich schätze, unser beider Leben werden sich von Grund auf verändern.«

»Vermutlich. Weißt du, wohin du gehst?«

»An die Goldküste.«

Serena begann laut zu lachen.

»Was ist?«

»Chloe, du liebenswertes Miststück«, murmelte Serena. »Sie hat versucht, es mir zu sagen, aber ich habe mich auf andere Dinge konzentriert. Mir war gar nicht klar, was sie mir zu erklären versuchte.«

»Das geht mir gerade genauso.«

»Mikael, die königliche Hochzeit wird an der Goldküste stattfinden. In der Heimatstadt meiner Mutter. Und Chloe hat mir gesagt, dass wir eine Söldnertruppe anheuern werden, weil wir nicht sicher sein können, ob Jan Prinz vertrauenswürdig ist.«

»Das ist er nicht. Aber bedeutet das etwa ...?«

»Ja«, sagte die Königin und lächelte mich an. »Du musst Kessel zwar verlassen, aber nicht allein. Die Orbis-Kompanie hat den Auftrag, mich zu beschützen. Willst du mit mir einen anderen Teil der Welt kennenlernen? Ein letztes gemeinsames Abenteuer erleben, bevor wir tun, was wir ...?«

»Jetzt verstehe ich sie endlich«, unterbrach ich sie, »ihre unkontrollierbare Liebe.«

Sie sah mich sehnsüchtig an. »Mikael, unsere Pflicht ...«

Ich küsste sie, und sie erwiderte meinen Kuss. Und das war das Schlimmste, was wir hätten tun können.

Epilog

Ich ging allein in die Kirche des Wanderers. Sie war leer. Die Laternen waren verloschen, die Kirche immer noch im Steinboden vergraben und die Bänke um sie herum zertrümmert. Auf meinem Weg durch den Mittelgang strich ich mit den Fingern über die Bänke. Sie fühlten sich rauer an, als ich sie in Erinnerung hatte, als wären sie aus unbehandeltem Holz gezimmert. Sitzplätze voller Schiefer, für Leute mit schlechtem Gewissen.

Auf diesem geweihten Boden gab es keinen Trost, zumindest nicht für mich.

Doch er erinnerte mich an jenen anderen Ort, den ich in meiner Vorstellung besucht hatte. Die Kirche, in der ich mich zum letzten Mal von Dana verabschiedet hatte. In Wahrheit existierte sie nicht, aber näher als hier würde ich ihr mit offenen Augen und wachem Geist niemals kommen. Es gab Dinge, die ich sagen, Gefühle, die ich klären, und Tränen, die ich vergießen musste, ohne dass sich irgendwer Sorgen um meine emotionale Stabilität machte.

Zum Glück war die Kirche evakuiert worden, und ich konnte sicher sein, dass in absehbarer Zeit niemand hier auftauchen würde. Keiner würde je erfahren, dass ich hier gewesen war. Keiner würde sich an diesen Augenblick erinnern und aufschreiben, was ich sagte. Ich war ganz allein.

Ich setzte mich vorsichtig auf die erste Bank. Nur die gesichtslose Statue leistete mir Gesellschaft.

Erst wusste ich nicht, wie ich anfangen sollte, doch dann kamen mir die Worte klar und deutlich über die Lippen: »Lieber Gott, ich glaube, es ist Zeit, dass wir uns mal unterhalten.«

Danksagung

Hier sind wir also, ungefähr neun Monate und eine Pandemie später. Falls du gerade erst den ersten Band gelesen haben solltest, gratuliere ich dir! Dann hast du wesentlich weniger lange auf die Fortsetzung warten müssen als andere. Es fiel mir relativ leicht, diese Geschichte zu schreiben, was eigenartig ist, wenn man bedenkt, wie schwer sich die meisten Autoren mit ihrem zweiten Roman tun. Aber keine Sorge, die Arbeit an Buch drei wird dafür bestimmt umso quälender für mich werden. Das vorliegende Buch entstand zwischen 2018 und 2019, vor der Veröffentlichung von »Das Königreich der Lügen«. Daher blieb mir beim Schreiben der zusätzliche Stress erspart, den wir alle 2020 hatten. Dafür bin ich dankbar.

An der Entstehung dieses Romans waren viele Leute beteiligt, bei denen ich mich an dieser Stelle bedanken möchte. Mein Agent, Joshua Bilmes, ist weiterhin mein größter Unterstützer und wichtigster Fürsprecher. Ich werde ihm ewig dafür dankbar sein, wie sehr er an mich, Mikael und meine Karriere als Autor glaubt. Mein Dank gilt auch John Berloyne von der Zeno Agency und allen anderen bei der JABberwocky Literary Agency.

Mein amerikanischer Lektor, Joe Monti, hat mich dazu animiert, den zweiten Band zu schreiben, bevor der erste auf dem Markt war. Dank seiner einfühlsamen Anleitung konnte ich ihn zu einer Zeit vollenden, als die einzigen Stimmen, die ich in meinem Kopf hörte, noch die meiner Lektoren und meines Agenten waren. Meine britische Lektorin, Gillian Redfearn, lässt mich dank ihrer sorgfältigen Überarbeitung auch diesmal wieder klüger erscheinen, als ich eigentlich bin. Ihr ist es außerdem zu verdanken, dass ich mich auch an die dunklen Aspekte der Geschichte herangetraut habe. Vor allem in dieser einen Szene. Ist es schlimm von mir, dass ich ein rohes Steak gegessen habe, um eine Vorstellung davon zu bekommen, was ich schreiben möchte?

Ich möchte mich auch wieder bei meinen wunderbaren Umschlaggestaltern Richard Anderson und Benjamin Carré bedanken. Die beiden haben wie immer einen Volltreffer gelandet. Es ist ein ganzes Dorf nötig, um ein Buch zu drucken, und so danke ich Caroline Pallotta, Allison Green, Iris Chen, Kaitlyn Snowden, Alexis Leira, Alexis Minieri, Alexandre Su, Stephen Breslin, David Chesanow, Regina Castillo, Linda Sawicki, Andy Goldwasser und John Vairo für all ihre harte Arbeit. Vielen Dank auch an Lauren Jackson, Madison Penico, Brendan Durkin und Will O'Mullane für ihre Unterstützung.

Die Welt der Buchmenschen ist wunderbar und gastfreundlich, für einen Erstlingsautor manchmal aber auch sehr einsam. Darum danke ich den Autoren und Mitgliedern dieser Gemeinschaft, die mich früh unterstützt haben: Brandon Sanderson, Tamora Pierce, James Islington, Edward Cox, Jeremy Szal, Joshua Palmatier, Gerald Brandt, Troy Bucher, Menachem Luchins und noch vielen, vielen anderen.

Wie immer gab es auch diesmal einige Leute abseits der Verlagswelt, die mir dabei geholfen haben, trotz all des Unsinns, mit dem einen das Leben so konfrontiert, beim Schreiben nicht wahnsinnig zu werden. Ich bedanke mich bei meiner Mutter und meinem Vater, meinen Großeltern und überhaupt meiner gesamten Familie und auch bei der Church of the Overlord, den Bot's Ambassadors und ihren jeweiligen Partnern, Kyle VanLaar, Penny und Erin McKeown.

Zu guter Letzt möchte ich mich noch bei euch, meinen Lesern, bedanken, die ihr dieser Serie treu geblieben seid. Den Sprung vom ersten zum zweiten Band machen nicht immer alle mit. Umso mehr freue ich mich, euch dabeizuhaben. Ich hoffe, ihr habt dieses Buch genossen und werdet am nächsten genauso viel Spaß haben. Darin werden wir gemeinsam beobachten, wie ein Mond zerbricht. Vielen Dank.